CUENTOS COMPLETOS 3

colección andanzas

RUBEM FONSECA
CUENTOS COMPLETOS 3

Diseño de la colección: Guillermot-Navares
Fotografía de portada: © Getty Images / Justin Hsieh / EyeEm
Fotografía del autor: © Procesofoto

© Rubem Fonseca
Secreções, excreções e desatinos, © 2002
Pequenas criaturas, © 2002
Ela e outras mulheres, © 2006
Axilas e outras histórias indecorosas, © 2011
Amálgama, © 2013

Por las traducciones:
Secreciones, excreciones y desatinos: © Nexos Sociedad Ciencia y Literatura, S.A. de C.V. por la traducción de Rodolfo Mata y Regina Crespo
Pequeñas criaturas: © Nexos Sociedad Ciencia y Literatura, S.A. de C.V. por la traducción de Rodolfo Mata y Regina Crespo
Ella y otras mujeres: © Nexos Sociedad Ciencia y Literatura, S.A. de C.V. por la traducción de Rodolfo Mata y Regina Crespo
Axilas: © Nexos Sociedad Ciencia y Literatura , S.A. de C.V. por la traducción de Rodolfo Mata y Regina Crespo
Amalgama: © Nexos Sociedad Ciencia y Literatura, S.A. de C.V. por la traducción de Delia Juárez

Derechos reservados

© 2018, Editorial Planeta Mexicana, S.A. de C.V.
Bajo el sello editorial TUSQUETS M.R.
Avenida Presidente Masarik núm. 111, Piso 2
Colonia Polanco V Sección
Delegación Miguel Hidalgo
C.P. 11560, Ciudad de México
www.planetadelibros.com.mx

Primera edición impresa en México: agosto de 2018
ISBN: 978-607-07-5028-1

Impreso en los talleres de Litográfica Ingramex, S.A. de C.V.
Centeno núm. 162-1, colonia Granjas Esmeralda, Ciudad de México
Impreso en México –*Printed and made in Mexico*

SECRECIONES, EXCRECIONES Y DESATINOS

2002

Copromancia

¿Por qué Dios, el creador de todo lo que existe en el Universo, al dar existencia al ser humano, al sacarlo de la Nada, lo destinó a defecar? ¿Al atribuirnos esa irrevocable función de transformar en mierda todo lo que comemos, reveló su incapacidad para crear un ser perfecto? ¿O esa era su voluntad, hacernos así, burdos? *Ergo*, ¿la mierda?

No sé por qué comencé a tener ese tipo de preocupaciones. No soy un hombre religioso y siempre consideré a Dios un misterio más allá de la comprensión humana, por eso me interesaba poco. El excremento, en general, siempre me pareció inútil y repugnante, a no ser, claro, para los coprófilos y coprófagos, individuos raros dotados de extraordinarias anomalías obsesivas. Sí, sé que Freud afirmó que lo excrementicio está íntima e inseparablemente ligado a lo sexual; la posición del aparato genital —*inter urinas et faeces*— es un factor decisivo e inmutable. Sin embargo, eso tampoco me interesaba.

Lo cierto es que estaba pensando en Dios y observando mis heces en la taza del escusado. Es gracioso, cuando un asunto nos interesa, a cada instante algo sobre él llama nuestra atención, como el ruido de la taza del escusado del vecino, cuyo departamento era contiguo al mío, o la noticia que encontré, en un rincón del periódico —que normalmente pasaría desapercibida ante mis ojos— según la cual Sotheby's de Londres había subastado una colección de diez latas de excremento, obra del artista conceptual italiano Piero Manzoni, fallecido en 1963. Las piezas habían sido adquiridas por un coleccionista privado, que lanzó la oferta final de novecientos cuarenta mil dólares.

No obstante mi reacción inicial de repugnancia, observaba mis heces diariamente. Noté que el formato, la cantidad, el color y el olor variaban. Cierta noche, intenté recordar las diversas formas que mis heces adquirían después de ser expelidas, pero fracasé. Me levanté y fui al estudio, pero no logré dibujarlas con precisión ya que la estructura de las heces acostumbra ser fragmentaria y multifacética. Adquieren su aspecto cuando, debido a contracciones rítmicas involuntarias de los músculos intestinales, el bolo alimenticio pasa del intestino delgado al intestino grueso. También influyen otros factores, como el tipo de alimento ingerido.

Al día siguiente compré una Polaroid. Con ella, saqué fotos de mis heces cada día, usando película a colores. Un mes después, poseía un archivo de sesenta y dos fotos —mis intestinos funcionan al menos dos veces al día—, que fueron colocadas en un álbum. Además de las fotografías de mis bolos fecales, agregué informaciones sobre su coloración. Los colores de las fotos nunca son precisos. Las anotaciones eran diarias.

Al poco tiempo sabía algo sobre las formas (repito, nunca eran exactamente las mismas) que podían adquirir las excreciones, pero esto no era suficiente para mí. Quise entonces colocar al lado de cada porción la descripción de su olor, que era también variable, pero no lo logré. Kant tenía razón al clasificar el olfato como un sentido secundario, debido a su carácter inefable. Escribí en el Álbum, por ejemplo, el siguiente texto sobre el olor de un bolo fecal espeso, café oscuro: olor opaco de verduras podridas en un refrigerador cerrado. ¿Qué era eso de olor opaco? ¿El espesor del bolo me había llevado involuntariamente a transformar en sinónimos espeso y opaco? ¿Qué verduras? ¿Brócolis? Parecía un enólogo describiendo la fragancia de un vino, pero en realidad había algo poético en mis descripciones olfativas. Sabemos que el olor de las heces es producido por un compuesto orgánico de indol, que también se encuentra en el aceite de jazmín y en el almizcle, y de escatol, que asocia aún más el término escatología a las heces y a la obscenidad. (No confundir con otra palabra homófona en nuestro idioma, pero de diferente etimología griega, una skatós, *excremento*, la otra éschatos, *final*; esta segunda escatología posee una acepción teológica que significa juicio final, muerte, resurrección, la doctrina del destino último del ser humano y del mundo.)

Me faltaba obtener el peso de las heces y para ello mis falaces sentidos serían aún menos competentes. Compré una balanza y, después de pesar durante un mes el producto de mis dos movimientos intestinales diarios, concluí que eliminaba, en un periodo de veinticuatro horas, entre doscientos ochenta y trescientos gramos de materia fecal. Qué asombroso es el sistema digestivo, su anatomía, los procesos mecánicos y químicos de la digestión, que comienzan en la boca, pasan por el peristaltismo y sufren los efectos químicos de las reacciones catalíticas y metabólicas. Todo mundo lo sabe, pero no cuesta nada repetirlo, que las heces consisten en productos alimenticios no-digeridos o no-digeribles, mocos, celulosa, jugos (biliares, pancreáticos y de otras glándulas digestivas), enzimas, leucocitos, células epiteliales, fragmentos celulares de las paredes intestinales, sales minerales, agua y un gran número de bacterias, además de otras sustancias. La mayor presencia es de bacterias. Mis doscientos ochenta gramos diarios de heces contenían, en promedio, cien mil millones de bacterias de más de setenta tipos diferentes. Pero en el carácter físico y la composición química de las heces influye, aunque no exclusivamente, la naturaleza de los alimentos que ingerimos. Una dieta rica en celulosa produce un excremento voluminoso. El examen de las heces es muy importante en los diagnósticos que definen los estados mórbidos, es un notable instrumento de la semiótica médica. Si somos lo que comemos, como dijo el filósofo, somos también lo que defecamos. Dios hizo la mierda por alguna razón.

Se me olvidó decir que cambié la taza de mi escusado, cuya forma de embudo constreñía las heces, por otro de fabricación extranjera que tuve que importar, una pieza con el fondo mucho más ancho y liso, que no causaba ninguna interferencia en la formación del bolo fecal después de su caída al ser expelido, permitiendo una observación más correcta de su hechura y disposición naturales. Las fotos también eran más fáciles de tomar, y retirar el bolo para pesarlo —la última etapa del proceso— exigía menos trabajo.

Un día, estaba sentado en la sala y vi sobre la mesa una revista vieja, que debía estar en un archivo especial que tengo para las publicaciones con textos de mi autoría. No recordaba haberla sacado del archivo. ¿Cómo había aparecido encima de la mesa? Sentí un cierto malestar al buscar mi artículo. Era un ensayo titulado «Artes adivinatorias». En él decía, en suma, que la astrología, la quiromancia & compañía no pasaban de ser engaños hechos por charlatanes especializados en burlar la buena fe de personas incautas. Para escribir el artículo, había entrevistado a varios de esos individuos que se ganaban la vida previendo el futuro y muchas veces el pasado de las personas, a través de la observación de señales variadas. Además de los astros, había los que basaban su presciencia en cartas de baraja, líneas de la mano, arrugas de la frente, cristales, conchas, caligrafía, agua, fuego, humo, cenizas, viento y hojas de árboles. Y cada una de estas adivinaciones poseía un nombre específico, que la caracterizaba. El primer entrevistado, que practicaba la geloscopía, se decía capaz de descubrir el carácter, los pensamientos y el futuro de una persona por la manera de carcajearse, y me desafió a que soltara una carcajada. El último que entrevisté...

Ah, el último que entrevisté... Vivía en una casa en la periferia de Rio, una región pobre de la zona rural. Lo que me llevó a enfrentar las dificultades para encontrarlo fue el hecho de que era el único de mi lista que practicaba el arte de la aruspicina, y yo tenía curiosidad de saber qué tipo de embuste era aquel. La casa de ladrillos de apenas un piso estaba en medio de un patio sombreado por árboles. Entré por un portón en ruinas y tuve que tocar varias veces la puerta. Me recibió un hombre viejo, muy delgado, de voz grave y triste. La casa estaba pobremente amueblada, no se veía en ella un solo aparato electrodoméstico. Las artimañas de este tipo, pensé, no lo están ayudando mucho. Como si hubiera leído mis pensamientos, refunfuñó, usted no quiere saber la verdad, siento la perfidia en su corazón. Venciendo mi sorpresa respondí, solo quiero saber la verdad, confieso que tengo mis dudas, pero trato de ser neutral en mis juicios. Me tomó del brazo con su mano huesuda. Pase usted, dijo.

Fuimos al fondo del patio. En el piso de tierra había algunos corrales, uno que contenía cabritos, otro aves —creo que patos y gallinas— y uno más con conejos. El viejo entró en el corral de los cabritos, tomó uno y lo llevó a un círculo de cemento en uno de los rincones del patio. Anochecía. El viejo encendió una lámpara de queroseno. Un enorme machete apareció en su mano. Con algunos golpes —no sé de dónde sacó fuerzas para hacerlo— le cortó la cabeza al cabrito. Enseguida —detesto recordar estos acontecimientos—, usando la afilada hoja, abrió una profunda y larga cavidad en el cuerpo del cabrito, dejando sus entrañas a la vista. Puso la lámpara de queroseno al lado, sobre un charco de sangre, y se quedó un buen rato observando las vísceras del animal. Finalmente, me miró y dijo: la verdad es esta, una persona muy cercana a usted está por morir, vea, todo está escrito aquí. Vencí mi repugnancia y miré aquellas entrañas sangrientas.

Veo un número ocho.

Ese es el número, dijo el viejo.

Esa escena no la incluí en mi artículo. Y durante todos estos años la dejé olvidada en uno de los sótanos de mi mente. Pero hoy, al ver la revista, recordé, con el mismo dolor que había sentido en aquella ocasión, el entierro de mi madre. Era como si el cabrito estuviera destripado en medio de mi sala y yo contemplara nuevamente el número ocho en los intestinos del animal sacrificado. Mi madre era la persona más cercana a mí y murió inesperadamente, ocho días después de la profecía funesta del viejo arúspice.

A partir de aquel momento en que liberé de mi mente el recuerdo del siniestro vaticinio de la muerte de mi madre, comencé a procurar señales proféticas en los dibujos que observaba en mis heces. Toda lectura exige un vocabulario y evidentemente una semiótica; sin eso, el intérprete, por más capaz y motivado que esté, no logra trabajar. Tal vez mi Álbum de heces ya era una especie de léxico, que yo había creado inconscientemente para servir de base a las interpretaciones que ahora pretendía hacer.

Tardé algún tiempo —para ser exacto setecientos cincuenta y cinco días, más de dos años— en desarrollar mis poderes espirituales y librarme de los obstáculos que me hacían percibir solo la realidad palpable y finalmente interpretar aquellas señales que las heces me proporcionaban. Para lidiar con símbolos y metáforas es necesaria mucha atención y paciencia. Las heces, lo puedo afirmar, son un criptograma, y yo había descubierto sus códigos de desciframiento. No voy a hablar aquí detalladamente de los métodos que utilizaba, ni de los aspectos semánticos y hermenéuticos del proceso. Solo puedo decir que el grado de especificidad de la pregunta es un factor ponderable. Logro hacer preguntas previas, antes de defecar, y después interpreto las señales buscando la respuesta. Por otro lado, interrogantes que se pueden elucidar con una simple negación o afirmación facilitan el trabajo. Logré prever, a través de este tipo de indagación específica, el éxito de uno de mis libros y el fracaso de otro. Pero a veces no inquiría nada, y usaba el método incondicional, que consiste en obtener respuestas sin hacer preguntas. Pude leer, en mis heces, el presagio de la muerte de un gobernante; la previsión del desmoronamiento de un edificio de departamentos con innumerables víctimas; el augurio de una guerra étnica. Pero no comentaba el asunto con nadie, pues seguramente dirían que estaba loco.

Hace poco más de seis meses noté que había cambiado el ritmo de las descargas de la válvula del escusado de mi vecino e inmediatamente descubrí la razón. Le habían vendido el departamento a una joven mujer, a quien encontré una tarde al llegar a casa, desolada frente a su puerta. Había dejado las llaves y no podía entrar. Le ofrecí meterme a su departamento por mi ventana —si la suya estaba abierta— y abrir la puerta. Eso me exigió un poco de contorsionismo, pero no fue difícil.

Me invitó a tomar un café. Su nombre era Anita. Empezamos a visitarnos, nos agradábamos uno al otro, vivíamos solos, ni yo ni ella teníamos parientes en el mundo, nuestros intereses eran comunes y las opiniones que teníamos sobre libros, películas y obras de teatro eran parecidas. Aunque ella era una persona mística, jamás le hablé de mis poderes adivinatorios, pues mierda, entre nosotros, era un asunto tácitamente prohibido, ella seguramente no me dejaría ver sus heces; cuando uno de nosotros iba al baño, siempre tenía el cuidado de desinfectar después el lugar con un desodorante en aerosol, colocado estratégicamente al lado del lavabo.

Durante diez días, antes de declararle mi amor, interpreté las señales y descifré las respuestas que mis heces daban a la pregunta que hacía: ¿sería aquella la mujer de mi vida? La respuesta era siempre afirmativa.

Fui a comer a un restaurante con Anita. Como era habitual en ella, se tardó mucho tiempo leyendo el menú. Ya dije que se consideraba una persona mística y que le atribuía a la comida un valor alegórico. Creía en la existencia de conocimientos que solo podrían volverse accesibles por medio de percepciones subjetivas. Como no conocía mis dones, decía que, a diferencia de ella, yo solo sentía lo que me mostraban mis sentidos, y que ellos me daban apenas una percepción grosera de las cosas. Afirmaba que su vitalidad, serenidad y alegría de vivir resultaban de la facultad de armonizar el mundo físico y el espiritual a través de experiencias místicas que no me explicaría cuáles eran, pues yo no las entendería. Cuando le pregunté qué papel desempeñaban en ese proceso los ejercicios aeróbicos de estiramiento y de pesas que hacía diariamente, Anita, después de sonreír con superioridad, afirmó que yo, como un monje de la Edad Media, confundía misticismo con ascetismo. En realidad, sus inclinaciones esotéricas aunadas a su belleza —podría ser el modelo para la ilustración de la Princesa en un cuento de había-una-vez— la hacían aún más atractiva.

Fue en el restaurante que le declaré mi amor a Anita. Después fuimos a mi casa.

Aquella noche hicimos el amor por primera vez. Después, durante nuestro perezoso descanso, mezclado con palabras cariñosas, me preguntó si tenía un diccionario de música, pues quería consultar algo. Normalmente me habría levantado de la cama para traer el diccionario. Pero Anita, notando mi somnolencia, causada por el vino de la cena y por la saciedad amorosa, dijo que ella iría a buscarlo, que me quedara acostado.

Anita tardó en regresar al cuarto. Creo que hasta dormité un poco. Cuando volvió, tenía el Álbum de heces en la mano.

¿Qué es esto?, preguntó. Me levanté de un salto e intenté quitárselo de las manos, explicándole que no me gustaría que lo leyera, pues podría impresionarse. Anita respondió que ya había leído varias páginas y que le parecía gracioso. Me pidió que le explicara detalladamente qué era y para qué servía aquel dossier.

Le conté todo y Anita siguió mi relato atentamente. A menudo consultaba el Álbum que conservaba en las manos. Para mi sorpresa, no solo hizo preguntas sino que discutió conmigo detalles referentes a mis interpretaciones. Le hablé acerca de mi asombro ante su reacción, le mencioné el hecho de que no le había gustado uno de mis libros que tenía una historia que hablaba de heces, y Anita respondió que el motivo de su rechazo había sido otro, la conducta romántico-machista del personaje masculino. Que todo aquello que le decía la hacía feliz, pues indicaba que yo era una persona muy sensible. Aproveché para decirle que me gustaría ver sus heces algún día, pero ella reaccionó diciendo que eso nunca. Pero que no le incomodaría ver las mías.

Durante un tiempo observamos y analizamos mis heces y discutimos su fenomenología. Un día, estábamos en casa de Anita y me llamó para que viera sus heces en la taza del escusado. Confieso que me emocioné, sentí que nuestro amor se había fortalecido, la confianza entre los amantes tiene ese efecto. Desgraciadamente, el aparato sanitario de Anita era del modelo alto y en forma de embudo, y eso había perjudicado la integridad de las heces que me mostraba, causando una distorsión exógena que había hecho ilegible la masa. Le expliqué esto, le dije que para impedir que el problema volviera a ocurrir tendría que usar mi escusado especial. Anita estuvo de acuerdo y afirmó que se había sentido feliz al contemplar mis heces y que al mostrarme las suyas se había sentido más libre, más ligada a mí.

Al día siguiente, Anita defecó en mi baño. Sus heces eran de una extraordinaria riqueza, varias piezas en forma de bastones o báculos, simétricamente dispuestas, lado a lado. Nunca había visto heces con dibujos tan incitantes. Entonces noté, horrorizado, que uno de los bastoncillos estaba todo retorcido, formando el número ocho, un ocho igual al que había visto en las entrañas del cabrito sacrificado por el arúspice, el augurio de la muerte de mi madre.

Anita, al notar mi palidez, me preguntó si me sentía bien. Le respondí que aquel dibujo significaba que alguien muy cercano a ella iba a morir. Anita dudó, o fingió dudar, de mi vaticinio. Le conté la historia de mi madre, le dije que había sido de ocho días el plazo que había transcurrido entre la revelación del arúspice y su muerte.

Nadie era tan cercano a Anita como yo. Marcado para morir, tenía que apresurarme, pues quería pasarle los secretos de la copromancia, palabra inexistente en todos los diccionarios y que yo había compuesto con obvios elementos griegos. Solo yo, creador solitario de su código y su hermenéutica, poseía, en el mundo, ese don adivinatorio.

Mañana será el octavo día. Estamos en la cama, cansados. Acabo de preguntarle a Anita si quiere hacer el amor. Ella respondió que prefiere quedarse a mi lado en silencio, tomada de mi mano, en la oscuridad, oyendo mi respiración.

Coincidencias

No soy de los que me llevo a la cama a una mujer que me encuentro en el puesto de jugos y sándwiches. ¿Qué fue lo que me motivó? ¿Su aspecto saludable y limpio, su piel rosada, sus cabellos rubios decolorados como de paja, su buen cuerpo?

Me la volví a encontrar en el aeropuerto, algunos días después. Yo llevaba un traje a la medida hecho en Londres, zapatos ingleses, camisa italiana y corbata francesa, estaba cuidadosamente peinado y rasurado. Solo me arreglo de esta manera cuando voy a hacer aquel viaje internacional de negocios, por llamarlo así. En Brasil, me afeito dos veces a la semana, nunca me visto de ese modo, ni siquiera para ver a una de mis novias o negociar con el traficante o ir a la misa de difuntos de una personalidad o presidir las reuniones de mi empresa o lo que sea. No me gusta que se fijen en mí. Hola, Chico,* qué coincidencia más afortunada, dijo ella, parándose frente a mí, prácticamente impidiéndome el paso.

Todas las personas que trabajaban para mí, sin importar en qué, recibían instrucciones de llamarme Chico. Quienes no trabajaban para mí también me llamaban Chico.

Chico, estás diferente, dijo ella.

Yo me había escondido en la sála VIP y había salido directo a abordar, inmediatamente después de que transmitieran el aviso por el altavoz. No esperaba verla, ni a ella ni a nadie, en la sala de abordar del aeropuerto.

¿Trabajas aquí?, le pregunté.

Ya te lo había dicho, respondió.

No me acuerdo.

¿Ya se te olvidó todo lo demás?, preguntó, con una sonrisa maliciosa.

---

* *Chico* es el diminutivo popular de Francisco. (Todas las notas son del editor.)

No me acuerdo de que me hayas dicho que trabajabas en una compañía aérea. Dices que estoy diferente. ¿Diferente, cómo?

Parece que te disfrazaste.

En cierta forma, me disfracé. Me dio gusto verte.

Llámame.

Claro. Adiós.

Estaré esperando.

Entré en el túnel que conducía al avión.

¿Camila? ¿Cássia? ¿Cómo se llamaba? ¿Cordélia? Necesitaba dejar de tirarme a cualquier mujercita sabrosa que se mostrara dispuesta, en los jugos o un restaurante de lujo. Pero actué siguiendo la receta: a las mujeres te las coges y al diablo.

La tercera vez nos encontramos en una reunión de la organización filantrópica *Acabar con el hambre ahora*, la AHA, que mi empresa subvencionaba.

Qué agradable sorpresa, dije.

Soy voluntaria de la AHA. El trabajo que la asociación ha hecho es maravilloso, felicidades.

¿Cordélia?

Carlota.

Soy pésimo con los nombres.

Me gusta más la ropa que traes hoy. Te ves bien de jeans, dijo. Y sin afeitarte.

Tú también. De jeans.

En la reunión había gente de varios sectores, interesada en acabar con el hambre, no voy a entrar en detalles. Carlota se quedó callada la mayor parte del tiempo. Percibí que discretamente, me observaba como quien mira un rompecabezas.

Busqué a Carlota cuando la reunión terminó.

No me acuerdo de tu apellido. ¿Corday?

La Corday era Charlotte. Yo soy solo Carlota, como Joaquina.*

Ah, ya entiendo.

Soy estudiante de historia. No quiero trabajar en una compañía aérea el resto de mi vida.

¿Y tu nombre completo? ¿Carlota Joaquina?

Mendes.

¿Dónde estudias?

* Carlota Joaquina era la esposa de Dom João VI de Portugal.

En la PUC.*
Bueno, adiós. Me dio gusto verte.
Adiós. Igualmente.

La cuarta vez, Carlota estaba en una fiesta en casa de un banquero con quien yo tenía negocios, un español. Llamémosle Juan. Yo entraba al baño cuando la vi. En el baño me sacudí la caspa que comenzaba a acumularse sobre mis hombros. Cuando salí, Carlota estaba en la puerta.

Hola, dijo, qué coincidencia tan agradable. ¿No crees?

Claro.

¿Olvidaste el número de mi celular?

Lo guardé tan bien que se esfumó.

Apúntalo de nuevo.

Lo apunté.

Eres el único de jeans en la fiesta.

Puro estilo.

Carlota entró al baño. Fui a buscar a Juan. Una coincidencia es un evento accidental que parece haber sido planeado, pero no lo fue, por eso es considerado una coincidencia. Sin embargo, muchas veces esa coincidencia no tiene nada de fortuita, en realidad fue preparada. Cuando digo eso, mis socios me llaman paranoico. Paranoico es un tipo con sospechas delirantes, pero yo soy lúcido, racional. Por eso no me sucede nada malo.

Juan, ¿quién es la muchacha rubia que está conversando con aquel gordo?

Ramos, el de la aduana.

No, la muchacha, ¿quién es?

No sé.

No voltees, por favor, no quiero que sospeche que estamos hablando de ella. ¿Sabes quién la invitó?

Puede haber sido Ramos.

No, no fue. Cuando se acercó a él, noté que no se conocían. ¿Puedes averiguar con quién vino? ¿Discretamente?

Voy a ver, dijo Juan, mezclándose entre la gente.

Anduve un poco por los salones de la casa, estudiando a las personas. Nuevamente me encontré a Carlota.

* Siglas de la Pontifícia Universidade Católica.

¿Me estás evitando? ¿Qué necesito hacer para que vuelvas a interesarte en mí? ¿Pintarme el cabello de negro azabache?

Todo menos eso.

¿Un tatuaje?

¿Dónde?

Donde quieras.

Voy a pensarlo.

Carlota pasó la mano por mis hombros.

Tienes caspa, ¿sabes?

He hecho de todo para acabar con esta cosa.

Tengo un remedio casero infalible. ¿Cuándo puedo ir a tu departamento a lavarte la cabeza con un champú especial? ¿Mañana?

Me quedé pensando, siempre quise librarme de la maldita caspa y ya había intentado todos los tratamientos posibles, había consultado los mejores especialistas en Brasil y en el extranjero, sin ningún resultado.

Mañana no, respondí, dame dos días. Tienes mi dirección, ¿no?

Sí. ¿Es aquel lugar adonde fuimos? Parecía que ahí no vivía nadie.

Eres buena observadora.

Entonces hasta el jueves. ¿A las nueve?

Perfecto.

Voy a circular un poco, dijo. Ya vi que a ti tampoco te gusta quedarte parado.

Media hora después, Juan me llamó aparte.

La muchacha se coló. Es un problema, no puedes controlar quién entra a tus fiestas a menos que haya alguien con una lista en la puerta, lo cual es muy desagradable. ¿Qué hago con ella?

Nada.

A las nueve horas en punto, dos días después, Carlota llegó a mi departamento, el lugar donde nadie vivía. Aquellos dos días me habían sido muy útiles.

Quítate la camisa. Vamos al baño.

Al llegar al baño, Carlota dijo, es mejor que te desnudes. Métete a la ducha.

Me quité la ropa y me metí a la ducha.

Creo que yo también me voy a quitar la ropa, dijo ella.

Yo ya la había visto desnuda, era una imagen muy seductora.

Primero humedezco tu cabeza y aplico el remedio y hago un montón de espuma.

¿Qué preparado es? ¿Hecho de qué?

No te puedo decir la fórmula, es un secreto, un invento de mi abuela, que era farmacéutica. Ahora tienes que quedarte cinco minutos con la espuma en la cabeza. Me puedes besar y acariciar mientras.

Nos besamos y acariciamos durante cinco minutos.

Ahora vamos a quitarte esta espuma y aplicar el preparado nuevamente.

Cinco minutos más de besos y caricias.

Después nos quedamos bajo la ducha el tiempo que a ella le pareció necesario. Salimos de la ducha y nos secamos.

Enseguida nos fuimos a la cama. Tengo que reconocer que se merecía más que una cogida. Era la última vez y yo tenía que aprovechar.

Estábamos acostados en silencio, sudados, saciados.

¿Puedo dormir aquí? Quisiera pasar una noche contigo.

¿Quién eres?

Carlota Mendes, ¿ya se te olvidó?

No existe ninguna Carlota Mendes que estudie historia en la PUC, ya lo revisé.

Información errónea, querido.

Tu nombre tampoco consta en el departamento de personal de las compañías aéreas que operan en el aeropuerto. En *Acabar con el hambre* nadie sabe quién eres, tu nombre no consta en el cuerpo de voluntarios.

La AHA no está tan bien organizada como tú crees. Todo está medio desordenado, no tienen control de todos los voluntarios. Incluso tengo unas sugerencias respecto al funcionamiento de la secretaría, que estoy poniendo por escrito, para después dártelas.

Juan me dijo que entraste de colada en su fiesta.

¿Colada? Me invitaron.

¿Quién te invitó?

Un muchacho llamado Joãozinho.

No te vi con ningún Joãozinho en la fiesta.

Estaba con su novia.

¿Por qué cuando te despediste de mí no fuiste a despedirte de él también? Te fuiste sin hablar con nadie.

Él ya se había ido.

Tu teléfono no tiene nombre registrado.

Los celulares de tarjeta son así, tontito.

Recosté mi cuerpo sobre el de ella. Le di un beso leve en la boca.

Dime la verdad, Carlota, o como te llames.

Estoy diciéndote la verdad. No seas paranoico.

Puse mis manos alrededor de su cuello.

Voy a apretarte el cuello hasta que me digas la verdad. Y, para tu información, no soy paranoico, solo lúcido.

Trató de zafarse. Carlota, o como se llamara, tenía mucha fuerza en los brazos. Luchamos por algún tiempo, hasta que se quedó inmóvil.

En su bolsa no había documentos de identidad, ni cosméticos, tan solo una fina cuerda de nailon.

Llamé a Magrão.

Ven aquí, te tengo un trabajo. Trae una maleta grande, de rueditas.

Llego en media hora, dijo Magrão.

Llegó en veinte minutos, con la maleta que le había pedido.

Va a ser fácil, es delgadita, dijo Magrão contemplando el cuerpo sobre la cama.

¿Entraste por el garaje?

Sí, tengo el control remoto.

Magrão puso a la mujer en la maleta. Tenía razón, fue fácil.

Apagué las luces del departamento. Llevé a Magrão hasta la ventana.

¿Ves aquel auto parado en la esquina? Hay dos tipos dentro. Fíjate si te siguen.

Magrão se fue, jalando la maleta que se deslizaba sobre las rueditas.

Diez minutos después, Magrão me llamó por el celular.

Los tipos no me siguieron.

Ya sé. Siguen parados en la esquina.

El auto con los tipos se fue a las cuatro de la mañana. ¡Cómo hay gente floja en este mundo! Por eso no hacen las cosas bien.

Me paré frente al espejo y me froté el cuero cabelludo. Ojalá los clósets no hubieran estado vacíos, para ponerme una camisa oscura y verificar mejor el resultado. Aun siendo blanca, la camisa permitía ver las escamas esparcidas sobre mis hombros. Sabía que eso sucedería, había probado todo para acabar con aquella maldita caspa, sin éxito.

Ahora tú
(O José y sus hermanos)*

¿Quién quiere hablar primero?

Yo. Ayer me subí al ascensor, uno de esos ascensores modernos que no tienen botones, los números de los pisos están en cuadritos que se iluminan cuando los tocas, yo estiré la mano y puse muy suavecito el dedo en el número del piso adonde iba, de veras muy suavecito, casi como un soplo, y quité el dedo con la mayor rapidez posible, solo para probar. El número se iluminó, esas porquerías realmente funcionan. Ay, qué lindo, dijo alguien. Era un ascensor grande, lleno de gente, pero no fue difícil identificar al baboso que lo había dicho. ¿Me estás hablando a mí?, le pregunté con voz de villano de película, para ver si el relamido se daba cuenta que estaba sacando boleto. Pero el tipo, que no era muy ducho, más bien un imbécil, dijo, sí, sí te hablo a ti, querido. Luego, luego, le solté un golpe en la cara, no porque pensara que yo era maricón, con perdón de ustedes, uno es lo que cree que es, le pegué porque no me gusta que tipos como él me dirijan la palabra sin mi autorización. El muy hijo de puta, con perdón de ustedes, iba a recibir una golpiza por darme los buenos días. Entre la gente que estaba en el ascensor, solo un viejo protestó, usted no puede hacer eso. Lo ignoré. El tipo que recibió los golpes se culeó y se escondió atrás de los otros, al fondo del ascensor. Nadie dijo nada, y si alguien hubiera dicho algo habrían llovido golpes por todos lados, era una buena oportunidad para armar bronca dentro de un ascensor, cosa que nunca he hecho hasta ahora. Reconozco que soy acomplejado y me desquito. Yo era flaquito y delicado, todo mundo me jodía y hasta una vez me metieron el dedo en el culo, con perdón de ustedes, porque era bonito y a la gente no le gustan los hombres bonitos. Pero entré en un gimnasio, tomé todas esas pastillas, practiqué artes marcia-

---

* El título de este cuento recuerda el poema de Carlos Drummond de Andrade «José», que contiene el verso «E agora José?», de gran popularidad por su alusión de corte universal al hombre común brasileño.

les, me puse como un toro, me hice un tatuaje en el brazo, un demonio con todo y cuernos, miren, aquí está, encima del bíceps, los cuernos crecen nomás hinchas el músculo, ¿ven? Sigo siendo una persona de gestos delicados, soy incapaz de agredir a viejos, niños, mujeres y lisiados, no provoco a nadie, uno se llena de músculos pero el alma continúa siendo la misma. Ahora ya nadie me jode, a no ser por ciertos idiotas que no ven el peligro, como aquellos distraídos que en el zoológico quieren acariciarle la cabeza al tigre enjaulado y pierden un brazo. Los idiotas que se hacen los graciosos conmigo no pierden los brazos, pero tienen que enyesárselos y comprarse dientes postizos, y eso si tienen la suerte de toparse conmigo cuando estoy tranquilo.

Ya escuchamos a José. Ahora te toca a ti, Xuxinha.

A mí me gustaba un muchacho que solo me buscaba para, este..., para sexo. Le dije, tú solo quieres usarme, nunca me llevas a ningún lugar, ni al McDonald's, y él me dijo, tienes razón, perdóname. Y nunca más me buscó, desapareció. Me conseguí un novio al que le gustaba ir al teatro, me llevaba a comer al japonés porque sabía que me gustaba ir a comer al japonés, y en mi cumpleaños me dio un reloj Cartier, mientras que el otro nunca me dio ni siquiera una flor. Pero yo no lograba olvidar al otro y terminé con el que me dio el reloj Cartier. Era imitación, después lo descubrí. Todos los días pienso en el que desapareció. Eso es todo.

Muy bien, Xuxinha. ¿Quieres hablar ahora, Gerlaine?

Yo al final, por favor.

Entonces ahora te toca a ti, Mário.

Yo quería contar una historia como la de José, pero a mí no me sucede nada, la gente ni cuenta se da de que existo, puedo silbar, zapatear en medio de la calle, ponerme un traje lleno de cascabeles y nadie voltea a verme. Al salir de aquí nadie se va a acordar de mi nombre, o peor, ni me va a reconocer; hoy, antes de subir me encontré a una persona en la puerta del edificio, no voy a decir quién, y le dije, nos vamos a ver de nuevo allá arriba y esta persona me preguntó, ¿quién eres? y ya me había visto aquí tres veces.

Una vez. Esta es nuestra segunda reunión, Mário. Y ahora tú, Renato.

Yo no quería contar una historia igual a la de José, pero yo, yo quería ser José y reaccionar a todas las provocaciones que me hacen porque soy tartamudo. Pero no tengo valor. Soy el mayor agachón de la ciudad.

Tal vez sea necesario que alguien te meta el dedo en el culo, con el perdón de ustedes.

24

José, espera tu turno en el debate. Renato, ¿algo más?

Yo quería ser José para también partirle la cara, como él dice. Pero no lo soy, y como él dice, me culeo.

Renato, ¿notaste que no tartamudeaste una sola vez? Es un progreso.

¿De veras? Gracias. Sí... sí, es... es to... todo.

¿Gerlaine? ¿Después? ¿Al final? Está bien. Ahora tú, Clebson.

Yo no tengo problemas, solo que no logro dormir bien, ocho horas como todo el mundo. Duermo tres horas por noche, pero mi mujer dice que es mentira, que duermo mucho más. Ella sí, duerme ocho horas y me da coraje con ella porque duerme mientras yo me quedo despierto y después me dice mentiroso, y la peor cosa en el mundo es quedarte despierto todas las noches con insomnio y que alguien esté roncando a tu lado. Y cuando se trata de la mujer de uno, es todavía peor. Es decir, nunca he dormido con otra mujer, pero me parece que si fuera otra mujer no me sentiría tan incómodo.

Pues duerme con otra mujer para probar.

José, por favor. Espera un poco, ya vamos a comenzar el debate. Y, por favor, ya deja de estar echando gargajos por la ventana. ¿Algo más, Clebson?

Yo no quería ser José.

Quieres ser un pobre diablo que no duerme, ¿no?

José, si vas a seguir así, se acaba la reunión.

Está bien, está bien.

Ahora tú, Gerlaine. ¿Después? Entonces ahora tú, Marcinha.

Lo que yo quería contar en nuestra primera reunión era mi compulsión a comer chocolates; no lo dije porque apenas era el día en que nos presentamos y dije que mi nombre era Marcinha, pero como está todo mundo abriendo el corazón, es decir, abriéndose un poco, quiero empezar diciendo que mi nombre no es Marcinha, es un seudónimo y eso no llega a ser una falsedad porque yo siempre quise llamarme Marcinha y ustedes me pueden decir Marcinha. Pero estaba hablando de mi locura por el chocolate. Como chocolate todos los días y engordo todos los días, lo que más me gusta es ir a la playa, y cada año el verano es más fuerte, pero no tengo valor, desisto, me siento humillada cuando veo mi cuerpo en el espejo, con el traje de baño entero que me compré y que ya ni siquiera las viejas usan.

El que come chocolate tiene que hacer ejercicio para quemar las calorías.

José, es su turno.

Ya casi acabo. No resisto. En mi casa siempre tengo barras de chocolate; un día cerré con llave la alacena y tiré la llave a la calle, pero algunas horas después derribé la puerta y devoré varias barras sin parar, lo cual acabó soltándome el estómago. Bien, dije que iba a hablar poco y ya voy a terminar. El otro día estaba en casa, por la tarde, viendo la televisión, y cuando fui a buscar un chocolate noté que se habían acabado. Salí corriendo desesperada a comprar chocolates en el supermercado que está cerca de mi casa y cuando ya estaba dentro, enfrente de un anaquel lleno de varios tipos de chocolates, me di cuenta de que no llevaba la bolsa y que no traía ni una moneda. Me sentí tan infeliz que empecé a llorar frente al anaquel, no iba a aguantar ni un minuto más sin comer un pedazo de chocolate. Entonces me puse una barra pequeña entre los pechos, los pechos grandes sirvieron por lo menos para eso, y salí con la barra escondida y tan pronto salí a la calle devoré el chocolate. Pero no se me pasaba el antojo y yo, y yo, se trata de abrir el corazón, ¿no?, y corrí a otro supermercado e hice lo mismo, agarré dos barras y hui con ellas, y me comí las dos en la calle y después fui a la panadería y agarré ahora tres barras, las escondí entre los pechos y me las comí inmediatamente en la calle. Creo que mi historia es la peor de todas.

¿Quieres decir algo más?

Después.

Está bien, Marcinha. Ahora tú, Salim.

No puedo ver a los turistas, rubios principalmente, esos tipos que hacen *favela tour*, agarran a nuestras mulatas, se ponen hasta atrás con caipiriñas, compran bandejas de ala de mariposa y después se van hablando mal de Brasil y a nosotros, los brasileños, nos parecen lo máximo. Eso es lo que más me irrita, que nos parezcan lo máximo y que andemos como locos por visitar sus países. Cuando llegamos allá vemos que nada de nada, son de puro adorno, y a ellos no les gustan los extranjeros, ni en Francia, ni en Inglaterra, no se escapa ningún país. Un día fui a Alemania, me decían, tienes que ir a Alemania y fui a Alemania, y llegando allá solo vi mujeres gordas con la nariz roja, lo peor es que me trataban mal en todos lados, hasta el tipo que vendía salchichas en el kiosco de la calle, y cuando le pregunté a un brasileño que estaba conmigo —éramos dos parejas, yo y mi mujer y él y su mujer— por qué me trataban diferente que a él, que tampoco era digamos muy, muy bien recibido, mi amigo me respondió que pensaban que yo era turco.

Pero si eres turco, Salim.

Qué turco ni qué la mierda, soy hijo de libaneses.

Calma, muchachos, estamos aquí para aliviar tensiones, no para crearlas. José, por favor.

A mí no se me hace tan malo ser turco.

José, te lo pido.

Ya no voy a decir nada.

Continúa, Salim.

Soy brasileño, y creo que nosotros, los brasileños, debemos sentirnos más orgullosos de lo que somos y dejar de ser unos tarugos apantallados con babosadas como Disney, un montón de tontos gastando dinero para ver a Tribilín. El avión que viene de Miami parece un autobús que llega de Paraguay, con contrabandistas llenos de chucherías. Brasil es el mejor país del mundo. José, en vez de pegarle a los brasileños debería darle a estos extranjeros.

Ya les partí su madre a muchos.

Así no se puede. ¿No puedes estarte callado un minuto, José? ¿Y no te pedí que dejaras de escupir por la ventana?

Yo no me fijo en nacionalidades, ni en colores, ni en la ropa que el tipo esté usando, ya lo dije, únicamente no les pego a los viejos, a los niños, mujeres y lisiados. Pueden hacer lo que les dé la gana, que no les pongo un dedo encima. Son doce pisos, ¿tengo que tragarme los gallos? Son flemas oscuras.

José, ¿quieres que acabe la reunión? Si vuelves a interrumpir una vez más, la doy por terminada. Si escupes una vez más por la ventana, también se acabó. Hay gente en la calle, no importa si son doce pisos. ¿Algo más, Salim?

Solo unas últimas palabras: el amor con amor se paga, y el desprecio también. Eso es lo que debía estar en nuestra bandera, y no orden y progreso.

Bien, Salim. Ahora tú, Gerlaine.

No quiero hablar.

Gerlaine, di lo que quieras. Todo mundo habló.

No quiero.

Necesitas hablar. Es parte de todo, ¿entiendes? ¿No? ¿Segura? Está bien, entonces sigue escuchando, te garantizo que no estarás perdiendo tu tiempo. Amigos y amigas, escuchamos palabras interesantes de todos. Falta el debate. José, por favor, controla tus impulsos, ¿de acuerdo? Y vamos a ser comprensivos, unos con los otros, vamos a oír las opiniones ajenas con atención y respeto, aunque no estemos de acuerdo. Disculpen, mi celular está sonando. Tuve que dejar el celular prendido porque estoy esperando una llamada importante y urgente, cuento con la comprensión de todos. Sí, sí, dime. Sí, sí, ya entiendo. ¿Cómo que no puede hacer eso? Fue lo que acordamos. Mira, estoy en medio de una reunión, sí, ya entendí, el tipo se niega, pues entonces no le pagues, dile que voy a hablar con él. Ahora no puedo, tengo que colgar, hablo con él después. Muchachos, les pido disculpas por la interrupción. Bien, como les decía, fue una jornada muy productiva, el jueves a la misma hora tendremos un debate largo. Gerlaine, vas a tener que decir algo, ¿me lo prometes? Hasta el jueves, muchachos. ¿Dónde dejé el celular?

La naturaleza, en oposición a la gracia

¿Vive usted hace mucho tiempo en el condominio? preguntó el policía.

Hace dos años, respondí. Antes vivía en Ilha do Governador.

Si un policía me hubiera interrogado unos días antes, me habría asustado. Pero no después de todo lo que pasó.

Mientras el policía hacía preguntas, mi mente repasaba los acontecimientos. No sé por qué, lo primero que recordé fue el calor del sauna del condominio, el sauna donde me quedaba escondido para librarme de Sérgio. No se me olvida aquel día en que estaba sentado a la orilla de la piscina, al lado de Alessandra, que estaba recostada con su biquini en una tumbona, cuando Sérgio se acercó, y antes de que yo pudiera huir al sauna, se plantó a nuestro lado, mirando provocativamente el cuerpo de mi novia. Después me preguntó, ¿no te vas a meter al agua, raquítico?

Él sabía nadar, jugar tenis, jiujitsu, yo no. Era musculoso, yo no.

Fingí que no había oído y cuando Sérgio se fue, Alessandra dijo, como si estuviera hablándole a un niño, hiciste muy bien en no ponerte a discutir con ese muchacho, no estudia ni trabaja, vive a costa de su padre, es un burro, si un burro te da una patada, no se la tienes que devolver.

Las palabras de Alessandra no me sirvieron de consuelo, no evitaron que me sintiera avergonzado.

Aquella tarde, mientras caminábamos por el parque —mi cabeza llena de pensamientos sombríos—, Alessandra dijo que un viejo con aspecto amenazador nos estaba siguiendo. Ni siquiera volteé, le respondí que su mamá nos estaba esperando para cenar y que era mejor que nos apresuráramos. Yo le tenía miedo a todo mundo.

Los padres de Alessandra hubieran preferido que ella saliera con un profesionista, era hija única, cursaba economía en una universidad, estaban orgullosos de su hija. El padre, un hombre de origen humilde, solía decir que había triunfado en la vida con grandes sacrificios. Era dueño de una red de tres pequeños mercados en los suburbios y pretendía ampliar sus negocios. La madre, buena cocinera, tenía un talento natural para crear platos sabrosos sin haber leído un solo libro de cocina. Decía que no le gustaba copiar las recetas de los otros, pero en realidad era semianalfabeta. Lamentaba que su futuro yerno no probara sus mejores platos, pues yo era vegetariano. Doña Lurdinha me perdonaba esa excentricidad, como me perdonaba que no fuera licenciado, y me preparaba manjares especiales, con verduras y legumbres, pues yo era delicado, solícito y trataba bien a su hija.

Ese día, doña Lurdinha preguntó si Sérgio, aquel muchacho guapo, estaba allá en la piscina, y Alessandra respondió, inesperadamente, que Sérgio tenía bonitas pestañas.

Salí de la casa de los padres de Alessandra y caminé meditabundo por las arboledas del condominio, pensando en lo que Alessandra había dicho de las pestañas de Sérgio. Para que alguien se fije en las pestañas de otro es necesaria una atención singular. Al pasar frente a uno de los edificios del condominio, vi a un viejo parado en la puerta. Sospeché que era el mismo que nos había seguido antes.

Él se plantó frente a mí.

Permíteme presentarme, dijo el viejo, mi nombre es Victor, víquitor,* pronunciando la c. Vivo aquí en el condominio, pero nadie me conoce, y nadie me conoce porque nadie me ve, y nadie me ve porque escogí ver en lugar de ser visto.

Permanecí callado y el viejo agregó que le gustaría decirme algo. Por favor, acompáñame a mi departamento, dijo, abriendo la puerta del edificio. No sé por qué motivo, el portero de noche había desaparecido.

Como si estuviera hipnotizado, seguí a Victor a donde vivía, un lugar oscuro, repleto de libros alineados en estantes que cubrían todas las paredes.

Siéntate, dijo, y me indicó una silla llena de libros, que quitó tirándolos al piso.

Su voz se volvió más ronca. He visto cómo te ofende ese individuo cada vez que se encuentran, me di cuenta de lo que sucedió hoy en la piscina. Tú, como hacen los perros miedosos al enfrentar a otro más feroz, te agachaste sumiso con la cola entre las patas.

Cualquier otra persona me habría lastimado con aquellas palabras, pero el viejo parecía un brujo de historieta. Después de haber dicho

---

* El personaje hace la aclaración porque en portugués el nombre es «Vitor» y no «Victor», y en este caso se omite la pronunciación de la «c».

que yo no pasaba de ser un can miedoso, agregó que sabía por qué no reaccionaba a las provocaciones del otro.

Te alimentas de legumbres y verduras, esa es la causa de tu miedo. El propio Rousseau, un vegetariano compulsivo del siglo dieciocho, admitía que las personas que se alimentan básicamente de legumbres y verduras se vuelven afeminadas.

El viejo dijo eso frente a uno de sus estantes, maldiciendo y pateando los libros que encontraba a su paso.

Dónde está ese maldito libro, nunca encuentro lo que estoy buscando en este tiradero infernal, pero que Rousseau haya desaparecido no tiene importancia, entre los pensadores famosos él fue uno de los que más estupideces dijo. Mira, joven ignorante, el hombre es un animal que solo adquirió valor cuando dejó de comer raíces y otras porquerías arrancadas de la tierra y comenzó a ingerir carne roja. Dime lo que comes y te diré quién eres, hasta los cocineros lo saben. Una gacela come verduras —¿y el león? El león se come a la gacela, tú tienes que decidir si quieres ser cebra o tigre, ¿hace cuánto tiempo que no comes carne?

Las palabras del viejo me molestaron. Confundido, le pedí permiso para retirarme.

Vete, pero vas a volver, me dijo.

¿Aquella dieta cuidadosa a base de verduras había hecho de mí un cobarde? No, yo solo era prudente, y las personas felices eran prudentes, y la prudencia lleva a la providencia, y gracias a eso había logrado escapar de la pobreza de mi infancia.

Al día siguiente, fui a casa de Alessandra y doña Lurdinha dijo, qué bueno que estás aquí, voy a llamar a Alessandra, está rara, salió diciendo que iba al parque, regresó un minuto después y se encerró en su habitación.

Don Raimundo estaba viendo la televisión, aprovechaba para ver los partidos de futbol durante las horas en que doña Lurdinha cocinaba.

Doña Lurdinha tocó en la puerta de la habitación, Alessandra, Ricardo está aquí.

Alessandra no respondió. Se está arreglando, dijo don Raimundo. Pero cuando Alessandra abrió la puerta percibí que estaba desarreglada, los ojos hinchados, pálida.

Quería decírtelo yo, dijo Alessandra.

Me tomó del brazo, fuimos a caminar por el parque, y ella repitió, quería decírtelo yo, pero Sérgio te lo contó, ¿no?

Sérgio no me había contado nada y, antes de que yo dijera algo, Alessandra prosiguió, pero la culpa no es solo de él, es mía también, creo que desde antes me gustaba y no lo sabía.

Las pestañas, pensé, sintiendo vértigo, comprendiendo por fin toda la situación.

Me alejé, confundido, Alessandra gritó a dónde vas, pero siguió parada a la orilla de la cancha de tenis del condominio. La novia que yo amaba iba a quedarse a merced de aquel troglodita. Me di cuenta de que estaba pasando frente al edificio del viejo Victor al verlo parado en la puerta. Hizo un gesto, llamándome. Lo seguí hasta la sala llena de libros, donde una luz débil iluminaba el ambiente.

Me quitó a mi novia, no sé qué hacer, dije, retirando los libros de encima de la silla, donde me dejé caer sintiéndome infeliz.

Te pasaste veinte años comiendo legumbres y verduras, dijo el viejo, llegaste a un punto crítico, ¿quieres un pedazo de carne?

Me mostró algo que tenía en la mano, una asquerosa masa sangrienta.

Solo hay una solución, joven, prosiguió el viejo, eres un caso serio, para resolver tu problema ahora no sirve de nada comer bisteces asados, hay que beber sangre, los grandes guerreros se fortalecían para el combate bebiendo sangre, pero ya nadie habla de eso, la gente piensa en la sangre como un fluido rojo con plasma y corpúsculos unicelulares que sirve solo para llevar oxígeno, nutrientes y enfermedades de un lado a otro. Los antiguos barberos, aquellos que hacían sangrías, entendían más de sangre que los médicos y científicos en general, porque sabían que la sangre es para ser derramada.

¿Habla en serio?, pregunté.

Yo siempre hablo en serio, respondió el viejo Victor, ¿acaso soy un político?

¿Qué sangre debo beber? ¿De gallina?

Me volteó a ver, irritado. ¿De gallina?, la sangre de gallina es igual que la sangre de cucaracha.*

Al día siguiente falté al trabajo y fui a una carnicería. Ver las carnes y sentir el olor que despedían me llenó de repugnancia, pensé que iba a vomitar ahí mismo, pero logré preguntarle al carnicero, en voz baja, de tal manera que no me oyera otro cliente, ¿vende sangre? Me preguntó si era para hacer *sarrabulho* y cuando le respondí que no sabía qué era eso me explicó: *sarrabulho* era lo mismo que *sarapatel*, una comida hecha con sangre de puerco coagulada.

No, dije, tiene que ser sangre fresca.

Sangre fresca es difícil.

* *Sangue de barata* significa sangre de cucaracha. La expresión «*ter sangue de barata*» significa ignorar una ofensa.

Cuando agregué que no importaba el precio, me preguntó en susurros, ¿de puerco o de vaca?

De toro, le dije.

Cuatro días después, el carnicero me llamó para decirme que la mercancía estaba lista. Era un paquete de plástico, con una sustancia café.

¿No es líquida?

La sangre se coagula, y esta es de toro, licenciado, se coagula más fácilmente, pero basta que la ponga en la licuadora; un cliente mío lo hace así, la licua con un poco de agua, cualquier sangre normalmente ya tiene un poco de agua, ponerle un poco más no la va a echar a perder.

Fui a buscar al viejo, pero me equivoqué de edificio y no lo encontré. Los edificios eran todos iguales, solo se diferenciaban por los nombres. Afortunadamente, cuando me iba a casa, me topé con él.

El viejo me hizo una seña para que lo siguiera a su departamento.

Le mostré el litro de sangre de toro que me había vendido el carnicero. Es de vaca, dijo el viejo, analizando el material, pero peor es nada.

Voy a tener que licuarla con agua.

El viejo soltó una carcajada, o tal vez fue un ataque de tos.

Nada de licuadora, cómetela tal cual, pero un kilo de sangre coagulada es muy poco, hay que comer sangre todos los días, durante un mes.

Al regresar a mi casa, serví la sangre en un plato hondo, sintiendo su nauseabundo olor. Con una mano me apreté la nariz y con la otra llené una cuchara de aquella sustancia, pero no logré llevármela a la boca. Entonces pensé en Alessandra hablando de las pestañas de Sérgio y eso hizo que me metiera la cuchara a la boca con decisión, apretando la nariz con la otra mano, y después de masticar algunas veces, rápidamente me tragué la materia repelente, sudando, con ganas de vomitar y el cuerpo tembloroso. Sentí una debilidad que me invadía el cuerpo y tambaleándome fui a la habitación, me acosté, y entonces el orgullo de haber logrado comer sangre me animó, el asco desapareció, mi cuerpo dejó de temblar.

La primera semana fue la más difícil, no solo sentía repugnancia por la pasta de sangre que estaba obligado a ingerir, la visión de cualquier alimento me causaba náuseas. El domingo, en casa de Alessandra, al ver el suflé de chayote que doña Lurdinha había preparado especialmente para mí, sentí un fuerte asco y corrí al baño, donde vomité todo.

Durante un mes seguí con sacrificio la dieta del viejo, esperando tener el valor de desafiar a mi enemigo, pero aún sin fuerzas para enfrentarlo.

Nuevamente busqué la casa del viejo, sin éxito.

Me quedé paseando por las alamedas del condominio y, para mi felicidad, a Victor le gustaba salir por las noches. Lo encontré recargado en un almendro del parque. Le hablé del miedo que seguía sintiendo.

Si quieres resultados a corto plazo, dijo, tienes que beber la sangre del enemigo y es necesario matar al enemigo para beber su sangre, mata al enemigo, lo mejor es exactamente eso, matar al enemigo y beberte su sangre, y después comerte su carne, así lo hacían antiguamente, hace muchísimo tiempo. Y no se mata al enemigo y se bebe su sangre solo para dejar de tenerle miedo, es para ya no temerle a nadie ni a nada.

Fui a mi departamento. Al pasar por el estacionamiento, me encontré a Sérgio, que bajaba de su auto. Era de noche, pero podía ver sus largas pestañas.

Alessandra me dijo que te gusta pescar, tengo dos cañas, ¿vamos a pescar un día juntos? me preguntó amablemente.

Sérgio siempre me trató con desprecio, pero ese día se mostró respetuoso. Cuando nos despedimos, me pidió mi teléfono.

A la noche siguiente, al entrar a mi edificio, el viejo Victor se me apareció con la barba y los cabellos alborotados, la ropa sucia de arena, como si hubiera dormido en la playa. Lo saludé y él se inclinó haciendo unos ruidos extraños, podía ser un ataque de tos o un acceso contenido de risa.

Me gusta tu semblante, la indecisión en tu rostro, dijo, eso me agrada, la indecisión tiene una dinámica singular, empieza entre hacer una cosa y no hacer nada, y después entre hacer una cosa y hacer otra, y al final siempre acabas por hacer algo. Nos vemos después.

Desapareció y en ese momento apareció Alessandra. Estaba apenada y yo también.

¿No vas a decir nada?, preguntó.

¿Cómo estás?, respondí.

Eso mismo te pregunto, ¿cómo va todo?, ¿tu estómago está mejor?, ¿has trabajado mucho?

¿Eres feliz?, pregunté.

Sí, pero extraño a mi amigo.

El amigo era yo, yo me había convertido en eso, en el amigo. Me acordé del viejo Victor y de toda aquella teoría de la indecisión. Siempre terminas por hacer algo.

Llegando a casa llamé a Sérgio y le pregunté si quería ir a pescar el fin de semana.

Seguro, respondió Sérgio, ¿has pescado de noche, desde la cima de un peñasco?

El sábado, tal como habíamos acordado, nos encontramos en el estacionamiento, Sérgio llevaba dos cañas y me dio una.

Es un regalo, dijo, te lo mereces, fuiste un novio respetuoso.

¿Cómo sabía que yo había sido un novio respetuoso? Es duro, pero debió descubrirlo cuando desfloró a Alessandra, algo que no hice yo, a pesar de que ella me lo había pedido.

Los peces están esperando, conozco el camino, vamos en mi carro, es importado. Vas a ver qué maravilla, dijo Sérgio, dándome las llaves para que lo manejara.

Fingí que estaba concentrado en manejar, así no necesitaba conversar con él. Finalmente llegamos a nuestro destino.

Desde lo alto, oíamos el ruido del mar chocando contra las piedras. La noche era oscura, sin luna, pero yo veía las largas pestañas de Sérgio. Noté también una piedra grande en el suelo, si no hubiera estado ahí tal vez todo hubiera sucedido menos rápido. Agarré la piedra y golpeé a Sérgio con fuerza en la cabeza. Cayó sangrando mucho, y se hubiera ido al precipicio si yo no lo hubiera sujetado, colocando mi cuerpo sobre el suyo.

Pegué la boca a la herida de su cabeza, para chuparle la sangre que escurría. No me dio asco, era como jugo de tomate. Sorbí su sangre durante unos diez minutos, mientras sentía, con la punta de los dedos, lo sedoso de sus largas pestañas. Después lo empujé y rodó por el acantilado. Oí el ruido del cuerpo golpeando el agua, mientras se hundía.

¿Resbaló?, preguntó el policía.

Sí, yo no pude hacer nada, a no ser pedir auxilio, esperar a los bomberos.

El reporte del forense registra que las pestañas del muerto fueron arrancadas, dijo el policía.

Debe haber sido un pez, dije.

El poli me miró, vio frente a él a un hombre seguro y tranquilo.

Muchas gracias por su cooperación, dijo.

Salí de la delegación y la policía nunca volvió a molestarme.

Decidí ir al departamento del viejo Victor para agradecerle sus consejos. Como siempre me equivocaba de edificio, no me molesté cuando el portero dijo que no conocía a ningún viejo con las características que yo describía. Recorrí las porterías de los demás edificios, y los respectivos porteros me dijeron lo mismo.

Alessandra me buscó, quería volver a ser mi novia. Me la llevé a la cama un par de veces y después, junto con las verduras y legumbres de su madre, la alejé de mi vida.

El violador

Júlia siempre llevaba cerrado el cuello del vestido o de la blusa. Su cuerpo estaba muy bien formado, en especial los senos. Hay quien piensa que el seno ideal debe ser duro y arrogantemente empinado, o pronunciado como un declive, o grande y redondo como un melón. No, el seno perfecto llena la mano de un hombre, sin que sobre nada a los lados, es suave y cuelga un poco, muy poco, en leve sinuosidad y después se yergue dulcemente, quedando su pezón por encima de la línea del horizonte. Las camisas finas de algodón que Júlia usaba, sin brasier, indicaban que sus senos pertenecían a esta última categoría.

Júlia mantenía la blusa cerrada y solo me dejaba besarle el cuello, que era muy bonito. A mí me gustaba ir a la playa, pero ella detestaba la playa, las piscinas, y alguien hubiera podido pensar que tenía celulitis o las piernas chuecas, pero los pantalones cortos que usaba demostraban que ese no era el motivo.

Yo estaba loco por ella. Me quedaba despierto toda la noche pensando en Júlia. A veces me levantaba de la cama e iba a la ventana a gritar su nombre. A decir verdad, no era la primera vez que gritaba a la calle nombres de mujeres, aunque no tan alto como el de Júlia. En los tiempos que corren, uno no puede quedarse tan solo acariciando los senos y besando el cuello de la mujer amada. Le pedí a Júlia que se casara conmigo y ella me respondió que no estaba preparada para asumir ese compromiso. Además de gritar por la ventana, también me daba de topes contra la pared pensando en Júlia, pero a decir verdad ya me he dado de topes por otras mujeres, solo que no con tanta fuerza.

Cuando le tocaba los senos, Júlia sujetaba con fuerza el cuello de su ropa. Yo tenía la impresión de que no sentía placer con mis caricias. Para empeorar las cosas, Júlia era huérfana y no había posibles parientes que visitar para pedirles su mano. Solo me restaba una medida drástica.

Compré unas cuerdas gruesas, que escondí debajo de la cama. Si no funciona, pensé, me puedo ahorcar. Jamás pensé en ahorcarme por ninguna otra mujer.

Júlia siempre iba a mi casa a ver películas, que después comentábamos con entusiasmo. Un día, después de ver una de esas películas clásicas, la sostuve con fuerza, la sometí, la llevé a la cama y la amarré con las cuerdas.

Cuando abrí el cuello de su blusa gritó, no, no, por el amor de Dios, no hagas eso.

Júlia continuó gritando mientras yo le quitaba la blusa. Cuando quedó desnuda, con los senos al aire, empezó a llorar. A la altura de la clavícula había un pequeño tumor, purulento.

No quería que lo vieras, dijo sollozando.

A mí no me importa, yo te amo.

Me incliné y lamí y chupé la pequeña pústula, varias veces. Un hombre enamorado no siente asco de la mujer amada. Ella se quedó inmóvil, parecía desmayada. Enseguida la desamarré y la vestí, cerrándole el cuello de la blusa cuidadosamente. Ella continuó acostada un tiempo, después se levantó y se fue sin decir una palabra.

Me quedé en casa, abatido, sintiéndome un asqueroso violador.

Un mes después, me llamó por teléfono para decirme que estaba feliz. Que durante mucho tiempo se había aplicado sin resultado muchas medicinas en aquella cosa que la avergonzaba tanto. Pero ahora había desaparecido, estaba bien. Quería verme.

Empezamos a frecuentar la playa y las piscinas. Continuamos viendo películas clásicas, pero después nos íbamos a la cama. Ella se quitaba la ropa para que yo contemplara su cuerpo antes de hacer el amor. Decía que si yo quería podíamos casarnos, pero yo le pedí que esperáramos un poco.

Bellos dientes y buen corazón

He oído decir que hay personas que se ríen para mostrar sus bellos dientes y otras que lloran para mostrar que tienen un buen corazón. En todas mis fotos, M. se está riendo, pero no como ciertas ricachonas en las secciones de sociales. Esas viejas siempre aparecen enseñando los dientes, pero nunca están realmente riéndose, están mirando hacia la lente de la cámara, pensando en lo que las amigas dirán cuando vean su foto publicada, fingiendo reírse, y cuando el fotógrafo se aleja, muestran un rostro abatido, a veces afligido. He estado en algunas fiestas y sé lo que digo. Los que se ríen de verdad, como los que están enamorados, no tienen la menor idea de lo que sucede a su lado, no ven nada a su alrededor. Por ejemplo, un fotógrafo tomando fotografías. Reírse es bueno, pero puede joderle la vida a una persona.

Cuando lloró, M. se sonó la nariz, tal vez porque así es como las señoritas lloran en las películas: empiezan a llorar y el galán, o algún otro hombre cualquiera, nunca una mujer, saca un pañuelo del bolsillo (los hombres siempre cargan un pañuelo limpio en el bolsillo), se lo da y la señorita se limpia la nariz. Claro que hay una justificación fisiológica; la lágrima, además de humedecer la conjuntiva, puede penetrar en las fosas nasales. El día que M. lloró, el tipo que estaba con ella no traía pañuelo en el bolsillo, o tal vez su pañuelo no estaba limpio; por cierto, si alguien carga un pañuelo en el bolsillo de los pantalones es para ensuciarlo, a menos que esté actuando en una película. Le dio su corbata y ella se sonó con la corbata. Pero me estoy adelantando. Vayamos paso a paso.

Alguien me avisaba cuando M. salía de casa. Yo hacía mi trabajo sin prisas, de manera discreta, como dice el manual. Mi misión era descubrir si salía con algún hombre.

Llevaba cuatro días vigilando a M., cuando los vi a los dos juntos por primera vez, en el centro de la ciudad, en el mostrador de uno de esos lugares donde solo sirven café expreso. Estaban tranquilos, tomar un café es algo inocente, sobre todo si se toma de pie en el mostrador.

Se reían mucho, ella todavía más, una risa alegre pero casi silenciosa, sin quitar los ojos del hombre que estaba con ella. M. estaba enamorada.

El segundo encuentro fue en un restaurante japonés en una casona del centro. M. comió con palitos, eso me irrita, quienes deben de comer con palitos son los japoneses. El tipo usó cuchillo y tenedor. Hubo un momento en que le tomó la mano y ambos se quedaron callados durante un rato. Se despidieron en la puerta del restaurante.

El tercer encuentro fue nuevamente en el lugar que solo servía café expreso. Estaban serios y tensos, el tipo bebió dos tazas de expreso; M. tres, antes de decidirse.

Ninguno de los dos era muy listo, salieron casi al mismo tiempo del café, caminando en la misma dirección, el hombre adelante, a unos cinco metros de distancia. El centro de la ciudad es el mejor lugar para encuentros furtivos, abundan los edificios mixtos, con oficinas, consultorios y residencias, a veces en el mismo piso. Y las calles están siempre llenas de personas de todo tipo, moviéndose de un lado a otro.

Cuando el hombre entró en un edificio, me apresuré, pasé al lado de M. y todavía alcancé a subir con el tipo en el ascensor. Un novato elegiría a la mujer, pero en estos casos es mejor pegársele al hombre; la mujer, en esas situaciones, siempre es más cautelosa, desconfía de todos. Los tipos maduros ignoran a los extraños que comparten el ascensor con ellos, en especial aquellos que usan saco y corbata como el tipo al que yo seguía, que probablemente trabajaba en un edificio de la ciudad y subía a un ascensor repleto todos los días. Permanecí a su lado y el tipo ni me miró, ni siquiera cuando bajamos juntos.

Caminó por el pasillo y abrió la puerta del 1618. No esperé a que M. llegara, bajé en el ascensor, me fui a mi casa, tomé una pastilla de vitamina C y me acosté. Tenía un virus que me causaba dolores en todo el cuerpo. Sonó el teléfono, pero dejé puesta la contestadora. Más tarde averigüé quién era. Oí el breve recado del cliente diciendo que quería hablar conmigo. Llamé al número del celular que me había dado.

¿Alguna novedad?, preguntó.

Nada, respondí.

¿Nada, nada, cómo nada? Pasó la tarde fuera.

Estaba en el centro comercial.

¿Pero no compró nada? Llegó con las manos vacías.

A las mujeres les gusta mirar los escaparates, dije.

Me garantizaron que usted es el mejor, que puedo confiar en usted.

Soy el mejor, puede confiar en mí.

No la deje sola ni un minuto.

No se preocupe, pero voy a necesitar dinero para hacer unas instalaciones.

¿Qué instalaciones?

Cuestiones de trabajo.

Ya le dije que por dinero no hay problema. Hable con el licenciado Gilberto.

El licenciado Gilberto era un tipo gordo, como suelen serlo esos abogados que ganan mucho dinero. Su despacho estaba en la avenida Río Branco. Tardó media hora en recibirme. Le dije la cantidad y me dio un cheque, sin discutir. Firmé el recibo y me fui. Compré el material con Serginho, que hacía contrabando de chucherías electrónicas. Era un aparatejo de alta tecnología, cabía en la bolsa que llevaba al hombro.

Abrir la puerta del 1618 fue pan comido. Examiné cuidadosamente la sala, la recámara y el baño. En la sala había un aparato de sonido, un refrigerador pequeño, un sofá y dos sillones. Dentro del refrigerador, varias botellas de agua mineral. En la recámara, una cama, una mesita de noche. En la pared estaba colgada la pintura de una mujer desnuda parada en una concha. Las sábanas de la cama eran de lino y estaban limpias, como si no las hubieran usado. Una camarera debía hacer el aseo, el baño olía a productos de limpieza, debí haberlo imaginado, una falla estúpida. Encendí el aparato de sonido, vi cómo funcionaba, después lo apagué, abrí la caja del amplificador y quité un transistor. Aquella mierda podía causarme problemas, a los novios les encanta oír música juntos, eso estropearía mi grabación. Después puse la pequeña grabadora dentro de la bocina. Según Serginho, cualquier ruido, por leve que fuera, activaría el aparatejo. Probé la grabadora. Era una maravilla, esos tipos ya no saben qué inventar.

Me seguía doliendo el cuerpo, la vitamina C no estaba sirviendo de mucho.

Al día siguiente me quedé de guardia en el piso del edificio donde se encontraban los tórtolos. Si llegaba la camarera, yo iba a tener que entrar tan pronto como ella saliera y revisar que la cinta no se hubiera desperdiciado con los ruidos de la limpieza. Según Serginho, la capacidad del aparato era de cuatro horas, pero la sirvienta podría ser floja.

Pero quien llegó fue el tipo. Me largué antes de que M. apareciera. Fui a buscar un lugar para tomar un jugo de kajú, dicen que el kajú tiene mucha vitamina C. Después me quedé frente al edificio esperando a que salieran. Estuvieron ahí como tres horas. Salieron juntos. Fue ese día cuando ella lloró y se sonó la nariz con su corbata. Se separaron y siguieron rumbos diferentes.

Regresé al edificio, entré al 1618, abrí la bocina, saqué la grabadora y me fui a casa para oír la cinta.

No voy a contar todo lo que oí; las palabras y los gemidos de las personas que hacen el amor no son ninguna novedad y nadie debe entrometerse. Se estaban vistiendo, los sonidos así lo sugerían, cuando M. dijo:

Voy a dejar de verte, me siento culpable, no duermo, no puedo vivir así, con esta doble vida.

Eso tampoco es novedad, toda mujer casada que tiene una aventura tarde o temprano acaba por decir esa frase.

Vamos a vivir juntos, la voz del hombre.

Él me necesita, voz de M.

Yo también te necesito.

Eres un hombre sano, él tiene aquel problema. Es mejor que dejemos de vernos.

Los dos amantes conversaron mucho, pero no voy a contar nada más.

Llamé al celular del cliente.

Ella no sale con ningún hombre, le dije, creo que podemos cerrar el caso.

Quince días más, dijo el cliente.

Está bien, respondí.

Esos quince días me quedé en casa descansando y me curé de la virosis.

Volví a llamar al cliente.

Usted no me necesita, la señora M. no sale con ningún hombre.

¿Podemos cerrar el caso? ¿Usted me garantiza que podemos cerrarlo?

Sí.

Tuve la impresión de haber escuchado un suspiro apagado.

Pase por el resto del pago con el licenciado Gilberto. No me llame más.

Colgué el teléfono y me quedé pensando en M., en la foto que no le había sacado, sonándose con la corbata del novio, llorando porque se estaban diciendo adiós y porque, además de bellos dientes, M. tenía un buen corazón.

Besitos en el rostro

Te van a tener que quitar la vejiga completa, dijo Roberto. En esos casos se prepara un lugar para almacenar la orina, antes de ser excretada. Una parte de tu intestino será convertida en una pequeña bolsa, conectada al uréter. La orina de ese receptáculo será conducida a una bolsa colocada en una abertura de tu pared abdominal. Estoy describiendo el procedimiento en lenguaje común para que puedas entender. Esa bolsa estará oculta entre tu ropa y tendrás que vaciarla periódicamente. ¿Está claro?

Sí, respondí encendiendo un cigarro.

Me gustaría programar la cirugía inmediatamente después de los estudios que estoy solicitando. ¿Ya te hablé de la relación entre el cáncer de vejiga y el tabaquismo?

No me acuerdo.

Tres de cada cinco casos de cáncer de vejiga están directamente relacionados con el tabaco. El vínculo entre el tabaquismo y el cáncer de vejiga es especialmente fuerte entre los hombres.

Prometo que voy a dejar de fumar.

Este año, en el mundo, ocurrirán cerca de trescientos mil nuevos casos de cáncer de vejiga.

¿En serio?

Es el cuarto tipo de cáncer más común y la séptima causa de muerte por cáncer.

Me dieron ganas de decirle a Roberto que dejara de molestarme, pero, además de ser mi médico, es mi amigo.

El cáncer de vejiga, continuó, puede aparecer a cualquier edad, pero generalmente ataca a personas con más de cincuenta años. Tú cumples cincuenta el mes que viene. Me llevas un mes.

Se me está haciendo tarde para llegar a un compromiso, me tengo que ir, Roberto.

No se te olvide hacerte los estudios.

Salí corriendo. No tenía ningún compromiso. Quería fumarme otro cigarro en paz. Y también necesitaba encontrar a alguien que me consiguiera un revólver. Me acordé de mi hermano.

Lo llamé por teléfono.

¿Tienes aquella arma todavía?

Sí. ¿Por qué?

¿Me la vendes?

No.

¿No tienes miedo de que uno de tus hijos encuentre el revólver y le dé un tiro en la cabeza al otro? Algo así sucedió el otro día. Salió en el periódico.

Mi revólver está en un cajón con llave.

El de este pobre, según decía el periódico, también.

Yo no leí nada sobre ese asunto.

Siempre me dices que solo lees los encabezados. Eso no aparece en los encabezados, sucede todos los días.

¿Y cómo pasó?

El niño estaba jugando a los policías y ladrones con su hermano cuando sucedió la desgracia. Un día de estos voy a leer en el periódico que un sobrino mío mató a su hermano mientras jugaban.

No invoques a la mala suerte.

Voy a pasar por ahí en la noche.

Al llegar a casa de mi hermano, me dijo, mira este cajón, ¿crees que dos niños puedan romper esta cerradura?

Sí.

¿Cómo?

¿Quieres ver cómo abro esta mierda?

Tú eres adulto.

¿Dónde está Helena?

En la habitación.

Llámala.

Le conté a su mujer la noticia del periódico que había inventado.

Vivo pidiéndole a Carlos que se libre de esa porquería, pero no me escucha, dijo Helena.

Vine aquí para comprarle el revólver, pero el muy idiota no quiere venderlo.

¿Qué vas a hacer con el revólver?, preguntó Carlos.

Nada. Solo tenerlo. Siempre quise tener un revólver.

Helena y mi hermano discutieron un rato. Ella ganó la discusión al decirle que uno de los niños podía tomar el llavero cuando mi hermano estuviera durmiendo, o cuando lo olvidara en un lugar donde los chicos lo pudieran encontrar, o en cualquier otra ocasión. Finalmente, Carlos abrió el cajón y sacó el revólver.

Y tú, para empeorar las cosas, mantienes esta cochinada cargada, dije, después de examinar el arma.

Loco irresponsable, dijo Helena, furiosa, siempre me dijiste que el revólver no tenía balas. Mira, deja que tu hermano se lleve esa porquería, ahora. De lo contrario me voy de la casa y me llevo a los niños.

Tomé el revólver y me fui a mi departamento. Llamé por teléfono a mi novia. Sentí ganas de ir al baño pero sabía que iba a ver restos de sangre en la orina, lo cual siempre me daba escalofríos. Eso podía estropear mi cita. Oriné con los ojos cerrados y también con los ojos cerrados le jalé al escusado varias veces.

Mientras esperaba a mi novia, me quedé pensando en el futuro, fumando y tomando whiskey. Yo no iba a pasarme la vida llenando de pipí una bolsa pegada al cuerpo, que después tenía que vaciar, no sé de qué manera. ¿Cómo iría a la playa? ¿Cómo haría el amor con una mujer? Imaginé el horror que ella sentiría al ver aquella cosa.

Mi novia llegó y nos fuimos a la cama.

Estás preocupado por algo, dijo después de un rato.

No me siento bien.

No te preocupes, querido, podemos quedarnos platicando nada más, me encanta platicar contigo.

Esa es una de las peores frases que un hombre puede oír cuando está desnudo con una mujer desnuda en la cama.

Nos levantamos y nos vestimos sin mirarnos. Fuimos a la sala. Platicamos un poco. Mi novia miró el reloj, dijo me tengo que ir, querido, me dio unos besitos en el rostro, se fue y yo me di un tiro en el pecho.

Pero la historia no termina ahí. Debí haberme disparado en la cabeza, pero lo hice en el pecho y sobreviví.

Durante la convalecencia, Roberto me visitó varias veces para decirme que teníamos poco tiempo, pero que aún podía operarme la vejiga con éxito.

Así lo hicimos. Ahora vacío fácilmente la bolsa de orina. Está bien escondida bajo la ropa, nadie nota que está ahí, sobre mi abdomen. Parece que el cáncer fue extirpado. Ya no tengo novia y soy adicto a los crucigramas. Dejé de ir a la playa. Fui solo una vez, a tirar el revólver al mar.

Aroma cactáceo

Era la primera vez con una mujer. Su nombre era Cerise. Podía ser un nombre de batalla.

¿Sabes usar esa cosa?, pregunté.

¿No te dieron mi filiación?

Ni siquiera me dijeron que se trataba de una mujer. Uno de los nuestros, que se llama Cerise, te va a buscar. Fue el recado que recibí. ¿Sabes usarla o no?

¿Quieres que desarme esa porquería?

Te pregunté si vas a saber usarla cuando sea necesario.

Si es necesario la uso, si no es necesario, no.

¿Haces apuestas en el hipódromo? Filiación es un término hípico.

Ya no.

Háblame del tipo.

¿No lo conoces?

Si lo conociera no te estaría pidiendo informes.

Es grande, pero pasa desapercibido, blanco, pero no mucho, habla bajo, usa ropa gris, tiene cara de tonto, no lleva nada en los bolsillos excepto la cartera, afeitado, cabello corto, zapatos cafés, camisa apretada, nunca lo vi de camisa suelta ni de traje.

Puede llevarla en el tobillo. Necesito ver al tipo.

Hoy le toca jugar a los bolos.

Fui con Cerise, en mi auto, a ver al tipo jugar a los bolos. Nos quedamos en una pista cercana a aquella en la que jugaba solo. Era realmente grande, se movía con la elegancia tranquila de un caballo al pastar, sin mirar a los lados, parecía estar interesado solo en la bola de plástico y en las botellas de madera allá al fondo de la pista.

Vámonos, ya lo vi.

Él también nos vio. No podemos salir ahora. Vamos a jugar por lo menos una línea.

El tipo agarraba la bola y la giraba casi a la altura del rostro, buscando los agujeros para meter los dedos. Los otros jugadores no hacían eso. Era un truco para ver quién estaba alrededor. Había que ser puta vieja como yo, para darse cuenta del truco.

¿Sabes jugar?

Sí.

Yo no. Es mejor que juegues sola, si se trata de no llamar la atención.

Si no juegas sí que vas a llamar la atención. ¿Cómo te llaman los demás?

¿Quienes? Mi madre me dice José.

¿José? ¿Pronuncia completo el nombre? ¿José?

Sí. Mi abuela también.

Dejémosle el José a ella, es solo para madres. Te voy a llamar Zé. Adelántate un poco. Anda, anda.

Di algunos pasos y oí que Cerise me llamaba: Zé, no le saques, dijiste que querías aprender.

No sirvo para estas cosas. No sé jugar ni ping-pong, no voy a darle ni siquiera a una botella, grité, regresando cerca de ella.

El tipo agarró la bola y se quedó mirando los agujeros.

Cerise, de espaldas al tipo, dijo en un tono de voz casual: habla más bajo, suena falso, déjate de payasadas, jugar a los bolos es muy fácil. Las botellas se llaman pinos.

Desde la distancia a la que estaba el tipo solo entendería algunas palabras, bolos, botellas, pinos. Ella sí que era puta vieja.

El tipo lanzó la bola y tiró todas las botellas.

Te voy a enseñar, dijo Cerise.

Corrió hasta la línea que separaba la pista, y lanzó la bola, que rodó suavemente y derrumbó varias botellas. Está bien, pinos.

¿Entendiste el objetivo del juego?

Comencé a seguir las instrucciones de Cerise, pero mis tiros, casi siempre, se iban por el canal lateral de la pista.

Media hora después, ella dijo que podíamos irnos.

Subimos al auto.

¿Quieres comer algo?, pregunté.

Ella se quedó callada algunos segundos y después dijo: su pantalón tiene las piernas un poco anchas. Se me fue, tenías razón, carga la herramienta en el tobillo.

Va a costar trabajo.

Sí.

Después de un corto silencio, dije: si estuviéramos en una película ahora yo te llevaría a mi casa y,...

No estamos en una película, me interrumpió.

Dejé a Cerise en la puerta de su departamento. Llegué a casa frustrado, tomé el teléfono y abrí la libreta para ver los nombres de las novias que había puesto en el congelador para las ocasiones de escasez o monotonía. Tuve suerte a la primera, Lalá.

¿Quieres que vaya a tu departamento o vienes aquí?, me preguntó.

Si puedes venir, te beso los pies de agradecimiento.

¿Me vas a dejar dormir ahí?

No puedo.

Mientras esperaba a Lalá, me acordé de la historia de un tipo que amaba a las mujeres, pero odiaba dormir con ellas. No explicaban las razones que tenía, o tal vez se me olvidaron, pues leí esa historia hace mucho tiempo, pero yo conozco las mías.

Vamos a bañarnos, le dije a Lalá tan pronto como llegó. Antes de ir a la cama con una mujer, siempre me baño con ella. Después, me baño de nuevo. No me gusta el olor a sudor, los malos olores hacen que no se me pare, o casi.

Nos bañamos y después rocié todo su cuerpo con perfume francés.

Ahora bésame los pies, dijo Lalá.

A Lalá le gustaba que le besara los pies y después le pegara, estando encima de ella. Ni una cosa ni la otra me producían ninguna excitación, pero uno tiene que hacer lo que les gusta a las mujeres. Le pegué pensando en Cerise.

Después Lalá dijo que tenía hambre.

Quédate acostada mientras te preparo una pasta.

Hice un penne, puse la mesa, abrí una botella de vino, le di una camisa y yo me puse otra, pues comer desnudo no tiene gracia, uno se desnuda para coger, para comer hay que ponerse algo de ropa.

Déjame dormir aquí, ya es muy tarde.

Dejé que durmiera conmigo. Uno acaba siempre haciendo lo que las mujeres quieren. Dormí poco y pude sentir el olor de la exhalación de los pulmones de Lalá, una mezcla de gas carbónico con vapor de desechos recogidos por la sangre. Aún estaba oscuro cuando me levanté de la cama con cuidado, para no despertarla.

Recogí los restos de la cena y me quedé sentado en la sala, leyendo. El teléfono, que está en el buró, sonó cuando estaba en el baño. Lalá tocó la puerta.

Una tal Cerise quiere hablar contigo.

Contesté.

Recibí instrucciones, necesitamos hablar.

¿Quien recibe las instrucciones eres tú? ¿Por qué ese idiota no me llamó a mí?

Pregúntale a él. Nos vemos dentro de dos horas cerca del Pirocão, voy a estar en mi auto esperándote, dijo Cerise, y colgó.

¿Esa Cerise es la titular?

En mi equipo no hay titulares, solo reservas.

Qué chistoso.

Regrésate a la cama que voy a hacer el desayuno.

Serví café con leche, pan tostado, galletas, queso, miel, yogur, papaya y mandarinas. Desayuno de hotel de la sierra.

Si yo fuera la titular ¿harías todo esto para mí, siempre?

No sé lavar ni planchar.

Basta con que me cojas siempre de esa manera.

Lalá, voy a tener que irme dentro de poco.

¿Da tiempo de retozar un poquito más?

Acabamos tardándonos más de lo que pensábamos. Lalá se despidió diciéndome: no dejes de llamarme tanto tiempo, ¿sí?

Dije que sí, pero Lalá iba a regresar al congelador por un buen rato. Llegué retrasado a la cita con Cerise, en el Bar 20. Subí a su auto.

En nuestra profesión, la puntualidad es importante.

Tuve un problema imprevisto.

Sí, ya vi qué clase de problema cuando te llamé: habla Lalá, ¿quién lo llama?, dijo Cerise, arremedando la voz de una débil mental.

¿Qué quiere aquel idiota que hagamos?

Que nos quedemos a la expectativa.

¿A la expectativa? ¿Canceló todo?

No. Tenemos que esperar nuevas instrucciones.

¿Por qué ese idiota está haciendo contacto contigo y no conmigo?

Pregúntale a él.

No sé cómo entrar en contacto con él.

Yo tampoco.

Es la primera vez que trabajo con una mujer.

¿Y estás molesto porque ella es la que da las órdenes?

Más o menos. ¿Y ahora?

Tenemos que esperar.

¿Quieres tomar un café? Aquí cerca hay uno muy bueno.

Fuimos a tomar café.

¿Eres de aquí de Rio? pregunté.

Más o menos. ¿Y tú? ¿Eres de aquí de Rio?

Más o menos.

Me dijeron que eras portugués.

Mi padre y mi madre son portugueses.

Gracias por el café.

¿Quieres ir al cine en la tarde?

No, gracias.

Entonces...

Adiós.

No tengo tu teléfono, dije.

Yo tengo el tuyo.

Me quedé mirando su cuerpo, mientras se alejaba. Debía de hacer aerobics cada tercer día. Más bien, todos los días, aquel trasero estaba muy firme y bien formado.

Cerise no me llamó en quince días. Estoy acostumbrado a quedarme sin hacer nada entre un trabajo y otro, esperando a que suene el teléfono, pero ahora estaba nervioso, pensando que me habían hecho a un lado. Acostado con Biba en la cama, que dormía con la cabeza sobre mi pecho, sentía el olor del aire de sus pulmones, exhalado por la nariz. Ese olor nunca es igual, aunque en las mujeres muy delgadas sea parecido. Las mujeres tienen entrañas diferentes de las nuestras, emiten un aroma herbáceo, los travestis no me engañan, ni siquiera los operados.

Anochecía.

Biba, ya es hora de que te vayas.

Necesito estirarme. ¿Tú no te estiras cuando despiertas?

No.

Por eso te duele la columna. Deja que te dé un masaje.

Tú no sabes dar masajes.

¿Eres así con todas?

¿Con quiénes?

Me llamo Biba, no boba.

Te voy a preparar un café.

Tomamos el café. Biba se fue y yo puse un CD de cantos gregorianos. No entendía el latín de aquellos idiotas, pero debían de estar cantando, llegó la hora de que te mueras, contrición, compunción, el cielo es bueno, aleluya.

Una semana más aspirando el aire exhalado por los pulmones de las novias que sacaba del congelador, resignado. Entonces sonó el teléfono.

Soy yo.

¿Sabes bailar?

Cerise se quedó callada unos segundos.

Sí.

¿Vamos a bailar?

Lo que me estás diciendo no tiene pies ni cabeza.

Pies tiene que tener.

Necesito platicar contigo de trabajo.

No estoy de humor para recibir instrucciones. Solo si me las das bailando. Si no es bailando, no hay trato.

Pasa a recogerme a las nueve enfrente de mi departamento.

Me cambié los tenis por zapatos.

Cerise salió del edificio de vidrios polarizados y subió al auto. Era cuidadosa.

Me dijeron también que estabas medio chiflado. No sé bailar tango.

Si tocan tangos, no bailamos.

Tocaban una *samba-canção* cuando entramos en la *gafieira.** Tomé de la mano a Cerise y la llevé al centro del salón. Empezarnos a bailar.

¿Te puedo transmitir las instrucciones que me dieron?

Primero vamos a quedarnos callados unos minutos.

Éramos de la misma altura, ella un poco más baja, pero los tacones de sus zapatos hacían que su nariz quedara a la misma altura que la mía. Pude sentir el aroma cactáceo de los pulmones de Cerise, la más sutil y rara de todas las fragancias que las entrañas de una mujer pueden emanar.

¿Quieres ser mi novia?

Mi abuelo cantaba una canción así: amé a Lalá, pero fue Lelé quien me dejó tristón, Lilí fue mala, ahora solo quiero a Lulú.

Lulú no. Cerise.

Voy a pedir que te sustituyan.

Ya no estoy interesado en ese tipo de trabajo.

Pegué mi cuerpo al suyo. Ella notó que estaba excitado, pero no se alejó.

Estaba bromeando cuando dije lo de la sustitución.

No me molesta. Voy a dejarlo de cualquier manera.

¿Vas a abandonar todo?

Sí.

Eres el mejor de todos.

Ya lo decidí.

¿Puedo decírselo a —ese idiota, como tú le dices?

Sí.

¿Qué vas a hacer?

Voy a dedicarme a ti. En eso también soy el mejor de todos.

Apreté aún más el cuerpo de Cerise contra el mío.

---

* Lugar típico de Brasil donde se baila samba tradicional y sus variantes, entre las que se encuentra el *samba-canção*.

Creo que pagaría por ver, dijo ella.

Un tiempo después nos fuimos a vivir juntos.

Cerise continuó en el trabajo, yo no le preguntaba qué hacía. Pero Cerise no tardó mucho en salirse también. Quería tener hijos y en aquel negocio no era posible ser madre de familia.

Conseguimos empleos normales. Después ella engordó. Yo también engordé. A veces yo creía que nuestra existencia era tediosa. Cerise no reclamaba, pero yo sabía que ella sentía lo mismo. Pero la vida muy tranquila es así, aburrida.

Mujeres y hombres enamorados

Loreta estaba separada del marido, había sido una separación traumática que la había hecho jurar que nunca más se interesaría por ningún hombre, pues todos eran estúpidos, traicioneros y egoístas. No salía de casa, a no ser para llevar a su hija a las fiestas infantiles, frecuentadas por pocos hombres, tipos bonachones y aburridos que bebían cerveza pacientemente en las mesas mientras sus esposas cuidaban a los hijos. Pero ella sabía que cuando regresaran a casa con sus mujeres actuarían con la misma brutalidad y falta de consideración que su marido. Las esposas, para ellos, no pasaban de ser sirvientas sin derechos laborales.

Luís frecuentaba las mismas fiestas que Loreta. Cuando su mujer murió, no hizo ninguna promesa, pero le dejaron de interesar otras mujeres y se dedicó a cuidar a su hija de ocho años, por quien hacía todos los sacrificios, entre ellos el de llevarla, todos los sábados, a las fiestecitas infantiles de los compañeritos de la escuela, de las vecinas, de las amigas de las vecinas, de las amigas de las amigas de la escuela —había sábados en que invitaban a la niña a más de una fiesta.

El juramento de Loreta ya tenía un año, cuando un día notó la presencia de Luís en uno de estos festejos infantiles. Y, contra su propia voluntad, se sintió atraída por él. Pero Luís ni siquiera notaba la presencia de Loreta, aunque se encontraran frecuentemente. Las hijas eran de la misma edad e iban a la misma escuela.

Loreta percibía que, no obstante el desvelo que demostraba por la hija, a Luís no le gustaban las fiestas infantiles, lo cual era comprensible, las seis horas de duración promedio parecían interminables, los altavoces tocaban solamente música ruidosa, los animadores eran personas infatigables que inventaban juegos y soplaban silbatos estridentes, las luces eran muy brillantes, los niños gritaban, las madres hablaban muy alto, era normal que Luís no tuviera ánimos de levantarse de su silla, donde se quedaba paciente y ensimismado, desde que llegaba.

A pesar de que Loreta hacía todo lo posible por llamar la atención de Luís —las madres también participaban en los juegos, muchas de ellas incluso con más entusiasmo que los niños— él no se daba cuenta de su existencia. En cierta ocasión, fingiendo que bailaba y cantaba una canción que tenía el estribillo bum-tchibum-tchibum-bumbum, o algo parecido, Loreta se arrojó encima de Luís, que escuchó sus disculpas sin siquiera mirarla.

. La atracción de Loreta por aquel hombre callado y distante aumentaba semana a semana. Encontraba la manera de sentarse en mesas cercanas a la de él, por lo menos en eso la suerte siempre la favorecía. Pero a pesar de estar cerca, Luís no notaba su existencia. Un día, Loreta le derramó Coca-Cola encima y comenzó a limpiarlo con el pañuelo que sacó de la bolsa, y Luís apenas le dijo, no te molestes, no te preocupes, sin mirarla. Loreta hizo otras tentativas, tropezó con la silla en que Luís estaba sentado, le preguntó por el autor de una canción, hace calor, ¿no?, y otras preguntas bobas, pero él continuaba enajenado, absorto en sus pensamientos, apenas esbozando una sonrisa melancólica.

Loreta, después de un largo tiempo, concluyó que todos sus esfuerzos eran en vano; y ella, a quien le gustaba tanto bailar, empezó a quedarse sentada, irritada, comiendo compulsivamente los pastelitos y bocadillos que servían en las fiestas. Una amiga le preguntó, ¿qué te pasa? No era una de las mejores amigas de Loreta, era apenas una conocida, las hijas estudiaban en el mismo colegio, pero aquella pregunta le cayó del cielo, necesitaba aliviar el peso de su corazón.

Estoy enamorada.

Qué bien, hasta que por fin, dijo la amiga, que se llamaba Paula.

Pero yo no le intereso.

Eso es duro, querida, es lo peor que te puede pasar en el mundo. Lo sé por experiencia propia. ¿Te acuerdas de aquel muchacho que estaba conmigo en la fiesta del sábado pasado?

Loreta no se acordaba, ella no volteaba a ver a ningún otro hombre que no fuera Luís.

Su nombre es Fred, tampoco le gustan las fiestas infantiles, a ningún hombre le gustan, a los hombres les gusta el futbol y la televisión, ¿te acuerdas de mi ex? Nunca fue a una sola fiesta de su propia hija. Pero Fred ya me acompañó varias veces, y la niña ni es suya. Cuando lo conocí, ni caso me hacía, pero yo me dije, ese es el hombre de mi vida, puede que sea más joven, tiene diez años menos, pero va a ser mío. Y lo logré. ¿Quieres saber cómo?

Si me quieres contar.

No lo vas a creer.

Cuéntame.

Una santa salvó mi vida. Vas a pensar que es una bruja, pero es una santa. Fui a consultarla y ella no tiró las conchas, ni miró ninguna bola de cristal, ni cartas, ni nada. Tú sabes que me encantan esas señoras que leen la mano y hacen predicciones, hay una en la calle de la panadería, Madame Zuleyma, ya fui con ella, pero no valió la pena. Pero esta, madre Izaltina, no se llama madame-tal-o-cual, tan solo madre Izaltina, ella, después de oír lo que tenía que decir sobre el hombre del que estaba enamorada, me jaló el párpado inferior del ojo hacia abajo, como lo hacen los médicos para ver si uno está anémico, me preguntó nuevamente cuál era el nombre de Fred y me pidió que le llevara un poco de su cerilla. Si lograba llevarla, me aseguró, el hombre se enamoraría de mí aún más que yo de él.

¿Cerilla?, qué locura. ¿Cómo conseguiste la cerilla?

Ese fue el problema. Me quedé atarantada, sin saber qué hacer. Un día, lo vi en un bar tomando cerveza. Me senté en una mesa vecina, indecisa. Me sentía ridícula, me sentía vieja y gorda y decidí pagar la cuenta e irme. Cuando abrí la bolsa, vi en el compartimento interno una caja de cotonetes. Nunca llevo una caja de cotonetes en la bolsa, no sé cómo apareció ahí. Era una coincidencia muy extraña. Saqué un cotonete, me senté en su mesa y le pregunté, ¿puedo sacarte un poco de cerilla del oído?

Qué horror, ¿hiciste eso?

Estaba desesperada.

¿Y qué dijo?

Me miró, sorprendido, pero luego se rio, y respondió, volteando la oreja hacia mí, puedes servirte, mi nombre es Fred. Pero él tiene un dragón tatuado en un brazo y en el otro un corazón donde está escrito amor de madre, esos tipos con tatuajes de dragones y de amor de madre son imprevisibles, lo supe después. Le saqué la cerilla con el cotonete, con mucho cuidado para no lastimarlo, le di las gracias y me fui corriendo. Le di el cotonete a la santa. Ella me mandó esperar una semana. Después de una semana, tropecé con Fred en la calle fingiendo que se trataba de un encuentro casual. Me agarró del brazo con fuerza y dijo, vamos a tomar una cerveza. Ese mismo día hicimos el amor y su pasión es cada vez más fuerte. Alucinante.

¿Cerilla?

¿Quieres su dirección? Es en la calle Riachuelo, en el centro de la ciudad.

Paula le dio la dirección a Loreta, advirtiéndole que la santa hablaba de una manera extraña.

El lunes Loreta fue a la dirección de la calle Riachuelo. Nunca había ido a aquella región de la ciudad, solo conocía la Barra da Tijuca, donde vivía, y un poco de Leblon y de Ipanema. Las calles le parecieron feas, las personas mal vestidas, se asustó un poco, pero tenía curiosidad. Después de un rato, descubrió el encanto de aquellas casonas viejas que en sus fachadas ostentaban fechas y figuras en relieve.

Subió la escalera de madera de la casa de la mujer a quien Paula llamaba santa. Tocó la puerta y la recibió una figura que no le pareció exactamente una mujer, ni gorda ni flaca, mejor dicho, tenía el rostro muy delgado y el cuerpo voluminoso, o tal vez solo su pecho era grande, pues los brazos eran delgados y normalmente quien tiene brazos delgados tiene piernas flacas. Tenía los ojos hundidos, rodeados por ojeras moradas, las mejillas sumidas.

¿Madre Izaltina?

Entra, mija, dijo la mujer. Paula ya le había advertido a Loreta que la mujer hablaba de modo extraño.

Era una sala llena de muebles viejos, sillones raídos, cortinas oscuras y pesadas en las ventanas, una jaula con un pajarito, una televisión vieja.

Siéntate, mija, dijo madre Izaltina, tu corazón está latiendo muy fuerte.

Loreta se sentó. Sintió el corazón realmente sobresaltado. Fue Paula quien me contó de usted.

Mmm, murmuró la vieja, ¿cómo se llama, mija?

¿Qué?

Tu nombre, mija.

Loreta.

Mmm. ¿Y el del hombre?

Luís.

Mmm.

El rostro de madre Izaltina puso nerviosa a Loreta. Desvió la mirada hacia la jaula del pajarito.

No es un pajarito de verdad, mija, pero canta, ¿quieres ver?

Madre Izaltina se levantó, accionó un mecanismo al lado de la jaula e inmediatamente el pajarito empezó a cantar. Después, mientras el pajarito cantaba, madre Izaltina se acercó y colocó las dos manos abiertas sobre la cabeza de Loreta, que a pesar de estar asustada se quedó inmóvil.

Déjame ver, déjame ver, dijo madre Izaltina apretando las manos, despeinando el cabello de Loreta, mmm.

Después de murmurar un poco más, madre Izaltina pasó la mano por el rostro, por el cuello, los brazos, las piernas y el pecho de Loreta, que pensó que iba a desmayarse.

La piel, mija, le gana al cabello, la piel le gana al ojo, la piel le gana a los dientes, la piel le gana a todas las cosas que brillan o que no brillan, que aparecen o que se esconden en el cuerpo. Existen dientes postizos, cabellos postizos, ojos postizos, todo eso lo compras en la tienda, menos la piel.

Loreta entendió esas palabras, pero madre Izaltina al poco tiempo empezó a hablar con la lengua enredada cosas incomprensibles, a excepción del mija, repetido varias veces, que Loreta tampoco sabía bien a bien qué significaba.

Así es, mija, dijo madre Izaltina concluyendo su discurso.

Discúlpeme, madre Izaltina, así es qué, no entendí bien.

Mija, tienes que hacer pipí en la pierna del hombre, arriba de la rodilla.

No entendí, repitió Loreta, confundida.

Tienes que hacer pipí en la pierna del hombre, arriba de la rodilla.

Loreta se quedó callada un largo rato sin saber qué decir, fingiendo que miraba la jaula del pajarito.

¿No puede ser cerilla?, preguntó finalmente.

Mija, la cerilla es para otro tipo de hombre. El tuyo es diferente. Sentí al hombre cuando pasé la mano en tu cabeza y en tu pecho, que son los lugares donde se alojó.

¿Y entonces?

Lo que es, es. Ahora, mija se quiere ir, su cuerpo está envuelto en humo, lo estoy viendo, es un humo color carambola, sí. ¿Quieres tomar un vaso de agua?

¿Cuánto le debo?, preguntó Loreta, abriendo la bolsa.

Después hablamos, mija, cuando todo salga bien.

Loreta bajó la escalera, salió y anduvo por las calles como una sonámbula. Finalmente encontró un taxi.

Soy una idiota, pensó, cuando vio el mar desde la ventana del taxi.

Llegando a casa, buscó el teléfono de Paula, pero no lo había anotado. Llamó al colegio de las niñas, donde consiguió el número.

Paula, esa vieja está loca. Tu caso debe haber sido una coincidencia.

No, no está loca, es una santa. Hay otros casos. ¿Conoces a Lucinha? Ella también quería enloquecer a un hombre y buscó a la santa. Hoy el tipo vive de rodillas a sus pies.

¡Lucinha es casada!

¿Y qué? Me vas a decir que cuando estuviste casada no te echaste una canita al aire, por lo menos una vez?

Nunca.

¿En serio? Yo sí, y no fue solo una vez. Mira, esa historia de Lucinha es aquí entre nos, si su marido sabe los mata a los dos, dicen que ya mató a uno, cuando vivían en Mato Grosso. No le digas a nadie, prométemelo.

¿Y a quién le voy a contar?

No sé. ¿Yo no te lo acabo de contar todo a ti?

Ya te dije que no te preocupes. ¿Quieres que lo jure?

Calma. ¿Qué te mandó hacer la santa? ¿Cerilla? Con Lucinha fue un moco, ¿tú crees? Un pedacito de moco. Imagínate lo que Lucinha sufrió para conseguir un pedacito de moco de la nariz del hombre. Yo tuve suerte con la cerilla.

A pesar de que la pipí era menos ridícula y hasta menos asquerosa que el moco, Loreta no tuvo valor de decirle a Paula que la santa le había mandado orinarse en la rodilla de Luís, como forma de encantamiento. Y además de todo, Paula era una boquifloja, después iba a contarle a todo mundo. Loreta ya estaba arrepentida de haberle hecho confidencias.

No, no me mandó hacer nada. Dijo que iba a pensarlo y después me decía.

¿Que iba a pensarlo? La santa resolvió mi problema en cinco minutos. El tuyo debe ser complicado. Eres una mujer complicada, no sé si él también lo es, pero tú eres una mujer complicada. Debe ser eso.

No me cobró nada.

La santa solo cobra después de que todo funciona. Pero ahí se encaja. No sé qué hace con el dinero, su casa está cayéndose a pedazos.

La entrevista de Loreta y madre Izaltina fue un lunes. El sábado habría una fiesta de cumpleaños en el salón de uno de los edificios del condominio, y seguramente Luís acudiría con su hija.

Dios mío, dijo Loreta, en la mañana del sábado, mirándose en el espejo, dos noches sin dormir, mira qué horrible está mi rostro, un poco más y me quedo con la cara de aquella bruja. Aquella bruja era madre Izaltina, la santa de Paula, que le había dado una tarea imposible de cumplir. ¿Cómo podría hacer pipí en la pierna de Luís? Sacar cerilla del oído es una cosa, pero ¿cómo acercársele a un hombre, cualquier hombre, por más tatuado que esté, y preguntarle, puedo hacer pipí en tu rodilla?

En la tarde de aquel sábado, Loreta llegó desolada a la fiesta infantil. Se había puesto todo el maquillaje que era posible usar en un fin de tarde sin parecerse a una de las muchas señoronas que estarían presentes; usaba su vestido más provocador, uno que mostraba el contorno de sus caderas y de su trasero, que milagrosamente había permanecido pequeño y firme. Pero Luís no la miró ni siquiera una vez. ¿Cómo hacer aquella cosa horrible que madre Izaltina le había mandado? Imposible. A Loreta le dieron ganas de morirse y se quedó toda la fiesta atascándose de pastelitos, bocadillos y refrescos.

Cuando la mujer de Luís murió, él dejó de interesarse por otras mujeres, hasta que conoció a Loreta en una fiesta infantil. Odiaba las fiestas infantiles, la música que tocaban, los adornos de los salones, a los animadores, los niños, las madres de los niños, los bocadillos y pastelitos, todo. Pero su hija siempre hacía un berrinche infernal y él decía, está bien, te voy a llevar una vez más, pero es la última, ya no voy a ceder a tus chantajes, puedes llorar hasta que te derritas que no va a servir de nada.

Claro que acababa cediendo y llevaba a la hija a las fiestas, se sentaba en una mesa maldiciendo para sus adentros, bola de hijos de puta, y eso incluía a madres, animadores, meseros, nanas y niños, excluyendo a su hija. Hasta que vio a Loreta, y se enamoró de ella, algo que le parecía imposible de suceder, después de que su mujer murió.

Luís no era un hombre de lecturas, a no ser por aquellos libros de pensamientos y máximas, muchas de las cuales se sabía de memoria, porque contenían verdades eternas. Una de ellas era de Miguel de Cervantes, un viejo escritor español: la inclinación natural de la mujer es desdeñar a quien la quiere, pero amar a quien la desprecia. Así, aquella mujer no podría saber que él estaba enamorado de ella. ¿Cómo conquistarla? Lo cierto es que no podía correr el riesgo de que Loreta descubriera el amor que sentía, eso echaría todo a perder, como el maestro español advertía desde lo alto de su sabiduría.

Después de haber encontrado a Loreta, el comportamiento de Luís cambió. Desde el jueves, y a veces desde el miércoles, le preguntaba a su hija, ¿va a haber fiesta el sábado?, ¿quieres un vestido nuevo? Al llegar a la fiesta, buscaba sentarse en una mesa cercana a la de la mujer de quien se había enamorado, lo cual era fácil, pues el destino parecía colocarlos siempre en mesas contiguas. Permanecía indiferente, reservado, repitiendo mentalmente el aforismo del español, con un aire apático, que ensayaba frente al espejo, a pesar de que su corazón latía desenfrenadamente todo el tiempo. Loreta, ese era su nombre, parecía no notar su presencia, en una ocasión lo había pisado, en otra había derramado un vaso de Coca-Cola en su ropa, era una mujer de aspecto soñador, había algo de sublime en ella, incluso cuando bailaba las piezas de moda que eran vulgares. Pero él había notado que, últimamente, Loreta permanecía sentada, atascándose de pastelitos y bocadillos. Le daban ganas de decirle que no comiera aquellas porquerías, que su cuerpo era muy bonito, que iba a engordar, a ponerse nalgona como la mayoría de las madres de aquellas fiestas, y como decía Samuel Johnson, quien no presta atención a su panza no presta atención a nada más. O sea, es necesario saber comer, comer no es algo que deba hacerse distraídamente, como lo hacen las personas al comer bocadillos, pastelitos y demás porquerías; el comer tiene que dar placer y no solo hacer crecer la panza, el trasero y los pechos, y la mujer que no ve eso no ve nada más, no ve que su vida fue destruida. Pero eso era una conclusión suya, Samuel Johnson no había llegado a tanto, pero la manera correcta de entender una máxima era desarrollarla conforme el buen sentido y la experiencia de cada quien.

Luís no platicaba con nadie en las fiestas infantiles; planeaba el recurso ingenioso que utilizaría para establecer un contacto promisorio con Loreta. Como decía el mencionado español, el amor y la guerra son lo mismo; se permiten estratagemas y diplomacia tanto en uno como en la otra. Pero ¿cuál sería la estratagema?

Un día, un tipo greñudo pidió permiso y se sentó en la mesa de Luís.

¿No te dan ganas de estrangular a todos esos niñitos?, preguntó el greñudo.

Mi hija está entre ellos.

Bien, sacamos a tu hija de la lista, yo no sé quién es, pero debe ser una niña buena. Sin embargo, los otros diablillos asquerosos, dime la verdad, ¿no te dan ganas de estrangularlos?

Luís cayó en el juego del loco.

¿No sería mejor ponerlos en una jaula?

Iban a seguir gritando igual.

Es verdad. Entonces, enjaulados y amordazados, ¿qué tal?

Así mejora. Me llamo Fred.

Luís, mucho gusto.

Te he visto siempre tristón, sentado solo en una mesa, sin mirar a las mujeres. Esto es un vivero, mi amigo, está lleno de mujeres disponibles, no puedes distraerte. ¿Cuál es el problema? ¿Estás enamorado y la mujer no te hace caso?

Solo veo mujeres que no me interesan, dijo Luís. Es decir —se inclinó y le susurró a Fred—, esta rubiecita de aquí al lado se me hace interesante.

Fred miró de soslayo. Sé quién es, se llama Loreta. Compañero, esa mujer es una pedante, fría, frígida como decían antes. A veces, hasta tengo mis dudas de que sea medio lesbiana. Escógete otra.

Pero no quiero nada con ella, dijo Luís. Solo pregunté por preguntar.

En la siguiente fiesta, Luís se encontró nuevamente con Fred. Estaba en la misma mesa de Loreta con otra mujer. Hubo un momento en que las dos se ausentaron y Fred fue a hablar con Luís.

¿La mujer que te trae loco frecuenta este lugar?

No, ella, ella es de São Paulo.

Algunas paulistas son buenas personas. ¿Y la paulista no te hace caso?

No.

¿Viste el mujerón que estaba en la mesa conmigo? No estoy hablando de la lesbiana rubia.

No parece lesbiana.

Por lo menos es frígida. Pero la otra, ¿viste? Banquete de reyes. Yo estaba enculado y ella no me hacía caso y entonces moví mis contactos. Después de poner en práctica el truco, la primera vez que nos encontramos, ella prácticamente me arrastró a la cama. Pero tuve que mover mis contactos.

¿Qué contactos?

Fui con una mujer, una bruja, que hace que las personas se enamoren. Fui, le conté mi drama, ni siquiera le conté todo, esa hechicera es un águila. Hice lo que me mandó, y ¿sabes qué era?

No.

La bruja dijo que yo debía hacer que la mujer me sacara cerilla del oído, yo le respondí, cómo puedo lograr esa hazaña que me parece imposible, y la vieja hechicera respondió, nada, no tienes que hacer nada. Y fue lo que hice, nada. No te olvides que Paula ni quería saber de mí. Un día que estaba tranquilo en el bar ella llegó, sacó cerilla de mi oído con un cotonete y salió corriendo. Cuando nos encontramos nuevamente, fuimos directo a la cama. Paula está loca de amor por mí. ¿Quieres la dirección de la bruja? Está en la calle Riachuelo, en el centro. Su nombre es madre Izaltina. Pero ya te voy avisando que habla raro, muchas cosas uno ni las entiende. Y te pasa la cuenta solo después de hacer el milagro.

Luís fue a buscar a madre Izaltina, en la calle Riachuelo. Conocía bien aquel barrio. Antes de residir en Barra, vivía cerca de ahí, en el Barrio de Fátima, pero después fue mejorando económicamente y del Barrio de Fátima pasó a Tijuca, de Tijuca a Botafogo, y de Botafogo a Barra.

Madre Izaltina abrió la puerta.

Entra, mijo. Siéntate ahí.

Él se sentó, apenado, sin poder encarar a la bruja. Era una mujer delgada y llena de pellejos y sus ojitos hundidos parecían los de un animal que había visto en la televisión.

¿Quién le contó de mí, mijo?

Un amigo mío llamado Fred.

Mmm. Y cómo te llamas, mijo?

Luís.

Mmm. ¿Y la muchacha?

Loreta.

Mmm, mmm, dijo madre Izaltina, mirando, pensativa, hacia una jaula con un pajarito que parecía enfermo. Se quedó un tiempo callada.

Enséñame la lengua, dijo finalmente madre Izaltina.

¿La lengua?

Sí. Esa cosa que mijo tiene en la boca.

Luís sacó tímidamente la lengua.

Más, más, no pude ver todo, mijo.

Luís abrió la boca y exhibió, lo más que pudo, la lengua.

Más que eso no puedo, dijo, sin aliento.

Mijo, tu problema es serio.

Lo sé, ella ni nota que existo.

Mijo, la mujer va a tener que hacer una cosa contigo.

No entiendo.

Ella va a tener que hacer una cosa contigo.

¿Una cosa conmigo?

Pipí en tu pierna, encima de la rodilla.

¿Qué?

Mijo oyó muy bien lo que dije.

¿Hacer pipí en mi pierna?

Saca la lengua de nuevo, mijo.

La bruja recargó los dedos en la lengua de Luís, rápidamente, uno tras otro, como si estuviera tocando piano o manchándose los dedos de tinta para poner las huellas digitales. Luís sintió ganas de vomitar.

Está confirmado, mijo, la muchacha tiene que hacer pipí en tu rodilla.

Qué absurdo, ¿cómo voy a lograr esa locura?

Pídeselo, ve con ella, habla con ella y pídeselo, mijo.

Es una mujer fina, recatada e ideal, no puedo pedirle una cosa así.

Lo que es, es, dijo madre Izaltina.

Luís quería salir de ahí lo más rápido posible. Sacó la cartera del bolsillo.

Después platicamos, mijo, dijo madre Izaltina, apartando, con un gesto, la cartera.

En la calle, Luís entró en el primer bar que encontró. Aquel tipo tenía que ser un idiota supersticioso para creer en las babosadas de aquella vieja demente. Él se enorgullecía de ser un escéptico, y la superstición, como decía un filósofo cuyo nombre no le venía a la mente, la superstición es la religión de los débiles mentales. Se había portado como una bestia imbécil, yendo a consultar a aquella farsante. ¡Sinvergüenza y loca de remate! Mandarlo a acercarse a una mujer fina, decente, y pedirle, ¿me podría hacer el favor de orinar en mi rodilla?

Al año siguiente, Luís cambió a su hija de escuela y dejó de ir a las fiestas infantiles, no quería correr el riesgo de encontrar a Loreta, necesitaba olvidarla. Pero pasó el resto de su vida pensando en ella, triste y melancólico.

Loreta continuó yendo, las madres tienen que llevar a las hijas a esos lugares. No lograba olvidar a Luís, a quien siempre esperaba encontrar de nuevo. Las fiestas se volvieron más ruidosas, más llenas de adornos, de luces, de comida, bebida, animadores histéricos, altavoces ensordecedores, niños inquietos, hombres falsos y mujeres vulgares. Al menos los pastelitos y los bocadillos estaban cada vez más sabrosos.

La entrega

Era de mañana, muy temprano. Yo esperaba al tipo de la entrega en la placita donde comienza la Niemeyer, caminando de un lado para otro en la tarima de madera, construida sobre los bloques de piedras irregulares del rompeolas. Abajo de la terraza había un vano, habitado por ratones y cucarachas. Inesperadamente, un tipo enorme —no digo que pareciera un chango pues el hombre era negro y yo no soy racista, pero tenía la agilidad de un mono—, usando tan solo una mano, enderezó el cuerpo y saltó por encima del pasamanos de la plataforma.

Una señora de ropa oscura, salida de alguna fiesta en Barra, que aspiraba coca y tomaba cerveza con una pareja en una de las mesas del kiosco, a pesar de estar drogada, vio la proeza del negro y gritó con alborozo, hey, hey, ¿vieron eso?

La pareja no había visto nada, los dos se reían de algún chiste idiota, uno recargando la cabeza en el hombro del otro.

El negro bostezó, se estiró, se acomodó la bolsa que llevaba colgada al hombro y caminó hasta el mostrador del kiosco. Parecía uno de esos tipos que escarban los botes de basura buscando alguna cosa aprovechable. Pero el negro examinó los depósitos de basura sin meter la mano.

La señora se levantó de la mesa y se acercó al negro.

También yo me acerqué y la oí preguntarle: ¿hay muchas cucarachas ahí?

La entrega se haría en cualquier momento, y aquella zorra, que ni siquiera sabía que yo era un benefactor de consumidores como ella, le hacía la plática al negro. El negro sudaba mucho, a pesar de que el sol aún no había comenzado a castigar. Me aproximé todavía más a los dos y disimuladamente encendí mi sensor. El sudor de la piel siempre dice todo. El desgraciado no apestaba; en cambio, olía a jabón. Dios me dio varias cosas buenas, inteligencia, un pito grande y una nariz de perro perdiguero ciego.

Para importunar aún más, llegó una vieja en biquini y se quedó deambulando en la plataforma, levantando los brazos y respirando hondo, mirando el sol nacer encima de la playa Arpoador. Yo iba a gritarle que se largara con sus várices y pellejos, pero la bruja se retiró antes con una carrerita pequeña en dirección a la playa allá abajo.

La mujer continuaba conversando con el negro, que decía que las cucarachas cenicientas no eran asquerosas como las cucarachas domésticas. Durante ese bla, bla, bla, él palpaba disimuladamente la bolsa que traía al hombro, viendo a su alrededor con el rabillo del ojo. Yo también sé ver así, de lado, no se puede leer el periódico, pero sí permite observar a las personas alrededor. El negro vigilaba mis movimientos y yo los suyos.

Al oler el sudor del tipo también había logrado ver su reloj, tener buen ojo es tan importante como tener buena nariz, y cuando hablo de buena nariz no me refiero a la nariz sin septo de la señora de negro. Estrategia de artista, la del negro, que fingía escarbar los botes de basura. Pero no debió haberse bañado con jabón ni llevar un Breitling en la muñeca si quería aparentar que dormía en medio de las cucarachas. Las personas no ponen atención en los detalles y se joden.

El auto con la entrega llegó.

Me abrí la chamarra, saqué la cuarenta y cinco de la cintura y le disparé en la cabeza al negro. Después, agarré la bolsa que había quedado bajo su cuerpo. La mujer de negro, los idiotas que estaban con ella y el tipo del kiosco, ninguno se movió ni abrió el pico. Fui hasta el auto del repartidor.

Lo vi todo, dijo, ¿quién era?

Todavía no lo sé, contesté, espero que sea un difunto barato. Este lugar queda tachado del mapa.

Así es, dijo.

Torné la mercancía, me subí a mi coche. La camioneta del repartidor me siguió, pero luego nos separamos. Mientras manejaba, abrí la bolsa del negro. Documentos y una Glock, una joya. Me quedé con la pistola y tiré el resto en el primer bote de basura que encontré.

Ahora el sol pegaba fuerte. Iba a ser un día caluroso.

Mecanismos de defensa

Leeuwenhoeck, que era dueño de una mercería, inventó el microscopio para ver microbios. Se masturbaba y después examinaba su propio esperma para contemplar aquella miríada de minúsculas criaturas, que poseían cabeza y cola, moviéndose alucinadamente. Él fue el primero que vio estos seres en el mundo.

Godofredo leyó eso en un libro. Inspirado en Leeuwenhoeck, compró un microscopio para examinar su esperma. Pero mientras que el holandés examinó otras secreciones y excreciones de su propio cuerpo —heces, orina, saliva— Godofredo se interesó solo por el semen. Hasta entonces, todo lo que conocía sobre ese fluido era su olor a blanqueador, y también el hecho de que contenía espermatozoides que podían embarazar a una mujer. El blanqueador, leyó en una botella de este desinfectante que tenía en casa, estaba hecho de hipoclorito, hidróxido y cloruro de sodio. Pero aquellos diminutos animales que veía en la viscosa secreción blanquecina eyaculada por su pene y embarrada en el portaobjetos del microscopio no podrían vivir en un líquido que servía para limpiar escusados, coladeras, lavabos y botes de basura.

Godofredo salió y recorrió varias librerías, donde compró libros que pudieran aclarar sus dudas. Después de leer uno de ellos, concluyó que el olor a blanqueador debía provenir del sodio que contiene el semen. Tal vez los aminoácidos, el fósforo, el potasio, el calcio y el zinc contribuyeran también, de alguna forma, a aquel olor a detergente.

Estudió también los espermatozoides. Tenían dos partes, una cola y una cabeza, de formato plano y almendrado, que Godofredo podía distinguir fácilmente en el microscopio, a pesar de que esa cabeza, según los libros que había comprado, tuviera apenas de cuatro a cinco micras de longitud y de dos a tres micras de ancho. Y era en aquella micrométrica cabeza donde se localizaba el núcleo en que estaban las moléculas genéticas llamadas cromosomas, responsables de la transmisión de las características específicas de él, Godofredo, como el color verde de sus ojos, su cabello castaño liso, su piel blanca —si un día llegara a tener un hijo. Una pulgada tenía veinticinco mil micras, los bichitos eran realmente pequeños. No tenía una noción exacta de lo que era una micra, pero lo cierto, concluyó, era que, así como la cabeza era la parte más importante en el hombre, en el espermatozoide ocurría lo mismo. La cola apenas servía para mover la célula, ondulando y vibrando, para que los espermatozoides compitieran a ver quién llegaba primero hasta el óvulo, que salvaría de la extinción a aquel gameto masculino. Fertilizar o morir, era el lema de los cuatrocientos millones de espermatozoides que contenía una eyaculación. Apenas uno solía escapar. La mortandad de estos seres no tenía igual en la historia de las catástrofes.

La masturbación diaria y el microscopio le permitían a Godofredo el acceso a un saber que antes no poseía. Esto es bueno, decía para sus adentros. Pero, después de un tiempo, Godofredo se masturbaba y ya no colocaba el semen en el portaobjetos. Había perdido el interés, aquel movimiento le parecía ahora un grotesco ballet improvisado sobre una música dodecafónica. ¿Entonces aquella curiosidad científica no pasaba de ser un pretexto para masturbarse? ¿Y si así fuera? Como diría el personaje de una película famosa: «¡Hey, no hablen mal de la masturbación! Es sexo con alguien a quien amo».

Godofredo desarrolló una tesis, según la cual el sexo entre dos personas podía causar la mutua destrucción, pero la masturbación a solas no podía provocar ningún mal. Para comprobar su punto de vista, hacía suya la afirmación de un psiquiatra de renombre, autor de varios libros científicos: la masturbación era la principal actividad sexual de la humanidad, algo que en el siglo XIX era una enfermedad, pero que en el siglo XX era una cura. Y en el siglo XXI, Godofredo agregaba, con los graves problemas de comunicación provocados por la televisión y agravados por internet, con los sufrimientos causados por nuestros inevitables brotes de egocentrismo y narcisismo, con las frustraciones resultantes del deterioro del medio ambiente, la masturbación era el más puro de los placeres que nos quedaban. Y las mujeres, a quienes siempre les fueron negados todos los placeres, podían encontrar en la masturbación una fuente redentora de deleite y alegría.

Un onanista que se respete, decía, se masturba diariamente. Godofredo tenía cuarenta años, la edad de esplendor del onanista, según él, pero reconocía que no existía un rango de edad mejor que otro para esa actividad; cuando tuviera ochenta años, seguramente escogería esa edad provecta como la ideal, convencido de que a partir de los doce años y hasta la muerte, el individuo está en condiciones de practicar la masturbación de manera saludable y placentera. De acuerdo con sus teorías, además de la edad, no existían otras limitaciones, de constitución física, condición social y económica, escolaridad, etnia. Nada de eso interfería creando obstáculos o atenuando de alguna forma las emociones liberadas por aquella actividad. Si el tipo no poseía dinero para comprar uno de esos lubricantes que vendían en la farmacia y que tornaban más agradable la fricción del pene, podría muy bien usar cualquier otra sustancia oleaginosa más barata, como el aceite de soya que se usa para cocinar. Además, no importaba si la persona era gorda o delgada, alta o baja, fea o bonita, negra o blanca, tímida o agresiva, culta o analfabeta, sorda o muda, pues sentiría de la misma manera la emoción fuerte que provocaba la masturbación. En cuanto a los aspectos higiénicos, no existían casos de enfermedades adquiridas por practicar el onanismo.

Masturbación y pensamiento debían estar siempre asociados, en una demostración de la indisoluble unión del cuerpo y la mente. Había muchos que no pensaban, apenas usaban, simultáneamente, como burdo estimulante, el sentido de la visión. Pero, en aquel momento glorioso, el buen onanista pensaba. Yo pienso, decía.

¿Pensaba en qué? Cuando se masturbaba, pensaba en una mujer, en una determinada mujer. Sabía que, si en vez de pensar en tal mujer, la tuviera en sus brazos, la relación sexual entre ellos sería una perfecta comunión física y espiritual.

Godofredo llamó por teléfono a esa mujer que no salía de su mente. Quien contestó fue la hermana. Los teléfonos modernos son muy sensibles, y él oyó que la hermana decía con voz sorda, pues había puesto la mano en la bocina del aparato: «Es Godofredo que quiere hablar contigo». Y entonces también oyó la respuesta, que la mujer de sus sueños gritó: «Ya te dije que no estoy para ese imbécil».

Nada, pensó Godofredo nuevamente, estaba más cerca de la felicidad y el equilibrio emocional del ser humano que la masturbación. Era el pasatiempo de los dioses del Olimpo, el paraíso de los mortales, delicia de delicias, el gran alimento de cuerpo y alma.

Encuentros y desencuentros

Ella anunciaba el encuentro y después cancelaba. Yo no le reclamaba. Aliviaba el deseo que sentía por ella y que me consumía de manera vicaria y torpe con alguna otra mujer.

Yo la amaba por su belleza, pero también por su inocencia, que me encantaba. No era la inocencia sencilla de una niña, era algo indecible que aparecía sutilmente en su mirada y en sus gestos, cuando estaba distraída.

Un día, después de una cena en que bebimos un poco y después fuimos a pasear a la playa, ella me dio un beso prolongado y me dijo al oído:

Vamos a tu casa.

No me acuerdo cómo logramos llegar a mi departamento, cómo nos quitamos la ropa y nos fuimos a la cama. Recuerdo que la visión de su cuerpo me dejó extasiado.

Eres el primer amor de mi vida, dijo.

Cogimos durante horas, hasta quedar agotados. No pasamos la noche juntos, ella tenía que regresar a su casa.

No quiso que la llevara en mi auto. Me pidió que llamara un taxi.

Yo no sabía nada de la vida de Fernanda; con quién vivía, dónde había estudiado, dónde trabajaba, qué hacía.

Aquella misma noche, me llamó por teléfono.

Estoy con las piernas y los brazos adoloridos, nunca me imaginé que ciertos dolores fueran tan agradables. No logré dormir, pensando. ¿Puedo pasar mañana a tu casa? Mi pasión aumentó aún más, mi amor aumentó aún más, si es que algo que ya era inmenso podía volverse aún mayor.

Todo eso fue dicho en susurros, como si temiera que alguien la escuchara.

Esperé ansioso, pero Fernanda no apareció. Llamó por teléfono.

No puedo ir, discúlpame.

¿Nos vemos otro día?

Podemos ir al cine, respondió, tengo ganas de ver una película.

Yo podría haber dicho, tengo los últimos estrenos en DVD, podemos ver una película aquí en casa, pero sabía que ella no quería ver ninguna película.

Fuimos al cine. Nos sentamos y sentí el olor fuerte de su perfume. En cuanto comenzó la película, se puso en la boca, discretamente, unas gotas de esas que se usan para perfumar el aliento, lo cual era innecesario, pues el olor de su boca era siempre muy agradable.

No necesitas usar eso, le dije.

¿Estás enojado conmigo?

No, claro que no.

No podía ir a tu casa. No podía.

Mi corazón se alegra tan solo con verte y oír tu voz, le dije.

Eso parece tomado de una novela común y corriente, respondió.

Aquello me sorprendió, nunca la había visto de mal humor.

Seguimos viendo la película, en silencio. En un determinado momento, un personaje le dice a otro: La mujer es un animal extraño, sangra todo los meses y no muere.

Qué película tan idiota, ¿quieres ver esta babosada hasta el final?

Podemos irnos, respondí.

Inmediatamente, Fernanda se levantó del sillón. La seguí. En la puerta del cine, me abrazó y me dijo, te amo mucho.

¿Quieres ir a otro lugar?

No, para un taxi, me voy a casa.

Antes de que el taxi arrancara, sacó la cabeza por la ventana.

Quisiera ser hombre.

¿Cuándo nos vemos?

Yo te llamo.

Me fui a casa, seguro de que no llamaría pronto, por algún motivo estaba alejándose de mí. Pero me llamó dos días después.

¿Estás ocupado? ¿Es tarde para que pase a tu casa?

No, no.

Pensé que no podía ir ahí, pero de repente pensé que sí, ¿te parece bien?

Llegó en menos de quince minutos. Esta segunda vez fue aún mejor, y no hablo solamente del goce y del desahogo, sino de la alegría que el amor nos proporcionó.

Nuestra vida sexual podía ser una maravilla. Pero Fernanda era impredecible, me decía que iba a ir a mi casa y más tarde llamaba diciendo que no podía ir. Vamos al cine, le sugería. No, no, me respondía ella.

A veces sucedía que me llamaba por teléfono en la mañana muy temprano para decirme que no iba a ir a mi casa como habíamos quedado y después volvía a llamar por la noche y preguntaba si podía ir. O al contrario, por la mañana sí, por la noche no. Eso se repitió varias veces.

Fernanda me ocultaba algo, pero acabé descubriéndolo. Era casada, su libertad de movimiento dependía, de alguna manera, del marido; lo impredecible de su comportamiento era ocasionado por él. Un día el marido planeaba viajar para regresar hasta el día siguiente, Fernanda me llamaba diciendo que iba a mi casa. El marido, a última hora, cancelaba el viaje, y Fernanda me llamaba diciendo que no podía ir. Habíamos ido al cine solo una vez, ella debió haberse dado cuenta de que no podía arriesgarse a que alguien la viera.

Yo continuaba sintiendo, viendo en su rosto y en sus ojos, la misma conmovedora inocencia, su pureza parecía inmaculada. ¿El amor vuelve inocentes a las personas? Había percibido su candor desde el primer día en que la vi, antes de que me dijera que me amaba y que yo era el primer amor de su vida. ¿O no lo era? En algún momento ella debía haber amado a su marido. En realidad, un hombre nunca logra saber lo que sucede en la mente y en el alma de una mujer. Eso también parece sacado de una novela barata.

Me adapté por algún tiempo a esa situación, aceptaba lo inusitado, yo la amaba, lo poco que me daba ya era mucho.

No puedo ir a tu casa.

Pero hoy por la mañana me dijiste que vendrías.

Pero ahora ya no puedo.

No sé por qué, aquel día perdí la paciencia. Que se quedara con su marido y que ya no me torturara.

Ya me cansé de esta situación, le dije, colgando el teléfono.

Inmediatamente, sentí que una insoportable desgracia se abatía sobre mí. Si no fuera casada y yo supiera su teléfono, le habría llamado pidiéndole disculpas, le diría te amo; como un hombre enamorado, enana escena de una novela barata, le diría te veo cuando tú quieras, a la hora que tú quieras, te amo. Le diría te amo unas cincuenta veces.

Fernanda dejó de llamarme. El teléfono sonaba, yo corría a contestarlo, pero nunca era ella. Un tiempo enorme se arrastró, interminable.

En realidad solo fue una semana.

No puedo vivir sin ti, dijo ella, tan pronto contesté el teléfono. Pero con una voz tan baja que casi no entendí lo que decía.

Ni yo puedo vivir sin ti. Te amo, te amo, te amo.

Antes de que repitiera eso cincuenta veces, Fernanda me interrumpió.

¿Puedo pasar a tu casa?

No tardó mucho, ni tiempo tuve de cambiarme de ropa. Entró muy seria, callada, como un ahorcado con la soga al cuello, pero que enfrenta su destino con valor. Estaba aún más perfumada que el día en que fuimos al cine.

Necesito decirte algo muy serio. ¿Sabes por qué te digo que vengo y luego cancelo nuestras citas?

Sí. Porque estás casada.

Soy soltera, ¿de dónde sacaste eso? Si fuera casada te lo habría contado. Tengo una enfermedad, ese es el motivo.

Quiero contagiarme de tu enfermedad, le dije, feliz al descubrir la razón de nuestros desencuentros.

No es contagiosa, tonto. Pero eso lo dijo sin gracia.

¿Entonces qué es?

Sufro de disturbios menstruales.

¿Y qué? Es la cosa más común del mundo.

Sangro más de una vez por mes. Y no me muero, ja, ja.

Ese ja ja fue casi un sollozo.

Yo te decía que venía e inesperadamente comenzaba a sangrar. O paraba de sangrar súbitamente. Mi doctora tiene varias teorías, pero en realidad no tiene una buena explicación. No podía llegar aquí así. Te daría asco.

No.

Pero a mí sí.

¿Por qué?

Es repugnante, es sangre, una sangre diferente, tiene olor, olor desagradable de menstruación. Dicen que a los tiburones los atrae ese olor, pero yo no lo creo. A nadie, a ningún animal le gusta este olor.

A mí sí.

¿Sí qué?

A mí sí me atrae ese olor.

Mentira.

Estoy sintiendo un olor agradable en ti.

Se puso las manos sobre el pubis, apartándose de mí.

Es el perfume, dijo ella.

Estás menstruando, ¿no?

Sí. ¿Sientes el olor desagradable?

Solo siento buenos olores. ¿Y si te digo que las mujeres cuando están menstruando sienten aún más placer durante el coito?

Responderé que es una descarada mentira. Ya leí todo sobre eso. Sufro desde el primer día, es algo tan abrupto, tan horrible. Yo no sabía nada. Pero ahora sé, ya leí todos los libros, no intentes engañarme.

Leíste los libros equivocados.

Tú eres hombre, ¿qué saben los hombres?

Nada. Pero sé que las mujeres sienten un placer aún mayor en esas ocasiones.

Fernanda comenzó a llorar.

¿Ya lo hiciste antes? preguntó, sollozando.

No. Lo voy a hacer por primera vez contigo.

La abracé y la besé largamente. Un fuerte deseo se apoderó de nosotros.

Te va a dar asco.

No. Te amo. Quien ama no siente asco de la persona amada.

Tardó un tiempo, más besos, más palabras tiernas de mi parte, más besos, suspiros.

Tengo que ir al baño, dijo.

Cuando regresó, desnuda, me preguntó, ¿me juras que no te va a dar asco?

Sí, te lo juro, respondí, abrazándola cariñosamente.

Y realmente no sentí asco. Ni ella, que después confesó que estaba asustada al principio, pero acabó sintiendo mucho placer, un goce diferente.

Nos quedamos abrazados en la cama, tranquilos.

Ve a lavarte, pero no mires, prométeme que no vas a mirar.

Dentro del baño, contemplé mi pene manchado de sangre, para saber si sentía asco o no. No sentí asco, al contrario, vi aquella sangre como una generosa ofrenda.

Cuando regresé, Fernanda estaba envuelta en la sábana.

Está llena de sangre.

Voy a guardarla como una reliquia, respondí.

Loco, dijo, sonriendo por primera vez.

Y vivimos felices para siempre. Fernanda se curó de sus achaques, existe un remedio para todo. ¿Por qué no quería que la llamara por teléfono, o la visitara? Porque vivía con su mamá, viuda, que era alcohólica e impertinente.

Contar cómo esa situación familiar influyó en Fernanda podemos dejarlo para después. Así como la atracción de los tiburones por el olor de la menstruación.

El jorobado y la Venus de Botticelli

Ondulantes mechones de una cabellera pelirroja fustigados por el viento y por la lluvia, piel suave y radiante, es la Venus de Botticelli caminando por la calle. (Aquella que está en la Uffizi, naciendo de una concha, no la del Staatliche Museen, con fondo negro, que es semejante pero tiene el cabello enrollado alrededor de la cabeza, descendiendo lacio a lo largo del cuerpo.)

No piensen que me ufano de tener una perspicacia extraordinaria, pero el hecho es que si la mujer que observo está de pie como una estatua, sé cuál es la cadencia de sus pasos, cuando ella se mueve. Entiendo no solo de músculos, sino también de esqueletos y, de acuerdo con la simetría de la osamenta, preveo la articulación de los tobillos, de las rodillas y del iliaco, que dan ritmo al movimiento del cuerpo.

La Venus camina sin incomodarse con la lluvia, a veces girando la cabeza hacia el cielo para mojarse aún más el rostro, y puedo afirmar, sin la menor pretensión poética, que es el andar de una diosa.

Tengo que idear una estrategia rebuscada para acercarme a ella y conseguir lo que necesito, tarea difícil, las mujeres, en el primer contacto, sienten repulsión por mí.

La sigo hasta donde vive. Vigilo el edificio durante algunos días. A Venus le gusta caminar por la calle y quedarse sentada en la plaza cercana a su casa, leyendo. Pero continuamente interrumpe la lectura, mira a la gente, en especial a los niños, o de pronto le da de comer a las palomas, lo cual, en cierta forma, me decepciona, las palomas, como los ratones, las cucarachas, las hormigas y las termitas no necesitan de ayuda; sobrevivirán cuando finalmente las bacterias acaben con nosotros.

Mirándola de lejos, me impresiona cada vez más la armonía de su cuerpo, el perfecto equilibrio entre las partes que consolidan su entereza —la extensión de los miembros en relación con la dimensión vertical del tórax; la altura del cuello en relación con el rostro y la cabeza, la fina cintura combinada con el formato firme de las nalgas y el pecho.

Necesito acercarme a esta mujer cuanto antes. Es una carrera contra el tiempo.

Un día de fuerte lluvia, me siento a su lado bajo el aguacero, en una banca de la plaza. Tengo que saber rápidamente si le gusta conversar.

Hoy desgraciadamente la lluvia no permite la lectura, digo.

Ella no me responde.

Por eso no trajiste un libro.

Ella finge que no oye.

Insisto: Él hace nacer el sol sobre buenos y malos, y hace llover sobre justos e injustos.

La mujer entonces me mira rápidamente, pero yo mantengo mis ojos en su frente.

¿Está hablando conmigo?

Dios hace llover sobre los justos y los... (Mis ojos en su frente.)

Ah, hablaba de Dios.

Ella se levanta. De pie, sabe que está en una posición favorable para rechazar los avances de un intruso.

No lo tome a mal, ya veo que usted debe ser uno de esos evangélicos que buscan salvar almas para Jesús, pero desista, soy un caso perdido.

Voy tras ella, que se aleja lentamente.

No soy un pastor protestante. Por cierto, dudo que usted descubra a qué me dedico.

Soy muy buena para eso. Pero hoy no tengo tiempo, debo ir a una exposición de pintura.

Su voz ya demuestra menos desagrado. Posee la virtud de la curiosidad, lo cual es muy bueno para mí. Y también otra cualidad esencial: le gusta platicar. Eso es todavía mejor.

Me propongo acompañarla y, después de algunos titubeos, ella acepta. Caminamos, ella un poco separada de mí, como si no estuviéramos juntos. Intento pasar lo más desapercibido posible.

En la exposición hay apenas una empleada, sentada en una mesa, limándose las uñas. Negrinha, mi actual amante, dice que las mujeres que se liman las uñas en público tienen dificultad para pensar, y el limarse las uñas las ayuda a reflexionar mejor, como aquellas que razonan con mayor claridad cuando se sacan las espinillas de la nariz frente al espejo.

Mientras miro los cuadros con estudiada indiferencia, voy diciéndole: *avant-garde* del siglo pasado, trazos abstractos espontáneos, subconscientes, subkandinski, prefiero un soneto de Shakespeare.

Ella no responde.

Estoy tratando de impresionarte.

No fue suficiente, pero hablar de poesía ayuda un poco, me gustaría entender poesía.

La poesía no es para ser entendida, la poesía no es panacea. No le voy a decir eso, por el momento.

¿Qué tal un expreso?, pregunta.

Busco un lugar donde podamos sentarnos. Siendo más alta que yo, la Venus hace que mi joroba resalte cuando estamos de pie, lado a lado.

Ahora voy a descubrir lo que haces, dice, al parecer divertida con la situación. Te dedicas a alguna cosa, ¿no? No me digas, déjame descubrir. Bien, ya sabemos que no eres pastor protestante, profesor tampoco, un profesor tiene las uñas sucias. Los abogados usan corbata. Corredor de bolsa no, es obvio que no. Tal vez analista de sistemas, aquella posición inclinada frente a la computadora... mmm... Disculpa.

Si la hubiera visto a los ojos, ¿qué habría visto cuando se refirió a la columna vertebral del sujeto inclinado frente a la computadora? ¿Horror, piedad, escarnio? ¿Ya entendieron por qué evito, en los primeros contactos, leer los ojos de las mujeres? Sí, podía haber visto solo curiosidad, pero prefiero no correr riesgos, vislumbrando algo que pueda debilitar mi audacia.

Y tú, ¿sabes a qué me dedico?

Uñas limpias sin barniz. Le gusta leer en la banca de la plaza. Le gusta mojarse en la lluvia. Tiene un pie más largo que el otro. Quiere entender poesía. Es floja. Indicios perturbadores.

¿Se nota?

Puedes ser modelo.

¿Se nota?

O ama de casa ociosa y frustrada que frecuenta un gimnasio donde hace danza, estiramiento, pesas, gimnasia específica para fortalecer los glúteos. Las, las...

Las nalgas, ¿es esa la palabra que estás buscando? ¿Las nalgas, qué?

Después de los senos, son la parte más peligrosa del cuerpo, agrego.

Me quedo un poco sorprendido de la naturalidad con que ella usa aquella palabra corriente en un diálogo con un desconocido, a pesar de que esté cansado de saber que a los jorobados no se les conceden eufemismos ni otras delicadezas: es común que eructen y suelten pedos distraídamente en mi presencia.

¿Se nota?, repite.

O no se trata de nada de eso, tienes un taller de encuadernación de libros en casa.

No me has respondido. ¿Se nota?

¿Qué?

¿Que tengo un pie mayor que el otro?

Muéstrame la palma de la mano. Veo que estás planeando hacer un viaje. Hay una persona que te tiene preocupada.

Acertaste otra vez. ¿Cuál es el truco?

Todo mundo tiene un pie más grande que el otro, planea hacer un viaje y conoce a una persona que le complica la vida.

Es el pie derecho.

Ella estira la pierna y muestra el pie. Usa zapatos sin tacón, de cuero, con forma de tenis.

En fin, ¿cuál es mi profesión?

Encuadernación. Una mujer que trabaja con libros tiene un encanto más.

Ahora te equivocaste. No hago nada. Pero acertaste en parte. Soy perezosa. ¿Ese es uno de mis indicios perturbadores?

Es el principal, respondo. A un famoso poeta la pereza le parecía un estado delicioso, una sensación que dejaba en segundo plano a la poesía, a la ambición y al amor. Otra señal singular es que te gusta leer en una banca de la plaza. Y finalmente, que te gusta mojarte en la lluvia.

No le digo que las personas perezosas sufren impulsos instintivos de realizar algo, pero no saben qué. El hecho de que la Venus fuera perezosa era, para mí, el premio mayor. Todas las mujeres que he conquistado eran perezosas y soñaban con hacer o aprender alguna cosa. Pero, principalmente, les gustaba platicar —hablar y oír—, lo cual en realidad era lo más importante. Más tarde retomaré esto.

Eres profesor de algo, tus uñas limpias me despistaron.

Puedes decirme profesor.

Está bien, profesor. ¿Y tú? ¿Cómo me vas a decir? ¿Perezosa?

Ya tengo un nombre para ti. Venus.

¿Venus? Es horrible.

Tu Venus es la de Botticelli.

¿La pintura? Ya ni me acuerdo cómo es.

Basta con que mires al espejo.

Qué elogio tonto. ¿Por qué el hecho de que me guste mojarme en la lluvia es un indicio perturbador?

Eso no te lo voy a decir hoy.

El libro está aquí, realmente era imposible leer en la lluvia, dice ella sacando un libro del bolsillo de la capa. Chao.

Solo en ese momento veo sus ojos azules: neutros. Ya se había acostumbrado a mi aspecto y tal vez había logrado darse cuenta de que mi rostro no era feo como mi cuerpo.

Ese fue nuestro primer encuentro. Que a la Venus le gustara la poesía me ayudaría, pero si también apreciaba la música, o el teatro, o el cine, o las artes plásticas, eso no afectaría en nada mi estrategia. A Negrinha solo le gustaba la música y no me costó mucho trabajo, pues le gustaba platicar, principalmente quejarse del hombre que vivía con ella antes que yo, que solo hablaba de cosas prácticas, planes a corto, mediano y largo plazo, horarios, anotaciones en las agendas, encargos, relación costo-beneficio de los gastos que hacían, ya fuera un viaje o la compra de un exprimidor de ajos, y cuando ella quería platicar sobre otro asunto él sencillamente no la oía.

Además de saber escuchar, puedo decir cosas interesantes, triviali-dades de almanaque y también cosas más profundas, que aprendí en los libros. Me pasé la vida leyendo e informándome. Mientras los otros pateaban balones, bailaban, se enamoraban, paseaban, manejaban au-tos o motocicletas, yo me quedaba en casa convaleciente de operacio-nes fallidas y leyendo. Aprendí mucho, deduje, pensé, constaté, descu-brí. Me volví un tanto prolijo, es cierto. Pero crecí, durante mi sombrío calvario, estudiando y planeando la manera de lograr mis objetivos.

Un tipo que se ha sometido a veinte operaciones de columna, un fracaso tras otro, tiene que tener, entre sus principales virtudes, la obs-tinación. Descubro, por el portero del edificio donde vive, que Agnes es el nombre con el que se conoce a Venus en el mundo de los mor-tales. Le dejo un sobre con un recado en la portería.

El recado: Sospecho que has leído poca poesía. Lees libros en la plaza y te saltas las páginas, deben de ser cuentos, nadie lee poesía así. A los perezosos les gusta leer cuentos, acaban un cuento en la página veinte y saltan al que está en la página cuarenta, al final leen solo una parte del libro. Necesitas leer a los poetas, aunque sea a la manera de aquel escritor chiflado para quien los libros de poesía merecen ser leídos solo una vez y después destruidos para que los poetas muertos den lugar a los vivos y no los dejen petrificados. Puedo hacer que entiendas la poesía, pero tendrás que leer los libros que yo te indique. Me nece-sitas, más de lo que necesitas a tu madre o a tu perro *Lulu*. Este es el número de mi teléfono. P. D. Tenías razón, es mejor llamarse Agnes que Venus. Firmé: Profesor.

¡Hacer que esta boba entendiera poesía! Pero a ella le gustaba ese género literario, y el asunto de nuestras pláticas sería, por lo tanto, la poesía. Las cosas que un jorobado es capaz de hacer para que una mujer se enamore de él.

Cuando estoy buscando una nueva novia, descarto a la anterior, necesito estar concentrado en el objetivo principal. Ya había llegado la hora de decirle adiós a Negrinha.

Astuto, escribo unos obvios poemas de amor para Agnes y los dejo impresos, a propósito, en el cajón de la mesa de la computadora, un lugar que Negrinha siempre revisa. Ella se la vive esculcando mis cosas, es muy celosa.

Negrinha se pone furiosa cuando descubre los poemas. Me insulta, profiere palabras duras que respondo con dulzura. Me da de puñetazos en el pecho y en la joroba, dice que me ama, que me odia, mientras le respondo con palabras tiernas. No sé dónde leí que, en una separación, aquel que no ama es el que dice las palabras cariñosas.

En realidad, yo estuve muy interesado por Negrinha hasta que se enamoró de mí. Pero no estoy ni nunca estuve enamorado de ella, o de cualquier otra mujer con quien me involucré. Soy un jorobado y no necesito enamorarme de ninguna mujer, necesito que una mujer se enamore de mí —y después otra, y otra. Recuerdo los agradables momentos que pasé con Negrinha, en la cama, platicando, escuchando música y mezclando nuestras salivas. Dicen que ese líquido transparente segregado por las glándulas salivales es insípido y sirve solo para fluidificar los alimentos y facilitar su ingestión y digestión, lo cual comprueba que las personas no tienen sensibilidad ni siquiera para sentir el sabor de su propia saliva, y peor aún, les falta la necesaria sutileza gustativa para deleitarse con el sabor de la saliva del otro. Al mezclarse, las salivas adquieren un sabor inefable, comparable apenas al néctar mitológico. Un misterio enzimático, como otros de nuestro cuerpo.

Me quedo triste por haber hecho sufrir a Negrinha. Pero soy un jorobado. Adiós, Negrinha, tu saliva era deleitable y tus ojos verdes poseían una belleza luminosa.

Agnes se tarda una semana en responder mi carta.

Su respuesta: Necesito de mi perro lulu, pero no necesito de mi madre, tal vez de su talonario de cheques. Voy a pasar por ahí.

Cuando Agnes llega, ya estoy preparado para recibirla. ¿Cómo se prepara un jorobado para recibir a una mujer bonita que debe ser arduamente inducida a entregársele? Haciendo sus planes con anticipación, todos contingentes, como es la naturaleza de todos los planes; conservando la calma, como, por cierto, debemos comportarnos cuando recibimos al cirujano o al plomero que va a arreglar el escusado; usando ropas amplias y proyectando el pecho hacia delante; permaneciendo alerta, para que nuestro rostro se muestre siempre bondadoso y nuestra mirada permanentemente dulce. Un jorobado distraído, aunque no sea cuasimodesco y tenga un rostro bonito, como es mi caso, muestra siempre un semblante siniestro.

Agnes entra y observa la sala con una astuta mirada femenina. Vivo aquí hace un año apenas, me mudo de casa constantemente, y mi sala, a pesar de estar amueblada con elegancia, tiene algo vagamente trunco en su aspecto, como si le faltaran lámparas, muebles sin utilidad y otros ornatos inútiles que resultan de las ocupaciones prolongadas de los espacios domésticos. Los libreros de maderas finas —que albergan mis libros, CDs y DVDs de cine, música, ópera y artes plásticas—, que siempre me acompañan en las mudanzas, son prefabricados y fáciles de desarmar.

Agnes se para frente a los libreros que ocupan las paredes de la sala y pregunta, sin voltearme a ver:

¿Este departamento es tuyo?

Es rentado.

¿Qué libros son los que mencionabas en tu recado?

Ya lo sabrás, en su oportunidad. Es un programa sin duración predeterminada. Vas a leer un poema diariamente. Los poetas nunca se repetirán. Tendrás el día entero para leer el poema. Por la noche vienes aquí a la casa, cenamos y me hablas sobre la poesía elegida. O sobre lo que quieras, si no te dan ganas de hablar del poema. Tengo a la mejor cocinera de la ciudad. ¿Quieres tomar algo?

Ella, que hasta entonces había permanecido de espaldas, se dio la vuelta súbitamente, exclamando:

No sé qué estoy haciendo aquí. Creo que enloquecí. ¿Voy a convertirme en estudiante? ¿Se trata de eso?

Eres una mujer bonita, pero sientes un vacío dentro de ti, ¿no es así?

Chao.

Mas de veinte operaciones dolorosas para corregir una joroba que no pudo ser eliminada. Percepciones constantes de expresiones furtivas de desprecio, burlas evidentes —hey, jorobadito, puedo pasar la mano por tu espalda para que me dé suerte?—, reflejos diarios e inmutables de una desnudez repugnante en el espejo en que me contemplo, y ni hablar de lo que leía en los ojos de las mujeres, antes de que aprendiera a esperar el momento correcto para leer su mirada, si todo esto no acabó conmigo, ¿qué efecto podía tener un chao dicho esquivamente y seguido de una retirada desdeñosa? Ninguno.

Para seleccionar lo que Agnes debe leer, decido, por comodidad, usar los libros que tengo en mis libreros. Pienso empezar con un poeta clásico licencioso, pero es prematuro presentarle poemas que dicen *questo è pure un bel cazzo lungo e grosso* o luego *fottimi e fa di me ciò che tu vuoi*, o *in potta o in cul, ch'io me ne curo poco*, ella podría asustarse, este poeta obsceno es para ser usado en una fase en que la mujer ya fue conquistada. Olvidé decir que escojo poetas ya muertos, aunque existan poetas vivos mucho mejores que ciertos poetas consagrados que ya estiraron la pata, pero mi decisión es dictada por la conveniencia, los mejores muertos tuvieron oportunidad de encontrar el camino de mis libreros, y no puedo decir lo mismo de los vivos.

Le envío a Agnes un poema que dice que el arte de perder no es difícil de aprender. Sé que eso va a provocar una reacción. Los perezosos viven perdiendo cosas, y no hablo solo de viajes.

Llueve en el primer día del programa. Tan pronto como entra a mi casa, Agnes pregunta:

¿Cómo supiste que para mí perder algo es siempre un desastre, a pesar de todas las racionalizaciones que hago?

De la misma manera en que supe que tienes un pie más grande que el otro. ¿Vamos a hablar más sobre el poema? Podemos cenar después.

Mañana. Otra cosa, el pie de la Venus de Botticelli es muy feo, el mío es más bonito. Chao.

Un jorobado sabe cómo acostarse. Nos acostarnos de lado, pero despertamos en medio de la noche tendidos boca arriba, con dolor de espalda. Acostarse boca abajo exige doblar una de las piernas y meter el brazo opuesto bajo el cojín. Nosotros, los jorobados, nos despertamos varias veces en medio de la noche, buscando una posición confortable, o menos incómoda, atormentados por pensamientos tristes que nos dificultan el sueño. Un jorobado no olvida, piensa siempre en su desgracia, las personas son lo que son porque un día hicieron una elección, si hubieran hecho otra su destino sería diferente, pero un jorobado de nacimiento no hizo ninguna elección, no intervino en su suerte, no lanzó los dados. Esa certeza intermitente nos quita el sueño, nos obliga a salir de la cama. Además, nos gusta estar de pie.

Cuando Agries llega al día siguiente, la cocinera ya está preparando la cena. Un tipo con las vértebras en su lugar puede llevar a la mujer que corteja a comer un hot dog en el bar de la esquina. Yo no puedo darme ese lujo.

La poeta... ¿es poeta o poetisa?

El diccionario dice poetisa. Pero puedes llamar poetas a todos, hombres y mujeres.

La poeta dice que al conversar con el hombre que amaba se dio cuenta de que él ocultaba un miedo, el miedo de su sufrimiento mortal. Yo sentí eso cuando conversaba contigo.

Qué interesante, dije.

¿Te parece... molesto ser jorobado?

Ya me acostumbré. Además de eso, he visto sin alterarme a todos los jorobados de Notre Dame cinematográficos, conozco a todos los Ricardos III —¿sabías que el verdadero Ricardo III no era jorobado, como se deduce de su armadura que ha sido conservada hasta nuestros días?—, me sé de memoria el poema de Dylan Thomas sobre un jorobado en el parque. Contemplo el Corcovado desde mi ventana todas las noches.

Agnes me imita:

Qué interesante.

Le pido que me lea el nuevo poema que escogió. Ella hojea el libro, lee mal, con la cara metida en el libro. No se puede leer de manera decente metiendo la cara en el texto. Y leer un poema es aún más difícil, ni siquiera los propios poetas lo saben hacer.

Háblame del poema.

La mujer lamenta la muerte del hombre que amaba... Su destino era celebrar a aquel hombre, su fuerza, el brillo de su imaginación, pero la mujer dice que perdió todo, que olvidó todo.

¿Sentiste algo?

Una cierta tristeza. Este poema me incomodó mucho.

Dime más, te lo pido.

Agnes habla, yo oigo; habla, oigo. Apenas intervengo para hacerla hablar más. Como sé oír, eso es muy fácil. Hacerlas hablar y escucharlas es mi táctica.

Creo que en ruso debe ser aún más perturbador, dice ella.

Ese es el problema de la traducción poética, respondo.

El lector o sabe todas las lenguas del mundo, dice Agnes, o tiene que acostumbrarse a que los poemas resulten menos tristes o menos alegres o menos bonitos o menos significativos, o menos etcétera cuando son traducidos. Siempre menos.

Un poeta norteamericano dijo que lo que se pierde en la traducción es la poesía.

¿Quién?

Vas a tener que descubrirlo. ¿Qué tal si cenamos?

No voy a describir los manjares de la cena, los vinos de noble origen que bebimos, las características de los vasos de cristal que usamos, pero puedo decir que la mesa del mejor gourmet de la ciudad no es mejor que la mía. Mi padre era refinado en materia de negocios y cuando murió —mi madre murió antes, creo que no suportó mi desgracia, *su* desgracia— me dejó en una situación acomodada. No soy rico, pero puedo mudarme, cuando es necesario, de una bella residencia a otra aún mejor, tengo una buena cocinera y tiempo de ocio para realizar mis planes.

Llamo un taxi. La acompaño hasta su casa, a pesar de las protestas de que puede ir sola. Regreso muy cansado.

Me levanto muy temprano, con la duda de qué otro poeta seleccionaré. Escoger los libros hace que me sienta aún más sinvergüenza, como uno de esos académicos sabihondos que se ganan la vida inventando cánones, mejor dicho, catálogos de autores importantes. En realidad, como ya dije, solo quiero utilizar a los autores que tengo en mis libreros, y aun los libreros de un jorobado carecen, necesariamente, de los mejores autores.

Le pido a Agnes que lea el poema en que el autor describe alegóricamente un cunnilingus.

Léeme, por favor, este poema.

Ella lee. Su francés es perfecto.

Háblame sobre el poema.

El poeta, después de decir que su amada está desnuda como una esclava morisca, contempla sus muslos, su cadera, sus pechos y su vientre, *ces grappes de ma vigne*, observa encantado la cintura estrecha que acentúa la pelvis femenina, pero lo que lo deja extasiado y suspirando es el rojo soberbio del rostro de la mujer.

¿Eso fue lo que entendiste? ¿El poeta ve la pelvis y se queda extasiado con el rubor del rostro? Acuérdate, él está observando la parte inferior del tronco de la mujer; la parte *rouge superbe* que le llama la atención solo puede ser la vagina. Es solo que el poeta no era lo suficientemente lascivo para despreciar las metáforas.

Puede ser. ¿Cuál es el menú de hoy?

Fuiste tú la que dijo que quería *entender*.

¿Cuál es el menú de hoy?

Grenouille.

Me encanta.

Ya pasaron varios días desde nuestro primer encuentro. Mantengo el control, la paciencia es una de las mayores virtudes, y eso es válido también para aquellos que no son jorobados. Hoy, por ejemplo, cuando Agnes, al sentarse frente a mí, me muestra las rodillas, siento deseos de besárselas, pero ni siquiera las miro por mucho tiempo.

Agnes toma el libro.

Veamos esto: el amante se transforma en el objeto amado, a fuerza de tanto imaginar... ¿qué más desea el cuerpo alcanzar? ¿Qué diablos quiere decir el poeta con esto?

Agnes, leíste el poema de mala gana. Fuiste tú quien escogió ese poema. Había otros más fáciles.

¿Podemos decir que es un soneto solipsista?

¿Por el placer de la aliteración?

También. ¿O lo podríamos llamar soneto ascético? ¿O soneto neo-platónico? Ya ves, ya estoy pareciéndome a mi profesor.

¿Se puede tener una filosofía sin conocer al filósofo que la conci-bió?, pregunto.

Su rostro se queda inmóvil, acostumbra quedarse así, sin mover los ojos, mucho menos los labios, como esas mímicas de quien quiere demostrar que está meditando. Es como si se hubiera quedado sorda. Pero enseguida vuelve a hablar con entusiasmo. Y yo oigo. Saber oír es un arte, y disfrutar lo que se oye forma parte de él. Quien finge que le gusta oír es descubierto inmediatamente.

No la toco ni ese día, ni los próximos.

Hay mujeres de piel blanca opaca, otras de una blancura casi gri-sácea, otras descoloridas como yeso o harina, pero la piel blanca de Agnes tiene un brillo espléndido, me dan ganas de morderla, clavar los dientes en sus brazos, en sus piernas, en su rostro, tiene un rostro para ser mordido, pero me contengo. Le doy, para que lea, otro poema eró-tico. Confieso que corro un riesgo calculado. Cómo reaccionará al leer —la lengua lame los pétalos rojos de la rosa pluriabierta, la lengua labra cierto oculto botón, y va tejiendo ligeras variaciones de leves ritmos, y lame, lambilonga, lambilenta, la embriagante gruta velluda? Agnes cam-bió de tema cuando intenté hacer una exégesis (eso es lo que ella quiere, ¿no? *¿Entender?*) erótica del poema del cunnilingus, que ella había leído dos días antes. ¿Cómo se comportaría ahora, al leer otro poema con el mismo tópico y aún más atrevido?

Pensé que la poesía no mostraba eso, que felación y cunnilingus eran clichés usados solo en las películas, dice Agnes, después de leer el poema. No sé si me gustó. Lame lambilonga lambilenta es una ali-teración graciosa. Pero embriagante gruta velluda es horrible. ¿El próxi-mo va a ser así?

No percibo las verdaderas implicaciones de lo que ella me dice. ¿Desagrado, decepción? ¿Mera curiosidad? ¿Una apertura? Es mejor no profundizar.

Estamos en este juego hace muchos días.

Leemos un poema sobre un tipo que pregunta si se atreverá a comer un durazno.

¿Comer duraznos?

Le sigo el juego:

Digamos que es sobre la vejez.

¿Y los viejos no se atreven a comer duraznos?

Creo que es porque los viejos usan dentadura postiza.

Pensé que los poemas siempre hablaban de cosas bellas o trascendentales.

La poesía crea la trascendencia.

Odio que presumas.

No estoy presumiendo. Las prótesis no son solamente lo que representan. Algunas son más significativas que otras. Los implantes de pene lo son más que las dentaduras.

¿Las piernas mecánicas más que las uñas postizas?

Los marcapasos más que los aparatos auditivos.

¿Los senos de silicón más que las pelucas?

Exactamente. Pero siempre trascendiendo la cosa y el sujeto, algo fuera de él.

¿Ese implante es muy usado? El del...

¿El del pene? Ponte en el lugar de un hombre que se hace ese implante. Ve la simplicidad poética de este metafísico gesto de rebeldía contra el veneno del tiempo, contra la soledad, la tristeza.

¿Puedo hacerte una pregunta indiscreta?

Sí.

¿Tú usas, o mejor dicho, usarías esa prótesis?

Soy un jorobado de verdad. Un jorobado no necesita esas cosas.

Podría decirle que un jorobado de nacimiento, como yo, o sublima sus deseos para siempre —y en ese caso, ¿para qué el implante?— o después, en la edad adulta —como yo que hasta los veintiocho años nunca tuve una relación sexual— pasa a ser dominado por una lubricidad paroxística que hace que su verga se ponga dura al menor de los estímulos. Un jorobado o se queda impotente o arde en una hoguera de lascivia que no amaina ni siquiera un instante, como el calor del infierno. Pero eso ella lo comprobará en su oportunidad.

No hay ninguna dentadura en el poema, dice Agries, ni implante de cualquier tipo.

Los poetas nunca muestran todo con claridad. Pero la dentadura está ahí, para quien mire con atención.

La vejez está ahí, y el miedo a la muerte.

¿Y qué es la vejez en un hombre?, pregunto.

De acuerdo: es la dentadura, la calvicie, la certeza de que las sirenas ya no cantan para él. Sí, y también el miedo a actuar. El poeta se pregunta todo el tiempo ¿me atreveré? Odia los horrendos síntomas de la vejez, pero no se atreve a matarse. ¿Me atreveré a comer un durazno? significa, ¿tendré el valor de acabar con esta mierda que es mi vida? El durazno es una metáfora de la muerte. Pero acepto que por ahí también existe una dentadura. ¿Estoy aprendiendo a entender poesía?

Sí. El poema puede ser entendido como tú quieras, lo cual ya es un avance, y otras personas podrán, o no, entenderlo del mismo modo que tú. Pero eso no tiene la menor importancia. Lo que importa es que el lector debe sentir el poema y lo que alguien siente al leer un poema es exclusivo, no se parece al sentimiento de ningún otro lector. Lo que necesita ser entendido es el cuento, la novela, esos géneros literarios menores, llenos de simbolismos obvios.

Creo que hablas demasiado, me dice, de buen humor.

Caveat: si una mujer no tiene un mínimo de sentido del humor e inteligencia no logro cogérmela. ¿Cómo podría platicar con ella? Eso es pésimo para un jorobado lascivo que enfrenta un verdadero pedregal para conquistar mujeres, cuya primera impresión al verlo podría ser la misma que tendrían al ver un basilisco, si ese reptil bizco de hálito mortal existiera. ¿Ya me imaginaron invirtiendo, ciego de deseo, días y días en una conquista para después, a media operación, constatar que estoy lidiando con una estúpida, que me dejará flácido a la mera hora? Cuando a un jorobado no se le para una vez, no se le para en el resto de su vida, como si hubiera sido inoculado con una bacteria multirresistente. Dirán, si Agnes fuera inteligente, le parecería prolijo y exhibicionista. Pero en realidad yo solamente la estimulaba a hablar. Estaba impresionada consigo misma, creía que estaba aprendiendo no solo a ver, sino a entender que la persona puede ser miope, pero no puede quedarse con los ojos cerrados.

Algo más: así como para el poeta escribir es elegir —crear opciones y elegir—, también yo tenía que crear opciones y elegir.

Tengo el miembro rígido. La dureza y el tamaño de mi pene me dan confianza, un valor muy grande, mayor incluso que mi astucia cerebral. Tengo ganas de poner su mano en mi verga, pero todavía no ha llegado el momento para eso. La alternativa todavía no ha sido creada.

No sé si ya dije que el nombre de mi cocinera es Maria do Céu.* Merece ese nombre, y esta noche nos brinda un magnífico banquete.

Después de cenar nos quedamos platicando hasta la madrugada. Le pregunto algunas veces, ¿no es tarde para ti? Y ella responde que no tiene sueño ni ganas de irse a casa. Tomamos vino, pero tengo el cuidado de evitar que se embriague. La lucidez, la mía y la de ella, es esencial para mis planes.

Cuento anécdotas sin chiste, que la hacen reír, precisamente porque no tienen el menor chiste. Por primera vez ella habla de asuntos personales, los menos complejos, como el mal humor de su madre. Hay mujeres que aun después de la adolescencia continúan resentidas con sus madres. Oigo todo, atento. Agnes habla también sobre su novio anterior, que era una buena persona pero no platicaba con ella. En cierta ocasión, salieron a cenar y ella decidió que se quedaría callada toda la noche. En el restaurante, el novio consultó el menú, sugirió los platillos, ordenó y, después de que les sirvieron, le preguntó a Agnes si su comida estaba buena. No dijo nada más y ni siquiera se dio cuenta del silencio de Agnes. Tal vez lo hubiera percibido si ella hubiera rechazado la comida, pero tenía hambre. Al llegar a casa se fueron a la cama e hicieron el amor en silencio. Después el novio dijo buenas noches, querida, se dio la media vuelta y se durmió.

Oí todo muy atento, haciendo comentarios neutrales, pero convenientes, que ella interpretaría como un evidente interés de mi parte por lo que decía y sentía.

Elijo otro poeta de lengua inglesa. No tengo predilección por la lengua inglesa, pero cultivo el inglés por la misma razón que Descartes sabía latín. Agnes llega con una cesta de mandarinas.

Nunca hay mandarinas en tu casa.

No es temporada.

Pero yo sí encontré. Escogí este poema.

¿Y?

El poeta dice que conoce la noche, anduvo y anda en la lluvia, más allá de las luces de la ciudad, sin mirar a las personas, sin ganas de dar explicaciones, imagina los ruidos de las casas distantes; el tiempo que el reloj marca no es correcto ni incorrecto. ¿Sabes que me está gustando esto?

¿Por qué?

Yo quería entender lo que los poetas dicen, y aprendí contigo que eso es secundario, dice Agnes.

---

* En español, María del Cielo.

Todo texto literario tiene la capacidad de generar diferentes lecturas, pero, además de esta riqueza de significados, la poesía tiene la ventaja de ser misteriosa incluso cuando dice que dos y dos son cuatro.

Tienes razón. Y, principalmente, la poesía nunca se consume del todo. Por más que devores un poema, el sentimiento que provoca jamás se agota.

Ay, qué vida compleja, dice Agnes, fingiendo suspirar.

Quizá sea eso, digo yo, tocando levemente su brazo. Ella se aleja del contacto con naturalidad, sin drama.

¿Eso qué?

La vida es compleja.

¿Es eso lo que los poetas dicen?

No sé. Vamos a cenar.

¿Habré cometido una tontería al tocarla?, pienso, mientras comemos las delicias gastronómicas preparadas por Maria do Céu.

Hace ya muchos días que estoy en este negocio. Siento que Agnes empieza a mostrarse más vulnerable. Pero, como dice la Biblia, hay tiempo para todo, y aún no ha llegado la hora de cosechar.

¿Existe una poesía femenina?, pregunta Agnes. ¿Si alguien desconociera el nombre del autor descubriría que este verso —el sentimiento más profundo siempre se muestra en silencio; no en silencio, sino de manera contenida— lo escribió una mujer? ¿Esta frase es masculina o femenina?

Lo escribió una mujer, pero podría haber sido escrito por un hombre.

Terminamos de cenar y estamos en medio de nuestra conversación cuando suena el timbre. Maria do Céu va a abrir la puerta y regresa inmediatamente, con un aire compungido, seguida de Negrinha.

No sabía que tenías visitas, dice Negrinha.

Le dije que usted estaba con una persona, protesta Maria do Céu, que sabe que aquella aparición inesperada solo puede causar problemas: ella presenció el momento en que Negrinha me dio de puñetazos en la joroba cuando la corté.

No la oí, dice Negrinha, notando el libro sobre la mesa. Ah, poesía, ¿interrumpí una conversación sobre poesía? Ese demonio tiene mil trucos.

Agnes se levanta de la silla.

Llegó la hora de irme.

No me has presentado a tu amiga, dice Negrinha.

Dejémoslo para otra ocasión, dice Agnes. Chao.

El chao de Agnes es siempre un mal indicio. La acompaño hasta la puerta.

Espera un poco, voy por el libro.

Ella toma el libro y sale apresuradamente, solo alcanzo a darle un beso en el rostro.

Siempre el mismo truco, dice Negrinha irónicamente. El hombre que sabe platicar sobre la belleza de la música, de la pintura, de la poesía. Y eso engaña a las tontas, ¿no? Funcionó conmigo. Música por aquí, poesía por allá, cuando la inocente abre los ojos tú ya estás metiéndole el pito.

Ya, Negrinha.

Eres un desgraciado. Aquella golfa se fue antes de que le contara cuán grandísimo hijo de puta eres.

Negrinha...

Vine aquí sintiendo lástima por ti, pensando que estabas solo, pero no, me encuentro a otra idiota que está siendo seducida, la próxima víctima. ¿Sabe que después de que te la cojas le vas a dar una patada en el culo?

¿Quieres tomar algo? Siéntate aquí. ¿Quieres un vaso de vino?

Agua.

Le traigo un vaso con agua. Negrinha bebe un trago. Ahora está más calmada.

Creo que voy a aceptar el vino.

Pongo el vaso y la botella de Bordeaux, el vino que a ella le gusta, a su lado.

¿Quién es esa mujer? ¿Es la tal Venus, a la que le escribías poemas de amor?

Ya te dije que aquella Venus era una figura ficticia.

Dijiste que estabas enamorado de otra. ¿De esa golfa, la clásica rubia tonta?*

Es pelirroja.

Es la misma mierda.

Negrinha vacía y vuelve a llenar el vaso de vino.

¿Y cómo pudiste enamorarte de otra, si te la pasabas cogiendo conmigo? ¿Por qué me abandonaste? Yo te gustaba, es más te gusto, ¿quieres ver?

Ella extiende la mano, pero yo me alejo.

Tienes miedo, ¿no? Quiero que me dejes agarrarte el pito.

Se bebe otro vaso de vino de un trago.

* En Brasil, la «*loira burra*» es un personaje popular de muchos chistes.

Negrinha, acuérdate de Heráclito...

Qué Heráclito ni qué una mierda, nunca leíste ningún libro de filosofía, leíste esos folletos para peluqueros y manicuristas.

Voy a tener que salir, Negrinha.

No me digas Negrinha, me llamo Bárbara.

Tengo que irme.

Tienes miedo de acostarte conmigo.

Tengo un compromiso importante.

Cobarde.

Voy a mi habitación y empiezo a cambiarme, rápidamente. Negrinha invade la recámara. Me parece que está un poco borracha. Mientras me visto apresuradamente, ella se desnuda con la misma precipitación. Terminamos prácticamente al mismo tiempo. Negrinha se acuesta, desnuda, en la cama, mostrándome la punta de su lengua húmeda.

Ven aquí a conversar conmigo, me pide.

Salgo corriendo de la habitación y bajo por las escaleras. En la calle tomo el primer taxi que encuentro.

Agnes desaparece un par de días. Cuando nos volvemos a ver, la noto tranquila y diferente.

Me gustó este poema, dice Agnes.

¿Por qué?

No sé. Tal vez porque tiene tres líneas.

¿Y qué dice la escritora en esas tres líneas?

¿Importa?, Agnes pregunta. ¿O lo que importa es lo que yo sentí?

Sí, lo que sentiste.

La poeta dice que no le gusta la poesía, pero que al leerla, con un completo desprecio, descubre en la poesía, finalmente, un lugar para la verdad. Entendí algunas cosas pero creo que ella quiere decir algo diferente. Me invadió un sentimiento que no sé explicar. Así debe ser, ¿no?

Claro.

¿Quién era aquella mujer que vino aquí? Es muy bonita.

Beso el rostro de Agnes levemente.

¿Crees que puedo ser tu novia?, pregunta.

Creo que sí.

Tienes un rostro bonito, pero eres jorobado. ¿Cómo puedo ser tu novia?

Después de un tiempo ni notarás esa característica física mía.

¿Qué dirá la gente?

La gente no va a enterarse, no sospechará nada, ni siquiera se lo va a imaginar. Vamos a vivir en otro lugar. Les diremos a los vecinos que somos hermanos.

¿Y quién era aquella mujer? Debo admitir que es linda.

Debe ser alguna loca.

Estoy hablando en serio.

Es una mujer que se obsesionó por mí.

Yo no soy perezosa.

Le doy otro beso, ahora en la boca.

Eso está rico, ella dice.

La tomo del brazo y la conduzco gentilmente a la habitación. Nos quitamos la ropa en silencio.

Después de la entrega, ella suspira agotada. Recostado a su lado, siento en mi boca el delicioso sabor de su saliva.

Prométeme que siempre vas a platicar conmigo, dice Agnes, abrazándome.

Me voy a vivir con Agnes a otra casa, en otro barrio.

El ruido ensordecedor de la calle me envuelve cuando una mujer toda de oscuro, de cabello largo y negro, pasa, alta y esbelta, realzando, con sus movimientos, sus bellas piernas alabastrinas. (La vida copia a la poesía.) La sigo hasta donde vive. Tengo que idear una estrategia rebuscada para acercarme a ella y conseguir lo que necesito, tarea difícil, las mujeres, en el primer contacto, sienten repulsión por mí.

Vida

En mi caso, el ruido que causa el movimiento de los gases intestinales me pone alerta. Pero hay personas que no tienen la ventaja de esta señal prodrómica —mi mujer dice que no es una enfermedad y, si no es una enfermedad, no hay pródromo, como el aviso que un epiléptico recibe momentos antes de tener la crisis, como le ocurría a nuestro hijo, que Dios lo tenga en su gracia, pero mi mujer se dedica a contradecirme en todo lo que digo, a hostilizarme constantemente, ese es el pasatiempo de su vida—, pero estaba diciendo que mi flatulencia se anuncia por los ruidos de los gases desplazándose en el abdomen, y eso me permite, casi siempre, retirarme estratégicamente para ir a expulsarlos lejos de los oídos y las narices de los demás. Por cierto, prefiero hacerlo a solas, pues los pedos, al ser expulsados, me causan un gran placer que se manifiesta en mi rostro, sé de esto porque la mayoría de las veces los libero en el baño, el mejor lugar para hacerlo, y puedo notar en mi rostro, reflejado en el espejo, el lenitivo alivio, la delectación provocada por su esencia odorífera, y también una cierta euforia, cuando son bastante ruidosos. Y, tratándose de un ambiente cerrado, tengo otra emoción, tal vez más placentera, que es la de disfrutar con exclusividad ese olor peculiar. Sí, yo sé que para la mayoría de las personas ciertamente no para quien lo expulsó el aroma de la flatulencia ajena es ofensivo y repugnante. Mi mujer, por ejemplo, cuando estamos acostados en la cama y escucha el ruido de mis intestinos, me grita, salte de la cama y vete a pedorrear lejos de mí, asqueroso. Salgo corriendo de la cama y me voy al baño, en esas ocasiones, como ya dije, prefiero estar solo, y después de expulsar los gases en el baño, con la puerta cerrada, cuando ni siquiera acabé de gozar la satisfacción que aquello me da, ella grita, Dios mío, estoy sintiendo la peste desde aquí, de veras te estás pudriendo. El olor no es tan fuerte, incluso me gustaría que fuera más intenso pues me causaría mayor placer, pero a veces es tan suave que tengo que agacharme y olfatear con la nariz casi pegada al pubis para sentir el aroma desprendido por el flato, pero aun así, en estos días ella grita palabras injuriosas desde la habitación, como si un olor tan débil pudiera recorrer un trayecto tan largo sin desvanecerse en el camino. El otro día, durante la cena —por cierto esto ocurre casi todos los días— al repetir el plato de frijoles, me dijo, come más, llénate las tripas, para que después te eches más pedos, pero también lo dice si repito el postre, soy delgado y no logro dejar de serlo, no importa lo que coma; ella es gorda y no logra dejar de ser gorda, pero vive haciendo pays, pudines de leche y mousses de chocolate, y si repito el pudín o el mousse ella dice, vas a pasarte la noche pedorreándote como un caballo, y además me echa la culpa de ser gorda, que la hago infeliz, que come para compensar las frustraciones que le causo, y tiene razón, pues no logro cumplir con mis obligaciones de marido, por más que lo intento, y en realidad ya ni lo intento más. Podría irme de la casa, pedir el divorcio, pero me acuerdo de lo que sufrió durante la enfermedad de nuestro hijo, creo que nunca ha existido en el mundo una madre más dedicada que ella, y ella engordó después de la muerte de nuestro hijo, y a veces la descubro llorando con su retrato en las manos, no debo abandonarla en esa situación, no puedo ser tan desalmado y egoísta, y además si soy delgado y elegante podría conseguirme otra mujer, pero ella no lograría encontrar otro hombre y la soledad aumentaría todavía más su sufrimiento, es una buena mujer, no merece eso. Estamos acostados, ella de espaldas a mí, pensé que estaba dormida, pero mis intestinos empezaron a producir borborigmos y ella, sin darse la vuelta, gritó ay Dios mío qué vida la mía, ve a pedorrearte al baño, y me fui e hice lo que me mandó y contemplé en el espejo la felicidad que el fuerte ruido y el intenso olor estamparon en mi rostro.

PEQUEÑAS CRIATURAS
2002

Nada es demasiado pequeño para una criatura tan pequeña como el hombre. Gracias al estudio de las pequeñas cosas alcanzamos el gran arte de tener el mínimo de desgracias y el máximo de felicidad posibles.

Samuel Johnson, en *The Life of Samuel Johnson*, de James Boswell

La elección

Quiero pasear por el terreno que está frente a mi casa, ir hasta el campo donde los niños juegan futbol, asolearme un poco, ver a la gente, a las mujeres, solo mirar; mi tiempo ya pasó. Pero quiero también comer una chuleta de cerdo bien cocida y un sándwich de filete con queso en pan francés tostado y crujiente. Mi hija dice que tengo que elegir, o una cosa o la otra, la mujer del alcalde vive en un lugar, la del gobernador en otro, y las colas son enormes, hay mucha gente y mi hija quiere aprovechar sus vacaciones para conseguir las cosas. Si es necesario, va a ir todos los días a molestar a esos tipos, pero antes tengo que decidir en qué cola debe formarse.

A veces me quedo pensando qué sería de mí si no tuviera a mi hija. Sale muy temprano de casa, pero antes me hace el desayuno y deja lista la comida. Y pensar que una vez le llegué a pegar, la amenacé con correrla de la casa, cuando descubrí aquella cuestión. Yo era muy tonto. Dicen que existe una diferencia entre un tipo tonto y uno ignorante, que el ignorante puede aprender y cambiar, y que el tonto no. Si eso es verdad, cuando me peleé con mi hija no era tonto, solo ignorante, pues aprendí muchas cosas, acepté a mi hija tal como es. Dios sabe por qué hace a las personas como son, diferentes en algunas cosas, pero iguales en casi todas. El incendio del circo también me ayudó a entender un poco más a mis semejantes.

Es duro tener que escoger entre dos cosas que uno desea mucho. Pero la vida es así, nadie logra todo lo que desea, ni el hombre más rico del mundo, que a veces también tiene que escoger. La ventaja del hombre rico es que es más feliz que el pobre. Mi hija no está de acuerdo conmigo, dice que el dinero no lo hace a uno feliz y que el amor sí. Le digo que un tipo rico también puede amar y ser feliz y ella me responde que el rico solo piensa en dinero, y que el que es feliz solo piensa en la persona que ama. Mi hija está enamorada.

Me pasé el día pensando en la elección que debo hacer. Mi hija va a llegar y todavía no sé qué le voy a decir. Nunca me senté en una silla de ruedas, pero ya tuve una dentadura postiza, doble, y me hace muchísima falta. La extraño, se veía tan bonita dentro del vaso de agua donde la ponía en la noche antes de acostarme; la parte rosada brillaba y todos los dientes aparecían limpiecitos a través del agua. Lavaba los dientes por lo menos media hora, todas las noches antes de ponerlos en el vaso; usaba detergente para ropa, del azul, es el mejor para limpiar los dientes. Pero recuerdo también cuando paseaba en las tardes de sábado y domingo con pantalones cortos y tenis. Miraba a los muchachos jugando futbol en el campo de porterías sin red, veía a las mujeres, y me iba a tomar una cerveza en la fonda. El conjunto habitacional donde vivo está en un enorme y espacioso terreno plano. Se puede pasear por él en silla de ruedas. Tengo que decidir.

Perdí la dentadura en el incendio del circo, todo mundo se acuerda del incendio del circo, murió un montón de gente. Fue horrible. Yo no me morí, pero quedé lisiado, y casi no puedo andar con muletas. En un solo día me sucedieron todas esas desgracias. Un tipo que dijo ser abogado se presentó aquí en la casa y me pidió dinero diciéndome que haría que el dueño del circo me pagara lo suficiente para comprar quinientas dentaduras. Debí haberme dado cuenta de que mentía, el dueño del circo desapareció, el abogado desapareció. Mi jubilación por invalidez es muy pequeña, pero afortunadamente tengo a mi hija. Va a llegar en cualquier momento y yo sigo sin decidir lo que quiero: ¿una dentadura nueva o una silla de ruedas? Quien está dando dentaduras es la mujer del alcalde. La mujer del gobernador está dando sillas de ruedas. Las vacaciones de mi hija comienzan hoy y ella me dijo que va a conseguir lo que yo quiera, así tenga que pasarse todas las vacaciones en una de las dos colas. Tengo que decidir en dónde va a luchar por mí.

Un tipo sin dientes como yo tiene que saber comer. Los plátanos son fáciles, ahora me gustan todavía más, los exprimo con las encías antes de tragármelos, se vuelven una pasta, los saboreo mejor. Pan solo puedo comer si es de caja, mojándolo en el café con leche. Puedo comer pan francés, que me gusta más, mojándolo también en el café con leche, pero solo de vez en cuando, si lo como todos los días, acabo lastimándome las encías. Me gusta comer sopa y puré de papa. Y puedo comer carne molida bien cocida, pero yo quisiera tener las encías afiladas, como Gumercindo, que dice que come hasta bistec. Pero mis encías son débiles y me duelen cuando mastico algo más duro. Por lo menos una vez al mes sueño con chuletas de cerdo fritas.

Mi hija ya llegó, viene con Jaqueline. Ahora Jaqueline me cae bien. Es guapa y más paciente que mi hija, y me trata como si fuera su papá, está sola en el mundo. Ya debía de haber mencionado a Jaqueline, pero tal vez el asunto aún me incomoda un poco.

Las dos me dan un beso en la mejilla.

—Entonces, papá, ¿ya decidiste?

—Dame media hora más.

—Ya es hora. Mañana tengo que salir a pelear por lo que decidas.

Las dos se van a la cocina a preparar la cena. Cenamos los tres. Como puré de calabaza y después galletas María remojadas en leche.

—Ya es hora de decidir, papá.

—La silla de ruedas —le digo.

Tengo la impresión de que las desilusioné un poco. A las mujeres les importa mucho la apariencia y un hombre sin dientes es realmente muy feo.

—Mañana vamos a llegar tempranito a las oficinas de gobierno. Si es necesario, hasta me las arreglo para hablar con la mujer del gobernador.

Mi hija y su amiga cruzan miradas, sé lo que me van a preguntar.

—Papá, ¿Jaqueline puede venir a vivir con nosotros? Se quedaría en mi habitación.

—Claro que sí, nos va a alegrar la casa.

—Gracias, papá. Estamos las dos muy contentas.

Se abrazan y se besan, creo que en la boca, pero no quiero ver.

—Papá, tenemos una idea. Mientras yo hago cola para la silla de ruedas, Jaqueline puede ir a la cola de las dentaduras. ¿Qué tal si conseguimos las dos cosas?

—Claro que las vamos a conseguir —dice Jaqueline, acariciándome la mano.

Las dos están muy contentas. Después me ayudan a acostarme y se van abrazadas a su cuarto.

Me quedo en la cama pensando. La cama es el peor lugar del mundo para quedarse pensando.

Ganar la partida

Cuando no estoy leyendo un libro de la biblioteca pública, me pongo a ver uno de esos programas de la tele que muestran la vida de los ricos, sus palacios, automóviles, caballos, yates, joyas, cuadros, muebles raros, vajillas, cavas y criados. Es impresionante lo bien que se la pasan los ricos.

No me pierdo ninguno de esos programas, aunque no me sean de mucha utilidad, porque ninguno de esos ricos vive en mi país. Pero me gustó oír a un millonario que entrevistaron durante una cena, que decía que había adquirido un yate por cientos de millones de dólares para tener un yate más grande que el de otro rico. «Era la única manera de acabar con la envidia que le tenía», confesó, sonriendo y dando un trago a su bebida. Los comensales a su alrededor se rieron mucho cuando lo oyeron. Los ricos pueden tenerlo todo, hasta envidia uno del otro, y en ellos eso es gracioso, es más, es divertido. Yo soy pobre y la envidia cuando uno es pobre es muy mal vista, porque la envidia deja al pobre acomplejado. Junto con la envidia, viene el odio a los ricos y los pobres no saben cómo desquitarse sin tomarse las cosas a pecho, sin espíritu de venganza. Pero yo no le guardo rencor a ningún rico, mi envidia se parece a la del tipo que compró el yate más grande: como él, solo quiero ganar la partida.

Descubrí cómo ganar la partida entre un tipo pobre, como yo, y uno rico. No es volviéndome rico, nunca lo lograré. «Ser rico», dijo uno de ellos en un programa, «es una predisposición genética que no todo mundo tiene.» Ese millonario hizo su fortuna de la nada. Mi padre era pobre, cuando murió no heredé nada, ni siquiera el gene que lo motiva a uno a ganar dinero.

El único bien que poseo es mi vida, y la única manera de ganar la partida es matar a un rico y seguir vivo. Es algo parecido a comprar el yate más grande. Sé que parece un razonamiento extravagante, pero una forma de ganar la partida es crear buena parte de las reglas, cosa que hacen los ricos. Ese rico que voy a matar tiene que ser heredero.

Un heredero es una persona como yo, sin disposición a volverse rico, pero que nació rico y goza apaciblemente de la fortuna que le cayó del cielo. Por cierto, para disfrutar bien de la vida es preferible que solamente el padre, y no el heredero, haya nacido con el mentado gene.

Yo preferiría matar a uno de los ricachones extranjeros que veo en la tele. Un hombre. Las mujeres, o las hijas, son aún más ostentosamente ricas; sin embargo, una mujer, por más joyas que lleve en los dedos y alrededor de las muñecas y del cuello, no es el yate más grande. Tampoco me interesa una de esas mujeres que hicieron su fortuna trabajando, seguramente una portadora del tal gene, señoras que salen en la televisión vestidas con traje sastre. No, tendría que ser un hombre. Pero como esos ricos ideales viven en otros países, tengo que buscar uno aquí, uno que haya heredado el dinero y los bienes de que disfruta.

La dificultad para alcanzar ese objetivo no me preocupa. Trazo mi plan cuidadosamente y, minutos después de acostarme, ya estoy dormido y no despierto durante la noche. No solo tengo paz de espíritu, sino una próstata que funciona bien, al contrario de mi padre, que se levantaba cada tres horas para orinar. No tengo prisa, debo escoger con mucho rigor, por lo menos un rigor igual al del rico que compró el yate grande. La mayoría de las personas que aparecen en las revistas que se publican aquí, en mi país, pueden ser conocidas como ricas y famosas, pero matar a una de esas figuras sería fácil, no me haría ganar la partida.

A todos los ricos les gusta ostentar su riqueza. Los nuevos ricos son más exhibicionistas, pero no quiero matar a uno de esos, quiero a un rico que haya heredado su fortuna. Estos, los de segunda generación, son más discretos, normalmente muestran su riqueza en los viajes, adoran hacer compras en París, en Londres y Nueva York. Les gusta también ir a lugares distantes y exóticos, pero que tengan buenos hoteles con servidumbre amable, y los más deportistas no pueden dejar de esquiar en la nieve una vez al año, lo cual es comprensible, pues a final de cuentas viven en un país tropical. Exhiben su riqueza entre ellos (no sirve de nada jugar con los pobres), en las cenas de millonarios, donde el vencedor puede confesar que fue por envidia que compró lo que compró, y los demás brindan alegremente a su salud.

Un tipo como yo, blanco, miserable, flaco y famélico no tiene hermanos ni aliados. No fue fácil conseguir un empleo en el más caro y exclusivo lugar de banquetes de la ciudad. Tuve que planear las cosas cuidadosamente y hacer muchas maniobras. Me tardé dos años: la única virtud que poseo es la perseverancia. Los ricos solían contratar los servicios de este lugar cuando ofrecían una cena. La dueña, descendiente de una familia ilustre —no voy a decir su nombre, no voy a decir el nombre de nadie, ni siquiera el mío—, era una mujer dominante que llevaba su agenda y sus apuntes en una pequeña computadora que cargaba en una bolsa al hombro. Imponía rígidos patrones a los que trabajaban con ella, cocineros, decoradores, proveedores de mercancías, meseros y demás. Era tan competente que sus empleados, además de obedecerla sin chistar, la admiraban. Si alguno de los empleados no se comportaba según el modelo establecido, lo despedía. Esto era poco común, pues todos, antes de ser contratados, eran sometidos a una selección y un entrenamiento rigurosos. Hacíamos lo que ella mandaba; yo era uno de los más obedientes. Y el lugar cobraba un dineral por cocinarles a los ricos y alimentarlos. La dueña tenía el mentado gene.

Antes de la evaluación y el entrenamiento a los que me sometí para ser mesero del lugar, hice mi propia capacitación. Primero, mejoré mi apariencia, conseguí un dentista bueno y barato, cosa rara, y me compré ropa decente. Después —lo más importante— aprendí, en mi entrenamiento solitario, a ser un sirviente feliz, como deben ser los buenos meseros. Pero fingir esos sentimientos es muy difícil. Esa sumisión y felicidad no pueden ser obvias, deben ser muy sutiles, percibidas inconscientemente por el destinatario. La mejor manera de representar esa intangible simulación era crear un estado de espíritu que me hiciera realmente feliz de servir a los ricos, aunque fuera de manera provisional. La dueña del restaurante me señalaba como ejemplo del empleado que realiza su trabajo orgullosamente; por eso era yo tan eficiente.

Los ricos, como los pobres, no son todos iguales. Hay a los que les gusta charlar con un puro caro entre los dedos o con un vaso de líquido precioso en la mano, hay los galantes, los reservados, los solemnes, los que alardean de erudición, los que exhiben riqueza con sus atuendos de marca, hay hasta los circunspectos, pero en el fondo todos son fanfarrones. Es parte de la mímica, que acaba siendo un lenguaje de señales verdadero, pues permite ver lo que cada quien es en realidad. Sé que los pobres también tienen su mímica, pero los pobres no me interesan, no está en mis planes jugar con ninguno de ellos, mi juego es el del yate más grande.

Esperé pacientemente a que el rico ideal surgiera ante mí. Estaba preparado para recibirlo. No fue fácil conseguir el veneno, insípido e inodoro, que me pasaba de un bolsillo a otro. Pero no voy a contar los riesgos que corrí y las torpezas que cometí para obtenerlo.

Finalmente, un rico como el que yo tanto buscaba apareció en uno de los lugares asignados en las cinco mesas dispuestas en los salones de una mansión. Yo conocía su historia, pero nunca lo había visto, ni en foto. Fue la dueña quien me dijo, y por primera vez la vi inquieta, que «él» acababa de llegar y que yo había sido designado para atenderlo personalmente. A los ricos les gusta que los sirvan bien. Yo tendría que permanecer a cierta distancia, sin mirarlo, pero al menor gesto de mando, por más leve que fuera, tendría que aproximarme y sencillamente decirle, «¿señor?». Yo lo sabía hacer muy bien, era un mesero feliz.

Llegó, como los otros invitados, en un auto blindado, rodeado de guardaespaldas. Era un tipo bajo, moreno, un poco calvo y de gestos discretos. Su mujer, la cuarta, era una rubia alta y esbelta que parecía aún más larga debido a los altos tacones.

Había ocho comensales en cada mesa, cuatro hombres y cuatro mujeres. Aunque el servicio no era a la francesa, cada mesa era atendida por dos meseros; mi colega era un negro alto con dientes perfectos. Había bebidas para todos los gustos, incluso cerveza, pero no recuerdo que nadie de mi mesa haya solicitado ese líquido vulgar que engorda. De acuerdo con las instrucciones de la dueña, el otro mesero era mi subordinado. Discretamente yo determinaba que mi colega atendiera los pedidos de los demás comensales que, entretenidos en sus conversaciones, ni siquiera percibían el trato especial que yo dispensaba a uno de ellos.

Lo atendí a la perfección. Comía poco, bebía sin excederse. No usaba, conmigo, las palabras «por favor» ni «gracias». Sus órdenes eran lacónicas, sin afectación. La cena estaba por terminar.

—¿Señor? —me acerqué cuando giró el rostro dos centímetros hacia un lado, sin mirar a nadie, pero yo sabía que era para mí.

—Un expreso.

Era la oportunidad que esperaba.

Fui a la cocina, yo mismo preparé el café en la máquina italiana de última generación que el servicio de banquetes había proporcionado. Puse el veneno dentro.

—Aquí está, señor.

Sorbió el café conversando con su vecina. Sin prisa, tomé la taza vacía, volví a la cocina y la lavé con esmero.

Pasó un tiempo antes de que descubrieran que estaba muerto, pues había posado la cabeza sobre los brazos apoyados en la mesa y parecía dormido. Pero como un millonario no hace algo así, tomarse una siesta durante un banquete, a los comensales les llamó la atención y se dieron cuenta de que algo grave había ocurrido. Un paro circulatorio, probablemente.

Fue una conmoción, asumida con relativa elegancia por la mayoría de los presentes, principalmente por su esbelta mujer. Sin embargo, los guardaespaldas se pusieron muy nerviosos. La cena concluyó poco después de que una ambulancia particular se llevó el cuerpo.

Creo que por un tiempo voy a continuar sirviendo a los ricos. Tendrá que ser en otro lugar; aquel donde trabajaba cayó en desgracia. Al principio, los periódicos dieron la noticia de que la causa mortis del ricachón había sido un mal repentino. Sin embargo, una de esas revistas semanales anunció en su portada un extenso reportaje en que se hablaba de envenenamiento, con fotografías de los invitados al banquete, principalmente de aquellos, hombres y mujeres, sobre quienes se pudiera hacer una insinuación maliciosa. La vida del millonario muerto, sus negocios, sus varios matrimonios y separaciones, principalmente las circunstancias escandalosas de una de ellas, recibieron una amplia cobertura.

La policía está investigando. Me gustó ir a la delegación a declarar. No me tardé mucho, la policía pensó que yo no tendría mucho que decir sobre el envenenamiento: a final de cuentas yo era un mesero ignorante y feliz, por encima de cualquier sospecha. Cuando el comisario a cargo del caso me dijo que me podía ir, yo le dije de manera casual:

—Mi yate es más grande que el de él.

Alguien debía saberlo.

—Ya le dije que puede retirarse.

Al salir, oí que el comisario le decía al mecanógrafo:

—Una declaración de mierda más.

Gané la partida. No sé si volver a jugar. Con envidia, pero sin resentimientos, solo para ganar, como los ricos. Me gusta ser como los ricos.

El bordado

Un hombre no puede vivir sin mujer. Sé que esto parece letra de una samba antigua, creo que hasta lo es, pero se me olvidó la rima. Todas las rimas son bobas, no me gustan las rimas. Voy a confesar algo, soy poeta. Escribo poemas todos los días, pero a escondidas, no los muestro, por ahora. Todos los poetas importantes comenzaron así, escribiendo a escondidas. Después, mostraron sus cosas, cuando lo que habían escrito ya estaba en su punto. En poesía hay un punto ideal, igual que en el bordado. Van a decir, oye, ese tipo escribe poesía, borda, qué raro, pero de una vez les advierto, me gustan las mujeres, ¿entendido? Yo era hijo único y mi madre, que era viuda, se me acercó un día y me dijo: te quiero enseñar a bordar. Nunca me había pedido nada, lo único que me pidió fue que la dejara enseñarme a bordar y yo ¿qué le iba a contestar si sabía que se estaba muriendo de cáncer? ¿Eso no es cosa de hombres? Si me hubiera pedido que estudiara ballet, hubiera estudiado ballet y habría hecho piruetas para que las viera. Mi madre era la mejor bordadora del mundo; todavía tengo las toallas de lino que hicimos juntos, con figuras de colores. Claro, cuando ella murió, dejé de bordar. Bordar es la cosa más aburrida del mundo. Pero en realidad no dejé de bordar porque fuera aburrido —era realmente aburrido— sino porque cuando bordaba sentía una tristeza muy grande. Hasta ahora, mi madre ha sido la única persona en el mundo a quien le he leído un poema, uno no esconde sus poemas a una madre con cáncer, y ella a veces lloraba al oír alguno de mis poemas más sentimentales. Pero ya no quiero hablar de eso, es asunto de poesía y por el momento no muestro lo que escribo, pero uno de mis mejores poemas se titula «El bordado». Tomen nota, un día estará en todas las antologías que publican esos profesores de literatura.

Pero la historia que voy a contarles no tiene nada de poesía; al contrario. Tiene la concisión de mis poemas, la poesía es concisión, pero solo tienen eso en común. Como les decía, esta historia comenzó cuando Mara me dijo:

—Conozco al mejor tatuador de la ciudad. Debes ser valiente porque va a ser en un lugar delicado.

—¿En qué lugar delicado?

—En el pene.

—¿Estás loca?

—¿Por qué?

—Yo creí que sería en el brazo. Tatuarse es algo peligroso, puede causar infecciones. En el brazo todavía me dejo, pero tiene que ser en el brazo izquierdo; si hay algún problema, me corto el brazo, puedo vivir sin brazo izquierdo, ya te dije que por ti me corto un brazo. ¿Pero cómo podría alguien vivir sin pene?

—Déjate de tonterías, no va a pasar nada, mucha gente lo hace, hombres verdaderamente enamorados. No quieres, ¿por qué? ¿Cuál es el motivo verdadero? Andas medio rarito últimamente.

—¿Cómo que rarito?

—Ya sabes.

Mara padecía unos celos enfermizos.

—¿El tipo va a tatuar Mara en mi pene?

—No, tiene que ser mi nombre de bautismo completo. Maria Auxiliadora. ¿Te da miedo que falte espacio?

—Hay espacio hasta para la fecha y el lugar de tu nacimiento. Ya conoces el paquete.

—¿Entonces cuál es el problema con las dieciséis letritas de mi nombre?

—¿Y por qué no mejor en el pecho?

—No es lo mismo. ¿Por qué no puede ser en el pene? Tú dices que es mío.

—Claro que es tuyo.

—¿Solo mío?

—Ya basta, Mara.

—Si no te haces el tatuaje me voy; no me vuelves a ver nunca.

—Vamos a hacerlo en el pecho, encima de mi corazón.

—Tiene que ser en el pene. Anda.

—Dame unos días para pensarlo. ¿A dónde vas?

—Me largo. Nunca conseguirás una mujer como yo. Conocí a tu antigua novia. Era una gorda fea. Vuelve con ella.

—Espera, Mara. Está bien. Pero antes quiero platicar con el tipo que me va a hacer el tatuaje.

—En este momento te llevo con él. Tomamos el 322 y llegamos en quince minutos. Nos está esperando.

Tomamos el camión. Tardó cuarenta minutos.

El tatuador vivía en una casa en los suburbios. Estaba sin camisa, era un tipo grande, con patillas y bigote, todo tatuado. Llevaba el muestrario en su propia piel.

—Quiere platicar contigo, Denílson.

—Debemos hacer lo que nuestras mujeres piden.

—¿Nuestras mujeres, qué mujeres, Denílson? Él solo me tiene a mí.

—Mejor dicho, lo que nuestra mujer quiere.

—¿Puedo platicar con Denílson a solas?

—¿No puedo oír?

—Déjame hablar con él, Mara. Tú te quedas aquí en la sala, y nosotros nos vamos al gabinete.

El gabinete tenía dos sillas, un armario lleno de frascos con líquidos, paquetes de algodón y gasas, agujas, botes de tinta y otras cosas que no vi bien. En el centro, había una cama alta, de metal, igual a esas de la morgue. Se me heló la sangre.

—¿Ella puede oírnos desde la sala?

—Ni con un estetoscopio. Estamos recesivos.

—Entonces cierra la puerta.

Denílson cerró la puerta.

—¿Es peligroso?

—¿Tatuarse el pene? Es tan peligroso como cortarse una uña. Lo hago todos los días. Hoy por la mañana tatué uno. Está de moda.

—Pero yo tengo un problema. Mi pene flácido se encoge mucho. Pero duro se pone enorme.

—¿Se encoge, cómo? Enséñamelo.

—Carajo, no es fácil.

—Para mí, el falo es igual que un dedo. Anda, enséñamelo.

—Mara nunca me ha visto el pito flojo.

—No se debe mostrar el órgano en estado lánguido a ninguna mujer. Haces bien. Si se te baja, lo escondes. Anda, sácate el miembro.

—Puta vida. ¿Ves?

—Este miembro tiene como tres centímetros. Frugal.

Le gustaba usar palabras poco usuales, era un pedante.

—Esto me pasa cuando me pongo nervioso o tengo frío.

—¿Estás nervioso, colega? No tienes por qué.

—¿Alcanza para escribir Maria Auxiliadora?

—¿No se llama Mara?

—Su nombre completo es Maria Auxiliadora. Quiere el nombre completo.

—Va a costar más trabajo.

—¿Pero no hay peligro?

—En ninguna coyuntura. Yo soy Denílson, un erudito. Escribe su nombre aquí en este papel.

Tomó del armario un instrumento que parecía una broca eléctrica y la conectó en el enchufe.

—Vas a sentir solo una pequeña molestia, esta aguja importada de Holanda es especial para piel de pito.

—No me hace gracia.

—Ya en serio, todo aquí es importado, el aparatito, la tinta, la aguja, va a ser como si pasara una pluma de golondrina por tu órgano.

—¿Pluma de golondrina?

—Cualquier pluma, no quise decir pluma de gallina porque se oye mal.

Me guardé el pito en los pantalones.

—No, no quiero hacerlo. Es una estupidez. Voy a hablar con Mara.

—Casi no duele, colega. Ayer bordé un corazón en el falo de un individuo, con la letra Z en el centro. Él se la pasó riéndose.

No fue porque el individuo se la hubiera pasado riéndose todo el tiempo. Fue por la palabra *bordé*. Me recordó a mi madre.

—Entonces, adelante.

—Voy a avisarle a Mara que aceptaste.

Denílson entreabrió la puerta.

—Ya está arreglado. ¿De qué color lo quieres, Mara? ¿Letras de varios colores? Tengo todos los matices.

—No sé...

—Negro y azul son los mejores, pero en ese lugar el azul queda más bonito.

—Todo azul.

—Es un buen color. Ahora, por favor, retírate, regresa a tu hogar. Esto va a tardar un poco.

—¿Puedo ver?

—Que no puede ver, carajo.

—No, no puedes entrar, es contra el reglamento. Vete a casa.

—Me voy a esperar.

Denílson cerró la puerta con llave.

—Cuando a las mujeres se les mete algo en la cabeza no hay quien se los saque, ni con lobotomía. Quítate los pantalones y los calzoncillos y acuéstate en esa cama.

La cama estaba helada. La pluma de golondrina dolía como si un zapapico me atravesara el pito cada vez que hacía un agujero para llenarlo de tinta. Le imploré a Denílson que me pusiera anestesia pero me respondió que los machos no usaban anestesia.

—Listo, colega. Mira qué bien quedó. Soy un artista.

No miré.

—¿Está el nombre completo?

—Completito, con una hermosa letra. Espero que el falo, cuando esté erecto, crezca como dices, para que el nombre aparezca como debe ser. Quédate ahí acostado y descansa un rato antes de vestirte, estás más pálido que un muerto.

Mi camisa estaba empapada en sudor, pero aun así me dormí, acostado de espaldas en aquel catre de fierro.

Me desperté. Denílson estaba sentado a un lado de la cama.

—Te dormiste una hora. No despertaste ni cuando la metiche tocó la puerta. Ya puedes vestirte. No te pongas esos calzoncillos. ¿Tienes unos boxers en tu casa?

—Creo que sí.

—Usa boxers. Durante una semana. Es más, deberías usar boxers siempre, esos calzoncillos son un peligro, aprietan los testículos, por eso a algunos tipos ya no se les para.

—¿Y si ya no se me vuelve a parar?

—Ese problema es mental, colega.

Tardé mucho en ponerme los pantalones, que afortunadamente eran holgados. Me quedé de pie, inmóvil, con miedo de moverme.

Denílson abrió la puerta.

—Ya puedes entrar, Mara.

Mara entró.

—Tardaste muchísimo.

—Te lo advertí, ¿no? Te dije que te fueras a tu casa.

—¿Puedo ver?

—No, carajo, no puedes ver.

—Calma, mi vida, solo quiero ver.

—Está dramatizado, Mara. Es normal, los hombres nunca lo muestran justo al terminar, en plena flagrancia. Eso es muy rarefacto.

Dramatizado, rarefacto, recesivo, coyuntura, colega; como todo pedante, Denílson se equivocaba cuando quería hablar complicado. Pero creo que frugal estuvo bien utilizado. Y yo estaba realmente dramatizado, todo trauma es un drama, y viceversa.

—¿Escribiste mi nombre completo?

—Maria Auxiliadora, ahí está, todo en azul, para el resto de la vida, puedes estar tranquila.

—Estoy tranquila y muy feliz.

Pero yo tenía ganas de desaparecer. Por el resto de mi vida.

Es una historia tonta, lo reconozco. La prosa es así, el mejor autor de ficción no pasa de ser un buen ventrílocuo. Mi poesía es diferente, pero por ahora no la muestro. Está flácida.

La familia es una mierda

Tengo una salud de hierro, pero andaba sintiendo unos dolores de cabeza y fui a la farmacia a comprar una aspirina. Así fue como conocí a Genoveva. Ella me preguntó para qué quería la aspirina.

—Para el dolor de cabeza.

—La aspirina ataca el estómago.

Si trabajaba en una farmacia debía saber lo que estaba diciendo.

—¿Entonces qué me tomo?

—Tylenol.

—Ya me tomé esa cosa y no me quitó el dolor.

Nos quedamos platicando, no había más clientes en la farmacia. Ella vivía en la calle del Camerino, donde comienza, cerca de la farmacia, que estaba en la calle Larga, también conocida como Marechal Floriano. Yo vivía en Santo Cristo.

Me gustó Genoveva. A pesar de no tener dolor de cabeza, volví a la farmacia al día siguiente.

—¿Ya te acabaste el Tylenol?

—Solo vine a saludarte.

—Hola, ¿cómo te llamas?

—Valdo.

—Parece nombre de jugador de futbol. ¿Juegas futbol?

—Sí, con los amigos. Todos los brasileños juegan futbol.

—Yo me llamo Geni.

Después de ese día, nos hicimos novios. El problema es que yo tenía que andar con ella a escondidas de mis hermanos y de mi madre. Me gustaba Genoveva, pero era fea, ni muy gorda ni muy flaca, no tenía la piel fea, pero era fea. No sé cómo explicar la fealdad de Genoveva. Si fuera guapa sería más fácil.

Ya llevábamos dos meses de novios cuando Genoveva me dijo que su mamá quería conocerme. Entre novios, las confusiones siempre comienzan cuando las familias intervienen. La vieja me iba a encontrar un montón de defectos.

Pero no fue así. La vieja dijo:

—Genoveva, tu novio es muy guapo y educado.

—Mamá, yo le dije que me llamaba Geni, ya sabes que no me gusta ese nombre.

—Si el muchacho se va a casar contigo tiene que saber tu nombre verdadero.

—Mi nombre tampoco es Valdo. Es Oduvaldo.

—Oduvaldo es bonito —dijo la muchacha.

—A mí, Genoveva me parece aún más bonito.

Después, su madre se fue a ver la tele a la habitación donde dormían las dos. La casa era pequeña. Nos quedamos solos en el sofá de la sala y yo no hice nada. No hice nada porque Genoveva era virgen y no quería echarme al plato su virginidad; eso de que su madre hablara de matrimonio me daba escalofríos. Desvirgar es algo que se hace en un tris y la mujer siempre sale panzona. Ahí uno tiene que casarse. Por mí, hasta me casaba con Genoveva, si no fuera por mi familia. Pero todos en mi casa son guapos. ¿Cómo podía yo llegar y decir, miren, me voy a casar con esta muchacha fea? Además, ahora ni siquiera estoy trabajando, me mantiene mi hermano que tiene un restaurante en Santo Cristo. Está casado con una mujer que podría ser actriz de cine.

Santo Cristo es un lugar perfecto, nací y me crie ahí, no hay bar, tienda, taller o casa que no conozca, al menos por fuera. Sé dónde se come bien, claro que el mejor lugar es el restaurante de mi hermano. Santo Cristo es un paraíso, podría pasarme la vida sin salir del barrio ni siquiera para ir a la playa. ¿Cómo fui a comprar medicinas para el dolor de cabeza en la calle Larga, si Santo Cristo tiene sus propias farmacias? Fue el destino. El destino actúa por encima de nosotros y me puso a Genoveva en el camino.

—¿No te gusta donde vives?

—¿Por qué?

—Nunca me llevas a pasear a Santo Cristo.

—No me gusta ese barrio. Prefiero la Tijuca. Antes vivía en la calle Araújos.

Era mentira. Detestaba la Tijuca, pero no quería andar en Santo Cristo y que me vieran con Genoveva. La que vivía en la calle Araújos era mi media prima, Glorinha. Fuimos novios hasta que ellos se cambiaron a Barra y yo inventé que eso complicaba el noviazgo. Fue un pretexto, era bonita, yo le gustaba pero a mí no me gustaba, y dicen que los hijos entre primos pueden nacer lisiados. Mis hermanos, a pesar de que detestaban a mi tía, que era hermana de mi madre solo por el lado paterno, pensaban que sería un matrimonio perfecto para mí. Su padre, socio de una línea de camiones en la Baixada, podía conseguirme un empleo, ya que yo no quería ser mesero en el restaurante de mi hermano. Yo no era de esos tipos que inventan que están desempleados porque no encuentran empleo, yo realmente no encontraba, pero no quería ser mesero.

—¿No vas a presentarme a tu familia? Nunca me cuentas nada de ella.

—Un día de estos.

—Yo ya te presenté a mi mamá. Papá no tengo. ¿Tú tienes papá y mamá?

—Soy igual que tú, solo tengo madre. Pero no le gusta recibir visitas.

—¿Tampoco tienes hermanos?

—¿Hermanos? Están de viaje.

Uno nunca cuenta una sola mentira. Siempre vienen de a montón, en tropel. Creo que yo le decía por lo menos una mentira diaria a Genoveva. Me gustaba, pero no podía gustarme, a una mujer bonita le puede gustar un hombre feo, pero a ningún hombre le puede gustar una mujer fea: el mundo es así. Si yo tuviera dinero para salirme de la casa, me fugaría con ella. Y con el bulto de su madre, ¿qué podíamos hacer? Genoveva sostenía a la vieja con el mugre sueldo que ganaba en la farmacia, y eso que era la gerente.

Como dice el dicho, más pronto cae un hablador que un cojo. Cojo es una especie de lisiado. Un día fui a recoger a Genoveva a la farmacia a la hora de la comida, íbamos a comer un sándwich con jugo de caña en una fonda de la calle Acre y cuando bajábamos por la calle Larga oí una voz:

—Oduvaldo, Oduvaldo.

Reconocí la voz, fingí no oír. Seguí caminando, pero Genoveva se detuvo y volteó.

—Hay una muchacha que te está llamando.

—¿Una muchacha? No te fijes, vámonos.

Pero mi hermana ya estaba cerca.

—Hoy es el cumpleaños de Clodoaldo. No se te olvide. Es a las ocho. Tú eres medio despistado.

En mi casa, todos los nombres masculinos terminan en aldo y los femeninos en alva.

—¿No me vas a presentar a tu amiga?

—Es la muchacha de la farmacia.

—Yo soy su hermana Marialva, mucho gusto.

—Mucho gusto, Geni. Pensé que andabas de viaje.

—¿De viaje? Ojalá.

—¿Qué haces aquí en la calle Larga? —le pregunté, irritado.

—Vine a comprar el regalo de Clodoaldo. ¿Estás enojado?

—Nos tenemos que ir, adiós —dije, jalando a Genoveva.

El jugo de caña de aquel día sabía mal. Genoveva no se comió el sándwich. Dijo que no tenía hambre y no volvió a hablar. Cuando regresamos a la farmacia, me preguntó:

—¿Por qué no me presentaste como tu novia? ¿Muchacha de la farmacia? ¿Muchacha de la farmacia?

—Es que no quise, sabes, no quise decir es mi novia, así nada más; mi hermana iba a decir, mi hermano tiene una novia y no nos la ha presentado. Iba a ser un poco raro.

—¿No que estaba de viaje? ¿O me estás engañando?

—¿Qué te pasa, Genoveva? ¿Estás enojada?

—Sí, estoy enojada.

—Un día te los presento.

—¿Por qué no me llevas al cumpleaños de, de, ¿cómo se llama?, de tu hermano.

—Clodoaldo. ¿Así nada más?

—¿Cómo que nada más? En algún momento lo tenemos que hacer.

—No sé si el momento adecuado sea una fiesta de cumpleaños con pastel y *parabéns para você*** que no tiene la menor gracia.

Clodoaldo y yo cumplimos años el mismo mes, pero Genoveva no lo sabía. No podía decirle que mi familia me iba a hacer una fiesta en los próximos días, en mi cumpleaños. No podía llevarla a mi casa. La familia es una mierda.

—¿Piensas que soy tonta, no?

—¿Qué te pasa, Genoveva?

—Ya deja de decir qué te pasa. Me pasa lo que me pasa. No me lleves hasta la farmacia, quiero pensar, me estás quitando el tiempo.

Salió corriendo, corriendo como si estuviera disputando los cien metros planos.

Llegué a las ocho en punto a la fiesta de Clodoaldo en su restaurante, cerrado al público por aquella noche. Entre los regalos que recibió, el único corriente fue el escudo del Vasco que yo le di, pero Clodoaldo era fanático de su equipo y le gustó el escudito, además sabía que yo andaba sin un peso. Me la pasé observando a mi familia, todos muy elegantes, todos guapos y con dinero, la mujer de Clodoaldo era bonita, la de Reinaldo, que tiene un taller mecánico, era bonita, hasta mi madre, que ya está vieja, era bonita, el único que solamente era

---

* Composición musical que se le canta a alguien con ocasión de su cumpleaños.

bonito y al que no le estaba yendo bien en la vida era yo, pero la belleza no pone la mesa, a menos que seas mujer, como dicen.

Además de mi madre y mis hermanos, estaban en la fiesta sus amigos. Yo no tengo amigos. Pensándolo bien, sus amigos son también amigos míos. Todo mundo bebió, cantamos, nos reímos, todo estuvo muy bien, yo también bebí, pero no sirvió de nada, la cerveza y el vino tuvieron el mismo efecto que el té de berros: solo me dieron asco.

—Oduvaldo tiene novia —anunció Marialva, en algún momento.

Todo mundo se me fue encima. Dijeron un montón de tonterías, contaron chistes.

—Este tipo es un mosca muerta —dijo Ronaldo.

—¿Quién es la muchacha? —preguntó mi madre.

—Trabaja en una farmacia —dijo Marialva.

—¿Jaqueline? Esa muchacha es un ángel.

—No, mamá, no trabaja en la farmacia de aquí. Creo que trabaja en una de las farmacias de la calle Larga. Andaban juntos caminando por la calle Larga. Se llama Geni.

Escuché más chistes estúpidos. Marialva no les contó que Geni era fea. A decir verdad, Marialva era agradable, estaba comprometida con un médico, se iba a casar con él, el tipo estaba en la fiesta, era medio hablador, ya sabes cómo son esos médicos, pero no era mal tipo, muy gentil con todos nosotros, pero gracias a Dios yo no requería sus servicios, el médico trataba hemorroides. Además de agradable, el desgraciado también era guapo. ¡Carajo, en Brasil hay un montón de feos y en mi familia ninguno! Qué mierda.

Al día siguiente pasé por la farmacia. Genoveva estaba molesta.

—¿Buscaba algo en especial?

—Quiero hablar contigo.

—No tenemos nada de qué hablar. Estoy muy ocupada —dijo, dándome la espalda y ocultándose en el fondo de la farmacia.

Yo estaba entre la espada y la pared. No podía presentar a Genoveva con mi familia, me moriría de vergüenza, me avergonzaba también de mí mismo, de ser un estúpido, creo que era porque había perdido el trabajo y no lograba conseguir otro, abandoné la prepa a la mitad porque solo me gustaba jugar billar y futbol. Mi madre y mis hermanos debían de haberme molido a golpes, pero solo me pasaban la mano por la cabeza.

Me quedé rondando la puerta de la farmacia hasta la hora en que cerraba. Cuando Genoveva salió, me le acerqué y le dije:

—Te quiero pedir perdón.

Ninguna mujer resiste que un hombre le pida perdón. Me miró, vio algo en mi cara y me perdonó.

—Te perdono —dijo, dándome un beso en la mejilla.

Le pedí perdón de verdad, pero lo que dije enseguida era mitad verdad y mitad mentira.

—No te presenté a mi familia porque son un poco pesados, fue solo por eso.

Realmente eran pesados, hasta mi madre, que se llamaba Ednalva, era pesada, pero el motivo no era solo ese, era la reacción de mi familia ante la fealdad de Genoveva.

—¿Y qué problema hay en que sean pesados? ¿Qué problema hay?

Logré esquivar el asunto y me separé de ella tranquilamente, pero Genoveva parecía preocupada.

Al día siguiente del cumpleaños de Clodoaldo, presentí algo y le llamé a Marialva para que platicáramos a solas. Le dije que estaba enamorado de Genoveva. Si necesitas llorar tus penas, lloralas con una mujer. Si es tu hermana, claro. Con tu madre es más complicado, las madres son buenas para algunas cosas; para otras son mejores las hermanas.

—¿La muchacha de la calle Larga? —me preguntó Marialva.

—Sí.

—¿Muy enamorado?

—Con locura. No puedo vivir sin ella. Sé que es fea, pero no puedo vivir sin ella.

—Existe gente más fea que esa muchacha.

Después, Marialva no dijo nada más. Solamente se mordió el labio inferior.

Me quedé caminando por la calle, pasé por la puerta del billar, decidí que no jugaría carambola nunca más, ni futbol, sabía que iba a sufrir por eso, pero mi vida ya era realmente una basura. Además, el jueves era mi cumpleaños; mi familia siempre me hacía una fiesta y yo no iba a llevar a Genoveva. Si ella se enteraba, estaba realmente perdido, Genoveva se molestó solo porque no la invité al cumpleaños de Clodoaldo. Estaba perdido.

Pasé dos días sin ver a Genoveva. El día de mi cumpleaños, lleno de remordimientos, pasé por la farmacia. Pensé que me iba a reclamar, pero me recibió con una sonrisa. Me pareció extraño, pero uno nunca sabe en qué piensa una mujer.

—Pasé por aquí solo para decirte que te amo.

—¿Algo más?

—No, nada más. ¿Nos vemos mañana?

—Está bien, nos vemos mañana —dijo, siempre riéndose. Parecía que se había vuelto completamente loca.

Mi cumpleaños fue en casa de mi madre. Yo vivía en casa de mi madre, así pasa con los benjamines, en especial si son producto de un santanazo y están desempleados, como yo. Estaban todos ahí, mis hermanos, sus mujeres, el doctor de Marialva, todos esos tontos. La fiesta apenas había empezado cuando mi madre dijo:

—Marialva, ve por el regalo de Oduvaldo.

Mi hermana desapareció un momento.

Sonó el timbre y todos comenzaron a cantar *parabéns para você*. Aquella musiquita me daba asco.

Entonces mi madre abrió la puerta y apareció Marialva jalando a Genoveva de la mano.

—¿Genoveva... ? —dije, sorprendido.

—No hay tantas farmacias en la calle Larga, fue fácil encontrarla —dijo Marialva.

Quería llorar, creo que fue porque estaba desempleado, y un tipo desempleado se vuelve débil. A decir verdad, se me nublaron los ojos cuando abracé a Genoveva. Después abracé a mis parientes y todos cubrieron a Genoveva de besos. Mi madre trajo un pastel de la cocina, lleno de velitas prendidas.

Estoy casado con Genoveva. Mi familia la aprecia mucho, dicen que es amable, solícita y me atiende muy bien. Trabajo como mesero en el restaurante de Clodoaldo. No es tan malo ser mesero, y mi hermano me ofreció ser socio. Estoy trabajando duro, sin fijarme en la hora de entrada o de salida.

¿Quién dice que la familia es una mierda?

Miss Julie

Puedo parecer un cínico resentido al decir esto, pero el hecho es que antes de volverme famoso, cuando era un pobre diablo luchando por conseguir papeles de segunda en obras infantiles disfrazado de jumento, a las mujeres les gustaba coger conmigo por el placer de coger conmigo pero, cuando me volví el actor mejor pagado del país, eso se acabó. El sexo perdió su candidez, las mujeres empezaron a utilizarme, actrices, actricitas, modelos, productoras, maquillistas, publicistas, fotógrafas, fans en general, todas querían sacarme algo, y sucedió que una me enredó de tal manera que me casé con ella. El divorcio tardó una eternidad; una parte sustancial de lo que gano va a parar a la cuenta de ella. El matrimonio me hizo comprobar la sobada frase de un actor, creo que estadounidense, cuyo nombre no importa: la única diferencia entre una puta y tu mujer es que a la puta te la coges, le pagas y la despachas. Afortunadamente no tuve hijos, Dios me protegió. El matrimonio es una de las instituciones más anacrónicas que existen. Todo matrimonio es una mierda, el matrimonio de mi padre con mi madre fue una mierda, tampoco el de mis abuelos funcionó bien, tal vez el de mis bisabuelos haya funcionado, y las razones no me interesan, eso fue en el año del caldo.

Además, coger con prostitutas es muy agradable, pues la variedad es espléndida e infinita. Existen las putas suaves, las turbulentas, las ignorantes, las que leen libros de metafísica, las esbeltas como palmeras, las pequeñitas como muñecas de porcelana, las que se mantienen en forma haciendo aerobics en el gimnasio, las ninfetas tiernitas, las rubias, las negras, las japonesas, las mulatas, las católicas, las espiritistas, las evangélicas, las practicantes de macumba, las supersticiosas, como una judía que después de recibir el dinero lo frotaba contra el pubis, explicando que era de buena suerte, una tradición heredada de su abuela, una puta polaca. Uno las escoge conforme a sus deseos más genuinos, no se necesita ningún otro criterio. Claro que hay que protegerse, hoy en día no se puede ir a la cama sin condón, ni con una monja.

Nunca las llevo a mi casa. Si saben quién soy, la cosa se acaba complicando, dejo de ser visto como el cliente común cuyo único atractivo es pagar lo del tabulador y me convierto en un Santa Claus con un costal sin fondo, conveniente para una aventura, para conseguir un papel en una telenovela o en una película, para comprar un apartamento en Barra, a todas las putas les gusta la idea de vivir en Barra, en fin, uno se convierte en el trasatlántico ideal.

¿Siendo tan famoso, cómo no se dan cuenta inmediatamente quién soy? Vaya, es que soy un actor, ¿no? Es muy fácil cambiar de apariencia, basta usar ropa diferente, modificar la manera de hablar, aparentar ser gerente de banco o algo por el estilo y hablar poco, que también es fácil, todas las mujeres son parlanchinas, les gusta más hablar que oír, las putas no son diferentes. Lo ideal, por todos los motivos, es no repetir mujer, pero a veces hay unas tan buenas que te dan ganas de darles otra cogida. Es un riesgo, pero si me dicen que yo, el cliente, me parezco a mí, el actor, me río como si me pareciera chistoso, como si fuera absurdo, y digo que ojalá yo fuera ese tipo, o algo así, y desaparezco para siempre.

Como solo ando con putas clandestinamente y no con las mujeres que frecuentan las celebridades, acabé siendo promovido en la prensa como el *bachelor* más codiciado, lo cual resultó una mierda, pues aumentaron las tentativas femeninas. Si eres famoso y accesible, las mujeres, ya sean solteras o casadas, se te acaban pegando como engrudo de zapatero. Terminar con una pegajosa de esas es de muerte.

Conocí a una puta llamada Miss Julie a principios de enero. Conseguía a las putas por medio de los anuncios en los periódicos y el de ella me llamó la atención porque solo decía «Me llamo Miss Julie, soy quien buscas». La única obra teatral importante en la que actué, al principio de mi carrera, fue *Miss Julie,* de Strindberg. Yo hacía el papel de Jean, el joven criado que se coge a Miss Julie, la hija del patrón, el conde. La crítica acabó conmigo, es más hizo lo mismo con las dos actrices, éramos solo tres personajes. La obra fue un fracaso, pero el papel de Jean fue una experiencia muy importante para mí. Haber enfrentado aquella lluvia de insultos fue muy útil para mi futuro, aunque es cierto que últimamente he actuado más en obras malas que en obras serias.

Llamé a Miss Julie, quedamos de vernos, ella me dio su dirección solo después de platicar durante casi media hora. Era una joven graciosa, elegante, delicada, jugaba su papel de geisha, era tan interesante que me encontré con ella muchas veces. Le pregunté por qué usaba el nombre de guerra de Miss Julie y me respondió que había visto una película con ese título y le había gustado mucho. No tenía, me di cuenta inmediatamente, la menor idea de quién era yo, no le gustaba ver televisión, alguien a quien no le gusta esa porquería ya tiene puntos a su favor; soy actor, trabajo en telenovelas, pero sé que la televisión es pura basura. Miss Julie dijo que estudiaba contabilidad y que trabajaba en una compañía, a muchas les gusta fingir que son putas de medio tiempo. Yo dije que era ejecutivo de una trasnacional, un papel que sé hacer muy bien. A veces, cuando estaba muy cansado y tenso, la profesión de actor, aun más en el caso de uno tan solicitado como yo, es muy desgastante, pero, como decía, cuando me sentía muy agotado, Miss Julie, antes de coger, me daba un masaje que acababa con todos los dolores de mi cuerpo. Y, después de la función, me quitaba con cuidado el condón lleno de esperma para no ensuciar las sábanas y le decía, ve a bañarte mientras tiro esto a la basura. Algunas veces me echaba un segundo palo, cosa que nunca hice con mi ex. Sé que parece mentira, pero Miss Julie se venía cuando cogía conmigo, y decía que me amaba de tal manera que lograba que le creyera, y si no fuera puta creo que sentiría algo parecido por ella. Me gustaba tener sexo con ella, pero también platicar de cualquier asunto. Miss Julie era inteligente y bien informada. Decidí proponerle que dejara aquella profesión, que yo le daría todo el dinero necesario para su sustento. Si quería, le compraba el apartamento de mierda en Barra.

Un día estaba bañándome, siempre me daba un largo baño bajo el agua caliente después del sexo, y pensé que cuando saliera de la ducha le iba a sugerir que se quedara solo conmigo. Estaba dispuesto a convertirme en una especie de cacique antiguo, ¿por qué no?, el dinero no me hacía falta y me sentía muy cachondo con ella. Entonces oí voces. Habíamos acordado que cuando estuviera en casa de Miss Julie no habría visitas. Salí de la ducha, entreabrí la puerta del baño y vi, en la sala, de reojo, que ella le daba algo a un hombre que salía.

—¿Quién es ese tipo? —le pregunté, entrando desnudo en la sala.

—Estás todo mojado —dijo Miss Julie, corriendo hacia mí—, te vas a resfriar con el aire acondicionado, anda, métete al baño.

En el baño, tomó una toalla y comenzó a secarme el cuerpo.

—¿Quién es ese tipo? ¿No habíamos dicho que no habría visitas mientras yo estuviera aquí? Y menos de otro hombre.

Me secó el cuerpo por un momento más, parecía preocupada.

—¿Quién es? ¿Tu padrote?

—Es mi hermano —finalmente respondió—, está sin trabajo, me vino a pedir dinero prestado.

Nosotros los actores tenemos como profesión fingir, y sabemos cuándo alguien finge mal. Miss Julie estaba fingiendo, el tipo sí era su padrote, pensé. Me dio tristeza, una decepción enorme, como si descubriera que la mujer que amaba y suponía que era solo mía andaba con otro, locuras que me arranqué del corazón con fuerza, repitiendo mentalmente, esta mujer es una puta, esta mujer es una puta, intentando aliviar mi tristeza, extinguir mis ilusiones. Me puse mi traje de ejecutivo, le pagué, intercambiamos besitos y me fui dispuesto a no poner más los pies en aquel departamento. El mismo día me llamó a la casa, la muy farsante sabía quién era yo, tenía mi teléfono.

—No me vuelvas a llamar aquí a la casa, asquerosa embustera —le dije, emputado.

—Querido, no me cuelgues, me urge hablar contigo, quiero confesarte algo...

—Confiésaselo a tu padrote. No me vuelvas a llamar, carajo —le dije, y le colgué.

Eso, como dije, fue en enero. Durante los últimos meses dejé de coger con putas, es decir, cogí con una o dos, pero perdí el interés por las mujeres, me metí de lleno a trabajar como un loco. En realidad, empecé a detestar a las putas. Pero nunca olvidé a Miss Julie.

En diciembre, el mes más fecal del año, estaba en casa cuando me llegó un citatorio para responder a una demanda de reconocimiento de paternidad. Un tal Cléston Saraiva decía que era mi hijo, con una tal Celestina Saraiva, de profesión enfermera. Es decir, quien decía esto era la tal Celestina, o mejor dicho, su abogado.

Ni siquiera leí los papeles bien. Llamé a un abogado amigo mío.

—Hombre, yo no tuve hijos con mi mujer y con las callejeras siempre usé condón para no agarrar una enfermedad, ¿cómo podría haber embarazado a alguien? No tengo la menor idea de quién sea esa Celestina Saraiva, nunca conocí a una Celestina en mi vida, mucho menos enfermera, nunca entré en un hospital, la única enfermera que conozco es la de la película, la tal Florence no sé qué.

—El derecho familiar no es mi área, voy a recomendarte a un excelente especialista para que te ayude, se llama Temístocles. Llévale el citatorio para que lo lea, Temístocles sabrá qué hacer.

—Ah, caray, ¿Temístocles?

—Es un nombre con tradición jurídica.

—Está bien, voy a ver a ese tipo.

El despacho del licenciado Temístocles ocupaba todo un piso. Temístocles era un viejo solemne, de ropa oscura, solo le faltaba un *pince-nez* como el que usé en una telenovela de época en la que hice el papel de un abogado.

—¿Está usted seguro de que no conoce a esa Celestina Saraiva? —me preguntó el licenciado Temístocles, mientras yo firmaba el poder para que me representara en el juicio. Le pagaría, según acordamos, una fortuna. Uno más que recibía una tajada del idiota que era yo.

—Totalmente seguro. Licenciado Temístocles, tengo grabación dentro de media hora. ¿Podemos platicar mañana?

—Mientras tanto voy a estudiar su caso —dijo.

Al día siguiente, Temístocles me recibió con unos papeles en la mano.

—Es una copia de la petición —dijo, sin consultar ni siquiera una vez los papeles que tenía enfrente—, en la que el menor Cléston Saraiva, por medio de su madre, representada por el licenciado Rogério Nepomuceno, por cierto, conozco bien a mi *ex adversus*, su conducta profesional no es de las más recomendables...

—Un sinvergüenza, solo puede ser un sinvergüenza coludido con una estafadora —dije, interrumpiendo al licenciado Temístocles.

—No dije eso. Por favor, déjeme continuar. El menor propone, contra usted, en petición dirigida al juez de lo familiar, una acción ordinaria de investigación de paternidad aunada a la de alimentos. Según los documentos, la progenitora del menor, Celestina Saraiva, enfermera de profesión, afirma que conoció al demandado en el mes de enero del presente, e inició con él una relación amorosa que duró dos meses, cuando el mismo tomó conocimiento de su gravidez.

—Perra mentirosa.

—Déjeme continuar, por favor. Al tomar conocimiento de este hecho, el demandado, usted, trató de evadirse, alegando que era un hombre famoso e importante, que su nombre no podía verse ligado a una pobre enfermera y que, cuando Cléston nació, usted se negó a atender e incluso a contestarle el teléfono a la progenitora del demandante.

—Mierda, qué locura.

—Según la petición, el demandado, usted —continuó Temístocles, siempre sin consultar los papeles—, persiste en negarse a reconocer la paternidad y, en consecuencia, a contribuir al mantenimiento del demandante, no quedando otra alternativa que la propuesta de la presente acción, donde se solicita la presencia del demandado, usted, para que ofrezca, en el plazo y bajo las penas que dicta la ley, la defensa y las pruebas que tenga, siendo finalmente juzgada procedente la petición para declarar que usted es padre del demandante y, dada la próspera situación financiera del demandado, usted, condenarlo al pago de una pensión por el valor de veinte por ciento del salario bruto mensual, restando solamente los descuentos legales y obligatorios, a partir de la fecha del citatorio, con vencimiento los últimos días de cada mes, imponiéndosele además, a usted, el demandado, en caso de resistirse a la demanda, los gastos y costos o la sucumbencia.

—¿Qué es eso?

—El gasto que recae sobre la parte vencida en una acción, el pago de los honorarios del abogado de la parte vencedora y los costos o gastos del proceso. Acto de sucumbir, o sea, salir vencido en una acción. Para terminar, el requerimiento solicita que después de emitida la sentencia se expida un oficio al registro civil para que se asiente la filiación del demandante, protestando por la producción de la prueba necesaria, en especial por las audiencias de los testigos abajo enlistados. La nómina de testigos es la siguiente...

Otra vez interrumpí a Temístocles.

—Licenciado, usted podría trabajar en el teatro. Memorizaría cualquier diálogo, por más largo o confuso que fuera, esta conversación parece un texto de Ionesco. Es impresionante.

—Estudié teatro en la facultad —dijo, ahora con un aire soñador—. Piezas clásicas. Ibsen, Strindberg, Chéjov, pero tuve que escoger. El teatro no era una profesión... ¿cómo le diré?

—¿Digna?

—Por favor, eso ni siquiera me pasó por la cabeza. Iba a decir que era una profesión sin futuro, por los menos para mí. No tenía talento, como usted, por ejemplo. ¿Sabe? Veo siempre sus telenovelas.

Puta madre, hasta los abogados de *pince-nez* ven esas mierdas.

—He participado en piezas de Strindberg y de otros autores importantes —protesté—, también soy actor de teatro, no actúo solo en televisión.

Temístocles no tomó en serio mi participación en el teatro.

—No debe ser difícil contestar esta demanda. Ya defendí a un cantante famoso, también víctima como usted de una chantajista asesorada por un abogado sin escrúpulos. Fue relativamente fácil. Se sabe que los artistas famosos son el blanco preferido de estos vivales.

—¿Quiénes son los testigos de esta sinvergüenza?

—Un tal Asdrúbal, portero del edificio donde ella vive, y dos enfermeras del hospital donde trabaja.

El nombre de Asdrúbal retumbó en mi cabeza.

—¿En ese papel dice dónde vive esta señora?

—Calle Prado Junior, en Copacabana.

—¿En qué mes nació el hijo?

—Enero o febrero. El bebé tiene nueve meses.

Ahora lo veo todo en mi cabeza, como en una película: me veo llegando en el mes de enero al edificio donde vivía Miss Julie, en la calle Prado Junior, y bromear con el portero, llamado Asdrúbal, que me abría el portón. Yo le digo, «Asdrúbal, la próxima vez traigo el trombón», había trabajado en una obra que tenía un Asdrúbal y un trombón en el título y quería hacer una broma al portero, los porteros de los edificios de las putas me inhibían de alguna forma. Y Asdrúbal siempre me preguntaba, «¿Qué trombón, licenciado?».

—Licenciado Temístocles, sé quién es esa mujer es una... una mujer con quien, durante un tiempo, tuve relaciones profesionales. Decía llamarse Miss Julie, decía que era contadora, pero yo pensé que era mentira, que no hacía otra cosa, que quería fingir que era de medio tiempo, todas creen que eso les da un encanto especial, ya sabe cómo son.

—Yo no sé ni cómo son ni nada. Explíquese, por favor.

—Hablando en plata, era una persona a quien yo le pagaba por los favores que me concedía. Por lo visto, también era enfermera, así que realmente era prostituta de medio tiempo, o viceversa. ¿Ahora sí me entiende?

—¿Entonces tuvo relaciones sexuales con ella?

—Sí.

—¿Varias veces?

—Muchas veces, pero siempre con condón. Durante dos meses. El portero del edificio, que me abría la puerta siempre que iba, se llamaba Asdrúbal. El mismo nombre de uno de los testigos, que usted acaba de mencionar.

—Entonces hay fundamentos sólidos en la demanda.

—¿Fundamentos sólidos?

—Pero si probamos que ella es prostituta, o que ejercía la prostitución en los meses de enero y febrero podemos aludir, en la respuesta, a la *exceptio plurium concubentium*, probando que la madre del autor, el bebé Cléston, mantuvo relaciones sexuales con otros hombres durante el periodo de la concepción.

A los abogados les gusta hablar rebuscado, así como los médicos escriben garabatos incomprensibles en las recetas para impresionar a los clientes.

—Sin embargo —continuó Temístocles—, tenemos que considerar dos problemas. Primero, si no logramos probar ese punto en nuestra respuesta, ella, además de ganar el caso, puede demandarlo por injurias y difamación, y pedir una buena indemnización. Sus pérdidas serán aún más considerables.

—¿Y el segundo problema?

—Conforme a la decisión de los tribunales, la *exceptio plurium concubentium*, como una las directrices para juzgar las demandas de esta naturaleza, cumplió su función mientras la ciencia no había alcanzado el grado de evolución que actualmente ostenta, en el tema específico de la perfecta identificación de la paternidad. Hoy en día, no obstante la vida desordenada de la mujer, el hijo concebido por ella puede buscar la identificación paterna a través del examen del ADN, cuya conclusión, cuando es positiva, pasa a ser científicamente indiscutible.

—No voy a hacerme ningún estúpido examen.

—Aunque nadie puede ser coaccionado a hacerlo, negarse al examen pericial de verificación de la paternidad conduce a la presunción de la veracidad de los hechos alegados. Es el criterio de los tribunales.

—Siempre usé condón, no fui yo quien embarazó a esa mujer.

—Tenemos quince días para contestar. Para alegar la *exceptio plurium concubentium*...

Lo paré en seco.

—Licenciado Temístocles, evidentemente ella le dio dinero al portero para que dijera que yo frecuentaba su departamento. Le puedo dar más dinero para que diga que Miss Julie, digo Celestina, o como se llame, recibía a otros hombres, además de a mí, en su departamento.

—No quiero saber de ninguna postura éticamente incorrecta de usted. Conforme a los tribunales...

—Licenciado Temístocles, sé que usted es muy hábil y me alegra que esté apoyando mi caso, pero ya entendí todo el enredo, por hoy no necesito escuchar nada más, estoy llenando demasiado mi memoria y necesito espacio en la cabeza, memorizo diariamente partes enormes de la novela, y también están los diálogos de la película que estoy haciendo, mi cabeza va a acabar explotando, y las cosas que me dicen nunca me entran por un oído y salen por el otro, se quedan arremolinándose en mi mente. ¿Sabe cuántos papeles en novelas, películas y obras de teatro he hecho? Es más, comencé rebuznando, ¿sabía que fue mi primer papel?

Por algunos instantes, el licenciado Temístocles se mostró perplejo. Estábamos mano a mano.

—Estoy aclarando aspectos importantes del proceso jurídico en contra suya.

—Muchas gracias. Pero dentro de una hora tengo grabación. Hago el papel de un padre milagroso, en la telenovela de las ocho. Mañana le llamo, ¿está bien? Tenemos quince días, ¿no?

Fui al estudio. Durante la grabación, el director me llamó la atención con delicadeza, soy una estrella y el muy bestia no iba a aleccionarme.

—Nunca habías olvidado tu parlamento. ¿Estás cansado?

—Ese padre solo dice babosadas, decir babosadas cansa —respondí.

Al día siguiente fui a la calle Prado Junior y enseguida identifiqué el edificio de Miss Julie. Toqué el timbre. Asdrúbal, como siempre, accionó el mecanismo que abría la puerta automáticamente. Creo que no me reconoció, pues no iba con mi disfraz de ejecutivo de traje y corbata, iba con jeans, tenis, camiseta y sin afeitar, como anda un artista decente. Por cierto, el padre tampoco se rasuraba.

—¿A qué departamento va? —preguntó Asdrúbal, cuando me acerqué a su mesita en la conserjería. Realmente no me había reconocido.

—Una vez más se me olvidó el trombón, Asdrúbal.

Ahí fue cuando supo que era yo, pues se aturdió por completo, como si tuviera miedo de que lo golpeara.

—¿No me vas preguntar qué trombón, licenciado? ¿Eh, pedazo de mierda? Sé que Miss Julie o la señora Celestina te prometieron dinero para que atestiguaras que yo venía a visitarla.

Continuó callado y encorvado.

—Mira, te puedo hacer la vida muy difícil, solo necesitas perjudicarme.

Me dieron ganas de decirle, me puedo volver tu peor pesadilla, pero un actor con clase no usa un cliché cinematográfico tan corriente.

—Pero usted sí venía aquí, no voy a mentirle al juez...

—No quiero que digas mentiras. Solo quiero que digas que también otros hombres venían aquí.

—Pero si no venía nadie más. Solo usted.

—Fíjate bien, hijo de puta mentiroso, no te la vas a acabar, te vas a arrepentir de haber nacido.

—Le juro por Dios, por todo lo más sagrado, solo venía usted.

—Mira cabrón, un día me estaba bañando y vi a un hombre en el departamento.

—Era el hermano de la señora Celestina. La última vez que usted vino al departamento, su hermano se quedó en la conserjería, esperó a que la señora Celestina lo llamara por el interfón, subió y se tardó menos de un minuto. Se lo juro por esta luz que me ilumina.

Era una luz eléctrica en el techo de la conserjería, pero nosotros los artistas, de tanto fingir, sabemos si el otro está fingiendo o no. Eso ya lo mencioné. Asdrúbal decía la verdad.

—¿Y para qué subió?

—No sé. Se lo juro que no sé. Solo sé que iba con una caja de poliestireno. Es médico, pensé que iba a sacar una muestra de sangre, algo así, pero no le pregunté.

Otro estruendo en mi cabeza y otra película rodando en mi mente. Miss Julie quitándome del pito el condón lleno de esperma y mandándome a bañar.

—¿Está ella en casa?

—Está en el hospital.

—¿Qué hospital?

—La señora Celestina es una muchacha muy buena, debería ver cómo cuida a su hijito, se va a pelear con ella...

—No. Solo quiero aclarar unas cosas. Anda, idiota, dime en qué hospital.

Me lo dijo. Tomé un taxi y fui al hospital. Era una maternidad. No fue difícil encontrar a Celestina; trabajaba en el cunero.

Cuando me vio, se puso pálida como una geisha de verdad, de esas de película japonesa. Se veía hermosa con su uniforme de enfermera.

—Sabía que este momento sería horrible. Quiero pedirte perdón.

—¿Perdón? Me estás jodiendo judicialmente.

—Vamos a platicar a aquella sala.

Nos fuimos a la sala.

—Estoy arrepentida. Hice algo horrible.

Empezó a llorar. Para llorar de aquella manera, si era mentira, tenía que ser mejor que Sarah Bernhardt. Me comenzó a dar lástima.

—Estaba enamorada de ti. Te llamé para contarte todo, que me había hecho una inseminación artificial con tu esperma, y para pedirte perdón. Pero me colgaste el teléfono. Creí que si te llamaba para decirte que estaba embarazada sería aún peor. Pensabas que yo era una golfa.

—¿Entonces qué eres, qué eras?

—Enfermera.

—¿Con aquellos anuncios en el periódico? ¿Quieres seguir viéndome la cara?

—Te vi en *Miss Julie*, en el teatro, un papel importante, y pensé que si colocaba aquel anuncio acabarías por buscarme. Pasó muchísimo tiempo, Dios mío.

—¿Y por qué habría de buscarte en los anuncios clasificados de putas?

—Prefiero no decirlo.

—Dilo, anda.

—No te va a gustar escucharlo.

—Adelante.

—Todo mundo dice que te gusta andar con ese tipo de mujeres.

—¿Todo mundo, quién?

—Las enfermeras del hospital, que leen las revistas de la televisión. La vida de actor famoso es una mierda. Vivimos en un acuario de peces de colores.

—¿Y tú lo creíste?

—El anuncio funcionó, ¿no?

—¿Y los otros hombres que llamaron? ¿No llamó nadie más buscando a Miss Julie?

—Yo sabía que reconocería tu voz, es una voz preciosa, inconfundible. Yo estaba, estoy, y nunca voy a dejar de estar loca por ti. Me deshice de todos los demás que llamaron, fueron pocos, el anuncio no era muy seductor. Cuando tú llamaste, inmediatamente supe quién eras, me puse tan feliz que pensé que me iba a morir.

—¿Y estabas tan loca por mí que decidiste fastidiarme de esta manera maquiavélica?

—No, yo no quería hacerte daño. Ya decidí que voy a retirar el cargo, no quiero nada tuyo, solo que me perdones. Pregúntale a mi hermano, pregúntale a mi abogado.

—Que el puto de tu hermano se joda, fue él quien tramó todo este plan, ¿no?

—Los dos —dijo ella, enjugándose los ojos, enrojecidos de tanto llorar—, pero la mayor parte de la culpa la tengo yo.

—¿Y Cléston? ¿Le pusiste Cléston? Qué nombre más feo.

—Era el nombre de mi abuelo. Es un bebecito lindo. Se parece a ti.

—¿Y dónde está el mentado niño?

—Siempre lo traigo al hospital conmigo. Está en el cunero.

—¿Puedo verlo?

—Ven conmigo —dijo Miss Julie, tomándome de la mano.

Especular

Como todos los días, salvo los domingos, estábamos lado al lado cada quien sobre su bicicleta en el gimnasio mientras platicábamos sin parar. La música ruidosa no nos molestaba.

—Es mejor ver que ser visto. Pero Updike dijo: «O ves o eres visto», como si fueran alternativas excluyentes. Pero hay un momento en que se puede ver y ser visto, de manera simultánea y con la misma intensidad. Y en esa situación, una cosa no es mejor que la otra.

—No compliques las cosas, Luiz Carlos.

—Fuiste tú la que me provocó, al preguntar si es mejor ver que ser visto.

—Pero no hace falta que trates el asunto como si fuera una ciencia, con una exposición preliminar de principios.

—¿Te estás burlando?

—¿Por qué Renata te dio un beso en la boca?

—¿Un qué? Me dio un beso en la mejilla. Todo mundo se besa en la mejilla.

—La boca de ella rozó la tuya.*

—Esa cacofonía es horrible. Regresemos a nuestro asunto. Me preguntaste qué era mejor, ver o ser visto.

—No tergiverses las cosas. Eres el rey del subterfugio. ¿Por qué Renata te besó en la boca? ¿Tienes una aventura con esa mujer?

—Qué absurdo, ¿estás loca? Probablemente nuestros rostros se desencontraron, pero ni siquiera noté que la *boca de ella* rozó la mía. ¿Puedo continuar?

—Debes sentir mucha nostalgia de cuando fuiste profesor. De tener un público cautivo.

Me quedé callado. No era la primera vez que Daniele me acusaba de ser un fastidio. Seguí pedaleando sin voltear.

---

* En el original: «*A boca dela roçou na sua*». El juego de palabras se encuentra en «*ca dela*» que significa «perra».

—Estás de mírame y no me toques.

—¿Cómo?

—Sabes que soy celosa. ¿Para qué esas sonrisitas y esas caras?

—Celosa e irónica.

—Siempre fui así. De repente te pones muy sensible.

—De aquí en adelante solo puedes preguntarme si me gustan los caracoles o el amarillo. *De gustibus et coloribus...*

—¿Te gusta el amarillo? Nunca te lo he preguntado.

—No.

—A mí me gusta.

—¿Ves cómo es fácil? Asunto concluido.

Seguí con la mirada los movimientos del grupo de aerobics. A Daniele no le gustó mi silencio.

—Di algo.

—¿Crees que llueva? —le pregunté.

No contestó.

—¿De casualidad conoces el pronóstico del meteorológico? —insistí.

—No me jodas.

—¿Y la ironía? ¿Se te acabó el repertorio?

—Traigo atravesada a esa mujer. Y sabes muy bien por qué.

—No. Hablando en serio, no sé.

—Mira mi panza.

—Sí, la veo, ¿y qué?

—Ayer, en la cama, me dijiste que tenía unas lonjitas de más. Esas fueron tus palabras exactas, lonjitas de más.

—¿Y qué?

—Te gustaría que yo estuviera como Renata, que tuviera abdomen de lavadero. Además usa esa ropa ajustada para humillarme. El otro día me dijo, después de mirarme de arriba abajo, «Te deben gustar mucho los dulces». Me contuve para no mandarla a la mierda.

—¿Dónde has visto un lavadero?

—Entendí muy bien el significado de tu mensaje de ayer. Que esas lonjitas van a hacer que dejes de desearme.

—Habla más bajo.

—No te preocupes, esas narcisistas solo *oyen* sus propias imágenes en los espejos.

—Ya vi que te gusta más ver. Es más, esa es una de tus virtudes, saber ver.

—Sé oír también. Unas lonjitas de más.

—Oír, *no* sabes.

—No quiero pelearme contigo, Luiz Carlos. ¿Hacemos las paces?

—Sí.

—¿Y qué es más importante, saber ver o saber oír?

—¿Ves, Dani? Haces preguntas complicadas y después me acusas de ser prolegoménico.

—¿Existe esa palabra?

—Quién sabe. Debería existir.

—No te acusaría de algo tan horrible. Una última pregunta: ¿les caías bien a tus alumnos?

—Les parecía un poco pesado.

—¿A las muchachas también?

—Menos.

—¿Pretendías a las alumnas?

—No.

—Asunto concluido. Volvamos a lo que estábamos platicando, ver y ser visto.

—¿Te parezco muy pesado?

—Un poco. Como a tus alumnos.

—¿Aun así quieres oírme?

—Sí. No sé oír, pero quiero oírte.

—Manos a la obra. Hay quien dice que es mejor ver que ser visto.

—Yo también lo creo. A través del sentido de la vista puedo adquirir conocimientos, percibir el mundo que me rodea. Ser vista no me aporta nada.

—Depende. Si fueras vanidosa...

—Eso no vale nada.

—También depende. Ahora, la frase de Updike: «o ves o eres visto».

—También es fácil de entender. Quien quiere ser visto no ve nada del mundo a su alrededor. Tiene una venda en los ojos.

—Te voy a dar un ejemplo que contradice eso. Renata, haciendo aerobics y mirándose en el espejo, está viendo y siendo vista. Hace las dos cosas. No tiene los ojos tapados con una venda.

—¿Cómo?

—Está viéndose en movimiento, analizando el lenguaje gestual, su *yo* expresándose, su imaginación está siendo estimulada, el mundo no está a su alrededor, está dentro de su cabeza. Existe un mundo sin explorar dentro de nuestra mente. Está viendo y al mismo tiempo siendo vista, ella por ella misma. Ocurre en ella algo que podemos llamar trascendente, ella está *siendo* lo que está *viendo*, y *viendo* lo que está *siendo*.

—La palabra trascendencia debería estar prohibida, he visto que la usan hasta para describir un suflé de camarón. Y otra cosa, esa mujer no tiene nada dentro de la cabeza.

—Dani, hicimos las paces.

—¿Renata te parece bonita?

—Ni siquiera lo he pensado.

—Déjate de estupideces, estás aquí en la bicicleta espiando cómo hace aerobics al ritmo de esa música cursi. Solo deja de ver su propia imagen en el espejo para mirarte a ti. ¿Crees que no me he dado cuenta? Anda, respóndeme. Mírala y responde, ¿te parece bonita?

Miré a Renata contemplándose en el espejo, fascinada con su belleza y elegancia, haciendo los movimientos con un ritmo perfecto, al son del compás marcado por las bocinas.

—Más o menos.

—Dime la verdad, no me voy a molestar, soy superior, Renata es una tonta, ignorante, no puedo estar celosa de una mujer así. Anda, dime, ¿es más bonita que yo?

—Son diferentes. Ella es rubia, de ojos azules, tú eres morena, de ojos castaños.

—Yo no soy morena, soy mulata, a mucha honra.

—Pues sí. Son diferentes.

—Los hombres son todos unos hijos de puta. Llegó la hora de cambiar una mulata con lonjitas de más por una rubia esbelta de ojos azules, ¿no?

—Me estás malinterpretando.

—La muy perra no te quita los ojos de encima.

Daniele dejó la bicicleta y se acercó a Renata, que hacía ejercicios con las otras mujeres del grupo, en medio del salón rodeado de espejos que reflejaban imágenes desde todos los ángulos.

—Óyeme, Renata, deja de lanzártele a Luiz Carlos, ya sabes que está comprometido conmigo.

Renata se detuvo, pero observaba a Daniele por el espejo. Las otras continuaron haciendo los movimientos, siguiendo la música y la discusión.

—¿Me oíste? No te lo voy a decir una segunda vez.

—¿Me estás amenazando? —preguntó Renata.

—Tómalo como quieras.

Renata vino hacia mí. Seguí pedaleando, ¿dónde me iba a meter? Mi rostro en el espejo era el de un perro con la cola entre las patas.

—Óyeme, Luiz Carlos, a ver si ya mandas a volar a esta loca, ya es hora de resolver esta situación —dijo Renata.

Daniele agarró a Renata por los pelos.

—Te lo advertí, ¿no?

Trenzadas, rodaron por el suelo. El instructor del gimnasio detuvo la música. Las separaron con dificultad.

—¿Vas a seguir con esa cualquiera, Luiz Carlos? Me pediste un tiempo y se te acabó el tiempo —gritó Renata.

—Maestrito de mierda —gritó Daniele—, cogiéndote a esa rubia idiota a mis espaldas.

Se agarraron nuevamente.

Tomé mi celular de la repisa y me fui, aquella conmoción me perturbaba. Todas las mujeres están locas. Rodeadas de espejos, alucinan todavía más.

El alma del ser humano cambió cuando surgió el espejo. Y también los hombres son unos hijos de puta.

Pasión

Mierda, mierda, ahora todo está hecho una mierda, piensa José, acalorado, sin ganas de quitarse los zapatos que le calientan los pies.

No sabe hace cuánto tiempo lleva postrado en la silla, pero no puede quedarse sentado sin hacer nada, quejándose como un cobarde. Se levanta, va hasta el refrigerador, toma una botella de champaña. Mierda, mierda. Busca a su alrededor un lugar adecuado. Quiebra la botella en la orilla del fregadero. Los pedazos se esparcen por el recinto, una parte del líquido le moja la ropa.

Se vuelve a sentar en el mismo lugar en la sala. Si se quita los zapatos, tendrá que evitar ir a la cocina. Curaciones en el pie, solo faltaba eso. Si sale a caminar a la calle se va a enojar con los peatones, el cine está lleno de idiotas, si llama pidiendo una pizza le va a dar asco después, si llama pidiendo una puta, no se le va a parar, si llama pidiendo veneno, ay, qué chistoso, ¿para quién está inventando todo eso? ¿Dormir? Mañana nunca es otro día, mañana va a ser peor, es mejor ni siquiera dormir, de cualquier forma aún es muy temprano.

Si apareciera un ratón, ahí, cerca de su pie, sería interesante. Ni ratones hay en esta casa, ni cucarachas, ni ningún otro ser vivo. Tuvo un perro y un gato, en otra época. Tuvo también un ratón, cuando era niño. Y una lagartija, recientemente. Esto no es una de sus invenciones. ¿Cuándo se volvió todo una mierda? No quiere pensar en eso, no va a pensar en eso. Cuando tiene insomnio, decide no pensar en eso, lo que sea que cause insomnio, si pienso en eso no duermo, y no piensa. Entonces no voy a pensar en el porqué de que todo esté hecho una mierda.

El teléfono suena, él contesta.

—Estoy arrepentida de haberme peleado contigo, ¿la champaña sigue en el refrigerador?

—Yo, yo pensaba que todo está hecho una mierda, tanto tiempo sin ti.

—Pero si nos peleamos hoy por la mañana, no han pasado ni siquiera cinco horas.

—Yo pensaba que todo era una mierda y rompí la botella.

—¿Rompiste una botella de champaña?

—Sí, me parecía todo tan horrible sin ti.

—¿No es una de tus invenciones?

—No, ni la lagartija es una de mis invenciones, la rompí de verdad.

—No tienes remedio, voy para allá.

En la cocina, José muele con la suela del zapato los vidrios de la botella, qué ruido tan agradable, odio la champaña, pisar los vidrios me da una sensación agradable. Voy a dejar los vidrios en el suelo, me voy a quedar con la ropa mojada, para que ella me vea así. Amo a esa mujer, sin ella todo me parece una mierda.

Se queda de pie en la puerta, esperando a que Sylvia llegue. Se abrazan cariñosamente.

—Vete a cambiar la ropa, José.

Sylvia ve el desorden en la cocina. Toma la escoba y el recogedor, levanta los vidrios, los tira al basurero. Después pasa una jerga por el piso.

—Vamos a platicar, José. Siéntate aquí. Ahora te la vives diciendo mierda a todas horas, mierda esto, mierda lo otro. No me gusta, me parece vulgar.

—Ya no lo voy a decir, nunca más. Vamos a tomar champaña, hay otra botella en el refrigerador. A ti te encanta la champaña.

—Después. Ahora vamos a platicar. Hoy en la mañana me dijiste que querías verme todos los días y te pregunté si no era mejor que viviéramos juntos y me dijiste secamente que no.

—También me pareció vulgar la manera en que te expresaste después.

—Yo dije: ¿me quieres ver todos los días solo para coger?

—No me gustó lo que dijiste.

—Querido, coger es vulgar, pero es una palabra bonita. Siempre la decimos.

—Pero fue la manera en que lo dijiste, el sonido de tu voz.

—¿Y lo que tú dijiste después? Mierda, una vez más, mierda. Es más dijiste: mierda, vamos a terminar con este asunto.

—¿Y te peleaste conmigo por causa de una palabra? ¿Mierda?

—Sabes que me peleé por causa de otra palabra.

—¿Qué palabra?

—Fue aquel *no*, definitivo, de tu respuesta.

—¿Qué debería haber dicho?

—Voy a pensarlo. Deberías haber dicho voy a pensarlo. Era normal que yo te preguntara si no te parecía mejor que viviéramos juntos, ya que me quieres ver todos los días.

—Ver todos los días es una cosa. Vivir juntos es otra. Tú también me quieres ver todos los días, ¿no?

—Sí, pero no quiero hacer el amor todos los días. Una mujer no piensa solo en eso.

—Pero quiere dormir con el novio todos los días, solo dormir, como a las madres les gusta hacer con los bebecitos que acaban de parir.

—Tal vez sea un sentimiento parecido, cuando la mujer ama, como yo te amo.

—El próximo paso es tener el bebecito.

—Soy una mujer normal.

—Entonces en realidad no quieres vivir conmigo. Quieres tener un hijo conmigo. Y poner al bebecito de mierda en mi lugar.

—No seas infantil.

—No existe un lugar para un bebecito entre un hombre y una mujer enamorados, deja de hacerte la paridora instintiva.

—¿Ves qué tonterías dices?

—¿Y ese tono de voz? Ya te imagino viviendo aquí y con un hijo: me vas a tratar como a un perro.

—No seas idiota.

—Infantil, idiota, ¿qué más?

—Neurótico.

—¿Neurótico yo? ¿Quién tiene un hermano loco que estuvo internado en una clínica?

—No estaba loco. Era alcohólico. Y se curó.

—Eso es lo que tú dices.

—Creo que mejor me voy.

—Sí, vete.

Sylvia sale, sin despedirse. José permanece sentado en el sillón.

Ya debe estar en la calle, frente al edificio, yéndose, piensa José.

Repentinamente, se levanta del sillón, abre la ventana y grita desesperado, lo más alto que puede, pues su departamento está en el doceavo piso:

—Sylvia, Sylvia, perdóname, te amo.

Pero Sylvia no puede oírlo. José vive en un departamento del fondo, su ventana da a un patio interno, lleno de automóviles estacionados.

José va al refrigerador y saca la otra botella de champaña.

Mierda, mierda.

Hildete

—Sus padres la golpeaban cuando era bebé, fue acosada sexualmente a los ocho años, fue mendiga a los trece, prostituta a los catorce, se embarazó a los quince, una doctora caritativa le hizo un aborto clandestinamente, fue madre soltera a los dieciocho, golpeada y explotada por los hombres con quienes vivió, pero superó todo. Esa eres tú, Hildete, tú estarás transmitiendo para millones este mensaje: toqué el fondo del pozo, pasé por los peores sufrimientos, pero me repuse y salí adelante por encima de todo, y mi ejemplo puede seguirlo cualquiera.

—Me da vergüenza decir eso. Es mentira, señor Alex.

—Te vamos a hacer rica y famosa.

—Nunca me violaron.

—Necesitas esa imagen. No vas a arrepentirte. ¿Cuál es el problema de que te hayan violado? La gente ve con simpatía, y hasta diría que con admiración, a una mujer violada.

—Mendiga...

—Si no te gusta, quitamos eso, lo sustituimos por pasó hambre.

—Prostituta... es demasiado.

—Hildete, Zé es especialista en imagen, él sabe lo que está haciendo, nada de esto te va a disminuir, es decir, disminuir a la persona que eras y que vas a ser. Solo te dará grandeza. Un ser humano que supera el sufrimiento, la desgracia, los horrores que tú, entre comillas, enfrentaste, y superaste, adquiere una gran autoridad moral. Quita lo de la mendiga pero lo demás se queda, reconozco que ser mendigo indica una falta total de dignidad. Pero prostituta tiene connotaciones preciosas, estimula la imaginación. Grandes heroínas de la literatura, de la ópera, del cine, de la Historia, eran meretrices.

—Les decían cortesanas, hetairas, sacerdotisas del amor.

—Es la más antigua de las profesiones. En todo país civilizado y culto, esa actividad existe y es considerada legítima.

—Acabas de oír la opinión de dos mujeres, Hildete.

137

—¿Quitamos lo de mendiga? Tú decides, Alex, pero lo correcto, dentro de nuestro perfil, es que haya sido también mendiga.

—La última palabra es mía, Zé, el mendigo no tiene bríos, dignidad, alma. Mejor ser ladrona, pero tampoco va a ser ladrona, para ladrones solo en el cine, y aun así, depende. Creo que Hildete está cansada, vamos a terminar. Mañana volvemos a tratar este asunto.

—No estoy cansada.

—Pero nosotros tenemos que discutir otros temas urgentes de la agenda, que no te incluyen. No le comentes nuestro proyecto a nadie. Ni a tu madre.

—Señor Alex, yo no tengo padre ni madre, ¿ya se le olvidó?

—No. *Madre* es una metáfora. Madre incluye mejor amiga, novio, padre, psiquiatra, ¿me entiendes?

—No tengo nada de eso.

—Lo que quiero decir es que *nadie* puede saberlo, ni siquiera otras personas de aquí. Solamente nosotros cuatro, los reunidos en esta sala, sabemos lo que se está planeando. Además de ti, claro. Y llámame Alex, como todo el mundo.

—Está bien... Alex. ¿Te llamo por teléfono para hacer una cita de nuevo?

—No te molestes, yo te llamo. Mañana vas a cambiarte a un lugar muy cómodo que conseguimos, todo amueblado, con TV, video, todo. Por ahora evita salir mucho de tu casa, recibirás comida del mejor restaurante de la ciudad, quédate tranquila. Tal vez una de las muchachas se vaya a vivir contigo.

—No es necesario.

—Es para que tengas compañía. Chao, Hildete. Te llamo.

—Cierra la puerta, Zé.

—Creo que es perfecta en muchos aspectos. No tiene familia, ese tal vez sea su principal atributo, es bonita, es mujer, ni...

—Solo podía ser mujer, Lili.

—¿Por qué? Un hombre podía haber pasado por todo eso. Menos por tener un hijo, claro.

—Deja que Lili continúe, Selma.

—Estaba diciendo que Hildete es perfecta porque no tiene familia, es bonita, es *mujer*, no es blanca ni negra, tiene aquel aire del noreste.

—¿Qué aire del noreste? ¿Qué quieres decir con eso?

—Selma, estoy hablando de su biotipo.

—Sí, ¿qué *biotipo*?

—Sé lo que es *biotipo*.

—Dijiste biotipo, como si fuera una palabra grave, con acento tónico en la penúltima sílaba. Todo mundo lo oyó.*

—El diccionario ya consigna las dos formas. Por lo del uso popular consagrado.

—Es por eso que la lengua portuguesa está volviéndose una mierda, Zé. El uso popular consagrado.

—Se levantó con el pie izquierdo.

—No me provoques, Lili.

—Fuiste tú la que empezó, corrigiéndome.

—Muchachas, muchachas...

—¿Qué aire del noreste es ese del que hablas?

—Lili quiso decir una rica composición étnica. Algo muy brasileño.

—Gracias, Alex, exactamente eso fue lo que quise decir. ¿Contenta, Selma? No estaba hablando mal de los bahianos. ¿Eres de Bahia, ¿no?

—Por favor, sigamos con el tema. Continúa, Lili.

—En fin, nuestra muchacha tiene las cualidades necesarias, es inteligente, *likable*, bonita, probablemente aprenderá a hacer su papel: golpeada en casa desde niña, tal vez hasta en la cuna, puede recordar eso en una sesión de análisis, produciremos el testimonio del *head shrinker*, sé que Zé está examinando ese ángulo, violada a los ocho años con lujo de violencia, por su padre sería aún mejor, niña que pasa hambre, mendiga de esas que se quedan pidiendo limosna en la calle, está bien, quitamos lo de mendiga, prostituta a los quince, madre soltera, casada a los dieciocho, agredida diariamente por el marido y por los otros machos que tuvo. Pregunto, ya que estamos en una *brainstorm*: ¿por qué no conseguimos a alguien que realmente haya pasado por eso? No debe ser tan difícil.

—Producción ya la buscó. Encontramos solamente dos o tres, más o menos bonitas, y nuestro personaje tiene que ser *mu*y bonita, y todas estaban hechas un desastre, alcohólicas, enfermas, feas, sin dientes.

—Un dentista arreglaría eso y ella podría decir que sus bellos dientes son postizos, que los verdaderos se los tumbó el marido, o el otro facineroso que criaremos para lo de la violación. Eso sería fuerte, tendría *punch*, ¿no creen?

—Pero, Lili, las mujeres que producción encontró eran, además de todo lo anterior, demasiado tontas, y eso no lo puede arreglar un dentista.

—Y tampoco habían pasado por *todas* las desgracias que le vamos a atribuir a Hildete. Habían sido solamente violadas y golpeadas por sus machos.

* En portugués puede decirse *biótipo* (palabra esdrújula) o *biotipo* (palabra grave).

—Tienes razón, Zé, iban a tener que mentir también. Todo mundo miente, pero no todo el mundo sabe mentir.

—Espero que Hildete aprenda a mentir.

—Le enseñaremos. Si hay algo que una mujer aprende es a mentir y no necesita ser inteligente.

—Seguramente sabes lo que estás diciendo...

—¿Quieres molestarme, Selma?

—La lengua portuguesa se está volviendo una mierda debido a la manía de ciertas personas de usar palabras extranjeras en vez de las expresiones correspondientes en nuestra lengua.

—¿Existe *brainstorm* en portugués? Dime cómo se dice.

—Es un término estúpido para designar un procedimiento utilizado para solucionar problemas a través de una serie de ideas. Sócrates nos dio una palabra mejor, incorporada a la lengua portuguesa, pero tú no sabes quién era Sócrates.

—Les pedí, por favor, que dejaran de pelear.

—Si te acuestas una vez más con la golfa de Selma voy a aventar mierda en el ventilador.

—¿Qué te está secreteando Lili, Alex?

—Me dice que no se quiere pelear contigo, Selma.

—Hoy la reunión está muy acalorada. Muchachos, tenemos un proyecto que va a arrasar y estamos perdiendo el tiempo en minucias tontas.

—Tienes razón, Zé.

—Hildete va a simbolizar esa verdad, una persona es lo que el sufrimiento ha hecho de ella. Todo ser humano sufre. Pero si tú superas los infortunios y las humillaciones que padeciste, si borras las marcas de las vilezas que cometiste, triunfas sobre las debilidades que te obligaban a darte por vencido, te limpias de la mierda que encontraste en el camino, te vuelves una persona fuerte, redimida y digna. Una persona buena y bella.

—Parece consejo de autoayuda: cómo librarse de las cicatrices de la vida y de las penas del infierno.

—Creo que no me expliqué bien, Alex. Claro que no vamos a usar lo que dije como tesis explícita, será algo con efecto subliminal. La vida es realmente un infierno, pero si existe el infierno, el paraíso también puede existir. Hildete dirá, en suma, como tú mismo lo sugeriste, yo soy el sufrimiento que pasé y la victoria que logré. El tono será confesional, a ella no le avergonzará abrir su corazón, la gente quiere confesar sus penas, la Iglesia católica inventó ese truco hace miles de años y funciona hasta el día de hoy. Los jodidos se identificarán con Hildete, dirán, estoy en la mierda, fregado, pero también puedo superarme y triunfar. Lo nuestro tendrá un estimulante efecto catártico, en el sentido aristotélico.

—Zé, necesitas librarte de estos virtuosismos que aprendiste en el seminario. Qué bueno que te expulsaron.

—Así pasa cuando le echas margaritas a los puercos.

—Por favor, muchachas, se los pido. Dejen a Zé terminar su intervención.

—Como decía, necesitamos del rollo místico, está de moda, pero no puede ser solamente Jesús, el ambiente ya está saturado de Jesús; vamos a juntar también a Buda, Krishna, Confucio, a ángeles y arcángeles, oxalás y oloruns,* la meditación trascendental y todas esas charlatanerías hindúes. Hildete tiene que captar la atención de todo mundo.

—¿Buda, Confucio, Olorum? Zé, me temo que tu receta va a causar confusión.

—Pero, Alex, no puede ser solamente Jesús. Jesús ya nos tiene hasta la madre.

—Pero todavía tiene audiencia.

—¿Y hoy qué es Hildete? ¿Una beata religiosa que se dedica a la caridad?

—Beata no, hay montones de putas que se han vuelto beatas, ya está muy gastado. Pero con temor de Dios sí, caritativa también. Jesús entra, discretamente, con ese rollo de la redención, de la salvación que Cristo ofreció cuando estaba en la cruz y en la cual creen millones de personas. No necesitamos de Macumba. Pero además de las redenciones necesarias, ella tiene que haber vencido en la vida, logrado una forma de éxito, y el éxito tiene implicaciones mundanas, materialistas, que debemos tratar con sutileza e inteligencia. Zé, pon en el papel el perfil intelectual, místico, filantrópico, victorioso, social, moral, todos esos ingredientes que vamos a poner en Hildete, pero modera el rollo místico, no somos una iglesia. Básicamente la cuestión es cómo salió de la mierda, del fondo del pozo, y triunfó en la vida, se volvió un ejemplo, un modelo lleno de virtudes, un ejemplo a ser imitado. Sus consejos serán lo máximo, cada vez que aparezca todo mundo querrá oírla. Vamos a tener que prepararla mucho. Lili, tú define las características físicas ideales, si es necesario ponerle lentes de contacto, pintarle el cabello, operarle la nariz, los pechos, el trasero o cualquier otra parte, lo hacemos. Necesitamos cambiar su aspecto, para que nadie la reconozca.

* Deidades de la religión yoruba.

—¿Y quién va a vivir con ella, a vigilarla, a enseñarle el abecé?

—¿Hay voluntarias? ¿Nadie se anima? Voy a escoger a una de ustedes, cualquiera de las dos sabrá cómo entrenar a Hildete. Yo daré la orientación básica. A la que yo designe no podrá escabullirse. ¿De acuerdo?

—Sabía que nos ibas a cargar la mano a alguna de las dos.

—Ustedes saben que no puede ser otra persona, caray.

—Olvidé algo. Tenemos que matar al hijo.

—¿De qué edad?

—El niño debe de haber padecido una enfermedad horrible; ya grandecito, entraba y salía del hospital, ella de pie junto a la cabecera sufriendo.

—¿Hijo de una violación?

—Es buena idea.

—Creo que también debemos conseguirnos un *ghost* para que escriba su autobiografía y publicar el libro. En los *States* hacen eso.

—Buena sugerencia, Lili.

—Yo ya había pensado en eso, en la autobiografía, ya te lo había dicho, Alex. ¿Ya se te olvidó?

—Ok, Selma, tú te encargas de la autobiografía. El tipo que la vaya a escribir tiene que ser de mucha confianza. Mucha. Si abre el pico, estamos jodidos.

—Basta solo con pagar bien para que no abra el pico. Yo sé cómo son esos escritores.

—No puede ser ninguno de esos cretinos famosos.

—¿Quién va a trabajar con los medios?

—Eso lo vemos después, el show ya estará en la calle, el personal de la casa cuidará de eso. Es rutina.

—Y tenemos también que cambiarle el nombre. Hildete no funciona.

—Ok, piensa en un nombre.

—¿Angélica?

—Mañana me traes las propuestas, quiero más de uno.

—También tenemos que conseguirle una nueva identidad, actas de nacimiento, etcétera.

—Ponte de acuerdo con Zé.

—¿Quién va a convencer a Hildete de que acepte todo el paquete? Me parece un poco renuente.

—Yo me encargo de eso.

—¿No sería mejor Zé?

—No, yo me quedo con eso. Hay una buena sintonía entre nosotros. Sé cómo interactuar con ella. A final de cuentas, yo fui quien la descubrió.

—Hijo-de-puta.

—Cabrón. Ya se la está cogiendo.

—¿Qué murmuran ustedes dos? Vamos a terminar definitivamente con esas estupideces, conversaciones laterales, minucias, rivalidades, no es profesional, somos todos del mismo equipo. Mañana, aquí, a las tres de la tarde. Quiero un informe breve y sustancioso de cada quien sobre lo que le pedí. Sé que la prisa es enemiga de la perfección, pero, en nuestro negocio, quien no corre pierde su oportunidad. Mañana a las tres de la tarde, muchachas.

Sueños

—No, por el momento no tengo novia.

—¿Un hombre como tú no tiene novia? No puedo creerlo. A todas mis amigas les pareces muy atractivo.

—Es la verdad.

—Espero que sí. Odio a los hombres mentirosos. Los odio.

—Siempre soñé con ser tu novio.

—¿Sueñas dormido o despierto?

—Sueño dormido y despierto.

—Despierto, los sueños son siempre buenos, si eres optimista. Dormida solo tengo pesadillas. ¿Qué poeta usó por primera vez esa palabra para simbolizar belleza, fantasía, deseo, ansias? Mis sueños son siempre pesadillas.

—¿Pesadillas?

—No son propiamente pesadillas. Pero son siempre frustrantes. No tienen un final, no cierran, ¿me entiendes?

—Nunca tengo pesadillas.

—Sueño... Déjame ver. Sueño, del latín *somnium*. Sustantivo masculino. Secuencia de fenómenos psíquicos, imágenes, representaciones, actos, ideas, etc., que involuntariamente ocurren durante el sueño. El objeto del sueño; aquello con que se sueña. Secuencia de pensamientos, de ideas vagas, más o menos agradables, más o menos incoherentes, a las cuales el espíritu se entrega en estado de vigilia, generalmente para huir de la realidad; devaneo, fantasía. Deseo vehemente; aspiración. Aquello que eleva, transporta, por su extraordinaria belleza natural o estética. Cosa o persona muy bonita; visión. Idea dominante perseguida con interés y pasión. Lo que es producto de la imaginación; fantasía, ilusión; quimera. Dulce muy suave, preparado con harina de trigo cocida, leche y huevos, frito en manteca caliente y pasado por azúcar y canela, o servido con almíbar, también puede estar relleno. Sueño dorado. Sueño o aspiración dominante. Esperanza de felicidad.

—Cierra ese diccionario, mi amor.

—A mí me gusta. Siempre traigo uno en la bolsa.

—¿Si te digo que en mis sueños me voy a la cama contigo?

—Es un devaneo.

—No, es un deseo vehemente. Estoy citando tu diccionario. No, no lo abras, guárdalo otra vez en tu bolsa, por favor.

—Eres muy egoísta. A mí me gusta leer el diccionario. No existe un libro más útil.

—Pero no cuando un hombre y una mujer están solos en un departamento.

—¿Un hombre y una mujer solos en un departamento no pueden leer diccionarios? ¿Qué es lo que deben hacer?

—¿Quieres saber?

—Sí.

—Deben... joder.

—¿Entonces crees que vine aquí para eso?

—Ese es mi sueño.

—No esperaba que usaras esa palabra vulgar, grosera, conmigo.

—Si checas ahí en tu diccionario verás que viene del latín *futere*, *futuere*. Puede ser vulgar, pero tiene un origen vetusto.

—Ya no digas eso. Las palabras obscenas no deben usarse a la ligera. Para que no pierdan su pompa, su esplendor.

—¿En la habitación se puede?

—¿Pero no estamos en la habitación. ¿O aquí es tu habitación?

—La habitación es allá adentro.

—Vas demasiado rápido.

—Estoy plenamente de acuerdo. Fue un error.

—¿A ti te gusta decir esas palabras en esos momentos?

—Sí, las digo. Albur involuntario.*

—¿Y te gusta escucharlas?

—Sí, mucho.

—Hum... el tema era el sueño. ¿Ya lo agotamos? ¿Qué tal una cita poética sobre el sueño?

—Existen millones, pero mi memoria es pésima.

—Debí haber traído mi diccionario de citas.

—No inventes. ¿También acostumbras cargar un diccionario de citas?

---

* El diálogo en portugués dice: «*Você gosta de falar essas palavras naquelas ocasiões*». «*Falo. Trocadilho involuntário.*» El juego de palabras que aprovecha el verbo *falar* es intraducible con la connotación sexual.

—Cuando veas a una mujer con una bolsa grande como la mía ten por seguro que trae dentro cosas de lo más insólitas.

—¿Puedo verla?

—Claro que no. Es como si me pidieras que te enseñara mis anginas.

—¿Y por qué no puedes enseñarme las anginas?

—¿No vas a contestar el teléfono? Están insistiendo. Puede ser una de tus amigas. A mí no me molesta.

—Sí. Ahora estoy ocupado. Te llamo después. No puedo hablar, ¿me entiendes?

—Te dije que era una de tus amigas.

—Era mi madre.

—Qué falta de imaginación. ¿Y le susurras a tu madre?

—No estaba susurrando. Hablaba en un tono más bajo.

—¿Con tu madre?

—¿Tengo cara de no tener madre?

—No, pero no tienes cara de tener una madre que llama a las nueve de la noche.

—No conoces a mi madre.

—¿Y te quedas así tenso cuando tu madre te llama?

—Tiene amigdalitis. Es broma, tiene un problema psíquico.

—¿Y me puedes decir qué problema tiene la pobrecita?

—Es maniaco-depresiva. Tres enfermeras se turnan para cuidarla. En realidad, quien habló fue una de las enfermeras.

—Entonces no era tu madre, era una enfermera.

—La enfermera de mi madre.

—Querido, eres el colmo.

—¿Cómo?

—Ya me habían advertido sobre ti. Solo que no me dijeron que también eras mentiroso.

—Yo nunca miento. Ese es mi problema.

—Perdón por la franqueza, pero no me inspiras confianza. La confianza es fundamental.

—No, por favor, no abras el diccionario. Sé lo que es confianza.

—Entonces, sabes que sin confianza no es posible. Por cierto, pasé por aquí solo para tomar un café.

—No te invité a tomar un café. No sé hacer café. Cuando quiero tomarme un café, salgo y me lo tomo en la calle. En este barrio sirven los mejores expresos de la ciudad.

—Entonces la próxima vez nos vemos en un café.

—¿Ya te vas?

—Sí.

—Por favor, no te vayas. Perdóname, dame un tiempo, para que me conozcas mejor. Saca el diccionario de tu bolsa, léeme la definición de, de...

—¿Mentira? No, la verdad tengo que irme. De nada sirve que me hagas esa cara. Llama a tu amiga. Todavía hay tiempo, así no te pierdes esta noche de sábado. Chao.

—Bueno, ¿mamá? ¿Cuál era el problema? Perdóname, estaba aquí con una amiga y no podía hablar. No, ya se fue. Mamá, tienes que tomar las medicinas como mandó el doctor. No llores, mamá, ¿quién está ahí? Pásale el teléfono, por favor. Giselda, mi mamá no puede dejar de tomar la medicina. No importa si le duele el estómago, la medicina es fundamental. ¿Qué tipo de enfermera es usted? Gana muy bien, tiene que ser más eficiente. ¿Qué? No, déjelo, yo mismo le llamo al celular al médico, sé lo que me va a decir. Le llamo después.

El Chico Maravilla

Soy el mejor. No existe problema, por más complejo que sea, que no resuelva. Puedo cobrar, por hora de trabajo, más que cualquier otro especialista. Cuando me recibí, en menos de un año pasé a ser conocido como el Chico Maravilla. Todavía hoy, ya ligeramente canoso, hay quienes me llaman el Chico Maravilla, pero no me gusta. En una ocasión llegué a la oficina de una clienta y cuando me vio, preguntó, visiblemente divertida, «¿Usted es el Chico Maravilla?». Era una mujer linda, no fue fácil, tuve que usar todos mis recursos.

Ya ha habido quienes me han tildado de genio. Yo podría ser un Einstein, si dejara de pensar lo que pienso y tuviera tiempo para rascarme la panza y lucubrar sobre la relatividad de las cosas, o un Newton, si me gustara meditar acostado bajo un manzano. Pero afortunadamente ese apodo no funcionó, hubiera causado aún más envidia entre mis colegas. Entre los renombrados especialistas de mi área, más de la mitad solo conoce lo básico, con lo que pueden engañar a la mayoría de los clientes, lelos que tienen dificultad hasta para programar un teléfono celular o un microondas. Sé que estoy siendo muy amargo, pero estoy furioso conmigo mismo y me desquito con los pobres de espíritu, que deberían recibir mi compasión.

Estoy enfermo, pero antes de hablar de mi enfermedad quiero decir que debido a ella dejo de atender a muchos clientes que me buscan. Es por eso que sufro, porque supe que estaba enfermo cuando quise cambiar mi auto viejo por uno nuevo y no tenía dinero, pero continué siendo una persona enferma, como esos tipos que no pueden dejar de fumar, o beber. «Si trabajaras más, podrías estar nadando en dinero», dijo Cylene, mi secretaria. Pero no tengo tiempo para trabajar y eso me está haciendo infeliz.

Hoy fui a comer con Kurt Lang, dueño de la Links. Yo odiaba hasta tomar un café con un colega, pero me cogí a la mujer de Kurt y me sentí moralmente obligado a aceptar su invitación. Nadie lo invita a uno a comer si no es para pedirle algo. Kurt quería que le solucionara un problema que ni él ni los empleaduchos de su despacho lograban resolver. Kurt tiene un montón de empleados, decenas de clientes, creo que la resonancia de su nombre alemán impresiona a los estúpidos, pero de alemán solo tiene el nombre, no sabe escribir *Sauerkraut*, ni comerlo.

Dejé que me embaucara, me sentía en deuda con él por el motivo que ya expuse. Pero Kurt se merece lo que gana, trabaja como negro todo el santo día, engatusando idiotas. ¿Y qué mal hay en engañar a los que quieren ser engañados? ¿No es lo que hacen los médicos, los abogados, los cocineros, las putas, los padres, los electricistas, los entrenadores de perros, los macumberos, los consultores financieros, los pintores de brocha gorda? Y podría quedarme blablablando esa lista todo el día. No me gusta engañar a los tontos, pero mi problema es que estoy enfermo. Y eso me está haciendo infeliz.

Después de la comida, Kurt me llevó en su Mercedes nuevo. Entré en mi despacho dispuesto a decirle a mi secretaria que iba a recibir a todos los clientes que llamaran y que nuestra relación iba a cambiar.

—¿Te fue bien en la comida, querido?

—Ya no quiero que me hables así. De ahora en adelante quiero mantener contigo una relación formal.

—No te entiendo.

—Quiero que acabemos con las intimidades.

—¿Qué hice?

—No hiciste nada. Estoy enfermo.

—Pero siempre usamos condón.

—No es una enfermedad contagiosa. O tal vez lo sea, no sé.

—¿Ya buscaste a un médico, mi amor?

—Todavía no. Pero voy a hacerlo. No quiero que me llames mi amor.

—Sé que no soy tu amor, que tiene a otras, pero no me molesta.

—Cylene, lo siento, pero ya no puedes trabajar conmigo.

—¿Me vas a despedir?

—Me parte el corazón, pero tengo que hacerlo.

—No me corras, por favor.

—Te voy a buscar un empleo mejor.

—No quiero otro empleo, quiero trabajar aquí.

—Lo siento.

—Tú me necesitas.

—Estoy enfermo. No necesito a nadie.

—Pero yo te necesito, no me corras.

—Vete a tu lugar, por favor, odio ver a una mujer llorando.

Cylene salió corriendo.

—Te vas a arrepentir.

Ellas siempre dicen eso, o cosas peores.

Llamé a Kurt.

—Kurt, me dijiste en la comida que estabas buscando una secretaria. Tengo a la persona perfecta para ti. Entiende más de nuestro negocio que cualquiera de los empleaduchos que tienes ahí. Es mi propia secretaria.

—¿Tu secretaria? ¿Y por qué quieres librarte de ella?

—No puedo pagarle lo que me pide.

—Chico, ¿eres el mejor y estás en problemas? ¿Estás abusando de la sustancia? Fue lo que acabó con Manfredo, está hecho una piltrafa, totalmente jodido.

—No es eso. Estoy enfermo. No logro trabajar.

—¿Qué tienes? ¿Cáncer?

—No es cáncer.

—¿Estrés? Yo sé lo que es eso.

—Es un estrés de los peores, estoy muy mal —confirmé, para que Kurt dejara de hacerme preguntas.

Sentí que le alegraba saber que yo estaba jodido. El mundo es así.

—Y entonces, ¿quieres contratar a Cylene o no? Sé de mucha gente que se interesaría por ella.

—¿Y cuánto quiere?

Multipliqué por tres el salario que le pagaba.

—Cylene vale mucho más —agregué.

—¿Cuándo puede empezar? La necesito inmediatamente. Uno solo se da cuenta de la importancia de una buena secretaria cuando nos deja. La desgraciada se casó y el marido es uno de esos trogloditas que no quieren que la mujer trabaje.

—El lunes Cylene se presenta contigo. Te estoy haciendo un favor. Me la debes.

—Ya tomé nota, Chico.

Recordé que había olvidado un detalle importante.

—Kurt, en su expediente aparece un salario menor. La diferencia se la pago por fuera.

—Aquí no hacemos esas cosas, es peligroso con el seguro social y, además de que es ilegal, perdón que te lo diga, ofende a la buena ética —dijo Kurt, satisfecho por haberme asestado ese golpe. ¿Se habría enterado de que me anduve cogiendo a su mujer?

Fue difícil convencer a Cylene. La muy desgraciada me quería, las mujeres son seres extraños, adoran a los patanes buenos y simpáticos, algo que yo era, además de estar muy enfermo. Lo que la convenció fue que le dije que al dejar de ser mi secretaria el problema desaparecía y podíamos seguir viéndonos, cosa que no pretendía hacer. También influyó el alto salario que iba a ganar con Kurt, más la indemnización que le pagué. El dinero es el dinero, el único a quien no le gusta el dinero es a mí. Eso es parte de mi enfermedad.

—Mira, debes decirle licenciado Kurt, ¿de acuerdo? A él le gusta que le digan licenciado. Es un tonto, pero es buen tipo, solo necesitas esforzarte en la mímica, licenciado Kurt esto, licenciado Kurt lo otro, y hacer el trabajo como sabes hacerlo. No se te olvide lo que le dije sobre tu expediente, lo del pago por fuera.

Le di a Cylene una carta de recomendación, donde solo faltaba decir que era una segunda Madame Curie. A Cylene le iba a ir bien en su nuevo empleo, era realmente de primera.

Al día siguiente fui al médico, un psiquiatra amigo mío que escuchó mi historia.

—Esta enfermedad está acabando conmigo, me está arruinando —le dije.

—No conozco ninguna medicina para curar eso —dijo—. Por cierto, ningún laboratorio está interesado en hacer una medicina para estos casos. No se vendería.

—Ya tomé toda clase de tranquilizantes. Incluso aquellos que advierten en el instructivo que uno de sus efectos secundarios es disminuir la libido.

—Eso es cosa del departamento jurídico de los laboratorios. Es para aquellos casos en que algún vivales impotente, aconsejado por un abogado medio cabrón, quiera demandar al laboratorio. El abogado del laboratorio, leguleyo de la misma calaña, alega en el tribunal que el instructivo advertía acerca de ese posible efecto, o sea, que el muy astuto se tomó la medicina a sabiendas. Uno debe tener abogados para defenderse de los abogados. Ahora la cosa es así. ¿Conoces aquel chiste del abogado que se fue al cielo?

—¿Quieres decir que mi enfermedad no tiene remedio?

—Según recuerdo, ya eras así desde la secundaria. ¿Y por qué te estás arruinando? Dijiste que no les das dinero a las mujeres, que no te cuestan nada.

—No puedo llegar con una mujer y decirle, así nomás, vámonos a la cama. Ellas siempre acceden, pero es necesario usar tácticas, estrategias, una verdadera faena. Y así ya no me queda tiempo para hacer mi trabajo. Y si no trabajo, no gano.

—¿No es posible conciliar, equilibrar las cosas?

—¿Cómo? Quiero cogerme a todas las mujeres que me encuentro.

—¿A todas?

—A las guapas. Pero solo hay mujeres guapas.

—El mundo está lleno de mujeres feas.

—Pero yo no las veo, no me topo con las feas.

—¿Y crees que es políticamente incorrecto querer cogerse a todas las mujeres?

—Leí que es una enfermedad. ¿No existe una enfermedad llamada satiriasis?

—Toda excitación sexual tiene algo de morboso. Hoy en el mundo los hombres están cada vez menos calientes, tienen que tomar pastillas, y los que se ponen cachondos son considerados enfermos. Esa es una invención más de las feministas norteamericanas. Seguramente anduviste leyendo babosadas en uno de esos libros que producen en la tierra del Tío Sam. Vive tu vida, pero no se te olvide que la hipocresía y el sofisma son patrones socioculturales aceptados hoy en día.

—¿Debo entonces fingir que soy lo que no soy?

—Yo no dije eso.

—¿Qué fue lo que dijiste?

—Hasta ahora, nada. Fue una frase hecha.

—A la mierda, vine al psiquiatra equivocado. ¿O el problema es que somos viejos amigos?

—Tal vez. Pero tu caso es complicado. No debería serlo, y no lo es, pero tú mismo lo has complicado.

—Entonces, ¿no hay nada que hacer? ¿Solo me resta oír un tango argentino, como el de aquel tipo del pneumotórax, de Manuel Bandeira?*

—Qué buenos tiempos aquellos de la escuela. Éramos inocentes, leíamos poesía. Qué extraño que desenterraras esta historia.

—¿Quieres decir que estoy jodido?

—Busca un psicoanalista. A veces funciona.

—Qué psicoanalista ni qué nada.

—Entonces acércate al DASA, Dependientes del Amor y el Sexo Anónimos. Es una especie de AA para sátiros y ninfomaniacas. Se reúnen diariamente, en varios lugares de la ciudad. A veces...

Le corté la frase a la mitad.

—Conmigo no funciona. Detesto las confesiones privadas y aún más las públicas.

Al salir le di mi tarjeta a la recepcionista, una mujer linda.

---

* «Pneumotórax» es un poema de Manuel Bandeira sobre un tuberculoso a quien el doctor declara desahuciado y le sugiere que lo único que puede hacer es escuchar un tango argentino.

—Llámame, tengo la más fascinante colección de mariposas del mundo.

Ella sonrió y guardó la tarjeta en el bolsillo de su uniforme blanco.

Estoy furioso conmigo mismo. No sé qué hacer. ¿Voy a morirme enfermo, manejando un auto viejo?

Buenaventura

Beto fingía que estaba leyendo, pero observaba a Milí vistiéndose, poniéndose los adornos brillantes en el rostro, pintándose la boca, limpiándose el piercing del labio inferior con un hisopo. La bolsa, donde guardó un chupón, estaba tejida con chaquira de colores.

¿Por qué traes esa cara? ¿Estás molesto porque voy sola? Tú no quieres ir, prefieres quedarte pegado a ese libro.

¿Para qué llevas el chupón?

Para disfrutarlo, para aumentar mis encantos.

No te hagas.

Milí sacó el chupón y se lo entregó a Beto.

¿Contento? No sé a qué horas regreso.

Llévate esa porquería. Sé que puedes conseguir otro por allá.

Milí se sentó en el sofá al lado de Beto.

Beto, tenemos que arreglar nuestra vida.

Te dije que te llevaras el chupón. No quiero que te quiebres los dientes.

Ya sabes que no me quedo rechinando los dientes, son pocos los que lo hacen, depende de cada temperamento, creo. Beto, tenemos que arreglar nuestra vida.

¿Cómo? ¿Quieres que también agarre un chupón y me ponga a rechinar los dientes con tus amigos?

Beto, ya deja de molestarme. Muy de vez en cuando voy a una fiesta. Me gustan las fiestas, ya sabías que yo soy así.

Uno puede cambiar.

Tú cambiaste después de frecuentar aquel lugar donde las personas van a confesarse y decir que se purificaron. Nunca pensé que harías algo así, tan poco científico. Te volviste un viejo de treinta años. No quiero volverme una vieja de veintidós.

Voy a llegar a los cincuenta. ¿Y tú, vas a llegar a los cuarenta?

Beto, solo quiero vivir con entusiasmo. Y vamos a llegar a los ochenta, juntos. Pero antes, quiero divertirme un poco.

Tomando *E*, rechinando los dientes, bailando con el cuerpo en llamas y sorda de tanto oír música estridente.

Llevo tapones para los oídos de esos que dan en los aviones. Beto, por favor, intenta entenderme como yo intento entenderte. No quiero pasarme la noche leyendo, sentada en un sofá, como una momia. Me gustas, pero necesitamos arreglar nuestra vida. A mí no me molesta que te quedes leyendo y corriendo alrededor de la laguna. Pero déjame hacer lo que me gusta. Tú hacías tus locuras, peores que las mías, ahora ya no las haces, solo tomas guaraná y vitaminas, ¿y acaso te estoy reclamando?

Yo era un joven imbécil.

Yo solo tengo veintidós años. Tal vez también me canse a los veintiocho, como sucedió contigo, o antes, entonces ya podremos acoplarnos. Pero ahora, ahora quiero divertirme un poco, no te preocupes, en la fiesta solo voy a usar *E*.

Pero venden muchas porquerías como si fueran *E* que tienen exceso de PMA o DPMA. En pequeñas dosis...

Ya me vas a sermonear...

Déjame terminar, por favor. En pequeñas dosis crean una euforia leve, alucinaciones agradables, dan energía para bailar toda la noche, hay algunos que sienten inspiraciones poéticas, éxtasis místicos...

Es lo que me sucede a mí...

Pero una dosis mayor puede elevar demasiado la temperatura, la presión, los latidos cardiacos y la persona se convulsiona, entra en coma y muere.

Ay caray, hoy estás didácticamente siniestro.

Cuidado con las chinas, también conocidas como technos.

Allá no hay. Es una fiesta familiar.

Y también con las mitsubishi, unas rojas.

Allá todas son blancas.

Esas con PMA son blancas.

A mí no se me pasa la mano.

Un día tuviste que salir de una fiesta directamente al hospital, ¿te acuerdas?

Fue solo una vez. Había tomado muy poca agua aquella noche. Y te portaste como un ángel, fuiste a recogerme al Miguel Couto.

No mezcles *E* con marihuana.

Ya me lo dijiste cuando usé *E* por primera vez, ¿te acuerdas? ¿O debo decirte cuando lo usamos por primera vez?

Fue la estupidez más grande de mi vida. Tenías solo dieciséis años.

Y tú solo veinticuatro, eras un niño.

Un adulto que actuó como un sórdido corruptor de menores.

No hagas esa cara, hasta parece que cometiste un crimen horrible. Me abriste el mundo, cambiaste mi vida, la mejoraste, y estoy bien, estoy estudiando para el examen de admisión, ¿no? Voy a pasar, voy a ser una profesionista competente como tú. Todo eso gracias a mi querido novio, que me estimula siempre. Quédate tranquilo.

Estás muy delgada.

A ti te gustan las mujeres delgadas.

Prométeme que vas a hacerte esos estudios.

Estoy bien. No soy ninguna drogadicta.

Voy a hacer una cita con el médico. Es amigo mío, fuimos colegas en la facultad. Jorge, creo que ya te hablé de él.

Está bien, está bien, haz la cita. Pero dile que no quiero que me eche sermones. Yo sé lo que hago. ¿Estoy bonita?

Pareces árbol de Navidad, con todo ese *glitter* en el rostro.

Te amo. No te doy un beso en la boca solo porque ya me pinté. Perdón por haberte llamado momia. Eres el hombre más lindo del mundo. Cuando regrese me quedo contigo y te mimo. Cuando llegue te despierto. Chao.

Beto volvió a tomar el libro. Pero no conseguía leer, solo miraba las páginas. Él era el culpable, necesitaba hacer algo. Casarse con Milí, ¿tener un hijo? Un hijo causa profundas transformaciones en una mujer. ¿Pero estaría realmente dispuesto a hacer ese sacrificio?

Escuchó el ruido de la lluvia y fue a la ventana a mirar la calle. Las luces de los postes brillaban en el asfalto mojado. Por la mañana iría a correr alrededor de la laguna, con lluvia sería aun mejor.

El nombre era Lutetia, pero las personas escribían Lutecia, incluso el tipo del registro civil. Pero antes de fijar el nombre sobre el mármol pulido, ella verificaría todas las letritas de metal, una a una, para que no hubiera error. Hay cosas que si no las hace uno mismo, otros las hacen mal por uno. Por eso tuvo el cuidado de tomar todas las precauciones necesarias.

Era un buen lugar para pasear, lleno de veredas arboladas, vacías y silenciosas. Aquel día, en una de las alamedas, surgió un cortejo de personas que caminaba en silencio. Lutetia se alejó, no quería ver la ceremonia que estaba por realizarse. Las pompas que envolvían aquella solemnidad, por más modestas y discretas que fueran, no le interesaban. Prefería contemplar las esculturas, dos ángeles, uno contrito, otro con las alas abiertas como si fuera a volar, el busto de un hombre con corbata, un avión de aquellos antiguos con hélices, una lira, una partitura con notas musicales.

Al regresar a casa, Lutetia tuvo otra vez la sensación de que aquel lugar ya no le pertenecía. Como si fuera un cuarto de hotel, un espacio ocupado provisionalmente, que no era suyo. Las cortinas, los muebles, los cuadros, los objetos, la cama con la colcha, el ropero, todas eran cosas extrañas, desconocidas, que aumentaban su deseo de partir. Pero pensó en la bailarina clásica de bronce, danzando con los brazos abiertos, que había mandado esculpir para colocarla sobre el mármol pulido, lo cual le dio paciencia y ánimo para esperar lo que venía.

Un jueves, luego de que todo estuvo listo, regresó al cementerio. La bailarina ya había sido fijada sobre la lápida. Y también las letras de su nombre, Lutetia, solo su nombre, no quería ninguna fecha.

Miró alrededor. Las sepulturas, todas del mismo tamaño, solo el color del mármol variaba, estaban dispuestas en bella simetría a lo largo de la alameda. Cerca había un árbol que proyectaba una sombra bajo la cual Lutetia buscó abrigo.

Mi abuelo

Mi abuelo me crio desde pequeño, en realidad no sé cómo murieron mis padres, mi abuelo nunca me lo dijo. Tampoco estoy seguro de si murieron o me abandonaron por cualquier otra razón. Pero eso no me interesa.

Mi abuelo salía todas las noches a trabajar y llegaba muy tarde, al amanecer, cansado, pero no se iba directo a la cama, hacía el desayuno, limpiaba y arreglaba la casa y preparaba la comida, decía que yo no sabía hacer esas cosas bien, quizá si hubiera sido niña sabría hacerlas.

Comíamos juntos, cuando yo regresaba de la escuela. Después de la comida, no dormía siesta, creo que no necesitaba dormir. Salía a reunirse con personas con las que hacía negocios, o a pasear o ver conmigo una película en función triple. Los domingos, lo acompañaba a la iglesia, mi abuelo era muy católico, y muchas veces entraba en una cabina para confesar sus pecados a un padre, pero yo nunca lo hice. Mi abuelo decía que yo no lo necesitaba.

En aquella época yo era un muchacho de once años, y un muchacho de once años, si es normal, piensa que es una monserga ir a la escuela. Yo faltaba a clase casi todos los días, me quedaba en la calle jugando futbol, rayuela, cambiando estampitas, leyendo revistitas porno con fotos de gordas desnudas con máscara y pantimedias negras. Tenía cosas mejores que hacer que ir a la escuela. Me reprobaban un año sí, un año no.

El cine piojoso adonde íbamos estaba cerca de la casa, en la plaza Onze, ese cine ya no existe, tenía función triple, eso también se acabó. Después tomábamos cerveza negra con *tremoços*.* Mi abuelo bebía cerveza negra con *tremoços*, yo me comía *los tremoços* con una bebida de grosella. El *tremoço* se acabó y aquella cerveza negra se acabó, la bebida

---

*   Leguminosa cuyas vainas dan granos que, después de ser curados, son comestibles. Es una botana muy común en Portugal.

de grosella tampoco existe más, qué mierda, todo se acabó, hasta la profesión de mi abuelo se acabó.

Un día decidí no volver a la escuela. Un muchacho de mi salón tenía una pluma fuente Parker, yo ya había escuchado hablar de esa pluma, pero nunca había visto una, hasta que ese muchacho me la enseñó, presumiéndola. Yo ya conocía las plumas fuente, pero eran todas una mierda, ensuciaban las manos, no funcionaban, el punto se echaba a perder rápido, eran una porquería. El muchacho me dijo que el punto de su pluma era de oro de dieciocho quilates, que duraba toda la vida. Tenía un trazo grueso, la letra quedaba bonita y la tinta no se borraba, uno escribía en un papel y duraba toda la vida.

Entonces le robé la pluma al muchacho y desaparecí de la escuela. Si descubrieran que había robado aquella pluma Parker, no sé lo que lo que me sucedería.

La escuela envió una carta a mi abuelo diciendo que estaba faltando a clases, que fuera a la escuela a hablar con el director. Mi abuelo me pidió explicaciones, le dije que la escuela era muy aburrida, me preguntó si me golpeaban. Yo podía haber usado ese pretexto, pero no iba a pasar por miedoso ante mi abuelo, nadie me golpeaba, yo era quien a veces les daba unos coscorrones a los más presumidos. Le respondí que había aprendido de él a no dejarme de los demás. Mi abuelo era un hombre muy bueno, tenía mucha paciencia conmigo. Cuando salíamos juntos por las tardes, se quedaba viéndome jugar futbol, me compraba helados, pelotas de hule, había muchachos que jugaban con pelotas hechas con calcetines, pero él me compraba la mejor pelota de hule, y cuando se ponchaba, me compraba otra, pero no siempre tenía dinero para comprarme una pelota nueva, porque ganaba poco en su empleo. Como dije, mi abuelo era muy bueno, pero no era tonto, después de conversar diez minutos conmigo sobre el asunto de la carta del director de la escuela, dijo que sabía que yo le estaba ocultando algo, que le podía contar, que no iba a enojarse conmigo, él nunca se peleaba conmigo. Entonces le dije que me había robado la pluma Parker de mi compañero. Mi abuelo me pidió que le mostrara la pluma y yo se la enseñé. Después de examinarla, dijo que era buena pero había mejores, unas que eran todas de oro, y le pregunté si ya había visto una pluma como esas y me sonrió como si un buen recuerdo le pasara por la cabeza. Mi abuelo percibió que el director quería hablar con él no solo sobre mi ausentismo, sino también sobre la pluma y me preguntó cómo me había robado la Parker y le respondí que pasé cerca del pupitre del muchacho cuando él estaba distraído, tomé la pluma, salí del salón, salí de la escuela y ya no regresé, nadie me vio, yo sabía que nadie me había visto. Mi abuelo dijo que mi desaparición de la escuela me volvía sospechoso. Tomó la pluma, dijo que la iba a devolver, así las cosas no iban a empeorar, y que pediría que no me expulsaran. Y eso fue lo que hizo, me salvó el pellejo, pero le pidieron que me sacara de la escuela. Al año siguiente me inscribió en otra escuela pública y continué faltando a clases. Aun así terminé la secundaria. Entonces, le pregunté a mi abuelo si podía trabajar con él, ya no quería estudiar. Él me contestó que su trabajo estaba dejando de existir.

Fui a trabajar en un almacén. El portugués vendía, entre otras cosas, galletas al mayoreo y de vez en cuando yo me metía unas al bolsillo y me las llevaba a casa. Nunca supe cuál era el trabajo de mi abuelo pero creo que cada vez rendía menos. No siempre podíamos ir a la cantina de la plaza Onze. Ya tenía quince años, cuando fuimos por última vez a tomar cerveza negra y comer *tremoços* juntos, yo ya tenía edad para tomar cerveza con él. El dueño de la cantina daba una fiesta, iba a cerrarla, y todo mundo se emborrachó porque la cerveza era gratis y los viejos clientes estaban tristes. Un tipo borracho discutió con mi abuelo, lo llamó viejo ventanista y mi abuelo se levantó para golpearlo, pero afortunadamente algunas personas intervinieron y no hubo pelea, lo cual fue bueno porque mi abuelo ya estaba muy viejo para pelear, el otro tipo también era viejo, pero menos, y tal vez llevaba las de ganar, y yo no podía entrar en la pelea y darle unos bofetones al muy descarado, hubiera sido una cobardía.

Cuando regresamos a casa, le pregunté a mi abuelo qué era ventanista, qué profesión era esa que él tenía antes. Mi abuelo respondió que le extrañaba que un muchacho listo como yo no conociera esa palabra, y me explicó que venía del español «ventana».* Y continuó diciendo que ya era hora de que supiera lo que hacía por las noches. Andaba por las calles buscando casas con una ventana abierta y entraba por ahí para recoger cosas, que después vendía. Dijo incluso que su oficio terminó cuando las personas dejaron de dormir con las ventanas abiertas, incluso en los veranos más calurosos, aquellos en que se podía freír un huevo en el asfalto. Solo se quedaban abiertas las que tenían rejas, hasta eso había sucedido, rejas en las ventanas. Él estaba sin trabajo, no sabía ser carterista, no le gustaba forzar las puertas, no era un truhan de este tipo, y mucho menos quería asaltar a las personas, no solo porque podría acabar en el cárcel, sino principalmente porque usar violencia contra los otros era un pecado y al morir no quería ir a dar al infierno.

* En portugués, ventana se dice *«janela»*.

160

El mundo estaba cambiando, los ventanistas se habían acabado, como los cines de piojito y las funciones triples, la cantina con *tremoços* y cerveza negra, y las casas, que se volvían departamentos, la ciudad estaba cambiando, todo era diferente. Creo que fue por eso que mi abuelo murió, a pesar de que decía que ya tenía más de noventa años cuando esto sucedió, y debía ser verdad, pues mi abuelo no mentía. Decía que ya no podía salir de la casa, que estaba muy enfermo. Pero no se quejaba de dolores ni de nada. La vejez es así: uno se enferma sin tener ninguna enfermedad y se muere.

Cuando murió, mi abuelo fue enterrado en el cementerio de Caju, yo tenía dinero para la caja y el entierro. Se fue al cielo, era un ventanista, nunca le hizo mal a nadie, no se iría al infierno. A mí me hubiera gustado también ser ventanista, adoraba a mi abuelo y quería ser un hombre bueno como él, pero su trabajo ya no existía. Entonces, para entrar en una casa me veía obligado a forzar la puerta, no me quedaba de otra. La vida se había vuelto así, cada vez era más difícil vivir de un oficio. Un ventanista necesitaba ser silencioso y cuidadoso, entrar sin hacer ruido para no despertar a las personas dormidas, y si escuchaba cualquier movimiento dentro de la casa el ventanista tenía que salir rápidamente e irse a trabajar a otra parte. Para forzar una puerta yo necesitaba herramientas, y había puertas difíciles de forzar, aun con la mejor ganzúa. Claro que yo ganaba mucho más que mi abuelo. Tras entrar en una casa vacía, es pan comido hacer la limpieza, llenar incluso dos maletas, en las casas nunca faltan maletas. Mi abuelo me dio el nombre de los receptores, los tipos con quien hacía negocios en las tardes en las que no salía conmigo, pero acabé conociendo a muchos otros, había toda una gama de receptores, unos compraban oro, joyas, relojes; otros, electrodomésticos, otros compraban cualquier objeto, fuera lo que fuera, cubiertos de plata Wolf, botellas de whisky, teléfonos, incluso ropa, pero por una bicoca, yo solo me llevaba ropa, trajes o vestidos nuevos cuando no había nada mejor. Trabajé en eso muchos años.

Dije que el mundo cambia constantemente, y cuanto más pasaba el tiempo, más complicado era forzar las puertas, las casas que valían la pena comenzaron a tener alarmas o quedaban dentro de condominios cerrados y vigilados por guardias, y me sucedió lo que a mi abuelo, o sea, ganarme la vida con mi trabajo empezó a volverse muy difícil. Asaltar casas pasó a ser cosa de pandillas, si había gente en la casa, invadían de cualquier forma, amarraban a quienes estaban ahí, o les hacían cosas peores, usaban artillería pesada, y a mí no me gustaba andar armado, mi abuelo siempre decía que no se debía ejercer violencia contra las personas, y además, a mí no me gustaba trabajar con socios, nunca tuve ni tengo amigos.

Tenía que cambiar de ramo, mi trabajo ya no me agradaba. Existían otros. Podía ser un charlatán, tenía estilo para ello, pero hacía mucho tiempo que ser charlatán no dejaba dinero. Aunque el mundo estuviera cada vez más lleno de estúpidos, no era tan fácil engatusarlos como antes. Un día pasaba cerca del Hospital de los Servidores, cuando un tipo de pantalones blancos, camisa blanca y zapatos deportivos blancos, se me acercó y me dijo, como si me conociera hacía mucho tiempo, amigo, ahora soy cardiólogo aquí en el hospital, e hizo un gesto con el pulgar, si necesitas algo, búscame, te atiendo inmediatamente, soy el doctor Marques, cardiólogo. Enseguida quiso poner en mi mano dos plumas gruesas y corrientes, diciéndome, lo que quieras darme. El charlatán me dio lástima. El muy tonto creía que alguien iba a caer en aquel cuento, dándole dinero por dos plumas más corrientes que esos bolígrafos que venden los ambulantes a diez por una moneda. Y además, traía una ropa blanca que necesitaba ser lavada y planchada. Se acabaron los tiempos en que el cuento del billete premiado funcionaba, ya nadie cae en la ratonera, hoy los fraudes los hacen tipos que usan computadora y venden inmuebles y acciones, no se quedan parados en medio de la calle esperando a que pase algún tonto desprevenido.

La droga daba dinero, pero yo no tenía ni el capital ni los contactos, de cualquier manera ya estaba viejo para entrar en ese ramo sin ser banquero. Lo mismo sucedía con el contrabando, no me refiero al traficante barato, eso es cosa de un tipo de pillo que sabe dónde encontrar la mercancía, en Paraguay o en Miami, cosas de farmacia, electrodomésticos pequeños, lencería, yo no sabría qué mierdas comprar ni en dónde vender.

Gracias a Dios no me casé ni tuve hijos. Anduve con muchas mujeres, pero no vivía con ellas, nunca embaracé a ninguna, siempre fui muy cuidadoso. A lo mejor no siempre pero ninguna de ellas se embarazó, tal vez yo era estéril, debía haber ido al médico para comprobarlo, pero si por un lado eso me iba a quitar la preocupación de tener un hijo indeseado, por otro me iba a dejar medio triste, un tipo estéril no está completo. No quería saberlo, podría producirme impotencia a la mera hora.

Acabé encontrando un nuevo trabajo. Soy un viejo grande y musculoso, de manos grandes, cara grande, cuello grueso. Estoy un poco gordo, como muchas galletas, pero eso solo me hace parecer todavía más fuerte e imponer más respeto. El primer tipo al que asalté, al salir de uno de esos cajeros automáticos, cuando le dije que me entregara el dinero o le iba a volar los sesos, me miró, no dijo ni pío y me pasó la plata. Actué de la manera correcta, cualquiera sabe cómo hay que hacer este trabajo. No había nadie cerca, aproximé mi cuerpo al suyo, la mano empuñando el revólver dentro del bolsillo de la chamarra, de manera que se viera el volumen, si alguien miraba en nuestra dirección, desde lejos, pensaría que estábamos platicando. Normalmente yo tomaba el dinero y me largaba. Pero si las condiciones eran buenas, hacía que el tipo regresara conmigo al cajero y limpiaba su cuenta hasta el límite, la mierda esa de retiro electrónico tiene un límite, pero a mí no me gustaba hacerlo, podía causar problemas, sé que quien no arriesga no gana, pero también sé que la codicia rompe el saco, y por mi experiencia, mientras más rápido sea el trabajo, menos oportunidad hay de que todo se joda.

Yo llevaba un revólver dentro del bolsillo de la chamarra, pero nunca necesité mostrarlo. Mi abuelo no tenía revólver, se oponía, me decía que nunca usara un arma, pero él no la necesitaba, era ventanista. Yo tampoco usaba un arma cuando asaltaba casas vacías, cuyos dueños salían los fines de semana. Pero si asaltaba en la calle, era posible que un día tuviera que enseñar la herramienta, no era necesario más que eso, yo sabía que los tipos se iban a cagar de miedo al ver el revólver.

A pesar de la competencia, me iba bien. Muchos de los asaltantes de cajeros automáticos eran unos drogadictos de mierda, greñudos, otros eran negros mal encarados, yo era blanco, andaba siempre bien vestido, con una chamarra fina, zapatos de piel que yo mismo boleaba, era canoso, parecía un tipo buena gente, a pesar del tamaño. Quien me mirara no sentiría miedo, yo solo quería que sintieran miedo a la hora de la verdad, cuando les daba el jaque mate con la mano dentro del bolsillo de la chamarra, mostrando el volumen.

Un día me topé con un tipo que salía de un cajero, empezaba a anochecer, yo solo lo hacía de noche, pero el tipo estaba armado y sacó un revólver de la cintura, tal vez no creyó en el volumen en mi bolsillo, tal vez pensó que era más rápido que yo, o no pensó nada, solo estaba asustado y sacó el revólver. Le disparé, cayó al piso, y yo seguí adelante sin mirar atrás, no salí corriendo, no, porque eso llamaba la atención, crucé la calle, me detuve en la primera esquina y tomé un autobús.

Leí en el periódico que maté al tipo, que era un padre de familia, dejaba viuda y dos hijos pequeños, pero de cada diez hombres adultos por lo menos cinco eran padres de familia, y un padre de familia no debía andar armado, un padre de familia tenía que entregar el dinero al asaltante, carajo, y luego ir con su mujer y sus dos hijos pequeños y contarles que había sido asaltado, carajo, y después tomarse una cerveza e irse a dormir.

Fui a visitar la tumba de mi abuelo, en el São Francisco Xavier. Dije que siempre seguí sus consejos, menos el de no andar armado, pero si no hubiera estado armado el tipo me habría matado, un hombre muy asustado es peligroso. Le pedí perdón a mi abuelo, porque no iba a encontrarme con él en el cielo. Me hacía mucha falta, aun después de tanto tiempo.

Yo vivía solo, no tenía amigos, pasaba el día viendo la tele y comiendo galletas, triste, extrañando a mi abuelo. Necesitaba encontrar otro trabajo y me la pasaba pensando en cuál podría ser. Hasta que un día tuve una buena idea. Pero iba a tener que usar el revólver.

Al carajo el infierno.

Navidad

Paula tiene dos hojas de papel frente a ella. Una es para usarla como borrador y la otra es para pasar en limpio. Siempre se prepara así, para cualquier encuentro con ella. Ese guion es para mañana, día veinticinco.

Escribe en el borrador:

«Hola, ¿cómo estás?»

No, no está bien como primera frase. Corrige.

«Te he extrañado.»

La otra va a notar que es falso. Y los demás también. Tacha todo.

¿Empezar con besitos?

Escribe en el borrador: «Besitos».

Pero nunca se dieron besitos. Nunca. Tacha.

Escribe: «¿Cómo estás?, ¿todo bien?».

Eso está mejor. Entonces eso va a ser lo primero que Paula va a decir. «¿Cómo estás?, ¿todo bien?» No va a preguntar sobre su salud, salud es una palabra tabú. Y después del «¿Cómo estás?, ¿todo bien?», ¿qué deberá decir? Depende de su respuesta. Pero no habrá respuesta, Paula lo sabe.

«Me ascendieron, soy gerente de marketing.»

Como ella no está interesada en mi carrera, piensa Paula, será bueno decir eso. Me va a gustar ver la expresión de su rostro. Paula decide que va a mencionar su ascenso.

Escribe en el papel las frases aprobadas:

¿Cómo estás?, ¿todo bien?

Me ascendieron, soy gerente de marketing.

Paula dirá eso, al inicio, estará preparada para el silencio que seguramente seguirá.

«Supe que vas a hacer un viaje», escribe Paula en el borrador.

Ella tendrá que responder algo. Pero podrá continuar callada, o apenas asentir.

Está escrito en la hoja limpia de papel:

¿Cómo estás?, ¿todo bien?

Me ascendieron, soy gerente de marketing.

Supe que vas a hacer un viaje.

Si no le contesta nada sobre el viaje, Paula dirá algo.

Paula escribe en el borrador: «Gramado es una ciudad muy interesante. Hacen un chocolate muy rico».

Paula tacha la última frase. Es posible que ahora le guste el chocolate. Tal vez el único sentimiento que conserva inmutable es su desprecio por mí.

¿Y qué puede responder? Podría decir la verdad, Sylas me invitó a viajar, tiene aprecio por Sylas. Pero aunque Sylas la haya invitado, no lo dirá, no dirá nada. Y Paula continuará: «Va a ser muy bueno escaparse del calor de Rio. La temperatura en Gramado es muy agradable en esta época del año».

Paula no sabe nada sobre Gramado, pero seguramente el verano allá no es peor que el de Rio. Y Paula no puede dejar morir el monólogo.

Paula relee lo que ha escrito en la hoja, en la que pasa las frases en limpio:

¿Cómo estás?, ¿todo bien?

Me ascendieron, soy gerente de marketing.

Supe que vas a hacer un viaje.

Gramado es una ciudad muy interesante.

Va a ser muy bueno escaparse del calor de Rio, la temperatura en Gramado es agradable en esta época del año.

Paula sabe que no es suficiente, es necesario un poco más antes de que la plática muera. Sabe que, después de cada pregunta, comentario u observación que haga, el rostro de la otra irá cambiando. No le gusta hablar con Paula, no sabe qué decir, entonces Paula se complace en llenar los silencios entre ambas.

Paula escribe en el borrador: «Me gusta tu aspecto». Ese término parece no tener relación con la salud, la palabra tabú, pero sí lo tiene. Aspecto no está incluido en las prohibiciones —no hables de salud con ella, le advirtieron a Paula muchísimas veces—, pero esos términos, aspecto y apariencia, afortunadamente no estaban vetados. Paula sabía cómo se modificaría el rostro de la otra cuando dijera eso.

Escribe en la hoja limpia, donde se quedarán los diálogos que tiene que memorizar:

Me gusta tu apariencia.

Paula cierra los ojos e imagina el rostro de la otra al escuchar esa frase. ¿Qué responderá? «¿Serán tus ojos?» No, ella no es una mujer de clichés gentiles, es diferente a cualquier mujer. Puede existir alguien parecido, muy superficialmente, pero exactamente como ella no hay nadie. Nadie. Es necesario dar un buen remate a la frase de la apariencia.

Paula, en el borrador: «Estás un poco más delgada, pero ¿qué mujer no quiere adelgazar?».

En el papel con el guion para memorizar, Paula escribe:

Me gusta tu apariencia. Estás un poco más delgada, pero ¿qué mujer no quiere adelgazar?

Es suficiente. Ahora solo resta el trabajo de memorizar las frases. Paula sabe relacionarse y hablar con todo mundo, pero cuando está con la otra no sabe qué decir. Y quiere decir las frases que preparó sin titubear, sin vacilaciones.

Empieza a memorizar:

¿Cómo estás?, ¿todo bien?

Me ascendieron, soy gerente de marketing.

Supe que vas a hacer un viaje.

Gramado es una ciudad muy interesante.

Va a ser muy bueno escaparse del calor de Rio, la temperatura en Gramado es agradable en esta época del año.

Me gusta tu apariencia. Estás un poco más delgada, pero ¿qué mujer no quiere adelgazar?

No puedo dejar de odiarla, piensa Paula mientras memoriza el texto, y ese odio ni siquiera compensa toda la angustia que me causó, al hacer de mí una persona amargada, infeliz, depresiva, incapaz de amar.

El día veinticinco, Navidad, la familia se reúne a comer en casa de la madre. Es una de las raras ocasiones en que todos están presentes.

Paula llega. Ya están en la casa la madre, la hermana Beatriz, el hermano Sylas, la tía Emerenciana, el tío Jonas, que se emborrachará rápidamente. Incluso el padre está ahí, es el único día del año en que se reúne con la familia. El padre también es culpable, piensa Paula, pero su odio se concentró, para ser fuerte e inextinguible.

Paula entra, habla con todos. La última es la madre, que cuando la ve se aparta en un rincón de la sala.

Paula va a su encuentro.

¿Cómo estás?, ¿todo bien? Me ascendieron, soy gerente de marketing. Supe que vas...

Tratado del uso de las mujeres

—Todo fue una coincidencia.

—Las coincidencias no existen.

—¿No?

—Vaya que existen. Pero no resultan en nada.

—Un amigo mío caminaba por una calle de la ciudad y un infeliz decidió matarse, saltó desde la ventana de un edificio y cayó encima de mi amigo. Los dos murieron. ¿No fue eso una coincidencia? Por cierto que con un resultado trágico.

—¿Y que tu nombre sea Francisco Nunes Correia es la importante coincidencia que te llevó a querer escribir ese libro?

—Sí.

—El nombre del fulano ese es Francisco Nuñes Oria. No es Nunes Correia. Y él nació en mil quinientos y tantos, en España.

—Las coincidencias pueden ser totales o parciales. También soy médico, como él. El tratado que escribió es de mil quinientos setenta y dos, el final del número de mi teléfono.

—Qué cosa más boba.

—Las coincidencias parciales muchas veces son más importantes que las totales. Y no se te olvide que su tratado, como el que pretendo escribir, es una guía práctica e higiénica sobre el coito. Y eso hoy en día es más necesario que en mil quinientos setenta y dos.

—Y tienes que usar el mismo título: *¿Tratado sobre el uso de las mujeres? ¿Uso? ¿Uso de las mujeres?*

—No seamos hipócritas. ¿Qué es lo que los hombres hacen con las mujeres en la cama sino usarlas?

—¿Entonces me usas?

—Digamos que me sirvo de ti, como si fueras un manjar. Al practicar contigo la *introductio penis intra vas*, te como, como decimos muy apropiadamente en nuestra bella lengua.*

---

* En portugués, *comer* también significa «coger».

—Yo también te como. Debías llamar a tu libro *Tratado del uso de las mujeres* y *de los hombres*.

—Que ustedes mujeres digan que nos *comen* es un empleo nuevo de este vocablo. Pueden decirlo, pero la metáfora no es perfecta.

—¿Cuáles son los temas que pretendes abordar?

—Así como mi casi tocayo, haré inicialmente un inventario de los estudios realizados en el periodo comprendido entre comienzos del siglo quinto y mediados del siglo quince e incluso anteriores, pues los medievales se basaron mucho en Galeno. Pero quieres saber cuáles son los temas. Son variados. Por ejemplo: de qué manera el uso de las mujeres puede ser dañino o provechoso; cómo resistir las tentaciones de la carne; los riesgos higiénicos, los riesgos de los excesos; el coito como una actividad imprescindible para asegurar la salud del cuerpo y de la mente humanos. Tengo aquí copias de estos viejos tratados sobre el asunto. Por increíble que parezca, el día de hoy aún existen prejuicios puritanos, no tan represivos como en la Edad Media, que condenan el placer sexual.

—Vas a perder mucho tiempo en hacer eso.

—Ya perdí tiempo y dinero. ¿Crees que fue sencillo conseguir ese material? Mira, encima de la mesa del estudio, el *Liber minor de coitu*, del siglo trece, escrito en latín. O *El speculum al foderi*, siglo quince, escrito en catalán. Este otro es la obra básica, de Constantino, el Africano, *De coitu*, del siglo once, referencia de todos los tratados de medicina de la Edad Media, que desarrollaron las tesis de Galeno sobre la necesidad higiénica de expulsar con regularidad el semen del cuerpo humano...

—Antiguallas.

—Tengo cosas nuevas. Este estudio de Joan Cadden, *Meanings of Sex Difference in the Middle Ages*, de mil novecientos noventa y tres. Las tesis medievales sobre la naturaleza patológica, fisiológica y terapéutica del coito...

—Un libro nuevo sobre antiguallas ya superadas...

—La iglesia, en el siglo veintiuno, aún se apega de cierta manera a los dictámenes bíblicos sobre la necesidad de reproducirse, como está en el Génesis, 1:28. Para esos fanáticos, indiferentes al hecho de que vivimos en un mundo en que existe gente en exceso, el objetivo del coito sería la generación de nuevos seres. Pero la finalidad del coito debe ser el placer. Por lo tanto, no voy, al contrario de mi antecesor, a enseñar también a usar a las mujeres para hacer hijos. Haré exactamente lo opuesto.

—Sin embargo, uno de los tópicos que mencionaste es cómo resistir la tentación de la carne. ¿No es apelar a la castidad?

—No, claro que no. Estoy en una fiesta y una mujer extremadamente atractiva me lleva al baño para que me la coja. Estoy muriéndome de ganas por ella, pero no tengo un condón. Entonces tengo que resistir la tentación de la carne.

—¿Qué fiestas son esas que frecuentas?

—Es una situación hipotética.

—Dime la verdad. ¿Ya te pasó eso? Confiesa, dime: sucedió *antes* de que te conociera.

—Sucedió *antes* de que te conociera.

—¿Y te resististe?

—No. Es por eso que sé que la carne es débil.

—La mujer confió en ti. Pero tú dices que la regla de oro en las relaciones sexuales es «nunca cojas con quien confía en ti».

—Pero las tentaciones de la carne son vehementes. Por eso mi tratado va a enseñar cómo resistirlas.

—Vas a enseñar algo que no sabes hacer.

—No sabía.

—¿Ese episodio del baño fue hace mucho tiempo?

—¿Hace cuánto que nos conocemos?

—Un año, dos meses y veintidós días.

—Tanto detalle me conmueve. ¿Veintidós días?

—Y seis, no, siete horas.

—Debería casarme contigo.

—Qué mierda, anda, habla de una vez, ¿hace cuánto tiempo te cogiste a esa golfa en el baño sin prejuicios puritanos?

—Unos dos, tres años.

—El sida queda latente por mucho tiempo, ¿lo sabías?

—Después de aquel comportamiento imprudente me quedé muy preocupado y me hice un montón de estudios.

—Quiero ver la fecha y el resultado del último.

—Está aquí en la casa, en algún lugar. Ya lo viste, intercambiamos exámenes de sangre, ¿ya se te olvidó? Odiamos los condones.

—Vamos a que te hagas otros mañana. Mañana, ¿me oíste?, y solo coges conmigo sin condón después de que vea los resultados.

—Heloísa, confía en mí.

—¿Entonces, te vas a la cama con una mujer que confía en ti?

—Nosotros no estamos incluidos en esa precaución.

—Ese tratado va ser un montón de idioteces capciosas. Yo no perdería el tiempo en él. Escribe lo que estás habituado a escribir. En un baño, carajo...

—Mi amor...

—No puedo imaginarte haciendo algo así...

—Nosotros, los hombres, somos diferentes a las mujeres... Reconozco, como los viejos tratadistas, que las mujeres también tienen apetitos sexuales, pero no son tan insaciables como los masculinos. En realidad, ustedes no tienen esa pulsión esencial de diseminar el semen, históricamente vital para la supervivencia de la especie. Ahora no difundimos el semen solo por determinismo genético, sino también por placer, y la pulsión aumentó. Diablos, ustedes, las mujeres, ni siquiera tienen semen para plantar. Es por eso, mi amor, que el título de mi obra tiene que ser *Tratado del uso de las mujeres*, cuando mucho podría cambiar *mujeres* por *hembras*. ¿Qué te pasa? Estás rasgando el compendio de Johannes de Ketham, estás loca, detente, por el amor de Dios...

—Tú no crees en Dios, hijo de puta...

—Ese es el Bernardo de Gordonio, una obra rara, no hagas eso, mi amor...

—Tampoco crees en el amor, perro. Lo rasgo, no intentes impedírmelo.

—No, no, por favor...

—Listo, ya destruí toda esa basura.

—Aniquilaste mi vida, esos pedazos de papel...

—¿Estás llorando, querido?

—De rabia. Quiero matarte, pero no puedo...

—Tal vez podamos pegarlo todo... Perdón, sentí un no sé qué por dentro... ¿Por qué no puedes matarme?

—No lo sé.

—Me lo merezco, después de lo que hice. ¿Quieres que vaya por un cuchillo a la cocina? ¿Aquel que uso para limpiar la grasa de los bistecs?

—Olvídalo.

—¿Quieres que me vaya?

—No.

—Me amas, Fernando.

—No sirve de nada que me abraces, Heloísa.

—Anda, Fernando, dame un beso. Otro. ¡Ah!... ya estoy sintiendo en ti la tal pulsión vital. *Yo* voy a *usar* esa pulsión, vámonos al cuarto.

El candado

Las mujeres se enamoran por motivos inútiles y los hombres también, Arminda siempre había escuchado eso, pero estaba segura de que no era su caso, siempre se había enamorado por algún motivo importante, no era ninguna loca, pese a que a veces salía con hombres que no la entusiasmaban, como iba a suceder aquel día.

Arminda estaba nuevamente de viaje de placer y se hospedaba en un hotel. Sacó ropa de la maleta y volvió a cerrarla con el candado, ya le había sucedido que desaparecieran pequeñas prendas de bisutería y blusas, seguramente las camareras las robaban. Por eso mantenía esas prendas guardadas con llave dentro de la maleta. Incluso metía los calzones que no había tenido tiempo de lavar en una de las bolsas que le daban en las tiendas a donde se iba de compras.

En los ganchos de los exiguos roperos de las habitaciones —se hospedaba en hoteles modestos, era la única manera en que podía viajar—, solo colgaba vestidos, capas, que nunca desaparecían, pues la ladrona sabía que eso se notaría y causaría un reclamo a la gerencia. Entonces, aquel día, después de vestirse —tenía prisa, estaba retrasada para una cita con un hombre chaparro y feo, pero ella sentía necesidad de compañía en sus viajes— cerró la maleta con el candado distraídamente, dejando la llave dentro.

Se dio cuenta cuando decidió cambiarse los calzones por unos de encaje que le habían traído suerte en otra ocasión, estaba dispuesta a acostarse con el hombre con quien tenía la cita, si él la motivaba a hacerlo, lo cual podría suceder, aunque no le parecía muy probable. Pero había cada vez menos hombres en el mundo y ella no podía desperdiciar las oportunidades.

Aquel contratiempo la dejó afligida, las mujeres se desesperan por motivos bobos, siempre había escuchado eso también, pero no había nada liviano en su angustia.

Llamó a la recepción para pedir auxilio y un empleado del hotel subió a su habitación, miró la maleta, dijo que el candado era muy

172

fuerte, con aros muy gruesos, y que tendría que abrirlo un cerrajero, tal vez incluso un herrero, él no lograría hacerlo.

Arminda le pidió que buscara a alguien inmediatamente para realizar ese trabajo y el empleado le respondió que como era domingo tendrían que esperar hasta el lunes. Seguramente la mala voluntad del empleado era consecuencia de su rispidez, pero Arminda estaba irritada, ahora tenía la certeza de que estaba perdiendo la oportunidad de un encuentro feliz, el hombre tal vez desistiera de esperarla en el lobby del hotel, como habían quedado.

Los calzones que llevaba se volvieron aún más sin chiste y capaces de disminuir el deseo del tipo y el suyo también, pues necesitaba sentirse atractiva para que le gustara hacer el amor. Entre más bonita se imaginaba en aquellos momentos, mayor era la posibilidad de despertar su propio ardor, y ella odiaba entregarse sin tener la conciencia de este deseo, tenía la sensación de que el hombre no tendría ganas de poseerla. Cuando Arminda no se sentía deseada, siempre provocaba en su compañero una triste flacidez que exigía de su parte un esfuerzo frustrante y agotador, probablemente también para el hombre. No, no podría ir a la cita con aquellos calzones. A los hombres no les gusta que la desnudez femenina se revele al instante, por eso adoran ir a esos antros donde las mujeres se desnudan bailando lentamente. Les gusta mirar las prendas íntimas de las mujeres, por lo menos era lo que leía en las revistas a las que estaba suscrita, y debía ser verdad, de lo contrario no habría tantas tiendas y anuncios con esa variedad infinita de lencería. No obstante, según su experiencia, no tan vasta, había ciertos hombres que ni siquiera miraban lo que traía puesto bajo el vestido cuando se desnudaba. Pero Arminda no podía estar segura de que el hombre con quien iba a encontrarse fuera de ese tipo.

Sin saber qué hacer, salió de la habitación y, angustiada, distraída, tropezó con un hombre que caminaba por el pasillo cargando un portafolios de cartón lleno de papeles que se regaron por el piso.

Arminda pidió disculpas, le explicó que estaba nerviosa porque había cerrado su maleta con el candado y la llave se le había olvidado dentro.

Mientras recogía las hojas del piso, el hombre miró a Arminda como si no hubiera entendido sus palabras, y ella siguió explicándole que no podía abrir la maleta, tenía un encuentro importante y sus ropas estaban todas guardadas ahí dentro, hasta el lunes un cerrajero estaría disponible para abrir el candado.

El hombre le preguntó: ¿puedo echarle un ojo?

Era un extraño, de rostro común y un poco panzón, pero aquel portafolios lleno de papeles con números y letras le atribuía una cierta confiabilidad.

Arminda respondió que sí, que le enseñaría el candado.

Abrió la puerta de la habitación para que entrara. Él se puso de cuclillas junto a la maleta y examinó el candado.

Buena cerradura, acero de los más resistentes, dijo, y Arminda concluyó que enseguida le diría que era mejor esperar la llegada del cerrajero al día siguiente y se arrepintió de haber aceptado la ayuda de aquel hombre.

Miró cuidadosamente el candado una vez más, abrió su portafolios de cartón y quitó un clip de unos papeles. Se sentó al lado de la maleta y metió la punta del clip en la cerradura del candado.

No sirve de nada, dijo Arminda, ese candado es muy bueno, compré el mejor que había, viajo mucho y me roban la ropa, muchas gracias por su buena voluntad, tengo que irme.

Por favor, dijo el hombre, necesito silencio. Acercando el oído al candado, comenzó a hurgar lentamente con la punta de metal del clip en el agujero de la cerradura.

Arminda se sentó desanimada, el mundo estaba lleno de tontos y ahí, inclinado sobre la maleta, de espaldas a ella, estaba uno de ellos.

Pero rápidamente el hombre se levantó y volteó hacia Arminda con el candado abierto en la mano.

La próxima vez tenga más cuidado, dijo, poniendo el candado sobre la maleta.

Nunca más voy a hacer eso, respondió Arminda, muchas gracias, notando entonces que era alto, guapo y nada panzón.

El hombre tomó su portafolios y se fue, cerrando la puerta de la habitación, que había quedado abierta todo el tiempo que estuvo dentro.

Arminda se quedó paralizada mirando hacia la puerta, pero enseguida, en un impulso, salió corriendo de la habitación, aquel era el hombre de su vida, no sabía bien por qué, tal vez porque abrió el candado con un clip o por cualquier otro motivo, lo cierto es que no podía perderlo.

El pasillo estaba vacío, la luz indicadora mostraba que el ascensor bajaba con su amor dentro. Arminda se precipitó corriendo por las escaleras, eran apenas tres pisos, tal vez llegara a la planta baja junto con él.

Pero el ascensor ya había llegado y no había nadie en el lobby.

Isla

Saturnino Vieira no podía dormir, salió de la cama y fue a la cocina por un vaso de agua para tomar su pastilla. Se sentía infeliz, sabía que si no tomaba la pastilla lo dominarían pensamientos sombríos. Todo hombre es una isla, no vas a oír campanas, pensaba mirando el vaso en la mano. Por alguna razón debía tomar las pastillas con agua, pese a que por ser pequeñas y estar cubiertas por una capa lisa y dulce no necesitaran de ayuda para resbalar por su garganta. Él era una isla, lo demás era pura palabrería. Mientras viviera, estaría solo en la isla. Muerto, no sabía qué le sucedería. Probablemente nada.

Por supuesto era mejor estar vivo que muerto. Al menos, por ahora. Pero sabía que su aislamiento no tenía fin, las pastillas y las mujeres surtían efecto apenas por algún tiempo. Todo placer era fugaz. Todo diálogo era de sordos. Nadie entendía a nadie.

Pasó por la habitación, con el vaso de agua en la mano, para ir al baño, donde guardaba las pastillas en un cajón del armario bajo el lavabo.

—¿El agua es para mí, Saturnino?

—Pensé que estabas dormida.

—Me desperté cuando te levantaste. Tengo el sueño muy ligero. ¿Esa agua es para mí?

—Sí.

—¿Cómo sabías que siempre me tomo un vaso de agua al despertar, antes de salir de la cama?

—Ya ves.

—Cuando duermo fuera siempre se me olvida poner un vaso de agua en el buró. Gracias.

La muchacha extendió la mano y tomó el vaso. Se bebió toda el agua.

—Qué bárbaro. Jamás nadie hizo esto, traerme un vaso de agua cuando me despierto en la mañana. ¿Qué más sabes de mí que yo no te haya dicho?

—Sé todo sobre ti.

—Pero no te he dicho nada. Solo mi nombre.

—Pero lo sé.

—Dime algo.

—¿Como qué?

—Cuantos años tengo?

—Veintidós.

—Te equivocaste. Tengo veinte.

—Tienes veintidós. No sirve de nada que me digas mentiras.

—Está bien, tengo veintidós. ¿Dónde nací?

—Necesito poner mi mano sobre tu cabeza.

—No hay problema. Ya pusiste la mano en otros lugares peores. Anda, pon la mano en mi cabeza.

—Minas Gerais. Pero llegaste a Rio muy pequeña.

—¿Cómo sabes dónde nací y que me vine para acá muy pequeña?

—Lo vi cuando te puse la mano en la cabeza. Y también vi que tu nombre verdadero no es Luana.

—¿Entonces cómo me llamo?

—Maria da Conceição. Es más bonito que Luana.

—Brujo. Ya no quiero saber nada más.

—Está bien.

—Si tuviera ese don, me sacaría la lotería todas las semanas.

—La lotería no tiene cabeza para que le ponga la mano.

—¿Y el desayuno? También les traes el desayuno a la cama a las mujeres?

—No.

—¿Quieres que yo lo haga? Enséñame dónde están las cosas.

—Tengo que ver a un tipo. Negocios son negocios. Necesito salir pronto.

—Hoy es domingo. Es día de descanso. ¿No quieres hacerme el amor otra vez? ¿No te gustó?

—Sí, pero tengo que salir.

—¿Me llamas otro día?

—Sí.

—No vayas a perder mi teléfono.

—No. Es mejor que te vistas.

La muchacha caminó desnuda por la habitación frente a Saturnino, fingiendo que buscaba su ropa que estaba sobre una silla. Saturnino la miraba pensando en la pastilla que se iba a tomar.

—¿Se te hace bonito mi cuerpo?

—Sí, es muy bonito. Pero tengo que irme. Anda, vístete.

—Y no hago nada, ni dieta, ni ejercicio. Mira mi vientre. Mis nalgas. ¿No parece que me la paso haciendo ejercicio? Nunca entré en un gimnasio, como la mayoría de mis colegas. ¡Hey! ¿En qué estás pensando? Tienes una mirada muy rara. La mirada de un hombre perdido en una isla desierta.

—¿Mirada de qué?

—De un hombre perdido en una isla desierta.

—¿Cómo pensaste en eso?

—¿Te molesta? Por favor, no te enojes conmigo.

—No estoy enojado. Solo quiero saber cómo pensaste en eso.

—No lo sé. Me vino a la cabeza.

Saturnino se quedó callado mientras la muchacha, decepcionada, se vestía.

—Perdóname si hice algo malo. Llámame —dijo, dándole un beso de despedida en la mejilla.

—Quédate —dijo Saturnino—. Vamos a la cocina. Te voy a enseñar dónde están las cosas para hacer el desayuno.

—¿No tienes que salir?

—No. El tipo que iba a ver no va a llegar.

—¿Cómo lo sabes?

—Ya ves.

—Si un día me caso, quiero que sea con un hombre mágico como tú. Puedes decirme Conceição, ya me está gustando mi nombre.

Saturnino contempló el rostro desarmado de la muchacha.

—Mágica eres tú —dijo.

Pero el sueño de la muchacha no era tan leve como decía. Saturnino se había parado en medio de la noche sin que Conceição se despertara y había espiado los documentos de identidad que había en su bolsa.

Pero no se lo dijo cuando desayunaron café con pan tostado.

Tampoco después, cuando regresaron a la cama.

Yo sería el hombre más feliz del mundo si pudiera pasar una noche contigo

Meg salía a trabajar cuando vio en el piso de la sala, cerca de la puerta, un sobre. Dentro había una nota: *Yo sería el hombre más feliz del mundo si pudiera pasar una noche contigo.* Meg tomó la nota, escrita en caracteres tipográficos, la arrugó y la tiró al cesto de la basura.

Cerró con cuidado las dos cerraduras de la puerta, aunque era poco probable que alguien le robara sus cosas, un televisor a color, una computadora y una impresora de inyección de tinta. El administrador del edificio era un neurótico que vigilaba la conducta de los vecinos y exigía que los porteros, que se turnaban día y noche, apuntaran el nombre y el destino de cualquier visitante, con la hora de entrada y salida. Eso ocasionaba descontentos y reclamaciones, pero tal vez el administrador actuaba con sobria prudencia, ya que el edificio tenía quince pisos con diez departamentos con habitación y sala cada uno, condiciones propicias para que el lugar se transformara en una vecindad gigantesca. Según su vecina Telma, al administrador lo habían jubilado por invalidez debido a un accidente con una granada que le había arrancado por completo su virilidad, cuando era un joven teniente de la Marina de Guerra. «Es muy duro porque tiene aquello blando.»

Meg tomaba un autobús hasta la tienda de cosméticos donde trabajaba, en Copacabana, no muy lejos de su casa. Pero el viaje era incómodo, ya que siempre cargaba, además de su bolsa, una pequeña maleta con sus zapatos negros de tacón, las pantimedias negras de nylon y el vestido, también negro, que usaba en la tienda. La dueña, una señora de nombre Gigi, que había trabajado como «edecán» cuando era joven, exigía a las vendedoras vestirse de aquella manera. La señora Gigi les proporcionaba los vestidos y los zapatos, pero las muchachas tenían que conservar las prendas en buen estado. Cuando le pedían que les cambiara el vestido, gastado por el uso, la señora Gigi hacía un larga amonestación, que terminaba con la frase «en mis tiempos las mujeres no eran tan descuidadas».

La tienda abría a las nueve de la mañana, pero el trabajo de vestirse y maquillarse llevaba un buen rato. Por eso Meg y las otras tenían que llegar una hora antes. Las tres muchachas tenían estatura y complexión física parecidas, y después de maquillarse tenían la misma cara, como si fueran maniquíes producidos en serie. Comían en la tienda, ensaladas, verduras cocidas y carnes a la plancha. La señora Gigi las amenazaba: la que engorde se va a la calle. Meg odiaba su empleo, quería trabajar en otra cosa, y por eso había comprado la computadora, la impresora y el cesto de la basura, pero no sabía qué hacer con ellos.

Al final del día, a Meg le dolían los pies llenos de callos. Tan pronto cerraban la tienda, lo primero que hacía era arrancarse los zapatos y ponerse unas sandalias. Después se quitaba el vestido, que guardaba cuidadosamente en la maleta, junto con los zapatos. Lulu era la primera en salir. Su novio solía esperarla afuera de la tienda. Sissy, la otra muchacha, siempre invitaba a Meg a tomarse un café juntas después del trabajo. Durante el café, platicaban mucho, pero de nada personal. Sissy era la más guapa de todas.

Aquel día, tan pronto llegó a su casa, Meg recogió la nota del cesto de la basura. La releyó: *Yo sería el hombre más feliz del mundo si pudiera pasar una noche contigo.* ¿Quién habría escrito aquella nota? Seguramente algún vecino del edificio, algún tonto haciéndose el chistoso. Además de Telma, solo conocía de vista a algunos vecinos. Había un tipo greñudo en su piso, que se quedaba mirando al piso cuando se cruzaba con ella. Los tímidos eran capaces de audacias anónimas de ese estilo.

Era mejor olvidar el asunto. Meg tiró de nuevo la nota arrugada en el cesto. Se dio un baño largo, con agua muy caliente, para librarse del olor de la tienda; preparó un sándwich con pan integral con una rebanada de queso ricota y dos hojas de lechuga, tomó un refresco light, se fue a la recámara, prendió la tele y se acostó en calzones, pues hacía mucho calor. Una vez más se durmió con el televisor encendido y sin lavarse los dientes.

Se despertó, como siempre, muy temprano, y fue corriendo a lavarse los dientes, jurando que no volvería a dormirse frente al televisor. Enseguida, tomó una ducha caliente pensando en las largas horas que tendría que pasar trepada en los zapatos, decidida a cambiar de vida aunque tuviera que darse un tiro en la cabeza. Ya no soportaba mostrar decenas de tipos de lápices labiales, barnices de uñas y otros cosméticos, o poner perfume en las muñecas de mujeres que nunca sabían lo que querían. El olor a loción empezaba a causarle náuseas.

Meg advirtió el nuevo sobre al lavar la taza que había usado en el desayuno. Sin secarse las manos, tomó el sobre y leyó la nota: *Yo sería el hombre más feliz del mundo si pudiera pasar una noche contigo*. La humedad de sus dedos manchó algunas de las palabras. Qué porquería de tinta, pensó, corriente como el autor de las notas.

La nueva nota tuvo el destino de la anterior, el cesto de la basura.

Después de otro largo día de trabajo, de cambiarse la ropa, ahora por jeans y sandalias, fue a tomarse un café con Sissy, que estaba vestida como una monja.

—¿Puedo decirte algo? ¿Me vas a tener paciencia?

—Claro, Sissy.

—¿Realmente me vas a tener paciencia?

—¿Te parezco impaciente?

—Sí. Con las otras muchachas, con los clientes. Vives de mal humor.

—¿Vivo de mal humor? ¿Y tú? Siempre estás de malas. Por cierto, eres bastante pesada, ¿lo sabías? Insoportable.

—Tienes razón.

—Qué bueno que lo reconoces. ¿Qué te pasa? ¿Estás llorando?

—Me cayó una basura en el ojo.

—Perdóname, Sissy. ¿Qué era lo que me querías decir?

—Nada. Hasta mañana.

—Yo pago el café.

—Hoy me toca. Hasta mañana.

Sissy salió deprisa. Meg se quedó un poco más, de pie en el mostrador pensando en aquella plática. Llegó a casa más triste que otros días. Comió el sándwich de ricota con lechuga y se lavó los dientes. Se acostó a ver la tele y se durmió.

En la mañana encontró otra nota con la misma frase y sintió que necesitaba hacer algo. Sabía que el administrador ya debía estar en su pequeño despacho, al lado de la portería. Lo llamó.

—¿Se trata de algo urgente? Si no es urgente tiene usted que hacer una cita conmigo, ¿de acuerdo?

—Es urgente.

—Entonces puedo recibirla ahora. Quince minutos, ¿de acuerdo?

Meg recogió las dos notas arrugadas del cesto de la basura, las puso en su bolsa junto con la que había recibido aquella mañana, se vistió rápidamente, hizo su maleta y bajó por el ascensor a la planta baja. Tocó la puerta de la oficina del administrador. Él le abrió la puerta.

—Entre, por favor. Siéntese.

Era una oficina pequeña, con una mesa sobre la cual había una computadora y una impresora, parecidas a las suyas, y dos sillas.

—¿Cómo se llama usted?

—Margaret. Vivo en el departamento mil doce.

—De acuerdo. ¿Cuál es el problema?

Meg sacó las notas de la bolsa y las entregó al administrador. Él las leyó.

—De acuerdo.

—¿Cómo que de acuerdo?

—No le entiendo.

—Usted dijo de acuerdo y yo le pregunté, ¿cómo que de acuerdo?

—Es un vicio de lenguaje. ¿De acuerdo?

—¿Y las notas?

—Fueron escritas en una impresora de inyección de tinta. Se percibe en las letras manchadas de esta nota. El chorro de tinta suele causar borrones. La tipografía usada es Times New Roman, 14.

—Pero ¿y qué hago?

—Nada.

—¿Un tipo me está enviando notas pornográficas y usted me dice que me quede sin hacer nada?

—Pero *yo* no me voy a quedar sin hacer nada, ¿de acuerdo?

—¿Mientras tanto yo sigo recibiendo las notas pornográficas?

—Los términos de la nota no son propiamente pornográficos.

—Entonces, ¿qué son?

—Groseros, tal vez, pero no pornográficos, ¿de acuerdo?

—Usted debería hacer algo para quitarse ese vicio de lenguaje.

—Lo estoy intentando, señorita. Que esté bien —dijo el administrador poniéndose de pie.

No tuvo ningún accidente en la Marina, le tiraron la granada a propósito para hacer que el idiota se callara la boca, pensó Meg, retirándose irritada.

El día empezó perturbador para Meg y transcurrió dolorosamente, los zapatos le lastimaron mucho los pies. Y en el café, Sissy la dejó todavía más perturbada.

—Te amo —dijo Sissy

—¿Cómo que me amas?

—Quiero ser tu novia. Era lo que quería decirte ayer.

—¿Mi novia?

—Sé que a ti no te gustan los hombres. No tienes novio como Lulu.

—Tienes razón. No me gustan los hombres. Pero eso no quiere decir que me gusten las mujeres.

—¿No sientes deseo por nadie?

—No, por nadie.

—Yo me muero de deseo por ti.

—Sissy, por favor, cambiemos de tema, me estás apenando.

—Y tú me estás haciendo sentir vergüenza.

—No quiero que te avergüences. Solo quiero cambiar de tema.

—Perdóname —dijo Sissy.

—Yo soy quien te pide perdón. Somos diferentes, qué mala suerte tenemos.

Sissy se quedó callada, con un aire deprimido. Meg estuvo a punto de decirle que no le gustaban los hombres porque la habían violado a los quince años, pero era mejor decir buenas noches e irse antes de que otra basura le cayera a Sissy en el ojo.

Eso fue lo que hizo. El día había sido horrible y la noche continuó pésima. Meg se quedó viendo la televisión hasta tarde, sin poder dormir, y se comió un paquete de galletas cuyas calorías seguramente iban a engrosar su cintura.

Al día siguiente apareció otro sobre debajo de la puerta. Meg ni siquiera lo abrió. Lo arrugó y lo tiró al cesto.

En el trabajo, ella y Sissy no cruzaron una sola palabra. Meg, disimuladamente, observó, por primera vez, el cuerpo de Sissy La muchacha no solo tenía un rostro bonito, sino que su cuerpo era perfecto, pero no le despertaba el menor erotismo, como el que sentía cuando soñaba con un hombre desconocido que la acariciaba de manera excitante y se despertaba mojada y nerviosa. Cuando cerraron la tienda, Sissy se arregló rápidamente y salió, antes incluso que Lulu.

Al día siguiente, tan pronto se despertó, Meg fue a la puerta de la sala. Había otro sobre en el piso. Se arregló y bajó a hablar con el administrador.

—¿Tiene alguna novedad para mí? —le preguntó, entregándole el nuevo sobre.

Él lo tomó.

—¿Las mismas palabras?

—Creo que sí, ni siquiera lo abrí.

—¿A qué hora se despertó usted hoy?

—A las seis.

—¿Y el sobre ya estaba allí?

—Sí.

—Yo me quedé vigilando su piso hasta las tres de la mañana. Eso quiere decir que ese individuo mete el sobre debajo de su puerta entre las tres y las seis. ¿De acuerdo?

—De acuerdo —Este tipo me está pegando su vicio, pensó Meg.

182

Cuando llegó a la tienda, la señora Gigi dijo que Sissy había dejado el trabajo y que no iba a contratar a otra vendedora, Lulu y Meg tendrían que hacer todo el trabajo.

Tengo que cambiar de vida, pensó Meg, sintiendo el dolor en los pies. Por la tarde, Lulu le preguntó:

—¿No extrañas a Sissy?

—Sí —contestó Meg. Era cierto, sin Sissy la tienda estaba todavía más triste.

Aquella noche, Meg puso el despertador a las tres de la mañana. No le creía al administrador. Cuando despertó, al primer timbrazo del reloj, Meg se levantó y se quedó vigilando el pasillo por la mirilla. Eran las cuatro cuando vio al tipo greñudo que vivía en su piso caminar por el pasillo discutiendo con el administrador. Sin embargo, no escuchó lo que decían. Cansada, puso su único sillón cerca de la puerta y se sentó a esperar lo que tuviera que suceder. Acabó quedándose dormida. Cuando despertó, verificó que no había ningún sobre en el piso. Eran las siete.

Telefoneó al administrador.

—Hoy no apareció ningún sobre.

—Necesitamos reunirnos. Tendrá que ser a las diez.

Meg no le contó lo que había visto por la mirilla.

—¿Ya resolvió el problema?

—Lo sabremos a las diez. ¿De acuerdo?

—De acuerdo.

A las ocho y media Meg llamó a la tienda. Le contestó la señora Gigi.

—Señora Gigi, hoy no puedo ir a trabajar, no me siento bien. Estoy en cama.

Antes de que la señora Gigi lograra responder, Meg colgó el teléfono.

A la hora acordada, bajó al despacho del administrador. Meg vio un paquete de galletas sobre la mesa.

—Vamos a esperar a que llegue el señor Walter.

—¿El señor Walter?

—Es un individuo que vive en el mismo piso que usted.

—¿El tipo que está siempre despeinado?

—Y sucio. Dice que es cineasta. Pero aún no termina su película. Tal vez sea el autor de las cartas anónimas.

—¿Tal vez?

—Lo encontré en el pasillo de su departamento. Alrededor de las cuatro de la mañana. Eso es todo lo que le puedo decir por ahora.

Tocaron la puerta.

—Le pedí que viniera para que pudiéramos platicar todos —dijo el administrador abriendo la puerta.

Cuando vio a Meg, Walter se detuvo sorprendido.

—Entre —dijo el administrador.

Walter entró.

—Usted tendrá que permanecer de pie. Aquí solo tenemos dos sillas, una es la mía, la otra es de la señorita Margaret. ¿De acuerdo? No voy a andarme con rodeos. ¿Es usted quien está dejando notas debajo de la puerta de la señorita Margaret?

—¿Dejando notas?

—¿Qué estaba haciendo a las cuatro de la mañana caminando por el pasillo del piso de la señorita Margaret?

—Iba a mi departamento. Vivo en ese piso. Se lo dije ayer. Llego tarde por las noches. Pregúntele a los porteros.

Mientras hablaba, Walter no miró a Margaret ni siquiera por un momento.

—Creo que no fue el señor Walter quien escribió las notas, señorita Margaret. Puede retirarse, señor Walter, perdón por las molestias. Pero voy descubrir al patán que lo está haciendo...

—Pensándolo bien —dijo Margaret—, creo que debemos olvidar el asunto. No importa quién colocó las notas debajo de mi puerta. Y pensándolo bien, el que alguien diga que sería el hombre más feliz del mundo si se acostara conmigo puede ser algo grosero, como usted bien lo dijo, pero en cierta manera es un elogio.

—¿Usted cree?

—Sí. Cualquier mujer se sentiría halagada al saber que despierta los deseos de un hombre.

—¿De veras lo cree? —preguntó el administrador, en un tono de voz diferente.

—Sí. No sé por qué me sentí ofendida. Ando muy nerviosa últimamente, debe ser por eso.

—Sí, fui yo —dijo Walter, quien, a pesar de que el administrador lo había dispensado, continuaba en la sala.

—¿Qué? —gritó el administrador.

—Yo puse la nota, fui yo, ella siempre me ha gustado.

El administrador se paró furioso de la silla y agarró a Walter por los hombros, sacudiéndolo.

—Cretino. ¿Cuántas notas pusiste?

—Puse una, dos...

—¿Qué fuente tipográfica usaste en su nota?

—¿Fuente qué?

—Asqueroso embustero. No sabes ni siquiera cuántas notas fueron. Fueron cinco. Times New Roman 14, en cursivas. ¿Tienes computadora? No. ¿Tienes impresora de inyección de tinta? No. No sé por qué no te rompo la cara. Lárgate ahora mismo.

Walter salió corriendo. La furia del administrador era terrible.

—Usted dijo que le gustó la nota y el muy perro rápidamente se declaró su autor.

—¿Por qué hizo todo ese numerito, por qué llamó aquí al greñudo?

—¿Numerito?

—Yo sé quién es el autor de las notas —dijo Meg.

—¿De veras?

—Es usted. La impresora es aquella que está sobre su mesa. Tengo una igual. Solo que no sé usarla.

El administrador bajó la vista. Ella nunca había visto, o no había querido ver, a un hombre ruborizarse. En el fondo, debe ser una persona tímida, delicada, pensó Meg. No es feo, debe tener unos cuarenta años, tiene las manos limpias, el rostro bien rasurado.

—No tuve valor para asumir los sentimientos torpes que siento por usted. Hice una locura, le pido que me perdone —murmuró.

—Vivo cercada de pobres diablos infelices: Sissy, usted... ¿Cómo quiere encontrar la felicidad en la cama con una mujer, si fue mutilado por una granada?

—Fue la señora Telma, una mujer necesitada y resentida quien difundió eso. No me jubilaron por invalidez. Abandoné la Marina por mi propia voluntad. La historia de la granada es una vil mentira. Lo puedo probar.

—No necesita probarme nada. Estoy tan cansada —dijo Meg, suspirando—, anoche casi no dormí.

Meg tomó el paquete de galletas de la mesa.

—¿Me puedo comer una?

El administrador asintió con la cabeza.

—Compra las rellenas de chocolate.

—Hoy mismo, hoy mismo.

Suma cero

—Sé que tenemos esa cena, no te preocupes, estoy viendo si encuentro un vestido... Después voy a ir a otras tiendas... Adiós.

La mujer apaga el celular, vuelven a abrazarse en la cama, se olvidan de la vida.

—Ese corazón que late fuerte, ¿es el mío o el tuyo?

—Es el nuestro. El sudor también es nuestro, pero esos cabellos en tu mano son míos.

Silencio.

—No te quedes así mirando al techo, mírame a mí.

El hombre mira a la mujer.

—Me siento muy feliz. ¿Sabes cuánto tiempo voy a sentirme feliz?

Silencio.

—Hasta que me suba al coche y llegue a la casa. A veces tengo ganas de drogarme, pero soy muy miedosa.

—Eso no resolvería nada.

—Cuando llegué ayer a la casa, él me preguntó, ¿fuiste a la peluquería para que te hicieran ese peinado? Inventé una respuesta... Camino sobre brasas... Tú no lo entiendes. Sales, cierras la puerta y ya. Yo tengo que dejar instrucciones con las sirvientas, dar explicaciones, crear escenarios, decir mentiras, y cuando regreso todo se repite, nuevas determinaciones, providencias, actuaciones, embustes. El hogar es un monstruo que nunca ve sus exigencias saciadas, siempre pide más. Por la noche tengo que ir a fiestas y cenas con él y nuestros amigos. Me muestro alegre, y soy la que se ríe más alto, la que habla con más entusiasmo, pero cuando llego a casa tengo ganas de vomitar y necesito tomarme un tranquilizante para poder dormir.

—Te amo.

—No necesitas hacer esa cara de perro sin dueño, olvida lo que te dije.

Ella lo besa. Cogen nuevamente.

—Me jalaste el cabello muy fuerte. Eres sádico y loco. Un poco sádico y muy loco.

—Fue sin querer.

—Pero me gusta. ¿Si tuviéramos un dominó jugarías conmigo?

—Creo que sí. ¿Quieres oír música? ¿De la que te gusta?

—Me pone triste. No te quedes mirando al techo.

—Estoy acostado boca arriba.

—También estoy acostada boca arriba y te estoy mirando. ¿Quieres que te diga lo que veo?

—No.

—Y tú, ahora que me estás mirando y te duele el cuello, ¿qué es lo que ves?

—Veo a la mujer más guapa del mundo.

—¿Quieres hacerme llorar?

—No.

Ella llora, sin sollozar, pero las lágrimas brillan tanto que él las ve, aunque esté mirando al techo.

—Mi marido sospecha.

—La vida es un juego de suma cero.

—¿Qué quiere decir eso?

—Un juego en que la suma de las ganancias y las pérdidas de los jugadores es siempre cero.

—¿Y lo que acabamos de ganar es cero? ¿Lo que ganamos todos los días es cero?

—Solo cuando lo sumemos con las pérdidas, las pérdidas nunca son cero.

—Eso es horrible, ¿no? Mírame.

—Te estoy mirando.

—Tienes miedo. Miedo de que me mude para acá. De que me convierta en una carga para ti.

—No digas eso.

—Vivo con miedo todo el tiempo, pero mi miedo no es mayor que mi amor. Dime, ¿tu miedo es mayor que tu amor?

—Yo no tengo miedo.

—Pero ese miedo que tienes de que yo me mude para acá es esporádico. Si sucediera siempre, tu amor disminuiría. Y se acabaría, ¿no?

—Tenemos que ser lúcidos.

—La razón sobre los sentimientos, qué cosa más árida. No me contestaste.

—No sé qué contestar.

—¿No sufres por saber que yo, yo...?

—¿Tú?

—Duermo todas las noches con otro.

—Prefiero no hablar de eso.

—No sabes hacer nada para ganar dinero, y si nos fuéramos a vivir debajo de un puente, nuestro amor se acabaría, solo podemos vivir dentro de cierto esquema. ¿Eso es lo que no sabes responder?

—Ya estuve internado. Cosas de la cabeza, no es contagioso.

—Nunca me lo habías dicho.

—Te lo estoy diciendo ahora. Trabajé en una tienda de discos y en una librería, pero me corrieron.

—Tampoco eso me lo habías contado.

—Te lo estoy contando ahora.

—Yo nunca trabajé, ni escribí, ni pinté, ni nada. Salí de la facultad para casarme, no terminé la carrera, estudiaba biología, era una huérfana de padre y madre que estudiaba biología, ¿lo puedes creer?

—¿Qué es lo que una huérfana debe estudiar?

—Tal vez contabilidad, informática. ¿Pero sufres o no? Porque duermo todas las noches con otro.

—Me siento infeliz.

—Te sientes infeliz pero no lloras, yo siempre lloro.

—Mi madre no me enseñó a llorar.

—Ya murió, ¿no? ¿Qué te decía? ¿Los hombres no lloran?

—Ella no lloraba.

—Pero ¿tenía un marido y amaba a otro hombre? ¿Un artista, un intelectual incapaz de ganar dinero con su trabajo? Perdóname lo de *intelectual*, sé que no te gusta esa palabra.

—A veces siento ganas de llorar, cuando te vas y me quedo solo, pero no puedo.

—¿Y cuando el dolor es físico, tampoco?

—Me tomo un analgésico. Sécate la cara con la sábana.

—¿No crees que tenemos que hacer algo? ¿O vamos a esperar a que la vida corrompa nuestros sentimientos?

—¿Qué?

—Ya pensé en suicidarme, después de matarte. Deja de mirar al techo, no es broma.

—Al rato me va a doler el cuello.

—¿Y yo?

—¿Tú qué?

—¿Qué significo para ti?

—Alegría, placer, compañía, amor.

—Pero el arte es más importante que todo... ¿Y si después de que te mueras de viejo todo lo que has hecho queda olvidado, en la basura? No tienes valor ni siquiera para cortarte la oreja.

—Si quieres, me la corto.

—Entonces, córtatela ahora.

Él se levanta de la cama. Después de un rato, regresa apretándose un trapo contra la cara, la sangre le escurre por el cuello. Él extiende la otra mano cerrada hacia ella y la abre. Dentro está la oreja amputada.

—Un regalo para ti.

—Dios mío, tienes que ir a un hospital.

—Esterilicé el cuchillo antes y limpié la herida con antiséptico, la hemorragia se detiene rápido.

—Tu madre, dondequiera que esté, debes estar muy orgullosa de ti.

—Eso espero.

—¿Sabías que tendrías que cortarte una oreja por mí?

—Compré un cuchillo afilado.

—Y yo, ¿qué es lo que tengo que hacer por ti?

—No lo sé, pero no es cortarte los muñecas.

—Creo que estamos enloqueciendo.

—Yo ya estoy en mi punto. No paso de ahí.

—¿Puedo contarte algo? Mi analista está preocupada por mí. No lo sabe, pero creo que aún no he alcanzado *mi* punto. Me tengo que ir. ¿Puedo llevarme la oreja?

—Es tuya. Cuando llegues a tu casa, métela en un frasco con formol, lo venden en las farmacias.

—Pero lo que realmente me gustaría es que también lloraras.

—Eso está más difícil.

—Nunca dejaré de amarte.

—Yo tampoco.

—Mañana es sábado.

—Lo sé. Mañana no nos vemos, tampoco el domingo.

—Tal vez llores este fin de semana.

—Lo intentaré.

—Pinta unos girasoles.

—No sé pintar girasoles. Tal vez si sufriera de glaucoma.

—Escribe un soneto.

—No sé escribir sonetos.

Ella se viste, recorre el cuarto y la sala para ver si no se le está olvidando alguna cosa, y abre la puerta de la calle.

—¿Suma cero?

Cierra la puerta, se va.

El peor de los venenos

A todos los hombres les gusta sentarse a mi lado en las grandes cenas que frecuento. Soy inteligente, guapa, atractiva, irónica, tengo imaginación, cultura, soy capaz de mantener un diálogo expresivo con un banquero importante o con un profesor de filosofía, en el caso de que inviten a un profesor de filosofía a una de estas cenas elegantes. ¿Parezco una presumida egocéntrica? ¿Debo mentir, solo para aparentar modestia?

Los hombres que se me acercan siempre quieren seducirme. Una mujer, cualquier mujer, hasta la más obtusa, percibe cuando un hombre tiene segundas intenciones. Hay unos ridículamente obvios, otros más sutiles, lidiar con cualquiera ellos exige talento. Esquivo las embestidas, pero sin dejar de estimularlos por completo; la atención masculina galante, siempre que sea respetuosa, es muy agradable, para mí o para cualquier otra mujer. Soy virtuosa, sé comportarme. El único hombre que he conocido, en el sentido bíblico, es mi marido, un hombre rico, influyente. No quiero perjudicar de ninguna manera mi confortable situación familiar.

Antes de ir a las cenas con lugares asignados, siempre encuentro una manera de verificar, en la mesa que me corresponde, los nombres de los otros comensales, escritos con rebuscada caligrafía en las tarjetas colocadas frente a los platos. En varias ocasiones cambié las tarjetas, casi siempre de acuerdo con la anfitriona, reemplazando al tipo aburrido que hubieran designado para sentarse a mi lado. Hay hombres ricos, importantes, famosos, pero insoportablemente aburridos. Mi marido, por cierto, es uno de ellos, todos consideran que carece de encanto, lo cual es cierto. Afortunadamente no existe el riesgo de tenerlo junto a mí en esas cenas. La etiqueta no lo permite.

Dicen que yo hubiera podido elegir otro hombre para casarme, más atractivo y animado. En primer lugar, no existen tantos hombres ricos, influyentes, animados y, principalmente, generosos, que estén disponibles. Mis amigas se quejan de la tacañería de sus maridos ricachones y yo ya llegué a la conclusión de que así es la mayoría de los maridos, ricos o pobres, todos de quejan de los gastos de las mujeres. Me casé con él porque de alguna manera me gustaba, pero reconozco que con el paso del tiempo mi marido se volvió un fastidio. Además de aburrido, es chaparro y gordito, sé que no debo pensar en él de esa manera, es un hombre que me da todo lo que le pido. Pero ¿qué otro término se puede aplicar a su aspecto físico? ¿Rechoncho? Es peor.

En este momento estoy desnuda, frente al espejo de mi habitación, feliz. Mi cuerpo es bonito para mi edad, a final de cuentas ya pasé los cuarenta. Y la lipo, que me hice recientemente, dio un toque final perfecto a los ejercicios que practico en el gimnasio. Me resistía un poco a hacerme la lipo, pero todas mis amigas se la estaban haciendo, y no solamente la lipo, sino el paquete completo, cortando con el bisturí o poniendo silicones, incluso algunas se hicieron abultar el labio superior, creo que consideran que esa boquita medio salida es sensual, ve tú a saber. Yo no necesito nada de eso, tengo los labios carnosos. Es cierto que una de ellas tenía el labio superior tan delgado y recto que parecía una raya hecha con regla.

También hago dieta, evidentemente, lo cual a veces me pone histérica, pero es importante para mantener una silueta esbelta. Es una tortura comer constantemente ensalada, pescado cocido y cosas así sin poder darle una mordida a un chocolate, a un pastel cremoso o incluso a una baguette tostadita. No creo en quien dice que hay dietas sabrosas. No es más que una de esas excusas que la gente inventa para autoengañarse y sufrir menos.

Soy unos quince centímetros más alta que mi marido. Él no sabe bailar, no tiene ritmo ni para esas canciones en que las parejas apenas sacuden el cuerpo, cada una por su lado. Pero siempre que surge la oportunidad quiere bailar. Un día, invitó a Gabriela a bailar un tango. La infeliz, que es argentina y baila como una profesional, aceptó. Fue algo grotesco, Gabriela se portó como un ángel, después le di un beso y le pedí perdón por mi marido. Pobre, sé que no debía pensar así de un hombre tan bueno, que me da todo lo que le pido, pero aquella vez me dio rabia.

Este tipo de ideas aparece en mi cabeza constantemente, como ahora, cuando miro golosamente el reflejo de mi desnudez en el espejo. Pero no debemos tener miedo de pensar, ya tenemos miedo de tantas cosas, si nos da miedo pensar, ni siquiera existiremos como personas. Me gustaría que mi marido mirara mi cuerpo desnudo, como yo lo estoy mirando, y dijera tengo ganas de morderte. ¿Me estaré volviendo lesbiana? Sucede con las mujeres casadas. Me acuerdo de Carlinhos Varela diciéndome en una cena, «tienes unos brazos lindos, me tengo que contener para no mordértelos ahora mismo». Un escalofrío me recorrió el cuerpo. Respondí, «Carlinhos, eres muy simpático, pero dices muchas tonterías». Usé esa palabra fuerte, tonterías, y adrede evité platicar con él durante el resto de la cena. Aquel asunto de la mujer de César.

Mi marido nunca me dio una mordida. Confieso que detesto quedarme a solas con él, y cuando no puedo evitar que suceda, soy paciente, amable, no demuestro el disgusto que siento. Si él quiere quedarse callado, hago lo mismo, si quiere ir a una subasta —mi marido colecciona floreros antiguos—, lo acompaño; a veces hasta vemos juntos los resúmenes financieros de la televisión por cable. Afortunadamente, dormimos en habitaciones separadas, lo cual es común entre los matrimonios de nuestro nivel socioeconómico. De noche, en la cama, insomne, suspiro, me doy vueltas de un lado a otro sin saber bien por qué. En realidad sé la razón, pero no quiero hablar del tema.

En la cena de hoy tengo la fortuna de que me hayan asignado junto a Dudu Meirelles. Él es divertido, es un hombre interesante pero con fama de conquistador, si le das un dedo, quiere todo el brazo. En cierto momento me dijo al oído:

—Por ti hago cualquier locura, abandono a mi mujer, vendo mis caballos, mi departamento en París, dejo de jugar ping pong.

Bebí un trago de vino, para ganar tiempo y encontrar una buena respuesta.

—¿El ping pong fue una metáfora inconsciente? ¿Las pelotas simbolizan a las mujeres que, según dicen, lanzas de un lado a otro?

Se quedó indeciso, sin saber qué decir, sorprendido al descubrir que soy inteligente y animada, tal vez un poco ofendido. Los hombres son muy tontos, mucho más vanidosos que las mujeres. El promedio de las mujeres es más inteligente que el promedio de los hombres, y no me refiero a la intuición, es necesario acabar con esa estupidez de que somos muy intuitivas. Con eso, ellos quieren sugerir que pensamos con los ovarios.

Mis amigas tienen envidia del interés que los hombres demuestran por mí, sean solteros o casados, incluso sus propios maridos. Chico Mattos Soares, considerado el mejor partido de la ciudad, rico, guapo, cuarentón, un solterón empedernido, disputado por todas, me dijo en la mesa, con un dejo de tristeza en la voz: «Si no fueras la esposa de un amigo mío, te propondría matrimonio», y me miró a los ojos como quien dice, «lee, siente mi mirada, estoy diciendo la verdad». Observé, en sus ojos castaño claros, que no estaba mintiendo. Fue un momento mágico, que Chico intentó romper diciendo, «perdón por haber sido tan imprudente», pero esa delicadeza me dejó aún más conmovida.

Por la noche soñé con Chico. Él sostenía mi mano y nos reíamos felices. Chico tiene labios bonitos, dientes perfectos, es más alto que yo, creo que no existe un hombre más elegante y distinguido, y no es a costa de Armani, él se viste de manera casual, usa camisas polo marca Hering, su reloj es un Seiko. El dinero no compra la elegancia, compra su simulación.

Mi marido y yo estamos desayunando juntos. Él lee el periódico y responde a todo lo que le digo o pregunto con monosilábicos mmm mmm. En un impulso, que me sorprende, le arranco el periódico de las manos.

—Me quiero divorciar —digo.

—No me parece gracioso —responde.

No cree que hablo en serio. Le falta sentido del humor, no sabe cuándo alguien está bromeando y por lo tanto tampoco percibe lo contrario.

—¿Tenemos que hablar con tu abogado, o qué?

—¿Qué tontería es esta?

—Voy a hablar bien despacio. Ya no quiero vivir contigo.

Por mi tono de voz, entiende finalmente lo que está pasando. Su boca se queda abierta, como la de alguien en estado de shock.

—¿Qué hice? —pregunta.

—Nada —respondo.

—¿Existe otro hombre?

—No, es algo solo mío. Puedes pensar que es una locura, tal vez lo sea, pero no hay remedio, quiero separarme de ti.

Llama a su oficina, avisa que no va a trabajar, la secretaria y los asesores deben haberse sorprendido, él nunca falta. Sé que pretende disuadirme. Durante el resto del día intenta convencerme, de manera extenuante, pobre. Me pide que espere un poco, que deje pasar algún tiempo, sugiere que consultemos a un psicólogo, que hagamos un viaje, él no puede ausentarse, la situación económica del país exige su presencia al frente de los negocios, pero hará un viaje conmigo a donde yo quiera. Si prefiero, puedo viajar sola. Todo para ganar tiempo.

—Sin ti, mi vida se acaba.

Me mantengo firme, a pesar de sentir lástima por su aire infeliz y desgraciado. Quiero separarme inmediatamente.

Deja la casa, nuestra casa, diciendo, «la casa es tuya, y todo lo que hay en ella, además de lo que me pidas». El infeliz, el pobre diablo generoso y bueno, me ama. Pero yo ya no podía permanecer ligada a él, me sentía insatisfecha, frustrada, no quería envejecer a su lado. Y si había de separarme, que fuera mientras aún pudiera recomenzar mi vida.

La libertad es una maravilla. Puedes hacer lo que te da la gana sin tener que darle explicaciones a nadie, qué agradable. Estoy divorciada hace seis meses y cada día es mejor que el anterior. Mi marido quería todo en su lugar, sillas, libros, teléfonos inalámbricos, blocs de papel, vasos, CDs, ropa, revistas, ceniceros, como si existiera un lugar correcto para cada objeto. No le gustaba que fumara, decía que me hacía daño a mí, y a él como fumador pasivo. Dicen que las mujeres tienen esa manía de orden, pero en mi casa el maniaco era él. Desde niña soy desorganizada, mi madre vivía peleándose conmigo. Reconozco que pierdo mis gafas constantemente, nunca encuentro un bolígrafo cuando lo necesito, o una determinada prenda, lo que a veces me desespera, y mi irritación acaba recayendo en las sirvientas. Pero esos son contratiempos ínfimos, si se comparan con las subastas de floreros antiguos, el canal Bloomberg, lo aburrido de la presencia de mi marido, que me privaba de la soledad sin hacerme compañía —esa frase es de un escritor francés, no sé dónde metí el libro.

Una divorciada guapa es muy solicitada. Pero yo no quería una aventura pasajera y, haciendo una confesión íntima e incluso de mal gusto, puedo afirmar que no estaba acostumbrada a una vida sexual intensa y por lo tanto no tenía mucha urgencia de encontrar a alguien.

Pronto me vi rodeada de lobos que me querían devorar. Sabía que eso sucedería. Rechacé todas las embestidas. Pero cuando Dudu Meirelles me buscó, tontamente coqueteé un poco con él. Luego percibí que Dudu no iba a dejar de jugar ping pong y mucho menos a abandonar a su mujercita por mí. Felizmente no tuvimos ninguna intimidad, a pesar de su insistencia. Los hombres solo piensan en sexo. Dejé de contestar las llamadas de Dudu. Él se dio cuenta de que yo no era una mujer para encamar y después desechar.

Encuentro de nuevo a Carlinhos Varela en una cena. Como ya dije, vive arrastrando el ala por mí. He oído muchas veces esa expresión «arrastrar el ala», pero solo descubrí su origen cuando vi a un palomo cortejando a una palomita en la plaza Antero de Quental. Pasaba por la plaza para ir a la estética y observé a las palomas. Un palomo macho perseguía a la hembra arrastrando el ala por el piso. El palomo acabó logrando lo que quería, después de mucho tiempo. Algo sin chiste, muy rápido, no sé si valió la pena quedarme tanto tiempo en la plaza observando a las palomas.

Traigo un vestido que deja mis brazos completamente desnudos, mis brazos son bonitos y me gusta exhibirlos. Carlinhos se acerca, sé que va a arrastrar el ala por mí, dirá que quiere morder mis brazos, seguro de que ahora, divorciada, soy más accesible. Estoy preparada para darle un contestón. Carlinhos, después de saludarme, me dice:

—¿No crees que hoy es el día más caluroso del verano?

Le respondo que sí, espero lo que sigue, para responderle, pero no hay continuación.

Carlinhos encuentra rápidamente un pretexto para alejarse. Y el idiota ya no me busca, me evita el resto de la fiesta. Confieso que sentí una cierta frustración, tal vez no lo rechazaría, a pesar de que es un idiota. ¡El día más caluroso del verano! ¡Imbécil!

No he ido a muchas cenas. Ahora sé que muchas de las invitaciones que recibía eran en realidad por mi marido. Señor y señora, el señor era el que importaba. Por más que adornara la fiesta, mi contribución era secundaria. Negocios, el mundo es así. En un principio eso me molestó un poco, pero mi amiga Lulu, una cínica amargada, ya me lo había advertido.

Hoy es un día glorioso. Después de tanto tiempo —¿dos, tres años?— recibo una llamada de Chico Mattos Soares. Me dice que me asome a la ventana de mi departamento a ver la luna. Me siento tan emocionada que ni siquiera puedo hablar bien, mucho menos ver la luna.

—¿Vamos a caminar bajo la luna, en el paseo de la playa y tomar agua de coco?

Caminamos por el paseo platicando, mi corazón latiendo, estoy impresionada por la presencia fuerte de aquel hombre viril, confiable, guapísimo. Siento una gran felicidad por todo; otro hombre, menos sensible, hubiera sugerido una cita en un lugar sofisticado o en su departamento. Nos sentamos en uno de los quioscos de la playa. Cuando sonríe, tengo ganas de besarlo, pero me contengo, Chico debe saber que no soy una mujer fácil. Después de platicar —no por mucho tiempo, me habría gustado que nuestro encuentro hubiera durado más—, me lleva a casa, en la puerta de mi edificio me toma la mano y se despide diciendo «Yo te hablo».

Paso el resto de la noche despierta, horas ante el espejo untándome la crema hidratante que uso en el cuerpo antes de acostarme. Camino por la casa, prendo el televisor, intento leer, pero estoy muy inquieta, no dejo de pensar en él, recuerdo su mirada cariñosa, llena de presagios, no puedo acostarme, quiero que la noche termine y el día llegue rápido para que me llame. Creo que Chico siempre me ha gustado, solo que no tenía valor para soñar que podía amarlo. Pero ahora ya no estoy, como antes, poseída por una fantasía romántica. Seremos uno para el otro. Soy la mujer más feliz del mundo.

Chico no me llama, en el fondo debe ser una persona tímida. Cuando tomábamos agua de coco en el quiosco, ni por un instante actuó de manera seductora. Creo que algo le preocupaba, llegué a pensar que se había decepcionado de mi apariencia, engordé un poco durante estos tres años, pero afortunadamente me quité de la cabeza ese pensamiento estúpido, tengo que preservar mi autoestima. Actuaba así por timidez.

Me espero algunos días y lo llamo. No podemos quedarnos inertes, sin el valor de tomar la iniciativa. Lo invito a tomar una copa en mi casa.

Llega a la hora acordada, con jeans, tenis y playera polo. Me encanta su manera de vestir. Le pregunto si quiere un whisky. Responde que sí. Mientras bebemos, las primeras palabras que cruzamos me dejan confundida.

—¿Rui no se llevó los floreros?

—No se llevó nada.

—Una colección que tardó tanto tiempo en juntar... Rui es un buen tipo.

—Sí, lo es.

—A mí me cae bien. Es un tipo honesto.

—No quiero quedarme hablando de Rui. Hablemos de nosotros.

—Regrésale los floreros.

Mi ropa es provocativa, mis senos se transparentan, estoy sentada frente a Chico, con las piernas cruzadas, enseñando un poco de mis muslos, y él me habla de los floreros raros de mi marido.

—Está bien, voy a regresarle los floreros, cambiemos de tema, por favor.

Permanecemos callados por algún tiempo.

—¿Nunca tuviste ganas de besarme? —le pregunto.

—¿Quién no tendría?

—¿Entonces, por qué no me besas?

Sé que estoy siendo audaz, no actúo como una mujer recatada, pero necesito romper el hielo.

—Esperaba un estímulo tuyo.

Soy audaz, lo beso en la boca. Nos besamos apasionadamente y poco después estamos en la cama. Una maravilla, por primera vez siento un placer embriagante, una gran felicidad, seguidos de una deliciosa sensación de reposo. Es el día más feliz de toda mi vida. No me he acostado con ningún hombre desde que me divorcié.

Permanezco abrazada a él, en la cama, somnolienta. Cuando lo miro, Chico parece pensativo. Mi marido se volteaba al otro lado y se dormía. Chico tiene los ojos muy abiertos.

—¿En qué estás pensando? A mí también me gusta pensar, pero en este momento no pienso en nada, solo siento una pereza deliciosa.

—Es que oí sonar mi celular, mientras estábamos... Espero una llamada urgente, un negocio complicado que tengo que resolver hoy.

—¿En la noche?

—Los negocios importantes no tienen horario.

—No lo escuché sonar.

—Suena muy bajo.

—Entonces ve a revisar.

Se levanta. Desnudo, de espaldas, no es tan guapo como de frente. Saca el celular de un bolsillo de los pantalones que había tirado displicentemente en el piso. Mira la pantalla.

—Lo sabía, qué lástima —Chico aprieta algunas teclas del celular—. ¿Cuál es el problema? Voy para allá, convoca una junta, ya sabes a quiénes.

Apaga el aparato. Abre los brazos, desconsolado.

—Tengo que irme. Desgraciadamente.

Se viste de prisa.

—Yo te llamo —me dice al salir, después de darme un beso rápido.

—Voy a regresarle los floreros —digo.

—A Rui le va a encantar ese gesto.

Esas fueron sus últimas palabras. Chico ya no me buscó, desapareció. La llamada del celular fue una farsa. Chico inventó aquel pretexto, quería librarse rápidamente de mí, creo que le parecí pésima en la cama. ¿Cómo no entendí todos esos indicios, en el paseo y, después, en mi casa? Su aire reservado no era timidez, no sintió atracción por mí en nuestro reencuentro. Y yo lo forcé a acostarse conmigo. Qué estúpida.

Todavía me deprime lo que pasó. Tuve ganas de romper los floreros raros, pero mi exmarido no tenía la culpa. Le envié los floreros, y ni siquiera llamó para agradecerme. Mi exmarido se volvió a casar. Lo recordé diciéndome, con lágrimas en los ojos, que sin mí su vida se acabaría.

Estoy en la estética con mi amiga Lulu, la cínica boquifloja.

—Con las mad] maduronas, como nosotras, los hombres solo quieren un revolcón. Son todos medio impotentes, necesitan muchachitas para que se les pare una segunda vez.

—Yo no soy ninguna madurona.

—Sé realista como yo, de nada sirve ilusionarnos. Mira tu rostro en el espejo. ¿Qué diablos estamos haciendo aquí?

—Vine a peinarme, Lulu.

—Viniste a pintarte el pelo. ¿Ya estiraste los brazos y los sacudiste? Hazlo, anda, aprovecha que traes un vestido sin mangas.

—¿Estuviste bebiendo?

—Si alguien quiere casarse contigo o conmigo es por el dinero que nuestros exmaridos nos dejaron, por nuestra casa, el coche con chofer, los empleados, la comida gratis, el confort. Y ese tipo después de algún tiempo dejará de coger contigo, va a coger con muchachitas cretinas, putitas de carnes tiernas.

—Lulu, eres la persona más vulgar y cínica que conozco.

—Me volví así, los hombres me volvieron así.

—Conmigo eso jamás sucederá, ya lo verás. No voy a volverme una bruja amargada como tú.

Por la noche, en la casa, me quedo desnuda frente al espejo, estiro un brazo y lo sacudo, y después el otro. ¿Cómo nunca había visto ese pellejo flojo que cuelga de mi brazo como una carne muerta? ¿Y las arrugas de la cara? ¿Y los tobillos gruesos? ¿Y la flacidez que reviste mi cuerpo, como una tripa asquerosa? Yo no era así. Dios mío, es mejor que me muera rápido.

Virtudes teologales

El domingo por la mañana, antes de ir a misa, como siempre, Maria de Lourdes colocó en la bolsa los cinco billetes de un real que había apartado y sujetado con un clip durante la semana.

Cuando la misa terminó, Maria de Lourdes repartió su dinero, un real para cada uno de los elegidos, entre los mendigos que se aglomeraban en la puerta de la iglesia: el mutilado que andaba en un carrito de baleros usando las manos encallecidas como si fueran remos, la negra gorda que cargaba todas sus pertenencias en un saco, el lisiado con la pierna retorcida como un tornillo horrible de carne y hueso, la mujer joven, rodeada de hijos, uno de ellos un bebé de brazos que aún lactaba, y finalmente el viejo flaco y ciego, que probablemente pasaba mucha hambre o sufría una grave enfermedad.

Su vecina Edviges, también viuda sin hijos, que por lo general iba a misa más temprano, observó la distribución de las limosnas realizada por Maria de Lourdes pero no siguió su ejemplo.

—¿Notaste que el número de mendigos está aumentando? —dijo Edviges, cuando caminaban juntas a casa.

—Yo creo que está igual.

—Está aumentando. Es por eso que no frecuento la misa de las once y media, es la preferida de los mendigos. En la de las siete hay muchos menos.

—Vienen de lejos, Edviges.

—No, yo creo que a los mendigos también les gusta despertarse tarde.

—¿Tienes algo en contra de los mendigos?

—¿Por qué me lo preguntas? ¿Solo porque dije que les gusta despertarse tarde?

—¿Los mendigos tienen que levantarse temprano?

—Yo, si fuera mendiga, sí me levantaría temprano.

—Pero no eres mendiga, no tienes la menor idea de lo que es ser mendiga. Tienes incluso un coche.

—¿El vocho viejo?

—Es un coche, ¿no? No me gustó la manera como dijiste que a los mendigos *también* les gusta levantarse tarde.

—No te gustó, ¿por qué?

—Sabes que me despierto tarde, yo te lo dije. Pero me despierto tarde porque padezco insomnio. Desde que mi marido murió, padezco insomnio. Ya te lo dije.

—No me acuerdo, sinceramente.

—Y tampoco me gustó la manera como movías la cabeza cuando yo estaba dando las limosnas. ¿Estás en contra de dar limosnas?

—Sí.

Maria de Lourdes aceleró el paso.

—Estoy retrasada, perdón si no te acompaño, sé que tu reumatismo no te deja caminar bien pero tengo prisa.

—No es reumatismo —dijo Edviges, pero Maria de Lourdes continuó andando sin mirar hacia atrás.

Maria de Lourdes llegó cansada al edificio en que vivían. Hacía mucho tiempo que no se sentía tan agotada, pero prácticamente había corrido por la calle para no tener que subir con Edviges en el ascensor. Mujer desalmada y egoísta, Edviges, no daba limosnas pero en el supermercado llenaba el carrito de filete miñón, galletitas importadas y latas de cerveza. Por culpa de personas como Edviges el mundo estaba así.

Maria de Lourdes comió los restos de la cena del día anterior, una pieza de pollo a la plancha, un poco de frijoles —que había cocinado en la olla exprés en una cantidad que le duraba toda la semana—, arroz y una ensalada de lechuga y cebolla. Una comida sin sal, pues tenía la presión alta. Maria de Lourdes comía poco. Como para vivir, no vivo para comer, le gustaba decir, repitiendo las palabras de su finado marido. El marido había muerto de cáncer, pero a ella no le gustaba pensar en eso. Cada año, el día de muertos iba al cementerio y colocaba unas flores en su sepultura. Ya se preparaba para acostarse cuando escuchó el timbre. Se asomó por la mirilla y vio que era Edviges. No voy a dejar entrar a esa mujer, no quiero hablar con ella, pensó Maria de Lourdes.

—Por favor, abre la puerta, quiero hacer las paces —dijo Edviges.

Maria de Lourdes abrió la puerta.

—Vine a pedirte perdón —dijo Edviges—. ¿Puedo pasar?

—Pasa.

Las dos se quedaron una frente a la otra, apenadas.

—No vamos a pelearnos, somos amigas desde hace mucho. ¿Ibas a salir?

—Sabes que iba a acostarme. Siempre me echo una siesta después de la comida. Lo sabes muy bien.

—Te estoy pidiendo perdón. Dame un abrazo. No podemos volvernos un par de quisquillosas como Cidinha.

Cidinha era una solterona que vivía en el sexto piso, más joven que las dos y odiada por ambas.

—Te perdono —dijo Maria de Lourdes, pero no le dio el abrazo que Edviges había pedido.

—También te pido perdón, sé que no tienes reumatismo, sino una artrosis en la rodilla.

Reumatismo era un nombre feo, de gente vieja. Artritis tampoco era una buena palabra, sugería deformación, otra señal de vejez. Artrosis no tenía esa connotación, entre ellas. Había jugadores de futbol que tenían artrosis, según Edviges.

Las dos detestaban que las llamaran viejas, a final de cuentas tenían apenas setenta años. El cine estaba lleno de actores y actrices de setenta años.

—Esta artrosis está acabando conmigo, manejar me es cada día más difícil, creo que voy a vender mi coche —dijo Edviges. Estaba exagerando un poco y no pretendía venderlo, pero pensó que si se lo decía a Maria de Lourdes la amansaba un poco más, lo que en realidad sucedió. Maria de Lourdes se volvió amable y le sirvió un café del termo mientras platicaban sentadas en los sillones de la sala. Edviges se tomó el café, que estaba tibio y casi intomable, sin hacer muecas. No hablaron de limosnas ni de mendigos, platicaron sobre la telenovela de las ocho. Las telenovelas se estaban volviendo cada vez peores, solo hablaban de sexo, hasta incestos había. La opinión de las dos era idéntica, la plática fue larga y animosa, aunque Maria de Lourdes hubiera perdido su siesta de la tarde.

El domingo siguiente, después de dar sus limosnas, Maria de Lourdes se fue a casa observando que el número de limosneros realmente había aumentado, no solo en torno a la iglesia. Ahora se esparcían a lo largo de la calle, sentados o acostados en la puerta de las tiendas, cerradas aquel día dedicado al descanso y a la oración. Mientras caminaba por la calle, pasó frente a muchos mendigos que le pedían una caridad, algunos imploraban, tendiéndole las manos. Otros apenas pedían con una voz apagada sin hacer ningún gesto, como si supieran que su súplica no sería atendida. Le dolía el corazón de tristeza por no poder ayudar más a aquellos infelices. Cuando llegó a casa, a pesar de estar en ayunas, pues había comulgado aquel domingo, Maria de Lourdes no pudo comer.

Su marido, un modesto burócrata, le había dejado una pequeña pensión, además del departamento de una habitación y sala en donde vivía. Pero durante la semana, en vez de cinco, Maria de Lourdes separó diez billetes de un real para llevarlos a la iglesia el domingo siguiente.

A media semana, Maria de Lourdes y Edviges se encontraron en el ascensor.

—Envié una carta al periódico pidiendo a las autoridades que hagan algo —dijo Edviges—. El número de mendigos en la calle aumenta todos los días, en cada cuadra hay un montón, uno no puede dar un paso sin que aparezca alguien pidiendo limosna. Las autoridades se quedan con los brazos cruzados, uno paga impuestos, el predial aumenta cada año, no sé a dónde va a dar ese dinero, el gobierno no hace nada. Y quien tiene que hacer algo es el gobierno. No sirve de nada que uno dé limosna.

—Yo voy a seguir dando —dijo Maria de Lourdes—. Yo hago mi parte.

—Pero eso no sirve de nada. Y hay mendigos que explotan la buena fe de la gente. ¿Conoces a aquella mujer llena de hijos, una que tiene siempre un bebé en los brazos y que solo se pone el bebé en el pecho fingiendo que le da en el momento en que las personas salen de misa con el corazón reblandecido?, ¿sabes cuál es? Me aseguraron que los niños son todos rentados.

—No quiero hablar sobre eso, Edviges. Vamos a acabar peleándonos nuevamente.

En la misa del domingo, los diez billetes de Maria de Lourdes se agotaron rápidamente. De regreso a casa, se sintió impotente ante los ruegos de tantos infelices. Afortunadamente, Edviges no se apareció aquel día.

Pero los vecinos siempre acaban encontrándose.

—Mira, no quiero molestarte, pero estaba conversando con Cidinha y ella también piensa que dar limosnas solo hace que aumente el número de mendigos aquí en la colonia.

—Pero tú odias a Cidinha. ¿Ahora estás de amiguita de ella? ¿Hablan mal de mí?

—No estábamos hablando de ti. Hablábamos de los mendigos que invaden la colonia los domingos. No eres ninguna tonta, deberías mirar con más atención a los mendigos. Muchos son hombres y mujeres fuertes, pero no quieren trabajar, es más fácil ganarse la vida pidiendo limosna. Y aquellos chamacos que viven a su alrededor son asaltantes, un día te van a quitar la bolsa.

—Lo que cargo en la bolsa cuando voy a misa es para ellos, son unos miserables.

—Es verdad que existen personas que son pobres y no pueden trabajar o no logran encontrar un empleo, pero hay otras maneras de ayudar a esa gente. Dar limosna es más fácil y uno se queda con la conciencia tranquila, pero no sirve de nada.

—Tú odiabas a Cidinha.

—Nunca dije que la odiaba.

—Y ahora bastó que esa idiota te dijera que dar limosna no es bueno para que me lo eches en cara, sabiendo que doy limosnas.

—Siempre estuve en contra de ese tipo de caridad. Y Cidinha no es ninguna idiota, es profesora jubilada. Puede ser un poco presumida, pero sabe lo que dice.

—Pues nunca escuché una estupidez más grande en mi vida. ¿Tú y tu nueva amiguita, la asquerosa esa, quieren decirme que yo soy la culpable del aumento de mendigos en la calle? ¿Qué vas a hacer a la iglesia? Deberías pedir perdón por tus malos pensamientos. Porque solo tienes malos pensamientos en la cabeza y en el corazón, desprecias a los pobres. Eres una mala persona. Por favor, ya no me hables, ya no me dirijas la palabra.

Después de este episodio, las dos mujeres evitaban encontrarse y no se saludaban al encontrarse.

A Maria de Lourdes le gustaría llevar a la iglesia, en lugar de diez, unos veinte o treinta billetes, pero realmente no tenía dinero suficiente para ello, la cuota de mantenimiento aumentaba todos los meses, el predial, el seguro contra incendio, el teléfono, la luz eléctrica, todo aumentaba.

El domingo, llevó los diez billetes de un real a la iglesia. Tendría que economizar el lunes en el supermercado, había sido un mes difícil, pero no dejaría de dar sus limosnas.

Después de la misa, Maria de Lourdes distribuyó en la calle los billetes entre los mendigos. Sí, eran cada vez más y ella se sintió desanimada al constatar de nuevo aquella situación. Después, en un impulso, decidió quedarse de lejos observando disimuladamente a la mujer llena de hijos, aquella que cargaba el bebé. Maria de Lourdes percibió entonces que los niños no podían ser todos suyos, ni siquiera eran parecidos unos a otros. Antes, por pudor, como las otras personas que frecuentaban la iglesia, evitaba observar a la mendiga dando el pecho, pero ahora se daba cuenta de que todo era una farsa. Su hermana, que era madre soltera, había vivido con ella durante algún tiempo —en aquella época su marido aún vivía— y Maria de Lourdes, que no había tenido hijos, a pesar de haberlo deseado tanto, siempre la observaba, fascinada, cuando amamantaba. Nunca había olvidado aquellos momentos, la expresión de felicidad en la cara de su hermana, la manera como sostenía al bebé, el rostro ansioso del niño succionando el pecho, lo recordaba todo como si hubiera sido ayer. Y aquella mujer no estaba amamantando al bebé, el niño ni siquiera era un bebé en edad de mamar, debía estar con la barriga llena, apenas recargaba el rostro en el pecho que le ofrecía.

Y otra cosa la incomodó: siempre que ponían una limosna en el cesto frente a ella, la mendiga sonreía, agradeciendo, una sonrisa amplia que mostraba todos los dientes, y aquel día Maria de Lourdes notó que sus dientes eran limpios, como los de alguien que se los lavaba siempre después de comer. Si había algo que Maria de Lourdes observaba en los demás eran los dientes, siempre se había cuidado mucho los dientes, pero nunca habían estado tan blancos y brillantes como los de aquella mendiga, ni siquiera cuando se los cepillaba furiosamente con bicarbonato de sodio. Y aquella mendiga exhibía una dentadura deslumbrante de artista de cine.

Regresó a casa caminando lentamente, infeliz. Aquel día horrible, vio al ciego mirando de reojo dentro del bote que sacudía al pedir limosna. Y la negra gorda era fuerte y saludable, podría trabajar como sirvienta, empleos de sirvienta había muchos. Tal vez Edviges tenía razón, eran todos unos farsantes. La rabia que sintió por los mendigos que la engañaban y por ella misma llenó de tristeza su corazón. Tengo que pedir perdón a Dios por estos malos pensamientos, murmuró, infeliz.

En la puerta del edificio donde vivía, se encontró con Edviges, que le sonrió, como si quisiera contentarse con ella.

—Apártate, desgraciada. Te odio, oíste, te odio —dijo Maria de Lourdes, empujando a Edviges.

Buscó la escalera, apurada, no quería que Edviges entrara con ella en el ascensor, su proximidad le haría daño. Subió los escalones corriendo, pidiendo perdón a Dios, pero antes de llegar al piso de su departamento se desmayó y rodó por las escaleras.

Oscuridad y lucidez

Al ser invitada a la fiesta de fin de año en casa de su amiga Luciana Picoli, Roberta Cunha le respondió que las fiestas de fin de año era peores que los bailes de quince años. Pero Luciana le garantizó que no permitiría a nadie vestirse de blanco, no habría fuegos artificiales, no se serviría Prosecco y antes de que llegara la medianoche no entonarían a coro ¡cinco!, ¡cuatro!, ¡tres!, ¡dos!, ¡uno!, seguido de gritos y abrazos etílicos.

—No voy a hacer la fiesta en el departamento de Vieira Souto, corremos el riesgo de que alguien sugiera fraternizar con la chusma supersticiosa en la arena de la playa infestada de macumberos, que llegan a montones de la Baixada, en autobuses especiales. Nos vamos a reunir en mi casa de Araras. Si te da una de aquellas crisis, puedes irte, no me voy a enojar. Necesitas salir más, una mujer guapa como tú, siempre encerrada en su casa.

—¿En Araras?

—Ya has ido, está muy arriba, en medio del bosque. ¿Quieres un mapita para orientarte?

—Sé dónde está, pero dame el mapa, es un camino complicado, no quiero perderme.

Por algún motivo, quedarse sola en casa el último día del año siempre hacía a Roberta Cunha sentirse infeliz. La soledad de su vida le molestaba, pero todos los hombres le causaban una especie de aversión y sus amigas eran unas idiotas frívolas. No esperaba nada de la fiesta de Luciana, a no ser pasar algunas horas de distracción. Y si eso no era posible, lo que probablemente ocurriría, se saldría a la francesa, en el momento en que el tedio la dominara.

A pesar de tener el mapa para orientarse, Roberta Cunha se perdió varias veces por el camino. Finalmente logró llegar, arrepentida de haber ido.

—Tal vez salga temprano, estacione mi coche en un lugar favorable —le dijo al valet parking.

Luciana Picoli la recibió con un abrazo apretado. Luciana le caía bien, a pesar de que era tan frívola como sus otras amigas.

—Creo que conoces a muchas de las personas que están aquí. Si necesitas algo, me dices.

Había varios hombres solteros y atractivos en la fiesta, pero Luciana no se atrevió a presentárselos a Roberta. Cierta vez, al intentar hacer algo parecido, Roberta, irritada, la llamó celestina.

Los meseros servían bebidas y bocadillos. Más tarde ofrecerían un buffet caliente. Roberta, con una copa de vino tinto en la mano, se quedó observando a los invitados. Las mujeres eran delgadas, elegantes, las más jóvenes exhibían sus abdómenes desnudos esculpidos en los gimnasios, algunos estaban adornados con piercings de oro o platino, incrustados con pequeñas piedras preciosas. La forma física de los hombres no era tan buena, ganar dinero y ser rico bastaba para satisfacer su vanidad. Roberta observó cómo las personas se sentaban, platicaban, bebían y hablaban unas con otras, exhalando consumismo y éxito. No se acercó a oír qué decían, seguramente hablaban de novedades difundidas por los periódicos y por la televisión por cable. Aquella gente le era completamente antipática. Era hora de irse.

Empezó su retirada estratégica caminando hasta uno de los balcones de la casa, fingiendo que quería observar el bosque oscuro. Era así como huía de las fiestas, evitando ser notada durante algún tiempo, antes de salir disimuladamente.

—¿Te gusta la oscuridad?

Un hombre apareció a su lado fumando un puro.

—¿Qué?

—¿Te molesta el humo del puro?

—No, mi padre fumaba puro.

—Hay quienes no toleran el olor del puro. Por eso vine a fumar aquí en este balcón aislado. Como no hay nada que ver desde este balcón oscuro, nadie viene aquí. Contemplabas la oscuridad. ¿Era lo que estabas buscando? Noté, allá adentro, que buscabas algo.

—Buscaba una manera de irme sin ser notada.

—Buscabas otra cosa.

—Pero no era la oscuridad.

—La oscuridad es una forma de encontrar la lucidez. Pero es difícil encontrarla.

—¿La lucidez?

—La oscuridad. Ya he estado en medio del bosque huyendo de la luz de la ciudad, pero no he logrado encontrar las verdaderas tinieblas. Descendía del cielo, por entre las copas de los árboles, incluso en las

206

noches nubladas o lluviosas, una palidez, un claroscuro de percepciones distorsionadas, un banquete de visiones fantasmagóricas para imaginaciones primitivas. Ver para creer, creer para ver, siempre la misma ilusión. Olvidé mencionar a los mosquitos y luciérnagas del bosque, que lastimaban mi piel y mis retinas. Les dejé el bosque a los insectos y regresé a casa.

—¿Te escapaste de algún manicomio?

—Todavía no me internan. Internar a un abogado en un manicomio no es una tarea fácil.

—¿Eres abogado?

—Sí. Y tú, ¿ya estuviste internada?

—A mí no me gusta la oscuridad. Cuando era pequeña, mi padre me encerraba en el sótano de la casa cuando hacía algo malo. El sótano era oscuro como boca de lobo, me moría de miedo.

—Pero te sigue gustando el olor a puro.

—Mi padre era un buen hombre. No tuve madre y era muy traviesa.

—¿Cuántos años tenías?

—Seis, siete, ocho años.

—Un buen hombre... Encerrada en el sótano: tu entrada al manicomio es cuestión de tiempo. A no ser que venzas ese miedo.

—¿Un abogado también entiende de esas cosas?

—Yo sí. ¿A qué te dedicas?

—Al diseño industrial.

En el balcón oscuro, Roberta no lograba ver muy bien a su interlocutor. No quería mirarlo de frente para observar cómo era exactamente, pero le gustaba el sonido de su voz y también sus pensamientos insólitos, aunque probablemente todo fuera una estrategia, decía cosas raras para mostrar que era un hombre diferente. Algunas mujeres se dejaban seducir mediante ese artificio. Pero ella no.

—¿Ya diseñaste alguna silla?

—Un tostador, un calendario electrónico, un reloj de pared, cosas más sencillas. Nunca me pidieron una silla.

—¿Por qué no andas enseñando el ombligo?

—Digamos que mi ombligo es feo.

—No hay ombligos feos. Todos poseen un significado trascendente preautonómico. Es una parte significativa del cuerpo, además de que es atractivo, fascinante, misterioso, en la mujer. El ombligo es vida.

—¿Y los ombligos de los hombres?

—No son atractivos.

—¿Preautonómico?

—El corte del cordón es el inicio de la autonomía del ser. ¿Nos vamos de aquí?

—Ve tú por adelante. Me va a costar trabajo encontrar el camino de regreso.

El hombre esperó a Roberta en el estacionamiento. Ella lo siguió en su auto por la carretera oscura de Araras. Cuando el hombre se detuvo al llegar a la autopista, los coches quedaron lado a lado.

—¿Vamos a Rio?

—No voy a seguirte sin saber cómo te llamas.

—Inácio Vieira.

—Roberta Cunha.

Él hizo un gesto, como si la saludara. Roberta lo imitó.

—Creo que ahora es mejor que yo vaya por delante. Conozco el camino y corres mucho —dijo Roberta.

Cuando llegaron a la ciudad, Roberta detuvo el coche en la puerta de un edificio de departamentos. Inácio bajó de su coche. Ella siguió sentada al volante.

—Aquí vivo.

Él abrió la puerta del coche para que Roberta saliera.

Entonces Roberta pudo mirarlo bien.

—¿Quieres subir?

—Solo si me ofreces un café.

—De acuerdo.

Subieron al departamento.

Inácio se quedó en la sala mientras Roberta preparaba el café. Cuando regresó, él estaba mirando los dibujos en su restirador.

—Trabajo en casa. Soy independiente. ¿Eres casado?

—No.

—¿Tienes novia?

—No. ¿Y tú?

—Ni marido ni novio.

—Yo debería preguntar cómo una muchacha guapa como tú no tiene novio, pero no voy a hacerlo.

—Es una pena que no pueda decir lo mismo. Tú no eres guapo.

—Mi madre me consideraba guapo.

—¿En serio?

—No. Ella consideraba guapo a mi hermano. Pero él ya murió, me liberé de ese peso.

—Tu entrada al manicomio también es cuestión de tiempo. Ah, se me olvidó que es difícil internar a un abogado.

—Incluso matar a un abogado es difícil.

—¿Quieres ver mi ombligo?

—Sí.

Roberta se levantó la blusa, revelando la barriga. Inácio, con la lengua, acarició el ombligo de Roberta.

—Me lo tengo que limpiar con un cotonete, es muy hondo, mete el dedo para que veas. ¿No es gracioso?

—¿Has hecho el amor con un hombre feo?

—No, hoy va a ser la primera vez.

Fue así como empezó todo. Roberta nunca se acostaba con un hombre en la primera cita, era algo vulgar, poco elegante. Pero el último día del año predispone a las personas a cometer actos intempestivos.

Al día siguiente, Roberta llamó a Luciana, en Araras.

—Conocí a un hombre muy... extraño, en tu casa, ayer.

—¿Entonces fue por eso que desapareciste de repente? Pensé que la fiesta te estaba pareciendo aburrida. ¿Llegaste a probar el buffet? Estaba maravilloso. Y el vino era el Bordeaux que tanto aprecias.

—Los buffets de tu casa son siempre una maravilla. Tomé solamente una copa de vino, que estaba excelente. Sin embargo, decidimos irnos, no porque el ambiente fuera desagradable, sino porque queríamos conversar tranquilamente.

—¿Y quién es esa figura tan fascinante que hizo que abandonaras mi fiesta?

—Su nombre es Inácio Vieira.

—¿Inácio Vieira? ¿Cómo es?

—Es un abogado, inteligente, ni guapo ni feo, parece un perro.

—¿Un perro? ¡Madre de Dios!

—Uno de esos perros grandes de mirada dulce. Es encantador.

—No conozco a ningún Inácio Vieira, mucho menos con cara de perro.

—No tiene cara de perro, recuerda a un perro.

—Probablemente vino con alguno de los invitados. ¿Dónde vive?

—No lo sé.

—¿Cuando salieron, a dónde fueron?

—Me llevó a mi casa.

Roberta no iba a contarle a Luciana lo que realmente había sucedido. No tenía el valor.

—¿Solo eso?

—Sí. Conversamos un poco en la puerta del edificio y se fue.

—Ese cara de perro debe ser muy interesante para impresionarte tanto, en tan poco tiempo. Me tienes que presentar a ese personaje.

Cuando colgó el teléfono, Roberta sintió ganas de hablarle a Inácio y buscó su nombre en el directorio telefónico. No lo encontró. Era realmente el tipo de hombre que no permitiría que su nombre apareciera en el directorio. No le había dejado su número, le había dicho que la llamaría. «¿Tienes un papel donde apuntar mi número?», le preguntó, y él le contestó, tocando la cabeza con el dedo: «Dímelo, lo apunto aquí».

Roberta esperó, ansiosa, durante tres días, una llamada de Inácio. La contestadora permaneció muda. El chiflado debe haber olvidado mi número, pensó.

El cuarto día, Inácio llamó.

—Quiero que conozcas mi casa. ¿Puedo pasar por ti? Son las ocho, paso a las nueve. ¿Es muy tarde?

—No, no y no.

Roberta vivía en Leblon. El viaje a casa de Inácio fue largo. Roberta nunca había ido a aquella zona de la ciudad, las calles le eran totalmente desconocidas. La casa estaba en un lugar aislado, en medio de una gran y densa arboleda, una casa grande, antigua, de dos pisos y un ático con una pequeña ventana.

—¿Qué lugar es este?

—Puedes llamarlo Alto da Boa Vista.

Las luces de la casa estaban todas prendidas. La puerta principal, de madera sólida, con altorrelieves, daba a un salón enorme, decorado con muebles y cuadros antiguos, además de un gran librero repleto. Roberta leyó el lomo de algunos libros. Ninguno era de Derecho o de algún tema similar.

—¿Te gusta mi casa? Es de mi familia desde los tiempos de mi bisabuelo.

Inácio la llevó hasta una de las ventanas. Apuntó con la mano:

—Un día vamos a subir juntos por ese bosque hasta el Pico do Papagaio.

—¿Entonces ese es el bosque a donde te metes en busca de la oscuridad?

—Es uno de ellos. Pero las tinieblas ya no existen en la naturaleza.

Inácio llevó a Roberta a visitar las innumerables habitaciones de la casa.

—Una casa grande como esta debe exigir un montón de sirvientes.

—Dos sirvientes para la limpieza, dos camareras, dos jardineros y una cocinera. Todos trabajan durante el día. No me gusta que la servidumbre viva en la casa.

—¿Y la cena?

—Ceno fuera. Pero tengo alimentos para satisfacer un acceso de hambre inesperado. Quesos, frutas, galletas, latas... y el vino que a ti te gusta tanto. Voy por una botella a la cava.

Regresó con dos copas y una botella.

—¿Cómo sabes que a mí me gusta este vino?

—En aquella fiesta bebías vino tinto. Y el mejor vino tinto es el Bordeaux.

—Luciana me dijo que no te conoce. ¿Cómo fuiste a dar a aquella fiesta?

—Me colé. Supe que había aquella fiesta en medio del bosque. ¿Viste mi coche?

—¿Qué pasa con tu coche?

—Es un auto nuevo. Llegas con un auto nuevo a cualquier fiesta de fin de año en la sierra y los acomodadores piensan que eres uno de los invitados. Lo difícil es colarse a una fiesta de *forró*.*

—¿Ya has ido a una fiesta de *forró*?

—No logré colarme.

—¿Con todo y coche nuevo?

—En las fiestas de *forró* no hay estacionamiento. Ahora voy a apagar las luces de la casa.

—¿A apagar las luces?

—Es un experimento.

Inácio apagó todas las luces.

Roberta se quedó en la oscuridad un poco asustada. Recordó el sótano donde la encerraban cuando era niña.

—Como puedes observar, después de un rato, tampoco hay oscuridad en mi casa, aun con todas las luces apagadas. Las cortinas de la ventana no impiden que entre alguna claridad de la calle lejana, de una casa aislada en medio del bosque, o de la que baja del cielo nocturno. La oscuridad en el mundo se acabó. Puedes ver mi silueta, ¿no? Ahora, cierra los ojos, por favor.

Roberta, nerviosa, cerró los ojos.

—¿Está más oscuro con los ojos cerrados? No, no está más oscuro. Los ojos cerrados crean una pseudooscuridad llena de manchas de un color café palpitante, la visión del interior de tus párpados. La oscuridad perfecta solo puede verse plenamente con los ojos abiertos. Pero tengo un lugar donde eso puede suceder.

Inácio prendió las luces de la casa.

* Ritmo originario del noreste brasileño comúnmente asociado a las fiestas populares.

Volvieron a beber. El vino y las luces encendidas disiparon la desesperación de Roberta.

Hicieron el amor con las luces prendidas. El placer que Roberta sintió la primera vez fue aún mayor. Inácio sabía qué partes de su cuerpo eran más sensibles y no tenía prisa, y las sensaciones se sucedían hasta que ella nuevamente se entregaba a un lánguido orgasmo.

—Ojalá no tuviera que irme. ¿Puedo dormir aquí?

—Desgraciadamente, no. Te voy a llevar a tu casa.

—¿Puedo volver mañana?

—Sí. Por la noche.

—Pero no sé llegar.

—Paso por ti. ¿A la misma hora?

El día siguiente, Roberta permaneció mirando su restirador sin poder trabajar, pensando en la cita con Inácio.

Durante un mes se encontraron todas las noches. Inácio siempre pasaba por ella a su casa. Ella difícilmente podía concentrarse en su trabajo.

Una noche, cuando entró en el auto de Inácio, le preguntó:

—¿Crees en el amor? Dime que sí, porque te amo.

—¿Así de repente?

—Solo existe el amor-así-de-repente. ¿Me amas? Nunca antes amé a ningún hombre.

—Antes de responder, quiero que pruebes que me amas realmente.

—Hago lo que quieras.

Llegaron a casa de Inácio, comieron quesos, tomaron vino e hicieron el amor, Roberta de manera aún más ardiente que las otras veces.

—¿Esa prueba es suficiente?

—La prueba es otra. ¿Recuerdas que te dije que hay un lugar donde existe la oscuridad perfecta?

—Sí.

—Quiero que disfrutes el inefable placer de la oscuridad plena.

—Está bien. ¿Cierro los ojos, o qué?

—Quiero que vengas conmigo al sótano de la casa.

—¿Sótano? Yo le temo a los sótanos. Sé que es un sentimiento infantil...

—¿Tu amor no es más grande que eso?

—Me puede dar pánico, o algo peor.

—No quiero presionarte, pero la prueba es esa.

—¿Pero me amas?

—Te contesto después de la prueba.

—Estás loco.

—Ya me lo dijiste. El sótano es limpio, no tiene insectos ni olores desagradables, un aparato de aire acondicionado central refresca el ambiente. Solo apago las luces cuando tú me digas.

—Está bien —dijo Roberta, titubeante.

Bajaron por una larga escalera de piedra y llegaron a una puerta de metal.

—Mandé a hacer esta puerta. Se cierra herméticamente. El sótano también es a prueba de ruidos.

Inácio sacó una llave del bolsillo y abrió la puerta, que era gruesa como la de una caja fuerte.

—¿Para qué esa llave?

—No me gusta que los sirvientes entren aquí sin permiso.

Las paredes del sótano eran lisas, estaban cubiertas de un material oscuro que parecía absorber la luz que venía del pasillo. En un rincón, había una cama, con una sábana que parecía de lino. En medio del recinto estaba el aire acondicionado.

—¿Nos vamos a quedar en la oscuridad haciendo el amor en aquella cama?

—Hoy no. Hoy vas a quedarte tú sola aquí, durante algún tiempo.

—¿En la oscuridad? ¿Vas a encerrarme sola en la oscuridad?

—Sí, en la oscuridad, sola.

—No puedo. Tengo miedo. No me obligues a hacerlo.

—No te estoy obligando. Estoy poniendo a prueba tu amor por mí, al mismo tiempo que te daré la oportunidad de disfrutar de la mayor de todas las experiencias negadas al ser humano: la oscuridad absoluta. Si sientes lo que siento, entonces sabré si te amo.

—Estás realmente loco, ¿sabes? Quiero irme.

—Entonces vete. Las llaves de mi coche están puestas. Me voy a quedar un rato aquí.

Roberta salió corriendo. Escuchó la puerta cerrándose, el ruido del pasador de la cerradura. Subió las escaleras de piedra, siempre corriendo, hasta que llegó al patio donde estaba el coche de Inácio. Entró, se sentó al volante, y observó con un suspiro de alivio las llaves puestas. Esperó algún tiempo a que su corazón se tranquilizara.

Media hora después, salió del auto y entró nuevamente en la casa. Bajó las escaleras de piedra y fue hasta a la puerta del sótano.

Tocó la puerta, gritando:

—Inácio, déjame entrar.

Durante algún tiempo gritó, tocó la puerta con fuerza, hiriéndose las manos. No me puede escuchar, pensó, recordando que el sótano era a prueba de ruidos.

Se sentó en el suelo, con la espalda apoyada en la puerta. Inácio iba a tener que salir de ahí, lo iba a esperar. Estaba tan cansada que se durmió y soñó con su padre, pero no fue una pesadilla.

Éxito

Baja de la cama diciendo hijos de puta. Hijos de puta son las personas, el día que está naciendo, el café que no se va a tomar; el periódico que no va a leer, el trabajo, el éxito, la ciudad, el mundo entero.

Sabe que no está padeciendo ninguna depresión. Un deprimido no siente odio, él está sintiendo odio, a las personas y las cosas. Más a las personas que a las cosas. El auto es una cosa despreciable, pero cualquier persona es aún más repulsiva que esa máquina estúpida. Está hablando consigo mismo, ¿pero por eso está loco? No se bañó ni se afeitó. ¿Por eso está loco? La semana pasada salió a una sesión de psicoanálisis, pero para eso es necesario tener fe, creer en las brujas y en cosas por el estilo, pero si incluso Dios está entre los hijos de puta, ¿qué puede decirse del psicoanalista? No era un neurótico que necesitara muletas. Quien las necesita es el estúpido analista, sus muletas son los embusteros, los vomitadores que van ahí a pedir auxilio. Le pagó al hijo de puta y se regresó a su casa.

Tiene éxito en lo que hace, gana dinero. El conjunto de sus funciones orgánicas es perfecto, lo aleja de la muerte y lo ayuda a pensar, a eyacular cuando es necesario y a defecar diariamente —y a cargar las maletas sin esfuerzo. Pero ya no pretende viajar; no importa a dónde vaya, todo es la misma porquería. El éxito es repulsivo, casi tanto como las personas. Cada vez tiene más éxito y está rodeado por más personas asquerosas y estúpidas.

Existe la música, la poesía. Salen con la orina. Las cosas buenas salen con la orina.

¿Y la mujer que le preguntó me amas y él le contestó que sí?

Desafortunadamente, la vida no es una historia con final feliz.

—Eh, Roberto, abre la puerta.

—Jódete.

—Angélica está aquí conmigo.

—Quiero estar solo.

—Abre la puerta.

—Vete a la mierda.

—Angélica está aquí conmigo.

—Es mentira. Lo mismo dijiste ayer y era mentira. Vete a la mierda.

—Aquí estoy, Roberto.

—Están pensando que estoy drogado. No lo estoy, ni siquiera tomé agua.

—Sí, ya lo sé. Abre la puerta, mi amor.

—No me digas mi amor. Me preguntaste si te amo, y yo respondí que sí, pero tú no me amas. Tú dijiste ya no te amo.

—Fue aquel asunto de las mujeres...

—Eran dos zorras enviadas por una alcahueta. Ni siquiera supe cómo se llamaban.

—Yo me quedé herida, pero ahora ya no lo estoy.

—No sé si eres realmente Angélica. El mundo está lleno de hijos de puta que imitan voces. Y no tengo una maldita mirilla en la puerta.

—¿No reconoces mi voz?

—¿Cómo te digo cuando estamos en la cama?

—Blancucha. Abre la puerta.

—Dile a ese maricón que está contigo que se largue.

—Lárgate, Artur. Déjame, vete. Roberto, Artur ya se fue, estoy yo aquí sola, no hay nadie más. Abre la puerta. Te amo. Abre la puerta, por favor, me necesitas. Abre la puerta.

—¿Qué fue lo que te di el día de tu cumpleaños?

—Un coche.

—¿Te di ese regalo de mierda?

—Sí.

—¿De qué marca?

—Fue un Peugeot.

—Carajo, un coche francés. Los franceses son unos putos.

—Abre la puerta. Ya viste que realmente soy yo. Te amo. Sé que tú también me amas. Abre la puerta.

Él abre la puerta. Dos hombres de blanco entran, lo agarran, forcejean.

—Angélica —grita, mirando a todos lados, sin verla.

¿Estos putos piensan que está loco? Está cansado de rodar por el piso. Los hombres lo inyectan en el brazo.

Las nueve treinta

Las nueve treinta. Veo las manecillas detenidas en el reloj de pulso. Al acostarme, lo dejo sobre el buró, pues despierto a mitad de la noche y miro la carátula, las nueve treinta. Cuando me levanto, meto el reloj en el bolsillo, de donde puedo sacarlo para ver la hora, las nueve treinta. Fue la hora en que el reloj se detuvo. En la esquina de Joaquim Nabuco con Vieira Souto.

Me quedo rumiando estúpidamente mi sufrimiento, mi odio sin objetivo, mi frustración. No existe nada peor que lamentarse, o estar diciendo que Dios así lo quiso, o el Diablo, da igual. Voy a pasar el resto de mi vida viendo la hora en el reloj, las nueve treinta, y sintiéndome un miserable.

El abogado de Luciana me llama. Quiere hablar conmigo, es un asunto importante, tiene que ser personalmente. Voy a su despacho.

No esperaba encontrar a mi exmujer. Cuando me ve, Luciana me pregunta:

—¿Ya regresaste al lugar del crimen, asesino?

—Señora Luciana, por favor... —le dice el abogado.

—¿No es lo que hacen todos los asesinos?

Ella me odiaba desde antes, y su rencor, después de las nueve treinta de aquel día, aumentó todavía más.

—Con permiso, licenciado, no soporto estar cerca de este monstruo. Lo hizo para vengarse de mí —dice Luciana saliendo de la sala.

El abogado la sigue. Regresa después de un rato.

—Está muy alterada con lo que sucedió.

—Lo sé. ¿Dejamos el asunto que quería discutir conmigo para otra ocasión? —le pregunto.

—¿La próxima semana?

—De acuerdo —le digo al abogado. Acordamos una fecha, que apunto en mi agenda de bolsillo.

Cuando nos separamos, seis meses antes de que sucediera aquella desgracia, Luciana se quedó con el departamento, la casa de campo, el

217

coche, la custodia de mi hija, las nueve treinta, obtuvo una pensión que es la mitad de mis ingresos mensuales. ¿Qué más quiere Luciana? Quiere destruirme.

Pero la reunión en el despacho del abogado tuvo su lado bueno. Saco el reloj del bolsillo y miro la carátula. Las nueve treinta. Luciana, con sus ofensas sórdidas, «¿Ya regresaste al lugar del crimen, asesino?», me hizo entender, por primera vez, lo que me dice el reloj, con aquella hora que nunca cambia. Ahora sé por qué miro constantemente la carátula. Yo tenía todo a mi disposición, la hora y el lugar, todas las cartas, solo que no sabía cómo usarlas.

Me quedo despierto toda la noche, tomando café, excitado. Salgo de la casa tan pronto amanece, quiero llegar a la esquina de Joaquim Nabuco con Vieira Souto antes de las siete, cuando el sentido de los dos carriles de la playa va en dirección a la ciudad, y esperar a que dé la hora que marca el reloj detenido. Pero constato, desesperado, que necesito comprarme gafas nuevas para llevar adelante mi plan.

Voy al oculista, mando hacer las gafas, me quedo irritado con la tardanza. No puedo desperdiciar el tiempo ahora que tengo un plan.

Regreso, con las gafas nuevas, a la esquina de Vieira Souto y Joaquim Nabuco. Logro ver con nitidez los autos y las placas. No sale de mi mente el coche gris que rebasa en la curva al del carril interior. Reconoceré el auto gris, que conduce un hombre de cabello corto castaño claro, con camisa de vestir y corbata, que sujeta el volante con los brazos extendidos, cuando pase por ahí de nuevo, a las nueve treinta. El asesino siempre regresa al lugar del crimen.

Me quedo en la esquina con lápiz y papel en la mano, para apuntar las placas del coche y proseguir mi plan. Pero el coche no aparece. A las diez, el tráfico vuelve a la normalidad, ahora el carril interior no va en dirección a la ciudad, los autos ya no pueden dar vuelta a la izquierda en la calle Joaquim Nabuco rumbo a la ciudad.

El hombre usaba camisa de vestir y corbata, debía de traer un saco en el asiento de al lado, es lo que yo hago cuando voy a mi oficina manejando.

Al día siguiente, de nuevo me quedo en la esquina, con lápiz y papel en la mano, mucho antes de que el sentido del tráfico cambie, y me voy solamente cuando el tráfico vuelve a la normalidad. El coche no aparece, sé que no pudo haber pasado sin que yo lo viera.

Llego a la casa deprimido. ¿Y si su horario y el trayecto son otros, si aquel día estaba yendo a tomar un avión al aeropuerto Santos Dumont?

Un hombre de cabello corto manejando un coche gris. «¿No me puede dar algún otro detalle?», me preguntó el policía, «¿la marca del vehículo, las placas?» Respondí que no sabía nada más, solo que el auto era gris y las placas eran de Río. Se me olvidó decirle que el hombre traía corbata y camisa de vestir y que manejaba con los brazos extendidos, pero el policía iba a pensar que eso también era poco. Yo estaba confundido, todavía atónito, sufría mucho por lo que había sucedido. Fue muy rápido, el auto se abrió para rebasar y atropelló a mi hija y la aventó lejos. Yo me sentía culpable por haber estado con ella a mi lado, sobre el asfalto aunque junto a la acera, esperando una oportunidad para cruzar la Joaquim Nabuco. «Mi hija estaba pasando esa semana conmigo. El conductor nos vio, no podía dejar de vernos.» El policía escuchó en silencio. «Fue ella quien me pidió que la llevara a la playa de Arpoador por la mañana», agregué, como si le correspondiera al policía perdonarme, intentando inconscientemente compartir mi culpa con mi hija muerta.

Ahora sé por qué me incliné sobre ella y le quité el reloj de pulso con el vidrio roto. Fue un gesto mecánico, pero algo me hizo tomar el reloj barato que mi hija llevaba y no la cadena con la medallita en torno a su cuello. El reloj era la pista para encontrar al criminal. Tardé en descubrirlo, pero, ahora que lo sé, necesito concentrar mis fuerzas, preservar mi lucidez para lograr mi objetivo, encontrar al asesino. Seguramente todavía no ha pasado por aquella esquina porque el coche debe estar en un taller, se abolló con el choque. Las nueve treinta.

Dos días más tarde el coche aparece, un poco después de las nueve treinta, siento una especie de euforia cuando lo veo aparecer, rebasando en la curva de la misma manera imprudente. Al volante, el hombre de cabello corto, camisa de vestir y corbata, manejando con los brazos extendidos, tiene prisa, veo su rostro. ¿Será que aún se acuerda de que fue ahí donde mató a una niña? No logro apuntar las placas, quise ver bien al hombre, cometí un error. Pero sé que va a regresar al lugar del crimen.

Al día siguiente, logro apuntar las placas del coche. Pero no voy a dar esa información a la policía. Voy a descubrir, yo mismo, el nombre y la dirección del dueño del auto en el Departamento de Tránsito.

No es difícil obtener esa información. Su nombre es Paulo Ramos. Vive en Barra. Cuando llega a la Joaquim Nabuco su prisa por llegar a la ciudad debe aumentar, está impaciente con el tráfico pesado de aquella hora, quiere aprovechar, además de los dos carriles a lo largo de las playas de Leblon e Ipanema, los carriles de Copacabana, en dirección a la ciudad, antes que uno de ellos cierre, a las diez. Si es necesario, mata a alguien en el camino.

Tomo mi coche y voy hasta el condominio donde vive. Para llegar a la avenida Sernambetiba tiene que manejar por una carretera privada, sin casas, de unos quinientos metros. Lo veo salir e intento seguirlo, pero corre mucho, rápidamente lo pierdo de vista, en la avenida. Eso no importa, sé la hora en que sale de su casa.

Nunca maté a nadie. La manera más fácil es con un arma de fuego. Sé cómo usarlas, ya tuve un revólver, se lo di al cuidador de mi casa de campo, que ahora es solo de Luciana. ¿Dónde puedo comprar un arma? ¿Alguien en mi oficina sabe? Estoy de vacaciones y me aparezco en el trabajo para preguntar dónde puedo comprar un revólver. ¿Preguntarle a quién? Son todos, como yo, burgueses timoratos que solo piensan en ganar dinero de una manera que la sociedad considera honesta.

Tal vez Vlamir me pueda ayudar. Vlamir era un profesionista competente, las drogas acabaron con él, debe conocer gente del bajo mundo, sus proveedores. Me lo encontré hace poco. Me dijo que estaba desempleado y me preguntó si lo podía ayudar. Tengo su teléfono. Está en la agenda. Lo cito en mi casa.

—Ando mal —dice Vlamir, cuando le pregunto cómo van las cosas.

Se le ve en la cara que está enfermo. Pero no puedo perder tiempo con conmiseraciones.

—Necesito un favor tuyo.

—¿Tú, un favor mío? Si puedo, lo hago. Te debo aquel dinero que me prestaste. Pero te lo voy a pagar.

—Olvídalo. El favor que te voy pedir es muy urgente. Necesito un revólver en buen estado. Con balas.

—¿Un revólver? ¿Para qué quieres un revólver?

—Eso no es de tu incumbencia. ¿Puedes o no? ¿Con uno de tus amigos? Pago el precio que sea.

—Voy a ver.

—Quiero que me contestes ahora.

—Conozco a un tipo...

—Háblale. Hoy. Tengo mucha prisa.

—¿Puedes adelantarme algo?

—Sí.

Le doy una buena suma.

—No me interesa cuánto va a costar. Te pago la diferencia cuando me entregues el arma.

—Puedes confiar en mí. No voy, no voy...

—Sé que no vas a gastarte ese dinero en forma equivocada... No eres tonto, sabes que después tendrás mucho más.

—Tonto no soy —repite—, soy todo, menos tonto.

Al día siguiente, Vlamir vuelve a encontrarse conmigo. Mi encargo está envuelto en papel manila. Es un arma pequeña, en buen estado, parece nueva y las balas también. Calibre veintidós, pero sirve, es incluso mejor, hace menos ruido. Vlamir menciona el valor total de la transacción. Sé que una parte del dinero que le estoy dando la gastará en drogas, pero no me importa, merece su gratificación.

—Si te metes en algún lío, no me involucres, ya estoy suficientemente jodido —dice.

—Yo confié en ti, ahora es tu turno de confiar en mí, no te preocupes.

—¿Vas a matar a alguien?

—A un perro.

—Eso no es nada.

—No, no es nada.

—Pero yo no mataría a un perro —dice Vlamir, al despedirse.

Tampoco yo, digo en voz alta, mientras cargo el cilindro del revólver. Últimamente he comenzado a hablar solo.

Estoy en mi coche, de saco y corbata, gafas sin armazón, con una caja en las manos, en la carretera por donde Paulo Ramos tiene que pasar, después de salir del condominio. Cuando aparece su coche, toco el claxon y hago un gesto para que se detenga. Bajo, cargando la caja conmigo.

—¿Su nombre es Paulo Ramos?

Jamás se me olvidará aquel rostro de cabello corto castaño claro, camisa de vestir con corbata. Noto el saco en el asiento contiguo. Tranquilo, con las manos en el volante, mira hacia la figura respetable, amable e inofensiva al lado de su coche.

—Tengo un paquete para usted —digo, abriendo la caja.

Él empieza a decir algo, pero lo interrumpe el primer disparo que le doy en la cara. El estampido no es muy fuerte. Vacío el cilindro, dos tiros más en la cabeza y tres en el pecho.

Subo a mi coche y me voy. Si alguien escuchó los disparos, no vino a ver de qué se trataba.

Manejo por la avenida Sernambetiba. La cantidad de coches aumenta, todo mundo va apurado, queriendo llegar pronto, pero yo ya llegué a donde quería y no tengo prisa. Prendo el radio.

Pasado mañana es Navidad. Ese día jamás me ha gustado, pero creo que este año me va a gustar. Estoy hablando solo, en el coche.

Cuadernito de nombres

Después de separarme, compré un cuadernito donde escribía los nombres de las mujeres con las que me acostaba.

Cuando estaba casado, no tenía ningún cuadernito, mi mujer era muy posesiva y sus crisis de celos, además de largas, eran muy teatrales. Rasgaba mi ropa nueva. Yo no le daba la menor importancia a eso.

A Nice le escondía la existencia de las otras mujeres que habitaban mi mundo. Aún no tenía un cuadernito en aquella época, pero ya me acostaba con otras. Los celos de Nice los causaba siempre un gesto inocente de mi parte, como mirar a una tipa que pasaba cerca de nuestra mesa en el restaurante. A veces, en un mero ejercicio especulativo, me imaginaba qué haría si supiera que yo cogía con otras mujeres. Pero no corría riesgos. Las libretitas de direcciones, las cartas, los retratos, todas esas cosas clandestinas siempre son descubiertas.

¿Por qué me separé? Tal vez porque ya no soportaba tener que usar la ropa —a la última moda— que Nice me compraba. Durante algún tiempo me pareció gracioso verme enfundado en aquella indumentaria. Tengo sentido del humor, como todo tipo perezoso. Me acuerdo de una cena, estaban presentes los habituales personajes que se visten con esmero en esas ocasiones, cuando una de las mujeres, una pelirroja guapa, elogió mi traje. Le dije que Nice lo había escogido. La pelirroja se volteó hacia el marido, un abogado vestido formalmente que sudaba hasta por los codos a pesar del aire acondicionado, y le dijo que debía seguir mi ejemplo. El resto de la noche, las parejas presentes —había profesionistas, empresarios, incluso una artista plástica, la mayoría vestida de acuerdo con los dictados estilísticos de la época— discutieron si las mujeres debían o no escoger la ropa que sus maridos usaban. Fue un debate acalorado y extenso, el abogado hablador, a quien yo no le caía bien, fue uno de los más elocuentes.

Al día siguiente, empaqué mi ropa vieja y algunos libros, los de poesía, y me mudé. Mi exmujer era tan ingenua que rasgó toda mi ropa nueva, la que yo había dejado en el departamento, pensando que se vengaba de mí, y contrató al abogado bobalicón, que sudaba en la cena, para que me sacara hasta el hígado, pero logró menos de lo que ella quería. Mi unión con Nice había durado tres años, alimentada por la inercia, esa cualidad pasiva que hace que uno resista los rutinarios sismos de todo matrimonio, sin importar la magnitud de la escala de Richter.

Soy un indolente. Pero mi flojera nunca interfirió en mi motivación de conquistar y poseer mujeres. Solo que no quiero casarme de nuevo. En la vida todo es motivación. Es una energía psíquica, como dicen los estudiosos, una tensión que pone en movimiento el organismo humano, determinando nuestro comportamiento. A veces pienso que, en mi caso, es también una maldición.

¿Qué mujeres quería conquistar? ¿Famosas? No me interesaban. Una mujer famosa, no importa el origen de su celebridad, suele tener más defectos que atractivos, por más bonita que sea. ¿Ricas? Cero motivación. ¿Cultas? Cero motivación. ¿Elegantes? Eso ya es interesante, pero no basta —evidentemente no hablo de la ropa, la elegancia es otra cosa. ¿Deportistas? ¿Para qué? ¿Para correr conmigo en la playa con uno de esos medidores de ritmo cardiaco pegado al pecho? Cero, evidentemente. Yo quería mujeres guapas y divertidas. Solo eso. Es cierto que si eran un poquito feas pero tenían buen cuerpo, entraban en mi cuadernito. Por cierto, un buen cuerpo era más importante que una cara bonita.

¿Qué dificultades encontraba para conseguir el personal registrado en mi cuadernito? Yo quería mujeres guapas, pero a veces sucedía que la mujer guapa era también inteligente. Teóricamente, una mujer inteligente percibiría de inmediato que soy un mujeriego. Teóricamente. Pero, en la práctica, son todavía más ilusas que las tontas. Como, por ejemplo, la penúltima, llamada Safira, que entró en mi cuadernito.

Antes de seguir adelante, debo decir que me gusta cogerme a las mujeres al día siguiente a aquel en que las conozco, ya que el mismo día es un apresuramiento que se debe evitar, la prisa es enemiga de la perfección. Este, por cierto, es uno de mis clichés favoritos, no me importa usar lugares comunes, son siempre la concepción clara de una realidad, aunque estén gastados por el abuso. Pero, como decía, en el segundo encuentro con Safira yo, como de costumbre, sugerí que nos fuéramos a la cama.

—¿No te parece que debemos esperar el momento adecuado?

Tengo siempre un buen cliché en la manga.

—*Boire sans soif et faire l'amour en tout temps, madame, il n'y a que ça qui nous distingue des autres bêtes.* Beaumarchais, *Mariage de Figaro* —respondí.

Se me olvidó decir que sé hablar francés, cualquier haragán logra aprender francés. Safira era joven, no conocía ese refrán centenario ni al autor de la pieza, solo la ópera de Mozart, sabía un poco de francés, pero como era razonablemente inteligente entendió que yo estaba diciendo una verdad: lo que nos diferencia de los animales es que bebemos cuando no sentimos sed y hacemos el amor en cualquier momento. Forma parte de la naturaleza humana, de nuestra esencia. Entonces, Safira percibió que debía seguir sus más puros instintos y se acostó conmigo. Pude poner su nombre en el cuadernito, con una breve nota sobre sus características principales.

Podría contar otros casos, innumerables, sin embargo siento que estoy siendo prolijo. Pero no puedo dejar de hablar de Andressa. Es ejemplo de un caso difícil.

Andressa era hija de nuevos ricos —en esa esfera social nadie le pone a una hija nombres como Maria. Ella evitó acostarse conmigo el primer día, el segundo, el tercero e incluso —¿increíble, no?— el cuarto día.

—¿Es así como ves a las mujeres? ¿Como me ves a mí? ¿Como un objeto sexual? —me preguntó, en mi última tentativa.

Protesté con vehemencia, le dije que me atraían sus atributos físicos, morales y mentales, su personalidad como un todo.

Sentí que mi afirmación categórica no la había convencido. Aún tenía fuertes dudas respecto a mí, a si yo merecía o no su confianza.

Para un indolente como yo, esa dificultad podría ser poco estimulante. Pero, como dije, mi motivación, o maldición, era tan fuerte como la de Sísifo.

Logré, con mucho esfuerzo, convencerla de que fuera, una vez más a mi departamento. Ese día crítico, olvidé sobre la mesa de la sala el cuadernito con los nombres de las mujeres, en cuya portada roja estaba escrito: *Las mujeres que amé.*

Y sucedió lo que no podía dejar de suceder. Andressa encontró el cuadernito y lo tomó, estaba demasiado a la vista, con su portada escandalosa. Las mujeres son curiosas, como lo sabemos, y siempre descubren esas cosas clandestinas. Mala suerte para quien no lo sabe.

—Las mujeres que amé —dijo Andressa, al leer la portada del cuadernito.

Yo estaba cerca. Corrí y arrebaté el cuadernito rojo de sus manos.

—Discúlpame —dije, nervioso—, pero este cuadernito contiene cosas que no me gustaría que leyeras. Perdón.

—¿Por qué? ¿Qué hay en él además de los nombres?

—Bueno...

—¿Qué más?

Puse el cuadernito en el bolsillo y junté las manos, como en una oración, en el mejor estilo de un italiano suplicante:

—Por favor, no me pidas que te deje leer este cuadernito.

—Nombres de mujeres... —repitió Andressa, con desprecio en la voz—. ¿Y qué más contiene esa cosa, que yo no pueda leer?

Me pasé la mano por la frente y guardé silencio. Además de los nombres, había en el cuadernito una breve nota sobre las particularidades de cada mujer. Yo no lograba esconder mi vergüenza, pienso que incluso me ruboricé.

—Anda, dímelo rápido. ¿Qué es lo que tiene, además de los nombres?

—Las... ah... características... de cada una de ellas.

—Qué cosa más sórdida. ¿Apuntas en un cuadernito las obscenidades que practicaste con las mujeres que dices haber amado?

—No es así.

Andressa tomó su bolsa, que había dejado sobre una silla.

—Nunca pensé que alguien pudiera ser tan canalla.

Cuando ya estaba en la puerta, a punto de salir, la detuve. Saqué el cuadernito del bolsillo.

—Puedes leerlo. Por favor, no te vayas.

Ella se detuvo, indecisa.

—No quiero leer esa porquería.

—Ahora tienes que leerlo, después de todas esas cosas horribles que dijiste de mí. Merezco por lo menos que aceptes mi petición, dame la oportunidad de probarte que soy un hombre honesto. Te amo.

Me tallé los ojos, como alguien a punto de llorar.

—¿De la misma manera como amaste a las decenas de mujeres de tu cuadernito?

—Léelo, te lo imploro.

Le entregué el cuadernito.

Ella dudó un poco. Empezó a leer, y su rostro, poco a poco, fue demostrando sorpresa. Caminó al centro de la sala y puso la bolsa de nuevo sobre la silla.

—Son solo cinco nombres —dijo Andressa.

—Lee lo que está escrito —dije.

—Ya lo leí. Perdón —dijo Andressa.

—Solo te perdono si lees lo que está ahí en voz alta.

Andressa leyó:

—Marta. Le gustan los gatos y ver la puesta de sol. Silvia. Se preocupa por la ecología. Luíza. Adora el lirismo de Florbela Espanca.

Renata. Canta las canciones de Cole Porter mejor que nadie. Lourdes. Tiene una linda colección de orquídeas. ¿Son solo esas cinco?

—Ahora, seis, contigo, que vas a clausurar ese cuadernito para siempre.

—¿Quién es Florbela?

—Una poeta portuguesa.

—¿Me perdonas?

—Claro. La culpa del malentendido fue toda mía.

—¿Mi nombre aún no está en el cuadernito? ¿Qué vas a escribir?

Le quité el cuadernito de las manos. Escribí:

—Andressa. Sofisticada, generosa, inteligente, linda como una princesa de cuentos de hadas.

Andressa leyó lo que yo había escrito para ella. Me abrazó, cariñosamente. Nos fuimos a la cama.

Pasó la noche conmigo. Mientras teníamos sexo, me llamó mi amor varias veces.

En la mañana, cuando se fue, tomé el cuadernito de nombres que Andressa había dejado sobre la mesa y lo metí en un cajón cerrado con llave, donde estaba el otro cuadernito, el verdadero, de discreta portada gris, que contenía, resumidamente, las peculiaridades reales y los nombres de las decenas de mujeres que me había cogido. El de la portada roja, que Andressa leyó, era una falsificación que yo, astutamente, había preparado para aquella difícil tarea. ¡Cinco días!

Con mi mejor caligrafía, escribí en el cuadernito verdadero:

—Andressa. Chupa. Anal. Celulitis. No sabe quién es Florbela Espanca.

Shakespeare

Emília era una bella joven con quien yo mantenía una relación amorosa. No vivíamos en la misma casa. El matrimonio, u otra cosa parecida, no es bueno para los amantes.

Un día, Emília estaba platicando conmigo cuando dijo inesperadamente:

—Escribiste que el amor, como las mariposas, tiene una corta vida de esplendor. ¿Nuestro amor se está acabando?

Sin esperar la respuesta, Emília, que soñaba casarse conmigo y, como todas las mujeres, tener hijos, me preguntó:

—¿Te gustaría tener una novia escritora, doctora en Letras?

—Las que conozco son feas y aburridas. No poseen, como tú, las necesarias virtudes físicas.

—¿Físicas?

—Del griego *physikós* —deletreé la palabra—. Las cualidades exteriores y materiales; aspecto, configuraciones, complexión.

Emília respondió:

—Aun así te vas a encontrar alguna.

—¿Es una profecía?

—No, una maldición.

Al día siguiente, sucedió el episodio de la churrasquería. Emília era vegetariana y yo loco por la carne. Por lo menos una vez a la semana cenaba solo en una churrasquería. La propia Emília había sugerido este arreglo.

Estaba devorando una picaña con farofa cuando una mujer linda se acercó a mi mesa.

—¿Eres Salustiano Gonçalo?

Va a decir que leyó uno de mis libros, pensé. Dejé en el plato el pedazo de picaña que iba a meterme a la boca y me puse de pie.

—Fuimos presentados en la fiesta de Carmita, ¿te acuerdas?

—Claro. En la fiesta de Carmita.

—¿De verdad te acuerdas? ¿Hace unos tres o cuatro meses?

—No, perdón. Hace tres o cuatro meses yo me emborrachaba en todas las fiestas.

—Lo noté.

—Pero ahora —dije, mirando fijamente a la mujer—, no me olvidaré de ti jamás. Solo tomo refresco.

—Supe, en la fiesta de Carmita, que eres especialista en literatura isabelina y como me doctoré en esa área fui a preguntarte algo sobre Webster. Me contestaste muy groseramente.

Yo estaba perplejo. ¿Encontrar a una mujer de esas, doctora en Letras, en una churrasquería? Qué coincidencia más diabólica.

Finalmente, logré hablar.

—¿Qué te dije en la fiesta? Te pido disculpas de antemano, antes incluso de saber los detalles de mi grosería.

—Dijiste: quiero que Webster se joda.

—Me puedo imaginar la impresión que te llevaste.

—Me sorprendí un poco, pero me pareció gracioso. Quien se quedó muy desconcertada fue la muchacha que estaba a tu lado. Me habían dicho que eras un pedante a quien le encantaba exhibir su erudición. Un hombre pedante es peor que un borracho impaciente. ¿El refresco mejoró tu pedantería?

—Continuó igual. ¿Quieres platicar sobre Webster?

Nos sentarnos, comimos churrasco y hablamos sobre Webster; Shakespeare evidentemente, Marlowe, Peele, Dekker, Ford, Lyly y otros isabelinos. A ella le gustaba mucho la carne, lo cual era obvio pues nos habíamos encontrado en una churrasquería. También era escritora y, como yo, había publicado dos libros. Hicimos otra cita, en la churrasquería. La profecía de Emília se había cumplido.

Emília, al contrario de la doctora en Letras, era muy introvertida, pero nuestra relación era la mejor posible, bajo todos los aspectos. Emília era tierna y su bondad no tenía límites; dejé de beber gracias a ella y me sentía feliz a su lado. Pero me enamoré de la mujer de la churrasquería.

No fue solo Emília quien sufrió, cuando rompimos. No voy a entrar en detalles, fue todo muy doloroso para ambos. Cuando pienso en ello, siento siempre un peso en el corazón.

El nombre de la escritora doctora en Letras era Lucimar. Empecé a verla diariamente. Lucimar era profesora en una de esas facultades de Letras. Yo no era empleado de nadie, mi situación financiera permitía que me dedicara completamente a los estudios y a la literatura.

Unos quince días después de que nos acostamos, Lucimar sugirió que viviéramos juntos, pero mis libros no iban a caber en su casa, donde no había lugar para nuevos libreros. «Tengo libros hasta debajo de la cama», dijo.

Nunca pensé en vivir con una mujer, pero Lucimar se mudó a mi departamento y yo acepté la situación. Tampoco me molestaron las obras que mandó a hacer: derrumbar una pared, remodelar los baños y la cocina. Tampoco me incomodó la compra de muebles nuevos, entre los cuales había un gran librero de madera sólida, que era absolutamente necesario, pues ella también tenía muchos libros: era profesora de Letras.

Me gustaba mucho platicar y hacer el amor con Lucimar. Sin embargo, dejé claro que no pretendía casarme ni nada por el estilo, es decir, tener hijos, esa manía de las mujeres. Odio a los bebitos.

Llevábamos juntos algunos meses, cuando un día, al llegar a casa, encontré a Lucimar sentada en el sofá con un aire preocupado.

—¿Qué tal? —pregunté.

—¿Leíste? Shakespeare fue elegido el *hombre* del Milenio. ¿No odias eso de *hombre* de esto y *hombre* de aquello?

—¿Prefieres *persona del año*, como hacen los norteamericanos políticamente correctos?

—La persona notable nunca es una mujer.

—La Musa del Verano nunca es un hombre.

—Hablo en serio. ¿No crees que podrían escoger una mujer del milenio? ¿En mil años no hubo una mujer que mereciera ese honor?

—Bueno, creo que transcurridos los próximos mil años seguramente van a elegir a la Mujer del Milenio, más bien, a la *Persona del Milenio*.

—Hablo en serio.

—También hablo en serio. Esa es mi opinión. Pero, en este milenio que acaba de pasar, no es posible que sea una mujer.

—¿Entonces, no existe una escritora, una científica, una artista, una filósofa, una humanista, una santa, una mujer, en fin, digna del galardón?

—Ese título es una tontería.

—Pero a ti te gustaría ser el Escritor del Año.

—Eso es una invención tuya.

—Te oí decir varias veces que eres mejor escritor que la gran mayoría de los elegidos, muchos de los cuales no pasan de imbéciles que garabatean estupideces.

—¿Yo dije eso?

—Salustiano, a mí no se me olvida nada. Por eso me doctoré con la calificación máxima. Para ti, la elección del Escritor del Año es siempre producto de una astuta manipulación de los medios, hecha por el editor y por el autor.

—Pero no lo digo por celos o envidia. No me interesa ese galardón ordinario.

—Sufres porque tu nombre nunca aparece en los suplementos literarios de los periódicos del eje Rio-São Paulo.

—Solo comento que los nombres más mencionados en esos medios son siempre los mismos, páginas enteras dedicadas a los libracos que publican.

—También te quejas de que nunca han publicado algo acerca de un libro tuyo.

—¿Salió algo sobre los que tú escribiste? —Lucimar me estaba irritando.

—No.

—¿Están en las librerías?

—¿Y los *tuyos*, por casualidad están en las librerías?

—Mi editor dice que no soy conocido, los libreros solo compran libros de autores conocidos.

—¿No será porque pagaste por la edición de los libros y por eso tu editor no se interesa como debiera en distribuirlos?

—¿Estás molesta conmigo porque Shakespeare fue elegido el Hombre del Milenio, y no Madame de Staël?

—Salustiano, la ironía no es tu punto fuerte. ¿No te parece excesiva esa furia encomiástica shakespeariana?

—No. Hasta me agrada que el nombre elegido sea el de un poeta, en un milenio de grandes avances de la ciencia y de la tecnología, en que surgieron grandes figuras en el ensayo y en las artes en general. ¿Necesito defender a nuestro hombre ante una profesora con doctorado en literatura isabelina? Son suficientes cinco minutos.

—*Tu* hombre. ¿Qué argumentos vas a usar? ¿Los de los autores más recientes? ¿Los fastidiosos de Honan? ¿O me vas a repetir el blablablá hagiográfico de Bloom, sobre Shakespeare-el-inventor-de-lo-humano y su influencia no solo sobre la literatura, sino sobre la Vida? ¿El *hombre* que modificó el carácter y la personalidad humanas? ¿Mayor que Homero, Platón, etcétera?

Lucimar profería la palabra *hombre* como si fuera una obscenidad repugnante.

—En esa línea.

—¿Me vas a decir además que el vocabulario de Shakespeare tiene veinte mil palabras mientras que el de Milton, por ejemplo, tiene apenas seis mil?

—Tú sabes que eso es cierto.

—Milton estaba ciego cuando escribió el *Paraíso perdido*. Y buena parte de las veinte mil palabras de Shakespeare son contribuciones de los actores, improvisaciones que, al ser introducidas en las piezas, pasaron a formar parte del texto del *hombre*. ¿O eso tampoco es cierto?

—Estoy de acuerdo.

—¿También vas a citar autores más frívolos, como Brode, y sus estudios sobre Shakespeare y el cine?

—¿Por qué estás enojada conmigo? Tú me diste el libro de Brode, hiciste que viera las versiones cinematográficas con ambientación moderna de *Hamlet*, *Romeo y Julieta*, *Ricardo III*, diciéndome que eran la prueba de la incomparable actualidad de Shakespeare, que ningún otro autor...

—Estás evadiendo el foco de nuestra discusión. Madame de Staël... Qué golpe tan bajo.

—Lucimar, te pareces a uno de estos detractores furibundos de Shakespeare, afortunadamente pocos, que lo llaman verborreico, antifeminista, reaccionario, un plagiario que tuvo la suerte de vivir en una época propicia a su astucia creadora.

—Es cierto. Ahora basta. Ya me cansé de este asunto.

—No vamos a pelear por causa de Shakespeare.

—No eres más que un machista prejuicioso.

—Ustedes van a ser las dueñas de este milenio que empieza.

—Te lo agradezco, en nombre de las mujeres.

—¿No tienes hambre? Vamos a cenar en aquella churrasquería, ¿te acuerdas? Nunca volvimos.

—¿Quieres comprarme con un pedazo de carne asada?

—Con farofa y otros acompañamientos.

—Vete a la mierda. ¿Quién es Emília?

—No sé quién es Emília, ¿la de Monteiro Lobato?*

—Ayer vino una muchacha, quería recoger un libro. Dijo que se llamaba Emília.

—No tengo la menor idea de quién sea.

—¿Sabes qué libro era?

—No sé de qué me estás hablando.

—Eran los sonetos de Shakespeare.

---

*   Emília es un personaje creado por el escritor de cuentos infantiles Monteiro Lobato, en los años veinte. Esta curiosa e irreverente muñeca de trapo es conocida, junto con otros personajes, por las innumerables ediciones que se han hecho de la obra de este escritor y por sus adaptaciones al teatro y a la televisión.

—¿En serio?

—¿Y no sabes quién es esa muchacha? ¿Viene a aquí a recoger un libro suyo y no sabes quién es?

—No recuerdo ese nombre. Conozco a un montón de gente. Mi memoria no es tan buena como la tuya, no saqué la calificación máxima en mi examen final de doctorado.

—Era una muchacha muy guapa, tuve la impresión de que la conocí en algún lugar. ¿Eres amiga de Salustiano?, le pregunté. Entra, por favor. Ella contestó que sí, pero que no se ven hace algún tiempo, que si no me molestaba, le gustaría recoger el libro que para ella tenía un valor sentimental. Parecía una persona muy romántica. ¿Estás callado? ¿Te comió la lengua el ratón? ¿No quieres saber el resto de la historia?

—Lucimar, no estoy entendiendo...

—Ella entró y dijo, los libros de Shakespeare están todos juntos, yo puedo encontrar el mío. Y fue a buscar los sonetos del *hombre* pero yo fui más rápida y encontré el libro antes. Tenía una dedicatoria: Para Emília, mi amor para siempre, Salustiano.

—No existe amor para siempre, el amor tiene la vida de una mariposa...

—¿Le dices a esta mujer que es tu amor para siempre y no sabes quién es?

—¿Se llevó el libro?

—¿Es eso lo que me puedes decir? ¿En lugar de responder, haces una pregunta? ¿Además de mentiroso, eres maquiavélico?

—Cuando pienso que todo empezó porque Shakespeare fue escogido el Hombre del Milenio...

—Eso solo ayudó, idiota. Me juras que no vas a encontrarte con esa tal Emília. Odio que me engañen.

—¿Juramentos? ¿Una doctora en Letras hablando de juramentos? ¿Y qué entidad sagrada tomaré como testigo?

—¿Sabes algo, Salustiano Gonçalo?

—Dime.

—No eres más que un idiota. Tus dos libros son un montón de tonterías. Como aquellos a quienes criticas, también garabateas estupideces. El peor de mis alumnos conoce más literatura isabelina que tú.

Lucimar ya no vive conmigo. Se llevó, junto con sus libros, parte de los míos, los mejores y más raros. Se indemnizó.

No conseguí ninguna otra novia. Pensaba constantemente en Emília. Era amor lo que sentía por ella. Era increíble, solo ahora percibía lo que había perdido. Intenté un reencuentro. Quería casarme con ella, tendría hijos, me volvería vegetariano, pero Emília ni siquiera me dio la oportunidad de decírselo. Lo único que Emília quería de mí eran los sonetos de Shakespeare que le había regalado.

El amor: ¿la vida de una mariposa o de una tortuga?

Qué frase tan estúpida.

Una mujer diferente

Él se resbalaba en el piso de la bañera al ducharse y tenía que sostenerse en algún sitio para no caer. Por eso, a veces, apenas se limpiaba las axilas con una esponja enjabonada, se lavaba cuidadosamente las partes pudendas en el bidet y se perfumaba el cuerpo.

Para ir a la cama con una mujer, además de estos preparativos higiénicos, tenía que tomar otras medidas. De preferencia, la habitación debía quedar en penumbras, pero si había que prender la luz, como algunas se lo pedían, no había problema, las mujeres adoraban su musculoso tórax. Para mantener los pectorales, los deltoides, los bíceps y los tríceps en su rígida definición, realizaba, todos los días, veinte series de lagartijas, cada una con treinta repeticiones, diez series por la mañana, diez por la tarde. Desarrollar la musculatura de los cuádriceps era más trabajoso, pues las sentadillas con la barra en los hombros exigían, además de pericia, un esfuerzo muy grande.

Esperaba siempre a que la mujer se desnudara primero. Después, se quitaba los zapatos, la camisa y, con los pantalones puestos, poseía a la mujer con una gran y dilatada pasión. Controlaba cuidadosamente la coreografía de los cuerpos durante el acto, para que aquella peculiaridad suya no interviniera negativamente en la fruición sexual recíproca. Lo ayudaban sus brazos musculosos, sus manos hábiles e ingeniosas, y unos genitales de grandes proporciones.

¿Por qué no te quitaste los pantalones?

Mis piernas son delgadas, decía. Algunas respondían, acariciándolo, que sus muslos eran gruesos. Cada loco con su manía, explicaba, apartando la mano de la mujer, delicadamente, de su muslo. Cuando le insistían, en las ocasiones subsecuentes, en que se quitara los pantalones anchos que usaba —solicitud que nunca atendía—, él sabía lo que había de suceder. Los hombres idiosincrásicos, que actúan y reaccionan de una manera que ellas no entienden, perturban y en cierta forma asustan a las mujeres.

Por ese motivo la relación siempre duraba poco, pero perder a las mujeres no era problema, él nunca se había enamorado de ninguna de ellas. Eran agradables, le daban un placer que lo aliviaba, pero todas eran iguales. Encontrar otra era muy fácil.

Entonces conoció a Vivi y se enamoró de ella. Vivi era diferente, no sabía cómo y por qué, por más que lo pensaba, pero sin duda ella no era como las demás. Por eso se había enamorado, porque era diferente. El cuerpo de Vivi era bonito, se movía con una elegancia natural, era esbelta, era perfecta. Pero ya había conocido a otras así. La belleza física no era la diferencia que lo había arrebatado.

Tardó algún tiempo, pero un día Vivi también le preguntó:

¿Por qué nunca te quitas los pantalones? Tu cuerpo es muy bonito.

Mis piernas son feas.

No lo parecen, dentro de los pantalones.

Son muy delgadas.

Es una manía tuya.

Cada loco con su manía.

¿No crees que eso, en cierta manera, te vuelve más tenso? No sé explicar cómo, una tensión que no deja que te relajes. Yo me entrego y después me relajo. Tú no, pareces concentrado en otra cosa, todo el tiempo. Pero no me estoy quejando, querido, creo que no me expliqué bien.

Pero él entendió muy bien lo que ella decía.

A Vivi le gustaba quedarse desnuda frente a él, caminar por la casa, comer, leer en el sillón, sin ropa. La desnudez de Vivi hacía que él la poseyera con un deseo indomable, ya sea que estuviera acostada en la cama o en el sillón, inclinada sobre la mesa del comedor, o incluso de pie en medio de la sala, en cualquier lugar o situación. Ella se sentía incendiada por aquel ardor constante que, según sus amigas experimentadas, no era común a la mayoría de los hombres, después del descubrimiento inicial.

Para no discrepar de su desnudez, él andaba por la casa sin camisa y descalzo. Pero no era elegante como Vivi, su andar era el de un vaquero rudo caminando con botas en un salón de duela resbaladiza.

Un día, Vivi volvió a hablar de los pantalones.

Esos pantalones me dan la impresión de que no eres mío, de que tu cuerpo no es totalmente mío, solo la mitad, la otra pertenece a alguien, a una mujer con quien compartes un secreto.

Él contestó que no existía ninguna otra mujer.

Vivi empezó a fijarse más en los pantalones que él usaba, pensativa y silenciosa. Un día, la sorprendió contemplando sus ropas en el armario. Entendió que si no se quitaba los pantalones y se quedaba completamente desnudo, la iba a perder. Pero si se los quitaba, también la perdería. Perdería a la mujer que era diferente a todas las demás. Se sintió infeliz, pues estaba en un callejón sin salida.

Un día, después de desnudarse, Vivi le exigió que se quitara los pantalones.

Hoy te los quitas, o todo se acabó.

Él la abrazó. No puedo, dijo.

Eres un necio, dijo Vivi alejándose, no quieres librarte de esa extravagancia neurótica, ni siquiera cuando yo te lo imploro, como ahora.

Si me quito los pantalones será el fin del nuestro amor.

¡Te lo estoy suplicando!

Él suspiró, dio un gemido, un lamento de animal herido, perder a aquella mujer, que era diferente a las demás, lo haría desgraciado por el resto de su vida.

A Vivi le conmovió su tristeza, pero sabía que estaba casi por lograr lo que anhelaba y se resistió a la emoción que se había apoderado de ella.

Anda, por favor, quítate los pantalones.

Él se quitó los pantalones.

¿Ves? Una parte de esta pierna, la inferior, es mecánica, eso que llaman pierna de palo. Pero no es de palo. Es de titanio.

Vivi se quedó callada un momento. Después dijo casualmente:

Tu pierna no me parece fea. Te da una interesante apariencia cibernética. ¿También tienes un ojo de vidrio?

¿Un ojo de vidrio? No, ¿por qué? Tal vez sea un poco miope, pero no tengo un ojo de vidrio.

Mi abuelo cantaba una canción de Carnaval que decía así: yo soy el pirata de la pierna de palo, del ojo de vidrio, de la cara de malo...

Tampoco tengo cara de malo, dijo.

Vamos a la cama, cyborg, dijo Vivi, riéndose.

No voy a lograrlo, dijo él.

Fueron más ardientes que en todas las ocasiones anteriores. Al día siguiente todavía más. Su tensión se había acabado, ya no tenía que seguir una rígida disciplina de movimientos. Finalmente, podía experimentar la misma voluptuosidad lánguida que ella sentía.

Vivi se mudó a su casa. Juntos, los dos, completamente desnudos, empezaron a bañarse, a leer, ver películas, cocinar, arreglar la casa, bailar. Lo único que no le enseñó Vivi fue a bailar tango, alegando que tampoco sabía, y fue la única mentira que le dijo. Únicamente se vestían para salir a trabajar o a hacer compras. Al acostarse, Vivi lo ayudaba a quitarse la pierna mecánica, antes de hacer el amor.

Madrina de percusiones

Zira pensaba en el desfile de Carnaval todo el año. No había nada más importante en su vida. A final de cuentas, ella era la madrina de percusiones de la escuela de samba del barrio. El Carnaval era en febrero o en la primera quincena de marzo. Poco después, en abril, Zira comenzaba a planear su traje de fantasía para el desfile del año siguiente. El padrino de la escuela, a quien le gustaba recitar versos y había sido maestro de una escuela oficial antes de volverse un poderoso banquero de *bicho*, conocido como Chico Profesor, le daba dinero para que comprara tela, zapatos, adornos, lo que fuera necesario. El padrino era muy generoso.

El traje se lo hacía su hermana, Das Dores, que trabajaba en un importante taller de costura de la zona sur, cuyas clientas eran señoras ricas, de esas que solo andan en coche con chofer. Ganaba bien, tanto que se mudó del barrio a una casa en Tijuca.

Aquel año el Carnaval sería en febrero, pero Zira ya tenía su traje listo a principios de enero. No se lo enseñaba a nadie antes del desfile, le gustaba sorprender a los amigos, su disfraz era siempre el más bonito. Las otras mujeres, principalmente las destacadas, que desfilaban en los carros alegóricos, y las dos abanderadas, pedían a Das Dores que les confeccionara sus trajes, pero ella se disculpaba, decía que trabajaba mucho en el taller de la zona sur y no tenía tiempo. En realidad, Das Dores lo hacía porque sabía que a su hermana no le gustaría que cosiera para las demás, quería ser la única en aparecer de aquella manera deslumbrante.

Aquel año, los ensayos, la preparación para el desfile tenían muchísima importancia, pues la escuela había ascendido al Grupo Especial. El galerón de la escuela estaba exaltado con la agitación de decenas de costureras, carpinteros, electricistas, bomberos, artistas plásticos y técnicos de efectos especiales, que trabajaban en los trajes de los bailarines y construían los carros alegóricos con sus figuras gigantescas. Josias, el organizador del desfile de carnaval, creador de los disfraces alados del conjunto, las carrozas y el tema de la escuela, la protección de la flora y la fauna de Brasil, no se apartaría un minuto del galerón ni aunque muriera su madre. Dormía pocas horas durante la noche, en un catre, y tenía pesadillas en las que recibía una calificación que hacía perder puntos a la escuela en uno de los muchos elementos que los jurados evaluaban. Despertaba aterrado gritando frases como «la armonía se derrumbó, el tema sacó cero, las percusiones se jodieron, el tucán se estrelló en el piso». Uno de los alumnos de la escuela, disfrazado de tucán, iba a volar sobre la pasarela el día del desfile.

Los ensayos eran todos los días. El tema-samba de la escuela, de autoría de Dedé, Zaqueu Boca Larga, Zé Crioulo y Alfinete, elegido después de una reñida disputa entre cuatro finalistas, era muy bonito, fácil de ser acompañado en coro por el público. Los coreógrafos practicaban los movimientos de danza de los bailarines del frente, un grupo disfrazado de pájaros y animales salvajes.

Como siempre sucedía en la época del Carnaval, las ricachonas de la zona sur frecuentaban los ensayos. Aquel año, como la escuela había ascendido al Grupo Especial e iba a desfilar en la Sapucaí, el número de ricas era mayor. Zira sabía que a ellas les importaba un cacahuate la samba o la escuela, lo que querían era aparecer en la televisión aunque fuera un segundo. Algunas desfilaban en varias escuelas, era eso lo que querían, salir en la tele, disfrutar y aspirar buen polvo, para ellas era barato. Cuando terminaba el Carnaval, estas zorras, con sus tetas de silicón, no volvían a aparecerse por la escuela. Y estaban también las extranjeras, rubias torpes que llegaban directamente del avión hasta el desfile, un horror, pero don Chico Profesor decía que la Mangueira, Portela, Imperatriz, Mocidade, Salgueiro, Beija-Flor y todas las otras grandes escuelas de samba aceptaban a turistas, y que su escuela iba a actuar de la misma manera. Muchas escuelas habían ascendido al Grupo Especial y habían sido degradadas ya en el primer desfile. Don Chico Profesor quería evitar esa catástrofe a como diera lugar.

La madrina de percusiones no tenía duda de que las cámaras de televisión iban a notar su presencia y ya soñaba con eso. Veía todos los años el desfile del Grupo Especial, era un espectáculo maravilloso. Las madrinas de percusiones aparecían en la pantalla a cada instante. El cuerpo, los gestos, los pasos, el rostro sonriente, el mundo entero veía aquello, era por eso que mujeres importantes, artistas y modelos famosas, venderían a su propia madre, si fuera necesario, para ser madrinas de percusiones de una gran escuela.

Zira de inmediato sintió antipatía por una de las paracaidistas ricachas de la zona sur que acudía diariamente a los ensayos de la escuela, una tipa alta de pantalones cortos diminutos que dejaban ver sus lindos muslos y sus nalgas perfectas, redondas, duritas, y que se cubría los pechos empinados con un top transparente que se le resbalaba a cada momento, dejando al descubierto sus pezones rosados. La tipa lucía un cuerpo ejercitado en el gimnasio y además estaba bronceada y su piel irradiaba un brillo color caramelo. Zira tenía que admitirlo, tenía el trasero más bonito de todos y había muchos otros traseros lindos bamboleándose en la calle, pero ese era el mejor.

La tipa ensayaba todo el tiempo con Cidinho, el principal bailarín de la escuela. Cidinho ya no era novio de Zira, pero aun así aquella situación la irritaba, principalmente cuando supo que la golfa se llamaba Daiana y había trabajado en la televisión, en una de aquellas telenovelitas de la tarde, pero hasta una telenovelitas de la tarde reviste a cualquiera de importancia. A muchas de estas fulanas les gustaba enredarse con un negrito saleroso durante el Carnaval, y Cidinho era un mulato atractivo que cuando bailaba se veía aún más guapo.

Es cierto que Cidinho no parecía interesado en andar con la ricachona, sino en enseñarle a bailar correctamente. Tal vez era protegida de Josias, el organizador, pues varias veces Zira los vio platicando durante los descansos, Josias gesticulaba mucho, como si diera instrucciones. Pero Josias era frío, no estaba interesado en aquella tipa ni en ninguna otra, ni tampoco en ningún hombre, solo pensaba en el día del desfile. Al igual que los demás, quería que la escuela se mantuviera en el Grupo Especial, sería la gloria para el organizador, para don Chico Profesor, los compositores, el maestro de percusiones, para todos los integrantes de la escuela, para toda la comunidad del barrio.

Un día, su hermana Das Dores, que era muy lista, cosía para las ricas y sabía por dónde iban las cosas, fue ver el ensayo. En uno de los descansos de las percusiones, llamó a Zira para platicar con ella.

—No me están gustando las zalamerías con la tal Daiana. Creo que tiene alguna influencia aquí en la escuela.

—Cidinho se la vive cuidándola.

—¿Cidinho? Alguien lo mandó a que lo hiciera, él no quiere cogerse a esa zorra, todo mundo sabe que Cidinho está obsesionado por la hija de Zuleide.

—Está realmente obsesionado —dijo Zira—, la niña solo tiene catorce años.

—A los hombres les gusta la carne fresca.

—Yo tenía veintitrés años cuando me dejó. ¿Mi carne ya no era fresca?

—Estás muy nalgona. Esa manía que tienes de comer azúcar.

—¿Nalgona? ¿Me puse nalgona, Das Dores? ¿Cidinho me dejó porque me puse nalgona?

—Los hombres están cambiando. Ya no les gustan las nalgas muy grandes. Les continúa gustando el trasero, pero tiene que ser menor. Fueron las revistas masculinas las que inventaron eso. Y no pueden estar aguadas.

—Carajo, Das Dores, ¿mis nalgas están grandes y aguadas? ¿Eres mi hermana y me dices esas cosas? ¿Me quieres matar?

—Quiero que te pongas lista. Deja de comer chocolates, tienes vicio por el chocolate, el chocolate es una mierda. El otro día, cuando te estabas probando el traje, te comiste una caja completa.

—Estoy nerviosa, mi noviazgo con Rubinho no está funcionando.

Rubinho no se llamaba Rubinho, era un apodo que le habían puesto porque tenía la cara y el cuerpo de Rubinho Barrichello, el de los coches Fórmula Uno.

—Claro, andas con un peluquero que ni siquiera sabe bailar, que desfila marchando como un cura.

—Para mí, Rubinho es muy bueno.

—Un hombre tiene que ser más que eso.

Antes de que el ensayo se reanudara, ella fue hablar con don Vavá, el maestro de percusiones. Don Vavá tenía más de sesenta años, tal vez más de setenta, era de esos negros de piel estirada que nunca se encanecen, muy respetado, entre otras cosas porque inventó un ritmo para el *surdo repicador** que las percusiones de todas las escuelas copiaron. Fue invitado por las grandes escuelas, pero don Chico Profesor le mejoró la oferta, aunque sabía que don Vavá amaba a la escuela y no se cambiaría. Lo enterrarían con la camiseta puesta.

—Don Vavá, ¿voy bien?

—¿Cuál es el problema?

—Tengo mis responsabilidades, como madrina de las percusiones, quiero saber si voy bien.

—Hija, no me lo tomes a mal, pero la madrina de las percusiones tiene una responsabilidad relativa. No te preocupes, las percusiones están sólidas, ni la peor tormenta llena de rayos puede estropearlas. Haz tu trabajo.

El ensayo recomenzó y Zira fue al frente de las percusiones. Pero mientras bailaba, pensaba con amargura en lo que Das Dores le había dicho y también en la plática con don Vavá.

---

* Uno de los muchos tambores que integran las percusiones de las escuelas de samba.

Bailaba cuando Tiziu, el mesero que atendía a don Chico Profesor, vino a decirle que el padrino quería hablar con ella en el camerino.

—¿Y entonces, Zira, todo en orden?

—Sí, don Chico Profesor.

—Sabes qué, Zira, me gustaría ver tu traje.

—Está muy bonito. Das Dores me lo hizo. Nadie trabaja mejor que ella.

—Lo sé. Es una lástima que tu hermana sea tan difícil. Le pedí que le hiciera el traje a mi esposa y ella se disculpó diciendo que no tenía tiempo, ¿tú crees?

—¿En serio?

—Sí. Y no me gustó, ¿sabes? Pero no te pedí que vinieras para hablar de eso. Es para decirte que quiero ver tu traje.

—Yo nunca lo muestro a nadie antes del desfile, usted lo sabe, creo que trae mala suerte.

—Mira, hija, va a traer mala suerte, y mucha, si no me lo enseñas. Mañana por la mañana. Solo lo voy a ver yo. Ve a mi casa por la mañana, a eso de las diez, ¿de acuerdo? Ahora, regresa al frente de las percusiones.

Zira se quedó despierta el resto de la noche, preocupada, pensando en todo lo que estaba sucediendo, llena de malos presentimientos. Prendió una veladora y rezó arrodillada frente a la imagen de san Jorge sobre la cómoda de su habitación.

Por la mañana, envolvió cuidadosamente el traje con un plástico y fue a la casa del padrino, que quedaba lejos de donde vivía.

—Mi esposa no está —dijo don Chico Profesor—, vamos allá adentro, a la recámara.

Fueron a la recámara.

—Anda, ponte tu traje. Hay un espejo grande en la puerta de este armario.

Vacilante, ella sacó el traje.

—Cuando estés lista, llámame —dijo don Chico Profesor, saliendo del cuarto.

Zira se vistió frente al espejo. Era un traje lindo, el más lindo de todos los que Das Dores le había hecho.

—Estoy lista —dijo, abriendo la puerta.

Don Chico Profesor bebía una cerveza, sentado en un sillón de la sala.

—Ven, párate frente a mí.

Ella se paró inmóvil frente al padrino.

—Camina para allá y para acá —dijo.

Zira obedeció.

Don Chico Profesor se levantó, fue a la cocina y regresó con otra lata de cerveza en la mano.

—Hija, nosotros somos amigos, ¿verdad?

—Sí.

—¿Y qué es lo que más queremos en el mundo?

—¿Lo que más queremos en el mundo?

—Sí. Lo que más queremos en el mundo.

—¿Salud?

—No, Zira, no. Lo que más queremos en el mundo es el bien de nuestra escuela.

—Ah, claro, yo estaba pensando...

—Nuestra escuela tiene que crecer, llegar a la cumbre, ganar un día el desfile del Grupo Especial. ¿Estás de acuerdo?

—Sí, señor.

—Nuestro Carnaval es el mayor espectáculo del mundo, no existe nada igual, en ningún lugar del planeta. Quien lo dice no soy yo, son los extranjeros, que lo contemplan pasmados. Y cada año los carros alegóricos son más grandiosos, los efectos especiales son más rebuscados, se sabe que una de las grandes mandó buscar secretamente a un especialista de un gran estudio de Hollywood. Lo de la tecnología para mí no vale nada, pero deja al público asombrado, tenemos que hacer lo mismo. Lo importante, sé que parezco anticuado diciendo esto, lo importante son los trescientos percusionistas, son los disfraces lujosos desfilando armoniosamente, son las destacadas y las pasajeras con su desnudez, es la samba cantada y bailada, eso es lo que entusiasma a la avenida, influye en los jurados, deja boquiabierto al público en las gradas y también a los que están viendo el espectáculo por televisión. Millones van a ver nuestro desfile por la televisión, millones, ¿lo sabías?

—Sí, señor.

—Y hace ya algún tiempo que las madrinas de percusiones son mujeres que impresionan por su belleza, que bailan exhibiendo los senos, los muslos, el cuerpo en todo su esplendor. No me lo tomes a mal, querida, pero tu traje se parece a los de las destacadas más viejas que desfilan sobre los carros. Mira, ni siquiera tus brazos aparecen por completo. Solo vemos el color y el brillo de la tela y la pedrería. La madrina de percusiones debe exhibir el brillo de su desnudez. ¿Me entiendes? Todas las madrinas del Grupo Especial desfilan así. Tú quieres el bien de la escuela, ¿no es así?

—Sí —murmuró Zira.

—No me lo tomes a mal, pero vas a dejar de ser la madrina de percusiones.

Lívida, Zira sintió que se desmayaba, pero logró mantenerse en pie. Don Chico Profesor lo notó, se levantó del sillón y puso cariñosamente el brazo sobre el hombro de la muchacha.

—Hija, tú vas a desfilar como destacada, todo mundo quiere ser destacada, aparecen en la televisión casi tanto como la madrina de percusiones. El Brasil, de sur a norte, te va a ver, el mundo te va ver en tu espléndido traje.

—¿Usted ya escogió a la nueva madrina? —preguntó Zira, con la voz embargada. Le dolía el corazón, la cabeza le daba vueltas.

—Sí, es aquella muchacha, Daiana. Mañana va a asumir tu lugar. Josias dijo que lo logrará.

—¿Y el maestro, don Vavá?

—Don Vavá piensa que la madrina de percusiones es un adorno. Sale en la primera plana de los periódicos, pero piensa que es un adorno. No le interesa. Ya sabes cómo es él, es un viejo terco, no quiero pelearme con don Vavá.

—Esa muchacha no sabe bailar... —la voz de Zira casi no se escuchaba.

—Hija, cualquier mujer al frente de las percusiones sabe bailar, el ritmo entra directo por las venas. Tú lo sabes. ¿Quieres una cerveza?

—No, señor, muchas gracias.

—Le pedí a Josias que te ponga en uno de los carros.

—Sí, señor. ¿Puedo irme?

Don Chico Profesor la acompañó a la puerta.

—Sé que estás triste, pero, Zira, es por el bien de la escuela, estamos haciendo lo que se debe hacer y tú serás siempre una de nuestras destacadas. Vas a desfilar sobre el carro alegórico más bonito, te lo prometo y siempre pagaré tu traje. Das Dores puede hacerte el traje más caro del mundo que yo le pago, te lo prometo.

Zira solo lloró cuando llegó a la calle. Sollozaba tan alto mientras caminaba, abatida, que las personas que pasaban la miraban con curiosidad.

Fue directamente a la peluquería de Rubinho. No había ningún cliente y su novio leía el *Jornal dos Sports* sentado en la silla del barbero.

—No, estás loca, carajo, de ninguna manera —dijo Rubinho cuando oyó lo que Zira le pedía.

—Entonces me voy a suicidar —dijo, sollozando.

Rubinho la abrazó conmovido.

Cuando, al día siguiente, Zira llegó a la cuadra, Daiana había asumido el puesto de madrina de percusiones y bailaba, aislada, frente a los percusionistas. La hija de puta aprendió a bailar, pensó Zira. O estaba sucediendo aquello del poder del sonido de las percusiones, que don Chico Profesor había dicho. Directamente por las venas.

Que sea lo que Dios quiera, pensó Zira, acercándose a Daiana, que sonrió y continuó bailando, feliz. Entonces, sacó la navaja del interior de su blusa y le dio dos navajadas profundas, una en el rostro y otra en el cuello.

Zira no escuchó los gritos ni sintió las manos de las personas que la jalaban y la arrastraban, nada, solo sintió el sabor de la sangre que había salpicado su boca.

Todos tenemos un poco

—Allí fue donde mataron al hijo de la reina de Inglaterra.

—¿Puedo tomarle una foto?

—Sí, general.

Saqué la cámara del portafolios y tomé una foto de la señora Romilda.

—¿Va a ir al asado que ofrezco el fin de semana?

—Si puedo, voy.

—¿Cuántas reses debo matar? ¿Dos?

—¿Va a ir mucha gente?

—Unas doscientas personas.

—Creo que con dos es suficiente.

—¿Está usted estudiando el problema de mi casa en la calle São Clemente? La casa es mía y ellos no se quieren salir.

—Estoy en eso. Debo irme.

—El sábado. En la hacienda. No es este sábado, sino el siguiente.

—Iré, señora Romilda.

Entré en el edificio de mi oficina y tomé el ascensor.

Cristina me estaba esperando.

—Copie esta foto, por favor.

—¿Le gusta esta cámara digital?

—Es buena, pequeña, fácil de cargar. Pero no voy a deshacerme de mi vieja Leica. Ni de la Pentax.

—Hay muchas cosas pendientes en su agenda —dijo Cristina, al salir de mi oficina.

Agenda. Cosas pendientes. La agenda siempre me dejaba desalentado, como si empezara el día haciendo una hemodiálisis. Una manera de aliviar ese sufrimiento era abrir el cajón y consultar mi estado de cuenta. Daba un cierto alivio ver mis fondos de inversión aumentando cada mes. El problema es que no sabía qué hacer con todo aquel dinero guardado en el banco. Podía comprar inmuebles, acciones, oro, enviar el dinero a un paraíso fiscal, pero eso crearía más agendas. Ya no podría soportar otra agenda.

—¿Quiere hacer la reunión con la CTH? Es la única urgente —le preguntó Cristina por el interfón.

—No, verifique si ellos pueden mañana u otro día.

Necesitaba unas vacaciones.

Después de la comida, Cristina entró en mi oficina.

—La foto está lista, la imprimí en la láser nueva. Quedó muy bien. Es la señora Romilda, ¿verdad?

—¿La conoce?

—Me advirtió el otro día que no fuera con Wagner. Cuidado, ahí hacen tráfico de órganos. Ahora evito que la señora Romilda me vea entrando con Wagner, si él se entera de lo que ella anda diciendo va a ponerse furioso, usted sabe cómo son los peinadores. Pero la señora Romilda me cae bien, es la única persona con buen humor que conozco. Siempre que me ve, me dice buenos días, princesa.

—Hoy me dijo que mataron al hijo de la reina de Inglaterra frente al banco.

—A mí la señora Romilda me dijo que mataron al príncipe en aquel edificio grande con rejas. Matar al príncipe en la puerta del banco no tiene mucha lógica. Pero el edificio tiene muchos departamentos, de todos los tamaños, de cuatro habitaciones, de dos, con cocineta, entra y sale gente a toda hora, uno se pierde en los pasillos, de tan grande que es. Es un mejor lugar para matar al hijo de la reina de Inglaterra. ¿Puedo darle la foto?

—¿Cree que es una buena idea?

—Salió tan bien... Cuando fui a comer, me la encontré y le dije que mi jefe le había sacado una foto.

—¿Y qué dijo?

—Me preguntó: ¿una foto desnuda?

—¿Piensa que alguien iba a sacarle una foto desnuda?

—Quizás usted le tomaría una foto de esas.

—¿La señora Romilda dijo eso?

—Yo soy quien lo está diciendo. A usted le gusta tanto la fotografía que eso no me parece imposible. Y una foto de ella desnuda sería una maravilla.

—Pero yo no saco fotos de mujeres desnudas.

—Una de ella sería una belleza. Un buen comienzo.

—Gritaría cuando yo pasara por la calle: el general me sacó una foto desnuda.

—No grita nunca. Habla siempre con un tono de voz educado. Y además, nadie le iba a creer. El otro día me dijo, traigo todas mis joyas, mis diamantes y rubíes en esta bolsa. Guilherme, a mi lado, no le creyó. Nadie le cree. La señora Romilda nos llevó hasta la plaza para enseñarnos los caracoles que criaba y que le iban a dar mucho dinero. Mujer, dijo Guilherme, esas son babosas.

—Son de la misma familia.

—Eran solo cuatro babosas, que estaban en una caja con lechuga. No eran suficientes para hacer un criadero. Ella tiene ese lado soñador. Guilherme dijo que ese asunto de comer *escargots* es una moda burguesa pasajera.

—Esa moda tiene por lo menos dos mil años.

—¿En serio?

—Mínimo.

—¿Usted ya los comió?

—Sí.

—¿Le gustaron?

—Sí.

—Creo que a mí me darían asco. Pero si un día usted me invita a comer esas cosas, me las como.

Abrí la agenda.

—¿Y la foto de la señora Romilda desnuda? —preguntó Cristina.

No respondí inmediatamente. La foto tal vez valiera la pena, sería algo nuevo en mi acervo de amateur.

—¿Dónde podría tomarla? No tengo un lugar, señora Cristina. En mi casa no puede ser.

—Puede ser en la mía.

—¿Dónde vive?

—En el edificio lleno de pasillos donde mataron al príncipe.

—Fue frente al banco.

—La señora Romilda inventó eso, siente antipatía por el gerente, a él no le gusta que se duerma en la puerta del banco.

—¿Qué día lo vamos a hacer?

—El sábado. Por la tarde. Si usted puede, por supuesto.

—Deme el número de su departamento.

—Es muy pequeño.

—Tiene una cama, ¿no? Una foto desnuda de la señora Romilda, para que quede bien, tiene que ser acostada. Es decir, voy a hacerle una de pie, también. Usted lleva a la señora Romilda a su departamento y yo las alcanzo allá. A las cuatro, ¿está bien?

Lo ideal para hacer aquella foto sería la Pentax 6X7. Me llevaría también el flash, en caso de que no hubiera una ventana con buena luz de la calle. Y como garantía, la Leica, que me daba más movilidad. La digital no era una máquina para fotos artísticas.

El edificio era realmente grande y lleno de pasillos, pero encontré el departamento.

Cristina y la señora Romilda, con la enorme bolsa que siempre cargaba, estaban esperándome en la sala.

—General, qué gusto verlo de nuevo.

—¿Tomamos la foto?

—¿Encuerada?

—¿Le molesta?

—Ya me tomaron unas fotos encuerada para *Playboy*. ¿Las vio?

—No leo *Playboy*.

La señora Romilda se quitó la ropa.

—¿Sabe usted cuánto pesa, señora Romilda?

—No sé, princesa.

—Deben ser unos cien kilos. Tengo una báscula en el baño, voy a traerla.

Pesamos a la señora Romilda.

—Me equivoqué por un poco. Ciento diez. ¿Verdad que sale una fotografía deslumbrante, licenciado?

La cama tenía una colcha roja.

—Acuéstese en la cama, señora Romilda.

—Yo no me acuesto en una colcha roja.

—¿Por qué?

—No es bueno. Los malos espíritus lo atacan a uno.

—¿Tiene usted otra colcha, señora Cristina?

—¿Puede ser blanca, señora Romilda?

—Sí.

—Me parece que blanca es incluso mejor, hace un buen contraste. Cambie la colcha, por favor.

Cristina cambió la colcha.

—¿Me quedo con las piernas abiertas? —preguntó la señora Romilda, acostándose en la cama.

—Espere un poco. Necesito colocar los filtros en la cámara, hacer el encuadre, ver la luz. No me tardo mucho.

Por la ventana entraba una buena luz, de fin de tarde.

—General, no me quieren devolver mi mansión en la São Clemente. Rosinha dice que la casa es suya. Pero la casa es mía, quien me regaló la casa fue la reina de Inglaterra, que vivió ahí.

—Veré qué puedo hacer.

—Y hable con Vítor para que deje de hacerme propuestas indecorosas. Ya tengo dos hijos de él en la barriga.

—Sí, hablo con él.

Puse la Pentax en un tripié.

—Cierre las piernas, por favor, y quédese acostada en silencio. Señora Cristina, ponga unas almohadas debajo de su cabeza y su espalda, para que el tórax quede un poquito levantado. Búsqueme un libro.

—¿Cualquier libro?

—¿Tiene usted un libro de arte?

—¿Qué arte?

—Tiene que ser un libro grande.

—¿Este sirve?

—Sí. Por favor, ponga el libro sobre su pubis.

—¿Para qué ese libro, general?

—Es un toque artístico, señora Romilda.

—Pero yo quiero tomarme una foto con las piernas abiertas.

—Sacaremos las otras como usted diga, pero primero esta, con el libro.

La señora Romilda se quedó inmóvil en la cama, pensativa, pero tranquila, con el libro sobre el pubis.

—Asómese aquí en el visor, señora Cristina.

—Qué lindo —dijo Cristina—. No pensé que tuviera tantas curvas. Va a ser una foto de museo internacional.

Le tomé otras fotos a la señora Romilda con las piernas abiertas, boca abajo, de lado, en posición fetal. Usé también la Leica.

—Se acabó la sesión, solo quedó un rollo. Muchas gracias, señora Romilda.

—¿Voy a salir en *Playboy*?

—No se lo puedo garantizar.

—Tengo hambre.

—Voy a hacerle un sándwich —dijo Cristina.

—Lo quiero con cerveza.

—¿Usted también quiere un sándwich?

—No, señora Cristina, no tengo hambre.

—Señora Romilda, por favor, vístase, en esta casa nadie come encuerado.

—¿Es su religión?

—Sí.

—La religión yo la respeto —dijo la señora Romilda mientras se vestía.

—Solo tengo esta botella de cerveza.

—Con una botella está bien.

La señora Romilda se comió el sándwich y se tomó la cerveza, a pequeños tragos.

—¿De qué era el sándwich?

—De pechuga de pavo ahumada.

—Me robaron también mi criadero de pavos. Eran más de mil. Fue Rosinha.

—¿Cuánto le debo por su trabajo?

—No fue nada, general.

—Llévese esto —le dije, poniendo un dinero en su bolsa.

—¿Alcanza para pagar un abogado?

—No es para el abogado, es para usted. Deje que yo hable con el abogado. No le ande enseñando el dinero a todo mundo, ¿me lo promete?

—Sí, general.

—Ya puede irse. Muchas gracias, señora Romilda.

—Voy a acompañarla abajo, para que el portero no se sorprenda.

Cristina salió con la señora Romilda. Cuando regresó, yo estaba quitando la Pentax del tripié.

—¿Se acabaron las fotos?

—Sí.

—¿No sobró un rollo? Usted dijo que había sobrado un rollo.

Cristina cambió la colcha blanca y puso de nuevo la colcha roja. Entonces me miró durante un largo rato.

Después, súbitamente, se quitó la ropa y se quedó completamente desnuda.

—Ahora es mi turno. ¿Está usted ruborizado? Nunca pensé que se ruborizara. ¿Puedo hablarle de tú? Mientras esté desnuda, evidentemente.

—No estoy ruborizado.

—¿Entonces? Vamos a hacer las fotos, ¿o prefieres hacer otra cosa?

—Usted tiene muy bonito cuerpo.

—¿Nunca lo habías notado? No me mirabas bien. Solo mirabas la agenda. Solo me tratabas de usted, de señora Cristina, como si fuera una vieja. ¿Vamos o no a tomar las fotos? ¿O prefieres hacer algo antes?

—Las fotos pueden quedar para después.

Nos acostamos desnudos sobre la colcha roja.

—Estaba guardándome para ti, hace mucho tiempo que ningún hombre me toca —dijo Cristina, además de otras palabras y gemidos.

Después... después no saqué las fotos, había anochecido y no iba a echar a perder la imagen de aquel cuerpo bonito usando los flashes mediocres de la Pentax. No existe nada peor para una foto que la luz artificial deficiente.

—Tú siempre me has gustado. Espero que ahora yo también te guste un poco.

—Sin duda. Tengo que irme. Ya es tarde.

—Lo sé.

—Me voy a vestir, ¿está bien?

—Está mal, pero ¿qué puedo hacer?

Cristina, que había permanecido desnuda, me dio un beso furioso en la puerta del departamento cuando salí.

En la calle tomé el coche, aprensivo. Nunca había hecho, en un solo día, tantas cosas de las cuales me arrepentiría.

Pensé en mi estado de cuenta. Pero continué preocupado.

Comienzo

Comenzar —el resto viene después. Sábado y domingo fui a una feria de libros en la plaza cercana a mi casa, un conjunto de quioscos con una enorme cantidad de títulos, existen libros sobre cualquier asunto. Aproveché y pasé esos dos días yendo de un puesto a otro, leyendo pasajes de centenas de libros. Los encargados de estos quioscos son como los camaradas de las librerías de viejo, no se molestan si manoseas el volumen. Y había poca gente interesada.

Quiero escribir un libro. No pienso en otra cosa. Leí una entrevista de un autor importante, no recuerdo su nombre, en la cual decía que se sentaba frente a la computadora para escribir sin saber qué, y a medida que escribía, las ideas iban apareciendo en su cabeza, los personajes, la historia, todo. Si quieres escribir, aconsejaba, comienza —escribir es comenzar. Es algo sencillo, como todas las verdades. Y uno comienza un libro poniéndole un título, sin él, el libro no adquiere el soplo inicial de vida necesario para su desarrollo, un libro es como una persona, necesita tener rápidamente un nombre de pila. Ayer comencé un libro, pero desistí. Permanecí horas frente al papel, mirando el título, y no salió nada más. Rompí aquella hoja y la tiré a la basura. Hoy comienzo otro. Con título diferente, por supuesto, el primero abortó. Escribir es comenzar.

LA VENGANZA — «Las personas que lo conocían no eran capaces de imaginar que pudiera realizar algo grandioso. Era un hombre gordo y nadie esperaba que lograra aquella proeza admirable. Como no había héroes gordos en el cine, en la televisión y en la Historia, tampoco podían existir en la vida real. Jesús era delgado, el Demonio también era delgado. ¿Un Casanova gordo? Solo si fuera un jeque. Sí, Buda era gordo, pero debía existir alguna misteriosa razón sánscrita para que fuera representado por una imagen perezosa, siempre sentado, mientras los demás, los delgados, estaban de pie o a caballo. Los gordos son vistos como personas tontas que sudan mucho, que suben las escaleras bufando, exhaustos, cuya desnudez, cuando no es repulsiva, es cómica. Los caricaturistas adoran a los gordos. Son ridiculizados, humillados y ofendidos de todas las maneras posibles. Además de gordo, era pobre. Sí, era un gordo acomplejado, que rezumaba envidia y vergüenza. Hasta que tramó su venganza, una hazaña asombrosa que lavaría su alma y la de todos los gordos del mundo.»

Qué mierda de comienzo. No puedo inventar una buena historia. Tengo un título y un inicio, pero ¿y el resto? El comienzo incluso es razonable, crea un cierto suspenso al hablar de venganza, de una hazaña asombrosa. El lector seguramente se quedará interesado. Pero ¿qué hazaña asombrosa es esa? ¿Tirar una bomba en un local lleno de gente? Eso sucede todos los días en varias partes del mundo, el héroe que mata en nombre de Dios, pero no quiero escribir una historia sobre la Fe, ni sobre ningún otro dogma religioso. ¿El personaje es un gran bandido? Un bandido gordo no es raro, pero los bandidos realmente importantes son delgados. Tengo que cambiar el comienzo. Primero, tachar la hazaña asombrosa. Otra cosa, un acto que lave el alma de los gordos del mundo entero es imposible. Puedo dejar al personaje tramando una venganza que lave su alma singular, un tipo gordo puede lavar su propia alma matando a un flacucho cualquiera, pero eso es poco. El escritor no debe crear expectativas que no puede resolver. Uno de estos tipos que tienen muchos libros publicados, en una entrevista —los escritores adoran dar entrevistas— pontificó: cuando escribas, líbrate de tu vidita. Hasta eso está bien pensado. Líbrate de tu vidita. Entonces mi personaje va a dejar de ser gordo, él es gordo porque yo soy gordo, voy a librarme de mi vidita. Pero tengo que saber sobre lo que escribo, carajo, no es nada fácil para uno librarse de su vidita. Yo sé lo que es ser gordo, ¿debo entonces fingir que soy flaco y atribuir a mi personaje flaco mis resentimientos de gordo? Probablemente el lector no notará que el personaje flaco es en realidad un gordo frustrado y humillado. Bueno, voy a hacer que ese tipo flaco mate a alguien, de preferencia a un político odiado, un tiburón de las finanzas u otro figurón cualquiera, la muerte de un tipo poderoso causa conmoción y despierta simpatía hacia el asesino, incluso en la vida real. Y el héroe, que los lectores piensan que es flaco, lava su alma de gordo al cometer ese acto criminal. El problema es que esa historia de un atentado ya ha sido muy usada, los humillados del mundo siempre han cometido atentados, contra príncipes, políticos, multitudes, causando guerras y conmociones con ese gesto, pero ¿alguien recuerda sus nombres? ¿Quién fue el que mató al archiduque Ferdinand? ¿Quién fue el que detonó aquella bomba que mató a miles de personas en aquella parte del mundo? No puedo escribir cosas que el tiempo borra. Me siento en un callejón sin salida, empecé mal. Qué mierda de comienzo. Pero son estos los asuntos que le interesan al lector, sexo, muerte y dinero, no puedo alejarme de eso. Voy a preparar otro comienzo. Escribir es comenzar.

EL HOMBRE POR QUIEN LAS MUJERES ENLOQUECÍAN — «Rodrigo era un hombre común, ni bonito ni feo, ni alto ni bajo, pero no necesitaba hacer nada para que las mujeres se enamoraran de él. Cualquiera que platicara con Rodrigo, por más de media hora, se sentía inconscientemente excitada, un calor en la piel, una especie de euforia en la mente. Y el tema podía ser cualquiera, niños y sirvientas, la tediosa y recurrente conversación femenina, o política o economía, en caso de que una mujer se interesara por esos asuntos. En suma, cualquier cosa. Entre más tiempo se quedara la mujer al lado de nuestro héroe, más encantada quedaría por él, pues Rodrigo era un hombre que amaba intensamente el sexo femenino y las mujeres lo sentían, como si fuera un gas embriagante, un hechizo, un sortilegio que las fascinaba, seduciéndolas, contaminándolas, instigándolas a entregarse a él. Las mujeres descubren misteriosamente cuándo un hombre es compulsivamente atraído por el sexo femenino y responden como mariposas atraídas por la luz. Al principio no entendían lo que estaba pasando, pero después de alejarse, Rodrigo permanecía en sus mentes. Por la noche, soñaban con él.»

Reviso ese comienzo, el comienzo exige una atención especial. No me gusta el nombre del personaje, Rodrigo. Es un nombre de telenovela. Y no puedo comparar a la mujer con una mariposa, ese nombre tiene connotaciones negativas, a las prostitutas les decían mariposas —y todavía les dicen así—, y cuando digo que a las mujeres solo les gusta hablar de niños y sirvientas, me parezco a uno de estos machistas que creen que las mujeres son inferiores, y aunque fueran inferiores, como lo sostienen algunas opiniones filosóficas y científicas de peso, un escritor no lo puede decir, pierde a los lectores femeninos, y las mujeres pueden no entender lo que leen pero compran libros. Y cuando digo que el héroe seducía a las mujeres contaminándolas, estoy usando una metáfora que puede parecer inadecuada. Contaminar es contagiar, provocar una infección, corromper, enviciar, eso era realmente lo que yo quería decir; pero todo cuidado es poco con las metáforas. Pero este comienzo también es una mierda, no sé lo que va a suceder después, todas las ideas que galopan por mi pensamiento me dejan confundido. Me quedo horas en la máquina de escribir, rompo mil hojas de papel, pero no salgo adelante, me quedo atorado. Creo que voy a comprar una computadora. Dicen que eso ayuda. Escribir es comenzar.

EL ARGENTARIO — «Era un banquero rico y poderoso, el dinero le daba autoridad, le abría puertas, le conseguía mujeres y reverencias, y, entre más dinero poseía, más grandes eran su influencia, su prestigio y su poder junto a sus pares y sobre la legión de subordinados que lo reverenciaba. A nadie le interesaba cómo había obtenido sus vastos recursos financieros, parte de ellos seguramente de manera ilícita o inmoral, a fin de cuentas era un banquero. El dinero ofrece un aura de respetabilidad, además de un irresistible encanto, a ladrones, rufianes, putas, traficantes, asesinos, asaltantes, pedófilos, defraudadores y corruptos en general.»

Ese comienzo no es una mierda tan grande como los demás, pero tengo algunas dudas. Mezclar pedófilos y asesinos con putas, defraudadores y corruptos es un poco arbitrario, a pesar de que la atracción por el dinero tiene la misma esencia de propensión a la depravación. Asimismo, hablar mal de banqueros es un cliché, hasta las revistas aburridas de economía lo hacen. Mi indecisión nada tiene que ver con el hecho de que debo dinero al banco, aunque este sea un buen motivo para desquitarme de los intereses exorbitantes que me cobran. No sé por qué atribuí un irresistible encanto al banquero. Un banquero, aunque tenga un pasado deslumbrante de fraudes, trucos y embustes, como la mayoría, en el momento en que usa la máscara de banquero —y esa máscara se vuelve su verdadera cara, como todas las máscaras que no pueden quitarse del rostro— se vuelve un tipo sin encanto. Ladrones, asaltantes y asesinos sí pueden tener un encanto para los lectores. Estoy usando una computadora, que compré con dinero financiado por un banco. Por supuesto, no tengo dinero de sobra, pero parece que la computadora no está ayudándome tanto como pensaba. Al releer el párrafo que da comienzo a la historia del banquero, no tengo dudas de que también es una porquería. Voy a abandonar ese comienzo, pero no desisto, escribir es comenzar. Ahora estoy más motivado.

LOS SERES HUMANOS NO MERECEN EXISTIR — «Le gustaba matar cucarachas, pisándolas con la suela del zapato, pero un día, después de matar una cucaracha, su pensamiento comenzó a vagar fuera de control y de una manera inquietante. Quería ser un escritor, aunque sabía que cada vez se publican más libros y se leen menos libros, y que si lograba publicar un libro, la crítica no se enteraría de su trabajo, a los críticos solo les interesan los libros que venden, los *best sellers* estúpidos. Pero no iba a desistir de su propósito, a pesar de la inquietud que se apoderó de él, del descontrol de su pensamiento, el día en que mató a la cucaracha. Un escritor necesita cierto dominio sobre sus pensamientos, debe poder dirigirlos en el sentido que desea, y si eso no es totalmente posible, el escritor no tiene por qué preocuparse, tan solo necesita aplicar un cierto método a sus divagaciones, incluso si esas digresiones lo llevan a preguntarse ¿por qué mata solo cucarachas? ¿por qué no mata una persona?»

Me gusta este nuevo comienzo. No logro acabar con las cucarachas que me persiguen, fumigo periódicamente mi casa pero suben del departamento de abajo, donde vive una vieja sucia y petulante. Ayer me dijo, aléjate de mi camino, gordo indolente, cuando me encontró en las escaleras. La vieja desgraciada subía los escalones más rápido que yo. Le cedí el paso, sintiendo ganas de agarrar su cuello flaco y pellejudo y exterminar en aquel momento su vida inútil. Odio a las cucarachas y antes las mataba pisándolas, pero hoy voy a matarlas con las manos, eso me dará una satisfacción especial, me voy a vengar así del asco y del miedo que me causan. Corro detrás de la primera cucaracha que aparece en la cocina y la aplasto con un golpe fuerte, siento cómo estalla y llena con una mucosidad apestosa la palma de mi mano, que froto victorioso en el piso de la cocina. Mis pensamientos corren como feroces tigres hambrientos persiguiendo gacelas asustadas en una interminable pradera. No me voy a pasar el resto de mis días matando cucarachas. Bajo al piso inferior. Cuando la vieja abre la puerta, entro y la agarro del cuello, estrangulándola. Todavía no sé cómo decir lo que siento. Tomo algunos objetos de la casa para que parezca que fue asesinada por un ladrón. Al salir, dejo la puerta abierta, un vecino cualquiera va a encontrar el cuerpo. Nadie sospechará de mí. Soy conocido como un gordo manso e inofensivo.

En este momento estoy desarrollando el comienzo de la historia que inicié por el título, que le dio el soplo inicial de vida. En el quiosco de libros de la plaza leí un poema en el cual el autor (le robé el título de mi historia) dice que el mundo es doloroso, los seres humanos no merecen existir y él, poeta, sospecha que la crueldad de su imaginación está en cierta forma conectada con sus impulsos creativos. Matar a la vieja, no la crueldad, como dijo el poeta, sino la fuerza de mi acto y no solo de mi imaginación fue el impulso que hará de mí un verdadero escritor. ¿Líbrate de tu vidita? El escritor no puede librarse de su vida. Escribir es comenzar. Tengo, ahora, el comienzo, tengo el centro y el fin.

ELLA Y OTRAS MUJERES
2006

Alice

Nuestro hijo Gabriel, de catorce años, era tartamudo. Mi mujer Celina y yo ya lo habíamos llevado a varios especialistas, pero su tartamudez continuaba.

Gabriel era estudioso y pasaba todas las materias, menos el portugués: siempre necesitaba clases de regularización. Le conseguíamos un profesor particular y aun así aprobaba con dificultad.

Cuando a Gabriel le tocaba cambio de profesor, lo cual solía suceder cuando pasaba de año, Celina y yo buscábamos al nuevo profesor para comentarle las dificultades de nuestro hijo. Este año, al pedir una cita, supimos que quien le iba a enseñar portugués era una profesora, llamada Alice, que había sido transferida de otra escuela, una mujer de aproximadamente cuarenta años, divorciada, sin hijos.

La profesora nos preguntó si a Gabriel le gustaba leer y mi mujer le respondió que detestaba hacerlo y se irritaba cuando el profesor le mandaba leer un libro de la bibliografía del curso. La profesora Alice dijo que eso era común; a los jóvenes, salvo algunas excepciones, no les gustaba leer.

Unos meses después la profesora Alice nos llamó y nos pidió que fuéramos a la escuela. Nos recibió gentilmente y dijo que ya había aplicado los primeros exámenes y que Gabriel había tenido un desempeño muy por debajo de lo aceptable. Agregó que necesitaría tomar clases particulares. Mi mujer suspiró, era ella quien llevaba las finanzas de la familia y conocía mejor que yo nuestra situación económica. Yo siempre había pensado que Gabriel debía estudiar en una escuela pública, pero Celina quería que fuera al mejor colegio, cuya mensualidad era una fortuna.

La profesora Alice era una mujer inteligente y seguro se dio cuenta de nuestra angustia. O quizá no tuvo la agudeza para leer nuestro semblante, pero sí notó, por nuestra ropa, que no pertenecíamos al mismo nivel económico y social de los otros padres que tenían a sus hijos en aquel colegio. Hubo un instante cuando percibí que la profesora Alice miraba los zapatos de Celina. Las mujeres entienden de zapatos y son capaces de descubrir, por los zapatos de una mujer, el nivel económico y social al que pertenece.

Después de consultar su agenda, la profesora Alice dijo que podría darle clases particulares a Gabriel sin cobrar por ello.

Celina y yo alegamos, sin mucha convicción, que no queríamos darle esa molestia, pero la profesora Alice fue categórica y dijo que todos los martes y jueves por la noche le daría clases particulares a Gabriel en su casa.

Aquello nos tranquilizó, no solo dejaríamos de pagar las clases, además no tendrían que realizarse en nuestro pequeño e incómodo departamento.

Un mes más tarde noté que Gabriel estaba recostado en su habitación leyendo. Le pregunté qué libro era aquel y me respondió que la profesora Alice se lo había prestado. ¿Es buena profesora?, le pregunté, y él me respondió que era muy agradable.

Le conté a Celina lo que había sucedido. No podía creer que Gabriel estuviera leyendo un libro, dijo que odiaba los libros. Le dije además que era un libro de Machado de Assis. Hizo una mueca diciendo que cuando a ella le pedían que leyera a Machado de Assis en la prepa, no lo lograba y le pedía a una amiga que le dijera cuál era la trama del libro, y agregó que Machado de Assis era una plasta insoportable.

Más tarde, cuando estábamos en la cama dijo, esa profesora Alice es bruja.

Bruja de las buenas, agregó después de una pausa.

Pero la profesora Alice era mucho más bruja de lo que suponíamos. Además de sacar una buena calificación en el segundo examen y de quedarse leyendo diariamente, incluso hasta ignorando el partido de futbol en la televisión, Gabriel dejó de tartamudear.

Celina se acordó del médico que había dicho que para curar la tartamudez de Gabriel necesitaría usar no sé qué método holístico. Explicó lo que era eso y lo escribió en un papel que yo guardé. La tartamudez, de acuerdo con lo que el médico escribió, solo podría curarse a través del holismo, que busca la integración de los aspectos físicos, emocionales y mentales del ser humano. Según el médico, no somos solamente materia física, ni solo conciencia, ni únicamente emociones; somos una totalidad que necesita ser analizada en su integridad. El tratamiento holístico costaría una fortuna. Creo que no se fijó en los zapatos de Celina.

Lo cierto es que Gabriel ya no tartamudeaba y al comentar el asunto en la oficina un colega me dijo que eso era algo común, un muchacho o muchacha tartamudeaba hasta cierta edad y de repente paraba de tartamudear.

Gabriel no solo hablaba con desenvoltura, sino que también había dejado de tener el aspecto sombrío de antes. Haberse curado de la tartamudez le había hecho un gran bien. Y también a Celina, que se sintió perdonada. Tuvimos a Gabriel cuando ella tenía dieciséis años y yo dieciocho, aún solteros. Y ella, que era muy católica, yo hasta diría que mocha, creía que la deficiencia de Gabriel había sido una especie de castigo divino y se sentía culpable.

Invitamos a la profesora Alice a cenar en casa. Era una persona agradable, inteligente y parlanchina. Quien se quedó muy callado durante la cena fue Gabriel, de seguro con miedo de tartamudear frente a la profesora. Yo lo provoqué varias veces, pero respondía con monosílabos.

Celina le preguntó a la profesora si Gabriel todavía necesitaba las clases extra, y le explicó que no queríamos abusar de su generosidad. Alice respondió que iba muy bien, principalmente en la parte de redacción, pues había empezado a leer bastante, pero en gramática aún tenía algunas deficiencias.

Un día recibí una llamada de un oficial del consejo de menores llamado Lacerda, que dijo que quería hablar conmigo en privado. Pedí permiso en la oficina y convenimos una hora por la tarde en que Celina estaría trabajando.

Lacerda se identificó al llegar. Enseguida me preguntó si conocía a la profesora Alice Peçanha. Le respondí que sí. Lacerda dijo que había ido al colegio y se había enterado de que mi hijo de catorce años, Gabriel, estaba tomando clases particulares con ella, en su casa, por las noches. Le respondí que sí. Entonces me dijo que la profesora Alice Peçanha había sido obligada a abandonar la escuela donde daba clases anteriormente, en otra ciudad, porque había sido acusada de abusar sexualmente de un alumno de trece años, a quien también le daba clases particulares, pero la acusación no había sido debidamente comprobada.

Las mujeres pedófilas, dijo Lacerda, son raras. Esa atracción sexual de un adulto por niños ocurre más entre hombres. Entonces, con una voz grave, dijo que le gustaría hablar con mi hijo, para preparar los informes que serían enviados al juzgado.

Tan pronto acabó de hablar, le pregunté si le haría daño a un niño de catorce años el que una mujer tuviera relaciones con él. El oficial me respondió que el Estatuto del Menor y del Adolescente decía que someter a un adolescente, sin importar su sexo, al abuso sexual es considerado un crimen. Niños y niñas eran tratados de igual manera ante la ley. Si no se aceptaba que un hombre adulto tuviera relaciones sexuales con una niña, lo cual llegaba a ser considerado presunta violación, tampoco se podía aceptar que una mujer adulta tuviera relaciones sexuales con un niño. Dijo que era deber de ellos, los oficiales, de acuerdo con la ley, garantizar la inviolabilidad de la integridad física, psíquica y moral de los menores y adolescentes de ambos sexos. Lo lamentaba mucho pero necesitaba conversar con mi hijo. Si se confirmaba que la profesora Alice abusaba de él, sería sometida a juicio.

Estuve de acuerdo con él y le pedí que me esperara. Iría rápidamente al colegio, que estaba cerca, y traería a mi hijo para que platicara con él.

Cuando mi hijo llegó, el oficial dijo que quería hablar con él sin que yo estuviera presente. Salí y los dejé a solas.

Lacerda de seguro era un hombre meticuloso, pues conversó con mi hijo casi dos horas. Después abrió la puerta de la sala y me llamó. Dijo que mi hijo le había dicho que la profesora Alice jamás lo había tocado. Y que, según su experiencia al interrogar a menores, no tenía dudas de que mi hijo decía la verdad.

Antes de despedirse, lamentó el tiempo que perdía al hacer investigaciones basadas en informaciones falsas.

Nos quedamos callados en la sala, mi hijo y yo, sin mirarnos. Gabriel, después de un tiempo, dijo que había seguido mis instrucciones, que había hecho exactamente lo que yo le había ordenado, tan era así que el oficial le había creído. Le respondí que había actuado correctamente. Gabriel dijo que le caía bien la profesora, que lo había curado de su tartamudez, le había enseñado a disfrutar de la lectura, y que lo que ellos hacían en la cama no era ningún pecado. Le respondí que ahí acababa el asunto, que no era necesario que su madre se enterara y que yo no quería saber nada más.

Gabriel dijo que esa noche tenía clase con la profesora Alice y me preguntó si debía ir. Yo le dije que sí, que debía ir a todas las clases en casa de la profesora Alice.

Gabriel me dio un abrazo. Y no hablamos más del asunto.

Belinha

Si usas la Walther te delatas, si te agarran con ella nos vas a embarrar. Después de hacer el trabajo tírala, a la laguna o al mar.

Tranquilo, dije. Y el Despachador continuó, ¿te acuerdas de la Glock y de la cagada en que acabó? Como si me fuera a olvidar del negro que fingía vivir en las piedras con las cucarachas. No era del ramo, olía a jabón perfumado, tenía un reloj fino en la muñeca y cuando se llevó la mano a la cintura para sacar la herramienta, le di un tiro en la cabeza y me quedé con su arma, una Glock 18, automática, una maravilla, lo mejor que Austria ha dado al mundo. Pero me delataba y cuando me agarraron con ella me tupieron a golpes, me rompieron dos dientes de aquí del frente, me estropearon la mano derecha, querían que confesara que había matado al negro y dijeron que si les decía quién me había contratado me dejaban en paz, pero no abrí el pico, no les confesé nada.

Uno no sabía quién hacía el encargo.

Por la víctima sospechaba quién lo hacía. Es pan comido. ¿Quieres que te diga el nombre? No me jodas, imbécil, ve mis dientes postizos y mi mano chueca. Yo lo sabía, me torturaron y no delaté a nadie.

Te rompieron la mano equivocada, dijo el Despachador, si supieran que eres zurdo...

Dejé a ese pendejo hablando solo. Fui al hotel donde se hospedaba el cliente, así le decíamos, cliente, al que íbamos a enfriar, y llamé a mi novia para que se quedara vigilando conmigo.

No me gusta pegarle un plomazo a nadie, pero es mi trabajo; el Despachador me dijo un día que había leído en un libro que el hombre solo necesita dos cosas, coger y trabajar, yo solo necesitaba coger, trabajar es una mierda. Pero uso un disfraz, para todo mundo soy vendedor de productos de informática, y cargo siempre un portafolios de piel lleno de folletos.

Antes de ir al hotel, mi novia llegó al departamento y se quitó la ropa y su cuerpo blanco llenó de luz el cuarto oscuro y miré sus nalgas para ver si tenían marcas de biquini y de sol, ella sabía que si tomaba una gota de sol la iba a tupir a golpes, pero sus nalgas estaban más blancas que una ambulancia.

Se llamaba Belinha, tenía dieciocho años, yo le gustaba porque era un delincuente y sabía que mi cachondez era genuina, ella despreciaba a esos tipos que toman píldoras para que se les pare, decía que no podía amar a hombres así de farsantes y me chupó la verga y yo hice que se arrodillara en la cama y le chupé la panocha, le gustaba que se la lamiera, yo le metía la lengua allá adentro y a veces me pedía que le metiera la nariz, su panocha era olorosa y yo le metía la nariz. Se me olvidó decir que además de tener verga grande tengo nariz grande. Después le metía la verga y ella se venía, era así al principio.

Ella no sabía el tipo de trabajo que yo hacía, creía que tenía que ver con contrabando o drogas y me pedía que le dejara ver mis herramientas y decía que le gustaba andar con un delincuente, pero yo no podía explicarle mis servicios, yo mismo no sabía bien lo que había detrás de todo. El Despachador me llamaba y me decía que tenía un servicio y me daba la ficha del cliente. A veces era un tipo importante que aparecía en los periódicos, incluso me tocaron extranjeros. Me pagaban bien, yo era de confianza, ahí estaban como prueba los dientes postizos en mi boca, la cicatriz en la frente y la mano derecha estropeada, los dedos curvos como pedazos de alambre grueso.

Mi novia era hija de una familia importante y rica, educada en los mejores colegios, hablaba francés, se llamaba Belinha o Isabel o Isabelinha o Bel, yo prefería Belinha porque ella era la mujer más bella del mundo. Estábamos en mi departamento esperando la hora de irnos al hotel donde iba a encontrar al cliente. Acostados en la cama después de coger, me dijo que le explicara eso de pistola y revólver, la diferencia. Le dije que el revólver tiene las balas en un cilindro que llamamos tambor, que cada cartucho tiene su cámara de ignición y que a cada disparo el cilindro gira colocando un nuevo cartucho alineado con el cañón. Hay tambores de seis cartuchos, los más comunes, y de nueve, dependiendo del tamaño del revólver. La pistola, como esta Walther P99 semiautomática, tiene un peine o cargador con cartuchos que se mete en la cacha, después de cada disparo el cartucho vacío es expulsado y un nuevo cartucho sale automáticamente del cargador y queda en posición para ser disparado.

También quería saber por qué usaba pistola y no revólver y le expliqué, mientras ella sujetaba la Walther como si fuera un ratón muerto, que las pistolas eran menores, más ligeras y más seguras, y que además la pistola permitía usar silenciador. Esta porquería aquí atornillada en el cañón es el silenciador. No existe el silenciador para revólver, digo, sí existe, es una mierda gruesa que envuelve el tambor y hace que el arma se vuelva un armatoste, nadie lo usa, es una pieza de museo.

También me preguntó qué sentía cuando liquidaba a un tipo y yo le respondí que no pensaba en nada, igual que un soldado en la guerra, la diferencia es que yo no ganaba una medalla cuando mataba al adversario.

Después me puse un traje y ella ropa de mujer elegante y fuimos al hotel del cliente y nos quedamos en el vestíbulo esperando a que el tipo llegara. Belinha era una chica elegante en su manera de vestir, de sentarse, de hablar, quien la viera diría esta es una niña bien, de buena familia. Fue por eso que le dije que la tupiría a golpes si se hacía un tatuaje, como andaba diciendo.

A mí me ven y ni fu ni fa, soy un tipo delgado de nariz grande, aire inofensivo y ya con algunas canas. Con aquel traje negro parecía un vendedor de seguros. El Despachador me había informado que el cliente tenía una junta fuera del hotel y debía llegar alrededor de las nueve de la noche. Yo tenía en el bolsillo dos fotos de su cara.

Entonces el cliente apareció. Sentí cierta sorpresa al verlo, no mucha, soy perro viejo y no me asusto. Pero el tipo estaba en una silla de ruedas, lo empujaba una muchacha que parecía una enfermera. El cabrón del Despachador no me había dicho que el cliente era inválido. Le dije a Belinha, espérame aquí, y entré en el ascensor con la enfermera y el inválido.

Me bajé en el mismo piso. El pasillo estaba vacío, yo podía liquidarlos a los dos ahí mismo, pero siempre realizo mis servicios de manera inteligente. Tomé un papel del bolsillo y fingí que buscaba leer algo en él, mientras miraba como un miope los números de las puertas y seguía la silla de ruedas. Esperé a que la enfermera abriera la puerta de la habitación y cuando entró empujando la silla de ruedas, entré con ellos. Ella abrió los ojos, pero antes de que dijera pío le di un tiro en la cabeza. Disparo siempre a la cabeza.

Calma, dijo el cliente, con las manos abiertas hacia mí, tranquilo. Era del ramo, me miraba a los ojos. Vamos a hacer negocio, te pago más, dijo.

Le di dos tiros en la cabeza. Después desatornillé el silenciador, me puse la Walther en la cintura, el silenciador en el bolsillo, me cerré el saco, salí, cerré la puerta, tomé el ascensor y bajé. Con suerte tardarían mucho en encontrar los cuerpos.

Al llegar al vestíbulo tomé a Belinha por el brazo y nos fuimos, nadie me miró, si alguien mirara en nuestra dirección solo se fijaría en Belinha.

Subí al auto y le dije, vamos hasta la laguna. Pero cuando llegué a la laguna no me atreví a tirar la pistola al agua, una Walther P99, puta, lo mejor que Alemania le dio al mundo.

Vamos al cine, dijo Belinha. Fuimos a ver una película policiaca, a ella le encantaban, si llegara a ponerme los cuernos sería con un policía.

Salimos del cine a medianoche y Belinha dijo que quería ir a bailar a la discoteca. Pero antes pasamos a mi departamento y yo guardé la Walther, después de acariciarla como si fuera un perrito.

En la discoteca Belinha de inmediato me sacó a bailar. Bailando era alucinante, pero yo bailaba balanceándome como la rama seca de un árbol en una ventolera. Después fuimos a tomar una copa y me preguntó qué había pensado cuando vi que iba a matar a un inválido. Nada, respondí, y tú, ¿qué pensaste? Dijo que le parecía más justo matar a un lisiado que a un tipo sano que podía bailar y hacer aerobics.

Cuando regresamos al departamento, Belinha, en la cama, me dijo que quería decirme algo importante. Su padre la estaba amenazando con suspenderle la mesada.

A la mierda con la mesada de tu papá, yo te doy dinero, dije.

Pero no es eso solamente, está tan enojado conmigo que me dijo que va a donar a las asociaciones de caridad todo el dinero que tiene en el banco, que cuando se muera no voy a heredar ni un cinco.

A la mierda el dinero de tu papá, yo te mantengo.

Es mucho dinero, dijo, me parece una crueldad, yo tengo solo dieciocho años, voy a durar por lo menos unos sesenta más, ¿ya pensaste?, ¿sesenta años en la miseria?

Ya te dije que yo te mantengo, insistí.

Me miró pensativa y dijo, cariño, yo te amo, pero quién me garantiza que tú, con ese trabajo, vas a, vas a... Se quedó callada y yo completé su pensamiento: quién dice que voy a vivir mucho tiempo, ¿no? Sí, lo siento, respondió, pero es eso. Enseguida me dio un montón de besitos y dijo que me amaba, y que además tenía una propuesta que hacerme.

Déjalo para mañana, dije, vamos a dormir, ya va a amanecer, si empieza a amanecer ya no puedo dormir. Me desvestí, me quedé en calzones, me acosté en la cama, ella se quedó sentada en el sillón.

Cuando desperté, Belinha continuaba sentada en el sillón.

No pude dormir, dijo, ¿ahora sí podemos hablar?

¿De qué?

De la propuesta, respondió.

Dime.

Se levantó del sillón y se sentó a mi lado, en la cama. Quiero que mates a mi papá.

Me quedé callado. Matar a su papá, pensé, carajo, uno puede matar a cualquiera, menos a su padre y a su madre.

Piénsalo bien, le dije, y ella respondió, pasé toda la noche pensándolo, y toda la semana, no hay nada más que pensar, ¿cuál es el problema?, desde que te conozco ya mataste a unas cinco personas, ayer mataste a un inválido, ¿y tienes escrúpulos de matar al hijo-de-puta de mi papá, que me quiere dejar en la miseria? Si tú me mandas que salte de un puente, lo hago, y en cambio te pido una cosita de nada y te resistes a complacerme, ¿y así me dices que me amas?

Se inclinó sobre mí, me quitó los calzones y comenzó a chuparme la verga. ¿Te gusta?

Me han chupado la verga unas quinientas mujeres, pero ninguna tenía una boca tan mágica como la suya. ¿Te gusta? Después de repetir eso, se detuvo, se sentó en la cama y dijo, si no matas a mi papá te voy a dejar, vas a tener que buscarte otra chavita para coger.

Otra igual a ella no existía en todo el mundo. Pero que Belinha quisiera matar a su padre hacía que se pusiera fea y se me encogió la verga.

Voy a pensarlo, le dije.

Te doy una semana.

Anduve siguiendo a su papá durante la semana. Era un hombre alto, canoso, guapo, todos los días salía de su casa y se subía a un auto con chofer que estaba enfrente. Un día, antes de que subiera al auto, me acerqué y le dije, disculpe, no soy de aquí, ¿cómo llego al centro? Él respondió voy para allá, lo llevo, súbase por favor.

Fuimos platicando en el coche, le dije que era de Minas y estaba buscando trabajo, podía ser de intendencia, cualquier cosa, necesitaba trabajar, y me dio una tarjeta y escribió en el reverso un nombre. Es la señora Estela, mi secretaria, voy a decirle que le busque un lugar, pase a esta dirección mañana por la mañana y hable con ella. Me pareció que era hora de zafarme y dije, aquí me bajo, muchas gracias, mañana me doy una vuelta.

Me bajé del auto y me fui caminando por la calle, pensando. Cuando llegué a mi departamento había un recado de Belinha en la contestadora pidiéndome que la llamara.

¿Qué hay?, preguntó.

Estoy armando el plan, le dije, no tardaré, en estos días hago el servicio.

Voy a pasar por ahí más tarde, dijo Belinha, te voy a dar el culito.

Normalmente aquello me excitaba, pero ese día, no sé por qué, me desagradó. Hoy no puedo, tengo que ver al Despachador.

Al día siguiente fui a buscar a la señora Estela. Fue muy amable y me dijo que había conseguido un puesto para mí, de chofer, que le llevara los documentos lo más rápido posible.

En ese momento el papá de Belinha entró en la sala de espera y me dio una palmada en la espalda preguntando, ¿cómo está?, ¿necesita algo, dinero por adelantado? No, licenciado, muchas gracias.

Cuando llegué a mi departamento, le conté todo a Belinha y le dije que liquidar a su papá en la oficina iba a ser difícil, tenía que ser en la calle o en su casa.

Te consigo una llave de casa, dijo Belinha, voy para allá a retozar un poco, quiero chuparte todo.

Hoy tampoco se va a poder, dije.

Caramba, dijo Belinha, ya extraño ese palo grande.

Hay broncas, dije, tengo que ver de nuevo al Despachador para calmarlas.

Me dio una llave.

¿Y la servidumbre?, le pregunté.

No te preocupes, se quedan en un departamento arriba del garaje.

Llamé a Belinha y le pregunté, ¿hoy por la noche está bien?

Sí, respondió, él siempre toma una pastilla para dormir, alrededor de las once. Llega a medianoche, pero cuando lo hagas, antes vamos a mi habitación a jugar un poco.

Llegué precisamente a medianoche, la Walther con el silenciador en el bolsillo. Cuando entré, Belinha estaba parada en la sala esperándome. Subimos las escaleras. Aquella de allá es su habitación, esta es la mía, ven. Entramos en su dormitorio y enseguida Belinha se desnudó y me preguntó, ¿qué quieres? ¿mis nalguitas? ¿quieres que te la chupe? ¿quieres chupármela?, lo que tú quieras, quiero.

Aquellas palabras ya no me hacían ninguna gracia, antes me excitaban, ahora me daban un cierto asco. Se acostó boca abajo mostrándome las nalgas, no había en el mundo, en todo el mundo, nalgas más bonitas que aquellas, y ella lo sabía. Me acerqué a Belinha, saqué la Walther del bolsillo y le disparé en la cabeza, justo en la nuca, para que muriera de manera instantánea y sin dolor. Después cubrí su cuerpo con una sábana y salí, cerrando la puerta de la casa. ¿Cómo alguien puede querer matar a su padre o su madre?

La Walther ahora sí me delataría. Fui hasta la laguna y me quedé ahí sentado, sin atreverme a arrojar aquella joya al agua, pensando. El día empezó a rayar y yo sentí que algo me pasaba, tenía ganas de llorar, pero llorar es de putos y no lloré. Agarré la Walther y la lancé lo más lejos que pude. La pistola entró en el agua sin hacer mucho ruido. El sol estaba tan blanco que me dolían los ojos.

Carlota

Aún acostada, noté por la ventana que afuera llovía. ¿Cómo le iba a hacer? ¿Ir de casa en casa, con el paraguas abierto, cargando la pesada bolsa de cosméticos, con la esperanza de que hubiera algunas cuarentonas interesadas en cremas y otros productos de belleza, y que pudieran pagar al contado, en efectivo? No más cheques, ni siquiera me atrevo a pasar al banco, sé que los cheques que estúpidamente acepté la semana pasada rebotaron.

Ahora que me doy cuenta, se acabó el café, y ¿cómo voy a poder levantarme de la cama sin tomar una taza grande de café? Necesito ir al médico para ver qué dolor es este que siento en el abdomen, del lado izquierdo. ¿Qué tiene uno del lado izquierdo de la panza? ¿El estómago? Pero no es el estómago, es más arriba, más hacia un lado. ¿Qué hay aquí encima, de este lado? ¿El hígado? ¿La vesícula?

Vivo sola. Soy solterona. Mi madre, que sufre de Alzheimer, vive con mi hermana viuda, que tiene recursos para cuidarla y una casa más grande que el huevo donde vivo. Los domingos voy a visitarla y mi madre ya no me reconoce. Pobre. Pensándolo bien, pobre de mi hermana, que es quien sufre.

Me levanté de la cama y sin la taza grande de café me sentía como zombi. No me atreví a bañarme. A decir verdad, antes me bañaba todos los días, en ocasiones dos veces al día, al levantarme y por la noche, cuando me iba a acostar. Después pasé a bañarme una sola vez al día, y últimamente me baño un día sí, otro no, y ya me he quedado tres días sin bañarme, lavándome en el bidet y limpiándome los sobacos con una esponja y poniéndome desodorante. No puedo ir apestosa a tocar puertas y decir, señora ¿quiere comprar cremas, perfumes y otros productos de belleza?

Me costó trabajo arreglar los productos en la maleta. ¿Cómo se me fue a olvidar comprar el maldito café? Revisé los armarios para ver si encontraba un paquete perdido, pero solo tengo dos armarios y fue fácil ver que no había nada de café en casa.

Vivo en un departamento que ni cocina tiene, abro una puerta como de armario y ahí está una hornilla, alimentada por un tanquecito de gas, donde tengo que preparar mi café. En el baño hay una ducha eléctrica, la compañía de gas dice que mi departamento no tiene la ventilación adecuada para una instalación de gas. Ya desistí de solicitar el servicio.

Finalmente logré vestirme. Cargar un paraguas y una maleta pesada llena de tarros y otros envases de varios tamaños no es fácil. Cuando llegué a la calle noté que no había preparado mi itinerario de visitas. Me hacía falta el café, aún no despertaba por completo. Tuve que volver a casa y quitarme la capa, colocar el paraguas mojado en el baño y sentarme en la cama, abrir mi cuadernito y escribir en una hoja de papel mi itinerario de visitas de aquel día. Después de hacerlo, salí de nuevo.

Me quedé esperando el camión que me llevaría a la zona de la ciudad que iba a cubrir aquel día. Vivo en un barrio cerca de la favela, el propio barrio poco a poco se está favelizando, pero no puedo pagar una renta más alta y entonces tengo que vivir justo ahí. En mi vecindario solo hay un bar, sucio y de mala muerte. Evitaba pararme por ahí, pero aquel día o tomaba un café o me caía tiesa al suelo.

Entré en el bar. Como siempre, había un montón de hombres mal encarados, algunos tomando café con leche, pan y mantequilla, otros tomando cachaza, no sé cómo esos tipos pueden tomar cachaza tan temprano.

Pedí una taza grande de café negro. Esperaba que me sirvieran un café medio asqueroso, como esos que dicen que están bautizados con garbanzo para que rindan más, sin embargo el café estaba excelente. Nunca pensé que en un lugar como aquel, donde el camarero usaba un chaleco inmundo, pudieran servir un café tan sabroso. El placer que sentí borró el olor desagradable del recinto y me hizo olvidar la presencia de los borrachines y de los rateros que tomaban café con leche, pan y mantequilla. Me dieron ganas de pedir otra taza, pero temí que no fuera tan sabrosa y echara a perder el buen sabor que la primera me había dejado en la boca.

Pagué el café y tomé el paraguas, pero cuando busqué la maleta, había desaparecido. Le pregunté al camarero por mi maleta. Me respondió que no sabía de qué le hablaba, que yo no había llegado con ninguna maleta. ¿Llegó con una maleta esta muchacha? Los borrachines y bebedores de café con leche, pan y mantequilla dijeron que no había llegado con ninguna maleta.

Dije que iba a poner una queja en la policía. Hágalo, respondió el camarero, y regresó a servir a los otros clientes. Iba a perder el trabajo y aquello me dio tanto coraje que grité, en este país solo hay ladrones, alguien me robó mi maleta. Ladrones, grité, ladrones.

Me dolía el lado izquierdo de la panza. Comencé a llorar. Un tipo que estaba cerca me dijo, con un tufo a cachaza que se me metía por la nariz como si fuera taladro de dentista, calma, señora, no se desespere, para todo hay una solución.

Asqueada, me aparté del hombre y salí corriendo, subí las escaleras de mi edificio, no hay ascensor, y entré, todavía llorando, a mi departamento. Dejé el paraguas mojado en la sala y me senté en el único sillón que tenía.

Cuando me enjugué los ojos vi que al lado de la puerta, recargada en la pared, estaba mi maleta. Corrí hasta ella, la miré, la abrí. Dentro estaban todos los productos. Pero yo había salido con la maleta, la había dejado en el piso del café, estaba segura. ¿Había sucedido un milagro o me estaba volviendo loca?

Lo primero que haría al salir era comprar dos kilos de café.

Diana

Eran las tres de la mañana y fui a tomarme un café al único estanquillo que estaba abierto a esas horas. Me senté en uno de los bancos de la barra y pedí un café con leche y pan tostado. El pan de ahí era una porquería, lleno de bromato, y el café tampoco era la gran cosa, pero el pan bien tostado con mantequilla se podía comer.

Estaba tomando mi café cuando la mujer entró, echó un vistazo a la barra y se sentó a mi lado. Había otros lugares vacíos. Iba vestida de negro, con mucho maquillaje, pero aun así se podía ver que era una mujer joven y bonita. Parecía haber salido de una fiesta.

Me llamo Diana, dijo, ¿y tú?

Manoel.

¿Manoel? Pareció sorprendida.

Mi papá se llamaba Manoel, mi abuelo se llamaba Manoel. Mi bisabuelo se llamaba Manoel.

¿Y tu hijo?

No tengo hijos. Tengo perro. También se llama Manoel, pero yo le digo Mané, él lo prefiere.

¿Y qué haces?

Nada. Soy desempleado.

¿Y antes?

Antes también era desempleado. Pero sé dibujar.

Hazme un dibujo, dijo, agarrando una servilleta.

Necesito una pluma o un lápiz.

Diana le pidió prestada su pluma al camarero. Puso la pluma y una servilleta frente a mí.

Dibujé un perro.

Este es Mané, le dije.

¿Callejero?

Totalmente.

¿Puedo quedarme con el dibujo?

Sí.

Pero lo quiero autografiado.

Firmé Manoel en la servilleta.

Estoy loca, dijo.

Yo también, le respondí.

Hablo en serio. Soy ninfomaniaca. ¿Sabes lo que es eso?

Sí. Una mujer que busca compulsivamente el orgasmo, sin alcanzarlo.

Esa es una definición simplista.

No es simplista. Solo es sencilla, y las definiciones sencillas son siempre las mejores.

Nosotras, las ninfomaniacas, somos personas impulsivas. Vemos a un determinado hombre y queremos llevárnoslo a la cama. ¿A poco eso no les sucede a ustedes? Solo que para los hombres es más difícil satisfacer ese impulso, las mujeres resisten más las embestidas. Ahora, si yo te invito a la cama conmigo no vas a resistirte, vas a aceptar, ¿no?

La miré. ¿Qué tomaste?

Champaña, en una fiesta. Pero allá solo había hombres sin chiste, y mejor me largué antes de escoger mal.

Le pedí al camarero un café negro doble. Bébete esto, le dije.

Ella se tomó el café. Pagué la cuenta.

Vamos a dar una vuelta, dije, no me gusta coger con mujeres borrachas.

Ese lenguaje me pone cachonda, las palabras sucias me ponen cachonda.

Las calles estaban vacías. Caminamos en silencio.

Muchas veces solo queremos satisfacer una fantasía sexual, dijo Diana. Hoy mi fantasía es acostarme con un hombre sádico, que me amarre, me amenace, me dé algunas bofetadas, pero sin lastimarme mucho. ¿Eres ese hombre?

Tal vez.

¿Tal vez? Eres o no eres.

Sí soy. Más o menos.

¿Más o menos?

Ya verás. ¿Vives sola?

Sí.

¿Tu edificio tiene portero?

No.

¿Podemos ir?

Claro.

Fuimos caminando hasta su departamento.

Entramos. El lugar era limpio, tenía un olor agradable. Ella sacó una botella de champaña del refrigerador.

¿Puedo beber un poco?

Una copa nada más. Necesitas estar lúcida, así lo disfrutas mejor.

Se tomó dos copas, llenas.

Fuimos a la habitación. La cama era de hierro, con cabecera sólida.

No tengo nada para que me amarres a la cama. Voy a tener que rasgar una sábana. Tengo unas sábanas viejas que ya necesito jubilar.

No es necesario, dije, sacando las esposas del bolsillo. Te voy a esposar.

¿Esposas? Qué maravilla. ¿Eres policía?

No.

¿De dónde las sacaste?

Las compré. Quítate la ropa y acuéstate en la cama.

Mientras esposaba sus muñecas a los barrotes de la cabecera, pude notar la perfección de su cuerpo. Los senos eran pequeños y respingados, aun estando acostada. Nunca había visto un vientre y unos muslos tan perfectos en toda mi vida.

¿Cuántos años tienes?

Veintitrés.

Me quité la ropa.

Eres grande, dijo. Es decir, tu cosa.

Es un orgasmo lo que buscas, ¿verdad?

Sí, dijo, sí.

Después de lamer sus senos y su vagina, la fui penetrando lentamente y dándole unas bofetadas, no muy fuertes, pero aun así se le enrojeció la cara.

Qué rico, qué rico, dijo Diana.

Eso no es nada. Voy a apretar tu cuello y vas a tener una sensación de muerte y en ese momento vas a tener el orgasmo que nunca has tenido en tu vida.

Sí, quiero, quiero, dijo entusiasmada.

Fui apretando lentamente el cuello de Diana y sentí su vagina irse contrayendo y luego un líquido abundante inundó mi pene.

Me estoy viniendo, logró decir jadeando, Dios mío, me estoy viniendo.

Apreté su garganta más y más, con todas mis fuerzas.

Cuando sentí que los huesos se quebraban, también me vine, una venida larga y purgante.

Ella

En la cama no se habla de filosofía.

Tomé su mano, la puse sobre mi corazón, dije, mi corazón es tuyo, después la coloqué sobre mi cabeza y dije, mis pensamientos son tuyos, moléculas de mi cuerpo están impregnadas con moléculas del tuyo.

Después puse su mano en mi verga, que estaba dura, y le dije, esta verga es tuya.

Ella no dijo nada, me la chupó, después le chupé la panocha, se subió encima, cogimos, ella se quedó arrodillada, con la cara en la almohada, la penetré por atrás, cogimos.

Me quedé acostado y ella, de espaldas a mí, se sentó sobre mi pubis y metió mi verga en su panocha. Yo veía cómo entraba y salía mi verga, veía su culo rosado, que después lamí. Cogimos, cogimos y cogimos. Me vine como un animal agonizante.

Ella dijo, te amo, vamos a vivir juntos.

Le pregunté, ¿qué, no estamos muy bien así? Cada quien en su rincón, viéndonos para ir al cine, pasear por el Jardín Botánico, comer ensalada con salmón, leernos poesía uno al otro, ver películas, coger. Despertar todos los días, todos los días, todos los días juntos en la misma cama es mortal.

Ella respondió que Nietzsche dijo que la misma palabra amor significa dos cosas diferentes para el hombre y para la mujer.

Para la mujer, amor expresa renuncia, dádiva. En cambio, el hombre quiere poseer a la mujer, tomarla, a fin de enriquecerse y reforzar su poder de existir. Le respondí que Nietzsche era un loco.

Pero aquella conversación fue el principio del fin.

En la cama no se habla de filosofía.

Entró en el consultorio del médico.

Quería comprobar si este baumanómetro está midiendo bien la presión.

Ya lo hicimos la semana pasada.

Sí... Me gustaría revisarlo de nuevo, tengo mis motivos.

El médico comparó el aparato con su propio baumanómetro.

Está perfecto. La marca que compraste es la mejor.

Ayer mi presión sistólica no llegaba a ochenta y la diastólica estaba en menos de cuarenta.

Tienes ese problema. Reposa media hora y todo vuelve a la normalidad. No puedes manejar en esas condiciones.

Ya lo sé. ¿Y hacer el amor?

No vas a poder, ni te preocupes.

Este fin de semana hice el amor varias veces con mi novia, en estas condiciones.

¿De veras? Es increíble.

Sí, de veras. No tengo el menor interés en inventar algo así.

Tienes un alto nivel de testosterona, pero aun así... Con setenta-cuarenta una persona apenas logra mantenerse en pie...

Bueno, estaba acostado, doctor. Hice el amor tendido en la cama todo el tiempo. Y siempre que estoy con ella hago el amor varias veces al día. Pasamos viernes, sábado y domingo juntos y hacemos el amor todos los días, varias veces al día. Ella me despierta un deseo irresistible. La amo con locura, la deseo con locura, la admiro con locura, la estimo con locura. Es mi mejor amiga.

Está inspirado el poeta...

No es que el poeta esté inspirado. Ella es más linda que la más linda madona del *Quattrocento*, hay momentos en que al mirar su rostro, cuando hacemos el amor, siento ganas de llorar.

¿Y por qué no lloras?

No sé llorar. Es inteligente, graciosa, generosa, tiene buen humor, sabe besar como nadie y tiene un cuerpo lindo. Ya te dije que tiene un cuerpo lindo, ¿no? Ya estoy repitiendo las cosas.

No, me dijiste que tenía una cara linda.

Siento ganas de hacer el amor con ella tan pronto la veo, donde sea, en la calle, en el ascensor, en la iglesia.

¿Ahora resulta que vas a la iglesia? ¿El amor convirtió al ateo?

No, es una forma de decir las cosas. Quiero decir que no importa el momento ni el lugar, tengo una erección siempre que la veo. Incluso sé que si llegara a tener otra baja de presión fuerte como esta, voy a lograrlo... No impidió que hiciéramos el amor ayer por la noche ni hoy por la mañana... Mi miembro está todo irritado, ella es muy estrecha e inconscientemente me aprieta fuerte el pene durante el acto, varias veces.

Lo hace a propósito. Todas lo hacen a propósito. Todos los días abren un nuevo curso de pompoarismo.*

Ella dice que no, yo le creo, no miente.

Descubriste a la mujer perfecta.

Sé que estás siendo irónico, pero es verdad, es perfecta.

¿Quieres oír una opinión para quedarte preocupado?

Sí.

Contrólate un poco. Hacer el amor en exceso de la manera en que me lo describes, va a acabar causándole una sensación de cansancio. A las mujeres no les gusta hacer el amor con esa frecuencia. Quieren sentirse amadas todos los días, pero, para usar una palabra que suena mal aunque es la adecuada, no les gusta coger todos los días. A ninguna mujer le gusta coger todos los días, y mucho menos varias veces. Y tú sabes que tengo experiencia en el asunto, me casé cinco veces. Discúlpame pero se va a cansar de ti. Contrólate un poco.

No puedo controlarme. Si pasara diez días seguidos con ella le haría el amor todos los días, varias veces al día. No quiero que se aburra de mí, la adoro. Consígueme una medicina, por favor.

El médico sacó una caja de medicamentos controlados. Tómate una pastilla entera algunas horas antes de verla. Hazlo cada vez que la veas. Disminuye la libido. Después me cuentas.

Salió del consultorio pensando que si ella se aburriera de coger con él, iba a ponerse muy pero muy triste y ya no tendría ganas de vivir. Aun así, tiró la caja en el primer cesto de basura que encontró.

---

* Ejercicios que consisten en lograr mover a voluntad los músculos circunvaginales.

Fátima Aparecida

Me pidió dinero para ir a visitar a su hijo. Era Navidad, no lo veía hacía más de diez años, desde que se salió de casa, expulsada o por decisión propia, no lo sé, y se fue a vivir a la calle, mendiga y borracha.

Fue así como la conocí, tambaleándose, diciendo groserías. Ahora ya no tomaba, Jesucristo la había salvado, Jesucristo y *yo*, que le presenté a Jesús y le dije que Jesús quería salvar su alma, ¿sabes leer? Sí sabía, le di una Biblia de bolsillo, de esas para semianalfabetos.

Comenzó a leer la Biblia todos los días, ya no bebía ni pedía limosna. Le pagaba diario la comida en una fonda cerca del parque donde dormía: macarrón, pollo cocido y un refresco, siempre ese menú, que era barato y fácil de comer, pues tenía pocos dientes. Tal vez le costara un poco más de trabajo masticar el pollo cocido con las encías, pero se las arreglaba de alguna manera.

En el parque me dijo que ahora evitaba a los *carnecedores*, debía ser el grupo de borrachos que frecuentaba. A veces, cuando yo pasaba de noche por el parque estaban cogiéndose a las borrachas, entre ellas a Fátima Aparecida. Esos debían ser los *carnecedores* que ahora evitaba, una buena palabra que merecía ser inventada, recordaba la carne, los carnívoros, recordaba a Cristo, el verbo hecho carne, la carne era débil, manchada por los apetitos pecaminosos opuestos a la pureza del alma.

Fui a ver en la Biblia qué palabra era aquella que necesitaba ser inventada, *carnecedores,* y descubrí a los *escarnecedores*, que aparecen en varias ocasiones, como en este salmo: Bienaventurado el hombre que no anda en compañía de los impíos, que no se detiene en el camino de los pecadores, ni se sienta entre los escarnecedores. Era eso, los borrachos que dormían en el parque eran los escarnecedores. Ahora Fátima Aparecida huía de ellos, tenía a Jesús y me tenía a mí.

Empecé a leer la Biblia sentado con Fátima Aparecida en el parque donde ella dormía en dos bancas juntas, cubiertas con un cartón. Hablábamos de Jesús, yo le decía que además de su alma debía cuidar su cuerpo y la llevé al hospital público, donde la atendieron en el departamento de enfermedades infecciosas y le dieron medicinas para su enfermedad, que no sé cuál es pero me imagino.

Fátima Aparecida hizo una solicitud de documentos para poder sacar su carnet de identidad, y así poder conseguir trabajo.

Entonces, como estaba diciendo, era Navidad, ella fue a visitar a su hijo, pero el hijo y su mujer le pidieron que no volviera por allá. Fátima Aparecida les pidió que le mostraran a su nieto, pero el hijo respondió que el niño estaba de viaje.

Me contó todo eso en una banca del parque, las lágrimas le escurrían de los ojos, pero Fátima Aparecida no sollozaba, creo que cuando el dolor es muy fuerte el sufrimiento es silencioso.

El día estaba rayando, ya había luz suficiente para que leyéramos la Biblia, y leímos juntos y yo sentí que ella se sentía aliviada.

Gracias por transmitirme su fe, usted es un hombre muy bueno, me dijo. Eso era verdad, yo era un hombre bueno, y también un gran mentiroso. No estaba interesado en predicar la Biblia, pero Fátima Aparecida no necesitaba enterarse. Dejé de verla un tiempo. Entonces un día, por la noche, mientras atravesaba el parque, vi a Fátima Aparecida en medio de los escarnecedores, que se la estaban cogiendo. La arranqué de las garras de los borrachos con algunos gritos y jalones, y me la llevé del brazo al otro extremo del parque. Estaba completamente borracha. Volviste a beber, hija de puta, le dije. Ella trastabilló y dijo, pero yo tengo a Jesús. Le respondí, pero Jesús no te tiene a ti, me oyes idiota, quien lo salva a uno de la mierda es uno mismo.

Y dejé a Fátima Aparecida en el parque con los escarnecedores. A la mierda. No se puede salvar a nadie que no quiere ser salvado. Y qué mierda, yo necesito acabar con este mi complejo de Mesías. ¿Salvar a los otros? Me tengo que salvar a mí mismo, que no ando muy bien que digamos.

No hay mujer que no sueñe con matar a su marido. Yo también tenía esos delirios, pero se volvieron una determinación real.

Tomábamos el café de la mañana el día en que le propuse que nos separáramos. Él dijo, bueno, no te vas a llevar ni un quinto, te las vas a ver negras, yo no tengo bienes, este departamento es rentado, todo el dinero está en una cuenta secreta en un paraíso fiscal. ¿Sabes qué es un paraíso fiscal? Claro que no, no tienes ni puta idea de nada, eres una idiota.

Le respondí que iba a ir a la policía a contar todo y él se atacó de la risa y me contestó, eres realmente una imbécil.

Me quedé mirando cómo se comía sus huevos con tocino, todos los maridos canallas comen huevos con tocino. Después de que se limpió la boca con la servilleta le pedí humildemente dinero para ir al salón a pintarme el pelo, me estaban saliendo canas por todas partes. Me contestó, hoy no te doy ni un centavo, para que aprendas a no amenazarme.

Una no se venga de un marido como este sacándole dinero de la cartera, inventando gastos falsos del supermercado o consiguiéndose un amante como todas lo hacen. Solo hay una manera de tomar revancha en esta situación. Un marido así tiene que morir. No en sueños. En la vida real.

Me fui al espejo a examinarme las raíces del cabello, todas estaban poniéndose blancas, me estaba convirtiendo en una vieja.

Por la noche me dio un papel y dijo, para ayudarte a hacer la denuncia en Hacienda y no en la policía, estúpida, te quiero dar una relación casi completa de los paraísos fiscales que existen. Hice la lista en orden alfabético, dijo, con una sonrisa cínica, dándome un papel lleno de nombres.

Antillas Holandesas, Aruba, Bahamas, Bahrein, Barbados, Belice, Bermudas, Campione d'Italia, Islas del Canal (Alderney, Guernsey Jersey, Sark), Islas Caimán, Chipre, Singapur, Islas Cook, República de

Costa Rica, Djibuti, Dominica, Emiratos Árabes, Gibraltar, Granada, Hong Kong, Labuán, Líbano, Liberia, Liechtenstein, Luxemburgo, Macao, Isla de Madeira, Maldivas, Malta, Isla de Man, Islas Marshall, Islas Mauricio, Mónaco, Islas Montserrat, Nauru, Islas Niue, Sultanato de Omán, Panamá, Samoa Americana, Samoa Occidental, San Marino, Santa Lucía, Federación de San Cristóbal y Nevis, San Vicente y las Granadinas, Seychelles, Tonga, Islas Turcas y Caicos, Vanuatu, Islas Vírgenes Americanas, Islas Vírgenes Británicas.

Dios mío, nombres de los que nunca había oído hablar, ¿cómo saber en qué paraíso había escondido mi marido el dinero? ¿Y cómo se mata a un marido? ¿Con veneno? ¿De un tiro? ¿A puñaladas? Puedo conseguir un cuchillo, pero acabaría haciéndole apenas un rasguño en la piel a este perro.

Entonces fui hasta la terraza a mirar la calle, sentí vértigo por la altura, el barandal era muy bajo, estamos en el onceavo piso, pero tuve una idea y se me pasó el vértigo.

Como toda mujer casada, vivo tomando un montón de medicinas para aliviar momentáneamente mi insoportable carga de frustraciones: Valium, Dormonid, Lexotan, Rivotril, Rohypnol y muchos mas. Todas las noches mi marido se toma una botella de vino tinto durante la cena y soy yo, que hago todo en la casa, quien abre la botella y sirve el vino.

Mi Dormonid es de quince miligramos, tomé seis comprimidos y los disolví en la botella de vino, que abrí en la cocina. Tomé también una botella de champaña para mí, llevé las dos botellas a la mesa del comedor y llené nuestras copas.

No sé por qué a las mujeres y a los maricones les gusta tanto la champaña, esa mierda burbujeante, dijo.

Llenó su copa nuevamente, bebió, otra vez llenó la copa, dijo, este Bordeaux está magnífico. Pronto se acabó la botella. Poco después, cayó desmayado.

Ah, qué trabajal arrastrar aquel cuerpo fornido hasta la terraza. Mi marido era pesado, los huevos con tocino y los quesos franceses, los embutidos, los pays, los patés engordaban hasta a un tísico, incluso a uno de aquellos flacuchos del noreste.

Estaba muerta de cansancio cuando llegué a la terraza, pero todavía tuve fuerzas para recargarlo boca abajo sobre el barandal y después agarrar sus piernas, levantarlas y empujar el cuerpo.

La caída produjo un sonido distante y hueco al golpear sobre la banqueta.

Después llamé a la policía y dije que mi marido había bebido demasiado y se había caído de la terraza. Agregué que era adicto a los tranquilizantes.

Regresé a la sala y me bebí otra copa de champaña. Me endulzaba la boca, antes de empezar a vérmelas negras.

Después, ensayé frente al espejo la historia que le iba a contar a la policía. Licenciado, esto sucedió el mes pasado con el vecino del 1201, que también mezclaba alcohol con tranquilizantes. Era alto y gordo como mi marido y se cayó de la terraza, el barandal es muy bajo.

A él probablemente también lo empujó su esposa, pero ese final no lo iba a contar.

Hice mi cara de llanto y las lágrimas se me escurrieron. Es fácil llorar cuando estás muy feliz.

Guiomar

Mi padre siempre decía, cuando escojas una mujer, escoge una que sepa lavar, planchar y cocinar. Tenía ochenta años, era todo un sabio. Mi madre murió cuando yo tenía quince. Me acuerdo de ella, siempre en el lavadero o planchando, o en la cocina, de buen talante, gorda y sonrosada. Murió mientras dormía. No pasó mucho tiempo para que el viejo metiera a otra mujer en la casa, el viejo a sus ochenta años aún la hacía. Y después otra, y cuando entraba una nueva me preguntaba, refiriéndose a la anterior, aquella bruja cocinaba mal, ¿no? o, ¿viste cómo esa perra planchaba mal?

Vivíamos en el mismo barrio, pero en casas diferentes. Él compró la casa donde vivo, que tiene una habitación, sala, baño, cocina y una azotea donde está el lavadero y donde puedo asolearme, si quiero. Siempre que yo llevaba a una mujer a la casa, ya en la cama le preguntaba, después de coger, ¿sabes lavar, planchar y cocinar? La respuesta era siempre la misma, sí. Entonces le decía, a ver, y la llevaba a la azotea donde estaba el lavadero, siempre lleno de ropa sucia, y le decía, lava para que te vea.

La mujer iba a la azotea, lavaba y tendía la ropa. Después me la cogía otra vez y ya era hora de la comida y le decía, ahora vas a cocinar para mí. Hacía la comida. Si la ropa estaba mal lavada y la comida era una porquería, inmediatamente mandaba a la holgazana a la mierda.

A veces la comida era buena y la lavada malísima, o viceversa, y eso significaba un problema. Yo consultaba al viejo, él respondía, la mujer tiene que saber hacer las dos cosas. ¿De qué sirve si solo sabe cocinar? ¿Vas a andar por ahí todo mugroso y arrugado? Y si solo sabe lavar y cuidar la ropa, ¿vas a pasar hambres? Tu madre te acostumbró a comer bien. La puta vieja tiene que saber hacer las dos cosas.

Todas decían que sabían lavar, planchar y cocinar, pero era siempre un truco para atrapar a su incauto. Lo que ellas querían era mudarse a mi casa, de donde se podía ir a pie a Leblon, y además, modestia aparte, yo era bueno en la cama, creo que es de familia, el viejo está ahí como prueba.

¿Por qué las mujeres de hoy solo saben hacer una cosa, nunca son completas, como mi madre? Creo que es porque ven demasiada televisión. En la tele, lavar ropa es siempre tarea de negras jodidas, cocinar también.

Yo andaba ligándome a una mujer que se llamaba Guiomar, se hacía muchísimo del rogar, me daba besitos pero no me dejaba agarrarle los pechos ni las nalgas. Pero estaba tan buena que me armé de paciencia y le seguí el juego, sabía que poco a poco iba a conseguir lo que quería. Primero me dejó que le agarrara los pechitos, después que le chupara los pezoncitos, después que le pasara el dedo en la rajita. Pero me costó muchísimo tiempo.

Finalmente, después de seis meses logré llevármela a la casa, a la cama. Antes de coger, Guiomar me dijo que hasta entonces solo había tenido un hombre en su vida, pero que era un cabrón y se había deshecho de él. Dijo además que confiaba en mí, que yo era una buena persona, honesto y trabajador. Realmente lo era, trabajaba de portero en el mismo edificio hacía más de tres años y a todos los vecinos les caía bien.

Nunca pensé que coger fuera algo tan delicioso. Si quisiera contar cómo me cogí a Guiomar, tendría que ser uno de esos escritores que escriben libros gordos con un montón de páginas. Lo que sé es que después de que cogimos no sé cuántas veces me quedé acostado en la cama, ella con la cabeza sobre mi pecho, feliz como nunca.

Entonces me acordé de preguntarle si sabía lavar, planchar y cocinar. No sé, mi amor, respondió, soy cajera en el supermercado, como en el trabajo y cuando llego a casa ceno una sopa de esas de sobrecito que pones en una taza grande, le echas agua hirviendo, la revuelves y está lista para comer. ¿Las has probado? Son baratas, en el súper hay de pollo, de carne, de verduras, de chícharos con pedacitos de tostada, brócoli y muchas otras, a mí me gusta la de pollo.

Nunca había comido una mierda de esas y dudo que mi viejo lo hubiera hecho. Guiomar no sabía lavar, planchar ni cocinar y yo debía mandarla a volar, pero no lo hice. Pensé, voy a cogérmela una vez más y después la mando a la banca de la reserva.

Y me la cogí una, dos, tres veces más. Cogimos todo el mes y otro mes más y no la puse en la reserva. Me había enamorado. Le pregunté si quería vivir conmigo. Dijo que sí. El barrio donde vivía Guiomar estaba lejos de Leblon, donde quedaba el supermercado en que trabajaba.

Guiomar se mudó a mi casa. Aprendí a cocinar y a lavar. Guiomar entra a las nueve al supermercado y yo, que soy portero de noche, me quedo en casa, lavo la ropa y la pongo a secar en un tendedero en la azotea, cocino y dejo la cena preparada.

Cenamos juntos antes de que me vaya a trabajar. Cuando regreso, Guiomar aún está dormida y yo me acuesto en la cama y me la cojo cuando todavía está durmiendo y ella se despierta y me dice que me ama y yo le digo que la amo y cogemos de nuevo.

Mi padre no sabe nada de esto. Si lo sabe, me mata. Ayer el viejo dijo, un domingo de estos voy a comer a tu casa con mi señora. Puta madre, ¿cómo voy a zafarme de esta? No quiero matar al viejo de un berrinche.

Helena

Mi secretaria Elvira entró en la sala y le mostré nuestro último juguete didáctico. Siento cierto orgullo al decir que Jugando fue una de las primeras empresas en crear juguetes educativos. En aquella época, el mercado de ese tipo de juguetes prácticamente no existía, pero poco a poco los consumidores comenzaron a percibir la superioridad de los juguetes didácticos, que incorporan conceptos del desarrollo del niño y son producidos bajo controles de orden ecológico, además de tener una gran durabilidad. Hoy ese tipo de juguete abarca un porcentaje sustancial del mercado, y las ventas crecen continuamente.

Elvira le echó un vistazo al juguete y, sonriendo, mostró lo que traía escondido en las manos, tras la espalda, desde que entró en mi oficina. Era una revista con una foto mía que ocupaba toda la portada. Es usted asunto de portada, dijo.

Pero estoy contando esta historia empezando por la mitad, una historia debe contarse desde el principio.

Todo comenzó cuando mi mujer se mató, sin dejar ninguna nota o carta de despedida o explicación. No sé por qué lo hizo Clotilde. No estaba enferma, no atravesaba ningún tipo de crisis, pero ingirió un frasco entero de pastillas para dormir. Padecía de insomnio, es cierto, y a veces tomaba media píldora de un ansiolítico, siempre media píldora, nunca una entera, para dormir. ¿Pero todo el frasco?

Soy un empresario rico, renuente a la publicidad. Me consideran una persona excéntrica, tal vez por eso ciertos columnistas hayan hecho, y continúen haciendo, especulaciones maliciosas en torno al suicidio de mi mujer. Intento ignorarlos, finjo no darme cuenta de las personas que me miran y cuchichean. Y cuando algún pariente quiere demostrar solidaridad y compasión, me alejo de él.

Un día, una periodista, Helena Beltrão, me llamó por teléfono pidiéndome una entrevista. Delicadamente, me negué. Ella insistió, dijo que conocía y admiraba mi trabajo, que le gustaría escribir un artículo para su semanario a fin de acabar de una vez por todas con los rumores que corrían en torno al suicidio de Clotilde. Ayúdeme a defenderlo, dijo Helena, no hay magia, oración o amuleto capaz de anular las injurias de los envidiosos, solo la verdad. Quiero hacer que la verdad triunfe, dijo.

A pesar de que su rollo no me convencía, me parecía artificial, acabé accediendo a recibirla en mi oficina.

Era una mujer joven, bonita, de rostro confiable.

Lo primero que Helena me pidió fue que le hablara de mi trabajo, de mi formación como diseñador industrial y de los premios que recibí por los juguetes didácticos que inventé. Demostró ser una interlocutora atenta e inteligente. Después quiso saber cómo conocí a mi mujer, yo le dije que habíamos sido compañeros y que desde entonces me gustó. Nos hicimos novios y nos casamos cuando yo tenía veinticinco años y ella veinte.

Al contar eso sentí que mis ojos se humedecían y Helena, fingiendo que no lo había notado, miró su reloj, dijo que tenía un compromiso y me preguntó si podríamos retomar nuestra entrevista al día siguiente. Me gusta que sea así, que la gente sienta compasión pero no la demuestre, más si se trata de mí.

Al día siguiente pude conversar con ella sobre Clotilde más tranquilamente. En ciertas ocasiones Helena me pedía esperar para hacer algunas anotaciones, pero luego volvía a guardar su cuaderno en la bolsa. Cada vez sentía más simpatía por ella. Intercambiábamos *e-mails*. Es más, me expreso mejor escribiendo que hablando, tal vez por el hecho de que fui tartamudo hasta bien entrada la adolescencia.

Nuestros *e-mails* se fueron volviendo cada vez más íntimos, yo le escribía querida Helena y ella me respondía querido Rafael. Me revelaba intimidades de su vida. Cuando estaba casada, me contó en un *e-mail*, se enamoró de otro hombre y se volvió su amante durante un tiempo. Creo que eso sucede con todas las personas casadas, un día sienten atracción por otra persona y no resisten la tentación, me dijo, soy una mujer que está enamorándose siempre.

Le respondí que tenía razón, todos, un día, engañamos a nuestros cónyuges, no había nadie que no lo hiciera. En una de nuestras charlas en mi oficina, Helena, después de una interrupción de mi secretaria, sugirió que nuestras entrevistas se llevaran a cabo por la noche, en mi casa, yo era un hombre muy ocupado y a ella le daba pena complicar mis horas de trabajo en la oficina.

En mi casa buscaba ser lo menos invasiva posible, pedía permiso para mirar las fotos dispersas sobre los muebles, ni siquiera abría el refrigerador para tomar una botella de agua.

Soy un hombre lacónico, me gusta más escribir cartas que hablar por teléfono, pero con Helena me sentía tan a gusto que me volví locuaz, casi tarabilla. ¿Puedo poner eso en mi artículo?, me preguntaba siempre, y yo le respondía que lo dejaba a su criterio, que ella era mi ángel de la guarda. Me preguntó sobre mis vecinos y yo le dije que tenía con todos una relación amistosa, menos con la del 505, la señora Mercedes, a quien por algún motivo no le caía bien y me hostilizaba constantemente.

Un día Helena me dijo que conocía todas las habitaciones de la casa menos la mía. La llevé a mi dormitorio. Dijo que parecía celda de monje. Enseguida se sentó en la cama, me sonrió, dio una palmada sobre el colchón y me pidió que me sentara junto a ella. Vacilé un poco, pero acabé sentándome. Helena repitió entonces que era una mujer marcada por el amor y me preguntó si yo sabía de quién estaba enamorada. Previendo lo que iba a suceder, empecé a levantarme de la cama, pero ella me agarró, pegó su boca a la mía y me dio un beso largo, húmedo.

Finalmente me logré zafar. No vamos a cometer esa equivocación, le dije. Helena me preguntó si no la deseaba y cometí el error de decirle que no.

No se le puede decir eso a ninguna mujer, aunque se expresen múltiples razones como yo lo hice afirmando que la admiraba y respetaba por su inteligencia, por su carácter, por su naturaleza idónea, y que quería ser su amigo por el resto de mi vida.

Fuimos a la sala. Sentada en un sillón, sacó el cuaderno de notas de su bolsa, lo consultó y dijo que pensaba que tenía toda la información necesaria para su artículo.

¿Cuándo nos vemos?, le pregunté. Me respondió de manera cortante que ya no necesitaba más entrevistas.

Ahora, el final de la historia.

Despacho de mi abogado. Discutíamos si conseguiría una indemnización de la revista de Helena Beltrão por injurias y difamación. «Violento y depravado», era el título del artículo. El texto, entre otras cosas, decía que el gran líder industrial había comentado en un *e-mail* a la reportera que el adulterio era algo común. Una transcripción de mi *e-mail* se exhibía en un recuadro, en una de las diez páginas del artículo. Ahí se afirmaba que una vecina, Mercedes Silvano, había dicho que yo era un hombre violento y depravado, que mi mujer sufría mucho con eso y que seguramente yo la sometía a maltratos, lo cual habría sido la causa de su suicidio. Que yo odiaba a los niños, según mi vecina, y que me había oído decir que por fortuna todos los padres de familia eran unos imbéciles y creían en la propaganda de Jugando. Finalmente, entre muchas otras informaciones negativas, la reportera afirmaba que yo la había asediado sexualmente, durante una de nuestras entrevistas, llevándola a mi habitación y tratando de poseerla por la fuerza.

El abogado creía imposible probar la falsedad de la acusación de Helena Beltrão, los porteros de mi edificio declaraban en el artículo que ella había ido a mi casa innumerables noches, y que en la última había salido con el vestido rasgado y le había dicho al portero que yo era un degenerado. Respecto a Mercedes Silvano, que había confirmado sus declaraciones obviamente falsas a mi abogado, no tenía bienes y demandarla pidiendo indemnización no serviría de nada. La revista solo había transmitido una información recibida.

Me sentí desmoralizado. Vendí la fábrica y me volví de hecho un monje. Un día recibí una llamada. Era Helena.

Te llamo para pedirte perdón, dijo, me arrepentí y estoy sufriendo mucho. Fue una canallada lo que te hice. Siento asco de mí misma. ¿Sabes que hasta me salí de la revista? Leí no sé dónde que el periodista y el asesino tienen la misma mentalidad destructiva. Quiero verte, para enseñarte que estoy hecha un trapo. Necesito que me perdones, por favor.

Le creí. Siempre pensé que las mujeres son mejores que los hombres. Nos pusimos de acuerdo para vernos.

Ese encuentro sucedió ya hace un buen tiempo y hasta el día de hoy continuamos viéndonos cada semana.

Heloisa

La iglesia estaba llena. Yo estaba al lado de Heloisa. No la veía desde que se casó. Las iglesias son lugares que frecuentan las mujeres feas, pero aquella era una misa especial, había un montón de mujeres bonitas y elegantes. Heloisa era la más guapa de todas.

La misa estaba acabando.

Señor Jesucristo, dijo el padre, que dijiste a tus apóstoles, mi paz os dejo, mi paz os doy, no mires nuestros pecados, sino la fe de tu Iglesia y, conforme a tu palabra, concédele la paz y la unidad. Tú que vives y reinas por los siglos de los siglos.

Todos dijeron amén, inclusive Heloisa. Yo, como no conocía el ritual, me quedé callado.

La paz del Señor sea siempre con vosotros, dijo el padre.

Todos los presentes: Y con tu espíritu.

Padre: Daos fraternalmente la paz.

Extendí la mano hacia Heloisa. Ella tomó mi mano y me besó en el rostro.

Este es el Cordero de Dios que quita los pecados del mundo, dijo el padre.

Todos los presentes (menos yo, otra vez): Señor yo no soy digno de que vengas a mí, pero una palabra tuya bastará para sanar mi alma.

Los creyentes se formaron en una fila para la comunión.

¿No vas a comulgar?, le pregunté a Heloisa.

Solo comulga quien no tiene pecados.

Pero es tan fácil no tener pecados. Basta con confesarse y rezar un padrenuestro, para que la persona sea inmediatamente perdonada, dije.

Pero soy yo misma la que tengo que perdonarme por unas cosas que hice, dijo Heloisa. Y lo dijo mirándome a los ojos.

Como no sabía qué decir, le pregunté si era verdad que las personas no podían tocar la hostia con los dientes.

Eso era antes, respondió.

Observé que los más viejos mantenían la boca con el gesto de quien sostiene la hostia con la lengua en el paladar. Tuve la impresión de que los jóvenes la masticaban.

¿Quieres que te lleve a casa?, le pregunté a Heloisa a la salida.

Aceptó.

Vamos a algún lugar, dijo, no quiero ir a mi casa.

La llevé a mi departamento.

Me gustó aquel beso que me diste en la iglesia, dije.

Me besó en la boca. ¿Este es mejor?

Fuimos a mi habitación. Cuando acabamos de coger dijo, esta no es una de las cosas por las cuales tengo que perdonarme, ¿eh?

Heloisa se acurrucó en mis brazos, la cabeza en mi hombro, una pierna sobre mi pubis. Levantó la cara y me miró. El cariño en su mirada me conmovió.

Heloisa se durmió. Decidí dejarla dormir una media hora. Me quedé mirando al techo pensando, ¿qué habrá hecho Heloisa que solo podría ser perdonado por ella misma?

Jéssica

l. Raimundo me llamó cornudo, fue por eso que esperé a ese perro a la salida de su turno, ya tarde por la noche, y me lo eché. Dos puñaladas. Raimundo sabía que no se le puede decir cornudo a nadie, cuando eso sucede siempre muere alguien. Y el tipo puede ser cornudo o no, eso no importa, no puedes decirle cornudo ni siquiera a un soltero, mucho menos a un casado como yo.

Pero yo no soy cornudo, confío ciegamente en Jéssica, se casó virgen conmigo, es una mujer decente, religiosa, va a la iglesia todos los domingos y comulga. Conocí a Jéssica tan pronto como llegué aquí a la ciudad. Un paisano mío, que tiene un amigo metido en la política, me consiguió este trabajo de estibador en los muelles del puerto y me casé con ella. Gano lo suficiente para darle a Jéssica el confort que se merece.

Jéssica tiene la manía de pensar que es fea; no es bonita, pero tampoco es fea y tiene un cuerpo muy bonito, pero su preocupación es la cara. Así que ahorré dinero para que fuera al médico a ver qué se podía hacer. El médico era un tipo decente, le dijo que no se podía hacer mucho, que solo iba a gastar su dinero.

Jéssica volvió a casa muy deprimida y sintiéndose todavía más fea. Lo confieso, sí es fea, su mentón es demasiado grande, su frente muy estrecha, es fea de frente y de lado. Pero su cuerpo es muy bonito, no existe en el mundo una mujer con un cuerpo tan bonito como el de ella.

Un día estábamos viendo la tele, con una vecina llamada Florinda, cuando el locutor dijo que a un médico le habían prohibido hacer trasplantes faciales de donadores muertos. Después apareció el doctor en el mismo programa y dijo que aquella prohibición era un error, que iba contra el progreso de la medicina, que él había hecho dos trasplantes con mucho éxito. Mostró la foto de dos mujeres, antes y después de los trasplantes. Era una cosa impresionante.

¿Es algo así como si alguien donara su hígado?, preguntó Florinda. ¿Y si el rostro donado es feo?

Más feo que el mío no hay, respondió Jéssica.

¿Pero tú crees, dijo Florinda, que la familia va a dejar que a la hija, mujer, o lo que sea, la entierren toda desfigurada? Porque la persona que done el rostro va a quedarse con la cara de fantasma de película de terror.

Yo dije que las mujeres que morían eran viejas con una cara deplorable, y que sería necesario que una bonita se muriera joven, asesinada, atropellada, o se suicidara. Pero entonces quienes iban a comprar su rostro eran personas con mucho dinero.

Y tú no tendrías el dinero para comprarlo, ¿verdad, Severino? Estás jodido.

No me gustó que Jéssica me hablara así, principalmente frente a Florinda, pero no quise pelearme, esa historia de la fealdad trastornaba a Jéssica. Solo le contesté, trabajo, gano dinero, ¿falta algo aquí en casa?

Faltan muchísimas cosas, dijo.

¿Qué, por ejemplo?

Ah, no te voy a decir.

Dilo, le contesté.

No, dijo Jéssica. Por lo menos déjame ver mi novela en paz.

Jéssica se la pasa viendo tele o hablando por teléfono. Puso una extensión en la habitación, en su buró, para poder hablar más. Yo odio el teléfono. Raramente lo uso, si necesito llamar a la farmacia, quien lo hace es Jéssica. Me dice, no le tengas miedo al teléfono, no muerde. Olvidé decir que Jéssica se la pasa yendo al salón de belleza, pero no gasta nada, dice que la dueña es su amiga. A mí no me molesta, es una distracción más para ella.

Trabajo de las seis de la mañana a las siete de la noche en los muelles. Soy puntual, nunca falto y le doy duro, pues soy muy fuerte. Pero aquel lunes me sentí mal, me dio un mareo tan fuerte que mi jefe mandó llamar al médico, que me revisó y me dijo vete a tu casa.

Cuando llegué a casa vi que se me había olvidado comprar la medicina que el médico me había recetado. A esa hora Jéssica estaba en el salón de belleza, tendría que llamar a la farmacia para pedir el medicamento a domicilio.

Cuando levanté el teléfono oí una voz masculina.

¿Te casaste con él virgen?

Claro, respondió una voz femenina que reconocí como la de Jéssica. Si no hubiera sido virgen me habría matado en la noche de bodas. Pero hacía otras cositas con los novios que tuve...

Les dabas el culito, ¿verdad?, dijo el hombre, te encanta dar el culito...

296

Pero no a Severino, a él no le parece bien, solo hace lo tradicional. ¿De verdad me vas a dar el dinero para que me haga el trasplante?

Ya te dije que sí, Jéssica, pero es mucho dinero, espera un poco más, dijo el hombre.

Y mientras espero te sigo dando el culito, ¿no?

Te gusta, Jéssica, te gusta... ¿Cómo estás vestida?

Traigo aquellos calzoncitos negros de encaje que te encantan, y estoy sin brasier. Tengo los pechos duritos.

Oí todo, no era posible, era una pesadilla, en cualquier momento me iba a despertar, Jéssica no podía estar en la habitación diciendo por teléfono aquellas cosas, los mareos que tuve en el muelle de seguro habían empeorado.

Entré en la habitación y Jéssica estaba acostada hablando por teléfono, con los calzoncitos negros de encaje y los pechos desnudos. Cuando me vio, dijo tranquilamente, te llamo más tarde, Florinda. Y colgó de inmediato. ¿Qué pasó, tan temprano en casa?, preguntó.

Agarré a Jéssica de los pelos y comencé a golpearla en la cara. Primero le rompí la nariz, después el maxilar, luego la boca y después hice que se le saltaran para afuera los dientes, enseguida le quebré los huesos que están debajo de los ojos, y le reventé las orejas.

Quedó estirada en la cama, su cara parecía puré de tomate. Me dolían y sangraban las manos, creo que me rompí algunos dedos.

Ahora vas a necesitar un trasplante de cara, puta de mierda, pero yo soy un muerto de hambre y no voy a poder pagar.

No me oía ni me veía, pues no podía abrir los ojos hinchados de sangre y carne molida.

Ya se me habían pasado los mareos. No necesitaba la medicina ni llamar a la farmacia.

Puse mis cosas en una maleta y me fui a la terminal de autobuses. Me quedé unas dos horas esperando el autobús que me llevaría de regreso a mi tierra. Nadie debe salir de su tierra.

Veinticuatro horas de carretera. Cuando comenzó el viaje, recliné el respaldo del asiento y me dormí.

Joana

A mí solo me gustaban las mujeres bonitas, de cara y de cuerpo. Podían ser ignorantes, idiotas, pero si eran bonitas me gustaban.

Mi novia, Ingrid, era así, linda, tonta, delgadita, pesaba cuarenta y cinco kilos, perfecta como una de esas estatuillas que giran en las cajitas de música. Yo la levantaba, la sujetaba por las nalgas, ella cruzaba las piernas alrededor de mi cintura, me abrazaba como una sanguijuela, yo le metía el palo y cogíamos. Siempre comenzábamos así a hacer el amor.

Olvidé decir que soy muy católico. Fui a confesarme y le dije al padre, padre, a mí solo me gustan las mujeres bonitas, ¿es pecado?

Se quedó callado, hasta pensé que se había salido del confesionario, no lograba ver del otro lado, donde él estaba, la reja que nos separaba no lo permitía, pero siempre pensaba que me podía ver y por eso hacía una cara contrita de pecador arrepentido.

Después de un tiempo comencé a ponerme nervioso y le pregunté, padre, ¿está usted ahí?

Sí, respondió. No reconocí su voz, debía de ser un padre nuevo, yo me confesaba cada mes y conocía la voz de los diferentes padres que me atendían y siempre me mandaban rezar algunos padrenuestros y avemarías antes de dispensarme.

¿Es pecado que solo me gusten las mujeres bonitas?, repetí.

El padre siguió callado un rato, después dijo, hijo mío, el pecado es una transgresión de una ley o un precepto religioso, no existe ningún mandamiento que diga algo sobre eso...

Padre, dije, discúlpeme usted, pero leí en Tomás de Aquino que los pecados capitales son la vanidad, la avaricia, la envidia, la ira, la lujuria, la gula y la acedia, ¡ah!, acedia, cuando leí esa palabra, padre, tuve que ver el diccionario para descubrir que era pereza.

Y me reí al decir esta última frase, pero del otro lado no obtuve respuesta. Perturbado con el silencio del padre, olvidé el asunto relacionado con Tomás de Aquino. Nos quedamos los dos callados, parecía cosa de locos.

Rompí el silencio. Padre, el hecho de que solo me gusten las mujeres bonitas ¿no es una clave que indica lujuria?

Tal vez, dijo el padre —y creí escuchar un leve suspiro que venía del otro lado.

Le insistí: un pensador ateo cuyo nombre olvidé dijo que fue el miedo cristiano de la carne el que hizo de la lujuria un pecado mortal.

Más silencio del otro lado del confesionario.

Solo me gustan las mujeres bonitas ¿por qué? Yo mismo me respondí: para coger. Mi novia, para mí, es solo cuerpo, lengua y orificios, eso tiene que ser pecado.

Hijo mío, dijo el padre, modera tu lenguaje, estamos en la casa de Dios.

Discúlpeme padre, dije.

El padre se quedó un tiempo más en silencio y dijo, mi hijo, para obtener el perdón y purificarte de tus pecados debes de rezar el rosario completo. Ahora puedes irte.

Me fui a casa, hice la señal de la cruz y recé el credo. Luego un padrenuestro, tres avemarías, una gloria, y después de cada rezo recitaba la oración pedida por la Virgen María en Fátima: Oh, Jesús mío, perdona nuestros pecados, líbranos del fuego del Infierno, lleva a todas las almas al Cielo y socorre especialmente a las más necesitadas de Tu infinita misericordia. Finalmente, recé dos padrenuestros más y terminé con un salve reina. Todo en voz alta. Cuando acabé, pensé que estaba perdonado y me fui a acostar.

No logré dormir. No estaba perdonado. Sabía que solo sería perdonado cuando anduviera con una mujer fea. Pero, al contrario de lo que piensa la mayoría de las personas, conseguir una mujer fea es más difícil que conseguir una bonita. Ciertas feas han sublimado el deseo y se han emparedado defensivamente tras una variedad de obsesiones; otras lo han excluido del campo de la conciencia. Todas se defienden con explicaciones que consideran coherentes con el comportamiento adoptado, sin percibir el verdadero motivo: son feas y ningún hombre quiere saber de ellas.

¿A qué lugares van las mujeres feas? A la iglesia, claro. Era el lugar perfecto para encontrar una penitente fea que quisiera entregarse al pecado de la lujuria. O que ya lo hubiera cometido. Me tenía que imaginar en qué día y en qué horario preferían rezar las mujeres feas. Decidí escoger el domingo. Y probar en todas las misas de ese día.

La primera misa, en la iglesia que escogí, se celebraba a las seis de la mañana. Estudié a todas las mujeres de aquel horario y no encontré ni siquiera una que sirviera a mis propósitos. Eran todas feas, y también viejas. Andar con una mujer fea y vieja era una penitencia que ni durante el tiempo de la Inquisición hubiera sido impuesta al peor de los pecadores.

Mi frustración iba en aumento, misa tras misa. Hasta que en la misa de mediodía encontré a una mujer que tal vez sirviera. Debía de tener unos treinta años, gordita, sin cuello, completamente asimétrica. Me acerqué a ella frente a la pila de agua bendita. Mientras me bendecía, le dije, es la primera vez que vengo a misa de mediodía, siempre frecuento la de las seis de la mañana.

A esa hora estoy durmiendo, respondió, lo que más me gusta en el mundo es dormir.

¡Ah!, suspiré, ojalá y yo fuera así, duermo tan mal.

Debe ser algún peso en la conciencia, dijo con una sonrisa.

Tenía los dientes oscuros, seguro fumaba mucho. Fuimos caminando por la calle. ¿Puedo encender un cigarro?, preguntó. Claro, respondí, un tiempo fumé mucho, pero lo dejé después de que leí artículos y estadísticas médicas que mostraban que el cigarro era un veneno.

Como todo exfumador o exadicto a cualquier cosa, no dejo pasar la oportunidad de hablar mal de mi antiguo vicio.

Lo sé, dijo, pero si dejo de fumar voy a engordar horriblemente.

Cuando dijo eso tuve la seguridad de que había encontrado a la mujer que buscaba. Poseía por lo menos un cierto grado de vanidad, y eso, en vista de las circunstancias, hacía de ella la mujer ideal. Además de ser un pecado, la vanidad es, de todos los riesgos, aquel que hace más vulnerable a la mujer. Se puede resistir a la gula, dejando de comer papas fritas, a la avaricia, pagando más a la sirvienta de la favela, a la envidia, reconociendo que la cirugía plástica de la amiga resultó todo un éxito, a la pereza, comprando un despertador ruidoso para levantarse más temprano, a la lujuria, huyendo a la iglesia, pero a la vanidad nadie se resiste. Y la vanidad lleva a todos los otros pecados. Y el primero de ellos es precisamente la lujuria.

Se llamaba Joana. La acompañé hasta la puerta de su casa, a unos quince minutos de la iglesia. No lo invito a pasar y a tomar un cafecito porque tuve un problema con mi estufa, y como hoy es domingo no consigo a nadie que la arregle.

Su estufa, dije, yo puedo arreglar cualquier estufa, ¿quiere que la arregle?

Ah, sería magnífico, respondió.

La estufa tenía cuatro hornillas y un horno. En realidad no sé absolutamente nada de estufas. Me quedé frente a la estufa apretando botones y torciendo cosas, acercando la nariz a las hornillas de gas.

Después de un tiempo dije que para reparar la estufa necesitaba de una pieza, un calibrador. Era una palabra buena, calibrador, multiusos como esos detergentes que anuncian en la televisión.

Entonces no va a haber cafecito, dijo.

Estaba nerviosa con aquel hombre dentro de casa, sin estar segura de cómo se comportaría y de cómo actuaría ella misma en una emergencia. Yo sabía que mi trabajo inicial era ganarme su confianza.

Hice mi primera comunión a los siete años, ¿y tú?

Yo la hice a los ocho, respondió, ¿no quieres sentarte?

Me senté en el sillón y ella en el sofá.

Entonces le conté que mi madre me había comprado un trajecito blanco, en el brazo tenía una cinta blanca y dorada. Fue una experiencia inolvidable, recibir a Jesucristo en sacramento, le dije, mis padres sabían que la primera comunión debe realizarse cuando se comienza a tener uso de razón, pero yo, a pesar de tener apenas siete años, era un niño muy sensato, y lo soy hasta el día de hoy, responsable, confiable.

Yo ni me acuerdo bien de mi primera comunión, dijo, creo que la hice con un montón de otras niñas del colegio.

Miré el reloj, me levanté del sillón. Tengo un compromiso dentro de una hora, discúlpame por no haber arreglado tu estufa.

No te preocupes. ¿El domingo vas a misa a qué hora?

A la misma de hoy, respondí.

Entonces nos vemos por allá, ¿no?

Claro, respondí.

Me despedí formalmente, nada de besitos en la mejilla, a pesar de que ella acercó la cara para recibir aquellos ósculos de rutina.

El domingo siguiente nos encontramos de nuevo. Joana estaba toda arreglada, para impresionarme. Los adornos funcionan con las mujeres bonitas, las feas se ven aún más feas cuando se adornan.

La invité a comer. Comió solo una ensalada de tomate y lechuga. Tengo que perder unas lonjitas. Qué bien, se estaba preparando para mí. Me preguntó si tenía algún compromiso, una novia, casado ya sabía que no era, pues no llevaba anillo en el dedo. Le dije que no tenía a nadie, que aquella era la primera vez que iba a un restaurante con una mujer. ¿Y con un hombre?, preguntó, con un cierto pánico en la voz, una inesperada sospecha sobre mis inclinaciones sexuales debía de haber crepitado en su cabeza. Para disipar esa duda respondí, con nadie, hace tiempo tuve una novia, pero a ella le gustaba cocinar para mí y comíamos en su casa o en la mía. ¿Y cocinaba bien? Muy bien, respondí.

Yo también sé cocinar, dijo Joana, un día voy a prepararte una comidita.

Eso tardó quince días más, o sea, dos misas más, después de las cuales siempre la acompañaba hasta su casa.

Joana estaba adelgazando, lo que la hacía aún más asimétrica, las partes de su cuerpo, tórax, cuello, brazos, piernas y abdomen quedaron aún más desproporcionadas. Un día soñé con Joana y ella era una especie de grillo o saltamontes, uno de esos insectos que se mueven de manera desarticulada.

La cena que Joana preparó para mí estaba muy sabrosa. Ella prácticamente no comió nada, pero tomó bastante vino, bebimos dos botellas de tinto portugués Periquita, ella la mayor parte.

Después fuimos a la sala, donde nos sentamos, yo en el sillón, ella en el sofá, Joana encendió un cigarro. Súbitamente se levantó y dijo, abrázame.

Le di un abrazo largo y apretado. Después regresó al sofá y yo al sillón. Me quedé mirando su rostro, los labios con una leve capa de labial, pensando si lograría cogérmela. Tal vez no se me pararía, algo que nunca me había sucedido a mí ni a ningún hombre de mi familia. Cuando llegara la hora le iba a decir que era muy tímido y que tenía que apagar completamente la luz de la habitación.

Cené en su casa unas cuatro veces más. Sucedió en la última. Ella, más embriagada y pintada que nunca, dijo que quería ser mía, me tomó de la mano y me llevó a la habitación.

Tiene que ser en la oscuridad total, le dije, soy muy tímido.

Nos quitamos la ropa en la oscuridad y nos acostamos en la cama. Pensé en Ingrid, en las cosas que hacíamos en la cama y mi verga se puso dura. Cuando eso sucedió, ni siquiera pensé en el condón, tenía que aprovechar mientras disponía del instrumento en buenas condiciones y se lo metí.

Estaba oscuro, pero aun así cerré los ojos, pues Joana se puso a gemir y a besarme en la boca y sentí miedo de que mis ojos se habituaran a la oscuridad y vieran su cara.

Después de un tiempo ya no necesité pensar en Ingrid. La panocha de Joana era apretada y succionante, caliente, húmeda.

Prolongué lo más que pude el placer de aquella penetración. Ella se vino con un ardor tan incandescente y pegó un grito tan agudo que yo perdí el control y me vine también. Confieso que fue una de las mejores cogidas de mi vida.

Me salvaste, dije, ya no soy un pecador. Joana no respondió. Prendí la luz para agradecerle aquella bendición. A mi lado Joana, pálida, inmóvil, no respiraba ni se movía. Estaba muerta.

Besé cariñosamente su rostro, finalmente bonito y feliz. Había alcanzado la salvación, había dado felicidad y belleza eterna a una buena mujer.

Julie Lacroix

Mi nombre es Julie Lacroix, digo, mi seudónimo.

¿Salete Silva? Ese nombre no vende, dijo el editor cuando decidió publicar mi primer libro. E inventó a Julie Lacroix.

Tengo más de sesenta años, pero como todas las mujeres y principalmente las mujeres escritoras, oculto mi verdadera edad. Es más, los editores que siempre ponen en la solapa del libro la fecha de nacimiento del autor de sexo masculino, nunca hacen lo mismo cuando el autor es una mujer.

Tengo una amiga que se llama Célia. Llegó a mi casa excitada diciendo que había visitado a una astróloga de nombre Mônica y se había quedado impresionada con las cosas que le había revelado.

¿Una astróloga? Es un engaño, dije. Astrología, cartomancia, quiromancia, lectura de tarot, caracoles, todo es la misma tomadura de pelo.

Pero ella no es solo astróloga, dijo Célia, platica contigo, te dice cosas sobre tu vida que nadie sabe, es una persona muy seria.

Célia, además de creer en esas babosadas —astrología, psicoanálisis, platillos voladores—, era hipocondriaca, bastaba que alguien le hablara de una enfermedad para que sintiera inmediatamente un montón de síntomas extraños. Cuando supo que una conocida sufría de Alzheimer, Célia comenzó a tener olvidos y creyó que su mente estaba deteriorándose irremediablemente; un día creyó que tenía cáncer de colon, y en cierta ocasión tuvo la certeza de que padecía lupus eritematoso. En realidad, su salud era razonablemente buena, su corazón funcionaba bien, pero, como sufría de una leve arritmia, se medía constantemente la presión cardiaca con uno de los tres medidores digitales que tenía en casa. El hígado no le daba problemas, a pesar de que bebía un poco más de la cuenta. Le gustaba embriagarse, pero ¿a quién no le gusta, más si es con champaña? ¿Y qué deleite puede darnos la vida a nuestra edad?

Se me olvidó decir que Célia y yo éramos de la misma edad y nos gustaba beber juntas, lo único que aún me daba algún placer. Escribir se había vuelto una actividad cada vez más tediosa y desagradable. Leer me había proporcionado mucho placer antes de que me volviera una escritora profesional, ahora no sentía el menor deseo de leer nada, *best sellers*, premios Nobel, nada. ¿Sexo? Solo pagando, y yo no quería hacer eso, y no sabía dónde encontrar a los prostitutos. Me masturbaba de vez en cuando, pero faltaba algo en el placer que la masturbación proporciona. Comer también era bueno, pero beber y quedarse levemente embriagado era lo mejor.

Un día fui a comer con Célia. En una mesa cercana, vi a una mujer que leía un libro grueso. Hacía mucho que no veía por ningún lado gente leyendo, y mucho menos en un restaurante. Era una mujer de unos cuarenta años, vestida con elegante sobriedad.

Célia notó mi interés. Apuntando con la nariz a la mujer que leía, susurró, ¿sabes quién es? Es Mônica, la astróloga, mira el libro que está leyendo, *Separación*. Está leyendo tu novela.

No sé si fue el intenso interés que Mônica demostraba en la lectura de mi libro o un cierto encanto que transmitía, lo cierto es que decidí visitarla. El domingo anterior hice algo parecido. Como agnóstica, tengo por la existencia de Dios el mismo interés que tengo por la existencia de extraterrestres, pero, aquel domingo, fui a misa y la ceremonia me pareció interesante, aunque un poco tediosa. Probablemente con la astróloga sucedería lo mismo, pero podría hacer que nuestro encuentro fuera más corto que la misa. Le llamé por teléfono, le di los datos que me pidió y nos pusimos de acuerdo para una cita en su casa.

En casa de Mônica, la astróloga, no había bolas de cristal ni penumbras fantasmagóricas. Era una casa ventilada, llena de luz. Mônica me recibió amablemente y me invitó a sentarme. Ella se sentó en otro sillón, frente al mío.

Eres escritora, ¿verdad?

Sí.

¿Te gusta escribir?

No.

¿Entonces por qué escribes?, si me permites la pregunta.

Por dinero. Comencé a escribir porque me parecía chic ser escritora, y me sentí muy feliz cuando me publicaron. Dediqué mi primer libro a mis queridos padres, consideré mi dedicatoria una bella ofrenda, una oblación consagradora. Me ponía ansiosa con lo que los críticos decían, me llenaba de vanidad cuando me elogiaban y me deprimía cuando hablaban mal. Pero después de un tiempo todo eso se acabó, no hice más ofrendas, quiero que todos los críticos se vayan a la mierda, lo que me interesa es vender el libro.

Interesante, dijo Mônica.

Noté entonces que tomó una *laptop* que tenía a su lado, en el sillón, y se la puso sobre las piernas.

Aquí tengo los datos sobre el día, el año, el lugar y la hora de tu nacimiento, dijo Mônica.

Enseguida, usando los diez dedos, sin retirar los ojos del monitor, tecleó algo en la computadora. Se quedó pensativa un rato, mirándome.

Vas a morir en la cama, dijo.

¿No es donde todo mundo muere?, pregunté, sin disfrazar un dejo de sarcasmo en mi voz.

No, se muere en la calle, en el auto, en el avión, en el barco, en el restaurante, en la mecedora. Roncas, ¿no?

Aquello me dejó tan sorprendida que, por unos instantes, no supe qué decir.

Sí, respondí finalmente, debe ser porque duermo boca arriba.

El ronquido, dijo Mônica, puede ser algo grave, una señal de alerta, un factor de riesgo, un indicador de un estado neuromuscular peligroso. A veces te despiertas durante la noche con falta de aire, ¿no?

Sí.

Esa apnea obstructora del sueño puede volverse una causa predominante e importante de disturbios con consecuencias desastrosas, como la depresión, por ejemplo.

No estoy deprimida, nunca lo he estado.

¿Ni cuando tus padres murieron en un accidente automovilístico?

¿Cómo lo sabes? Célia te lo dijo, seguro.

Pero luego que dije eso, recordé que jamás le había comentado a Célia la muerte de mis padres. Y de verdad me había deprimido muchísimo en aquella ocasión. Evitaba hablar del asunto.

Célia no me dijo nada, dijo Mônica. Regresemos al tema original. Hay casos de personas que murieron debido a una crisis de apnea.

¿Crees que eso me puede pasar?

¿Puedo ver tu boca? Ábrela bien, por favor.

Abrí la boca.

Hmmm, paladar pequeño en forma de ojiva, dijo Mônica. Sí, puedes tener una grave crisis de apnea. Eres una mujer obesa, tienes ese tipo de paladar, factores anatómicos que facilitan la eclosión de estas crisis. ¿Duermes sola?

Sí.

Lo ideal sería que durmieras acompañada. Para que, cuando empezaras a roncar, la otra persona cambiara tu postura en la cama, haciendo cesar el ronquido.

Pagué la consulta y regresé a casa perturbada por la entrevista que había tenido con la astróloga. ¿Voy a morir en la cama de una crisis de apnea? Era una estupidez, si no me había muerto hasta aquel día, ¿por qué tenía que morir ahora? ¿Iba a caer en las habladurías de una astróloga?

Pero la preocupación continuaba. ¿Cómo sabía la astróloga que yo roncaba? Probablemente les decía eso a todas las mujeres gordas que iban a consultarla. ¿Pero cómo sabía la manera en que mis padres habían muerto?

Célia me llamó para saber cómo me había ido en la consulta con la astróloga.

Me dijo que voy a morir en la cama, respondí.

Ya, en serio, dijo Célia, ¿qué te dijo?

Solo ese tipo de tonterías. Célia, quería pedirte un favor, no me siento bien, ¿conoces una buena cuidadora? Solo por un tiempo.

Célia conocía a una, con experiencia, llamada Anamaria.

Era una mujer gorda y simpática. Le expliqué lo que quería de ella y Anamaria me garantizó que pasaría toda la noche despierta, atenta al menor indicio, que estaba acostumbrada a pasar las noches en blanco, en realidad solo lograba dormir durante el día. Un simple ronquido y movería mi cuerpo, adecuadamente.

Le expliqué a Anamaria que todas las noches tomaba una medicina muy fuerte, y que si me diera una crisis de apnea moriría sin despertar.

No se preocupe, dijo Anamaria, me encanta pasar la noche leyendo, y me mostró un grueso libro que tenía en las manos.

Me fui a dormir tranquila. Soñé que oía un fuerte ronquido a distancia, aquello casi me despertó, pero la píldora que había tomado era realmente muy fuerte y continué durmiendo.

Por la mañana al despertar comprobé, impresionada, que el ronquido que había escuchado durante la noche no había sido un sueño.

Anamaria, con una mueca fea, el grueso libro sobre el pecho, la luz de la cabecera aún encendida, estaba muerta en la cama a mi lado. Quien había roncado estrepitosamente había sido ella, que había tenido una apnea violentísima que le causó la muerte.

Días después, Célia me visitó.

Qué cosa esa de tu cuidadora, ¿no? ¿Quieres que te recomiende otra?, preguntó.

No es necesario, respondí.

Célia entró a mi habitación, le gustaba usar el baño de la suite. Cuando salió del baño, vio el sillón que había comprado.

Qué bonito sillón, dijo, ¿me puedo sentar?

Claro, dije. Tiene un montón de aditamentos, si empujas esa especie de palanca se inclina para atrás al mismo tiempo que proyecta un soporte para los pies.

Magnífico, dijo Célia.

Es excelente para ver la tele, le dije.

¿Y tu cama dónde está?, preguntó Célia.

¿Nos tomamos una copita?, le pregunté.

Sabía que Célia me iba a decir que sí, iba a salir corriendo a la sala, donde estaban las botellas y las copas, y se le iba a olvidar hacer preguntas sobre mi ahora inexistente cama.

No le dije a Célia que ahora dormía en el sillón. En el sillón no roncaba.

Me había deshecho de la cama. ¿Qué iba a hacer en ella? ¿Masturbarme? Eso podía hacerlo en el sofá, y de mejor manera.

Karin

Santana, que trabaja conmigo en la misma portería, me preguntó si no extrañaba Maracaú. Salí de Maracaú cuando tenía dieciséis años y jamás había probado un pedazo de pan, comí pan por primera vez aquí. ¿Por qué iba a extrañar un lugar donde no tenía zapatos y pasaba hambre?

Pero ya te desquitaste, ¿no, Gordo? Ahora comes pan sin parar, dijo Santana, por eso estás gordo, las señoras aquí no comen pan para no engordar.

No soy señora, respondí, puedo engordar lo que quiera, lo que más me gusta es el pan con mantequilla y los dulces de leche, ¿voy a dejar de comer esas cosas solo para tener cuerpo de aerobics?

Saqué una barra de dulce de leche del cajón y me puse a comerla, qué cosa tan buena.

Aquí en el edificio hacemos turnos, de tantos en tantos días cambiamos de horario. Yo ya sabía que el domingo de carnaval iba a trabajar toda la noche, pero no me molestaba trabajar de noche, me quedaba oyendo el radio, me gusta oír el radio, quedarme oyendo a esos tipos que platican, uno aprende muchas cosas oyendo el radio.

Una muchachita extranjera llamada Karin vino a pasar sus vacaciones a la ciudad con la familia del departamento 412. Era muy bonita, tenías las piernas gruesas y muy blancas, era grandota, a pesar de ser aún una niña. El otro día platicaba con aquella voz rara que tiene con su amiguita Lulu, la del 412, y le decía que tenía que ponerse a dieta porque estaba muy gorda. Lulu le respondió que le iba a enseñar una dieta con la que iba a perder cinco kilos en una semana.

Me dieron ganas de decirle a Karin no hagas eso, no te pongas flacucha como Lulu, que tiene el cuerpo parecido al de aquellas muchachas que pasan hambre allá en mi tierra. Pero no le dije nada, Lulu era una buena chica, podía enojarse conmigo.

Yo no tenía mujer, no les interesaba a las mujeres, me llamaban por mi apodo, Gordo. Todo mundo me conocía como Gordo, y yo era realmente gordo, pesaba noventa kilos y era chaparrito. Como no tenía mujer, lo que podía hacer es lo que hacía, me encerraba en el baño con una de esas revistas de mujeres encueradas que tiraban al basurero del edificio, y a hacer lo que tenía que hacer. Santana tenía mujer, pero vivía peleándose con ella. A mí me hubiera gustado tener una mujer, pero no tenía, y no me peleaba con nadie y era feliz. Estoy ahorrando un dinerito, no sé qué voy a hacer con él, tal vez compre una casita en los suburbios cuando me jubile, no quiero mudarme de esta ciudad, mi casita puede ser pequeña, pero tiene que tener un patio con un mango frondoso, me encantan los mangos.

Y entonces llegó el domingo de carnaval. Entré a la portería a las diez, iba a trabajar hasta las seis de la mañana del lunes. Poco después, Lulu y Karin salieron con ropas de colores enseñando las piernas. La ropa de Karin dejaba ver también parte de sus senos, grandes y bonitos, como todo en ella. Estaban muy alegres y Lulu, que sabía que me encantaban los dulces de leche, me dio una enorme barra. Vamos a un baile de carnaval, Gordo, dijo Lulu.

Me comí todo el dulce de leche en menos de media hora. Qué maravilla, aquello me produjo una sensación buena, siempre que como dulce de leche o pan con mantequilla siento una sensación buena en el cuerpo.

Eran más o menos las dos de la mañana cuando un taxi se detuvo en la puerta del edificio y Karin bajó de él. Entró tambaleándose y yo le pregunté, ¿Lulu no vino? Karin dijo con su voz enredada que había bebido demasiado y que no se sentía bien.

Entonces se tambaleó un poco más y se agarró de mí. Sentí sus pechos apretarse contra mi cuerpo, nunca tuve a una mujer así tan cerca de mí y sentí que el pito se me ponía igual que cuando me quedaba en el baño haciendo aquello que hacía mirando la revista de mujeres encueradas.

Necesito acostarme un momento, dijo con su modo extraño de hablar. Acuéstate aquí en mi cuarto, le dije. Los porteros teníamos una habitación que estaba atrás de los ascensores.

Llevé a Karin hasta el cuarto y la recosté en la cama. Se le veían las piernas completitas y también los calzones. Algo como un toque eléctrico recorrió todo mi cuerpo y me incliné sobre ella, le arranqué los calzones y busqué como un loco el lugar donde iba a meterle el palo.

Tardé para encontrar el agujero, era mi primera vez, hasta que lo encontré y la verga fue entrando con dificultad y luego luego me vine como me pasaba en el baño.

Entonces noté que Karin estaba llorando.

310

Disculpa, dije, perdóname, no le cuentes a nadie, prométemelo.

Ella dijo sollozando algo que entendí como que iba a hablar con la policía, que debían meterme en la cárcel.

Discúlpame, discúlpame, dije, ya no lo vuelvo a hacer, lo juro por Dios.

Se levantó de la cama diciendo que me iban a llevar a la cárcel, que era un criminal. La sujeté y le dije, prométeme, prométeme, y ella repetía te van a llevar a la cárcel, te van a llevar a la cárcel. La agarré por el cuello. La sacudí, prométeme, ándale, prométeme.

Cuando dejó de hablar, la solté y Karin cayó en el piso, con los ojos saltones.

Me senté en la cama. Recé un padrenuestro pidiendo perdón a nuestro Señor Jesucristo, pero aun así me iría al infierno después de haber hecho eso.

Abrí con dificultad la pesada tapa de cemento de la cisterna del edificio, que estaba en el sótano. Después tomé el cuerpo de la muchacha y lo tiré dentro de la cisterna y la tapé de nuevo.

Continué pidiendo perdón a Jesucristo mientras preparaba una mochila con algo de ropa. Salí del edificio, abandoné el trabajo, un error más que cometía.

Me quedé sentado a la entrada del banco donde tenía mis ahorros, esperando a que abrieran. Iba a sacar el dinero y a huir. ¿Pero adónde? Al infierno ya sabía que iría, pero eso sería cuando me muriera.

Saqué todos mis ahorros. Si huyera hacia algún lugar muy lejano y pudiera comprar una casa con un pequeño patio con un mango, tal vez mi sufrimiento disminuyera.

Laurinha

Cuando mi mujer Teresa murió, lloré mucho. No me molesta decirlo. Siempre que me emocionaba, lloraba, hasta en el cine. Mi hermano Manoel también era así, lloraba por cualquier cosa. Es una característica de la familia, tenemos corazón blando, cualquier cosa hace que se nos llenen los ojos de lágrimas, un pajarito muerto, un perrito abandonado, un niño pobre pidiendo limosna, cualquier cosa.

En el entierro de Teresa, Manoel y yo lloramos mucho. De la familia, además de nosotros dos, solo estaba Laurinha, mi hija, que tenía, en aquella ocasión, cinco años. Laurinha no entendía bien lo que estaba pasando. No que le extrañara ver a su padre y a su tío llorando, ya estaba acostumbrada, pero aquello de decirle que su madre se había ido al cielo la dejaba medio confundida.

¿Mamá va a regresar del cielo?, preguntaba Laurinha. Y yo le respondía que sí, sollozando.

Laurinha fue creciendo y pareciéndose cada vez más a su madre. A los diez años era una muchachita linda. Era el encanto de mi vida y de la de Manoel, que nunca se casó ni se casaría, tenía labio leporino mal operado. Su rostro tenía siempre un gesto muy feo, él lo sabía, y las chicas le huían. Así, la familia de Manoel éramos Laurinha y yo.

Entonces sucedió todo.

Yo siempre iba a recoger a Laurinha a la salida del colegio, pero aquel día no fui. Cuando no llegó a la casa me quedé preocupado y fui al colegio. Laurinha había salido a la misma hora de siempre, dijo la directora.

Manoel y yo nos pusimos a buscar a Laurinha por el vecindario. Anocheció y no la encontramos.

La encontraron al día siguiente. Muerta, en un terreno baldío. Su cuerpo fue trasladado al Instituto Médico Legal.

Fuimos allá, Manoel y yo, acompañados por un policía, a identificar el cuerpo.

Prepárese para algo muy impactante, dijo el forense. El violador la golpeó con mucha violencia, le rompió los dientes y la nariz, después la estranguló, la niña tiene moretones por todo el cuerpo.

El forense abrió un cajón de metal donde estaba el cuerpo de Laurinha. Su cara estaba deformada por los golpes violentos que había recibido. Parecía una máscara, una grotesca caricatura.

Es ella, es mi hija, dije, sollozando. Manoel se desmayó, cayó al piso y tardó en recuperarse.

Ya sabemos quién lo hizo, dijo el policía, es un tipo llamado Duda. Va a ser difícil agarrarlo. Vive en la favela.

Cuando lo agarren, ¿se quedará en la cárcel?, preguntó Manoel.

Bueno, como no será flagrante delito, el ministerio público va a tener que pedirle al juez que le dicte prisión preventiva, solo después de que lo haya hecho, Duda podrá ser detenido, eso si se dicta la prisión preventiva, de lo contrario será enjuiciado en libertad.

Interesante, dijo mi hermano.

¿Dónde anda ese tal Duda?

El policía dijo el nombre de la favela. Creo que está ligado al narco.

Interesante, dijo Manoel.

Salimos del IML, fuimos al banco y sacamos todo el dinero que habíamos depositado, todo, hasta lo de las cuentas de ahorro.

Subimos a la favela. Dejamos el auto en una calle de abajo. Unos tipos mal encarados se quedaron observándonos. Uno de ellos se acercó, con la camisa abierta, dejando ver la pistola en la cintura.

¿Qué quieren?, preguntó.

No queremos polvo, queremos a un tipo llamado Duda. Pagamos bien. Expliqué la razón.

¿Cuánto?, preguntó.

Le dije la cantidad.

Aguántame, respondió.

Nos quedamos esperando dentro del auto. No tardó, el traficante apareció con el tal Duda. Era un sujeto gordo de bigote, de unos treinta años, con las manos atadas a la espalda.

Fue este el tipo que mató a la niña, dijo el traficante, la policía lo sabe y ya anduvo por aquí tras él.

Ponlo en la cajuela, le pedí.

Fuimos a mi casa de campo en Araruama.

¿Los cuchillos están afilados?

Si quieres te puedes rasurar con ellos, respondió Manoel.

Durante el viaje, Manoel y yo no cruzamos una palabra. Hubo un momento en que uno miró a los ojos secos del otro, diciendo en silencio que queríamos hacer aquello.

Nuestra casa de campo estaba en un lugar aislado. Si disparáramos un cañón, no se oiría en los alrededores.

Sacamos a Duda del auto y le desatamos las manos.

Manoel preparó el café. ¿Quieres café?

Sí, gracias.

Mientras tomaba su café, le pregunté, ¿por qué hiciste eso con la niña?

No sé, respondió, fue una locura, cuando la vi caminando delante de mí con aquella falda cortita del colegio, sentí algo que no pude resistir. Pero estoy arrepentido. Muy arrepentido.

¿Necesitabas golpearle la cara y el cuerpo con tanta violencia?

No sé qué fue lo que me pasó, dijo Duda. Estoy muy arrepentido. Dios me va a castigar.

A la mierda Dios, dije.

Le quitamos la ropa y lo atamos a la cama con las piernas y los brazos bien abiertos.

Pusimos los cuchillos sobre la mesita de noche. El fierro para cauterizar lo pusimos en la flama de gas de la estufa.

Por el amor de Dios, no me hagan esto, pidió Duda.

¿Estás seguro de que la cauterización evita cualquier infección? No queremos que se muera, ¿verdad?

De ninguna manera, respondió Manoel, queremos que siga vivo.

Yo corto y tú cauterizas, dije.

Por el amor de Dios, imploró Duda, estoy arrepentido.

Agarré los huevos de Duda y los corté lentamente, mientras escuchaba sus gritos penetrantes. Tomé el escroto con los dos testículos y lo tiré al basurero.

Los gritos de Duda no cesaban y aumentaron cuando Manoel, con el hierro al rojo vivo, cauterizó la herida. Entonces Duda se desmayó.

Dejamos a Duda amarrado a la cama. Tan solo cubrimos su cuerpo con una sábana.

¿Tienes hambre?, preguntó Manoel.

No.

Yo tampoco.

Pasamos la noche sentados al lado de la cama de Duda. Se despertó hasta la mañana.

Me duele mucho, dijo.

Su voz sonaba normal, un poco ronca solamente.

314

Escucha su voz, Manoel, dije.

Es muy pronto. Debe de tardar una semana más o menos, no sucede de la noche a la mañana.

Mantuvimos a Duda amarrado; le dábamos atole en la boca. Lloraba mucho, nos pedía perdón, decía que quería morirse, con su voz normal. Después de una semana, le dije a Manoel que tal vez funcionaba solo con niños, con adultos era diferente.

Manoel y yo nos acercamos a la cama y le dije a Duda, queríamos que te quedaras con la voz finita, como de muchachita.

Pero no funcionó, dijo Manoel, si funcionaba te íbamos a soltar. Mala suerte.

¿Cómo vamos a hacerlo? Tiene que sufrir, dije.

La mejor manera es romperle los huesos poco a poco, hasta que se muera. Antes así era como se torturaba.

Agarramos dos barras de hierro de la cochera y un martillo y regresamos a la habitación. Quitamos la sábana de encima del cuerpo de Duda.

Vamos a empezar por los tobillos, dijo Manoel.

Lentamente, dije, lentamente, el cabrón tiene que sufrir.

Con las barras de fierro le rompimos los dos tobillos. Esperamos un poco y le rompimos los huesos de la pantorrilla, aquel hueso que cuando uno está jugando futbol y recibe una patada duele mucho.

Duda gritaba como loco. Hicimos una pausa para que se recuperara, no queríamos que se desmayara de dolor, y entonces le despedazamos las rodillas.

Él seguía gritando y ahora defecaba y orinaba en la cama.

Otra pausa. Enseguida, con las barras de fierro, le rompimos los codos, luego las costillas, después la clavícula, siempre con una pausa entre una cosa y otra. Con un martillo le partí todos los dientes.

Entonces comenzó a gritar finito, con la voz que queríamos que tuviera cuando le arrancamos los cojones. Pero ahora era demasiado tarde, hacía más de tres horas que estábamos reventándole los huesos.

El cabrón se murió cubierto de mierda, orines y sangre.

Llevamos la cama al patio del fondo, la regamos con gasolina y le prendimos fuego.

Todavía hay latas de salchicha y cerveza, dijo Manoel.

Fuimos a la sala y comimos y bebimos.

A través de la ventana, veíamos la hoguera ardiendo en el patio.

Lavínia

Intenté avisarle a Lavínia que iba a pasar a su casa, pero seguro había salido, no contestaba al teléfono y el celular debía de estar descargado, como siempre.

Yo tenía llaves del departamento de Lavínia, y ella tenía del mío. Pero ninguno de los dos iba a la casa del otro sin avisar. Vivir en casas separadas es lo mejor. Incluso puede ser en la misma colonia, pero no en la misma calle. De esta manera el amor dura más y, junto con el amor, la felicidad. Era nuestro caso, ella y yo nos amábamos y éramos felices. Eventualmente Lavínia dormía en mi casa, pero yo nunca dormía en la suya.

Además de que vivíamos en casas separadas, no nos veíamos todos los días. En ocasiones apenas una o dos veces a la semana. Lavínia tenía sus actividades y yo las mías. Conozco parejas que se llevaban muy bien hasta que se fueron a vivir juntos. Al principio hasta les parecía interesante, pero no pasaba mucho para que la relación se volviera aburrida, y después del aburrimiento venía el hastío, y después los disgustos, y después el desaliento, y después la indiferencia y finalmente una insoportable repulsión.

A Lavínia y a mí no nos pasaba nada de esto. Los fines de semana a mí me gustaba ir a la Región de los Lagos pero a ella no le gustaba asolearse, y entonces me iba solo, con amigos, y ella no me preguntaba con quién había ido ni qué había hecho. En esas ocasiones se iba a la sierra, a Itaipava, y yo tampoco le preguntaba con quién había ido o qué había hecho. Nuestra relación era de lealtad y confianza. Si le hablaba por teléfono y me decía que no podía recibirme porque estaba atendiendo a una amiga que le había ido a pedir ayuda, yo entendía. Lo mismo sucedía si era yo quien cancelaba una cita.

Fue graciosa la manera en que nos conocimos. El primer encuentro entre un hombre y una mujer puede ocurrir de mil maneras, pero creo que el nuestro fue diferente. Estaba caminando por la calle cuando algo me cayó en la cabeza. Por algunos segundos perdí el sentido. Cuando recuperé la conciencia, estaba acostado en la acera, a mi lado había una maceta rota y tierra regada por el piso. Al pasarme la mano por la cabeza me di cuenta de que sangraba. En ese momento, Lavínia apareció pidiéndome disculpas, diciendo que la maceta se había caído de su ventana en el cuarto piso, y que me iba a llevar al hospital. Le respondí que me sentía bien, que iría solo, ella insistió, discutimos, y acabamos yendo juntos.

Me dieron ocho puntos en el cuero cabelludo. No creo que muchos noviazgos hayan empezado de esta manera.

Como decía, intenté avisarle a Lavínia que iba a pasar a su casa, pues había encontrado el chocolate belga que le encantaba, pero como no estaba en casa decidí darle una sorpresa. Llevaba también un bote de helado de chocolate. Mi idea era poner el helado en el congelador y la barra de chocolate encima de la mesa para que tuviera una grata sorpresa cuando llegara.

De todas formas, al entrar a la sala llamé a Lavínia en voz alta. No respondió. Puse el chocolate sobre la mesa de la sala, bien al centro, y el helado en el refrigerador. Noté que la puerta de la habitación estaba abierta y la del estudio también, pero la del baño estaba cerrada, con la luz prendida. Lavínia seguro estaba en el baño.

Cuando Lavínia se metía al baño se tardaba una eternidad. Tomaba un largo y demorado baño de tina, después se aplicaba cremas en la piel meticulosamente, después se cepillaba el cabello, y finalmente se maquillaba. A mí me gustaba sin maquillaje, sin una gota de pintura, pero ella alegaba que se veía muy pálida, con grandes ojeras. Me veo ojerosa, decía, el adjetivo le hacía gracia.

Puse el oído en la puerta del baño y no oí el más mínimo ruido. Preocupado, toqué levemente, diciendo, Lavínia, te traje un chocolate.

Al oír hablar de chocolate ella siempre abría la puerta, no importaba lo que estuviera haciendo. Pero aquel día Lavínia no abrió la puerta ni se manifestó de ninguna otra forma. Toqué más fuerte y la llamé más alto, te traje helado y un chocolate belga, si no abres rápido se los voy a comer.

Nada. Tal vez también estaba preparándome una sorpresa. ¿Cuál? ¿Se había cortado el pelo? Yo prefería que la sorpresa fuera otra, a mí me gustaba mucho el cabello largo y negro de Lavínia.

Toqué más fuerte. Lavínia, ¿te cortaste el pelo?

Entonces abrí la puerta y entré al baño.

Lavínia estaba recostada dentro de la tina con las dos muñecas cortadas. El agua estaba tinta en sangre. Lavínia era pálida, pero nunca la había visto así, blanca como un lirio, con ojeras negras que hacían que su rostro se viera aún más lindo.

Me senté en el piso del baño. Oí mis propios gemidos. No lloraba, resollaba como un animal mortalmente herido que no logra rugir. La mujer que amaba estaba muerta, la había perdido para siempre. Me extendí en el piso y di un grito agónico tan fuerte que hizo eco por toda la casa.

No sé cuánto tiempo me quedé tirado, encogido, sobre los azulejos del baño. Recordé que Lavínia solía decirme que su madre, que se llamaba Alzira, a quien nunca había visto y con quien nunca había platicado, ni por teléfono, vivía en Tijuca. Necesitaba avisarle. Después llamaría a la policía, conforme decía la ley.

La computadora del estudio estaba prendida, Lavínia nunca la desconectaba. Busqué en la lista de direcciones el nombre de Alzira. No lo encontré. Pero encontré la palabra mamá.

Llamé. Pedí que me comunicaran con la señora Alzira. Cuando contestó, logré controlar mi emoción y le dije que Lavínia no estaba sintiéndose bien, que era algo muy grave, que viniera inmediatamente, acompañada por alguien, a la casa de su hija.

La espero, señora Alzira, le dije, reprimiendo un suspiro profundo que quería explotar en mi pecho.

¿Gilberto?, preguntó la señora Alzira.

Me quedé callado.

¿Hicieron las paces, Gilberto? Qué bueno, porque ella estaba muy deprimida cuando te peleaste con ella. ¡Ay, Gilberto, Dios escuchó mis oraciones!

Le repetí a la señora Alzira que viniera inmediatamente y colgué.

Después regresé al baño y contemplé el lindo rostro de Lavínia.

Lentamente salí del baño, lentamente salí del departamento, lentamente caminé por la calle, lejos, lejos.

Recibí la foto por correo. El bigote postizo, delgadito y encerado, con las puntas hacia arriba, un traje oscuro, camisa blanca, corbata negra. Traía una nota breve: «Llego día 28. Te quiero comer, besos. L.».

Cuando andaba con Luíza, ella era una artista académica, pintaba naturalezas muertas y esculpía figuras perfectas a las cuales solo faltaba darles un puntapié y ordenarles *parla bruto*, como dicen que hizo Miguel Ángel cuando terminó su escultura del Moisés.

Luíza vendía bien, ganaba razonablemente, pero un día decidió irse a Europa, abandonar a su marido y a su amante (yo era el amante), y comenzar una vida nueva. La primera carta que me envió tenía la foto de un cuadro que había pintado, inspirado, según ella, en Dalí, y que denominó *Mãe Est*. El cuadro de Dalí era de la actriz Mae West, aquella que al hablar de sexo decía que cuando era buena era muy buena, pero cuando era mala era aún mejor. Sin embargo, la pintura de la Mãe Est —una especie de juego verbal, el nombre de la madre de Luíza era Estela— tenía una máscara roja de la cual goteaba sangre. Luíza odiaba a su madre.* Solía decir, «las madres existen para ser odiadas, pregúntale a tu psicoanalista».

La foto de ella travestida de Dalí me sorprendió. Hacía mucho que había dejado de admirar al catalán, decía que su arte era un «exhibicionismo banal para impresionar a los pequeñoburgueses».

Luíza se había convertido en una artista importante y famosa, pero todas las fotos que salían en las revistas eran antiguas. Sus instalaciones habían sido premiadas en las grandes exposiciones universales de artes plásticas. Pero, parodiando lo que ella decía de Dalí, yo podría decir que su arte era un exhibicionismo brutal para espantar pequeñoburgueses. En una carta que me escribió con motivo de su cambio de rumbo, citando a Joseph Beuys, afirmó que la creatividad no era monopolio de los artistas.

---

* *Mãe* es «madre» en portugués.

«Como Beuys», dijo en una carta que me escribió, «creo que todo mundo es un artista capaz de determinar el contenido y el significado de la vida en su esfera particular, ya sea la pintura, la música, el cuidado de los enfermos, recoger la basura, en fin, lo que sea. Cuando mi madre se enfermó, tuvo un fecaloma, una acumulación endurecida de heces en el colon que no le permitía defecar, ni con supositorios o purgantes. El fecaloma tenía que ser extraído a mano, y yo lo hice, arranqué con mis dedos aquel bloque de heces endurecidas del ano de mi madre, metiendo los dedos y casi la mano entera por su esfínter. Cuando terminé, sentí que aquello que había hecho era una obra de arte y guardé el fecaloma en una lata que mandé lacrar y que cargo conmigo a todas partes, como una fuente de inspiración. El verdadero arte es anárquico y aleatorio. Mi consigna es *Zeitgeist*.»

No sé si fue el fecaloma de su madre lo que le sirvió de talismán, pero lo cierto es que Luíza empezó a producir incesantemente y a ser respetada e invitada a las más importantes exposiciones de arte moderno en todo el mundo. Le daban el espacio que pedía para mostrar su obra, pues Luíza usaba incontables materiales: un lago lleno de nenúfares y sapos; un pabellón repleto de gallinas muertas y congeladas; un ganso gordo, cercado por latas de paté de *foie gras* y por dos individuos enmascarados como bandidos que introducían comida con un embudo por el gaznate del animal; un video de acercamientos de anos pintados con lápices labiales de varios colores; un conjunto de sillones viejos con el tapiz agujereado; tubos oxidados retorcidos y otros objetos de demoliciones, como escusados y tinas.

Esas eran algunas de sus obras, las que yo recordaba. Confieso que no seguía muy de cerca su trabajo. Sé que recibió varios premios.

La foto de ella travestida de Dalí, con bigotes de puntas levantadas y ojeras pintadas, no me permitía llegar a ninguna conclusión acerca de cómo estaría físicamente. Luíza siempre tuvo un cuerpo y un rostro muy bonitos.

En la víspera del día en que Luíza iba a llegar, me puse a recordar nuestras locuras. Estaba obsesionada con mi verga e hizo una miniatura de ella en oro, que llevaba colgada al cuello. Fue un proceso complicado, tuve que quedarme con la verga parada durante todo el tiempo que Luíza se tardó en preparar el molde. Pero no fue difícil, gracias a sus trucos eróticos.

Pensé, ¿cómo estará ahora físicamente? Siempre que me encontraba con alguna novia después de un largo tiempo, la experiencia no era buena. Muchas engordaban, y las que habían logrado evitar la obesidad estaban anoréxicas, deprimidas, con el rostro huesudo, los ojos saltones, dientonas.

Fui a recoger a Luíza al aeropuerto.

Fue una sorpresa agradable. Los diez años de ausencia le habían dado una cierta opulencia que en nada perjudicaba sus formas ni su simetría ni la elegancia de sus movimientos. Me calenté en cuanto vi a aquella nueva mujer. Nos abrazamos largamente. Ella se quitó la cadena del cuello y besó la miniatura en oro de mi verga. «Me invitaron a exponer en la *Documenta* de Kassel», dijo. La felicité y la cubrí de besos apasionados. Luíza había reservado una habitación en el Copa, pero le dije que se iba a quedar en mi casa.

Claro que lo primero que hicimos al llegar, incluso antes de abrir las maletas, fue irnos a la cama a coger. Antes de chuparme la verga la miró largamente y dijo, «continúa linda, es una obra de Dios». Después hizo una pausa y añadió: «Eres vanidoso y te sientes orgulloso de tu verga, lo sé. Pero tienes razón, es tu único bien, tu única virtud, eres un hombre feo y un escritor mediocre».

No me molestó lo que dijo, no era la primera vez. Pasamos el día cogiendo. Eso duró tres días. Al cuarto día dijo que tenía la panocha toda rozada. «¿Te acuerdas de aquel anillito que hay adentro? Lo reventaste. Voy a la farmacia.»

Regresó de la farmacia llena de paquetes. Aquella noche, víspera de su partida, que sería la mañana del día siguiente, me acosté en la cama y caí inmediatamente en un sueño profundo. Habíamos bebido un poco de vino, pero eso no pudo haber sido la causa de que cayera de aquella manera. Cuando desperté y miré mi reloj —nunca me quito el reloj, ni siquiera cuando duermo, ni cuando me baño ni cuando cojo—, ya pasaba de mediodía. A aquellas alturas Luíza debía de andar por los aires; viajando en dirección a Europa.

Sentí entonces que algo me molestaba. Tenía el bajo vientre todo vendado. En la mesa de noche había una carta: «Querido, perdóname, te drogué, no resistí la tentación y te corté la verga y me la estoy llevando conmigo. Va a formar parte de mi mejor trabajo, que expondré en Nueva York. Deséame buena suerte. Te mando fotos. Por cierto, tú sabes que antes de dedicarme al arte fui enfermera profesional. La ablación peniana que te realicé fue hecha con todos los cuidados de higiene. No corres el menor riesgo de salud. Te amo. Luíza».

¿Riesgo de salud? Odié a Luíza, estaba loca de remate. Sin mi verga, era mejor morir. No tuve valor para quitarme la faja que envolvía mi cuerpo, no quería ver mi pene mutilado. ¡Tendría que ponerme una prótesis de silicón, qué horror!

El mismo día hice una cita con el médico. No tenía hora disponible, pero en vista de la solicitud dramática que le hice encontró una manera de atenderme.

Le conté lo que había sucedido y enseguida le pregunté si me podía poner una prótesis de silicón.

—No se puede confiar en las mujeres —respondió.

Puede o no puede ponerme una prótesis de silicón? —insistí.

Primero tengo que examinarlo —dijo.

El médico fue quitando las vendas lentamente. No tuve el valor para mirar, me quedé contemplando el techo, con ganas de suicidarme. El tiempo no pasaba, parecía que el médico estaba tardándose horas en aquel trabajo.

—Qué interesante —dijo, cuando terminó.

—¿Qué interesante? ¡Carajo! ¿Qué interesante? ¡Qué desgracia, es lo que usted debería decir!

—Calma —dijo el medico—, su pene está aquí, integro, incólume, lleno de vida, solo está pintado de amarillo.

Y tomó mi verga y comenzó a manipularla, como si estuviera haciéndome una puñeta.

—Tiene usted un pene grande y bonito, en perfecto estado —dijo—. Su amiga le tomó el pelo. Le dije que no se puede confiar en las mujeres.

Debía de ser maricón, por eso había escogido aquella especialidad. Me levanté rápidamente, me vestí, salí a la sala de espera, le pagué a la enfermera y me fui feliz de la vida. Continuaba en posesión de mi verga, la parte más importante de mi cuerpo de escritor mediocre, feo y vanidoso.

Al llegar a casa había un *e-mail* de Luíza en mi computadora, seguramente enviado todavía desde el avión.

Decía: «¿Sabes qué día es hoy? Veintiocho de diciembre, Día de los Inocentes. Te amo. Luíza».

«Tengo cuarenta años, soy un hombre sensible, me gusta la música, la poesía y el cine. Soy abogado, soltero, vivo solo. Busco pareja para una relación duradera, de amor y respeto. Romántico Incorregible.»

Pasé una semana, yo, el Romántico Incorregible, participando en varios sitios de *chat*, y ya me estaba cansando cuando la mujer que buscaba apareció:

«Querido Romántico Incorregible.. Como tú, ando también buscando una relación duradera con alguien cariñoso y digno. También amo la música y la poesía y principalmente el cine. Cuéntame más de ti. Louise Brooks.»

«Querida Louise Brooks. Nunca me casé, no porque no tuviera condiciones financieras, al contrario, soy un hombre con recursos, aunque lleve una vida modesta. No me he casado porque no he encontrado a la mujer ideal. Dicen que no existe, que es una visión romántica. Pero me rehúso a aceptar esa actitud pesimista. Por eso adopté el seudónimo Romántico Incorregible. ¿Y tú? ¿Por qué Louise Brooks?»

«Querido Romántico. Louise Brooks era una actriz linda, del cine mudo. Un día un novio me dio una foto de ella y se parecía tanto a mí que la guardo hasta el día de hoy. Era una mujer con un aire misterioso, que yo, en realidad, no tengo. Soy un libro abierto. Tampoco me casé y busco al hombre ideal. Sé que voy a encontrarlo. ¿Quién sabe si no eres tú? ¿Tienes novia? Louise Brooks.»

«Querida Louise. No, no tengo novia. Me gustaría que nos viéramos. Debes estar pensando, no me conoce, ¿cómo puede querer que nos veamos? Pero estoy seguro de que vamos a entendernos muy bien. Piénsalo. Romántico.»

«Querido Romántico. Soy una persona tímida, vivo con mi madre, estoy haciendo esta locura por primera vez en mi vida, platicar con un extraño por internet. No sé si debo seguir adelante. Tengo miedo. Louise.»

Me urgía conseguir a aquella mujer.

«Querida Louise. También soy una persona tímida como tú, esta es la primera vez que hago algo así. Pero sé, como si fuera una especie de premonición, que vamos a entendernos muy bien. ¿Puedo ir a tu casa? Sé que le voy a caer bien a tu mamá. Romántico.»

«Querido Romántico. En mi casa es imposible, tiene que ser en la tuya. Dame la dirección. Paso ahí mañana por la noche. Besos. Louise.»

«Querida Louise. Mi dirección es Gomes Montero, tercer piso. Es un edificio de cuatro pisos, un departamento por piso, uno de aquellos edificios antiguos que la especulación inmobiliaria todavía no ha logrado destruir. Tocas por el interfón y te abro la puerta. Te espero ansioso. Romántico.»

Estuve tenso todo el día, y a medida que se acercaba la hora me ponía aún más tenso. Necesitaba tener a aquella mujer.

Entonces sonó el interfón.

—Soy Louise.

Oprimí el botón de la puerta de la calle. Poco después sonó el timbre del departamento. Abrí.

Era una mujer muy blanca, de cabello tan negro que parecía que se lo había pintado. Traía una minifalda que exhibía unas lindas y largas piernas albas.

—Pasa, por favor.

Ahí estaba la mujer que buscaba. Entró. Le pedí que se sentara.

—Qué bonito departamento. ¿Es tuyo?

—Sí. Tengo otro, en Barra, que está rentado.

—Mi verdadero nombre es Diana.

—El mío es Carlos.

—Mira la foto de Louise Brooks —dijo.

La miré. Era una foto en blanco y negro. El cabello también era de una rara negrura y el rostro muy blanco. Una linda mujer.

—¿Te ofrezco algo de beber?

—Un whisquito.

En el antecomedor tomé una botella de whisky, una de agua mineral y una hielera.

—A mí me gusta sin hielo, solo agua y whisky, más whisky que agua —dije.

—El mío con hielo, por favor, y bastante agua.

Preparé las bebidas. Puse los vasos en una bandeja.

—¿Tienes algo para picar? —me preguntó.

—Voy a ver allá adentro, no me tardo —respondí.

Me tardé un poco, con la bolsa de galletas en la mano, sentado en el antecomedor. Quería darle tiempo.

Regresé después de unos minutos. Louise levantó su vaso.

—Quiero hacer un brindis, porque nuestra relación sea duradera, como lo dijiste en tu *e-mail*.

Me llevé el vaso a los labios.

—Antes de beber voy a traer también alguna otra cosa de la cocina —dije—. Solo traje galletas.

Fui a la cocina y me llevé mi vaso. Hice lo que tenía que hacer. Regresé con un plato con bocadillos.

Levante el vaso.

—Por una relación duradera —dije.

—Salud —me respondió ella, chocando su vaso con el mío.

Bebimos mientras platicábamos.

Era huérfana de padre, y su madre viuda, con quien vivía, era muy controladora. No tenía otros parientes.

Le conté que tenía cuatro hermanas, todas mayores que yo. Le dije que me gustaría viajar con ella, ir a París o Nueva York. Ya había apartado los dólares para el viaje. Ella dijo que quería conocer Katmandú.

—Voy a buscar más agua en la cocina —dije, levantándome.

Pero tan pronto me levanté, me tambaleé y me apoyé en el respaldo del sillón.

—Estoy medio mareado...

Ella me abrazó.

—¿Estás realmente mareado o es un truco para que te abrace? —me agarró la verga, que estaba floja—. Dentro de poco hago que se ponga dura. Siéntate un poco en el sillón —dijo.

Me senté e inmediatamente mi cabeza cayó hacia delante.

—Carlos, Carlos, ¿estás bien?

No obtuvo respuesta.

Un poco después me sacudió el brazo.

—Carlos, ¿me estás oyendo?

Seguí mudo.

Oí el ruido de Diana intentando abrir la habitación cerrada. Sentí sus manos revisando mis bolsillos. Enseguida oí su voz, debía de estar hablando por un celular.

—Ígor, se desmayó. Las cosas deben estar en una habitación que está cerrada. Sí, te espero, sabes la dirección, ¿no? Toca el timbre.

Continué inmóvil, desplomado en el sillón. Oí el timbre.

—Soy Ígor —oí la voz en el interfón.

—Sube —dijo Diana.

Ruido de la puerta abriéndose.

—¿Fue fácil? —voz de hombre.

—Pan comido. Creo que las joyas, los dólares y lo que importa están en esa habitación que está cerrada. Pero no encontré las llaves.

—Las debe traer en la bolsa.

—Ya lo revisé. No tiene ninguna llave. Ígor, vamos a liquidar al tipo, hagamos el servicio completo.

—No me gusta, Marta.

—Carajo, ya me vio la cara. Si le cortas la garganta no va a sentir nada. Servicio completo, Ígor, por eso te llevas la mitad y además me coges.

—Vamos a derribar la puerta —dijo Ígor.

Pero la puerta se abrió antes de que la derribaran.

Los dos policías que trabajaban conmigo salieron de la habitación apuntándoles con sus armas. Les ordenaron que se acostaran en el piso con las manos atrás.

Mientras los esposaban, yo me levanté del sofá.

—Marta Castro e Ígor da Silva, están detenidos por el asesinato de Edgard Gouveia —dije.

Ambos comenzaron a discutir acaloradamente. Ígor decía que la idea había sido de Marta, que lo había obligado a matar al tipo, y Marta decía que había intentado impedirlo, pero que Ígor de cualquier forma lo había matado.

—Quien lo mató fuiste tú —repetía Marta.

—Tú me mandaste, maldita puta —decía Ígor. Discutieron sin parar, hasta que llegamos a la comisaría, donde se les levantó el acta correspondiente y se solicitó al juez la prisión preventiva. Iban a condenarlos a una larga pena de reclusión.

Antes de que la encerraran, Marta platicó conmigo.

—No te desmayaste y puse sedante como para un caballo en tu vaso. ¿Cómo estuvo eso?

—Cuando fui a la cocina cambié de vaso. El que me bebí estaba limpio.

—¿Cómo me descubrieron?

—Revisando la computadora de la víctima, Edgard Gouveia, al que ustedes mataron cortándole la garganta. El *chat* con Louise Brooks estaba ahí enterito. Debías de haberte cambiado el nombre.

—Pero yo quería ser ella. Louise se parece a mí, ¿no?

—Sí, y mucho —le respondí.

Y realmente se parecía. Tenía un rostro raro. Marta podría ser modelo o hacer carrera en el cine. Incluso sin cambiarse de nombre. Pero cuando saliera de prisión iba a ser demasiado tarde.

Miriam

El banco donde yo trabajaba hacía un examen médico anual para verificar el estado de salud de sus ejecutivos. Era un examen completo, de sangre, orina, coprocultivo, radiografías, examen de la vista, ginecológico —en el caso de las mujeres, como yo—, otorrinolaringológico, etcétera.

Cuando el otorrino me estaba examinando, le dije que sentía un cuerpo extraño en la garganta.

—Siento algo raro al tragar —le expliqué—. Iba a venir a consulta antes, pero estaba tan ocupada que opté por dejarlo para otro día.

Ya conocía al médico, el doctor Lipton. Me había revisado en otras ocasiones. Tenía fama de ser buen médico.

Después de examinar cuidadosamente mi garganta usando un espejito en la punta de una varilla, me dijo:

—Usted no tiene nada en la garganta, Miriam.

—Pero siento algo, doctor Lipton, siempre que trago, incluso saliva.

Tragué saliva y sentí la presencia del cuerpo extraño. No era dolor, era como si algo me hiciera percibir que tenía garganta.

Uno nunca siente que tiene corazón, hígado, páncreas y otros órganos que funcionan dentro de uno, sabemos que existen pero no los tomamos en cuenta a no ser que ocurra alguna anormalidad. Lo mismo sucede con la garganta. Yo estaba sintiendo que tenía garganta.

—Puede ser psicológico, Miriam. A veces una persona con estrés y nerviosa tiene síntomas que son puramente psicológicos. Usted misma acaba de decir que ha andado muy ocupada, sin tiempo para hacer una consulta médica.

—Dije que andaba muy ocupada, no dije que estaba nerviosa.

—Su trabajo en el departamento de préstamos personales debe ser muy estresante. Negarle un préstamo a la gente que lo necesita debe ser algo que afecta a los nervios de quien lo hace. Yo me pondría muy nervioso.

—Pero yo no, rechazo los préstamos cuando hay riesgo de que la gente no pague.

—Pero eso debe ponerla nerviosa. Inconscientemente.

—¿Oiga, usted sabe más que yo? No estoy nerviosa. Sé lo que estoy sintiendo. Siento un cuerpo extraño en la garganta. ¡Caramba!

—No necesita irritarse. Se va a poner aún más nerviosa.

—No estoy nerviosa, sé lo que estoy sintiendo, siento un cuerpo extraño en la garganta, carajo.

Dije esa frase gritando.

El doctor Lipton se quitó las gafas, las limpió con un papel especial que tomó de encima de la mesa y dijo, delicadamente:

—¿Ya ve cómo sí está nerviosa?

Suspiré.

—Discúlpeme, doctor —tragué, tragué—, pero estoy sintiendo un cuerpo extraño en la garganta —tragué, tragué—, estoy segura de que no es el producto ficticio de una mente estresada. Hago este trabajo desde hace varios años, como usted lo sabe.

—Hmm... —dijo.

Nos quedamos en silencio, yo tragando saliva y sintiendo la presencia del cuerpo extraño.

—Vamos a hacer lo siguiente —dijo el doctor Lipton, escribiendo en su bloc de recetas—, busque a este especialista, dígale que fui yo quien la recomendó, y platíquele de los síntomas que está sintiendo.

Tomé la receta, le di las gracias y regresé a la agencia.

Claro que negué casi todas las solicitudes de préstamo, las personas físicas cuando piden dinero prestado al banco están realmente en una mala situación, casi nunca van a poder pagar, y mi trabajo es, en esos casos, negar la concesión del préstamo. Ya no me emociono con el llanto de las mujeres y de algunos hombres, ni me conmueven las exhortaciones como «necesito ese dinero, por el amor de Dios, mis hijos están muriéndose de hambre, me voy a suicidar», etc. Algunos amenazan con suicidarse en la puerta del banco con un cartel en el pecho con la leyenda «La señora Miriam me mató», pero hasta el día de hoy nadie lo ha hecho. Esos pobres diablos tienen que aprender a vivir dentro de sus posibilidades, pero no, quieren tener DVD, teléfono celular, cámara digital, lavadora, lavaplatos, congelador, y quieren comer carne asada todos los fines de semana. El que no tenga dinero debe contentarse con la novela de las ocho y apretarse el cinturón.

Finalmente pude ir al mentado especialista, un tal doctor Romênio. Decían que era un experto y tenía cara y consultorio de experto. Se tardó una hora en atenderme.

Finalmente me llamaron para que me examinara el doctor Romênio. Le conté que siempre que tragaba algo, incluso saliva, sentía un
cuerpo extraño en la garganta.

—Vamos a ver —dijo, con el espejito en la mano. Me pidió que
abriera bien la boca.

Después de examinarme durante diez minutos dijo:

—Usted no tiene nada en la garganta.

—¿Cómo que no tengo nada en la garganta? Lo estoy sintiendo,
conozco el funcionamiento de mi cuerpo —dije, sin esconder mi irritación.

—¿Y el funcionamiento de su mente, usted lo conoce? —preguntó irónico.

—Carajo, no me va usted a decir también que estoy nerviosa. Fue
el doctor Lipton quien le dijo que estoy nerviosa, ¿verdad?

—No, señora. No necesito que nadie me diga eso a mí, lo estoy
comprobando con mis propios ojos.

—Está bien, doctor, lo admito, estoy nerviosa. Pero siento un
cuerpo extraño en la garganta —tragué, tragué—, lo estoy sintiendo,
por favor, hágame otro examen.

—Está bien —dijo con un suspiro—, pero la voy a tener que
anestesiar para hacerle el estudio. Es algo desagradable e inútil, pero si
usted insiste...

El doctor Romênio me anestesió la garganta. Después le pidió a la
enfermera, una mujer grande, de brazos gruesos, que me agarrara la lengua
y la jalara hacia fuera.

—Más, más doña Assunta.

Yo ya estaba viendo mi lengua a un palmo de distancia, agarrada
por las manos de doña Assunta.

—Más, más, doña Assunta.

Nunca pensé que uno tuviera la lengua tan larga.

Entonces el doctor Romênio metió un tubo en mi garganta con
una luz en la punta y miró largamente.

—En verdad tiene usted un cuerpo extraño en la garganta, bien al
fondo, difícil de ver en un examen de rutina. Es un quiste. Vamos a tener
que observarlo periódicamente, pero es benigno, se lo puedo asegurar.

Me dolía la garganta. No tenía ganas de hablar, ni siquiera de decirle con júbilo, «ya ve, ¿no se lo dije?».

—Voy a enviarle el examen al doctor Lipton.

Al día siguiente evalué diez solicitudes de financiamiento. Las rechacé todas. La chusma tiene que aprender a vivir dentro de sus posibilidades. Yo no tengo cámara digital ni lavaplatos. Ni congelador.

Nora Rubi

Me llamo Nora Rubi, Nora es verdadero, pero Rubi es falso. Soy cleptómana. No veo ninguna inmoralidad en ello, inmoral sería no hacer lo que siento que debo hacer. El poeta decía que el mundo es un escenario y todos los hombres y las mujeres meros actores. Yo hago mi papel, sustraigo cosas sin cometer ninguna violencia. No tienen utilidad ni valor monetario, si lo tuvieran sería una ladrona y yo soy una persona honesta. Y no me apodero de las cosas de los otros para expresar un sentimiento de rencor, o de frustración, o de venganza, ni soy impulsiva, ni delirante, ni sufro de trastorno bipolar, anorexia o bulimia, ni de ansiedad, síntomas que mi psiquiatra, el doctor Paulo, erróneamente atribuye a los cleptómanos. Estoy consciente de lo que hago y no siento culpa de mis actos. Soy una persona normal. Me gusta sustraer cosas, como a algunos les gusta hacer crucigramas. ¿También son enfermos porque les gusta ese tipo solipsista de pasatiempo? Yo al menos soy gregaria, hago sustracciones en compañía de otras personas.

Dicen que es mejor aprender de la desgracia ajena que de la propia. Pero yo aprendí todo a golpes. Dicen que es más fácil comenzar un noviazgo que terminarlo. Pero yo solo aprendí que antes de empezar una relación debemos saber la manera de zafarnos de ella, luego que fui apuñalada por un amante psicótico. Es un error pensar que Dios está junto a nosotros, no lo está, vi una película en la que el Diablo dice que Dios es un casero descuidado, deja que la casa donde vivimos se caiga a pedazos. Si de veras existe, está pensando en otras cosas y no en nosotros.

Lo primero que sustraje fue una hoja de papel llena de garabatos. Sí, eso, una hoja de papel llena de nombres y números. El tipo estaba parado junto a una de esas mesas que en los bancos están cerca de los cajeros automáticos, con plumas y fichas de depósito, y sacó de un portafolios una hoja de papel e intentó anotar algo en ella. La pluma de la mesa no funcionaba. Entonces se revisó los bolsillos buscando una pluma. Rápidamente tomé la hoja y la puse en la carpeta que tenía en mi mano. Salí enseguida. No me interesaba el espectáculo de perplejidad que el tipo pudiera dar, ya había hecho lo que tenía que hacer, asunto concluido. No me acuerdo de lo que hice con la hoja de papel, no sé a dónde fue a parar, qué sucedió con ella. ¿Debía de haberla guardado como un galardón? No, de ninguna manera. Para nosotros, cleptómanos auténticos, lo sustraído deja de tener valor después de que la acción ha terminado.

Claro, existen aspectos logísticos, en la acepción griega original de la palabra, relativa al cálculo y raciocinio, que deben ser observados. Tengo que evaluar, de inmediato, la importancia concreta o abstracta del producto a ser sustraído y los riesgos posibles, a partir de las informaciones a la mano.

Creo que soy la única persona que tiene la biografía del doctor Samuel Johnson, escrita por James Boswell, en la mesita de noche. El libro es aburrido, yo lo uso para que me dé sueño y poder dormir. Esta noche, antes de que la acción soporífera tuviera efecto, leí una frase interesante: *lee tus textos y siempre que llegues a un pasaje que consideres especialmente bien escrito, táchalo y elimínalo.* Releí lo que he escrito hasta ahora y compruebo que no hay nada que eliminar, todo está mal escrito. Antes mis textos eran mejores, tal vez el hecho de que esté escribiendo a mano en el papel corriente que me proporcionaron aquí en la prisión contribuya a ese deterioro. ¿Debo contar los acontecimientos que causaron mi encarcelamiento? Sí, pero ¿para qué tanta prisa? Todavía voy a quedarme aquí durante un tiempo. Estoy en una celda aislada, con holgura para leer y escribir. Si la comida no fuera tan mala, hasta serían unas vacaciones agradables.

Lo segundo que sustraje fue un abrecartas con la punta rota. Fue en casa de una mujer que estaba vendiendo los libros de la biblioteca de su marido, que acababa de fallecer. Lo primero que las mujeres hacen cuando el marido muere es vender sus libros a las librerías de viejo. Entonces vi un abrecartas roto sobre la mesa. Le dije a la mujer que si usaba ese abrecartas para abrir un libro de esos que tienen las páginas pegadas podría rasgarlo. Ella preguntó que cuál era el problema si el libro se rasgaba, el que las páginas no hubieran sido abiertas significaba que al marido no le había interesado el libro. Acabé comprándolo. Al llegar a la calle tiré el abrecartas en el primer cesto de basura que encontré. El libro está en mis libreros y no ha sido abierto hasta el día de hoy. Es un homenaje simbólico al marido muerto.

Reconozco que a pesar de que las cosas que sustraigo no tienen ningún valor para mí y el único lucro que obtengo de ellas es la satisfacción de haber realizado una obra perfecta, a veces le pueden hacer falta al propietario. ¿Aquella hoja de papel llena de garabatos le haría falta a su dueño? ¿Qué información podría dar? ¿Que estás quebrado y debes decir adiós mundo cruel arrojándote bajo las ruedas de un camión? ¿Que eres rico y puedes casarte?

Aquel abrecartas tal vez era usado precisamente para rasgar las páginas intonsas de los libros que el marido había comprado y no había leído y que solo servían para llenar los libreros de más libros. Pero sé que esos son meros raciocinios especulativos sin el menor valor.

Otras sustracciones: una papa inglesa en el supermercado (odio las papas). Unos calzones que tenían bordadas, con lentejuelas, las palabras *fuck me*, de una tienda muy chic que ni siquiera iba a sentir aquella pérdida. Los calzones eran tan minúsculos que no sirvieron ni de trapo de sacudir, tuve que tirarlos a la basura. Un lápiz labial rojo brillante, de esos que dejan los labios húmedos, y que también tiré a la basura. Un condón que saqué del interior de la bolsa de una muchacha que se pintaba en el baño de un cine. Los que deben cargar condones son los hombres. Un libro de poemas de Carlos Drummond de Andrade, que sustraje de la librería más grande de la ciudad. Aquel libro tenía para mí una enorme utilidad, pues amo la poesía, pero sustraer un libro de poesía, incluso para tener la ventaja de disfrutarlo después, no tipifica como hurto. Si fuera de una biblioteca pública, sí.

Sustraje también un adipómetro. Estaba tomándome un expreso en el Talho cuando una mujer a mi lado, toda equipada para su clase de gimnasia, pontificaba sobre cómo mantenerse en forma. No sirve de nada comprar una balanza para pesarte completamente desnuda, decía, tienes que medir el grado de adiposidad de tu cuerpo dia-ria-men-te. Sacó de su bolsa un objeto y dijo, esto es un adipómetro, cuesta una bicoca, lo compras en las televentas de la Polishop.

La mujer metió el adipómetro en su bolsa y, como sucede con la mayoría de las mujeres, la dejó abierta. Fue fácil sustraer aquella chuchería mientras la mujer le ponía gotitas de endulzante artificial a su café.

Durante un tiempo me dediqué a sustraer ceniceros comunes y corrientes, de esos que hay en bares y en restaurantes de carne asada. Empecé a fumar, para facilitar mi misión. Hacía la sustracción, me llevaba el cenicero a casa, después regresaba al restaurante a devolver el cenicero que había sustraído antes y enseguida sustraía otro. El problema es que soy vegetariana y me daba asco el espectáculo de aquellos camareros cargando brochetas humeantes de carne y parándose ante mi mesa con un cuchillote en el puño preguntándome si quería un pedazo del filete que estaba ensartado en aquella varilla de hierro. Acabé desistiendo de los ceniceros, lo cual fue bueno, pues dejé de fumar.

¿A final de cuentas cómo vine a dar a la cárcel? Todo sucedió cuando sustraje una bisutería. Me habían invitado al cumpleaños de una prima, en una de esas casas que son salones de fiestas. Entré al baño junto con una estirada, una de esas narcisistas que se trastornan al verse en un espejo. Se quitó el collar y comenzó a retocarse el maquillaje del cuello cuidadosamente. Al darse cuenta de que yo había visto el collar sobre el mármol del lavabo, me preguntó, ¿no parecen brillantes de verdad? Cuando digo que es bisutería común y corriente que compré en un puesto de la calle, nadie me cree. ¿Cuándo iba yo a tener dinero para comprar una joya como esa? Mi marido gana una miseria, pobre.

Continuó retocándose el maquillaje, embebida en su imagen en el espejo, y yo pensé, mientras sustraía el collar, que si fuera bonita como ella tal vez me volvería un poco narcisista y me miraría más en el espejo. Me encerré en el reservado del baño y tiré el collar en el escusado.

Cuando iba saliendo oí gritos disparatados, ¡mi collar, mi collar de brillantes, me robaron mi collar de brillantes!

Creo que no se dio cuenta de que me había escondido en el reservado, pues salió del baño resoplando, gritando desesperada, ¡mi collar de brillantes, me robaron mi collar de brillantes!

Metí la mano en el escusado y logré alcanzar el collar de nuevo. No sentí el menor asco, no solo porque la pipí que estaba en la taza era mía, sino principalmente por el hecho de que, al saber que había sustraído algo valioso, yo, para rescatarlo, metería la mano incluso si la taza estuviera llena de caca. Con el collar mojado de pipí entre las manos, salí del reservado y fui al salón de fiestas.

El salón estaba alborotadísimo. Un hombre sacudía a la mujer del collar, le gritaba, ¿brillantes de verdad?, ¿brillantes de verdad?, me juraste que lo habías comprado en un puesto, que era bisutería barata.

El hombre agarró a la mujer por el cuello y le preguntó, furioso e infeliz, ¿quién te dio esa joya?, ¡anda, confiesa, adúltera!

La mujer, nerviosa, se quitaba los aretes de las orejas para cerciorarse de que no habían desaparecido también, y miraba la pulsera de diamantes que reflejaba con fulgor las luces de los candelabros. El marido comenzó a estrangularla, gritando, esas joyas son todas verdaderas, ¿no?, puta, ¿quién te las dio?

Me puse en medio del salón y grité, ¡un momento, un momento, su atención por favor!

Fue un grito tan alto que incluso el marido dejó de estrangular a la mujer. Cuando se hizo el silencio, abrí las manos y dije, el collar está aquí, yo lo sustraje, lo siento mucho, pensé que era bisutería.

La mujer me arrancó el collar de las manos con tanta fuerza que se quebró una uña. Alguien había llamado a la policía, que para prender a los inocentes nunca tarda en llegar.

En resumen: me detuvieron. Pero me detuvieron por haber olvidado el cuento de Maupassant que leí cuando era adolescente, ese en que la mujer de un cierto Monsieur Lantin también tenía un montón de joyas verdaderas que decía que eran falsas, todas regalos del amante. Yo debía haberme dado cuenta de que una mujer bonita y vanidosa como aquella del collar que sustraje era, evidentemente, una Madame Lantin. Uno aprende leyendo, y quien no aprende con lo que lee se jode, como yo.

Ahora estoy aquí, en prisión, escribiendo a mano con una pluma Bic, cosa que odio. Qué bueno que hoy, durante la comida aquí en la cárcel, logré sustraer una cuchara. Me puse muy contenta, está escondida debajo del colchón, pero no sé qué hacer con ella. Creo que al rato, en la cena, la voy a devolver.

Olívia

Llamé al Despachador y le dije que quería vacaciones.

¿Justo ahora que tenemos tanto trabajo me pides vacaciones, Zé?

No te estoy pidiendo vacaciones, te estoy informando. Es distinto. Creo que ya no voy a trabajar contigo.

Le colgué el teléfono.

Incluso cuando estoy de vacaciones ando armado. Me siento desnudo cuando no cargo una herramienta. Últimamente he usado una Browning, belga legítima, con peine de trece. No es de las más modernas, pero a mí me gusta el formato, te metes a la bebita en el cinturón, con el silenciador, y puedes ponerte una chamarra encima que nadie se da cuenta. Su alcance es de ciento noventa y siete metros. Pero no necesito eso, no estoy peleando en una trinchera; que yo recuerde, la mayor distancia a la que me he despachado a un tipo es menos de diez metros.

Mi otra manía es ver a la gente, pero ver examinando, analizando, entendiendo. Miro a un hombre o a una mujer y luego me quedo imaginando quién es esa persona, a qué se dedica, qué edad tiene, a qué tipo de familia pertenece, dónde vive, cuánto gana. Creo que es un vicio profesional eso de estar alerta, tal vez presienta una amenaza en cualquiera que se me acerca. No es paranoia, y si fuera, gracias a ella ya me libré dos veces de que me jodieran. En una de ellas, el cabrón que me iba a matar estaba vestido de cura, pero me lo troné antes. Agarré también a quien había hecho el encargo, un tipo que creía que yo le había robado dos camiones de contrabando. Le dije, con la pistola metida en su nariz, mira cretino, cómo eres idiota, yo no me meto en contrabando, soy asesino profesional, eso es lo que hago, nada más, ¿me entiendes?, es mi única entrada, ¿está claro? Movió la cabeza asintiendo. La bala que le disparé entró por la nariz y salió por la bóveda craneana.

Una de las cosas que me preocupaban era no saber comer con esos palitos que dan en los restaurantes japoneses. Tenía una enamorada muy guapa, pero solo quería ir a comer al japonés y yo no sabía comer con aquellos palitos, inventaba siempre un pretexto para no ir. Una vez me dijo, si no me llevas hoy al japonés ya no me hables. Y dejé de hablarle, claro.

Entonces un día pasé por la puerta del japonés, estaba vacío y entré. Poco después llegó una mujer, una mujer de unos treinta años, bonita, pero ni me miró, estaba pegada a su celular, a las mujeres les encanta el celular.

Cuando llegó la comida, fue un horror. No lograba comer con los palitos. Noté que la mujer del celular me miraba, seguro estaba pensando, ese idiota no sabe usar los palitos. Ella los manejaba con extrema habilidad, usando apenas una de las manos. Yo, ni usando las dos manos lo lograba. Me dieron ganas de pedir un tenedor y un cuchillo, pero no los pedí. El camarero me preguntó si quería que pusiera una liga para juntar los dos palitos, me explicó que muchos clientes usaban ese truco. Lo rechacé, irritado, diciendo que no era necesario.

Acabé dejando la mitad de la comida. Pagué y me fui. La mujer del celular me miraba y yo la miré, pero no había riesgo, me observaba con una sonrisa discreta.

Paré en el primer McDonald's y pedí una hamburguesa con papas fritas. Después me fui a la casa, prendí la televisión, pero había pura porquería y tomé un libro y me puse a leer en la cama. Era una historia policiaca idiota, pero leer lo que sea me quita el sueño y acabé leyendo todo el libro. Enseguida me levanté con dolor en el cuello, me bañé, me rasuré en la ducha, el agua caliente facilita la rasurada, después me vestí y salí.

Puedo pasar una noche despierto sin sentir ningún efecto desagradable. Compré el periódico y me fui a desayunar al local que estaba abierto a esas horas. Siempre pedía lo mismo, pan tostado y café con leche. Mientras tomaba el café leía el periódico, empezaba por la página de deportes y después leía las otras. El mundo, el país, mi ciudad, todo era una mierda.

De regreso a casa, un auto con los vidrios tan oscuros que no se podía ver quién iba manejando pasó lentamente a mi lado. Tuve la sensación de que alguien adentro me observaba, miré las placas y memoricé el número.

Al llegar a casa llamé a un amigo que sabe todo sobre computadoras, invade cualquier programa por más protegido que esté, y le pedí que entrara en la computadora del Departamento de Tránsito y viera a nombre de quién estaban registradas aquellas placas; se tardó cinco minutos y me dijo que estaban a nombre de un tal Eurico Martins. Le pedí entonces que entrara en los archivos de la policía para ver si el tipo estaba fichado. Media hora después me llamó y me dijo que Eurico Martins ya había respondido a varias acusaciones, pero se había zafado de todas.

Le pregunté que qué dirección tenía y mi amigo dijo que Eurico Martins vivía en un lugar muy tranquilo.

¿Dónde?

En el Panteón de Caju, el sujeto vive ahí desde el año pasado.

Callejón sin salida, el mío y el del muerto.

Días después, decidí regresar al japonés. Le dije al camarero que le pusiera la puta liga a los palitos.

La misma mujer de antes apareció. Esta vez no estaba hablando por el celular. Parada al lado de mi mesa, me dijo que quería disculparse.

No me estaba burlando cuando me reí de tu dificultad para usar esos palitos. A mí me costó muchísimo tiempo aprender. A veces me ponía tan nerviosa que usaba las manos y me embarraba toda.

Mientras hablaba parecía un poco nerviosa. Miré sus manos bien cuidadas, sus dientes cuando sonrió, y sus ojos. Algo en sus ojos escapaba a mi entendimiento, había alguna cosa en sus ojos. Su cara era bonita.

Le respondí diciéndole que no me había molestado que se riera de mí. Le pregunté si quería sentarse. Me dio las gracias y se sentó frente a mí.

Me parece buena la idea de usar las ligas, dijo. ¿Te puedo ayudar?

Me fue enseñando cómo poner la mano y los dedos en los palitos.

Estos palitos se llaman *hashi* en japonés, dijo. Parece que el consumo de madera para la fabricación de los *hashis* es inmenso, y los ambientalistas defienden la tesis de que deberían usarse *hashis* de plástico, reutilizables, para proteger los bosques que están siendo destruidos. Pero los amantes de la culinaria japonesa prefieren los *hashis* de madera. A mí me chocaría usar palitos de plástico. No me he presentado, mi nombre es Olívia. En el colegio, como era muy flaquita, me decían Olíva.

Yo soy José.

Olíva era la novia de Popeye, ¿te acuerdas? Era una caricatura vieja, pero mi padre la tenía en video y nos la ponía cuando éramos niños.

No paraba de hablar. Estaba nerviosa. ¿Por qué?

Estábamos sentados en una mesa que estaba frente a una enorme banca forrada, con respaldo, que ocupaba toda la pared. Se sentó en la banca, yo ya estaba sentado en la silla. Olívia puso su bolsa al lado y a cada rato la tocaba como para cerciorarse de que no había desaparecido. ¿A qué se dedicaría? Debía de tener unos treinta y tantos. ¿Escolaridad? Tal vez un curso superior. ¿Comunicación, periodismo? Opté por periodismo. Clase media. Carioca.

Soy vendedor de productos de informática, le dije. Normalmente traigo un portafolios lleno de folletos con fotos de computadoras, *notebooks*, monitores, *palms*, impresoras, escáneres. ¿Y tú a qué te dedicas?

A la comunicación social. Trabajo con una amiga. Damos asesoría de prensa, relaciones públicas, cosas por el estilo.

¿En donde estudiaste?

Titubeó. En Minas.

¿Eres mineira?

Sí.

Pero tu acento es carioca.

Me costó mucho trabajo adquirir ese acento. Fue más difícil que usar bien los *hashis*.

Olívia, a pesar de flacucha y merecedora del apodo Oliva, era una mujer atractiva, solo que antes de involucrarme con una mujer tengo que descubrir todo acerca de ella. Sabía que podía llevármela a la cama después de la tercera cita, o sea, después de una comida más en el japonés, pero todavía no era el momento. Estaba un poco impaciente, no puedo quedarme mucho tiempo sin mujer y la que tenía me había dejado, como dije, por causa de los malditos *hashis*.

Tenía que controlar mi libido y eso era complicado ya que no me gustaba coger con putas ni hacerme puñetas. Me gustaría creer en dichos como el de que trabajar mucho y coger mucho no son compatibles, debilitan el cerebro. Pero siempre que estoy con una mujer que me calienta y a la que me cojo todos los días, mi cabeza funciona mucho mejor. Creo que el doctor Freud estaría de acuerdo conmigo.

Le pedí a Olívia su teléfono. Me dio el número de su celular. Era uno de tarjeta prepagada. El mío también era de esos, pero ciertamente por motivos diferentes de los suyos: no quería que descubrieran mi identidad a través del celular.

La tercera ocasión en que nos vimos, Olívia continuaba tensa. Pero ya me había acostumbrado a eso. Debía saber cuáles eran mis intenciones, y en esos casos las mujeres siempre se ponen nerviosas, creen que si no funciona es que ellas fallaron, pero en realidad la culpa nunca es de ellas, es siempre nuestra. Al tipo no se le para en la cama y la mujer se atribuye a sí misma la responsabilidad por aquel ridículo, o por no haber logrado seducir al macho, o por verse fea desnuda, o quién sabe por qué otras razones que las infelices inventan.

Olívia continuaba con el tic nervioso de tocar a cada rato la bolsa que tenía a su lado en la banca.

¿Dónde está tu oficina?, le pregunté.

En la ciudad.

¿En qué parte?

En la avenida Rio Branco.

Me gustaría visitarte un día.

La ciudad está en decadencia y nos estamos mudando a la zona sur. Cuando estemos instalados, te invito a tomar un café. Tenemos una cafetera italiana para preparar expreso. Nuestro café es una maravilla; bueno, es lo que dicen todos los clientes.

Me levanté de la silla y me senté a su lado en la banca. Quiero hacer el amor contigo, le dije.

¿Qué? Parecía sorprendida.

Quiero coger contigo. Vámonos de aquí a un hotel.

Necesito antes hacer una llamada... a mi socia en la oficina. Con permiso, dijo, sacando el celular de la bolsa.

Después de apretar algunas teclas, dijo, levantándose, aquí no funciona bien, voy a acercarme a la ventana.

Mientras Olívia estaba en la ventana, de espaldas a mí, abrí su bolsa y eché un vistazo.

Le dije a mi socia que no regresaría hoy por la tarde. Vámonos.

Ahora Olívia no lograba ocultar su nerviosismo. Tomamos un taxi y fuimos a un hotel. La única ventaja de los hoteles de paso de la ciudad es que no necesitas identificarte para rentar un cuarto.

Cuando entramos en el cuarto, permanecimos parados mirándonos uno al otro. Ella mantenía su bolsa contra el pecho. Me le acerqué y le arranqué la bolsa de las manos.

Olívia se sentó en un sillón.

¿Cómo me descubriste?, dijo, desanimada.

Fue entonces cuando cometí el error. Debí haberle dicho que sabía todo desde el principio y así obtener de ella información importante, nombres, jefes, etc. Pero no, por tonto le dije que mientras ella hablaba por teléfono de espaldas a mí había abierto su bolsa y había visto la pistola dentro. O sea, le di en bandeja de plata la información de que no sabía nada, solo que ella llevaba una pistola en la bolsa.

Es para protegerme, dijo. Esta ciudad es muy peligrosa. Está llena de delincuentes. Ya me asaltaron varias veces. Entonces empecé a andar armada.

Basta de palabrería. ¿Quién te contrató para hacer el servicio?

¿Qué servicio?

Eliminarme.

No sé de qué hablas.

Abrí su bolsa y saqué el celular. Vi a qué número había llamado. Contestó una voz de hombre. Por favor con Olívia, dije. Aquí no hay nadie con ese nombre, respondió el sujeto, y colgó. Llamé de nuevo. Contestó una operadora que dijo que el teléfono al que había llamado estaba desconectado o fuera del área de servicio.

¿No vas a decirme quién te contrató? Se pasó la mano por la cabeza, se arregló el cabello.

No.

Es mejor que me digas. ¿Fue el Despachador?

Sé que no me vas a torturar para obtener esa información. Todo mundo sabe que no eres de esos.

¿Cómo sabía? El Despachador siempre me criticaba por eso.

Pero me vas a matar, ¿verdad?, dijo ella.

Era nueva en el ramo, pero conocía las reglas del juego.

Sí. Es una advertencia, un aviso. Es necesario, ¿me entiendes, Olívia?

Entiendo.

Raimundinha

Solo tengo dos hijas, una de catorce años que se llama Jacqueline y otra de trece de nombre Gisele, porque una de las patronas que tuve era una doctora que trabajaba en el gobierno y me dijo que me iba a ligar las trompas pero que no le dijera a nadie porque estaba prohibido hacer ese tipo de operación en un hospital público, el gobierno y los curas no lo permitían, si se enteraban la iban a correr del trabajo. Entonces lo hizo a escondidas fingiendo que se trataba de una infección urinaria.

El padre de las niñas me mandó a volar cuando aún eran pequeñas, se llevó todo, hasta la televisión, y yo me quedé cuidándolas sola. Tuve otros hombres, pero no me pudieron hacer hijos gracias a la santa de mi patrona, la doctora Raquel.

Después de un tiempo me quedé sin hombre en casa, todos eran personas muy malas, tuve unos que hasta me pegaban, uno me quebró este diente de adelante de un golpe. Entonces, me desilusioné de los hombres y decidí vivir sola.

Tengo un patrón muy bueno que es viudo. Me paga a tiempo, aumenta siempre mi sueldo, y no quiere saber nada de la casa, me da el dinero para las compras y no revisa, le doy la cuenta del supermercado y ni la mira. Tampoco le interesa la comida, se come lo que le pongo enfrente, casi siempre leyendo un libro.

Entonces Jacqueline se embarazó. Siempre fue una niña que dio muchos problemas, no le gustaba estudiar, me robaba dinero de la bolsa, pero yo la perdonaba, las madres están para perdonar. El padre era un muchacho un poco mayor que ella. Jacqueline dijo que no se lo quería sacar, que quería tener al hijo y después, si le molestaba, lo regalaba. El niño ya cumplió cuatro años y no se lo regaló a nadie porque quien lo cuidó siempre fui yo, lo dejaba en la guardería a la hora de mi trabajo, y compraba todo, pañales, la leche de la mamila, el talco para las rozaduras del culito, medicinas, todo. Como mi salario no alcanzaba, tomaba dinero de la cartera de mi patrón, doscientos, trescientos, era muy distraído y no sospechaba. Mientras, Jacqueline se pasaba las noches en fiestas y yo le dije que si se embarazaba de nuevo no iba a cuidar al bebé, iba a correrla de la casa.

Entonces conocí a Jeferson. Era blanco, usaba el cabello largo, tenía cuarenta años. Estaba separándose de su esposa y me preguntó si podía vivir en mi casa. Se me pasó decir que mi patrón me dio una casita con dos habitaciones. Le dije a Jeferson que sí, es bueno tener un hombre en casa, y Jeferson ya había trabajado de bombero electricista y sabía hacer esas cosas que nosotras las mujeres no sabemos.

Jeferson estaba sin trabajo, buscando empleo, y así, mientras conseguía un nuevo trabajo, yo le daba un dinerito para comprar cigarros, pero sabía que fingía fumarse tres cajetillas diarias, fumaba solo una y el resto del dinero era para tomarse unos tragos, solo que me hacía la desentendida. Era un hombre fuerte, pero en la cama era medio lento. Al principio me cogía los sábados, después ni siquiera eso. Después de seis meses sin una cogida hablé con él, Jeferson, no haces nada conmigo hace seis meses, ¿andas con otra? Me juró por Dios que no tenía ninguna otra mujer, lo que pasaba era que estaba muy preocupado porque no conseguía trabajo, lo cual lo ponía nervioso, y un hombre nervioso no funciona en la cama. Le dije, te la pasas durmiendo y viendo televisión todo el día, así nunca vas a conseguir trabajo. Jeferson respondió que era injusta con él, que no sabía cómo sufría, que un hombre con un poco de vergüenza odiaba aquella situación, ser mantenido por su mujer. Y puso una cara de perro sin dueño que me partió el corazón.

Todo los días, cuando salía por la mañana para ir al trabajo, de lunes a viernes —mi patrón me daba libres los sábados y los domingos—, le preparaba todo a Jeferson, a él le gustaban los sándwiches de queso y yo le dejaba los sándwiches listos y el café en el termo para él y Jacqueline, a ella y a Jeferson les gusta levantarse tarde. Entonces llevaba al niño a la guardería y a Gisele al colegio y me iba a trabajar.

Creo que mi patrón no dormía, pues su cama nunca estaba revuelta y se quedaba leyendo todo el día o sentado frente a la computadora y yo le tenía que insistir que comiera, no era fácil. Creo que por eso estaba tan flaco, debo de pesar el doble que él, creo que era porque yo tragaba pan todo el día, y dulce de leche, y chocolate, que compraba fingiendo que era para él, aunque él nunca comía. Mi hermana, Severina, me dijo que estaba muy gorda y que era por eso que Jeferson ya no me tocaba.

El día que me dijo eso por teléfono salí de trabajar y cuando llegué a casa, Jeferson estaba viendo televisión y yo apagué la televisión y le pregunté, Jeferson, ¿no me tocas porque estoy muy gorda? Me respondió, mi amor, ya te dije que son puros nervios, me paso el día buscando trabajo y no consigo nada, no sabes cómo sufro por eso. Ya hace más de un año que estoy buscando trabajo, es duro.

Me dio lástima y prendí de nuevo la televisión.

¿Qué va a haber de cenar?, preguntó Jeferson.

Respondí que iba a hacer chuletas de cerdo con papas fritas, que tanto le gustaban. Eres una mujer maravillosa, dijo Jeferson encendiendo un cigarro y mirando la pantalla de la tele.

Modestia aparte, preparo unas chuletas de cerdo mejores que las de cualquier restaurante. Jeferson se come por lo menos unas cinco.

Selma

Detestaba leer esas entrevistas en que los reporteros le preguntan al entrevistado cuándo y cómo había sido su primera experiencia sexual. Eran siempre mujeres, actrices o modelos, que respondían sin titubeos, yo tenía dieciséis años, fue en las escaleras del edificio donde vivía, quince, en el baño de la discoteca, trece, en la capilla velando el cuerpo de la madre, catorce, en un hotel de paso. Las edades variaban de doce a diecisiete.

Yo tenía veintitrés años y todavía no había tenido mi primera experiencia sexual. Todos los amigos de mi edad habían empezado temprano, con putas. Uno de ellos, a quien su padre lo llevó, entró en el cuarto de la puta y le contó la verdad, que era maricón, y le pidió que le dijera a su padre que se la había cogido, y cuando salieron del cuarto la puta dijo, su hijo es una fiera, y el padre se puso feliz de la vida y hasta hoy no sabe nada de la verdadera inclinación sexual de su hijo.

Yo no había tenido una experiencia sexual ni con una puta ni con ninguna otra mujer. No me faltaban ganas. Lo que me faltaba era valor. Tenía una fimosis que impedía el retiro del prepucio que cubría el glande, y la cabeza de mi verga estaba cubierta por una piel que parecía una pequeña trompa de elefante. Una de las desventajas de no ser judío. Mis padres me habrían operado cuando era niño. Qué estupideces estoy diciendo, no tuve padre ni madre, murieron cuando tenía dos años. Fui criado por una tía solterona a la que no le interesaba mi verga.

Por eso evitaba a todas las mujeres, putas y también hijas de familia y sirvientitas mulatas. Estas últimas se la pasaban coqueteándome y entre más me coqueteaban más infeliz me sentía.

En mi edificio vivía una muchacha que era de mi edad, Selma, que casi siempre estaba vestida de blanco. Un día subíamos solos en el ascensor y me dio un beso, pero fue un beso muy raro, me metió la lengua en la boca y eso me dejó perplejo. Era el primer beso que recibía en la boca, mi tía me besaba en el rostro y yo no esperaba que un beso fuera tan perturbador. Cuando el ascensor llegó a su piso, la muchacha de blanco me dijo, me llamo Selma y quiero ser tu novia.

Yo no dije nada. Estaba muy perturbado por aquel beso. No se me salía de la cabeza. Normalmente me gustaba quedarme leyendo en casa. En realidad no me gustaba salir de casa, a no ser para trabajar, porque estaba obligado a hacerlo, y regresaba corriendo, tenía la impresión de que las personas me miraban y veían mi verga cubierta por la trompita de elefante.

Me quedé en casa pero no logré leer, aquel beso de Selma me dejó trastornado, inquieto.

Comencé a vigilar la entrada del edificio, si veía a Selma esperando el ascensor me daba media vuelta y desaparecía. Me daba miedo subir con ella y que me besara nuevamente y quisiera hacer cosas conmigo, lo que sería imposible. ¿Qué disculpa iba a inventar que no fuera vergonzosa o humillante? ¿Mi verga es una trompa de elefante?

Selma era muy lista. Un día me bajé en mi piso y ella me estaba esperando junto a la puerta del departamento. ¿Me tienes miedo?, preguntó. Abrí la puerta, dije con permiso, y se la cerré en la cara sin hacer ruido.

Días después me emboscó de nuevo en la puerta de mi departamento. ¿Qué pasó? ¿Cuándo vamos a tomarnos un café?, me preguntó. Me ruboricé y hui cobardemente entrando en mi departamento.

Sabía que mi fimosis se podía resolver quirúrgicamente, pero siempre oí decir que en un niño era fácil y en un adulto muy peligroso. Me contaron la historia de un adolescente que se operó la fimosis y tuvo tantos problemas con la operación que tuvieron que cortarle el pito.

Busqué en internet. Fimosis, decía la página, es la dificultad, o incluso la imposibilidad de dejar salir el glande («cabeza» del pene) porque el prepucio («piel» que cubre el glande, la cabeza del pene) tiene un anillo muy estrecho. Había un dibujo que mostraba el prepucio cubriendo el glande y el denominado anillo prepucial, mi trompa de elefante. Decía un especialista que el prepucio tenía como función proteger el glande contra traumatismos diversos, pues eran frecuentes en el hombre primitivo que vivía en las selvas. Un dato importante: la fimosis no perjudicaba el crecimiento del pene.

Quise saber más sobre esa operación. La postectomía —*postium*: prepucio y *tomia*: resección—, decía el sitio, debía realizarse con anestesia local. El propio cirujano hacía un bloqueo en el tejido subcutáneo de la base peneana, generalmente con lidocaína, sin vasoconstrictor. El acto quirúrgico tenía una duración promedio de treinta minutos. Las complicaciones postoperatorias eran raras, pero podían aparecer hematomas y excepcionalmente infecciones, entre otras cosas. Con el tiempo algunos pacientes se quejaban de alteraciones en la sensibilidad y dolores, siendo la gran mayoría disturbios psicogénicos, somatizados en la genitalia.

Voy a operarme, decidí. Busqué un médico en el libro de mi seguro de gastos médicos y concerté una consulta.

Estaba acostado en la mesa de operaciones cuando llegaron el cirujano y una enfermera, ambos con aquellos tapabocas quirúrgicos. La enfermera agarró mi pene delicadamente y aplicó la inyección.

Cerré los ojos durante todo el procedimiento quirúrgico.

Listo, oí que dijo el médico.

Abrí los ojos. Se había quitado el tapabocas.

Salió todo bien, ¿verdad, doctor?, dijo la enfermera, quitándose también el tapabocas.

Perfecto, Selma.

La enfermera era Selma, mi vecina que andaba vestida de blanco.

Me miró mientras acariciaba mi mano.

Te podrás ir a tu casa dentro de poco. Más tarde paso por allá para ver si todo está bien. Ahora no vas a escabullirte, ¿verdad?

Teresa

Entré en el ascensor, dos tipos grandes y gordos estaban dentro. Un departamento de ese tamaño y solo viven ahí el viejo y esa descarada, dijo uno de ellos. Esa hija de puta solo quiere el dinero del viejo, respondió el otro, pero no se muere, noventa años y no se muere, debe de estar muy decepcionada, aguantar al viejo desde hace cinco años.

Después se quedaron callados, salieron delante de mí. En la portería le pregunté al portero, ¿quiénes son esos dos tipos que acaban de salir? Son hijos del licenciado Gumercindo, respondió. Es la primera vez que los veo por aquí, dije. No se llevan con el viejo, respondió el portero. No vienen desde que se casó con la señora Teresa.

Siempre veía a don Gumercindo saliendo del brazo de la señora Teresa. Vivían en el departamento que estaba arriba del mío, acostumbrábamos bajar juntos en el ascensor, intercambiábamos cortesías. Yo les abría la puerta y me lo agradecían amablemente. La señora Teresa no parecía de ningún modo una mujer que se hubiera casado por interés.

Un día después de oír la conversación de los hijos en el ascensor, bajé con el licenciado Gumercindo y la señora Teresa. Sin que se dieran cuenta, observé atentamente a Teresa. Cuidaba a Gumercindo con cariño y esmero, ninguna otra mujer del edificio trataba a su marido de aquella manera.

Un día don Gumercindo tuvo un derrame cerebral. Un tiempo después, bajamos los tres en el ascensor, don Gumercindo en una silla de ruedas.

Vamos a pasear al parque, dijo Teresa. Te gusta pasear en el parque, ¿no?, preguntó ella. Gumercindo meneó la cabeza afirmativamente. ¿Puedo ir con ustedes?, pregunté.

Después de que dimos una vuelta por el parque nos sentamos a la sombra de un árbol. Don Gumercindo comenzó a cabecear y la señora Teresa limpió un poco de saliva que escurría por las comisuras de la boca de su marido. Noté que sus ojos se llenaron de lágrimas.

Era una persona tan llena de vida, dijo, con una sonrisa triste.

Me los encontré en otras ocasiones y noté que a la señora Teresa le había afectado muchísimo la enfermedad de su marido. Tenía setenta años, pero aparentaba más, había adelgazado y su rostro se había puesto muy pálido. Hay casos en que el cónyuge enfermo acaba matando al que cuida de él.

Me quedé unos días en São Paulo haciendo un servicio para el Despachador, un cliente fácil de despachar.

Cuando regresé, subí al departamento de los viejos. La señora Teresa abrió la puerta, su aspecto era tan enfermizo que me sentí obligado a decir, doña Teresa, debería conseguirse una enfermera, alguien que la ayude a cuidar a don Gumercindo.

No quiere, respondió, quiere que yo misma lo cuide, solo yo, y creo que tiene razón, una enfermera no lo trataría como se merece.

Viajé durante una semana para hacer otro servicio del Despachador, uno más complicado, el cliente tenía un guardaespaldas que costó trabajo. Al regresar, volví a encontrarme en el ascensor a los dos hijos grandes y gordos del licenciado Gumercindo, acompañados por dos mujeres delgadas. Me saludaron amablemente y salieron antes que yo.

¿Esos son los hijos y las nueras del licenciado Gumercindo?

Sí, respondió el portero, ahora están viviendo aquí, don Gumercindo falleció, pero el departamento es grande, caben todos en él. ¿Y la señora Teresa?, pregunté. No la he visto por aquí, respondió el portero.

Volví a coincidir con los nuevos inquilinos del departamento del doctor Gumercindo. Las dos mujeres tenían cara de putas. Conozco a las putas. Los dos hijos estaban cada vez más gordos. Hablaban de los nuevos autos que habían comprado. Las dos mujeres iban vestidas con ropa cara. Esos tipos andan en malos pasos, pensé. En mi trabajo tengo que darme cuenta de quién es peligroso, quién no lo es, quién es un hijo-de-puta, quién no lo es. Ellos eran ambas cosas.

Después de un mes me pareció extraño no haberme vuelto a encontrar con la señora Teresa en el ascensor. A ella le gustaba ir al parque y sentarse en una de las bancas a asolearse. Le pregunté al portero, ¿ha visto a doña Teresa? No, respondió.

Subí al departamento del licenciado Gumercindo, toqué el timbre. Una sirvienta abrió la puerta.

Vengo a visitar a doña Teresa, dije. La mujer me cerró la puerta en la cara. Toqué de nuevo. Oí la voz de la sirvienta, gritando desde dentro, la señora Teresa no puede recibir visitas. Yo le grité, ¿y usted no puede abrir la puerta para hablar conmigo? Tengo órdenes de no abrirle la puerta a extraños, gritó la mujer desde dentro.

Dos días después volví al departamento de doña Teresa. Sabía que era el día de descanso de la sirvienta. Era la hora de la comida del portero. Antes saqué algo del portafolios de piel donde guardo los folletos de informática. Toqué el timbre y noté que la mirilla se había oscurecido, alguien me miraba desde dentro.

Uno de los grandulones entreabrió la puerta. Vengo a visitar a doña Teresa, le dije. No puede recibir visitas, respondió, irritado, lárgate. Comenzó a cerrar la puerta, pero no lo dejé. Abre la maldita puerta, dije, poniéndole la pistola entre los cuernos.

De pie en la sala estaba su hermano. ¿Dónde está Teresa, hijos-de-puta? Se fue de viaje, balbuceó uno de ellos. Qué viaje ni qué la mierda, dije, soltándole un golpazo con la pistola en la cara, arriba de la nariz.

La señora Teresa estaba en una cama de esas de hospital, con las dos muñecas amarradas al armazón de hierro. Suéltenla, les dije. La soltaron. Siéntenla en aquel sillón.

¿Está usted bien?, le pregunté. Movió la cabeza diciendo que sí. ¿Podría guardar usted un secreto? Sí, respondió con voz débil. ¿Un secreto terrible? Sí, señor José, respondió.

Llevé a los dos grandulones al baño, les ordené que entraran en la bañera y les di un tiro en la cabeza a cada uno. Siempre disparo a la cabeza. Saqué de sus bolsillos las carteras con las tarjetas de crédito. Regresé a la sala.

Maté a esos dos canallas, nadie puede saber que fui yo, diga que fue un ladrón. Sí, me respondió.

Fui al cuarto de las putas y saqué las joyas de los cajones. Después salí, dejando la puerta abierta.

En mi departamento puse todas aquellas chucherías en varias bolsas de supermercado. Coloqué todo en mi portafolios de piel, salí, tomé un taxi, me bajé muy lejos, por otro rumbo, y tiré cada bolsa en un cesto de basura diferente.

Cuando regresé a casa había una gran agitación en el edificio. Asaltaron el departamento del licenciado Gumercindo, dijo el portero, mataron a sus dos hijos.

¿En serio? ¿Cómo?

Fue a la hora en que salgo a comer, respondió el portero.

¿Y doña Teresa?

Está bien, respondió el portero.

Subí al departamento de don Gumercindo. Las dos putas estaban ahí, lloriqueando.

Ustedes pueden hacer sus maletas e irse a otro lugar, les dije, el departamento es propiedad de doña Teresa.

Cuando las dos putas se fueron, la señora Teresa me besó la mano, es usted un santo, José, voy a guardar hasta la muerte nuestro secreto.

Regresé a mi departamento. Un santo. Qué santo ni qué un carajo. Soy un asesino profesional, mato por dinero.

Casi siempre.

Llamé al Despachador.

¿Enviaste a una chiquilla a hacer el servicio? ¿A una virgen a enfrentarse con una puta vieja?

Confié en tu debilidad por las mujeres.

No funcionó.

Es muy bonita.

Era. Tuve que sacrificar a la muchacha, cabrón.

Fue un error, a veces pasa. Zé, Zé, no me lo tomes a mal, pero te volviste un problema.

¿Qué problema, carajo?

No puedes cortarte del negocio, sabes demasiadas cosas.

No seas payaso, me rompieron los dientes en el caso de la Glock, ¿y canté? Me torturaron, me estropearon la mano, ¿y canté?

Se equivocaron de mano, no sabían que eres zurdo. Pero mira, Zé, lo que tenemos que hacer lo tenemos que hacer. Son las reglas del juego. Ya conoces a los jefes.

No conozco a ningún puto jefe.

Tú mismo lo dijiste, no hace mucho, que si conoces a la víctima sabes quién es el jefe. ¿Te acuerdas?

Le dije: Jódete.

Colgué el teléfono.

Mi situación era la siguiente. El Despachador había dado la orden de que acabaran conmigo, creyó que con una niña bonita me podía engatusar, se llevó un chasco, y ahora iba a enviar al pez gordo a que me agarrara. Siempre creí que el pez gordo era yo, y estoy convencido de que realmente yo era el mejor, pero seguro había otros. Lo malo es que no sabía dónde encontrar al Despachador, él decidía dónde y cuándo nos veíamos. Llamaba y decía, vamos a vernos en el restaurante tal, cada día era uno diferente, y pagaba en efectivo. Cada semana cambiaba de celular, prepagado, y tiraba el viejo a la basura.

Renté otro cuarto de hotel usando una identidad y un pasaporte falsos, *ellos* sabían mi verdadero nombre. Comencé a pensar en el Despachador y en los tipos que querían agarrarme, como *ellos*. Cuando uno comienza así, a hablar de *ellos*, es señal de que la paranoia subió. A la mierda.

Empecé a usar chamarra y dos pistolas, una bajo el sobaco derecho y otra en el cinturón. Me dejé crecer la barba, me pinté la barba y el cabello, que ya tenían canas, de color castaño, en mi familia encanecemos pronto. Compré unas gafas de cristal sin graduación en un puesto de la calle. Me miré en el espejo. No parecía disfraz, mi cara es tan común que combina con todo.

Continué pagando el hotel anterior, dejé mi auto en el estacionamiento. Quería que pensaran que seguía viviendo ahí. Con mi nombre falso, Manoel de Oliveira, renté un departamento en el mismo piso. Los porteros no me reconocieron con el cabello castaño, la barba, las gafas y el acento lusitano. Además, en aquel hotel cambiaban al personal de la portería a cada rato. Y los porteros del hotel en la costera solo se fijan en las mujeres, de preferencia en sus nalgas cuando pasan vestidas para ir a la playa.

Tuve suerte. De la mirilla de mi nuevo departamento se podía ver la puerta del otro, donde había vivido antes y que para todos los efectos continuaba siendo mi dirección.

Me pasaba el día vigilando por la mirilla, me dolía el cuello, pero sabía que un día alguien iba a aparecer y que esta vez no sería una jovencita principiante.

La mujer llevaba un uniforme del restaurante que funcionaba en la planta baja, tenía una bandeja en la mano y tocó el timbre de mi antiguo departamento.

El Despachador debe de haber pensado: Zé no va a sospechar que voy a enviarle a otra mujer.

Salí de donde estaba, tranquilamente. La señora con la bandeja en la mano me echó una mirada indiferente, seguro solo me conocía por una foto vieja, y continuó tocando el timbre. Me le acerqué, le puse la pistola en la espalda y la llave del departamento en la mano que le quedaba libre.

Abre la puerta, le dije.

Abrió la puerta y entramos.

Pon la bandeja en la mesa, le dije, y acuéstate en el suelo con las manos atrás.

Se acostó y la esposé. Quité la servilleta que cubría la bandeja y en ella había un sándwich de queso, una Coca-Cola y una Luger Parabellum, cartucho nueve milímetros, con silenciador.

Me gustan los sándwiches de queso. Mientras me comía el sándwich le pregunté, ¿dónde conseguiste esa cosa? Es de colección. Me siento orgulloso de que hayas escogido esa herramienta para joderme.

¿Tú eres Zé?, preguntó.

Sí. ¿Qué trato hiciste con el Despachador?

Un tiro en la cabeza.

Nueve milímetros... Ibas a manchar con masa encefálica la pared. ¿Cómo te llamas?

Xânia.

¿Xânia? ¿Tú eres el pez gordo? ¿Una mujer?

Pez gordo, así llamaban al mejor de los operadores del Despachador.

Si te estás preguntando si soy la mejor, si resolví los casos más complicados, sí, soy el pez gordo.

Xânia...

¿Te parece un nombre raro? Hay un personaje en una serie de televisión llamado Xânia, pero mis padres escogieron el nombre de una ciudad de la isla de Creta. Creo que en portugués se escribe Chânia, pero a ellos les pareció más interesante con X.

Xânia, te tengo una propuesta. Es la siguiente. De acuerdo con el guion, debería liquidarte. Pero quiero pescar al Despachador, ¿me entiendes? Quiero descansar, criar gallinas. El Despachador no me va a dejar.

¿Quieres criar gallinas?

Es una metáfora. Ya me cansé de este trabajo. Te mato y el Despachador va a enviar a otra o a otro, creo que ahora va a enviar a un hombre, y voy a pasármela matando gente, algo que ya no quiero hacer, y además de todo sin ganar un centavo. Quiero que me digas dónde puedo encontrar al Despachador, la dirección donde vive.

No sé. Lo veo en un restaurante diferente cada vez.

¿Ya te pagó por el servicio? ¿Cuánto?

Me dio la mitad.

Xânia dijo la cantidad.

Ganas más que yo.

Soy el pez gordo, dijo riéndose.

¿Y la otra mitad?

Me la va a dar cuando yo... es decir, me la iba a dar...

Vamos a ponernos de acuerdo en lo siguiente. Tú lo llamas y le dices que hiciste el servicio. Le dices que quieres verlo para que te pague el resto.

Voy a estar en peligro de muerte si se entera de que soy una traidora.

Peligro de muerte, de muerte inmediata, es el que estás corriendo aquí. Y otra cosa, voy a liquidar a ese hijo-de-puta, no te preocupes. Anda, Xânia, llámalo.

Le puse la pistola en la nuca.

Voy a contar hasta tres. Uno, dos...

Espera, espera, dijo Xânia, sacando el celular del bolsillo de la falda.

El Despachador tardó un poco, por lo menos me dio esa impresión, en contestar. Con la pistola en la nuca de Xânia me había acercado tanto a su cuerpo que sentía sus nalgas en mis ingles.

Ya hice el servicio, dijo Xânia.

Oí la voz del Despachador preguntándole si había sido trabajoso.

No, pensó que era la camarera. ¿Y ahora qué hago?

Dale otro tiro en la cabeza, oí que le dijo en voz alta el Despachador.

Tomé la Parabellum de la bandeja y disparé. Le hice un gesto a Xânia para que siguiera hablando con él.

Listo. Hay sesos regados por todo el piso.

Pasa dentro de una hora al Niraki, el japonés, ¿sabes dónde está?, oí que dijo el Despachador.

Puta madre, el japonés donde Olívia la flaca había intentado enseñarme a comer con los palitos. ¿Cómo se decía en japonés el nombre de esas cosas? ¿De los palitos?

Xânia y yo tomamos un taxi.

Tú entras primero. Siéntate con el Despachador si ya llegó. Si no, espéralo. Voy a tronar a ese hijo-de-puta solo después de que te pague la otra mitad.

El restaurante era todo de vidrio y desde la calle se podía ver el movimiento del interior. Eran las seis de la tarde y comenzaba a oscurecer. El Niraki estaba vacío. El Despachador no había llegado. Xânia se sentó en una de las mesas.

Me pasó por la cabeza que el Despachador no iba a aparecer. Después de quince minutos de espera que se me hicieron quince horas, finalmente llegó en un carrazo con chofer y entró en el Niraki.

El Despachador se sentó en la mesa donde estaba Xânia y después de intercambiar algunas palabras le dio un sobre. Entré rápidamente y le di dos tiros en la cabeza. Ya dije que siempre disparo a la cabeza. El hijo de puta estaba de espaldas y ni me vio.

Miré a Xânia, que me miró y vio lo que iba a suceder. Sentí lástima, dudé un poco, pero hice lo que tenía que hacer. Los dos se desplomaron, uno encima del otro.

354

El Despachador me había hecho matar a dos mujeres y odio matar mujeres. Le puse la pistola en la cara, le abrí un socavón en el lugar de la nariz, al cabrón lo iban a tener que velar con el ataúd cerrado.

Los camareros me miraron aterrorizados.

Salí, fui hasta el carrazo del Despachador y toqué en la ventanilla. El chofer abrió y le di dos tiros, siempre en la cabeza.

Después fui al departamento que acababa de rentar, me afeité y tiré las gafas al cesto de la basura. El lusitano dejó de existir.

Me puse una gorra en la cabeza y regresé a mi antiguo lugar. La Luger y la bandeja continuaban sobre la mesa. Necesitaba planear un viaje, pero estaba cansado, lo dejaría para el día siguiente. Me acosté y dormí mal.

Fue un alivio cuando el día comenzó a rayar.

Zezé

Me llamaba Josefa y me parecía horrible, por suerte me conocían como Zezé, así me decía todo el mundo. Me cambié el nombre en el registro civil, costó mucho trabajo, pero conseguí mi carnet de identidad con el nombre de Zezé.

Estuve casada durante diez años, me separé, tuve media docena de novios con quienes evidentemente me iba a la cama, pero hasta los cuarenta años jamás tuve un orgasmo. Eso era algo común, leí que en Inglaterra el ochenta por ciento de las mujeres nunca había alcanzado un orgasmo en una relación sexual. Yo creía que la culpa era nuestra, de las mujeres, pero una amiga me dijo que la culpa es siempre de los hombres. Me acuerdo que mis dos últimos novios después de cinco minutos de penetración eyaculaban y me dejaban vestida y alborotada, como decía mi abuela.

Por no tener orgasmos, mi piel estaba marchitándose, mi menstruación era dolorosa, parecía que tenía más edad, estaba siempre malhumorada y padecía insomnio. A la doctora que consulté solo le faltó echarme la culpa preguntándome si sufría algún bloqueo, y cuando le pregunté qué tipo de bloqueo, quiso saber si me habían violado o si sufría agresiones de mis parejas. Le respondí que había perdido la virginidad cariñosamente con mi marido y que todos los hombres que había tenido habían sido muy delicados, incluso demasiado. Entonces me preguntó si la penetración me dolía, y le respondí que bastaba con que me acostara desnuda en la cama con un hombre para que mi vagina se pusiera toda mojada, ni siquiera una verga con alambre de púas me causaría dolor. Insistió en que debía tener algún problema, ansiedad, algún tabú cultural o religioso, miedo a embarazarme. El miedo a embarazarse es uno de los factores más comunes, dijo. Le respondí que había tenido tres hijos con mi marido, le agradecí sus atenciones, le pagué a la enfermera, salí de allí, rompí la receta del ansiolítico que me había prescrito y la tiré en el primer cesto de basura que encontré en la calle.

Un 29 de julio, antevíspera del día 31 en que se conmemoraba el Día Internacional del Orgasmo, se me metió en la cabeza que justo ese día tendría un orgasmo a como diera lugar e hice un plan que no podía fallar. Uno de mis novios, Chico, a pesar de que padecía eyaculación precoz, me dejaba muy excitada y en cierta ocasión casi tuve un orgasmo en aquellos breves cinco minutos que él me brindaba. Lo llamé para invitarlo a cenar el día 31.

Mi marido se fue a vivir a Portugal cuando nos separamos, teníamos una bella quinta donde se producía un vino tinto de buena calidad. Mi marido siempre había querido ser viticultor y los niños decidieron irse con él. Era un marido mediocre, pero buen padre.

Me preparé para el Día Internacional del Orgasmo. Compré una caja de esas medicinas para la disfunción eréctil. Supe que los que toman esas medicinas tienen problemas para eyacular. Estaba segura de que si Chico hacía el amor conmigo por más de diez minutos tendría finalmente mi recompensa orgiástica.

Puse varios comprimidos en su copa de vino. Antes leí rápidamente las instrucciones, digo, empecé a leerlas, pero paré a la mitad, eran larguísimas, con una letra muy pequeña.

Nos fuimos a la cama y cuando nos quedamos desnudos noté que el pene de Chico estaba erecto. No tenía el pene muy grande, en realidad era más pequeño que grande, pero eso no me interesaba en aquel momento, yo quería que se quedara duro dentro de mí durante diez minutos sin venirse.

Pero se quedó duro mucho más tiempo, no sé cuánto, pude tener un orgasmo que me hizo gritar de placer y alegría.

Él no se vino. Se levantó de encima de mí, aún con el miembro duro, y se acostó a mi lado diciendo que no estaba sintiéndose bien. Entonces comenzó a sudar, un sudor frío que cubrió todo su cuerpo y le mojó los cabellos. La almohada y la sábana de la cama quedaron empapadas. Chico estaba muy pálido y le dije que le iba a preparar un té.

Corrí a la cocina y preparé un té de manzanilla. Cuando regresé al cuarto, Chico estaba durmiendo. Me pareció mejor dejarlo dormir. Cambié las almohadas, pero aun así sentí cierto asco de acostarme en aquellas sábanas mojadas de sudor. Para cambiarlas tendría que despertar a Chico. Fui al cuarto de la televisión, donde había un sofá ancho. Me estaba sintiendo como nunca antes en mi vida y dormí como un ángel.

No sé a qué horas me desperté, pero ya pasaba de mediodía cuando fui al cuarto a ver si Chico se había despertado. Continuaba durmiendo y decidí dejarlo dormir un poco más, pero cuando miré su rostro vi que estaba pálido y azulado. Intenté sentir su pulso, puse el oído en su boca abierta.

No sabía qué hacer, desorientada, confundida, solo me venía a la mente la misma cantaleta que repetía y repetía en voz alta, no sé cuántas veces, que Dios me perdone, por un orgasmo maté a un hombre, que Dios me perdone, por un orgasmo maté a un hombre.

Un plan empezó a delinearse en mi cabeza. Mi edificio no tenía portero y si alguien lo hubiera visto entrar no sabría que había venido a mi departamento. Yo vivía en el cuarto piso, y mi plan era vestir el cuerpo de Chico, arrastrarlo hasta el tercero y dejarlo en la escalera.

Fue un problema vestirlo. Conseguí ponerle los calzones y los pantalones con alguna facilidad, pero la camisa fue un suplicio. Finalmente, le puse los calcetines y los zapatos.

En la madrugada arrastré el cuerpo. Bajé las escaleras sujetándolo por los hombros, no quería que la cabeza se golpeara en los escalones. Finalmente llegué, jadeante, al descanso de la escalera del tercer piso y lo recosté en el suelo. Noté entonces que uno de los zapatos se le había salido del pie. Estaba en uno de los escalones. Recogí el zapato y se lo puse de nuevo.

Aquella noche no dormí. Al día siguiente por la mañana, salí y encontré al mozo de mi piso limpiando. Le pregunté si todo estaba bien, me respondió que sí. Pensé, todavía no han encontrado el cuerpo o quizá lo encontraron y el mozo no sabe nada. Regresé corriendo a mi departamento.

Me senté en la sala aterrada, ansiosa. Entonces sonó el teléfono. Me dio un susto tan grande que pensé que me iba a morir. ¿Quién estaría llamando a aquella hora? De seguro la policía.

El teléfono sonaba sin parar. Seguro sabían que yo estaba en casa. Contesté.

¿Cuándo repetimos lo de anoche?

¿Chico?

Me desperté en la escalera, Zezé, pero sé que nuestra noche fue maravillosa. Me caliento de solo pensar en ti. ¿Puedo ir para allá?

AXILAS Y OTRAS HISTORIAS INDECOROSAS

2011

Zapatos

No está fácil conseguir trabajo. Acepto cualquier cosa, pero sé que tengo problemas, como este diente de adelante que se me cayó, un agujero feo que sé que causa mala impresión. A la gente que conozco le faltan dientes de la parte de atrás, a mí se me fue a caer uno de la parte de adelante. Ananias dice que al menos puedo masticar los bistecs sin problema, algo que él, que tiene todos los dientes de adelante, pero perdió los de atrás, no puede hacer bien. Pero lo que Ananias no sabe es que yo no como bistecs hace mucho tiempo, sino arroz con frijoles todos los días, y a veces guisado. Mi madre piensa que no encuentro trabajo porque no tengo zapatos. Dice que las sandalias que uso son muy feas y que asustan a la gente. Un día me dijo que ya había resuelto el problema. Su patrón le había dado un par de zapatos que le apretaban tanto que no los podía usar.

Mi madre me enseñó los zapatos. Muy bonitos. Al mirar su punta, que brillaba como un espejo, casi podía ver mi cara. Apuesto a que ahora sí vas a conseguir trabajo, me dijo.

Me probé los zapatos. Me apretaban mucho. Iba a tener que amansarlos, como decía mi hermano que murió atropellado. En realidad no lo atropellaron, lo asesinó la policía cuando huía después de asaltar a un turista en la playa, pero nadie puede saberlo, a todo mundo le decimos que murió atropellado y todo mundo lo cree. Los turistas asaltados y los rateros asesinados por la policía eran algo tan común y corriente que cuando los periódicos daban la noticia era en una columna cortita, sin foto ni nada. Pero mi hermano decía que los zapatos apretados se tenían que amansar usándolos todos los días; después de un tiempo se van aflojando y ya no lastiman.

Aquella noche estuve caminando de un lado a otro dentro de casa con los zapatos puestos. Los zapatos eran de número pequeño, el patrón de mi madre tenía el pie pequeño, como todos los ricos. Me apretaban como el carajo y, cuando me fui a acostar, los pies me dolían como si un camión les hubiera pasado encima.

Al día siguiente me puse los zapatos y fui a buscar trabajo. Las personas ya me atendían mejor, me pedían que regresara dentro de unos días, eso ya era por los zapatos nuevos.

El primer día, cuando llegué a casa, de inmediato me quité los zapatos. Mis pies ya estaban llenos de ampollas. Hijos de puta, les dije a los zapatos, los voy a amansar, no saben con quién se están metiendo.

Las ampollas en los pies fueron aumentando, caminar con esos zapatos finos era una tortura, pero los que se iban a joder eran ellos. Todas las noches los limpiaba con cuidado. Hasta parecía que se habían puesto más bonitos.

Seguí caminando y después de un tiempo las ampollas de los dedos se volvieron callos, y andar con los zapatos fue dejando de ser doloroso. Claro que tenía mis trucos, me ponía algodón encima de los callos para que me molestaran menos, pero aquel dolorcito de mierda no era nada comparado con el dolor que sentía mientras amansaba los zapatos.

Lo mejor de todo es que conseguí trabajo como portero de un edificio en la zona sur. El día que lo conseguí, llegué a casa, me quité los zapatos y con ellos en la mano les pregunté, entonces, ¿ya vieron quién manda, quién da las órdenes? y una vez más, los limpié con cuidado. A decir verdad, cada vez me gustaban más esos zapatos.

Mi madre se puso muy contenta cuando supo que había conseguido trabajo pues iba a poder ayudar a los gastos de la casa, principalmente a comprar comida. Pero creo que la principal razón de su alegría fue que tenía miedo de que me volviera un vago, como mi hermano; teniendo un trabajo eso no iba a suceder.

Entonces sucedió. Y pasó algo peor. Mi madre ya se había ido a trabajar y yo estaba en casa, feliz de la vida, pues acababa de recibir el uniforme de portero y empezaría a trabajar al día siguiente.

Como decía, entonces sucedió. Un fulano tocó el timbre. Abrí, era un tipo aún más prieto que yo, que me dijo, soy de la policía, y me mostró una credencial.

¿Dónde están tus zapatos?

¿Mis zapatos? ¿Mis zapatos?

Sí, tus zapatos. ¿Estás sordo?

Recogí mis zapatos y con ellos en las manos dije, estos son mis zapatos.

Me los voy a llevar, dijo.

Perdí la paciencia y hasta el miedo.

¿Que te vas a llevar mis zapatos? ¿Estás loco? Me los dio mi madre.

Ella se los robó, me dijo.

Entregué los zapatos y el policía los puso en una bolsa. Me puse las sandalias asquerosas. Después el policía me llevó a la patrulla que estaba en la puerta; afortunadamente ninguno de los vecinos vio nada.

Cuando llegué a la comisaría, me llevaron a una sala donde estaban mi madre, sumida en un banco con la cabeza agachada, un tipo muy bien vestido, que debía ser su patrón y, sentado atrás de una mesa, un hombre de gafas que debía ser el delegado.

Cuando entré en la delegación, vi que el desgraciado del patrón de mi madre me miró a los pies y debe de haberse puesto feliz al ver las sandalias asquerosas que estaba usando.

¿Es su hijo?, preguntó el delegado.

Sí, respondió bajito mi madre.

¿Dónde trabajas?

Voy a empezar mañana, como portero de un edificio, respondí, dando la dirección del edificio y el nombre del administrador.

Cuando hablé, el patrón de mierda se dio cuenta de que me falta el diente de adelante y se mostró satisfecho de ver lo jodido que estaba. El muy perro debía de ser bastante vengativo.

El policía que me había llevado sacó los zapatos de la bolsa.

¿Estos son sus zapatos?

Sí, dijo el hijo de puta del patrón. Déjeme probármelos. Se puso los zapatos y dio una vuelta por la sala.

Qué chistoso, dijo el cabrón, ya no me aprietan. Son ingleses, ¿sabe?

Le había amansado los zapatos a ese hijo de puta. Nunca había sentido un odio tan grande como el que sentí por ese tipo en aquel momento.

El patrón se quitó los zapatos y se puso de nuevo los que traía. Después se inclinó sobre la mesa y le cuchicheó algo al comisario.

¿Encerrarla? ¿Dejarla en libertad?, dijo el comisario.

Un cuchicheo más del hijo de puta.

Entonces está bien, dijo el comisario.

El patrón de mierda salió, cargando los zapatos.

Inmediatamente, el comisario nos dijo a mí y a mi madre:

Pueden irse.

¿Nos podemos ir?

Sí. Pero señora, fíjese, no haga más tonterías, ¿de acuerdo?

Salimos de la comisaría.

El puto patrón estaba al lado de un coche estacionado cerca de la comisaría, con la bolsa de los zapatos en la mano.

Doña Eremilda, dijo.

Mi mamá se llama Eremilda.

Vámonos, doña Eremilda, usted sigue trabajando conmigo. Vamos, súbase adelante, junto al chofer.

Sí, señor, dijo ella humildemente.

Mi madre subió al auto. El patrón volteó hacia mí y me dio la bolsa con los zapatos.

Puedes llevártelos, dijo, son tuyos. Pero sigue cuidándolos bien.

El patrón subió al auto, el auto se fue. Miré los zapatos dentro de la bolsa. Lucían aún más bonitos.

Mi bebito lindo

Cuando paseaba a Dudu en la carriola, las personas, hombres, mujeres y niños, se paraban a mirarlo y decían, qué bebito tan lindo, tan tierno. A todas partes a donde iba, siempre me sucedía lo mismo. Hoy, por ejemplo, lo llevé al doctor, lo llevo todas las semanas, y en el ascensor un señor canoso le hizo un cariño en la cabecita a Dudu y dijo que en su larga existencia nunca había visto un bebé tan bonito.

El médico también dijo que le parecía muy bonito y que estaba bien. Dijo que era demasiado pronto para definir las posibles dificultades que Dudu tendría, en sus habilidades cognitivas así como en su apariencia facial.

Le pregunté: ¿no puede crecer así de bonito como está ahora?

Sí, respondió el médico, cada paciente tiene un desarrollo sintomatológico propio, aunque todos tengan como característica la presencia de tres copias del cromosoma 21, en lugar de dos. Nosotros, los médicos, definimos ese cuadro como Trisomía 21.

Yo estaba muy enamorada cuando conocí a Gabriel. Él quería casarse, tener hijos, dos por lo menos, decía. Era un hombre muy inteligente, trabajador, cariñoso, bueno, generoso quizá hasta demasiado, pues siempre daba muy buenas limosnas a los mendigos. Estaba segura de que sería un buen padre.

Cuando Dudu nació y Gabriel supo de su problema de salud, dijo que yo le había heredado al niño aquella enfermedad, que en su familia todos eran saludables y yo tenía una hermana enferma. Le contesté que mi hermana padecía esclerosis múltiple, una enfermedad neurológica crónica que no tenía ningún parecido con el problema de Dudu. Me respondió que la causa de la enfermad de mi hermana era desconocida y que yo debía tener otros parientes enfermos en la familia. Tuvimos una discusión horrible, me dijo que mi hijo era mongoloide. Me decía TU hijo, como si el hijo no fuera también suyo.

Después de ese día, nunca más tuvimos relaciones sexuales, él dormía en el sofá de la casa y apenas me hablaba. No pasó mucho tiempo antes de que nos separáramos. En el convenio de divorcio, fue incluso generoso, y aceptó, sin discutir, todas mis exigencias financieras.

Dudu ya tenía ocho años y Gabriel nunca lo había visitado. Supe que se había casado de nuevo y que tenía dos hijas. Yo ya no pude, me hubiera gustado casarme y tener otros hijos. Yo era una mujer bonita, pero cuando mis pretendientes conocían a Dudu, perdían inmediatamente el interés en mí.

Dudu seguía siendo un niño lindo, pero algunas diferencias empezaron a aparecer en su cuerpo. Aun siendo un bebecito, Dudu ya era diferente, era más blandito y el médico me dijo que padecía hipotonía, pero que con el paso del tiempo mejoraría. Cuando tenía unos tres años, sus ojos empezaron a volverse almendrados. Y a medida que crecía, su cuello se hacía más corto.

Son características del síndrome de Down, me dijo un médico nuevo que consulté.

Mi antiguo doctor sabía cómo tranquilizarme, nunca me dijo esa palabra que odio, Down; pero el nuevo médico no tenía la más mínima preocupación por ahorrarme sinsabores. Decía que yo tenía que conocer los detalles de la enfermedad de mi hijo para poder cuidarlo mejor.

Es cada vez más común que personas con síndrome de Down lleguen a los sesenta, setenta años; o sea, tienen una expectativa de vida muy parecida a la de la mayoría de población, dijo el médico. Va a haber cambios físicos. ¿Ve este espacio entre el dedo grande del pie, que llamamos *hallux*, y el segundo dedo? Tiende a aumentar. Y su lengua va a volverse protrusa, protuberante; el puente nasal va a quedarse achatado. Es necesario mantener esta enfermedad bajo control, su hijo corre un cierto riesgo de sufrir problemas cardiacos, de padecer reflujo gastroesofágico, otitis, apnea, disfunciones de la glándula tiroides. El médico me hablaba de todas estas enfermedades, pero yo solo pensaba que mi bebito se iba a poner feo, aquello me hacía sufrir mucho, cómo un niñito tan lindo se estaba haciendo tan, tan... Dios mío, no quiero usar esa palabra horrible... pero era eso en lo que Dudu se estaba convirtiendo, en un niño feo.

Comencé a dedicar mi vida a Dudu. Contraté a una cuidadora para que viviera conmigo y me ayudara.

Los cambios que Dudu sufría eran desalentadores. Cada vez hablaba más alto, más nerviosamente. Cuando cumplió treinta años, ya era un hombre gordo, pelón y feo. Yo también me había vuelto fea, cadavérica, ya no me pintaba el pelo, que se me había puesto completamente blanco.

Por las noches, cuando Dudu estaba dormido, abría el cajón y contemplaba el retratito de cuando era un bebé lindo, el bebé más lindo del mundo.

Poco a poco Dudu se fue volviendo más agresivo, me ofendía verbalmente, me llamaba arpía asquerosa.

Un día me agredió con un golpe en el pecho; peor que el dolor físico, fue el sufrimiento psicológico que aquello me ocasionó.

Hablé con el médico. Me dijo que Dudu solo tendería a empeorar, que debería internarlo en una clínica especializada. Pero yo no podía hacerle eso a Dudu, seguramente lo maltratarían en un lugar así.

Un día estaba cortando carne para hacer bistecs. A Dudu le encantaba el bistec con papas a la francesa. Entonces entró a la cocina y me preguntó que qué porquería era esa que estaba haciendo. Le dije que era su comida predilecta. Dudu agarró la carne que estaba sobre la tabla de cortar y me la restregó en la cara. Lo empujé con fuerza y, sin querer, le clavé el cuchillo en el pecho, a la altura del corazón. ¡Ah, que Dios me perdone! Dudu cayó al piso y, después de agitarse convulsivamente por algunos segundos, se quedó inmóvil.

Me lavé la cara en el fregadero, mientras Dudu seguía tirado, sin respirar, con un charco de sangre alrededor del pecho. Después de secarme las manos y la cara, fui a al dormitorio, abrí el cajón y saqué una foto de Dudu, el bebito más bonito del mundo. Me quedé mirando la foto, largamente, mientras los ojos se me llenaban de lágrimas.

Axilas

Aún no sabía su nombre, que después descubrí que era Maria Pia. Ya estaba sentada cuando vi sus brazos, brazos delgados, que a mi bisabuelo no le interesarían en lo más mínimo, probablemente los consideraría feos. Además, Maria Pia llevaba una blusa sin mangas y sus brazos estaban totalmente desnudos. A mi bisabuelo le hubiera gustado que usara mangas cortas, medio palmo abajo del hombro, y que sus brazos fueran llenitos, como los que Machado de Assis describe en el cuento «Unos brazos». Maria Pia era delgada, toda ella, yo lo supe desde el principio, con solo ver sus brazos. Y cuando los movió, pude ver parte de sus axilas.

La axila de una mujer tiene una belleza misteriosamente inefable que ninguna otra parte del cuerpo femenino posee. La axila, además de atractiva, es poética. La panocha palpita y el culo es enigmático; son muy atractivos, lo reconozco, pero son circunspectos, dotados de cierta austeridad.

Pero hablando todavía del culo y la panocha, durante mucho tiempo esos fueron los tesoros del cuerpo femenino que más amé, los orificios. El de la panocha, gruta que mientras más estrecha, más gratificante era el placer que me proporcionaba; y el del culo, una madriguera, un agujerito que se abría como una flor caleidoscópica para recibir mi pene. Sin embargo, eso fue en los tiempos en que el pene era una pieza importante de mi arte amatoria y en que mi poeta favorito era Aretino, el clásico Pietro Aretino, que nació en Arezzo en 1492 y murió en Venecia, el 21 de octubre de 1556.

Como decía, eso era en los tiempos en que yo todavía no había descubierto con la lengua la delicada textura del ano y de la panocha, que empecé a lamer con un placer lleno de júbilo. Como en el poema de Drummond, «la lengua lame, lambilonga, lambilenta, la lengua labra cierto oculto botón, y va tejiendo ágiles variaciones de leves ritmos»: Sí, fue mi fase de pulir, de halagar con la lengua los orificios. Eso duró hasta que conocí el encanto inspirador de la axila, el lugar perfecto para la lengua. Me refiero a la axila de mis sueños, la axila de la mujer de quien me enamoré, la de Maria Pia, la violinista, y no la de mi bisabuela.

Veo la foto de mi bisabuela portuguesa, Maria Clara. Era una mujer bonita, sólida, sus brazos eran plenos, como aquellos famosos brazos machadianos a los cuales me referí. Supongo que solo los viejos van a hacer esa asociación y no tengo lectores viejos, en realidad por el momento ni siquiera tengo lectores, los cinco editores a quienes envié mi libro de poesía me lo regresaron. Dicen que eso les pasa a todos los poetas, que los poetas tienen que financiar sus libros, pero me rehúso a hacerlo, para mí eso es vergonzoso.

Al ver la foto de mi bisabuela me puedo imaginar que sus axilas eran gruesas, en lo concerniente a su espesura, a su consistencia. (Probablemente también eran, en realidad, las de una portuguesa, de nombre Carolina —la posible dueña de aquellos «unos brazos» machadianos de los que hablé anteriormente.)

Sé que a alguien le gustaría preguntarme: hablas de culo y panocha, pero dices axila en vez de sobaco. ¿Por qué? La respuesta es muy sencilla. Culo y panocha tienen una obscenidad fáustica, que todavía se resiste al uso y abuso de esos términos hoy en día. Pero sobaco es una palabra vulgar, de una trivialidad insignificante y opaca.

Cuando vi a Maria Pia por primera vez, ya estaba sentada. Yo llegué tarde pero aun así logré entrar. Mi boleto era un regalo de última hora, de un amigo que no pudo ir al concierto. Iba a haber otro recital en quince días, y si quería contemplar de nuevo los brazos y las axilas de Maria Pia, necesitaba conseguir el mismo lugar en el auditorio. Así que esperé ansioso que la taquilla del teatro abriera al día siguiente y compré un abono para todos los conciertos de la Orquesta Sinfónica, con lugar fijo en la primera fila.

Maria Pia tocaba el violín. Usaba siempre un vestido largo negro sin mangas. Para que pudieran lograrse, ciertas notas exigían que irguiera los brazos de manera que me permitían contemplar extasiado sus axilas. Como todo mundo sabe, los violines están ubicados a la izquierda del director de la orquesta. El lugar de Maria Pia era justo atrás del concertino.

Nunca antes había amado en mi vida, hasta que conocí a Maria Pia. Y eso sucedió solamente cuando oí a la Orquesta Sinfónica ejecutar el *Concierto* para violín, K. 219, el *Turco*, uno de los que Mozart compuso en los tiempos en que era concertino de una orquesta en Salzburgo, en el año de 1775. Por cierto, esos conciertos son, para mí, las piezas musicales de Mozart que tienen menos brillo. Pues bien, fue al oír las notas que salían del violín de Maria Pia durante la ejecución de este concierto, y al contemplar sus brazos y sus axilas, que me enamoré de ella. ¿Se acuerdan del poema de Keats, «*a thing of beauty is a joy for ever; its loveliness increases; it will never pass into nothingness...*»? ¿Se acuerdan? Las axilas de María Pia se merecían un poema como ese, que lamentablemente mi inspiración sería incapaz de crear.

No fue fácil acercarme a Maria Pia. Fue pura casualidad. Estaba en el Museo de Bellas Artes viendo una exposición de pintores de un hospital de enfermos mentales, cuando vi a Maria Pia mirando un cuadro. Me acerqué y tímidamente le pedí un autógrafo. Le hizo gracia, dijo, «es la primera vez que me piden un autógrafo». Le expliqué que siempre iba a los conciertos de la Orquesta Sinfónica, que admiraba a todos los músicos de la orquesta y que tenía la manía de coleccionar autógrafos —una descarada mentira. Después hablamos sobre uno de los cuadros de la exposición, de Bispo do Rosário.

Al observar que ella miraba el cuadro con admiración, comenté, «es un genio». Ella movió la cabeza, afirmando, y dijo, «es nuestro Duchamp».

La invité a cenar. Se disculpó diciendo que tenía un compromiso. «En otra ocasión», agregó. Me despedí diciéndole sonriente, escondiendo mi frustración, «me la debes, ¿eh?».

Esa noche tuve que tomar altas dosis de pastillas para dormir. Por cierto, tomo pastillas para dormir todas las noches, si no lo hago, no puedo dormir. Me acuesto y duermo dos horas. Entonces me despierto y me tomo la pastilla, que procuro cambiar cada dos meses. Sueño siempre. En realidad es una especie de pesadilla, algo monótono, por ejemplo, que soy una persona que camina en círculos y ve siempre las mismas cosas. A veces estoy sentado y lo que gira es mi cabeza, como la de la muchacha de la película sobre exorcismo. Pero este segundo sueño es mejor que aquel en que doy vueltas y vueltas.

En el siguiente concierto, Maria Pia notó que estaba en la primera fila y sonrió discretamente. Le hice una seña de que quería hablar con ella.

La esperé a la salida. La invité a cenar, pero ella alegó que estaba cansada y dijo que iba a tomar un taxi para irse a su casa. Le dije que mi auto estaba cerca y me ofrecí a llevarla.

Maria Pia llevaba un vestido escotado sin mangas. Cuando estacioné el auto en la puerta de su departamento, en un impulso tonto e irresistible, intenté besar su brazo, al lado de la axila. Ella me empujó con fuerza.

—Me das lástima —dijo.

No necesitaba decir más, sentí el desprecio en su voz y en su mirada, incluso en la penumbra del auto. Me defendí de manera pusilánime:

—Perdóname, por favor.

Maria Pia suspiró y exclamó, en sordina:

—Eres patético.

Bajé apresuradamente del auto para abrirle la puerta, pero las mujeres de brazos delgados son muy rápidas y, cuando llegué a la puerta, ya había bajado y caminaba en dirección a la entrada de su edificio. El edificio donde Maria Pia vivía no tenía portero nocturno y ella misma abrió la puerta.

—Buenas noches —dije sin atreverme a extenderle la mano. Maria Pia no contestó, entró al edificio sin mirar hacia atrás.

Me fui a casa, me acosté, pero no pude dormir. Estaba poseído por un odio que nunca había pensado que pudiera sentir. Me paré, me senté frente a la computadora, siempre con el mismo odio carcomiéndome el corazón, busqué en internet el asunto que me interesaba, después escribí algunas palabras y las imprimí. Lo hice todo compulsivamente. Eso sucede muy a menudo conmigo, fuerzas irresistibles me obligan a hacer cosas de las que me arrepiento después.

Esperé dos días y llamé a Maria Pia. Cuando me identifiqué, me dijo fríamente:

—¿Sí?

—Te tengo un regalo.

Otro «sí» todavía más frío.

—Un cuadro de Bispo do Rosário.

—¿De Bispo do Rosário? ¿En serio?

Su tono de voz sonaba más cálido.

—¿Cuándo puedo llevarlo a tu casa?

—Cuando quieras. Puede ser hoy.

—¿A las nueve está bien?

—Perfecto. Sera un placer verte de nuevo.

Es increíble cómo cambian las personas.

A las nueve en punto, con el portafolios con el regalo para Maria Pia bajo el brazo, toqué el timbre del edificio.

—¿Sí?

—Soy yo —contesté.

Oí el sonido de la puerta de entrada abriéndose. Entré. El vestíbulo estaba vacío. Tomé el ascensor y subí al décimo tercer piso. Trece. Era mi número de la suerte.

Maria Pia abrió la puerta sonriente.

—Pasa, pasa —el pasa-pasa sonaba a pasa-pasa-mi-amor.

Entré. Ella cerró la puerta.

Abrí el portafolios, saqué el garrote y le di un fuerte golpe en la cabeza. Cayó desmayada al piso, pero noté que respiraba como si estuviera dormida. Le quité la blusa, levanté sus brazos y contemplé fascinado sus axilas, que besé, lamí y chupé largamente.

Después tomé su cuerpo en mis brazos y lo llevé hasta la ventana abierta. Cuidadosamente lo arrojé a la calle. Oí el estruendo del cuerpo al golpear la banqueta. Después puse la carta sobre la mesa, guardé el garrote en el portafolios y salí del departamento, con cuidado de no dejar huellas digitales en la manija.

Algunas personas miraban tan atentamente el cuerpo tirado de Maria Pia que ni siquiera me vieron pasar.

Había dejado el auto en la otra calle. Me subí y me fui a casa.

Al día siguiente, leí en el periódico: «Maria Pia, violinista de la Orquesta Sinfónica, se suicidó saltando desde su departamento en el décimo tercer piso. A sus amigos los sorprendió el hecho. Maria Pia dejó una carta...».

La carta, reproducida en el periódico, decía:

Querido, estoy segura de que me estoy volviendo loca. Empiezo a escuchar voces y no me puedo concentrar. Estoy haciendo lo que me parece la mejor solución. Me diste muchas posibilidades de ser feliz. Estuviste presente como nadie lo estuvo. No creo que dos personas puedan ser felices conviviendo con esta enfermedad terrible. Ya no puedo luchar. Sé que te estaré quitando un peso de encima, pues, sin mí, podrás trabajar. Y lo vas a hacer, lo sé. Ya ves, no puedo ni siquiera escribir. Ni leer. En fin, lo que te quiero decir es que deposité en ti toda mi felicidad. Siempre fuiste paciente conmigo e increíblemente bueno. Quería decir esto —todos lo saben. Si alguien hubiera podido salvarme, ese alguien habrías sido tú. Para mí todo ha desaparecido pero lo que se quedará conmigo es la certeza de tu bondad. No puedo ser un estorbo en tu vida. No más.

Nadie se percató de que los términos de aquella carta eran idénticos a los de otra escrita por una mujer que había muerto tirándose a un lago. ¿O había sido un río?

¿La carta? La copié de internet y la imprimí en mi HP. Lo difícil fue practicar la firma, copiada del autógrafo que Maria Pia me había dado.

Una noche más sin dormir. Estaba muy triste. Había matado a la única mujer que había podido amar en toda mi vida.

Fui al entierro, no podía dejar de ir. Mientras acompañaba a la carroza fúnebre, un tipo a mi lado me preguntó quién sería la persona a quien Maria Pia le había dirigido su carta suicida. Sus amigos no tenían la más mínima idea. Me dieron ganas de decir, se llamaba Leonard, pero no lo dije.

Súbitamente vi, con pavor, a una mujer delgadita, Maria Pia, que surgía frente a mí. Me tambaleé, tuve que apoyarme en el tipo que estaba a mi lado, para no caer al piso.

—¿Se siente mal? —me preguntó.

—Ya pasó —le dije—. ¿Quién es esa muchacha?

—Es la hermana gemela de Maria Pia —me contestó.

Mientras enterraban a Maria Pia me acerqué a su hermana, como un lobo hambriento, con el corazón disparado, esperando una oportunidad para ver sus axilas.

Ventana sin cortina

Lo que voy a contar no es literatura, ni lo inventé, ni es una enorme cuadrícula de crucigrama. Sucedió en realidad.

Yo vivía en un edificio de cinco pisos, apretujado entre dos edificios más nuevos, enormes. Dicen que los constructores intentaron comprar mi edificio para poder hacer algo todavía más grande, pero no lo lograron.

El edificio no tenía ascensor, pero a mí no me molestaba subir y bajar las escaleras, lo consideraba un buen ejercicio. En varias ocasiones me encontré a una viejita, mi vecina, sentada entre un piso y otro, intentando recuperar el aliento. Se llamaba Rebeca. Por eso siempre que salía de compras (en realidad fingía que iba a hacer mis compras), le preguntaba, doña Rebeca, ¿necesita algo del súper?, y ella me pedía que le comprara arroz, frijoles, azúcar, leche en polvo y papas. Además de estas mercancías, solía comprarle a doña Rebeca un kilo de filete miñón y varios paquetes de galletas —a la gente mayor le gustan las galletas. Al día siguiente, cuando me veía, me besaba la mano y me decía que era un ángel.

Mi condominio estaba formado por dos torres separadas. Todas las ventanas daban a un patio interior, que servía para dejar entrar la luz del día y un poco de ventilación. Cada departamento tenía una sola habitación, una pequeña sala, una cocina, que en realidad era una estufa dentro de un armario con una sola hornilla, y un baño minúsculo. Apenas había lugar para un refrigerador.

En verano hacía un calor insoportable. Yo me ponía a trabajar en la ventana, con la luz de una lámpara iluminando el papel donde estaba creando mis crucigramas. Una vez percibí que en la torre del otro lado, en un departamento abajo del mío, en el cuarto piso, había una mujer en calzones y brasier. Apagué la luz de mi lámpara y me quedé mirando, encantado y excitado, aquel cuerpo lindo. Después de un tiempo, ella apagó la luz y creo que se fue a acostar.

Me quedé en mi silla, con el libro sobre las piernas, pensando. Me había comportado como un asqueroso *voyeur* y me fui a acostar sintiendo vergüenza.

Entonces sucedió una inesperada coincidencia. Nunca me encontraba con aquella vecina, a quien había contemplado semidesnuda, pues cada torre tenía una escalera diferente. Sin embargo, me la encontré en la recepción del condominio. Como un degenerado, solo miré la forma de sus senos, sus muslos, su trasero y no me di cuenta de su rostro, un rostro ingenuo de persona vulnerable, fácil de herir y engañar. Yo, que me sentía vil por mi comportamiento durante la noche anterior, dije, de manera un tanto atrabancada, me llamo Antônio, soy tu vecino de enfrente, ¿ves allá?, del otro lado del condominio, en el piso de arriba.

Yo soy Alice.

Yo hago crucigramas.

Buen pasatiempo.

No, yo creo crucigramas; para mí no es un pasatiempo, es un trabajo.

¿Cómo?

Si quieres te invito un café aquí enfrente y te explico cómo le hago.

Fuimos al café.

Hago varias líneas, en dirección horizontal y vertical, formadas por cuadritos en blanco, que se cruzan unas con otras, le expliqué. A eso se le llama plantilla. La plantilla puede ser cuadrada o rectangular, con un número variable de cuadrículas, algunas de las cuales están sombreadas, y una lista de enunciados. La solución del problema consiste en colocar en los espacios vacíos de la plantilla las palabras clave correspondientes a los enunciados. Las palabras colocadas en la plantilla se pueden leer horizontalmente, de izquierda a derecha, y verticalmente, de arriba abajo. Por ejemplo, dos cuadrículas que deben llenarse teniendo el enunciado *provenzal, lengua hablada en el sur de Francia.* ¿Cuáles son las letras que debo poner en las dos cuadrículas?

Qué complicado. No sé.

O y C. Oc es lo mismo que provenzal, o lengua hablada en el sur de Francia.

¿Quién inventó eso? Los crucigramas.

Dicen que ya existían en el antiguo Egipto.

Todo ya existía en el antiguo Egipto.

Es cierto. La creación de crucigramas, mi trabajo, se llama crucigramismo. No cualquier diccionario consigna ese término. Claro que es una actividad que no da mucho dinero. ¿Y tú? ¿En qué trabajas?

Adivina.

Di la primera letra.

D.

Danza, te dedicas a la danza, bailarina.

No sé bailar ni siquiera vals.

Ya nadie baila vals. Ni en Viena. ¿Dactilógrafa?

Es muy aburrido.

Domadora.

¡Dios mío!

Dermatóloga.

Fallaste.

Dibujante.

Apenas si sé hacer una línea recta.

Despachadora.

¿Despachadora de qué?

No sé. Despachadora de algo.

No.

Diseñadora de modas.

Me gustaría mucho.

Diplomática.

Tendría su gracia.

Me doy.

Doblajes, hago doblajes. Hago el doblaje de una caricatura totalmente boba, hago la voz de una ratita. Pasa en los canales de caricaturas.

¿Vale la pena verla? ¿La ratita es bonita?

Es horrible, gorda. La verdad es que es una ratota.

Nos quedamos callados durante un tiempo.

Quiero decirte algo serio.

¿Algo serio?

Tienes que poner una cortina en tu ventana.

¿Por qué?

Ayer, yo... yo... me quedé viéndote por la ventana... En... paños menores...

No te preocupes...

Otras personas pueden estar espiándote. ¿No te molesta?

Ella se levantó.

Tengo que ir a grabar, dijo.

Aquella noche la ventana continuó sin cortina y Alice andaba solo en calzones; sus senos encantadores estaban a la vista.

La noche siguiente, apareció completamente desnuda. Creo que miró en dirección a mi departamento, desde donde, con la luz apagada, yo contemplaba embebido su lindo cuerpo.

Me quedé haciendo plantillas el resto de la noche, en las cuales los términos *voyeur*, *mixoscopía* (este me costó trabajo), *exhibicionismo* y otros más fueron insertados. ¿Sería Alice aquel tipo de mujer para quien el exhibicionismo es una forma de excitación erótica? Recordé el caso de una famosa actriz que mandó esculpir en bronce sus senos para colocarlos en un museo, donde su belleza quedaría preservada para siempre.

Hay cosas que suceden al azar, sin motivo o explicación. La verdad es que me encontré a Alice de nuevo. Hacía años que vivíamos en el mismo edificio y ahora en pocos días nos encontrábamos dos veces en un corto espacio de tiempo.

Necesito hablar contigo, le dije.

¿Te gustan los sesos? Voy a preparar sesos para la cena, ¿quieres cenar conmigo?, me preguntó.

Me encantan los sesos, ahí estaré, seguro. ¿A qué hora, señora doblaje?

¿A las ocho está bien, señor crucigrama?

Odio los sesos. Cuando era niño, mi madre me obligaba a comer sesos. Peor, me enseñaba a cocinarlos. Ella lavaba los sesos, esa cochinada que solo de mirarla da asco, y los cocía con agua, sal y jugo de limón. Después los dejaba enfriar, los cortaba en pedazos pequeños y hacía un guisado con mantequilla, cebolla, tomate, sal y pimienta negra, al cual le añadía los sesos picados y dejaba todo cociéndose un poco más. Después retiraba el guisado de la lumbre, lo mezclaba con algunas cucharadas de queso rallado, huevos batidos y migajón. Enseguida (¿o era antes de meterlo al horno?) lo espolvoreaba con pan molido. (Más vale que nadie siga mi receta, creo que no es muy exacta.)

Mi madre tenía la presión alta y cuando llegaba la hora del plato de sesos deseaba que le diera un infarto y que cayera muerta en el piso, para poder tirar todo aquello al escusado.

Ahora iba a comer sesos porque había visto una mujer desnuda.

Bajé las escaleras de mi edificio y subí las del otro, imaginándome qué pretexto encontraría para no comerme los sesos. Si me metía a la boca un pedazo de aquello, por más pequeño que fuera, vomitaría hasta las tripas.

Cuando Alice me abrió la puerta, me llevé una sorpresa. Traía unos shorts de satén cortitos y un brasier de la misma tela. Se veía muy cómoda; evité mirarla detenidamente.

Ya están casi listos, dijo.

Al entrar, un aroma me iluminó la inteligencia.

¿Les pusiste cebolla?

Claro. Los sesos tienen que llevar cebolla.

Alice querida, tengo una alergia terrible a la cebolla. Por pequeña que sea la cantidad, me hincho todo. En una ocasión, tuve tal espasmo de la glotis que casi muero asfixiado.

Ella suspiró, desanimada.

Tengo una idea. Guárdalo en el refrigerador. Voy a salir a comprar unos quesos, salamis y dulces. ¿Qué dulces quieres?

Nunca como dulces. Compra pan integral, queso light y unas frutas.

¿Papaya?

No, no. Fresas.

Sin duda estaba a dieta. ¿Acaso no sabía que los sesos tienen muchas calorías? Mi madre me obligaba a comer sesos para que engordara, pues yo era (y aún soy) muy delgado.

Fui corriendo al supermercado y compré lo que ella quería.

Ninguno de los dos comió mucho. Entonces, Alice se quitó la ropa y se recostó desnuda en la cama.

Vamos a hacer el amor, dijo.

Me fui quitando la ropa y noté en frente, en el piso de arriba, un bulto que desde una de las ventanas espiaba nuestro cuarto. Vi un brillo metálico de algo, probablemente unos binoculares. El *voyeur* estaba viéndome coger con unos binoculares.

Creo que alguien nos está vigilando desde una de las ventanas del piso de arriba. Voy a apagar las luces.

¡¿Apagar las luces?!, exclamó Alice. Estás loco. ¿Hacer el amor a oscuras?

¿Cuál es el problema?

Yo no lo hago a oscuras, dijo Alice.

Debía ser ese tipo de mujer que solo se excita consigo misma.

Intenté coger con la luz encendida, lo intenté, pero se me puso guanga.

Me quité de encima de ella.

Así no se puede, dije, hay un tipo mirándonos con binoculares.

¿Y cuál es el problema?

Lo siento mucho, dije, vistiéndome.

Alice se metió al baño a darse una ducha. Mientras me vestía, pude verificar que en la ventana de la otra torre ya no había nadie espiando nuestro departamento. ¿A quién iban a espiar ahora? ¿A un tipo flaco en calzones?

Toqué en la puerta del baño.

Me voy, Alice.

No me contestó. Debía de estar muy frustrada.

Bajé las escaleras, desconsolado.

Me quedé haciendo plantillas usando las palabras *rata, onfalópsico, patología, introversión, pulsión, broxa* y *brocha,** entre otras. Una con diez cuadrículas y la definición *estado en que la libido se dirige al propio ego.*

Me acosté después de las cuatro, si estuviera en el campo, los gallos ya estarían cantando, pero solo oía el ruido del camión de la basura en la calle y el golpe sordo de las cajas de plástico arrojando los desechos a un molino donde eran triturados con rondanas metálicas giratorias.

Al día siguiente, quien me contó lo que había sucedido fue doña Rebeca, horrorizada, llorando. Alguien, seguramente un ladrón, había invadido el departamento de Alice y había matado a la pobre muchacha.

Fui al súper a comprar los alimentos de doña Rebeca y al regresar había un tipo esperándome, vestido con un traje común y corriente, la corbata desajustada.

¿Señor Antônio?

Sí, contesté.

Soy el detective Guedes. ¿Usted conocía a la víctima, la señora Alice?

Sí, pero muy poco.

A usted lo vieron con ella el café de enfrente.

Es cierto. Fuimos a tomar un café.

¿Y estuvo con ella otras veces?

Cenamos ayer en su casa. Pero salí temprano y me fui a mi departamento. Tenía un montón de crucigramas que entregar. Diseño crucigramas para una revista.

Fue asesinada.

Sí, lo supe.

---

*   *Broxar* o *brochar* es perder temporal o permanentemente la capacidad de tener una erección. *Broxa* o *brocha* es el individuo que padece esta pérdida.

Y violada.

Me quedé sin saber qué decir.

El perito del Instituto de Criminalística dijo que, por el aspecto del ano, había sido sodomizada con gran violencia. No se encontraron fluidos, solo sangre, pero de cualquier forma haremos un examen de ADN. Voy a necesitar una muestra de su ADN.

Guedes hizo una pausa.

El asesino no se robó nada. Dejó las joyas, una billetera con dinero, una chequera, tarjetas de crédito...

Guedes lo dijo mirándome de una manera que me hizo sentir un vuelco en el corazón. Sospechaba de mí.

El cuerpo de Alice fue trasladado a la morgue y su departamento fue clausurado con cintas adhesivas pegadas en la puerta, en las cuales estaba escrito *Policía*.

Pasé todo el día acostado en la cama, totalmente vestido, incluso con zapatos, esperando a que tocaran el timbre para abrir la puerta y encontrar al detective Guedes.

Sonó el timbre. Entonces llamaron a la puerta con fuerza. Me paré sabiendo a quién me iba a encontrar.

Era Guedes.

Me quedé mirándolo sin saber qué decir. ¿Puedo pasar?

Sí, por favor.

Guedes traía un aspecto cansado. Se sentó en una de las sillas de la mesa.

Siéntese aquí, me dijo, señalando una silla a su lado.

Hice lo que me ordenó.

Detective Guedes, dije, cuando estaba en la recámara con la señora Alice noté que alguien nos espiaba con binoculares desde una de las ventanas del piso de arriba. Eso incluso me hizo desistir de tener relaciones con ella.

¿Con binoculares?

Sí. La señora Alice no dejó que apagara la luz. Era una persona... En fin, desistí, se me fueron las ganas, no podía hacerle el amor sabiendo que alguien me espiaba.

Guedes no le dio mucha importancia a la información que le di.

El departamento donde Alice, la víctima, vivía fue rentado a un señor que usaba unos lentes gruesos como de fondo de botella. La muerte de Alice había pasado al sector que Guedes denominaba «archivo muerto», o sea, su asesinato corría el riesgo de no ser aclarado nunca.

Detesto ese nombre, «archivo muerto», me dijo Guedes un día que nos encontramos por casualidad y hablamos del caso de Alice. Los estadounidenses, continuó, tienen un término mejor para esos casos; los llaman «*cold case*», o sea, que están fríos, pero no están muertos. Pero yo no me he dado por vencido, aún voy a resolver ese caso.

Por favor, detective Guedes, avíseme cuando lo logre.

Un día, sorpresivamente, Guedes me telefoneó y me dijo que había detenido al asesino.

¿Quién es?

Gugu, el homosexual.

¿En serio? No lo puedo creer.

A mí también me sorprendió. Pero Gugu mandó a hacer unos arreglos en su departamento y encontraron unas fotos que me entregaron para mi conocimiento. Alice sale en ellas desnuda, teniendo relaciones sexuales con usted...

¡Yo no llegué a tener sexo con ella!, protesté.

Por las fotos parece que sí. En fin, fui a su departamento y me recibió exagerando sus contoneos femeninos, más loca que nunca. Le dije: está usted detenido por el asesinato de Alice Monteiro. Y le mostré las fotos.

Gugu se rio. Está usted loco, detective. Entonces vi una cámara con teleobjetivo en un estante. Me voy a llevar esa cámara, dije. ¿Cuenta usted con orden de cateo y aprehensión? Sí, le respondí. Pero Gugu no me pidió que la exhibiera, lo cual resultó perfecto. Qué orden de cateo ni qué mierda, yo no tenía nada.

Usó esa cámara, le dije a Guedes. No eran binoculares lo que tenía en las manos el bulto que vi en la ventana. Era esa cámara.

Me llevé a Gugu a la comisaría y lo metí a la cárcel con dos policías que se hicieron pasar por detenidos, continuó Guedes. Luego hice algo horrible. Les ordené a los polis que le dieran una paliza y que lo amenazaran de muerte. Uno de ellos agarró un cuchillo y dijo que le iba a cortar el pene. Cuando le quitaron los pantalones y lo dejaron en puros calzones, Gugu empezó a llamarme a gritos. Fui a la puerta de la celda y dije que iba a dejar que hicieran con él lo que quisieran. Me van a cortar el pene, gritó. Que te lo corten, dije. Confieso, confieso, gritó Gugu, esa puta exhibicionista me inquietaba, le metí a la muy zorra el palo de la escoba por el culo y después la maté; odio a ese tipo de mujeres.

Bravo, detective, un caso del archivo muerto solucionado.

Bueno, más o menos.

¿Cómo más o menos? Detuvo al asesino, el asesino confesó, caso resuelto. ¿O no está todo ya en orden?

El caso no está resuelto.

¿Cómo que no está resuelto?

Gugu no mató a la mujer, dijo Guedes.

Lo confesó, ¿no?

Gugu pensó que la había matado, estrangulándola. La abandonó en el piso pensando que estaba muerta, pero solo se había desmayado. Alice realmente tenía marcas de dedos en el cuello, pero el estrangulamiento solo le ocasionó un desmayo. Alguien llegó después y la mató de un cuchillada.

Guedes soltó un suspiro y continuó. Yo no le había dado esa información a nadie, de que la *causa mortis* había sido la herida infligida por un instrumento punzocortante, en el cual no había huellas digitales. Tengo que empezar todo de nuevo. Guedes soltó otro suspiro. Voy a entrevistar a todo mundo de nuevo.

Guedes obtuvo órdenes de cateo y aprehensión para los departamentos de los sospechosos iniciales, cuya posición en el edificio permitía observar las ventanas abiertas del departamento de la víctima. Empezó por doña Clotilde. Guedes ahora sospechaba de todo mundo. En la primera investigación había excluido a Gugu de la lista de sospechosos por el hecho de que era homosexual. Ahora todos eran sospechosos, empezando por doña Clotilde, la mocha persignada del departamento 9.

Doña Clotilde, quiero que me muestre todos sus cuchillos.

¿Mis cuchillos? No tengo cuchillos.

¿Cómo que no tiene cuchillos? Usted cocina su comida, ¿no?

Sí.

¿Y no usa cuchillos para cocinar?

No.

¿Y cómo corta la carne para hacer bistecs?

No como bistecs. No como carne. Solo como sopa, y la compro ya hecha. Solo tengo que hervirla y comérmela.

Quiero ver su cocina.

Guedes revisó la cocina de doña Clotilde. No encontró cuchillos. En el armario había una infinidad de sobres de sopa de todos los sabores.

Doña Clotilde tomó una cadena que traía en el pecho y besó una medallita.

Santa Edwiges, dijo.

Guedes nunca había oído hablar de aquella santa.

¿Santa qué?, preguntó.

Santa Edwiges. ¿Puedo contarle un poquito acerca de ella? Seré breve, dijo doña Clotilde. A los 13 años, Santa Edwiges fue madre por primera vez; con el paso del tiempo, su familia creció aún más y llegó a un total de seis hijos. Por razones de rivalidades, ocurrieron grandes conflictos en el seno de su familia. Desafortunadamente, a causa de estas contiendas Edwiges derramó muchas lágrimas. Poco a poco, Edwiges se fue desprendiendo de las cosas materiales y se fue a vivir a un monasterio. Dedicó su vida totalmente a los pobres, a los enfermos y a los trabajos monásticos. ¡Fue la personificación de la humildad, el amor, la solidaridad, la caridad y la fe! ¡Era fiel a todas las reglas monásticas, pero no hizo los votos religiosos! Pues quería beneficiar, personalmente y mejor, a sus hermanos con sus riquezas. Ella y Jesús viven en mi casa.

Gracias, doña Clotilde, ya sé todo sobre la santa.

Después de interrogar a todo mundo, Guedes había regresado a lo que llamaba «un callejón sin salida».

El archivo está muerto y enterrado, me dijo Guedes un día en que lo fui a visitar a la comisaría.

Un policía entró en el despacho y dijo algo que no escuché.

Es la latosa de doña Clotilde, vive llamándome. Ya no soporto oír sus historias de santas. Está en la sala de espera. No merezco este castigo.

Me levanté para salir, pero Guedes me pidió que me quedara.

Doña Clotilde entró al despacho de Guedes y, cuando me vio, me sonrió.

Siéntese, doña Clotilde, dijo Guedes.

Detective Guedes, necesito contarle algo, pero usted no contesta mis llamadas. Ya se lo conté al padre de la parroquia, pero usted también necesita saberlo.

Guedes suspiró.

¿Se acuerda de la señora Alice?

Claro, contestó Guedes.

Pasé por la puerta de su departamento y la señora Alice estaba acostada en el piso con la mano en la garganta. ¿Se siente bien?, le pregunté. Me contestó, ese estúpido maricón intentó matarme. ¿Cómo?, le pregunté. Me agarró del cuello, me desmayé y pensó que estaba muerta y entonces hizo cosas horribles conmigo. En ese momento vi una luz que surgió en la sala y apareció la imagen de santa Edwiges. Entonces la santa me ordenó que tomara un cuchillo y lo clavara en el corazón de doña Alice, pues era una pecadora y aquella era la única manera en que sus pecados serían perdonados y ella podría entrar al reino de los cielos. Tomé un cuchillo de la cocina, toda cocina tiene cuchillos, e hice lo que la santa me ordenó. Santa Edwiges me mostró exactamente dónde tenía que meter el cuchillo para llegar al corazón.

Guedes estaba boquiabierto, pasmado.

Doña Clotilde estaba muy tranquila. La miré besando la medallita de santa Edwiges.

En mi departamento hice un crucigrama con las palabras *santa, misterio, punzocortante, medallita*. Soy un crucigramista, y eso va a evitar que me dé Alzheimer cuando sea viejo.

Libre albedrío

Algo que no soporto que me pregunten es: «¿por qué entraste a la policía?». Doy las respuestas más estrambóticas, «porque me gusta ver estrellas» (no miro el cielo y no veo estrellas hace más de veinte años), «porque me gustan los plátanos fritos» (los odio), «porque mis padres eran portugueses».

(Esta última respuesta tiene un fundamento, pero la explicación la dejo para después. Tal vez.)

La casa del suicida era grande, con muchas habitaciones y salas con cuadros, espejos y jarrones de flores probablemente recogidas en los jardines de la mansión. El suicida era un hombre de unos cincuenta años, tenía una cabellera abundante y bonita, estaba sentado a la mesa de un despacho, vestido con un traje de casimir inglés azul marino, camisa blanca de lino, corbata nueva de seda francesa, zapatos de piel alemana y calcetines de seda negra. Me gusta examinar el cuerpo antes de enviarlo a que lo destacen en la morgue.

Sobre la mesa, frente a él, había un vaso con restos de una sustancia líquida. Había una nota escrita a máquina que decía «no se culpe a nadie», abajo una firma, Daniel. Su nombre completo era Daniel Louzada.

El suicidio y los suicidas siempre me han interesado. Después explico las razones. Tal vez.

¿Por qué se mata un tipo? A partir de determinado acontecimiento, eso me dejó muy intrigado. ¿Un gesto supremo de libre albedrío? Pero si el tipo está desesperado, sufre de una enfermedad incurable y está en medio de una grave crisis de depresión, ¿qué «libre arbitrio» o «albedrío» puede ejercer al pegarse un tiro en la cabeza? Cuando estudiaba en la facultad de Derecho había un profesor al que le gustaba hablar sobre libre albedrío y determinismo. Olvidé su nombre, era insoportable. No existe una libertad metafísica, decía, lo que existe es el determinismo, el hombre es fruto del medio en que vive, la libertad de elección le ha sido retirada. Mandaba a los alumnos a que leyeran a

Hobbes, Hume, William James y hablaba sin parar sobre ese tema, adoraba esas dos «proposiciones contradictorias» (palabras suyas).

Sin embargo, solo tomé en serio el asunto mucho después, por motivos que más tarde explicaré. Tal vez.

Comencé a interesarme por las vidas de suicidas famosos, como Camilo Castelo Branco, Hemingway, Florbela Espanca, Jack London, Mário de Sá-Carneiro, Stefan Zweig, Silvia Plath, Virginia Woolf, Maiakovski (a los escritores les gusta matarse), Deleuze y Carlota Joaquina (quizás el personaje de la historia de Brasil que ha sido visto de manera más injusta; vean qué dijo sobre ella un historiador, palabras que fueron aceptadas y repetidas *ad nauseam* por novelistas, teatrólogos y cineastas: «Carlota era casi horrenda, huesuda, con un hombro acentuadamente más alto que el otro, la nariz roja, pequeña casi enana, renga [...] un alma ardiente, ambiciosa, inquieta, surcada por pasiones, sin escrúpulos, con los impulsos del sexo alborotados»). Compré biografías de todos ellos para entender la razón por la cual dieron fin a sus propias vidas. Pero sigue siendo un misterio indescifrable para mí, por más que estudie, piense y lea.

Traigo en mi cartera hasta el día de hoy una nota que dice: «Mi suicidio es un gesto de libre albedrío», pero no quiero hablar de eso.

Sí, entré a la policía para investigar casos de suicidio como el de aquel hombre que estaba sentado inmóvil frente a mí, con el rostro bien afeitado, del cual emanaba un agradable aroma.

Fui a hablar con la mujer del suicida.

Rubia, bonita a costa de bisturís y bótox, delgada, de esas que diariamente reciben masajes y van al gimnasio para mantenerse en buena forma. Fingía que estaba nerviosa y sufriendo. Aquello me irritó, que pensara que yo era un idiota a quien podía engatusar con su actuación. Se secaba los ojos con un pañuelo, quien llora de verdad se suena la nariz.

¿Su marido tenía algún problema de salud o financiero, algo que de alguna forma justificara su gesto desesperado?

Pensó un poco antes de responder.

Daniel andaba muy nervioso...

Por algún motivo especial, señora... ¿Por cierto, cómo se llama usted?

Sylvie, con y griega, como en francés. Sylvie...

Doña Sylvie, había algún motivo...

Si lo había, no estaba yo al tanto... Yo no entendía nada de sus negocios. Daniel es, era, un, un, un financiero, manejaba acciones en la Bolsa...

¿Quién encontró el cuerpo?

Yo, había ido a una fiesta y cuando regresé me quedé impactada al verlo en ese estado.

¿A qué hora llegó de la fiesta, señora?

Era muy tarde, después de las dos de la mañana.

Me gustaría que me dijera dónde fue esa fiesta.

¿Dónde?

Sí.

En casa de Helô.

¿Y dónde queda la casa de esta señora Helô?

Aquí cerca, en la Delfim Moreira.

¿Qué número?

Me dio el número del edificio y del departamento.

¿Había alguien de la servidumbre en la casa?

No. No, yo, yo, les di el día libre a todos... Es decir, era el día de salida de la servidumbre...

¿Cuántos empleados tiene, señora?

Seis.

¿Seis?

Una cocinera, dos camareras, una recamarera, el encargado de limpieza y el mayordomo...

¿Todos salen el mismo día?

¿Quiénes?

Sus empleados.

No, tienen sus turnos, pero anoche... Estoy confundida, no sé bien qué sucedió...

¿Usted está casada por bienes mancomunados?

No tengo la menor idea...

Usted debe de tener un acta de matrimonio; me gustaría verla.

¿Para qué? Sylvie no logró ocultar su irritación.

Es de rutina, mi estimada señora.

No sé dónde está. Tengo que buscarla.

Recibirá, señora, una invitación a comparecer en la comisaría.

¿Debo ir con abogado?

Como usted quiera.

¿Y el cuerpo de mi marido? Siempre me dijo que cuando muriera quería que lo cremaran.

El cuerpo de su marido será liberado inmediatamente después de la autopsia.

¿Autopsia? ¿Por qué van a hacer esa maldad con él?

Se secó otra lágrima.

Es el procedimiento de ley, mi estimada señora. A los muertos por suicidio, homicidio o accidente de cualquier naturaleza se les practica obligatoriamente la autopsia. Su cuerpo será trasladado al IML.

¿Qué es eso?

El Instituto Médico Legal, la morgue, donde se llevará a cabo la autopsia.

Mi abogado va a impedir ese absurdo, dijo ella saliendo abruptamente de la sala. Regresó poco después con un celular en la mano.

Mi abogado quiere hablar con usted, dijo, dándome el celular.

¿Señor comisario?

Sí.

Soy el abogado de la señora Sylvie.

Sí.

Señor comisario, ella adoraba a su marido, la idea de que lo van a... ¿cómo le diré? De que lo van a...

Someter a autopsia.

Exactamente, eso la pone muy tensa, muy triste... ¿No habría manera de evitarlo? En caso de que usted lograra que no le hicieran la autopsia, la señora Sylvie se lo agradecería de manera muy generosa...

¿Cómo se llama usted?

Vilela.

Licenciado Vilela, he notado que usted no conoce los códigos de Derecho Penal y de Proceso Penal. Si los conociera sabría que eso, ahora, es imposible. Otro detalle, voy a hacer caso omiso de su torpe insinuación sobre la generosidad de doña Sylvie.

Tomé el celular y lo arrojé sobre la mesa.

Su abogado es un imbécil.

Doña Sylvie me miró asustada. Salió inmediatamente de la sala.

El perito que me acompañaba tomó varias fotos antes de que los empleados de la carroza se llevaran el cuerpo. Olió el vaso que estaba frente al lugar donde estaba sentado el suicida.

¿Lo siente? ¿Siente el olor a almizcle? El tipo se mató con estricnina, dijo el perito colocando cuidadosamente el vaso en una bolsa de plástico. La estricnina provoca parálisis del centro respiratorio del cerebro, causando la muerte.

Seguí a la carroza hasta el IML. Pero antes de salir de la casa del suicida tomé su laptop y el CPU de su *desktop* con el disco duro.

Fui a tomarme un café a la panadería de la esquina. ¿Realmente era un caso de suicidio?, pensé mientras tomaba café con un pan tostado con mantequilla, aquella mujer estúpida que fingía llorar hizo que me llenara de sospechas sin fundamento.

Seguro tiene un amante y está feliz del suicidio de su marido.

Subí al auto y me fui a casa. Como siempre, Luiza estaba frente a la computadora.

Bebé, dime un sinónimo de *aliciente.*

Luiza tenía la manía de llamarme Bebé.

Incitación, incentivo, soborno.

¿*Soborno*? ¿Es el policía quien me lo dice?

También puede ser *estímulo.*

Voy a usar *estímulo.* Las falsas promesas eran el estímulo que usaba para obtener el apoyo de los otros. ¿Suena bien la frase?

Sí. ¿Estás escribiendo otro cuento?

Tengo que publicar un libro antes de cumplir los veinte.

Rimbaud publicó sus libros antes de los 18.

Rimbaud era poeta. La poesía es otra cosa —*batatinha quando nasce espalha ramas pelo chão, a menina quando dorme põe a mão no coração.**

Déjate de bromas, Bebé.

Era yo quien debía llamarla Bebé. Nunca pensé que me involucraría con una jovencita de esas, algo que rayaba en la pedofilia. Nunca me había acostado con una chiquilla de 19 años, ni cuando era adolescente, siempre me gustaron las mujeres mayores.

Pero para todo hay una primera vez. Era de noche, ya tarde, cuando entré en una tienda de esas que hay en las gasolineras, quería comprar un paquete de pan tostado y queso para comer en casa. En la puerta de la tienda noté que había un auto con el motor prendido, y una motocicleta Harley, de 1500 cilindros. Cuando entré vi a un tipo que le apuntaba con un revólver al cajero. El asaltante me vio y dijo, quédate quieto y no te pasará nada. Había también una niña, paralizada de miedo, con un casco de motociclista en la mano. Hablé con mi

---

* Se trata de una rima popular enseñada a los niños brasileños como ejemplo de lenguaje poético: «Las papitas cuando nacen esparcen ramas por el suelo, la niñita cuando duerme pone la mano en su corazón».

conciencia, como decía mi padre, no vale la pena arriesgarse, voy a dejar que el tipo se lleve el dinero.

Cuando tomó todo el dinero, el asaltante se volvió hacia la niña motociclista y le dijo, tú vienes conmigo.

Amigo, le dije, llévate el dinero y deja a la muchacha.

¿Que deje a la muchacha? ¿Un bomboncito como este? No, amigo, he andado a dieta, necesito mojar la brocha.

Deja a la muchacha, repetí.

Vete a la mierda, pendejo, ¿quieres que te dé un plomazo entre los cuernos?

El asaltante agarró a la muchacha del brazo y dijo, vámonos.

Entonces me le eché encima, disparó el revólver y sentí que me quemaba la barriga, era un buen indicio, un tiro de rozón. Pero el tiro que le di al asaltante fue en el pecho y se quedó sangrando en el piso; cuando la ambulancia llegó estaba muerto.

Le dije a la muchacha, vamos a la comisaría, hay que levantar un acta y tienes que declarar.

¿Un acta, un acta? ¿Qué acta?

Un acta de denuncia.

Voy por mi Harley.

Después la recoges. ¿Tienes edad para andar en motocicleta?

Tengo dieciocho cumplidos. ¿Quieres ver mi licencia?

No.

Entonces el dolor que sentía aumentó y le dije a uno de los policías, llévame al Miguel Couto y después lleva a la chica a la comisaría.

En el hospital, el médico que me atendió dijo que había corrido con mucha suerte, el proyectil me había atravesado el vientre, pero no había afectado ningún órgano vital.

Un mes después, estaba en mi departamento cuando sonó el timbre. Me asomé por la mirilla y vi a un tipo con casco, algo que me pareció siniestro. Agarré mi 45 y abrí la puerta.

Soy yo, soy yo, dijo la figura quitándose el casco.

Era la niña del incidente en la tienda de la gasolinera.

¿Puedo entrar?, y se metió antes de que respondiera.

Se sentó en un sillón de la sala y me preguntó, ¿tienes Coca-Cola Light?

Tengo mate.

Bueno.

Nos quedamos tomando mate.

Quería agradecerte lo que hiciste por mí. Ser violada por un tipo como aquel hubiera sido lo peor que podría haberme pasado en el mundo, peor que la muerte. ¿Sabes por qué? Porque soy virgen. Y quiero tener mi primer encuentro amoroso con una persona a quien yo ame. ¿Sabes quién es esa persona?

No.

Eres tú.

Tengo treinta y cinco años. No me acuesto con niñas. Mucho menos con niñas neuróticas.

Soy una mujer, no soy una niña. Y estoy en pleno goce de mis facultades mentales.

Luiza, así te llamas, ¿no? Ponte el casco y vete.

(Qué extraño que recordara su nombre.)

Luiza se quitó la chamarra de cuero y la blusita de algodón que traía. Mira, dijo ella señalando sus senos. Eran pequeños y erguidos, su piel era muy blanca y las areolas encarnadas de los senos parecían brillar.

Soy una mujer.

De repente estaba desnuda frente a mí.

¿Dónde está el dormitorio?, preguntó.

Fue así como empezó todo. Finalmente se mudó a mi casa. No tenía padre, solo madre, que vivía en Argentina y le enviaba una mesada.

Siempre que nos íbamos a la cama a hacer el amor ardientemente, y eso era todas las noches, ella besaba y lamía la cicatriz de mi barriga y me pedía que le dejara tocar mi 45.

Me pone cachonda, decía, sosteniendo la pistola.

Esperé el resultado de la autopsia; los análisis de laboratorio para detectar casos de envenenamiento son siempre tardados. Pero el informe, en que yo tenía que describir detalladamente la infracción penal cometida, estaba prácticamente terminado, el suicidio era más que obvio. Por eso ni siquiera interrogué de nuevo a la señora Sylvie, ni a la tal amiga, doña Helô. El problema iba a ser otro, un problema particularmente mío, descubrir por qué se había matado. Yo siempre quiero descubrir por qué una persona se mata. Lo hago para mi conocimiento personal. Siempre.

Entonces recibí una llamada telefónica del forense.

Date una vuelta por aquí, me dijo.

Cuando llegué, me dio un fólder. Aquí está el análisis del cuerpo del delito.

Ya lo sé todo, dije, el desgraciado ingirió estricnina, vi el vaso, sentí el olor característico del veneno.

Hombre, ya no eres el mismo. Lee mi informe. Había estricnina en el vaso, pero él no ingirió ni siquiera un gramo. La *causa mortis* fue un golpe violento en la cabeza, asestado probablemente con un martillo.

No vi ninguna herida en la cabeza, dije.

Traía una peluca, de importación. Todo en él era importado. Hasta los calzones de seda. Qué cara... ¿Estás irritado porque vas a tener más trabajo?

Ni modo, respondí.

Pero no estaba molesto por tener más trabajo. En realidad iba a tener menos trabajo. Para mí, descubrir a un criminal es más fácil que descubrir el motivo que lleva a una persona a dar fin a su propia vida. ¿Por qué la gente hace eso? ¿Por qué?

Regresé a la casa del suicida. Su mujer aún no sabía de las novedades. Me recibió de inmediato. Estaba bien maquillada, vestida como si fuera a salir. No había el más pálido reflejo de tristeza en su rostro.

¿Buenas noticias?

No sé si serán buenas o malas noticias para usted. Su marido fue asesinado.

¿Qué está usted diciendo? Estaba realmente sorprendida. Una mujer que no sabe fingir que está llorando no logra fingir que está sorprendida. A ella, de hecho, le había sorprendido mi revelación.

¿Dónde estaba usted el día de la muerte de su marido? Me dijo que había salido.

Ese día, ese día... repitió, perturbada.

Exactamente, el día de la muerte de su marido. ¿Dónde? ¿Dónde? Ande, responda ya. ¿Dónde estaba usted ese día?

En casa de... Aninha...

El nombre que usted me dio fue Helô.

Ah, sí, sí, discúlpeme, en casa de Helô. De Helô.

Señora, preséntese mañana en la comisaría a declarar. A las diez.

Yo tenía la dirección de doña Helô. Sabía que Sylvie seguramente le había llamado por teléfono para decirle que me dirigía hacia allá.

Helô me recibió muy nerviosa. La saludé y antes de hacerle cualquier pregunta, me dijo tartamudeando:

Sylvie estaba aquí el día once, estaba aquí, se quedó hasta tarde.

Otra mentirosa.

¿Había alguien más con ustedes?

No, estábamos solo las dos.

¿Y se quedaron hasta tarde haciendo qué?

Viendo una película en la televisión.

¿Cuál?

¿El título?

Sí, el nombre de la película.

Era, era... Ya se me olvidó.

¿De qué se trataba?

Era una comedia.

Doña Helô, comedia es la que usted está haciendo ahora, una comedia sin ningún chiste, es usted una mentirosa, tendré que acusarla por falso testimonio y obstrucción de la justicia, entre otros delitos.

¿Me va a acusar?

Sí, la voy a acusar, y ciertamente será condenada y encerrada.

¿Me van a encarcelar? Yo no hice nada... Sylvie me pidió... me pidió que dijera que estaba aquí conmigo.

Helô se calló.

Continúe —dije.

Ella no mató a Daniel. No tiene el valor para matar ni siquiera a una cucaracha.

Matar a una cucaracha, para una mujer, es más terrorífico que matar a una persona de un martillazo en la cabeza, dije.

No, no... Ella... Ella...

Continúe.

Estaba con Henrique.

¿Quién es ese tipo?

Henrique Vilalvarez. Es su amante. Es un secreto, nadie lo sabe.

¿Nadie lo sabe? Doña Sylvie tiene cara de tener varios amantes. ¿Dónde vive el tal Henrique?

Sé que en Ipanema, pero no sé en qué calle.

Henrique Vilalvarez. Conocía al tipo. Era un gigoló de señoras mayores. Sabía dónde vivía, ya lo había acusado en otra ocasión, por robo. Le había robado un collar y una pulsera de brillantes a una ricachona, pero ella, por miedo al escándalo, dijo después que había encontrado las joyas, y el proceso se detuvo. Llamé a la comisaría.

Busca por ahí la dirección de un tipo que se llama Henrique Vilalvarez, le pedí al policía que contestó.

El propio Vilalvarez abrió la puerta de la habitación y sala donde vivía. La dirección era chic, pero el departamento era una porquería. Era un tipo alto, bronceado, con aretes en las orejas.

Licenciado, qué sorpresa. Voy de salida, voy a hacer un poco de ejercicio al gimnasio.

Pero antes me vas a responder una pregunta.

Usted manda, licenciado.

El día once, ¿dónde andabas?

Aquí. Cogiéndome a una doña, ya ve, una de esas casadas con un tipo de esos que ni fu ni fa, por cierto, todos esos maridos son impotentes, ¿ya se dio cuenta, licenciado? Ella no es la gran cosa, vestida hasta pasa, pero ya en cueros está horrible, incluso con todas las cirugías que se ha hecho, tengo que tomarme la píldora para cogérmela, pero de algo tiene uno que vivir. Necesito mantener a mi madre, que está enfermita.

Tú no tienes madre.

Ella me contó que su marido usaba peluca, cambió la conversación. Un tipo que usa peluca merece que le pongan los cuernos.

Todo mundo sabía que la víctima usaba peluca, menos yo.

¿Cómo se llama la señora que te estabas cogiendo?

Es secreto profesional, licenciado.

¿Quieres que te lleve a la cárcel y te deje ahí guardado? ¿Eso quieres? Vamos, suelta la sopa.

Sylvie Louzada. Es figura conocida. Preside una asociación de obras de beneficencia.

¿Cuánto tiempo estuvieron ustedes aquí?

Hasta tarde, las dos o tres. Yo ya no aguantaba más. Y el efecto de la pastilla se me pasó. Eso es un peligro, si no te la surtes, la doña se busca otro. La mía es una vida difícil.

Bien, yo tenía que continuar investigando aquel homicidio, aunque mi interés era el suicidio, cualquier suicidio. Cargo siempre conmigo la nota escrita a mano, gastada y arrugada de tanto leerla: «Mi suicidio es un gesto de libre albedrío».

En un homicidio hay una víctima, en este caso Daniel Louzada, un autor, en este caso, un autor desconocido, y un investigador, yo. La víctima es importante. En la facultad, al mismo profesor del libre albedrío le gustaba decir que la filosofía era la ciencia de los porqués, afirmaba que era una definición de Sócrates. La investigación criminal tiene que ser, por lo tanto, socrática. ¿Por qué Daniel Louzada era la víctima? ¿Por qué habían usado un martillo? ¿Por qué intentaron fingir que había cometido suicidio? ¿Por qué esa farsa del suicidio tan mal hecha? (Hecha con la zurda, diría mi padre.) La autopsia había revelado que la muerte era resultado de una herida en la cabeza, y que el asesino debía saberlo.

Esos y otros porqués se quedaron martillando en mi cabeza.

Lo primero que había que hacer era investigar los negocios de Daniel Louzada. Me había pasado horas examinando sus archivos en la *laptop* y en el disco duro de la computadora. Los archivos parecían encriptados, no entendí absolutamente nada.

La viuda, Sylvie, había dicho que era financiero, que «manejaba acciones en la Bolsa», según sus propias palabras.

En la Bolsa de São Paulo nadie lo conocía.

¿Daniel Louzada? No es operador, no es inversionista, no existe nadie con ese nombre en nuestros archivos, decían los funcionarios de la Bolsa.

¿Cuál era el origen del dinero de Daniel Louzada?

Heredero no era, sus padres eran pobres. Lo mismo sucedía con Sylvie, era hija de unos pobretones, su nombre al nacer era Sílvia y ella había logrado obtener un nuevo registro con el nombre de Sylvie, pensando que era un nombre más aristocrático que podía ocultar su origen humilde. Busqué a mis amigos de la División de Narcóticos para saber si el suicida apoyaba la importación de droga de Colombia y de Bolivia, eso da un dineral. Pero el personal de Narcóticos informó que el nombre de Louzada no figuraba entre los sospechosos. *Doleiro** tampoco era, la policía sabe quién es quién en esa área.

Entonces tuve una idea. Tal vez había estado incidiendo en el artículo 334.

Llamé a un amigo de la Policía Federal, Ângelo. Estoy buscando un 334, le dije.

Eso es conmigo, respondió.

Ese artículo del Código Penal dice que es crimen, sujeto a pena de reclusión que puede llegar a cuatro años, importar mercancía sin pagar el impuesto debido por la entrada o por el consumo de la mercancía.

---

*   Aquel que hace negocio cambiario con dólares estadounidenses en el mercado paralelo.

Yo sabía que el contrabando de artículos de informática estaba enriqueciendo a mucha gente.

¿Daniel Louzada? Estamos siguiendo a ese individuo hace ya un rato, me dijo Ângelo. Detuvimos un *container* que llegó de China lleno de piezas de computadora, pero cuando fuimos a hacer la detención en flagrante, el contrabandista no apareció. Conseguimos identificarlo, era Daniel Louzada. Estamos preparando el proceso contra él, pero Louzada es un tipo muy astuto.

Era, dije.

¿Era?

Fue asesinado.

Qué mierda, eso va a entorpecer nuestras investigaciones. Sabemos que tiene un socio que aún no logramos identificar.

¿Su mujer?, pregunté.

¿Sylvie? No, esa es una idiota, la seguimos por un tiempo, tiene un amante y se la pasa entre estilistas y gimnasios para fortalecer los glúteos de su trasero caído.

Tengo sus computadoras. Pero los archivos están encriptados.

¿Dónde están?

En la comisaría.

Mando por ellos para echarles un vistazo, dijo Ângelo.

Bebé, dime un sinónimo de *fanfarronería*.

Jactancia.

¿*Jactancia*? ¿Hay otro?

Baladronada.

Dios mío, Bebé, no, no voy a usar esa palabra.

¿Cómo va tu cuento?

Creo que voy a desistir de escribir. Es muy aburrido. ¿Ya notaste qué feas las escritoras? ¿Y qué mal envejecen?

¿Y qué vas a ser?

Fisioterapeuta.

¿Fisioterapeuta? Me parece una buena idea.

Si me dijera que quería ser carnicera, le respondería de la misma manera.

Pero voy a tener que estudiar nutrición. ¿Me compras un libro?

Sí, mi amorcito.

Luiza estaba cada vez más bonita. Iba a envejecer bien.

Al día siguiente, antes de ir a la delegación pasé por una librería y compré un libro; me gustó la portada y el inicio de la primera página: «La fisioterapia, en sentido amplio, es la ciencia que estudia el movimiento humano. En sentido restringido al área de la salud, se dedica al entendimiento de la estructura y mecánica del cuerpo humano. Estudia, diagnostica, previene y trata los disturbios, entre otros, de la biomecánica y la funcionalidad humana que surgen de alteraciones de órganos y sistemas humanos». Una fisioterapeuta bonita como Luiza iba a tener un gran éxito.

Tan pronto como entré en la comisaría, el policía de guardia me dijo que Ângelo, de la Policía Federal, había llamado y había pedido que le devolviera la llamada.

Eres un tipo con suerte, me dijo Ângelo, el disco duro de la computadora está lleno de buenas informaciones. Aquí tenemos un tipo experto en criptografía, Simas, descifra cualquier mensaje. Louzada usaba Zerbini, un código para cartas y otros documentos escritos. ¿Sabes quién era el principal socio de Louzada? Una mujer. Una mujer, Vilela. Las iniciales de su nombre son HB.

¿Y por las iniciales dedujeron que era una mujer?

No, claro que no. Es que Louzada siempre se dirige a su socio llamándolo de mi querida H. Querida H solo puede ser una mujer, ¿no? Tenemos que agarrar a esa mujer. Importaron miles de piezas de computadora, teclados, discos duros, monitores, y el contenedor de China, que conseguimos interceptar, te acuerdas, fue solo uno de los muchos que lograron contrabandear sin que lo hubiéramos notado.

¿Algún otro dato sobre ella?

Es tartamuda. Y él le recomendó un especialista. Tenemos el nombre y la dirección del especialista. Puedes dejarnos el caso, nosotros lo resolvemos.

¿Qué te pasa, Ângelo? El caso es mío. Homicidio es más importante que contrabando. Déjame capturar a la asesina y después les paso a la contrabandista.

En la puerta estaba escrito DR. BRUM. TRATAMIENTO HOLÍSTICO DE LA TARTAMUDEZ. Toqué el timbre. Una mujer vestida de enfermera abrió la puerta. Entré.

Yo, que que quería hacer una con con con...

Tengo mi lado payaso. Debe ser cierta apatía de vivir.

Consulta, dijo ella.

Con el doctor Brum.

Fue hasta una mesa, miró el monitor de una computadora y dijo, solo hay consulta la semana que entra.

¿Pero el doctor está en el consultorio en este momento?

Está atendiendo a un cliente.

Le mostré la credencial de policía.

Lo espero.

Media hora después, el cliente salió e inmediatamente entré, con la credencial abierta en la mano.

Doctor Brum, estoy buscando a una cliente suya cuyas iniciales son HB.

¿HB?

Sí, HB.

Él también tenía computadora. Una *laptop* moderna. La tartamudez debía dejar dinero. El doctor Brum consultó la *laptop* y me dijo, la única cliente con ese nombre es esta.

Cuando vi el nombre y la dirección, confieso que me sorprendí. Y mucho.

Acompañado de dos policías de mi comisaría, toqué el timbre, y ella, la propia contrabandista, me abrió la puerta.

¿Qué lo trae por aquí? En qué puedo servirlo?

Tengo una orden de cateo y aprehensión y le garantizo que voy a encontrar un martillo en su casa.

¿Un martillo?

El que usted usó para matar a su cómplice.

Mis auxiliares no tardaron en encontrar el martillo. Tenía el mango de madera rajado en la empuñadura para dar más firmeza al manejarlo y cavidades especiales en ambos lados de la cabeza, para ayudar a introducir y fijar clavos. Había sangre seca en las cavidades.

¿Ni siquiera se tomó el trabajo de lavar el martillo? Cavó su sepultura en ese momento. Va a ser fácil probar que la sangre es de Daniel Louzada. Un detalle, doña Helô: ¿Por qué no tartamudeó el día que estuve aquí para interrogarla sobre doña Sylvie?

Cuando estoy nerviosa no tartamudeo, dijo.

El mentado doctor Brum debe pensar que usted es un fenómeno.

Sí, dice que no entiende mi sintomatología.

Doña Helô, está usted detenida por el asesinato del señor Daniel Louzada.

En la comisaría, lo confesó todo. Daniel Louzada le estaba robando y Helô decidió asumir el negocio del contrabando ella sola. Un día en que sabía que Sylvie iría a quedarse hasta tarde en casa de su amante, fue a visitar a Louzada y en el momento en que él consultaba unos papeles en su despacho, Helô se puso atrás de él, le quitó la peluca y le dio un martillazo letal en la cabeza. Después le puso la peluca de nuevo. La estricnina era veneno para ratones que había conseguido y disuelto en un líquido. Ya llevaba consigo la carta mecanografiada con la firma de Louzada, falsificada.

Entregué a Helô al equipo de la Federal para que aclararan los aspectos del contrabando.

Me fui a casa. En el camino, pensando en lo fácil que era resolver un homicidio, saqué de la billetera el papel arrugado donde estaba escrito: «Mi suicidio es un gesto de libre albedrío». Sí, el suicidio era algo difícil de descubrir.

¿Por qué mi padre había cometido aquello que él llamaba «un gesto de libre albedrío»? ¿Era la famosa melancolía portuguesa? Me parecía un hombre feliz.

La enseñanza de la gramática

¿Estás triste?
No sé. Tal vez.
La tristeza da cáncer, ¿lo sabías?
Pensé que hacía salir verrugas en la nariz.
Hablo en serio.
Últimamente te la vives hablando en serio.
Cuando hacía bromas reclamabas.
Ni muy muy ni tan tan.
Pusiste una coma después de muy muy.
Estoy hablando, no estoy escribiendo.
¿Y en lo que dijiste no había una coma después de muy muy?
No. ¿Estás haciendo un análisis sintáctico y morfológico de la frase?
En la frase hay el uso de la figura de sintaxis llamada elipsis.
Basta. Es por ese tipo de cosas que ya no quiero vivir contigo.
¿Porque sé gramática y tú no?
Entre otras cosas.
¿Ya no te gusta coger conmigo?
Usaré una elipsis aquí. Mejor dicho, una zeugma.
Zeugma es un sustantivo masculino.
Un zeugma, entonces.
Que significa que...
Que es fácil sobreentender.
¿Sobreentender por qué ya no te gusta coger conmigo?
Precisamente. Piensa.
Estoy pensando y no lo logro.
Piensa en nosotros dos en la cama.
Siempre te manifiestas pomposamente a la hora del orgasmo.
¿Pomposamente? Explica.
Exhibición de magnificencia sensual. Mímica.
¿Mímica?
Mímica. Muy bien hecha.

Voy a empacar. Di: te estás tardando.

Te estás tardando.

¿Y esos ojos húmedos de lágrimas?

Mímica.

Creo que me quedaré un poco más.

¿Un poco?

Unos días.

¿Días?

Pensándolo mejor, unos meses. Pero me enseñas gramática durante ese tiempo.

Entonces ya deja de estar triste.

Tengo una razón. Ya tengo cáncer.

¿Lo juras?

Lo juro. De pulmón. El cigarro.

Mi amor, yo te voy a cuidar.

Pero antes enséñame gramática.

Pasión

Hace tiempo estuve enamorado de una muchacha y para probarle la grandeza de mis sentimientos me corté el dedo meñique de la mano derecha. Dicen que la pasión es un sentimiento patológico, una enfermedad, que afortunadamente es transitoria.

Nunca estuve enamorado de Nely, pero me casé con ella. Soy escritor, y los escritores son todos (con excepciones brillantes) unos pobretones. Nely tenía dinero, que su padre le había heredado, además de que ganaba muy bien como abogada especialista en indemnizaciones.

Tengo que decir la verdad. Yo era un escritor fracasado. Ni siquiera eso, ni siquiera fracasado, lo que ya sería algo, era un escritor que nunca había logrado que le publicaran nada. Envié mis originales a muchísimas editoriales y todas, sin excepción, me los regresaron con las explicaciones hipócritas de rutina. Le pregunté a Nely si podía financiar la publicación de uno de mis libros, solo uno, en una de esas editoriales que se dedican a eso, pero me preguntó que si no me daba vergüenza y dijo que no participaría en algo indigno como aquello.

Nely es muy celosa, contrató un equipo de detectives particulares que me vigilan día y noche. ¿Saben cómo me encuentro con Michele, la pasión de mi vida? En la clínica del doctor Amâncio, un cirujano amigo mío. Me presta uno de sus consultorios y hago el amor con Michele en una de esas camas de hospital. Por cierto, fue Amâncio quien encontró la solución a mi problema, sobre el cual hablaré en unos momentos.

Por Michele me corto cualquiera de los dedos, toda la mano, me corto todo, menos el pito. Me gusta hacer el amor con Michele. Hacer el amor con pasión exige un rito, un protocolo, una pompa, una solemnidad. Pero para eso es necesario que el cuerpo de la mujer a quien vamos a hacerle el amor sea muy bonito, perfecto, como el de Michele. O que uno lo juzgue perfecto, lo que es lo mismo. Pirandello tiene razón, si a uno le parece que algo es así, es porque así es. He aquí el rito, que abarca los cinco sentidos: la mujer se acuesta en la cama, completamente desnuda, y uno contempla su cuerpo, de la cabeza a los pies, de frente y de espalda. Observa, ve cada detalle, el cuello, los huesos del omóplato, el ombligo, la rodilla, los dedos de los pies, la boca, los ojos abiertos, para distinguirles el matiz, y cerrados, para divisar las pestañas y las ojeras, todas las mujeres tienen ojeras, unas más marcadas, otras más sutiles. Enseguida, acaricia ligeramente el vientre y los senos, y la parte interior de los muslos, existen en la piel terminaciones nerviosas y corpúsculos, los llamados receptores táctiles, que hacen que el cuerpo sea sensible a las caricias. Después, acerca la nariz a su cuerpo y siente el aroma de cada parte, de los cabellos, las axilas, los senos, los pies, la vagina, la espalda, las nalgas. Entonces, prosiguiendo con el ritual, siente el sabor de la mujer mordiendo levemente y pasando la lengua por todo su cuerpo, por los labios, la lengua, los senos, nuevamente las axilas, la barriga, el ombligo, las piernas, sin olvidar la parte que queda atrás de las rodillas y también la parte interior de los muslos, cerca del pubis, y también los pies y finalmente la vagina —la vulva, donde la lengua debe explorar todos los recovecos, pues los sabores de la vagina son incontables y variados en cada fragmento, y en ciertos momentos, uno debe hacer un cono con la lengua y meterla lo más hondo posible en esa grieta voluptuosamente paladeable. Después por las nalgas y el ano. La lengua debe recorrer y descubrir los placeres contenidos en ese mágico orificio de altísima sensibilidad que puede proporcionar un deleite excelso.

Solamente después de estos prolegómenos debemos introducir el pene en la deslumbrante grieta, que estará balsámicamente vaporizada, preparada para recibirlo.

¿Cómo hacer todo eso con Nely? Su cuerpo es feo, sus senos están caídos, las nalgas guangas, la barriga flácida. Y cuando le sugerí que consultara a un cirujano plástico, se rio y me preguntó, con mordacidad, ¿crees que soy una frívola botoxera? Soy una profesionista liberal, una abogada famosa, respetada, que se gana la vida trabajando. Estaba implícito, en la manera como lo dijo, que yo era un holgazán que usaba como pretexto ser escritor para no trabajar.

Tuve una larga conversación con mi amigo Amâncio. No sé qué voy a hacer de mi vida, le dije, estoy enamorado de Michele, y mi mujer me asfixia, me humilla, me hace infeliz.

Amâncio se quedó un tiempo callado. Después me dijo que tenía la solución a mi problema. Sé que quieres regalarle un departamento a Michele, ¿no?

Sí, me gustaría satisfacer su mayor deseo, que es tener un penthouse en Leblon. Pero no tengo dinero, ni siquiera para comprar una barraca en la favela Rocinha.

Tengo la solución a tu problema.

La solución que Amâncio me dio me dejó horrorizado.

No puedo hacer eso, Amâncio, no tengo valor.

Piénsalo, piénsalo bien.

Jamás haría algo así.

Pero aquella noche Nely me dijo que estaba cansada de vivir con un parásito, que me iba a conseguir un trabajo burocrático y que tendría que aceptarlo.

Tienes que aceptar. Te lo estoy ordenando, ya decidí.

Está bien, está bien, Nely, mañana iré a ese despacho.

Pero no obedecería aquel intolerable decreto de Nely. En lugar de eso, fui al consultorio de Amâncio.

Acepto, le dije.

Todo está listo, dijo Amâncio.

Me dio una aguja para rasparle la piel a Nely cuando estuviera dormida, bastaba con un arañazo. La aguja estaba infectada con tétanos. Recordé que alguien me había comentado que una buena manera de librarse de una persona era infectarla con tétanos, pero no me acordaba quién me lo había dicho.

Me quedé despierto, con la aguja en la mano, sin valor para hacer aquello. Entonces Nely comenzó a roncar y creo que eso fue lo que me llevó a hacer lo que Amâncio me había ordenado.

Por la mañana, Nely dijo que tenía un arañazo en la pierna y le sugerí que se pusiera una curita. Las curitas sirven para pura mierda, me había dicho Amâncio. Cierra el registro del agua para impedir que Nely se bañe, si se lava la herida con agua y jabón todo esta perdido, el agua y el jabón matan cualquier infección. Hace rima y es verdad.

Nely fue a su despacho sin bañarse, con el curita en la pierna. Me quedé en casa sufriendo, sintiéndome un asesino execrable, un crápula de la peor especie. Llamé al consultorio de Amâncio.

Calma, calma, ven para acá y platicamos, dijo.

Ustedes están casados por bienes mancomunados, dijo Amâncio, cuando se muera Nely te vas a quedar con todo, podrás escribir tranquilamente y, si es necesario pagar la edición de tu libro, lo podrás hacer. Varios escritores que con el tiempo se volvieron famosos e importantes pagaron las primeras ediciones de sus libros, todo mundo lo sabe.

Amâncio me explicó que el periodo de incubación del tétanos podría variar de tres a veintiún días; cuanto más alejada estuviera la herida del sistema nervioso, más largo sería el periodo de incubación, y mientras más largo fuera el periodo de incubación, mayor sería la probabilidad de muerte. Por eso me mandó que le hiciera el raspón en la pierna.

Que Dios me perdone, dije.

Lo que está hecho, hecho está, dijo Amâncio.

Cuando uno quiere que el tiempo pase rápido, pasa muy despacio. Transcurrieron diez días y nada sucedió. Pero en el décimo tercer día Nely empezó a tener contracciones de los músculos mandibulares. Llamé a Amâncio.

Ah, qué bien, dijo, ese es el primer síntoma del tétanos, el llamado *trismus*, Nely va a quedarse sin poder abrir la boca. Háblame para que vaya a examinarla.

Nely, mi amor, llamé al doctor Amâncio, va a venir a examinarte.

Amâncio examinó a Nely detenidamente.

No es nada, dijo Amâncio, es tensión nerviosa, debes tener algún problema en el despacho. Te voy a dar un calmante, una inyección.

Le aplicó una inyección en la vena.

Qué maravilla, dijo Amâncio; mira su cara.

La miré. Nely se estaba riendo.

Se está riendo, dije.

Exactamente. Se llama *risus sardonicus*, un espasmo de los músculos alrededor de la boca, ocasionado por la rigidez del cuello y de la espalda. Qué maravilla. Ahora vamos a esperar la diaforesis, va a sudar, sudar, sudar, su temperatura va a aumentar, va a tener taquicardia y se va a morir de asfixia causada por los espasmos del diafragma. (Se me olvidó decir que Amâncio usaba y abusaba de la palabra *maravilla*, la comida estaba de maravilla, la película era una maravilla, los zapatos eran una maravilla y así sucesivamente.)

El propio Amâncio hizo el acta de defunción: falla general de múltiples órganos, que es la causa que todos los médicos ponen en el acta cuando no saben realmente la *causa mortis*. Nely no tenía otros parientes, y como las visitas estaban prohibidas, nadie vio el *risus sardonicus* estampado en su cara mientras agonizaba en la cama. Confieso que siempre recordaba la fisonomía de guasón de Nely y hasta tuve algunas pesadillas en que estaba sentada en el comedor, mirándome con una sonrisa de escarnio o desdén, mientras me comía un plato de cebollas, la comida que más odio.

Nely poseía muchos inmuebles y varios tipos de inversiones. Tomé una parte del dinero que obtuve y compré un penthouse en la playa, que puse a nombre de Michele. Era su sueño, un penthouse en la playa de Leblon. (En realidad, tuve todavía que gastar una cantidad razonablemente grande en la remodelación. El departamento estaba en excelentes condiciones para ser habitado, pero las mujeres enloquecen por hacer una remodelación, y la hicimos: nueva cocina, dos nuevos baños, algunos muros demolidos, sauna nuevo, cambio de duela, en fin, un departamento nuevo. Y los muebles... Gasté mucho dinero.)

Mira, me dijo cuando las obras terminaron, tú sigues viviendo en tu casa y yo en la mía, lo que acaba más rápidamente con el amor es vivir juntos, teniendo fricciones todo el día, conozco más de mil casos. Otro detalle, nadie puede llegar a la casa del otro sin avisar.

Tenía razón. Como no había la mentada fricción, nuestras relaciones siguieron primorosas como antes, tal vez incluso mejoraron, pues cogíamos con más comodidad.

Amâncio vivía cobrándome el favor, me debes una, decía. Amâncio podía ser un buen contaminador de tétanos, pero parece que como médico no era la gran cosa. Tenía pocos clientes y gastaba gran parte de su tiempo frecuentando antros y casas poco respetables, él mismo confesaba que le gustaba coger con putas.

No necesitas usar condón si coges con una puta; tienes que usar condones si jodes con mujeres casadas, esas sí se contagian con enfermedades de los maridos, que son bisexuales, decía.

Conociendo sus inclinaciones, no me molestaba cuando él y Michele iban a visitar exposiciones de pintura, lo que hacían con frecuencia.

Le di una buena cantidad de dinero y también una carta poder con plenos poderes para comprar, vender, delegar, todo.

Un día Amâncio me dijo que necesitaba mi ayuda. Tenía un rancho en la sierra, un poco adelante de Teresópolis, e iba a invitar a un conocido a pasar unos días allá, pero en realidad quería encerrarlo en el sótano de la casa.

¿Y después?, pregunté.

Después de unos días regreso y lo suelto. Es para darle un susto. Es un culero de mierda.

¿Y si grita, pidiendo auxilio?

Podrá gritar todo lo que quiera, que nadie lo va a escuchar. No tengo nadie que cuide y cierro la casa con trancas y cerraduras inviolables. No hay problema.

Caray, ¿vas a matar al tipo?

No sé. Ya te dije, es un hijo de puta. Y es un estorbo en mi vida. Impide que me quede con la mujer de la que estoy enamorado.

No sabía que también estabas enamorado. ¿Es puta?

No, no es puta.

El rancho estaba en un lugar aislado. La casa era antigua, toda de piedra, muy bonita.

¿Y el tipo?, pregunté.

Llega al rato, contestó Amâncio. Ven, te voy a enseñar el sótano.

Un escotillón había sido abierto en una de las habitaciones y Amâncio apuntó hacia la abertura.

¿Ves? Uno baja por esa escalera de madera, retira la escalera y deja que el cabrón se pudra allá dentro. Baja para que veas.

La escalera tenía muchos escalones. El sótano era muy oscuro. Cuando llegué al último escalón, dije, puta madre, este lugar sí que es profundo.

Hay una linterna de keroseno ahí. Por favor, prende la linterna.

Con el encendedor iluminé el sótano. Encontré la linterna sobre una mesita al lado de una cama con un colchón de paja.

Es un cubículo, grité.

En ese momento oí que recogía la escalera.

Llegó nuestra visita, ya regreso, dijo Amâncio.

Después de unos instantes oí una voz femenina.

Hola, Pedro.

¿Michele?

En carne y hueso, contestó, y su cara apareció en la trampa.

¿Qué haces aquí?, pregunté, aunque sabía ya la respuesta.

Estaba asustado pues ahora entendía todo. El culero de mierda al que Amâncio quería matar de hambre era yo. Estaba jodido. Sabía que ni él ni Michele estaban bromeando. Ahora entendía aquellas exposiciones de pintura que los dos frecuentaban juntos, varias veces a la semana. Un día se fueron a París a ver una exposición y me pareció normal, eran mi mejor amigo y la mujer que decía que me amaba locamente. Yo era un ingenuo idiota. La mujer de quien Amâncio estaba enamorado era Michele.

¿Qué haces aquí Michele?, repetí.

Vine a ayudar a Amâncio a enterrarte. *Bye, bye*, corazón.

Antes de que la puerta de la trampa se cerrara grité, Michele, Michele, por favor, llama a Amâncio, llama a Amâncio.

Amâncio apareció en el escotillón.

¿Qué quieres?

Amâncio, eres mi mejor amigo, búscame un cuaderno grueso, varias plumas y un poco más de keroseno. Mientras no me muera de hambre quiero escribir una novela. Siento que será mi obra maestra.

Voy a buscarlo, le oí decir.

Se tardó un poco. Pensé en mi carta poder delegando derechos. Y recordé quién me había dicho, un día, que causar una infección de tétanos era una buena manera de librarse de un enemigo: había sido Michele.

Más tarde, el escotillón se abrió y varias plumas y un cuaderno grueso fueron arrojados desde arriba. Y también varias latas de comida y refrescos. Vi la cara de Amâncio en la abertura del escotillón.

¿Amâncio, le traspasaste a Michele la carta poder que te di?

Sí. ¿Por qué?

No terminó la frase. Oí un disparo y el golpe sordo de un cuerpo que había caído al piso. Michele era un genio, un genio del mal. Cerró el escotillón con un estruendo.

¿Amâncio había tenido la suerte de una muerte rápida y tal vez sin dolor? ¿O Michele iba a dejar que se desangrara como un cerdo? Sin embargo, nada es peor que morir de hambre, pensé, aquellas latas de comida me iban a durar poco tiempo. Tendría que buscar una manera menos lenta y dolorosa de despedirme. Con la linterna busqué en el sótano algo afilado para cortarme las muñecas. No encontré nada. Tal vez podría lograr cortarme las venas con los dientes. No iba a ser fácil, pero creo que tendría que hacerlo. No era necesario que fuera aquel día. Otra hipótesis sería prenderle fuego al colchón de paja y morir asfixiado. Pero no era necesario que fuera aquel día.

Podría aprovechar el silencio, la soledad para escribir. Eso, exactamente, dejaría un mensaje a la posteridad, una obra maestra que, seguro, un día sería encontrada con mi calavera al lado, lo cual le daría una gran publicidad a mi libro.

Me senté en la cama, puse la mesita frente a mí, tomé una de las plumas, abrí el cuaderno y empecé a escribir furiosamente.

Los editores iban a disputarse como hienas los derechos de publicación de mi libro.

Intolerancia

Cuando me libré de Gisleine, creí que estaría más feliz sin tener a una pesada molestándome en la casa. Armaba un pleito por cualquier cosa, porque me afeitaba solo dos veces a la semana, porque quería ver el partido de futbol y después el video del partido, ya viste esa mierda de partido ¿y la vas a ver otra vez?, gritaba. La voz de Gisleine era irritante, aun cuando hablaba quedito. Cocinaba mal, y quien acabó encargándose de la cocina fui yo, hacía la comida, mi lunch diario y me iba a trabajar al taller; eso sí, lavar y secar los trastes no lo hacía. Un día estaba muy cansada y me dijo que lavara y secara los trastes de la cena y agarré los putos platos y los tiré todos por la ventana. Ese fue el primer síntoma de que estaba hasta la madre. Lavar la ropa, lo hacía la lavadora, y Gisleine planchaba con las patas. ¿Una sirvienta? No tenía dinero para pagar una sirvienta, apenas había podido comprar mi departamento en el vigésimo piso de un conjunto habitacional, o sea, todavía lo estaba comprando y seguía pagando las mensualidades. Gisleine podría trabajar para ayudar al gasto, pero se pasaba todo el día viendo esas estúpidas telenovelas, por eso se le jodieron las nalgas, se le llenaron de celulitis, justo las nalgas, la parte más linda del cuerpo de una mujer. Se despertaba con mal aliento y quería besarme en la boca, tenía la manía de coger cuando despertaba, «A esa hora es cuando me pongo cachonda, cariño», decía, «Y siempre la tienes parada». Carajo, todos los hombres se despiertan con el pito parado, eso hasta tiene nombre, erección matinal. Esas cosas, como dije, me fueron hartando, hasta que un día en la ducha pensé me voy a librar de esta mujer. No fue fácil, Gisleine no quería perder aquella beca —casa, comida, y un hombre con quien coger—, y tuve que ingeniármelas para librarme de ella. Es cierto que cuando le dije que ya no quería vivir con ella, Gisleine me dio la solución al problema. En fin, sin Gisleine en casa todo iba a las mil maravillas, veía los partidos y las películas policiacas que se me antojaban e incluso lavaba los trastes sin irritarme demasiado, es cierto que aprendí el truco para lavar los trastes, les echas una de estas porquerías verdes que vienen en una botella de plástico, los tallas con la mano y listo, los putos platos están limpios. Pero sucedió algo raro, después de un tiempo empecé a añorar una mujer en casa, una mujer que estuviera dispuesta a coger siempre que se me antojara, y también para platicar, por más aburrida que sea una conversación, la verdad es que siempre distrae un poco, y a las putas que me cogía, además de que destrozaban mi presupuesto, no les gustaba platicar, querían coger rápidamente y largarse. Había un loco que decía que las putas son las mejores mujeres exactamente por eso, porque uno se las coge y luego las corre, algo que no es posible hacer con la propia mujer, pero eso se me hace que es puro cuento. Entonces decidí buscarme otra vieja, no soy exigente, tendría que tener nalgas bonitas, ser delgada, los pechos pequeños y buenos dientes; podría ser fea, la belleza no pone la mesa, decía mi abuelo, y él sí que sabía; podría ser tonta, yo tampoco soy muy inteligente que digamos, podría ser hasta analfabeta —no, analfabeta no. Salí a buscar y no fue difícil encontrar una mujer. Daiana era una mulata clara, de veintitantos años, si hubiera sido muy oscura no me habría gustado, pero no es por racismo, tampoco me gusta coger con chinas, ¿será racismo? Es una cuestión de gustos, pero Daiana cayó con el primer piropo que le eché. También es cierto que Daiana quería salir de casa de sus papás, que se la pasaban molestándola. Daiana se mudó a mi casa con todo y cepillo de dientes, como decía mi abuelo. Al principio hacía todo lo que yo quería, hasta cocinaba y lavaba los trastes, me dejaba ver los partidos de futbol, pero eso fue al principio. Después, «¿Mi amor, vas a ver el futbol ahora? Es hora de mi telenovela», y sin preguntarme nada cambiaba de canal para ver aquella mierda de telenovela que era igual todos los días, «Carajo, mi amor, ya viste telenovelas todo el día, ¿vas a querer ver otra telenovela ahora de noche, a la hora del futbol?», y me respondía que la telenovela de la noche era la importante, de día solo veía repeticiones y la telenovela de la noche era nueva. Daiana tampoco trabajaba y se la pasaba sentada todo el día comiendo galletas y viendo las putas repeticiones de las telenovelas. Yo sabía que no pasaría mucho tiempo antes de que su traserito se arruinara, como había sucedido con Gisleine. Puta madre, qué vida. Me daban horror las telenovelas, horror, y el departamento era pequeño, una habitación y una sala. No tenía un lugar donde esconderme, a no ser el baño, me acostaba en el mosaico y el sonido entraba por debajo de la puerta. Ver telenovelas es una mierda, pero oírlas es una mierda todavía peor. Tendría que darle vacaciones permanentes a Daiana también, llevaba con ella menos de un año y ya no la aguantaba. Abrí la puerta del baño y le dije, «Daiana, ya no quiero vivir contigo, se acabó, es mejor que regreses a casa de tus papás». «¿Qué? ¿Regresarme a casa de mis papás? ¿Estás loco? Yo no salgo de aquí, ¿me oíste? Aquí es mi casa.» «Tu casa ni qué la mierda, el departamento es mío.» «Pues no me voy, ni insistas, no me voy de aquí ni loca, si me echas, hijo de puta, me quedo en la puerta tocando el timbre.» Gisleine, como dije antes, me había dado un buen tip cuando le dije que se fuera; me contestó, solo salgo de aquí muerta. Y así fue como salió. Nos emborrachamos con unas caipiriñas y cuando Gisleine estaba prácticamente desmayada, quité las sábanas del colchón y, con ella acostada sobre él mientras yo hacía un gran esfuerzo, logré llevar el colchón hasta la ventana y empujar el cuerpo hacia fuera, veinte pisos, la puta iba a quedar hecha trizas. ¿Por qué esa historia del colchón? Para no dejar marcas en el antepecho, lo vi en una película en la tele, en que la policía examina el antepecho de la ventana y deduce cuándo fue empujada la persona. Y fue lo que sucedió, un policía llegó al departamento y examinó la ventana mientras yo lloraba, lamentándome, Dios mío, por qué lo hizo, yo la amaba, íbamos a tener hijos, queríamos formar una familia, y yo lloraba y el policía me miró y dijo basta de lloriqueos, los hombres no lloran. Salió todo perfecto, incluso porque la policía no iba a perder el tiempo investigando la muerte de una pobretona, pero yo no podía repetir aquel truco, tenía que inventar otro para liquidar a la víbora de Daiana, que después de mandarme a la mierda, volvió a su estúpida telenovela y yo me quedé con cara de pendejo sin saber qué hacer. Me acerqué a la ventana y vi la avenida Brasil, aquella interminable fila de autos yendo de un lado a otro, cómo hay gente en este mundo, esos tipos que tienen auto son todos unos hijos de puta que contaminan la ciudad, joden el tráfico. Pero al mirar hacia la avenida Brasil, aquellos autos que iban de un lado a otro, tuve una idea salvadora. Todo está frente a uno, todas las soluciones, solo hace falta mirar, carajo. «Mi amor, tengo ganas de comer carne asada, me pagaron hoy, ¿vamos a cenar carne asada con unas cervezas?» «Cuando acabe la telenovela», dijo Daiana. Cuando acabó, se cambió y salimos. Me dijo, «Vamos hasta el puente peatonal, me da miedo cruzar esta calle». «Déjate de tonterías», le dije, tomándola de la mano, «El paso peatonal está muy lejos, vamos a pasarnos corriendo.» Fuimos esquivando los autos, Daiana estaba aterrorizada, hasta que vi un autobús grandote, uno de esos de transporte interestatal que venía a gran velocidad y, cuando se estaba acercando, le solté la mano a Daiana, di dos pasos hacia delante como un torero huyendo de los cuernos del toro, mientras Daiana se quedaba paralizada. El autobús rozó mi cuerpo, agarró a Daiana de frente y la tiró lejos. Debió haber muerto instantáneamente, la infeliz no sufrió nada. Se hizo un lío, yo asumí otro papel, no el del marido chillón, como antes, sino el del tipo apendejado, que decía como un zombi, «¿Dónde está mi Daiana, donde está mi Daiana?». También me escape de esta. Ahora mi asunto es coger con putas, pensé, coger con ellas y echarlas, el tipo que me lo dijo tenía toda la razón.

El disfraz y la euforia

Él escondía todos los disfraces. Las cirugías plásticas en la cara y en el cuerpo, las limpiezas diarias de la piel, los masajes, los ejercicios en un gimnasio, también a diario, los implantes de cabello y de dientes, todo eso era realizado de manera subrepticia, oculta.

Era difícil que descubrieran su edad, era imposible saber que él —vamos a llamarlo Z— era un viejo. Vencí a la vejez, pensaba Z.

Como dijo Mantegazza, el gran neurólogo, fisiólogo y antropólogo, la infancia es la edad de las interrogaciones, la juventud, la de las afirmaciones, la vejez, la de las negaciones. Sí, Mantegazza tenía razón, la vejez es la edad de las negaciones y la principal es la negación tajante de que uno está viejo.

El neurólogo también era conocido por haber aislado la cocaína de la coca, la cual utilizó en experimentos para investigar sus efectos psicológicos en humanos. Al saber esto, Z decidió consumir cocaína.

Antes leyó en internet que la cocaína actúa en el sistema nervioso central, provoca euforia, bienestar, sociabilidad. Y fueron esos los síntomas que sintió durante la primera semana de uso. Sin embargo, después de un tiempo percibió que su ritmo cardiaco se aceleraba y que su pupila estaba dilatada. Además, padecía escalofríos y una cierta náusea.

Necesito dejar de usar esta sustancia, pensó. Pero quería gozar una vez más la euforia que tanto placer le había causado el inhalar cocaína por primera vez. Había leído y olvidado que la cocaína perdía su eficacia a lo largo del tiempo —hecho que se denominaba tolerancia a la droga— y que el usuario pasaba a utilizar progresivamente dosis más altas para obtener los mismos efectos agradables que lograba al principio de su uso. Así, consumió una dosis mucho mayor. Ah, qué bueno era. Lo hacía disfrutar un placer que jamás había sentido.

Comenzó a consumir cocaína diariamente. Ahora se la inyectaba en la vena. Empezó a tener una extraña y agradable alucinación: al mirarse en el espejo, Z veía su imagen cada vez más joven. Y entre más aumentaba la dosis, más se rejuvenecía la imagen. Ya no necesitaba teñirse el cabello, someterse a aquellas desagradables cirugías plásticas, darse masajes diariamente, ni frecuentar gimnasios llenos de gente desagradable. Descubrió una fórmula mágica para obtener el secreto de la juventud eterna.

Z se desmayó en su casa y se lo llevaron a un hospital. Allá notó que dos médicos conversaban al lado de su cama. Uno de ellos decía que no sabía cuál era su identidad. Uno le preguntó al otro que qué edad tendría el paciente. El otro respondió y Z entendió todo lo que decía: bien, solía teñirse el cabello, pero dejó de hacerlo hace un tiempo y ya empieza a ponerse gris en la raíz; la piel arrugada, una cierta flacidez del cuerpo... Yo diría que tiene más de noventa años.

Z no escuchó nada más.

Los médicos dijeron que en ese momento Z tuvo un infarto al miocardio y murió.

Belleza

Elza me dijo:

—Cuando me miro en el espejo me dan ganas de morirme. Contemplo mis fotografías de cuando tenía veinte años, te acuerdas de mí cuando tenía veinte años, ¿no te acuerdas? Y pienso, ¿cómo fue que sucedió? Se me olvida que el tiempo, como alguien dijo, es el peor de los venenos. Debí de haberme muerto cuando tenía veinte años, no importa cómo, atropellada, asesinada, con un ladrillo que me cayera en la cabeza. Si supiera que me iba a quedar así, mírame, mírame, anda, mírame, si supiera que iba a quedar así, me habría matado. ¿Pero serviría de algo? ¿Crees en el alma?

—¿El alma?

—*Anima*, en latín. En teología, sustancia incorpórea, inmaterial, invisible, creada por Dios a su semejanza; fuente y motor de todos los actos humanos.

—Claro.

—Y el alma envejece también, ¿no?

—No sé. Si hay vida después de la muerte, es una existencia no corpórea...

—Leí en un libro de un filósofo que el alma también envejece.

—¿Envejece?

—Sí. Pero no sé lo que quiso decir con eso. Cuando me miré en el espejo pensé, cuando me muera mi alma se va a quedar con ese aspecto decadente, horrible.

—Si el alma tiene una existencia no corpórea... —comencé a decir, pero Elza rompió en un llanto convulsivo, diciendo, entre sollozos:

—Debí de haberme matado cuando tenía veinte años, cuando tenía veinte años...

Me acordaba de ella a los veinte años. Era una mujer linda. Ahora, sentada en el bar conmigo, era una mujer fea, gorda, vieja, deprimida. Sí, Elza debía de haberse matado, o en todo caso alguien debía de haber tenido la bondad de hacerlo por ella, un gesto de generosidad, de nobleza y belleza inigualables.

Me fui a casa y tomé dos rebanadas de pan mohoso del refrigerador, las puse en un pequeño horno eléctrico dispuesto a hacerme un sándwich. Pero entonces me di cuenta de que no tenía nada qué poner entre las rebanadas de pan tostado. ¿Salir a comprar algo al supermercado de la esquina? No tenía ganas de comer, esas rebanadas de pan tostado eran suficientes. Quería quedarme pensando. La belleza del ser humano es una alegría que dura poco; su encanto y su valor no aumentan, desaparecen. Elza tenía razón, para una mujer linda, como era ella a los veinte años, la vejez es peor que la muerte.

Elza es mi paciente. Soy médico general. Antes de recibirme de médico, estudiaba química, pero suspendí los estudios un año antes terminarlos, quería tener una profesión en la que pudiera ayudar a las personas y escogí la medicina. Si un paciente me llama en la madrugada para quejarse de un problema, lo atiendo con la mayor buena voluntad y, si es necesario, voy hasta su casa. Pero hace ya mucho tiempo que me imagino un gesto de generosidad y bondad realmente trascendente, algo sublime que jamás hubiera sido realizado. Paso noches despierto pensando en eso. Necesitaba mostrar mi generosidad de una manera diferente, no solo atendiendo a personas que no pueden pagar la consulta, o dando limosnas, un gesto tan diferente, que fuera... que fuera de una plenitud sublime.

Vivo solo y cuando salgo del consultorio me voy derecho a casa. Ceno la sopa que mi sirvienta me prepara. Me gusta quedarme solo. Cuando llego, mi muchacha ya no está y cuando salgo temprano al consultorio aún no ha llegado. Ni siquiera recuerdo bien su cara, no sé si es blanca o negra o mulata o china o enana. Sé que le pago un salario alto y no soy exigente.

Ahora estoy aquí en casa pensando. ¿Y si Elza tuviera la razón y el alma envejeciera también? Es mejor morir joven. Me acordé de mis sobrinas. Son tres jóvenes muy bonitas, Lisete, de dieciocho años, Norma, de la misma edad, y Sabrina, de diecinueve. Para ellas, sería mejor morir mientras fueran lindas. Y yo podía ayudarlas. Sí, podía ayudarlas.

Pensé en qué veneno usar. No iba a usar pistolas ni cuchillos, el veneno era la mejor opción. Primero pensé en estricnina, una droga que se absorbe muy rápidamente. Tan pronto ingresa en el sistema sanguíneo, la estricnina afecta inmediatamente al sistema nervioso central. El problema es que causa convulsiones, espasmos y una distorsión facial conocida como *risus sardonicus*. ¿Cianuro? El cianuro interfiere en la capacidad de oxigenación de la sangre, paraliza el centro respiratorio del cerebro y provoca una rápida pérdida de la conciencia. El problema es que el cianuro también causa convulsiones y síntomas desagradables como la dilatación de las pupilas. Descarté también el cianuro. ¿Envenenamiento por bacterias? Pero tendría que usar gérmenes de tifoidea, ántrax o difteria, cuya dificultad sería la inoculación. Sé que hubo un asesino que usó bacterias en un aerosol nasal, pero la víctima era su esposa, es fácil hacer que la mujer que vive con uno use un aerosol nasal. También descarté usar bacterias. ¿Arsénico? ¿Cómo es que solo ahora pensaba en ese veneno conocido desde la Antigüedad, muy empleado en la Roma imperial, el veneno que en el Renacimiento usaban los Borgia? El problema es que produce vómito y diarrea en la víctima, algo muy inconveniente. Descarté el arsénico. ¿Aconitina? La aconitina es un alcaloide vegetal que se obtiene de la raíz y las hojas moradas del acónito, género de plantas venenosas de la familia de las ranunculáceas, que se encuentran en regiones templadas. El acónito puede ser introducido a través de la piel, es altamente tóxico. Causa náusea, vómitos, es otro veneno con efectos desagradables.

¿Por qué conozco tantos venenos? No se les olvide que estudié química y ejerzo la medicina.

No existe nada mejor para matar a una persona que una dosis fuerte de algún narcótico. Pero ¿cómo administrarlo?

Entonces recordé la ricina, un alcaloide tóxico extraído de las semillas y las hojas del ricino y que se encuentra en el aceite de ricino. En la dosis correcta, basta con un piquete de aguja con una pequeña porción de esta sustancia para que la víctima presente síntomas de un resfriado al día siguiente y fallezca enseguida. Pero necesitaba un buen laboratorio, con un horno de alta temperatura, y alguien especializado, un químico con conocimientos de alta tecnología.

Tenía a la persona indicada. Era un amigo mío llamado Gustavo. Tal vez el químico más competente del país. Lo busqué y le dije qué era lo que deseaba de él.

—Pero eso es ilegal, fabricar esa sustancia es ilegal —dijo Gustavo—, me pueden arrestar, cancelar mi cédula profesional.

—Te pago lo que quieras.

—¿Qué vas a hacer con eso?

—Un experimento —dije—. Después, cuando me entregues el material, te lo cuento todo.

Gustavo se tardó un mes en preparar la ricina.

Era un fin de semana cuando llegué a su laboratorio; la suerte estaba de mi lado.

Lo primero que me dijo Gustavo fue la cantidad que quería recibir. Una suma absurda. Le di un cheque con el total.

—Aquí está —me dijo, dándome una caja dentro de la cual había pequeñas ampolletas y una aguja—.Basta con un leve piquete de la aguja con ricina para que la persona muera en veinticuatro horas. Y nadie podrá descubrir la causa.

Tomé la aguja, la metí en una de las ampolletas y, en un momento en que Gustavo estaba distraído, le piqué ligeramente el brazo. Se asustó. Aproveché para sacar del bolsillo una pistola cuarenta y cinco que llevaba conmigo y lo golpeé con fuerza en la cabeza, haciendo que cayera desmayado. Entonces lo amarré y lo amordacé con cinta aislante. Tomé mi cheque y la billetera de Gustavo, además de algunos objetos, para que, el lunes, cuando sus auxiliares llegaran, sospecharan un asalto.

Regresé a casa radiante. Podría ejercer la generosidad en su plenitud sublime, lo que haría de mí una persona diferente.

Los periódicos dieron la noticia de la muerte de Gustavo, diciendo que había sido asaltado. El forense dijo que probablemente había muerto de un infarto, después de que lo amarraron y amordazaron con cinta aislante.

Lisete fue a mi consultorio. Cuida muchísimo su salud y se hace análisis periódicos innecesarios. Creo que es un poco hipocondriaca.

La imagino envejecida, una anciana arrugada y fea, senil; en la actualidad, todas las mujeres van a vivir largos años hasta volverse viejas decrépitas y repugnantes. No podía permitir que eso sucediera.

Sin que se diera cuenta —tan leve fue el piquete de la aguja— le inoculé la ricina.

—Tienes una salud excelente, Lisete, no necesitas hacerte ningún estudio.

—¿Ni siquiera de sangre? —preguntó.

—Ni siquiera de sangre. Puedes irte a casa tranquila.

Al día siguiente, todavía por la mañana, me hablaron para decirme que Lisete había fallecido mientras dormía.

—Pero si estuvo ayer aquí y su salud estaba perfecta —dije, ocultando mi emoción—. Voy a pasar a su casa.

Colgué el teléfono. Mi regocijo, mi alegría, mi felicidad por hacer el bien eran tan grandes que empecé a llorar. Pero pronto me contuve. Tenía que planear muy bien mis acciones. Norma tendría que recibir el beneficio más tarde, dos sobrinas mías muertas misteriosamente podrían causar sospechas. Tendría que elegir los lugares de acción. Y también elegir otras jóvenes lindas. Había tantas, pobrecitas.

Tenía que planear, planear, planear. Hacer el bien es más difícil y complicado que hacer el mal.

Mordida

—¿Te gusta que te muerda?

Tengo la boca perfecta para morder, todos los dientes correctamente alineados, los caninos no son ni picudos ni saltones.

—¿Te gusta que te muerda? —pregunté de nuevo.

—Sí —contestó.

Estábamos en la cama, desnudos, sexualmente excitados, acababa de hacerle un largo cunnilingus que la había llevado al orgasmo.

Muerdo principalmente la espalda y las nalgas.

La volteé boca abajo y le di una dentellada en la espalda, con poca fuerza. Después le di una más fuerte.

Ella gimió.

—Así no me gusta, tiene que ser más suave.

Me enfrié. Me gusta dar dentelladas que dejen marcas, marcas visibles, marcas profundas.

—Mi amor —le dije—, acabo de recordar que tengo un compromiso importante y ya estoy retrasado.

Salí de la cama y me vestí apresuradamente.

—Regresas? —preguntó, todavía acostada.

—Te llamo en cuanto me desocupe —respondí.

Cuando llegué a la calle, aquella mujer ya había sido totalmente borrada de mi mente. Basta con una mirada para saber si a una mujer le gusta o no que la muerdan. Alguien dirá que a todas las mujeres les gusta que las muerdan. No es cierto. A todas las mujeres les gusta que las laman, eso es incuestionable. Pero que las muerdan, no, no hablo de esas mordidas de mentiritas, hablo de mordidas fuertes, que dejan marcas. Son pocas a las que realmente les gusta. En mi profesión, aprendí a conocer a la gente.

Cuando vi a Lenore inmediatamente llegué a la conclusión de que detestaría que la mordieran. Era mi vecina y siempre que me veía me sonreía. A pesar de que era una mujer muy bonita y atractiva, la descarté de inmediato.

Un día me agarró del brazo y me preguntó:

—¿Me invitas un café?

Tomaba expreso macchiato, padecía acidez estomacal. Yo lo tomaba puro. Cuando viví en Italia, en Milán, tomaba el corto, un expreso elaborado con poca agua, fuertísimo. Aquí no hacen ese tipo de café.

—¿Te gusta Poe? —le pregunté.

—Como poeta, sí. El Poe cuentista es demasiado siniestro para mi gusto.

—Admiro a Poe como cuentista y como poeta. Por eso te puse el nombre de Lenore.

—Ah, el poema...

—Me sé de memoria los poemas de Poe —recité—: «*For her, the fair and debonnaire, that now so lowly lies, The life upon her yellow hair but not within her eyes—The life still there, upon her hair—the death upon her eyes*».

—Pobre. Su muerte fue horrible.

—*Delirium tremens*, tirado en una banqueta.

—¿Y cuál es tu nombre?

—Edgar —respondí.

Se rio.

—Entonces vamos a usar nuestros seudónimos, Edgar.

—De acuerdo, Lenore.

A pesar de que Lenore era muy bonita, la evitaba. No estaba interesado en una *saintly soul*, quería una pecadora depravada, algo que ella no era. Pero confieso que, por una extraña coincidencia, siempre que iba al consultorio, aun teniendo un horario variado como el mío, la veía y ella parecía aún más encantadora. Era delgada, de brazos delgados, senos pequeños, trasero pequeño, el tipo de mujer que me atrae. Un día no resistí:

—¿No quieres pasar a mi casa para ver mi colección de alas de mariposas?

—Ese es un truco muy viejo —dijo—. Mi abuelo me decía que se usaba en su época. Si acepto, ya sé cuál será el fin...

—Exactamente. Un fin inconfesable...

—Acepto —dijo.

La desnudez de Lenore me fascinó, como si fuera una escultura de Miguel Ángel. Algo que trascendía el deseo carnal.

Nos acostamos y de inmediato empecé a usar mi lengua.

—Métemela —dijo.

La vagina de Lenore era tan apretada que, aun húmeda como estaba, hacía la penetración difícil.

Poco después dijo algo que hizo que mi corazón latiera agitadamente. Como no respondí, repitió, casi gritando:

—Muérdeme, anda, muérdeme.

Empecé por morderla en el hombro y, cuando se vino, la puse boca abajo y le mordí las nalgas.

—Más fuerte —dijo.

La mordí, con mucha violencia, en las nalgas y en la espalda. Después permanecimos acostados, en posición supina, mirando al techo.

—¿En qué piensas? —preguntó Lenore.

—En que eres la mujer de mis sueños. ¿Y tú? ¿En qué piensas?

—En que eres el hombre de mis sueños.

Nos abrazamos, felices.

Tomábamos café juntos todos los días. Y después nos íbamos a hacer el amor, en mi departamento o en el suyo. Después de hacer el amor con Lenore, miraba las marcas que mis dientes habían dejado en su carne. Podía ver con nitidez las señales de mis dientes y Lenore pedía un espejo para verlas también, y contemplábamos con cierto éxtasis aquella configuración de nuestro amor. A veces yo la mordía con tanta energía que le salía sangre, lo cual me molestaba, yo no era vampiro de cine, y evitaba que eso sucediera.

Estaba enamorado. Por primera vez en mi vida pensaba en vivir con una mujer.

—Lenore, vivamos juntos.

—Sí —contestó—, quiero vivir toda mi vida contigo.

—También yo, es lo que más deseo.

—¿En mi departamento o en el tuyo? —preguntó.

—Tú decide —dije.

—En el tuyo. Me costaría mucho trabajo hacer la mudanza de los libreros y los centenares de libros que tienes.

Ese día hicimos el amor sin protección, por sugerencia de Lenore.

—Si me embarazo, va a ser maravilloso, quiero tener un hijo tuyo —me dijo.

Aquella noche no dormimos juntos. Estaba tan excitado con la perspectiva de casarme que no podía dormir. Me tomé una dosis de somníferos como para un caballo. Tuve pesadillas horripilantes, que incluían muerte, fantasmas, relámpagos.

Desperté con el ruido de fuertes golpes en la puerta de entrada. Me levanté, me puse los pantalones, pues siempre duermo en calzones y camiseta, y fui a ver quién era. Era un policía uniformado y otro vestido de civil, que se presentó como el detective Guedes.

—Nos gustaría que nos acompañara a la comisaría.

—¿Cuál es el asunto?

—La muerte de su vecina Lenore.

—¿Fue asesinada?

—Sí. Nos informaron que usted y ella llevaban una relación, digamos... íntima...

—¿Asesinada?

Mi somnolencia desapareció como por arte de magia.

—La vi anoche, estaba bien.

—La víctima, Lenore, fue estrangulada anoche. El perito calcula que el crimen sucedió cerca de las tres de la mañana.

—¿Estrangulada?

—Por favor, vístase y venga conmigo.

—¿Dónde está? —pregunté, sintiendo ganas de llorar.

—En la morgue.

—¿En la morgue?

—Vístase, por favor.

—No se llamaba Lenore —dije.

—Tengo conmigo su cédula de identidad. Su nombre es Lenore, no hay la menor duda —respondió el detective.

Cuando llegamos a la comisaría, me llevaron a un cuarto.

—Un secretario le va a tomar su declaración —dijo el detective.

—No entiendo qué está pasando. Por favor, quiero ver a Lenore.

—Fue asesinada, estrangulada, violada y hay marcas de dentelladas en su cuerpo. Un vecino lo vio a usted saliendo de su departamento ayer, ya tarde por la noche.

Después de oír mi declaración, que fue mecanografiada y firmada por mí, me llevaron a un laboratorio donde sacaron moldes de mis dientes, tomaron muestras de mi saliva, para un examen de ADN, y registraron mis huellas digitales. Iban a ver que las mordidas habían sido causadas por mí y que el esperma en la vagina de Lenore era mío.

—Puede irse a su casa. Pero quiero advertirle que el comisario va a hacer una averiguación. Señor Edgar, creo que debe conseguir rápidamente un abogado criminalista.

Sí, mi nombre es Edgar. ¿Coincidencia? ¿O sería sincronicidad, según el concepto de Jung para definir acontecimientos que se relacionan no por relación causal sino por relación de significado? La sincronicidad difiere de la coincidencia, pues no implica solo la aleatoriedad de las circunstancias, sino un patrón subyacente o dinámico que se expresa a través de relaciones o eventos significativos. Soy freudiano, pero creo que Jung tiene razón en muchas de sus teorías. Ah, se me olvidó decir que soy psicoanalista, esa es mi profesión. Y no necesito agregar que nunca muerdo a mis pacientes.

Regresé a mi departamento como si fuera un zombi. Lenore, Lenore, el amor de mi vida, estaba muerta. Me dieron ganas de morirme también.

Como el detective me había advertido, el delegado no solo inició una averiguación previa por el crimen, sino que también solicitó al juez criminal mi prisión preventiva.

Estaba tan perturbado que olvidé buscar un abogado. La policía vino a mi casa, fui detenido y nuevamente conducido a la comisaría, pero esta vez me refundieron en la cárcel.

Permanecí aislado en una celda.

El detective Guedes me fue a visitar.

—¿Y su abogado? ¿No le dije que se buscara un abogado?

—Soy inocente, no necesito un abogado.

—Está actuando como un arrogante irresponsable. Los inocentes necesitan más a un abogado que los culpables. Y hay quien dice que todos somos culpables, que no existen inocentes.

—Parece cosa de Steiner —dije.

—No sé quién es.

—Un crítico literario. He leído varios de sus libros. Steiner dijo: «La culpa y la inocencia, la transparencia y la opacidad, se mezclan indisociablemente».

—Búsquese un abogado de inmediato. Un crítico literario no lo va a ayudar...

Me dieron permiso de llamar a varios amigos.

—Todos los abogados son una mierda —me dijo uno de ellos. Perdí todo un día haciendo llamadas inútiles.

Al día siguiente, Guedes se apareció en la cárcel.

—Es usted un tipo afortunado. El esperma que hallaron en el ano de la víctima tiene un ADN diferente del suyo.

—¿La sodomizaron?

—Sí.

—Voy a matar a ese hijo de puta.

—Calma, señor Edgar. Sospecho que puede ser alguien que vive en su edificio, el portero nocturno dijo que no entró ningún extraño. Ese vecino que declaró haberlo visto saliendo del departamento de la víctima, ¿qué tipo de persona es?

—No lo conozco. Recuerdo que cuando salí del departamento de Lenore, abrió la puerta del suyo, me miró y cerró la puerta.

—¿Hizo usted mucho ruido cuando salió del departamento de la víctima?

—Ella tiene nombre, por favor, deje de llamarla la víctima.

—¿Hizo ruido cuando salió del departamento de la señora Lenore?

—No. Al contrario, como Lenore ya estaba dormida, tuve cuidado de no hacer el menor ruido.

—Qué interesante —dijo Guedes.

El detective se retiró rápidamente, dejándome solo. La litera donde dormía no era incómoda, a mí me gustaban los colchones duros como aquel, debido a un problema de columna, aun así tuve un sueño entrecortado, me desperté varias veces y me puse a caminar por el cubículo.

Al día siguiente, Guedes no vino. Sentí su ausencia. Me había dicho que no recibiría visitas, pero empezaba a sentirme muy solitario.

Entonces Guedes apareció.

—Es usted un tipo con suerte. El ADN de su vecino coincidió perfectamente con aquel encontrado en el ano de la víct..., digo, de la señora Lenore. Buscamos su expediente y el tipo ya fue enjuiciado dos veces por violación y se libró de ser condenado. Parece que su abogado es muy bueno.

—¿Cuándo voy a salir de aquí?

—Lo estamos arreglando. Mañana o pasado se podrá ir a su casa.

Debería morder a ese hijo de puta hasta matarlo. El problema es que muerdo por amor.

Gordos y flacos

Frecuento diariamente la Chocolaterie (el nombre verdadero de la tienda es otro). Este texto no es de ficción, o sea, no es una narración imaginaria, irreal, producto de mi imaginación. Lo único inventado es la palabra Chocolaterie, todo lo demás es verdad. Sé, como decía Adorno, que es muy difícil decidir lo que es, objetivamente, verdad, pero eso no «debe aterrorizarnos». Los conceptos de subjetivo y objetivo se invirtieron por completo (aún es Adorno quien habla). ¿Es algo confuso? ¿Qué filósofo no es confuso?

Pero regresemos a la Chocolaterie. Acostumbro a sentarme en una de sus mesas a tomarme una pequeña taza del delicioso chocolate que sirven, mientras contemplo a la clientela. La mayoría son mujeres gordas o que están engordando. Y todas compran chocolates. No me queda la menor duda de que para ellas el chocolate es libidinoso, lúbrico, voluptuoso, les estimula el hipotálamo, induciendo sensaciones placenteras y elevando el nivel de serotonina. El problema es que la serotonina en exceso puede convertirse en melatonina que, a su vez, reduce la libido. Finalmente, el chocolate tiene sustancias que pueden activar receptores cannabinoides, lo que causa sensaciones de sensibilidad y euforia. Regalar chocolates es un ritual de cortejo muy común.

Perdonen mi tendencia a dar explicaciones sobre todos estos asuntos, pero es que soy profesor, y los profesores tenemos ese vicio de aclarar, explicar, enseñar.

No he mencionado que soy maestro en una escuela preparatoria, de esas que no reprueban a nadie, basta con que el alumno pague la colegiatura puntualmente para que esté aprobado, aunque siga siendo semianalfabeto, como la mayoría de ellos. Un día dije: quien ya haya leído un libro que levante la mano. Nadie levantó la mano. Algunos tenían acceso a internet, pero solo para ver el YouTube y cosas por el estilo. La mayoría fumaba marihuana.

En fin, contemplo fascinado el cuerpo de aquellas chocólatras. Las nalgas cada vez más globulosas, la increíble neumaticidad de las cinturas (discúlpenme ese tropo, pero, como ya dije, soy profesor), las esfericidades agresivas de los senos, los gruesos brazos llenos de celulitis. Me ponía a imaginar cómo serían sus muslos: un horror.

Hasta que un día entró una mujer muy bonita, delgada. Ordenó una taza de chocolate. Todas las mesas estaban ocupadas y la invité a sentarse conmigo. Aceptó diciendo que le gustaba tomar su chocolate cómodamente.

Me llamo Jéssica.

Yo soy Leandro. ¿Comes mucho chocolate?

Mucho, diariamente, me dijo. Padezco síndrome de pánico y el remedio para eso, en mi caso, es comer chocolate. Sabes qué es el síndrome de pánico, ¿no?

Pontifiqué: Claro, ese síndrome es una especie de preparación del organismo para algo desagradable. La reacción natural es la fuga, algunos no logran levantarse de la cama. En ciertos casos hay una liberación mayor de adrenalina, lo que provoca alteraciones fisiológicas con aumento de las frecuencias cardiaca y respiratoria.

Sí, es eso, hay ocasiones en que no puedo salir de la cama. Tengo que comer chocolate, unas dos barras por lo menos, entonces logro levantarme para ir a trabajar.

¿En qué trabajas?

Soy arquitecta.

Qué interesante. Yo soy maestro. De ciencias. ¿Cuál es el secreto de tu esbeltez? ¿Hipertiroidismo? ¿Alguna disfunción de la glándula hipófisis?

No, mi tiroides está en perfecto estado. Y creo que mis glándulas también. Hago pilates, tres veces a la semana, y probablemente tengo un sistema metabólico deficiente.

Es posible, respondí.

Empezamos a tomar juntos, diariamente, nuestra taza de chocolate. Después hacíamos nuestras compras. Enseguida, nos separábamos y cada quien se iba por su lado.

No pasó mucho tiempo antes de que me enamorara. Ya no miraba a las mujeres gordas que frecuentaban la Chocolaterie. Siempre llegaba antes y permanecía mirando la puerta de cristal esperando a Jéssica. Cuando caminaba era aún más linda. Siempre dejaba que saliera primero, en un momento más explico la razón.

Un día le dije:

Jéssica, estoy enamorado de ti.

Me miró con sorpresa.

No sé qué decirte. Suspiró. Necesito confesarte algo...

Pero no me confesó nada. Dijo, saliendo apresuradamente de la mesa, tengo que irme.

Ya no la volví a ver en la Chocolaterie. Supe, por las meseras, que iba en otro horario y que siempre que llegaba revisaba discretamente el salón, seguro para confirmar que yo no estaba presente.

Aquel suspiro que dio no se me quitaba del pensamiento. Era como si ella hubiera descubierto de repente que yo era el mexicano Manuel Uribe. ¡Manuel Uribe! Ustedes saben quién es, el hombre más gordo del mundo, hasta hace poco pesaba cerca de 560 —¡quinientos sesenta!— kilos. Yo peso solamente 140. Sí, sé que caminaba como pingüino y era una persona... digamos, rotunda, por eso siempre dejaba que Jéssica saliera primero. Jéssica había dicho tengo que confesarte algo, y yo sabía lo que quería decirme y no tenía el valor de hacerlo: eres muy gordo, no puedo ser novia de alguien así.

Necesito adelgazar, pensé.

Fui al médico.

Quiero perder la mitad de mi peso en poco tiempo, le dije al médico, el doctor Alexandre.

Le voy a ser franco, contestó el médico, para que un hombre gordo como usted pueda adelgazar rápidamente solo existen dos procedimientos. El balón intragástrico y la cirugía bariátrica.

Le pedí que me explicara.

El balón intragástrico es una prótesis de silicón en forma de globo que se inserta por endoscopía. Se infla con suero fisiológico y colorante y está pensado para que su volumen sea ajustado individualmente dentro del estómago. Es un tratamiento temporal y debe ser retirado en un plazo máximo de seis meses. El balón inflado dentro del órgano ocupa un espacio que correspondería al alimento; así, disminuye el hambre y facilita la adaptación a una dieta hipocalórica, asociada a un cambio de estilo de vida, que incluye ejercicios físicos.

¿Un balón dentro del estómago? ¿Alguien se atreve?

Más personas de las que usted se imagina. ¿Usted cree que las personas que pierden treinta, cuarenta kilos en poco tiempo, lo logran con una dieta alimenticia? Lo hicieron con el balón o la cirugía bariátrica.

¿Y eso qué es?

Es una gastroplastia. Existen varias técnicas. En una de ellas el estómago, que tiene capacidad para cerca de dos litros, es seccionado con una engrapadora quirúrgica, de tal manera que se obtiene un nuevo estómago con capacidad extremadamente reducida. Un asa intestinal es anastomosada al nuevo estómago para permitir la salida y absorción de los alimentos, se conoce como anastomosis gastroyeyunal. No olvide que el adelgazamiento acentuado del paciente siempre requiere de cirugías plásticas para retirar el exceso de piel. El paciente puede presentar diarrea al ingerir alimentos grasosos y tener desnutrición proteínica, pero eso se puede solucionar. Simplifiqué al máximo la explicación para que usted entienda.

¿Y qué me aconseja?

El balón intragástrico, como le dije, debe ser retirado en un plazo de seis meses. La gastroplastia es para siempre.

Elegí la gastroplastia.

Algunos meses después de la cirugía bariátrica había perdido sesenta kilos y me la pasaba con diarrea, lo que me ayudaba a adelgazar. Estaba horriblemente pellejudo y tuve que someterme a varias cirugías plásticas. Miraba en el espejo mis ochenta quilos y me consideraba un flacucho. Decidí que podría volver a la Chocolaterie.

Después de muchos días logré encontrar a Jéssica. Elogió mi nueva silueta y me besó en la mejilla. Estaba felicísimo. Entonces entró en la Chocolaterie una mujer muy guapa, un poco mayor que Jéssica. La mujer se llamaba Íris.

Jéssica tomó la mano de Íris cariñosamente y dijo: Íris es mi novia. ¿Recuerdas aquel día en que te dije que tenía que confesarte algo?

Sí, lo recuerdo muy bien.

Era mi pasión por Íris. Pero creí que no entenderías...

Jéssica, Jéssica, lo entiendo perfectamente y deseo que sean muy felices. No soy homofóbico. En realidad, tengo un solemne desprecio por las personas que lo son.

Qué bien, dijo Jéssica. Quiero seguir siendo tu amiga. Extrañaba nuestras pláticas.

Y a mí no me molesta que estés enamorado de Jéssica. Ella se merece la pasión de todos nosotros, dijo Íris, dándome un beso en la mejilla.

No quería dejarlas ni siquiera un minuto, estaba feliz en compañía de aquellas dos bellas mujeres. Feliz, aunque frustrado. Dos sentimientos en conflicto. Qué feliz ni qué un carajo.

El vendedor de libros

Antes vendía enciclopedias. Britannica, Delta-Larousse, Barsa, Mirador. Conocí a Daniela, mi mujer, cuando le vendí una enciclopedia.

—¿Todo lo que quiera saber esta aquí?

—Sí.

—¿Cualquier cosa?

—Sí, cualquier asunto.

—¿Astronomía?

—Astronomía, geografía, geología, matemáticas, temas científicos, sociales, artísticos.

—¿Corte y confección?

—Corte y confección, cocina, lavado de ropa, no existe una pregunta sin respuesta, para quien tiene una enciclopedia como esta.

Daniela compró la Britannica. Después supe que no sabía ni media palabra de inglés.

Fue entonces cuando inventaron internet y en poco tiempo nadie más compró enciclopedias. Creo que ya ni existen en formato de libro. Todo debe estar en DVD. O en Kindle, iPad o cualquier otra de esas tabletas de lectura electrónica que pululan en las tiendas.

Vivía con Daniela (en realidad no estábamos casados, pero vivíamos como si lo estuviéramos) en un caserón en la calle Catete. Tenía cuatro pisos y vivíamos en el último. Cuando Daniela reclamaba que tenía que subir las escaleras varias veces al día, le decía que sus piernas se estaban poniendo más y más bonitas y sus nalgas más duritas debido al ejercicio que hacía subiendo los escalones.

Pasé entonces a vender libros de autoayuda. Es lo único que la gente lee hoy en día. Cargaba un catálogo con varios títulos: *El miedo es tu peor enemigo*, *¡Tú puedes!*, *Descubre la perfección que existe en ti*, *Aprende a meditar*, *La felicidad existe* y el clásico *Cómo ganar amigos e influir* *sobre las personas*, de Dale Carnegie, escrito hace casi ochenta años. Por extraño que parezca, era el que más vendía.

Al vender una enciclopedia ganaba una buena comisión. Pero la que ganaba con la venta de libros era muy pequeña.

—Lo siento, mi vida, pero así no se puede.

Daniela me dijo eso mientras hacía sus maletas. Después me pidió dinero para el taxi y se fue. Le pedí que se quedara, le dije que nuestra vida iba a mejorar. Escuchó mi lamento en silencio, cerró las maletas y me dijo, en la puerta:

—Te dejo la Britannica.

Nunca leyó una sola entrada de la Britannica. Los volúmenes estaban sobre la mesa. Si estuviera en una película, para demostrar mi irritación haría un súbito y amplio gesto lleno de violencia y tiraría todos los libros al piso. ¡Ah, esos clichés! Fui a la cama y me acosté. Tampoco me quedé en posición fetal, esta mierda que estoy contando no es una película, carajo.

Salí a caminar por las calles. Un rato después, sucedió algo extraño. Me tropecé con un objeto metálico y cuando me incliné sobre él vi que era un reloj de oro. Lo levanté del piso, lo examiné y noté una inscripción en la parte trasera: «Para Lejb Finkelstein con amor» y una fecha reciente.

La ocasión hace al ladrón, es un antiguo proverbio. ¿Qué haría una persona honesta? Buscaría en el directorio telefónico a un tipo llamado Lejb Finkelstein, solo debe de haber uno, y le regresaría el reloj.

Pero había dejado de ser una persona honesta. Nunca pensé que eso me llegaría a pasar. Las personas cambian, creo que quien dijo eso fue Dale Carnegie. Yo no había cometido un robo. Robo es cuando hay violencia física o material, una cerradura forzada, una persona agredida. Cuando se trata de un hurto, no sucede nada de eso. Por cierto, ni siquiera había cometido un hurto, cuando mucho había sido una apropiación indebida, a final de cuentas, me había tropezado con el reloj.

Bueno, ¿y ahora? ¿Qué haría con él? Sabía que existían compradores de objetos robados, pero ¿dónde podría encontrarlos?

Mierda. Tomé el directorio telefónico. Ahí estaba Lejb Finkelstein. Vivía en Botafogo.

Fui hasta allá en camión. Era un edificio de cuatro pisos, antiguo, sin ascensor.

Subí las escaleras. Toqué el timbre.

Una mujer abrió la puerta. Era una gorda. Solamente veía mujeres gordas frente a mí.

—¿Está el señor Légibe?

La gorda me ordenó que esperara un momento.

Un tipo flacucho apareció.

—Don Légibe, encontré su reloj.

—¿Qué reloj? —dijo, vigilando a la gorda que estaba a su lado.

La gorda se alejó. Entonces Légibe, mirándome fijamente, se puso el dedo indicador en la boca como si me pidiera silencio.

—Lucia, voy a la tienda por unos cigarros —gritó, tomándome del brazo.

Salimos. En medio de las escaleras, Légibe dijo:

—Lucia no sabe nada acerca de este reloj, me lo regaló mi novia.

Saqué el Rolex del bolsillo y se lo di.

Al llegar a la calle, Légibe me dijo

—Me gustaría darle una gratificación, pero no tengo dinero. Otra cosa, mi nombre no se pronuncia así. No es «Légibe», es «Leibe».

—No hay problema, don...

—Leibe.

—Don Leibe.

—¿Puedo pedirle un favor?

Además de que no me había dado una gratificación, el hijo de puta todavía me pedía un favor.

—Sí.

—Entréguele esta nota a la señora Lilian. La dirección está en el sobre. La señora Lilian es mi novia, fue ella quien me regaló el reloj.

La dirección estaba en una zona elegante, el edificio era elegante, la señora Lilian era elegante. Una sirvienta uniformada, con cofia, abrió la puerta. Le dije que quería hablar con la señora Lilian.

Lilian, con vestido largo, llena de joyas, salió a hablar conmigo.

Le conté mi historia, que había encontrado el reloj.

—¿Usted conoce a su esposa?

—¿Una gorda?

—¿Es gorda? ¿Más que yo?

Lucia no era más gorda que Lilian. La mujer de Leibe debía pesar unos noventa kilos. Lilian más de cien, seguramente.

—Usted no es gorda, la mujer de Leibe, sí, es gorda.

—Leibe me ama, pero no tiene valor para dejar a su mujer. Mire, lo dice en esta nota: Lilian, te amo, eres la mujer de mi vida.

Me quedé callado.

—Es muy mala y vengativa. Ya mató a un marido, al primero, por celos. A cuchillazos. Leibe me lo contó.

Seguí callado.

—Soy una mujer muy rica —dijo Lilian.

Permanecí callado.

—¿Usted necesita dinero?

—¿Quién no?

—¿Tiene valor? ¿Es usted un hombre valiente?

¿Soy un hombre valiente?, pensé.

—Ande, responda —dijo Lilian—. ¿No quiere hacerse rico?

—Sí.

—Espere un momento.

Lilian se alejó. Al rato regresó cargando una caja.

—Ábrala —dijo entregándome la caja.

La abrí. Miré.

—No entiendo —dije.

—¿No entiende? ¿No entiende?

—No, no entiendo. ¿Para qué es esta pistola?

—Para que le pegue un tiro en la cabeza a Lucia. ¿Ve usted la cifra escrita en ese papel? Es lo que le voy a dar. Por adelantado, si acepta el encargo.

Era una fortuna. Con ese dinero me compraría un coche y un departamento en la zona sur.

—¿Un tiro en la cabeza?

—Puede ser en el corazón. Siempre y cuando esa perra gorda muera. Quiero mearme en su sepultura. Voy a pagar el entierro solo para poder hacerlo.

Quienes mean en la sepultura de los demás son los hombres. ¿Cómo podría hacerlo una mujer?

Agarré la pistola y me la puse en el cinturón.

Lilian me dio un sobre.

—Entrégueselo a Leibe. Este cheque es para usted.

Pasé al banco. Me dijeron que no tenían todo ese dinero en la caja, que regresara por la tarde. «Y traiga un portafolios.»

Regresé con un portafolios. Era tanta plata que aun en billetes grandes llenó el portafolios.

Me fui a casa y lo guardé. Abrí el sobre que Lilian me había dado para que se lo entregara a Leibe. Era un cheque, una cantidad muy grande, a nombre de Lejb Finkelstein.

Al llegar a casa de Leibe, le di el cheque.

—¿Dónde está la señora Lucia?

—Allá adentro, en la habitación. Pero espera a que me vaya para que hagas tu trabajo.

Leibe se puso un saco y metió algunos objetos dentro de una maleta.

—Tenemos que fingir que fue un ladrón —dijo, antes de esfumarse.

Toqué en la puerta de la habitación.

—¿Quién es? —oí la voz irritada de Lucia.

—Tengo un paquete para usted.

—Déselo a mi marido.

—Tiene que firmar usted.

La señora Lucia abrió la puerta. Estaba vestida con una bata desabotonada que dejaba ver sus pechos gordos caídos sobre la panza. Matar un adefesio así no me causaría ningún remordimiento. Le pegué un tiro en la cabeza y su cuerpo cayó en el piso con gran estruendo. Me incliné sobre ella y disparé otra vez, en el pecho, en un lugar donde supuse que estaba el corazón, pero en una mujer gorda como aquella era difícil saber dónde quedaba el corazón.

La averiguación policiaca concluyó que a la señora Lucia la había matado un asaltante.

La enterraron. Conforme había prometido, la señora Lilian se hizo cargo del entierro.

Estaba en la casa, mirando anuncios de departamentos en los periódicos, cuando sonó el teléfono.

Era la señora Lilian. Me pidió que la buscara en la puerta del cementerio. Estaba todavía más gorda y caminaba con dificultad, sus tobillos parecían dos troncos de jacaranda. Caminamos juntos por una alameda, entonces se detuvo y me enseñó una sepultura.

—Aquí es donde enterraron a la perra gorda. Tengo otra propuesta para usted, pero antes déjeme hacer lo que prometí.

La señora Lilian sacó de su bolso un bote grande de vidrio lleno de un líquido amarillo.

—Mi orina —dijo, vaciando el bote lentamente sobre la tumba. Después escupió encima.

Los gordos se cansan rápidamente. Doña Lilian se recostó en la tumba, respirando con dificultad. Debía de tener enfisema y, gorda como estaba, iba a durar poco.

—¿Ha visto a Finkelstein?

Siempre le decía Leibe.

—¿Don Leibe? No, ya no me buscó.

—Lo sé. Tampoco a mí. ¿Todavía tiene aquella pistola?

—Sí.

—¿Quiere hacer otro trabajo para mí?

—¿Qué trabajo?

—¿Quiere o no? Pago bien y usted lo sabe.

—Sí, hago el trabajo.

—Tiene que pegarle un tiro en la cabeza a Finkelstein. Aquí está su nueva dirección.

Recibí el cheque. Regresé al banco con un portafolios. Puta madre, ya era rico.

Toqué el timbre del departamento de lujo cuya dirección me había dado la señora Lilian.

Una mujer flaquita, elegante, abrió la puerta.

—¿Se encuentra el señor Leibe?

—¿Qué se le ofrece?

—Tengo un paquete para él.

—Se encuentra ocupado. Puede dejarme el paquete. Soy su esposa.

—Tengo que entregárselo personalmente.

—Un momento —dijo la mujer dirigiéndose a un pasillo. Volvió poco después acompañada de Leibe.

Me miró.

—A usted lo conozco, ¿verdad?

Tuve que matar a su esposa también. Tiros en la cabeza y el corazón. En aquellos dos flacuchos era fácil saber dónde quedaba el corazón. Después abrí unos cajones, hice un tiradero en la casa, tomé una bolsa grande y la llené de objetos portátiles. La policía iba a concluir que había sido un asalto.

Doña Lilian me llamó. Le dije que todo estaba resuelto.

—Me gustaría verlo. No le voy a pedir que haga algo parecido. Pero es que... yo... usted me parece muy simpático... Me gustan los hombres delgados... ¿Podría venir a mi casa hoy? Ya puse una champaña en el hielo...

No fui. No me gustan las mujeres gordas. Tampoco la champaña.

La mujer del CEO

Me parece una tontería detestable usar esas iniciales —CEO— para definir al principal ejecutivo de una empresa, pero somos realmente lo que los antiguos llamaban «monos imitadores», unos oligofrénicos a los que les gusta copiar a alguien o copiar alguna cosa que sea considerada superior. CEO es uno más de estos remedos.

No quiero perder más tiempo en eso, es un residuo de los tiempos en que fui estudiante de Letras, quiero hablar de la mujer del CEO —voy a llamarlo de esa manera pues a él le gusta, es el Chief Executive Officer porque heredó la empresa de su papá, tiene la mayoría de las acciones y, en la asamblea general, se elige siempre el CEO. Olvidé decir lo que hago en la empresa. Soy director de publicidad y difusión, no es algo que me guste hacer, yo quería escribir libros de poesía, pero los poetas se mueren de hambre y no puedo darme ese lujo. Mis colegas lo saben —el director financiero, el director de producción, el director técnico, el director jurídico— y una que otra vez les gusta ridiculizarme diciéndome «el poeta». La culpa es mía, porque un día, durante una comida en que bebí vino un poco más de la cuenta (el vino tinto me encanta), les confesé: «A mí, en realidad, me hubiera gustado ser poeta».

El CEO es un hombre alto, delgado, elegante, de cabello gris, camina apoyado en un bastón, debe ser a causa de uno de esos reumatismos que los médicos no logran curar.

Cada año voy al urólogo a hacerme el detestable examen del tacto, para ver cómo está mi próstata. Después del examen, mi médico me dijo que estaba bien y me preguntó cómo andaba mi desempeño sexual. Le respondí que muy bien. «Creo», agregué, «que voy a quedarme impotente solo dentro de unos cincuenta años.» Se rio y me explicó que ya nadie se quedaba impotente. «¿Le puedo contar un chisme sobre su jefe?» Le respondí que no me gustaban las habladurías, pero me contó el chisme de todos modos. El CEO, que también era paciente de mi urólogo, padecía de disfunción eréctil y usaba una forma moderna para combatirla. Tengo una memoria de elefante y recuerdo palabra por palabra todo lo que mi urólogo me dijo. El CEO usaba una droga, alprostadil, una de esas hormonas vasculares de acción local llamadas prostaglandinas, disponibles en el mercado bajo el nombre comercial de Caverject, medicamento que normalmente se inyecta con una aguja fina directamente en los cuerpos cavernosos del pene. Ahí, la sustancia promueve una acción vascular que lleva a una erección en cerca de quince minutos, la cual dura entre veinte y cuarenta minutos, en 80 a 90 por ciento de los casos. Algunas veces el alprostadil se presenta compuesto con papaverina, una enzima de acción vascular, o fentolamina.

Confieso que sentí cierta admiración por el CEO. Yo no habría tenido el valor de hacer eso. Pero después de conocer a su nueva esposa estuve seguro de que tendría los ánimos para enfrentar eso o cosas peores, con tal de hacer el amor con ella.

Un día recibí una invitación a cenar con el CEO. En la reunión de directores, dijo que quería que conociéramos a su nueva esposa. Ya había estado casado dos veces, esta era su tercera.

Soy soltero, a pesar de que ya paso de los cuarenta. Nunca encontré una mujer de quien me enamorara lo suficiente como para querer casarme con ella. Así, vivía cambiando de amantes. Mi pasión por una amante duraba unos seis meses. Después, con mucho ingenio y arte, lograba librarme de ella. Todas continuaban siendo mis amigas, todas eran muy inteligentes, de no haberlo sido no habría logrado hacer el amor con ellas. Me gustaba hablar con las mujeres en la cama, decir lo que yo quería decir y oír lo que ellas querían decir. Si era una de aquellas a las que les gusta hablar, no la interrumpía, la oía con atención.

Pero no era eso, esa letanía verbal, la que causaba la separación. El problema era que después de unos meses, en raros casos después de un par de años, la mujer perdía el encanto, sus ojos ya no me parecían tan lindos, ni su boca tan fascinante, ni su cuerpo tan provocativo. Eso me entristecía, sabía que la culpa de la ruptura era únicamente mía: cesaba mi capacidad de mantener la comunión física y espiritual necesaria en el amor, y eso me entristecía.

Pero cuando fui presentado con la mujer del CEO, me enamoré de ella inmediatamente. Era una mujer delgada, de cabello negro largo, una blancura de perla inmaculada. Sus movimientos eran elegantes, se sentaba con la espalda derecha, y comía con gestos delicados y graciosos. Hablaba poco, o mejor, permaneció callada durante toda la cena, y sonreía una que otra vez, cuando alguien se dirigía directamente a ella.

El CEO presentó uno por uno a los directores y a sus respectivas esposas. La mujer del CEO sonreía, con un meneo de la cabeza. Cuando llegó mi turno, él no aguantó la tentación de hacer un chiste y dijo que a mí, en realidad, me hubiera gustado ser poeta.

—A mí me gusta leer poesía —dijo la esposa del CEO.

Fue la única frase que dijo durante toda la cena. Su voz era de una delicadeza enternecedora.

Aquella noche no logré dormir. La imagen de la mujer del CEO no salía de mi mente. Con aquella mujer viviría toda la vida, envejecería a su lado, la amaría hasta la muerte.

En la siguiente reunión de directores, el CEO nos comunicó que iría a Nueva York, acompañado del director financiero, a resolver unos problemas con la empresa norteamericana que nos representaba en Estados Unidos. Estarían fuera una semana.

Ese mismo día recorrí las librerías en busca de un libro encuadernado con la obra completa de Fernando Pessoa y sus heterónimos. Finalmente lo encontré, después de recorrer varias librerías de la ciudad.

Con el libro envuelto en papel de regalo fui hasta la casa del CEO y toqué el timbre. Una sirvienta uniformada abrió la puerta. Dije mi nombre, quién era yo, y que me gustaría hablar con la señora de la casa, pues tenía un paquete para ella.

Poco después la sirvienta regresó. La señora mandaba sus agradecimientos y me pedía que le entregara el paquete a ella.

Me decepcioné profundamente. Le entregué el paquete a la sirvienta y me retiré. Debí de haberme imaginado que una diosa como la mujer del CEO debía de ser una persona virtuosa. Yo era un imbécil.

Pero un hombre enamorado es una especie de loco. Es típicamente un sentimiento doloroso y patológico, porque, casi por regla, el individuo pierde su individualidad, su identidad y su poder de raciocinio. Necesitaba sacarme aquello de la cabeza. Me acordé, desanimado, de un poema de Longfellow que dice que es una tontería que alguien piense que puede recuperarse por completo de una pasión no correspondida; siempre deja cicatrices y dolores interminables.

Me quedé en casa, con una fiebre de cuarenta grados. Llamé a mi médico. Nos conocíamos desde la adolescencia, cuando nos decíamos uno al otro que seríamos escritores. Acabamos siendo lo que no queríamos ser, aunque éramos eficientes en ello. Me examinó y preguntó si tenía algún problema.

—Estoy enamorado —respondí.

—Eso es lo peor que te puede suceder. Un tipo enamorado entra en un cataclismo bioquímico semejante a aquel que sufren los portadores de trastorno obsesivo-compulsivo. Eso explica por qué la persona tiende a perder la razón cuando está enamorada. Es como si estuviera bajo la acción de drogas fuertes, como el crack y la cocaína.

—Consígueme una medicina para eso.

—No existe medicina para esa enfermedad —dijo, dando énfasis a la palabra enfermedad.

—Debo entonces matarme, como los lectores de *Werther* en el siglo XVIII? ¿Esa es la solución?

—Goethe tiene otra solución. Dice que nuestras pasiones son verdaderas aves fénix; cuando la vieja pasión se quema, una nueva resurge de las cenizas.

—¿Goethe dijo eso?

—Lo dijo y lo hizo. Sustituyó la pasión que sentía por Charlotte Albertine Ernestine von Stein, a quien escribió incontables cartas de amor, por la pasión que empezó a sentir por Christiane Vulpius, con quien se casó y tuvo un hijo, y vivieron felices, etcétera.

—¿Cómo sabes todo eso?

Se rio.

—Acabo de leer la biografía de Goethe, escrita por Pietro Citati. Vale la pena. Son solo quinientas páginas.

Pero yo sabía que no lograría enamorarme de otra, no iba a encontrar una Christiane Vulpius que me hiciera olvidar a la mujer del CEO.

Compré un libro encuadernado con los sonetos completos de Shakespeare y regresé, dos días después, a la casa de la mujer del CEO. Eran las cinco de la tarde.

La misma sirvienta me abrió la puerta.

—Dígale a la señora que tengo un importante mensaje para ella, por favor.

Tardó un poco, pero la mujer del CEO surgió en la puerta, una aparición divina.

—Estaba por tomar un té. ¿Me acompaña?

Respondí, tartamudeando emocionado:

—Sí, sí.

La seguí, fascinado por su porte al caminar. Una diosa, una sílfide, una ninfa.

Nos sentamos a la mesa. Sus ojos brillaban como piedras preciosas y su cabello negro creaba un contraste deslumbrante con su piel liliácea. Salí del trance que me poseía y recordé el paquete que todavía cargaba en las manos.

—Le traje un regalo —dije, extendiéndole el paquete—. Son los sonetos de Shakespeare.

—¿Sonetos? Pensé que...

—Shakespeare...

—Sí... Pensé que solo había escrito aquella pieza...

—*Hamlet*.

—Sí, *Hamlet*. ¿Entonces también escribía sonetos?

—Sí. Le traje los sonetos porque usted dijo en la cena que le gustaba la poesía.

—Sí, me gusta mucho.

—¿Quiénes son sus poetas favoritos?

—¿Mis poetas favoritos?

—Sí.

—Raimundo... Raimundo Bilac.

—Olavo Bilac —dije.

—Pensé que su nombre de pila era Raimundo. Mi marido siempre dice que me la paso confundiendo las cosas, pero que de todas maneras me ama. También me gusta aquel baiano... Me gusta mucho, pero olvidé su nombre...

—¿Castro Alves?

—Creo que sí, así se llama. Sí, Castro Alves.

—¿Algún otro poeta?

—¿Además de todos esos? —preguntó sorprendida.

Entonces empecé a ver a la mujer del CEO como era. Sus manos eran feas, de dedos cortos. Usaba relleno en los senos, y la negrura de su cabello venía del tinte. Su rostro estaba lleno de bótox. Me acordé del pesimista Cioran cuando dice que la lucidez vuelve al individuo incapaz de amar.

440

Sospecha

Siento que algo amenaza con destruirme; no busca arruinarme o desmoralizarme o perjudicarme de alguna manera, la finalidad es acabar con mi vida.

¿Sospechosos? Aprendí que los sospechosos nunca son quienes llevarán a cabo el crimen. El criminal es siempre alguien de quien no tenemos la más mínima desconfianza.

¿Quiénes son los sospechosos?

El doctor Jacinto, mi médico general, porque tuve un *affaire* con su esposa, y ella, una idiota, en una crisis de culpa, le contó todo.

El licenciado Raimundo, porque lo denuncié ante la Orden de los Abogados por prácticas ilegales, su afiliación a la orden fue revocada, ya no puede litigar.

Mi vecino, que vive en el penthouse e hizo una remodelación ilegal, en realidad, un piso nuevo. Lo denuncié ante los órganos competentes y lo obligaron a demoler la obra que ya estaba con todo instalado, sistema eléctrico, tuberías y muebles nuevos. Lo encontré casualmente en el ascensor y me miró con tal odio que sus ojos me deslumbraron.

Mi examante, a quien abandoné porque se estaba poniendo muy gorda. Después de pedirle encarecidamente que se pusiera a dieta —cosa que no hacía pues comía compulsivamente— y al ver que cada vez estaba más volumétrica, perdí la paciencia y salí de casa, con apenas una maleta de ropa y mi *notebook*. Se quedó con todo, pero aun así le dice a todo mundo que me odia y que quiere que me muera.

Afirmo sin lugar a dudas que esos sospechosos pueden quedar todos descartados. Quien me enseñó esa teoría de que los sospechosos nunca son los verdaderos culpables fue el detective Guedes, y yo confío en él.

Mi madre murió cuando yo era muy joven. Teníamos una casa en Búzios y mi padre nadaba con ella en el mar cuando mi madre tuvo algún problema de salud y se ahogó. Mi padre intentó todo para salvarla. Fue inútil.

Mi padre, Adolfo, y mi hermano, Lucas, están vivos. Mi padre es un hombre taciturno, que se hizo multimillonario operando en el sector financiero. Yo me formé en Derecho y puedo decir que tengo una carrera brillante. Pero mi hermano Lucas nunca quiso estudiar, vive de las mesadas que mi padre le da y recientemente descubrí que me odia.

Según me dijo nuestro amigo común, Ariel, Lucas está resentido por mi éxito profesional y también porque soy un hombre bien parecido, que tiene éxito con las mujeres, y él es un tipo pequeño, feo y muy ignorante. Ariel me dijo que Lucas le confesó que su mayor alegría sería que yo me muriera. Así, él podría heredar toda la fortuna de nuestro padre.

Recientemente me encontré a Lucas —mientras yo vivo en departamento propio, mi hermano reside en casa de nuestro padre— y sacó un revólver del bolsillo y me preguntó, ¿no te parece interesante que uno tenga un arma para protegerse? Y lo dijo con una sonrisa que me pareció malévola.

Tú no necesitas eso, Lucas, le contesté.

Lo necesito más de lo que crees, me respondió, con otra sonrisa que me pareció aún más amenazadora.

Ahí estaba alguien que realmente me amenazaba. ¿Sería capaz Lucas de cometer esa insensatez, intentar matarme?

Decidí buscar a mi padre. Me recibió con la sequedad habitual. Le conté la conversación que había tenido con Ariel, cuando Lucas le dijo que quería recibir él solo la herencia de nuestro padre. Después le conté nuestro encuentro, cuando Lucas me mostró el arma que había adquirido.

Mi padre me sirvió un trago. Tan pronto como acabé de beber, sentí un mareo.

¿Te estás sintiendo mareado?

Sí, papá.

No me llames papá. No soy tu padre. ¿Mejoró el mareo?

No, no...

Va a empeorar. Tu madre no murió ahogada en Búzios. Yo la maté. Me había confesado que tú no eras mi hijo, que eras hijo del chofer. ¿Crees que aquella ramera podría seguir viviendo? Maté también al chofer, fue fácil fingir un asalto. Pensé en estrangularte, pero decidí dejar eso para más tarde. Llegó la hora, te di un veneno y tienes poco tiempo de vida. Es un veneno que desaparece en el organismo y ningún forense va a encontrar el menor rastro de él. Espero que te vayas al infierno, bastardo de mierda.

Mis últimos pensamientos, antes de expirar, fueron que el detective Guedes tenía toda la razón. Los sospechosos nunca son los culpables.

Mi padre se sentó en un sillón, encendió uno de sus puros cubanos y se quedó admirando mi agonía.

Amar al prójimo

Soy un hombre infeliz. Jesús, según san Marcos, dijo, «amarás a tu prójimo como a ti mismo». Si yo no siento amor por mí, ¿cómo lo voy a sentir por mi semejante? No creo ni en Jesús, mucho menos en san Marcos. Un filósofo inglés, Edmund Burke, afirmó, «ama a la humanidad, detesta a tu semejante». Yo no amo a la humanidad y detesto a mi semejante. Es decir, lo detestaba al principio, después la cosa se puso peor.

Los vecinos y los conocidos me irritan insoportablemente. Siempre me abordan para contarme sus historias. Hoy, tempranito, uno me agarró del brazo.

—Cuando decidí escoger una mujer para casarme, decidí que en primer lugar debía ser bonita. La inteligencia era algo secundario. Incluso porque la mayoría de las mujeres bonitas son tontas, ¿te habías dado cuenta de eso?

Nunca contesto las preguntas que me hacen ese tipo de sujetos.

—No estoy diciendo que las feas sean inteligentes, pero en realidad las pocas mujeres inteligentes que conocí eran feas. ¿Sabes cuál es el problema de casarse con una mujer bonita y tonta como la mía? ¿Eh?

Más silencio de mi parte.

—Con el tiempo la belleza se acaba y la estupidez aumenta —dijo el tipo—. Vivir con una mujer tonta es peor que vivir con una mujer fea.

Iba a continuar contándome su historia durante un largo rato, pero le dije que estaba retrasado para una cita y salí corriendo a la calle. Así tal cual, corriendo, como si estuviera participando en un maratón.

Entré en una fonda para tomarme un café, pero soy un tipo con mala suerte.

—Qué suerte encontrarte por aquí —dijo el tipo a mi lado. Esos sujetos tienen la manía de contar chistes y cuentan siempre los mismos—. ¿Te sabes el chiste del que fue al hospital a visitar a su hijo que acababa de nacer?

Antes de que le respondiera, lo que por cierto no iba a hacer, continuó:

—El médico llegó buscando al padre y le dijo que iba a traer al bebé del cunero. Regresó cargando en los brazos lo que sería el bebé, envuelto en cobijas, y se lo entregó al padre. Pero hay un problema, su hijo nació con una deficiencia, dijo el médico. Dentro de las cobijas había solo una enorme oreja. «Ay, Dios mío», dijo el padre del niño, «¿nació así? No importa, de todos modos lo amaré. Hijo mío», le dijo el padre a la oreja, «Te amo, ¿me oyes? Te amo y te amaré siempre». El médico lo interrumpió diciéndole, «háblele más alto porque es sordo».

El tipo soltó una carcajada, riéndose de la gracia de su chiste, ya me lo había contado unas diez veces.

Ese mismo día me encontré cuatro inoportunos más que me contaron historias, sin que de mi parte hubiera cualquier incentivo para eso. Al llegar a casa, me paré frente al espejo, quería descubrir qué había en mi fisonomía que despertaba en las personas aquella manía de contarme sus cosas, aunque yo permaneciera invariablemente callado. Qué bueno que los músculos de mis brazos y mis pectorales estaban bastante duros. Hago pesas en el gimnasio todos los días.

Pero regresando a los tipos que me molestaban contándome sus historias. Empecé a odiar a aquellas personas. A todas las personas. Empecé a odiar a mi semejante. Cuando pasaba cerca de alguien, aun si la persona apenas me saludaba, yo decía entre dientes «hijo de puta» y cuando estaba lejos decía en voz alta varias veces, «hijo de puta, hijo de puta, hijo de puta».

Una noche de insomnio salí de casa a caminar por la calle y ¿a quién me encuentro? Demonios, al cuenta chistes. Se alegró al verme y como siempre me tomó del brazo y me preguntó:

—¿Te sabes el chiste del judío que tuvo un accidente de auto? —antes de que pudiera responder, continuó—. Sara, su mujer, entró en el cuarto del hospital y dijo, «tengo dos noticias que darte, una buena y otra mala. ¿Cuál quieres escuchar primero?». «La mala», Isaac respondió. «Perdiste las dos piernas en el accidente», dijo la mujer. «¿Y cuál es la buena?», preguntó Isaac. «La buena», respondió Sara, «es que ya encontré a alguien que quiere comprar todos tus zapatos».

Ya me había contado aquel chiste un millón de veces. Oírlo una vez más me llenó de sufrimiento, de tristeza y de odio, un odio tan fuerte que perdí la conciencia, y cuando volví en mí me di cuenta de que el cuenta chistes estaba en el suelo y yo estaba sobre él sujetándolo con fuerza por la garganta.

—Cállate, hijo de puta —grité. Pero ya se había callado para siempre, lo había estrangulado. Fui dominado por una sensación de poder, un poder causado por el odio, el odio me había ocasionado un bienestar, un placer inmenso, una especie de éxtasis.

Necesitaba sentir aquella sensación agradable otra vez. ¿Quién sería el siguiente que me proporcionaría aquella sensación placentera?

Siempre me doy una vuelta por el parque durante la noche. Siempre está desierto y eso me agrada. Pero esa noche me iba a agradar aún más. ¿A quién me encuentro en el parque, sentado en una de las bancas? A mi vecino, el que siempre que se topa conmigo afirma que vivir con una mujer tonta es peor que vivir con una mujer fea.

Me senté a su lado. Me reconoció.

—Sabes una cosa —comenzó a decir—, vivir con una mujer tonta...

Me quedé mirando fascinado su cuello. Delgado, raquítico, un apretón más fuerte le quebraría las vértebras cervicales. ¿Cuántas son? Siete. ¿Cuentas de mentiroso?*

---

*   En Brasil existe el dicho popular «*Sete é conta de mentiroso*» que sugiere burlonamente que quien entrega como resultado ese número está diciendo mentiras.

Rousseau afirma que para librarse de su animalidad y volverse humano el individuo debe desarrollar su capacidad de civilizarse. El problema, según Rousseau, es que la sociedad corrompe al ser humano.

Tengo una novia, Camila, que viene dos veces a mi casa. Esos días, cuando llega, nos vamos inmediatamente a la cama. Nuestra vida sexual es muy gratificante para ambos.

Un día me preguntó si ya le había pegado a una mujer mientras cogía.

—¿Será bueno?

—¿Qué?

—Que te peguen, pegar.

—No sé.

—¿Probamos?

—¿Probar qué?

—Que te peguen, pegar —respondió.

—¿Cómo?

—Vamos a coger, me pegas, y vemos si nos gusta.

Nos fuimos a la cama.

Mientras cogíamos, le di a Camila unas bofetadas.

Confieso que no me gustó, en realidad casi *brochei*. Al escribir esta confesión, hago una pausa aquí. ¿*Brochei* o *broxei*? Confieso que la nueva ortografía me confunde un poco. Por ejemplo: la diéresis, ¿cuándo se debe usar? ¿Y el acento diferencial? *Péla pela, pára para, pêlo pelo, pólo polo.** Si alguien me pregunta dónde voy a poner una cosa y yo le

---

* El significado del verbo *brochar* se dio en nota anterior. En 2009 se firmó un nuevo acuerdo ortográfico de la lengua portuguesa en el que participaron Portugal y Brasil, el cual terminó de entrar en vigencia en 2012. El autor hace referencia irónicamente a las controversias que despertó este acuerdo, ya que ambas grafías de la palabra se pronuncian igual, aunque se tiende a evitar el uso de *broxar*. En cuanto al acento diferencial, damos la traducción de algunos de los ejemplos: *pêlo* (pelo) *pelo* (contracción de por + ele = por él); *pára* (imperativo de parar) y *para* (preposición).

respondo *vou pô-lo aqui*, ¿la gente me va a entender? Solo si estuviera en Portugal.* ¿Y el acento circunflejo? ¿Y el acento agudo? Estoy divagando, lo sé, pero ese es un problema que siempre me ataca cuando escribo, me extravío en rodeos inútiles. ¿En dónde estaba? En la confesión, sí, sí, mi confesión. Por cierto, ¿qué tipo de confesión es la mía? ¿Confesión jurídica? En el derecho romano (¿ya dije que soy abogado? Soy criminalista, pero después hablo sobre eso), la *confessio in judicio* ocurría cuando el reo confesaba la autoría del crimen; el proceso no llegaba a instaurarse para el juicio de la *actio* por el *judex*, bastaba la confesión para que el reo fuera ejecutado, él se había condenado a sí mismo: *confessus pro iudicato est, qui quodammodo sua sententia damnatur*. ¿O mi confesión es religiosa: el sacramento de la penitencia?

¿En dónde estaba? Ah, sí, Camila decía agitada, «Ay que rico, qué rico, más fuerte, mi amor, más fuerte mi amor, ay Dios mío, qué delicioso». Confieso que tardé en venirme, el asunto me desagradó un poco, aún más después de ver el rostro hinchado de Camila, debido a las bofetadas que le había dado. Nos bañamos, ella se vistió y se fue a su casa. Vivíamos en casas separadas, lo que más acaba con el amor es que los amantes vivan juntos.

Cuando Camila se fue, me acosté con un libro. Me encanta leer. Leo de todo, novelas policiacas, clásicos —en este momento tengo *Oliver Twist* en la mano, ya había leído todos los libros de Dickens y por alguna razón misteriosa me faltaba *Oliver Twist*; el primer libro de Dickens que leí fue *Historia de dos ciudades* y, la verdad, de todos sus libros fue el que más me gustó; este libro fue publicado por primera vez en 1859 y, a pesar de ser una novela epistemológica (detesto las novelas epistemológicas, pero después comento más sobre eso), me gustó mucho; el libro sucede en un periodo que cubre la Revolución americana, 1775-1783, y parte de la Revolución francesa, la caída de la Bastilla, etc.; quien me lea, si es que alguien va a leer esta confesión, sabe que la Revolución francesa es considerada el acontecimiento que marcó el inicio de la llamada Edad Contemporánea, al proclamar los principios universales, Libertad, Igualdad y Fraternidad, *Liberté, Egalité, Fraternité* (frase acuñada por nuestro Jean-Jacques Rousseau); claro que mucha gente en el proceso revolucionario fue decapitada por la guillotina, un aparato inventado por el médico francés Joseph-Ignace Guillotin, con el propósito de crear un método más humano de ejecutar

---

* La traducción de la frase sería: «voy a ponerlo aquí». El autor se refiere a Portugal porque en Brasil la frase se construiría coloquialmente de la siguiente manera: *«vou pôr ele aqui»*.

la pena de muerte que la horca o la decapitación con hacha; el aparato estaba constituido por un gran estructura de cuatro metros de altura en la cual estaba suspendida una navaja trapezoidal que pesaba cuarenta kilos, la cual estaba sostenida por una cuerda hasta que la cabeza del condenado fuera colocada sobre una barra que impedía que se moviera; entonces se soltaba la cuerda y la navaja caía seccionando el cuello del condenado. Pero ya me perdí de nuevo, ¿dónde estaba? Ah, en *Historia de dos ciudades*. Ya se han hecho once películas basadas en ese libro de Dickens. En 1907, 1911, 1917, 1922, 1935, 1958, 1965, 1980, 1984 (esta para la TV), 1989 y 2000, esta en Alemania —*Fine Erzählung von Zwei Städten*. ¿En dónde me quedé? Ah, sí, decía que me encanta leer, es muy común que me pase toda la noche despierto leyendo. Fue lo que me pasó con *Oliver Twist*. Es la segunda novela de Dickens, cuenta la historia de un huérfano, personaje que da nombre al libro, que lleva una existencia sórdida, robando bajo las órdenes de un criminal llamado Fagin, otro notable personaje de Dickens. Bueno, ya basta. Ya amaneció y voy a bañarme y a afeitarme para irme a trabajar a la oficina.

¿Ya dije que soy abogado criminalista? Mis clientes son personas ricas y si yo comparara a mis clientes pobres del inicio de mi carrera con estos clientes ricos, los ricos los superan por mucho en materia de *escrotidão*. Esta palabra es un giro brasileño aceptado en el diccionario que significa cualidades negativas, tales como inmoralidad, indignidad, deslealtad, crueldad, cobardía, vileza, torpeza.* Esas son las cualidades de mis clientes ricos. Siempre me piden que soborne a las autoridades que los están procesando, «todo mundo tiene su precio», me dicen con una sonrisa canalla. Pero no quiero hablar de ellos, eso me pone nervioso. Quiero volver a hablar de Camila, ella es un personaje muy importante de esta historia.

Cuando llegó el otro día de la semana en que cogíamos, Camila me pidió que le pegara y confieso que esta vez sentí un orgasmo diferente, más gratificante, digámoslo así. Y empecé a golpearla incluso antes de que me lo pidiera. En ciertas ocasiones le pegaba con tal violencia que tenía que quedarse en mi casa, pues acababa con el rostro hinchado. Entonces comencé a pegarle en el cuerpo y un día —si esto es una confesión, tengo que decir la verdad—, un día le pegué con tanta violencia que le rompí una costilla. ¿Están impresionados? Entonces prepárense para lo que viene ahora, mi descubrimiento del Orgasmo Máximo. ¿Cómo sucedió? Fue el día en que maté a Camila

---

* La persona con esas cualidades es llamado *escroto*, igual que el saco muscular de los testículos.

durante la cópula: mientras ella agonizaba, siendo estrangulada por mí, yo me vine con un inconmensurable ardor. Claro que un momento después, cuando pasó mi prolongado orgasmo, me di cuenta de que tenía un problema serio de logística por resolver: cómo librarme del cadáver. ¿Cuál fue la solución que encontré? Arrojarlo al mar. Desistan, no voy a enseñarle a nadie mi truco, lo cierto es que el cuerpo de Camila jamás fue encontrado.

No soy un hombre guapo, pero las mujeres se sienten atraídas por mí. Me conseguí rápidamente una novia, pero a ella no le gustaban los golpes y cuando estábamos en la cama solo lograba venirme pensando en Camila, es decir, pensando en Camila cuando le pegaba y en nosotros dos viniéndonos enfurecidos. Me conseguí otra novia, que tampoco era masoquista, y el problema continuaba, solo me venía pensando en Camila. Confieso que aquellas mujeres eran un insatisfactorio *Ersatz*, esa palabra que, como todo mundo sabe, es un sustantivo masculino que viene del alemán, pero que ya está en el diccionario, y significa imitación, algo artificial e inferior al producto que sustituye.

No lograba encontrar una mujer masoquista, lo cual me ponía nervioso. ¿Me había vuelto un degenerado sexual? Había sido corrompido por Camila, tenía que librarme de mi animalidad, desarrollar mi capacidad de volverme nuevamente civilizado, como lo proponía Rousseau. Necesitaba redimirme, salvarme, volver a ser quien yo era.

Pero existen caminos que no tienen regreso. Fue aceptando esa desgracia, ese infortunio, que me fui a la cama con mi nueva novia, Luiza.

—Dime Lulu.

—¿Te gusta que te peguen, Lulu?

—¿Qué?

—¿Quieres que te pegue?

—¿Estás loco?

—Sí —le respondí. Y empecé a pegarle con una furia inaudita y, cuando ella exhaló el último suspiro, me vine sintiendo una bienaventuranza, un éxtasis físico y espiritual, un arrobo, un arrebato profundo.

El cuerpo de Lulu tuvo el mismo destino marítimo que el cuerpo de Camila. Y después también otro, y otro más. Y otro.

¿Será que estas hojas en que escribí estas cosas sean leídas por alguien? Si las rompo y nadie las lee dejan de ser una confesión, una revelación de mis pecados. ¿Pero lo que hice fue pecado?

¿Las rompo o no las rompo? Creo que puedo decidir eso más tarde.

Hoy tengo una nueva cita. Ella es delgadita, linda.

El misántropo

El médico me dijo que padecía una especie de misantropía.

—¿Me lo puede explicar mejor?

—Misantropía es la antipatía, diría incluso que repugnancia hacia los seres humanos, o sea, el misántropo es alguien que odia a la humanidad de una forma generalizada.

—Eso ha existido siempre —le dije.

—Es verdad, la palabra viene del griego, ese síndrome siempre existió.

—Usted dijo «una especie de misantropía». ¿Cómo que una especie?

—Bien...

El médico se quitó los anteojos y los limpió en la bata. Era un hombre calvo, de edad indefinida. Comencé a sentir un gran odio hacia él.

—Su síndrome, yo diría... yo diría que es más grave. Usted tiene que tratarse. Urgentemente.

Mi odio aumentó.

—¿Por qué?

—Usted está por cometer una locura.

Tenía razón. Cometí lo que él llamaba locura pero que para mí era solamente un gesto de consolación y, en cierta forma, un divertimento, una recreación. Lo agarré del cuello y apreté hasta sentir que estaba muerto.

Fue la primera persona que estrangulé con mis propias manos. Después tomé su agenda de citas y arranqué la página donde estaba anotada mi consulta. Algo que descubrí: la misantropía aumentaba mi inteligencia.

Salí del consultorio sintiendo excitación. Pero no piensen que lo que me había excitado sexualmente era el haber estrangulado al curandero, porque es justamente eso lo que son todos los médicos, unos curanderos. No. Antes de la consulta ya me había puesto de acuerdo para verme con una mujer llamada Zulmira.

Tan pronto como entré en el departamento de Zulmira le dije:

—Querida, te voy a decir Zazá, ¿de acuerdo? —Odio ese nombre, Zulmira, pero eso no se lo dije a ella.

—Puedes decirme como quieras, pero prefiero que me digas mi putita.

Era nuestro primer encuentro. En realidad ella se me había insinuado, soy un hombre guapo, alto, tengo ojos azules y el cabello negro ondulado.

Cuando se quitó la ropa, vi que sus pechos eran de silicón. Hay tres cosas que odio en las mujeres: los pechos de silicón, los tatuajes y la estupidez.

—Te quiero dar el culito —dijo, recostándose boca abajo—. Anda, dime mi putita.

No soy adepto a la sodomía, pero con las nalgas hacia arriba por lo menos escondía los pechos de silicón.

Y entonces, el horror. El horror, el horror, como en la novela de Conrad. En la espalda, justo encima de las nalgas, tenía tatuado «¡Jesús te salva!». Con signos de exclamación y toda la cosa.

Se me fue la erección en ese instante. Odio los tatuajes, pero odio aún más a Jesucristo.

Ella volteó el rostro, me miró y preguntó:

—¿Ya se te bajó?

—¿Quién fue Platón?

Se dio la vuelta para quedar de frente.

—¿Quién?

—Platón.

—¿Quién es ese? ¿Un futbolista, un artista? Nunca he oído hablar de el, no lo conozco.

—¡Puta madre! Tatuada, con silicones y pendeja. Las tres cosas que más odio de una mujer.

Zazá —no voy a decirle Zulmira a esta hija de puta— fue más difícil de estrangular que el curandero. Se sacudió más que la ballena blanca arponeada por el capitán Ahab, me mordió, me pateó, me escupió, un trabajo de los mil diablos, pero eso me dio todavía más placer.

Pero tengo que evitar eso de matar a dos personas el mismo día. En realidad, ni siquiera debo matar todos los días.

Con una vez a la semana basta para sentir la noción de haber cumplido mi deber.

Sé que no soy el único misántropo del mundo. Existen muchos, muchísimos. Cuando ando por la calle identifico incontables misántropos, por la manera en que miran a los transeúntes.

452

Ya pasó una semana. Tengo apetito (empleo esa palabra como es usada en la filosofía escolástica para expresar el deseo implicado en una tendencia), pero como decía, tengo el apetito exacerbado. Confieso que matar mujeres me proporciona más placer.

Ella estaba en el bar, los pechos voluminosos proyectados hacia delante. Me acerqué. Después de intercambiar algunas palabras, le pregunté:

—¿Quién fue Platón?

—¿Qué?

—Platón.

—¿Es nombre de persona o de animal?

Era un buen comienzo. Me senté a su lado. Hizo un gesto supuestamente seductor. Con una de las manos tomó una mecha de cabello y lo echó hacia el lado opuesto al mío, creando una disposición muy poco natural, pero que dejaba ver parte de su cuello. Mi corazón y mi mente se llenaron de júbilo y felicidad. No importa qué nombre le pueda dar a eso: hado, destino, casualidad. Soy un hombre con suerte, pensé mientras salíamos del bar en dirección a su departamento. Qué pena que el tatuaje no era sobre Jesucristo.

AMALGAMA
2013

El hijo

Jéssica tenía dieciséis años cuando se embarazó.

Es mejor sacarlo, le dijo su madre. ¿Sabes quién es el padre?

Jéssica no sabía. No me interesa quién sea el padre, todos son una mierda, respondió.

Resolvieron que el aborto sería en casa de la santera doña Gertrudes, que atendía todos los partos y abortos de esa comunidad.

Doña Gertrudes era una mujer gorda, muy gorda, negra, muy negra, y sus rezos para ahuyentar a los malos espíritus eran extremadamente eficaces. Doña Gertrudes hacía exorcismos profiriendo imprecaciones y exclamando maldiciones mezcladas con bendiciones; plegarias contra el quebranto y el mal de ojo; plegarias contra los espíritus obsesivos; rezos para bloquear el cuerpo contra todos los males; plegarias para exorcizar el demonio. Y tenía una plegaria especial, la Oración de la Cabra Negra.

En vísperas del aborto, Jéssica le dijo a su madre que había decidido tener el hijo y que si era niño se llamaría Maicon y si era niña, Daiana.

¿Vas a tener el hijo?

Sí.

Estas loca. ¿Cómo lo vas a criar?

¿Cuál es el problema? Si es mucho trabajo puedo regalarlo, o mejor, venderlo. Hay un montón de gente interesada en comprar bebés. Kate vendió a su bebé, ¿sabías?

¿Lo vendió?

Sí. Pero no le cuentes a nadie. Me pidió que guardara el secreto.

Ese mismo día la madre de Jéssica, doña Benedita, fue a buscar a Kate.

Cuando Benedita habló sobre la venta del bebé, Kate se puso pálida.

Nadie debe saber, por el amor de Dios, nadie debe saber.

¿Por qué? ¿Cuál es el problema?

En casa no dije que lo había vendido, dije que lo había regalado. Y me quedé con el dinero, si mi padre o mi madre se enteran me van a moler a palos.

¿Cuánto te pagaron?

No le digo, no le digo.

¿Quién lo compró?

Basta, doña Benedita.

Kate se alejó corriendo.

Doña Benedita no desistió. Fue a buscar a la santera doña Gertrudes y le dijo que quería lograr que Kate confesara quién le había comprado al bebé.

Mija, eso es cosa de Satanás, dijo doña Gertrudes, se necesita una plegaria contra el demonio. Se debe repetir muchas veces, mija.

Doña Gertrudes hizo muchas veces la señal de la cruz y comenzó a rezar en voz alta:

Yo, como criatura de Dios, hecha a Su semejanza y redimida con Su santísima sangre, los conmino, demonio o demonios, para que cesen sus delirios, para que esta criatura no sea atormentada jamás por ustedes y sus furias infernales. Pues en nombre del Señor, que es fuerte y poderoso, en nombre de él los convoco y notifico que se ausenten de este lugar que Dios Nuestro Señor les destinó; porque en nombre de Jesús los piso y aparto y los expulso de mi pensamiento. El señor esté conmigo y con todos nosotros, ausentes y presentes, para que tú, demonio, no puedas jamás atormentar a las criaturas del Señor. Los amarro con las cadenas de São Paulo y con el paño que limpió el santo rostro de Jesucristo para que jamás puedas atormentar a los vivientes.

Después de recitar su plegaria, doña Gertrudes giró por la sala y cayó en el piso, desmayada.

Doña Benedita volvió a encontrarse con Kate que, como si estuviera en trance, le contó quién compró al bebé, a qué precio, todo.

Pero doña Benedita no le dijo nada a Jéssica. Estaba decidida a vender al bebé ella misma, pues necesitaba dinero para comprarse una dentadura.

El tiempo pasaba y la barriga de Jéssica crecía. Jéssica era una muchacha menuda, raquítica, no llegaba al metro y medio de altura, pero su barriga era inmensa y la gente decía que nunca habían visto una barriga de ese tamaño.

Es niño, decía Jéssica, y va a ser grandote, grandote y bonito, ya verán.

Jéssica llegó a rastras a la casa de doña Gertrudes para que la examinara.

Va a ser mañana, le dijo doña Gertrudes. Ven preparada.

Jéssica durmió mal esa noche, pensando en el hijo. No iba a vender al bebé, quería amamantarlo, sus pechos ya estaban llenos de leche.

Al día siguiente, Jéssica salió a casa de doña Gertrudes con un cobertor pequeño y una sábana adornada con encaje para envolver al bebé.

Doña Benedita insistió en acompañarla. Su plan era tomar al bebé inmediatamente después del parto y salir corriendo con él bajo el brazo para encontrarse con el comprador de bebés, con quien ya había arreglado todo. Ella también llevaba paños para envolver al bebé.

El parto fue normal. El bebé nació, un niño.

Doña Benedita miró al bebé y salió corriendo de casa de doña Gertrudes.

Pero doña Benedita salió corriendo sin el bebé. Salió sola con los ojos desorbitados como si se le hubiera metido Satanás en el cuerpo.

Doña Gertrudes envolvió al bebé en los paños que llevaba Jéssica.

Puedes llevar al bebé a casa, le dijo doña Gertrudes.

Entonces Jéssica miró al niño. No dijo una sola palabra. Cogió al bebé envuelto en el cobertor y en la sabanita de encaje y salió de casa de doña Gertrudes.

Caminó lentamente por la calle hasta que encontró el primer cesto de basura grande. Entonces tiró al bebé en el basurero.

El bebé estaba deforme. Solo tenía un brazo. No iba a amamantarlo y nadie iba a querer comprar esa cosa.

Noche

Veo a las mujeres que pasan por la calle frente a esta miserable cantina.

El tipo me dice, oye hermano, ¿no tienes unas monedas para un sujeto hambriento?

Jódete, respondo.

Podría asaltarte, pero te las estoy pidiendo —dijo, no sé si amenazante o suplicante.

Jódete, repito.

No logro ver bien sus ojos ansiosos de perro callejero; es una de esas noches oscuras, propicia para que los pordioseros se cojan a las rameras en un rincón y sientan un alivio agónico mientras el día por fin llega sin angustias más horribles.

Secretos y mentiras

Tiendo a ser prolijo, uso más palabras y frases de las necesarias y termino por ser enfadoso. No existe nada peor que leer un texto aburrido. Por eso intentaré ser lo más conciso posible al narrar esta historia.

Mi padre murió cuando yo todavía era un niño, tenía once años. Dejó recursos suficientes para que mi madre cuidara de la casa y de mí con todas las comodidades.

Mi madre se llamaba Emília, mi padre, Murilo.

Él era muy cariñoso, trataba a mi madre con amor, nunca me regañaba cuando hacía travesuras. La que me castigaba era mi madre. Siempre me pareció curioso el hecho de que él y mi madre tuvieran ojos negros y los míos fueran azules.

Un día mi madre me dijo que habían hospitalizado a mi padre. No me explicó bien la razón, se pasaba todo el día en el hospital y parecía muy deprimida. En cierta ocasión en que ella no estaba en casa, contesté el teléfono. Era un oficial de policía, que me pidió que le dijera a mi madre que necesitaba hablar con ella urgentemente.

Mi madre no se volvió a casar. Era una mujer bonita, todavía relativamente joven cuando mi padre murió, pero no se interesó por ningún hombre.

Vivía preocupada por mi salud. Yo era un niño muy flaco, y en cuanto estornudaba me llevaba corriendo al médico. De nada servía que el doctor Cardoso dijera que yo tenía una salud de hierro y era fuerte como un toro.

—¿Fuerte como un toro? Vea sus bracitos, sus costillas saltonas, sus ojeras...

—Doña Emilia, esas ojeras son una simple concentración de melanina en los párpados inferiores. ¿Sabe cuál es su origen? La herencia. Usted se las heredó.

Durante la adolescencia me enamoré varias veces, creo que eso les sucede a todos los muchachos al entrar a la pubertad. Cuando llegó el momento de ir a la facultad, escogí medicina. Fui un buen alumno y me especialicé en clínica médica, o clínica general. En la facultad me enamoré de una de mis compañeras, Denise. Cuando terminó la carrera se fue a hacer una especialidad a Estados Unidos y nuestro amor terminó. Un día tuve una sorpresa agradable. Encontré a Denise en una conferencia médica. Y reanudamos el amor.

Denise y yo nos veíamos todos los días. Pero sucedió algo muy perturbador. Ella detestó a mi madre, quien a su vez pensó que Denise era una mujer fea, antipática y vieja. (Denise era dos años mayor que yo.) «Por favor, hijo mío, no traigas más a esa mujer aquí.»

Seguí viendo a Denise sin que mi madre lo supiera. Denise quería que viviéramos juntos, pero yo no me atrevía a dejar a mi madre sola en su departamento.

En esa época noté que mi madre no tenía buen semblante, tosía mucho y respiraba con dificultad. La obligué a hacerse una serie de exámenes cuyo resultado sospechaba. Tenía cáncer de pulmón. Solo un pulmón estaba afectado. El médico que la atendía indicó que debía someterse a una cirugía inmediatamente para evitar que el tumor se expandiera fuera del pulmón e hiciera metástasis. Simultáneamente mi madre sería tratada con quimioterapia.

Me gustaría no tener que hablar más de la enfermedad de mi madre. Pero está ligada a tantas historias, unas extrañas, otras increíbles, otras pavorosas, que no puedo dejar de contar.

El tumor de mi madre hizo metástasis. No había nada que hacer, si acaso evitar el dolor con dosis de morfina.

En una ocasión, mi madre me dijo que necesitaba contarme un secreto. Atrajo mi cabeza hacia ella, de modo que su boca quedaba en mi oreja. De inmediato noté que sus pupilas estaban muy contraídas. Estaba sedada con morfina y pensé que sufría una alucinación.

—Tu padre... tu padre... —susurró—, tu padre... No sé cómo decírtelo... tu padre se mató. Se mató, se mató...

Me quedé viendo su rostro envejecido, debilitado. Me hizo un gesto, dándome a entender que quería seguir hablando. Acerqué mi oído a su boca.

—Tu padre... tu padre... —guardó silencio, con los ojos cerrados. Pensé que estaba durmiendo. Pero no—. Tu padre... No tengo valor... valor... No tengo valor para contarte la verdad, lo que realmente pasó...

Mi madre volvió a guardar silencio. Esas fueron las últimas palabras que escuché de su boca. Cayó en coma y después murió.

Denise me dio el pésame, consiguiendo ocultar la satisfacción que en realidad le producía la muerte de mi madre. Decidí no contarle la historia del suicidio de mi padre.

—Mi amor —me dijo Denise en uno de nuestros encuentros—, mientras tu madre vivía no podíamos resolver nada, pero ahora... Quiero tener hijos, y a mi edad, dentro de poco no estaré en condiciones...

Le contesté que no podía darle una respuesta, que esperara un poco más. Denise se enojó y tuvimos una discusión desagradable.

No podía sacarme de la cabeza la conversación con mi madre moribunda. Necesitaba saber más sobre el suicidio de mi padre, ocurrido treinta años atrás cuando yo tenía once años. Recordé que el caso se había llevado en la comisaría de nuestro barrio, no sabía por qué razón, un suicidio no es registrado e investigado por la policía, a menos de que exista sospecha de algo ilegal.

En la comisaría, después de aclarar los motivos de mi visita, me dirigí hacia la notaría, donde me atendió un notario. Le di el nombre de mi padre —Murilo Serpa— y la fecha en que se había suicidado.

—Eso sucedió hace mas de treinta años —me dijo—, tendré que buscar en los archivos, vuelva dentro de quince días.

—¿Quince días?

—Señor, el suceso, si es que está registrado, ocurrió hace más de treinta años.

Le llamé a Denise, pero la empleada que me contestó el teléfono me dijo que su patrona le había pedido que no le volviera a llamar.

El día que fui a la comisaría conocí a una joven muy bonita en el ascensor del edificio donde tengo mi consultorio.

—Siempre te encuentro en el ascensor, pero tú —¿puedo hablarte de tú?— estás siempre pensativo. Varias veces te saludé con una sonrisa pero nunca te diste cuenta.

Creo que me sonrojé. Ridículo en alguien de cuarenta años.

—No sé cómo pudo ocurrir eso, que yo no notara la presencia de una joven tan bonita...

Fuimos a tomar un expreso a la cafetería de la esquina.

—Soy adicta al café expreso —me dijo—. Hay quien dice que el café, tomado con moderación, digamos, unas cinco tazas al día, evita problemas como el mal de Parkinson, la depresión, la diabetes, el cáncer de colon. Además, el café contiene vitamina B, lípidos, aminoácidos. Otros afirman que el café puede causar cáncer de mama, psoriasis, gastritis y cistitis. ¿Tú como médico qué opinas?

—¿Cómo sabes que soy médico?

—Por el anillo de graduación: una serpiente en cada lado y una esmeralda en el centro.

—No uso anillo de graduación.

—Estoy bromeando. Lo que pasó es que pregunté: ¿quién es ese joven alto, delgado, guapo, siempre tan bien vestido? Me contestaron: es el doctor Pedro Luiz.

—¿Y tú cómo te llamas?

—Elizabeth. Pero me puedes decir Bety.

—¿Y a qué te dedicas?

—Tienes que descubrirlo por mi anillo de graduación. Ah, ahora recuerdo que yo tampoco uso anillo de graduación.

Como ya dije antes, yo era capaz de descubrir mediante la observación qué tipo de enfermedad afectaba a mis pacientes, pero en el caso de Bety no lograba concluir nada. ¿A qué se dedicaba? Su ropa podía indicar que era una funcionaria pública, una profesora de primaria, una estudiante...

—¿Podrías darme tu tarjeta?

—Ahora no traigo —le respondí.

—No importa. Sé todos tus teléfonos. Y tus direcciones —me dijo, alejándose.

Unos pasos adelante, volteó hacia mí y me dijo:

—Soy doctora, como tú. Somos colegas.

Pensé que Elizabeth me llamaría en los días siguientes, pero no fue así. Quizá ni siquiera ese era su nombre.

Quien me llamó fue el notario de la comisaría diciendo que quería comunicarme algo «personalmente».

Me recibió sentado en una mesa, con una carpeta ceniciento frente a él.

—¿Su padre se llamaba Murilo Serpa?

—Sí.

—¿Sabe por qué me tardé tanto en encontrar los documentos referentes al suceso policial?

—No, no sé.

—Porque su padre no se suicidó.

—¿No?

—Su padre fue asesinado.

—¿Asesinado? ¿Asesinado?

—Sí. Dos tiros en la cabeza. La policía no consiguió establecer la autoría del crimen.

—Pero... pero ¿cómo sucedió?

—Estaba subiéndose al auto en el estacionamiento de su oficina cuando un hombre no identificado se le acercó y le dio dos disparos. Una pistola automática, calibre cuarenta y cinco. Muerte instantánea, según el laudo del examen del cadáver realizado en el forense.

Esa noche no conseguí dormir. Era ese acontecimiento, esa información lo que mi madre no consiguió transmitirme en el momento en que cayó en coma. Mi padre había sido asesinado. ¿Quién lo asesinó?

Pasé el día en casa revolviendo los papeles que mi madre guardaba en un cajón cerrado con llave. Encontré uno cuya lectura me dejó pasmado.

Era la carta de un abogado, sujeta con un clip a un acta de nacimiento. El acta era mía, Pedro Luiz Serpa, hijo de Murilo Serpa y Emilia Serpa, etc., etc.

La carta del abogado, en papel sellado, decía:

Apreciables amigos:

Conseguí un acta en la que el nombre del padre del niño aparece como Murilo Serpa. De este modo usted, doña Emilia, no necesita preocuparse. Para siempre y para todos los efectos el padre del niño es el Sr. Murilo. El acta de nacimiento que anexo está en conformidad con la ley.

Cordialmente,

Ramiro Santos

Entonces mi padre no era mi verdadero padre. Esa era la revelación que mi madre no tuvo valor para hacerme en su lecho de muerte.

La noticia me estremeció tanto que ni siquiera fui a trabajar ese día.

Creo que había transcurrido una semana cuando me sorprendió una llamada telefónica.

—¿Pedro Luiz?

—Sí.

—Necesito que nos veamos para conversar.

—¿Quién habla?

—Elizabeth, Bety.

—¿En la cafetería dentro de media hora?

—Una hora —respondió Elizabeth.

Como siempre, llegué con anticipación. Elizabeth se tardó tanto que pensé que no llegaría a la cita.

—Perdón por la demora —dijo al llegar.

Se notaba inquieta, ansiosa.

—No hay problema, Elizabeth.

—No me llamo Elizabeth. Me llamo Helena. Y no soy doctora.

—¿Hay algo que no sea mentira de todo lo que me dijiste?

—Sí. Que me gusta el café expreso.

Nos quedamos en silencio mientras Elizabeth, Helena, o como se llamara, tomaba su taza de café.

—¿Te preocupa algo?

—¿Puedo tomarme otro?

—¿Y la gastritis?

—Todo vicio es malo para la salud, el café, el cigarro, el azúcar...

—Querías conversar conmigo. Estoy a tus órdenes.

—Es sobre tu padre.

—Lo sé todo. Lo asesinaron.

—No ese. Sobre tu verdadero padre. Está muy enfermo y le gustaría verte.

—¿Verdadero padre? ¿Quién es?

—Su nombre es Marcos.

—¿Tuvo décadas para buscarme y decidió hacerlo hasta ahora? No sé si quiero verlo.

—Está a punto de morirse. No puedes ser tan cruel.

—Te repito, no estoy interesado en conocer a ese individuo.

—Por favor. Te lo pido —Helena se quedó callada un momento, mordiéndose las uñas—. También es mi padre. Somos hermanos por parte de padre.

—¿Somos hermanos?

—Sí. ¿No notaste que tenemos los mismos ojos?

Helena tenía los ojos azules parecidos a los míos.

—Está bien. ¿Dónde está?

—En el hospital. Esperándonos.

Fuimos al hospital.

Mi padre estaba en un cuarto, con un enfermero junto a él. Cuando entramos le pidió que nos dejara solos. El enfermero salió del cuarto.

El hombre que estaba en la cama del hospital era un viejo de cabello blanco, rostro anguloso cubierto de pecas. Pero sus ojos azules tenían un brillo intenso, no parecían pertenecer a ese rostro macilento.

—¿Es él, Helena?

—Sí, papá, es él.

—Hijo mío, sé, siento que hoy es mi último día de vida. Y antes de morir quiero pedirte perdón.

Al decir eso tuvo una crisis de disnea, una dificultad respiratoria que nos obligó a llamar al enfermero.

—Ha tenido esas crisis frecuentemente —dijo el enfermero. Vi entonces un cilindro de oxígeno equipado con una válvula y una mascarilla que el enfermero colocó en el rostro del enfermo.

Un poco después la dificultad respiratoria cesó. De nuevo el enfermero fue instado a salir del cuarto.

Cuando se retiró, el viejo que decía ser mi padre me dijo:

—Tu hermana ya sabe lo que te voy a contar. Te pido que me perdones. ¿Me perdonas?

Helena me apretó la mano.

—Sí —le dije.

—Yo maté a Murilo Serpa. Fui yo quien le dio los dos tiros en la cabeza. Yo amaba a Emília, pero ella no quería saber nada de mí, quería vivir con Serpa. Ese maldito...

Justo después de decir eso, Marcos dio un suspiro agónico, agudo, estridente y murió.

Helena y yo nos quedamos viendo al muerto sin saber qué decir. Entonces Helena comenzó a llorar.

Salí del hospital. Que Helena se encargara del entierro, la cremación o lo que fuera. Yo quería olvidarme del asunto.

Puchero

Uno escribía el nombre de la mujer amada con sopa de letras
Mientras la pasta se enfriaba en el plato.
Otro era mitad soledad y mitad multitud.
Los estoy vigilando.
Uno andaba con la espada sangrienta en la mano.
Otro fingía que sentía lo que de verdad sentía.
Este decía que no cabe en el poema lo que vale el frijol.
Los estoy vigilando.
Este ve la vida como origen de su inspiración,
La vida que es comer, defecar y morir.
Todo poeta es un loco.
Los estoy vigilando.
Y también tiene que estar loco el pintor
Y el músico y el narrador.
La locura es buena
Para todo creador.
Como para los cocineros
O cualquier inventor.
Los estoy vigilando.
Es mejor estar cojo que ciego.
La poesía es un puchero.
Todo cabe dentro de ella.

Amor

Nunca le veo el ombligo, la blusa apenas deja ver cuatro dedos del vientre y de la espalda. Ella es blanca, no alba como un lirio, tiene el brillo de la sangre que se desliza bajo la piel que no sé cómo describir. Dan ganas de olerla, de lamerla. A veces la blusa que lleva permite ver la hendidura que separa los senos, y puedo imaginar la curvatura, la sinuosidad que termina en los pezones. Siento algo mas que deseo, siento estupor cuando imagino sus senos. ¿De qué color son los pezones? Deben ser del mismo color que la areola. Su pelo es castaño oscuro, las areolas y los pezones deben ser de un rosa pálido.

En la Biblia se ha dicho todo: «Es toda bella, mi amada ¡y no tiene un solo defecto! Sus senos son dos cachorros, hijos gemelos de la gacela, pastando entre azucenas...». No debo dejar que perciba lo que siento.

¿Te sientes bien?, pregunta ella.

Me duele la cabeza, respondo.

No mejoras, ve al médico.

Ningún médico o hechicero sabe de esto, quién me diera un médico que me la arrancara de la cabeza. No soporto verla caminar cerca de mí, el movimiento de sus piernas, las caderas, el sutil movimiento de sus nalgas.

Adiós, le digo.

Salgo a la calle. Me siento en un lugar donde venden empanadas. Una mujer, de la mesa de junto, le da papilla con una cucharita a un bebé en una carriola. Debe de ser su madre, solo una madre se entrega a un trabajo como ese. También es verdad que yo le di de comer a un cachorro callejero enfermo que vivía entre mendigos en la plaza cercana a mi casa. En otra mesa, una vieja come una empanada, lenta y triste. Vive sola, no tiene prisa de volver a casa, nadie la espera.

Me quedo allí sentado hasta que la dueña, una gorda, me dice que ya va a cerrar. Yo tampoco tengo ganas de volver a casa, nadie me espera, le digo.

Se ve triste, dice la gorda. El amor no correspondido forma el rostro más triste del mundo. ¿Quiere dormir aquí?

Me voy caminando y las tiendas cierran sus cortinas de acero, defendiéndose del alma en pena que pasa frente a ellas. Las vitrinas, tras rejas y alambres protectores, también se apagan. Las calles empiezan a oscurecer.

Decisión

Estoy esperando. ¿Qué? Algo que todavía no ocurre, me queda claro. Voy a confesar: estoy emboscado. Antiguamente, muy antiguamente, eso significaría que estoy escondido en un bosque, pero estoy al acecho en la casa del tipo que voy a matar.

Creí que la casa estaba vacía y una mujer apareció y comenzó a gritar. No grite, por favor, le pedí, no voy a hacerle daño, pero ella abrió la ventana y empezó a aullar, socorro, socorro, socorro. ¿Qué podía hacer? Después del tercer socorro le di un golpe en la cabeza con la cacha de la pistola. No mato mujeres. Así lo decidí. Por eso no maté a esa fiera, mi tía, si es que era realmente mi tía.

Después de limpiar la sangre con una toalla, la acosté con cuidado sobre la cama, la cabeza sobre la almohada, con la ropa bien arreglada. Le quité los zapatos. Eran finos, con las suelas nuevas, no debía caminar mucho con esos zapatos. ¿Quién sería esa mujer? pensé, mientras la ataba a la cama con las tiras de las sábanas que rasgué. ¿Qué relación tendría con el hombre que iba a matar? No llevaba alianza, en la casa no había retratos suyos y por la información que me dieron nadie vivía con él, ni mujer ni hijos. No parecía una empleada doméstica, la ropa que vestía era cara, sus uñas estaban bien cuidadas, esas manos no lavaban sartenes ni fregaban el piso, y en la muñeca llevaba un Rolex de oro con carátula de diamantes incrustados. Abrí su boca y verifiqué que sus dientes eran perfectos, no tenía una sola caries. Constatar eso disminuyó, de alguna manera, algo del arrepentimiento que sentí por haberla agredido. Mis dientes están terribles, me he arrancado varios, cuando era pobre era chimuelo, o sea, me faltaban varios dientes del frente, me reía tapándome la boca, pero después que conseguí ese empleo, vamos a llamar así esta actividad remunerada, me hice implantes dentales y hoy me carcajeo con la boca abierta, es decir, podría carcajearme con la boca abierta pero no quiero, me río poco, debe ser una consecuencia de mis tiempos de desdentado.

Mi madre murió cuando era niño y no conocí a mi padre. Fui criado por una tía, ella decía que era mi tía, pero yo presentía que era mentira. Me puso a trabajar a los once años y me obligaba a darle dinero. Yo pasaba hambre, tomaba café y pan por la mañana y comía sopa en la comida y otra sopa en la cena. Sabía leer, era mi mayor placer, o más bien, mi único placer. Leía todo lo que encontraba, y lo único que robaba eran libros. Era fácil entrar en una librería y robar un libro. Me robaba un libro al día y lo leía en la noche, acostado en la cama. Y mi tía, o quien fuera, me pegaba diciéndome chamaco burro, si vas a robar roba algo que se pueda vender. Me pegaba con lo que tuviera en la mano, una vez me dio con un sartén. En cuanto pude, me fugué, debía tener unos quince años, y me fui a vivir a casa de una vieja jorobada y torpe a la que ayudaba a cruzar la calle casi diario. Le conté mis sinsabores y me dijo vente a vivir conmigo.

Mi vida cambió. Empecé a comer bien y a dormir en una cama decente. Ella me decía que si tuviera dinero me mandaría a arreglarme los dientes, pero yo le respondía que así era feliz, chimuelo. Uno siente lo que quiere sentir.

Sé que nadie es inocente, todos cometemos alguna transgresión, alguna maldad o crueldad; si fuera religioso diría que he cometido alguno o varios de los pecados capitales: avaricia, gula, envidia, ira, lujuria, soberbia y pereza.

Volviendo a mi trabajo actual. ¿Quién era esa mujer a la que fui obligado a agredir?

Me quedé sentado en la cama esperando a que despertara. No tardó mucho y empezó a gemir. Cuando abrió los ojos y me vio, intentó levantarse de la cama y yo hice mi cara de malvado, le puse el cañón de la Glock en el rostro y le dije murmurando que le daría un tiro en la boca si no se callaba.

Volví a inspeccionar la casa. No había un solo libro, ni papeles, ni fotos enmarcadas, solo algo de ropa. Ni un teléfono fijo (a decir verdad yo tampoco tengo uno, solo uso celular, es fácil desecharlo y comprar uno nuevo.) Mi objetivo, por llamarle así, no debía vivir allí. ¿Y si el contratante me había engañado? Eso sería raro, él no engañaba nunca. Una cosa sí era cierta: no era la vivienda de una mujer.

Con mi celular tomé una foto de la mujer y varias de la casa. Siempre hago eso.

Comprobé que mi Glock 40 estuviera lista para usarse, evidentemente con el seguro activado para evitar disparos accidentales.

Estoy esperando. Saber esperar es una virtud. Uno no debe sentirse impaciente, nervioso, ansioso, afligido, inquieto, eso puede arruinar el trabajo. Yo estoy siempre calmado, no importa cuánto tenga que esperar.

Sonó el timbre de la puerta. No me asusté, ¿no dije que nunca me asusto? Seguramente no era a quien yo esperaba, él tendría llave. No podía asomarme por la mirilla, la sala en la que estaba era muy luminosa, la persona que estaba en la puerta, fuera quien fuera, percibiría que el visor se había oscurecido y que alguien estaba en la casa.

Me quedé quieto, mirando hacia la puerta. El timbre volvió a sonar. Seguí sentado en el sillón de la sala, mirando tranquilo hacia la puerta con mi Glock en la mano. Bostecé, pero creo que no fue un gesto involuntario, me estaba exhibiendo a mí mismo. Lo hago muy a menudo, me ayuda de un modo inexplicable, misterioso.

Uno es lo que quiere ser. Así como el italiano aquel dijo que las cosas son lo que a nosotros nos parece que son y no lo que verdaderamente son, también somos lo que nuestra imaginación dice que somos y no lo que somos en realidad, somos una representación subjetiva de nuestra imaginación. Sé que parece complicado, pero no lo es. Por ejemplo: no quiero ser infeliz y no lo soy; no quiero ser cobarde y no lo soy; no quiero ser ansioso y no lo soy. Repito: uno es lo que quiere ser, así como uno siente aquello que quiere sentir.

El timbre sonó de nuevo.

Volví a bostezar. ¿Qué puedo hacer? ¿Es una pantomima? No exactamente, es una forma de expresar ideas y sentimientos por medio de gestos, expresiones faciales y corporales. Mi bostezo era una forma de demostrar fastidio. ¿No es eso lo que debo sentir mientras espero la oportunidad de matar a alguien?

Volví al cuarto donde estaba acostada la mujer. Me senté en el borde de la cama.

¿Quién eres tú?, le pregunté.

Me llamo Sônia.

¿Y qué viniste a hacer aquí?

Vine a encontrarme con Davi, mi novio. Es aquí donde nos encontramos.

Davi era el nombre del tipo que debía matar.

¿Por qué aquí?

Davi me dijo que aquí era menos peligroso.

¿Peligroso por qué?

No sé, es él quien sabe.

¿En qué trabajas?

No trabajo.

Entonces eres rica, para poder vestirte así y usar un reloj tan caro.

Es Davi quien me compra todo.

¿Hace cuánto que son novios?

Desde que éramos niños. Siempre escondidos, mi familia no lo quería a él y su familia no me quería a mí.

Volví a la sala, me senté en el sillón y esperé.

Oí el ruido de la llave en la puerta.

Esperé a que entrara el visitante.

Cierra la puerta, le dije, apuntándole con la Glock.

La cerró. Estaba aterrado.

Tu novia está en el cuarto, acostada en la cama. Me vi obligado a darle un cachazo en la cabeza, gritaba mucho. Pero no es grave. Otra cosa: es mejor que desaparezcas, te quieren matar. Desaparece lo más rápido posible, ¿entendido?

Hizo un gesto afirmativo con la cabeza.

Salí, subí al ascensor. Caminé lentamente por la calle.

No maté al tipo y perdí una buena plata. Pero era un enano. Tampoco mato enanos.

Vivir

Como ya le dije, doctor, durante algún tiempo Denise trabajó como empleada en una zapatería, y yo era subgerente en un supermercado. Cuando me ascendieron a gerente y comencé a ganar bien, Denise dejó de trabajar, decía que era muy cansado estar todo el día de pie atendiendo a las clientas, algunas se probaban varios zapatos antes de comprar, la tienda estaba siempre llena, ya sabe cómo es eso, doctor, a las mujeres las vuelven locas los zapatos, pueden tener un solo vestido, pero tienen unos diez pares de zapatos. Cuando yo llegaba a casa, Denise solía estar recién bañada y toda arreglada y perfumada, pero eso no duró mucho. Se volvió, como ya le dije... desarreglada, descuidada, dejó de bañarse. Yo le decía Denise, vamos a bañarnos, y ella respondía que estaba cansada y seguía sentada en el sofá o acostada. Siempre que llegaba a casa ella estaba en el sofá, la mayoría de las veces acostada, con un aire pensativo. Cuando le pregunté en qué piensas, mi amor, ella respondió, en la vida. Alguien dijo que tenía miedo de vivir, ¿quién fue?, preguntó Denise. Le respondí, jugando, yo tengo miedo de morir. Yo no, dijo Denise, vivir es algo espantoso. Cuando escuché eso me preocupé y vine a conversar con usted y le conté esta historia que estoy repitiendo. Seguí su consejo, convencí a Denise de que volviera a trabajar como empleada de la misma zapatería. Después de algún tiempo de estar trabajando se compuso. Nos bañamos dos veces al día, al salir a trabajar y al volver a casa. Muchas gracias, doctor, usted salvó mi vida. La mía y la de Denise.

Esto es lo que usted debe hacer

Esto es lo que se debe hacer: ame la tierra y el sol y los animales, menosprecie las riquezas, dé limosna a todos los que se la pidan, defienda a los tontos y a los locos...

Walt Whitman

Está matando a los gatos del parque. Los tira dentro del lago y se queda viendo cómo se ahogan los animales. Creo que él, el asesino de gatos, sonríe, pero no estoy seguro, no logro ver su rostro. ¿Cuál será el placer de matar a un gato? ¿El que mata a un gato es capaz de matar a una persona?

Yo no mato ni a una cucaracha, claro que me molesta, pero prefiero ahuyentarla —ella huye, medrosa— a matarla como lo hacen todos, desintegrándola con los pies, los pies calzados, pues con los pies descalzos los asesinos de cucarachas no se atreven.

Vigilo a ese tipo desde hace un tiempo. Llega temprano, cuando el parque aún está vacío, y se acerca a los gatos con sardinas en la mano; los gatos están hambrientos, las autoridades del parque, que debían alimentarlos, no lo hacen. Cuando un gato siente el aroma de ese manjar, se acerca, el tipo lo cubre con una toalla, lo envuelve, lo inmoviliza, se acerca hasta la orilla del lago y lo avienta. Percibo con nitidez que él, el asesino de gatos, sonríe, con la sonrisa de placer de quien satisface una aspiración, algo más que un deseo.

¿Qué debo hacer? ¿Tan solo observar? Me acerqué al individuo justo después de que el gato desapareciera en las aguas del lago y le pregunté si me permitía hacerle una pregunta.

Claro, respondió.

¿Usted también mata perros?

Se detuvo, pensativo. ¿Le sorprendería mi pregunta? ¿O trataba de acordarse si ya había matado algún perro?

Perros, respondió, solo mato si son de esos falderos. Odio a esos perritos de señoras, con cintita en la cabeza. Pero hasta ahora solo he matado a tres. Nada interesante. Los maté con carnada. ¿Sí sabe lo que es carnada, no? Un pedazo de carne envenenada. Esos falderos comen siempre carne importada que la señora les compra, y mi carnada es de filete miñón, y los animales se enloquecen y ni sienten el sabor del veneno. Uso un producto difícil de conseguir, que se conoce como Compuesto 1080, un raticida altamente tóxico que no tiene antídoto. Las señoras llevan a sus canes al veterinario y él no puede hacer ni una mierda. Perdone la expresión soez, detesto las groserías.

Mataba perros y gatos, pero no decía malas palabras.

Mañana volverá a matar gatos.

¿Y qué debo hacer? ¿Tan solo observar?

No mato cucarachas.

Pero ese tipo era peor que una cucaracha. Desintegrarlo con los pies no sirve, tengo que descubrir la manera correcta.

Restos

El mesero era un viejo
habituado a escuchar quejas de los clientes
mientras esperaba la jubilación y la muerte.
Tenía un rostro blanco
arrugado y triste.
Mientas tanto,
la mujer de la mesa de enfrente,
con una ávida sensibilidad de radar,
miraba a un lado y a otro,
buscando machos aún curiosos
de su belleza evanescente.
Cuando salimos
éramos los últimos,
una fila disciplinada de mendigos
esperaba los restos finales del día.
Los restos de los restos
serían después para los perros
incluso más hambrientos.
Era una mujer flaca
de labios delgados.

Cuento de amor

Cuando estuve en el ejército me volví especialista en bombas. Sé fabricar todo tipo de bombas portátiles, muy usadas por los terroristas. La bomba que estaba fabricando debía tener un efecto fulminante para que la víctima no sufriera. Y antes de la explosión era necesario que emitiera un rayo de luz radiante que hiciera que la víctima percibiera la inminencia de la explosión.

La persona a la que quería matar era mi hijo.

Mi mujer Jane estaba embarazada cuando me enviaron al extranjero con un contingente del ejército al servicio de las Naciones Unidas. Estuve ausente cerca de dos años. Le escribía constantemente a Jane y ella me respondía. Cuando nació mi hijo y le pusimos de nombre João, las cartas de Jane se volvieron muy extrañas. Me decía que necesitaba decirme algo muy serio, pero no sabía cómo. Yo le respondía impaciente para que me lo dijera de cualquier manera, pero ella persistía en la falta de claridad que cada vez era mayor. Al final, Jane dejó de responder mis cartas.

Cuando volví de la misión de la ONU, corrí a casa en cuanto llegué al aeropuerto.

Jane me abrió la puerta. Su aspecto me sorprendió. Estaba envejecida, pálida, parecía enferma.

—¿Dónde está João? —le pregunté.

Jane comenzó a llorar convulsivamente, apuntando hacia la puerta de la habitación donde se encontraba.

Entré a la habitación, seguido de Jane.

João estaba acostado en la cuna, un niño lindo que al verme sonrió. Me lo puse sobre las piernas. Entonces, me llevé una sorpresa que me dejó atónito. João solo tenía una pierna y un brazo, eran los únicos miembros que poseía.

Jane me extendió un papel, todo arrugado, una receta médica en la que se leía: este niño sufre de focomelia, una anomalía congénita que impide la formación de brazos y piernas.

Jane cuidaba a João con el mayor esmero y con gran cariño. Pero ella estaba cada vez más consumida y murió cuando João tenía seis años. Me di de baja en el ejército para poder cuidar a mi hijo. Cuando le preguntaba qué le gustaría hacer, me decía: «Quiero ir a la guerra».

Su deficiencia física se agravaba con la edad. Tenía quince años, pero no podía caminar, estaba imposibilitado para realizar las mínimas actividades físicas.

—Quiero ir a la guerra, papi —me pidió más de una vez.

Entonces decidí que iría a la guerra. Fue cuando preparé la bomba.

Con la bomba en la mano le dije:

—Hijo mío, fuiste llamado a combatir en la guerra.

—Gracias, papá querido, te amo mucho.

Yo lo amaba aún mas.

Le puse la bomba en la mano.

—Esta bomba va a explotar. Es la guerra —le dije.

—Es la guerra —me repitió feliz.

Salí de la habitación en la que estaba. Poco después vi el resplandor.

João también vio ese resplandor, feliz, antes de que la bomba explotara, matándolo.

Yo amaba a mi hijo.

Perspectivas

Siempre hay un enano entrometiéndose en mi vida. Ya incluso maté a uno y lo metí en una maleta. Me quedé un día y una noche sin saber qué hacer con ese equipaje.

Lo maté por un motivo justo. Descubrió, en realidad yo le conté, que era amante de una mujer casada —muy bien casada, su marido era un banquero, y yo un desharrapado; ahora ya no, pero esa es otra historia. Pero el enano, como ya decía, decidió chantajear a la mujer, y yo ¿qué podía hacer? Maté al enano, en mi casa, metí su cuerpo en una maleta. Estuve horas con la maleta, a veces la cogía y andaba con ella por la sala, cargándola de un lado a otro. ¿La tiro a la basura?, pensaba. ¿En cuál basura? El cesto de basura de mi casa era tan pequeño que con trabajos cabía en él una cáscara de plátano. No tenía auto, siempre he pensado que el auto no sirve de nada, pero para quien tiene un enano muerto en una maleta puede ser que un auto sea útil.

Después les cuento lo que hice con la maleta. La mujer no quiso saber más de mí, y yo la amaba, o por lo menos comencé a amarla después de que me abandonó. Eso debe de tener un nombre científico, que nos guste una cosa más después de perderla, pero no sé cuál será.

Siempre que veía a un enano en la calle —siempre veía enanos en la calle— me cruzaba a la otra acera. Una vez vi dos enanos y me entró tal pánico que atravesé la calle despavorido y casi me atropellan. ¿Le tenía miedo al enano? Claro, creo que todo el mundo les teme. Dicen que el demonio es un enano. Dicen que Azazel, el brazo derecho de Lucifer, era enano.

Entonces me volví a enamorar. No consigo vivir sin estar enamorado, tengo insomnio, dolor de cabeza, uñas enterradas, diarrea y bursitis (esa inflamación de la bolsa o bursa, la cavidad que contiene líquido cerúleo y reduce el roce en las articulaciones). Pero me enamoré y todos esos disturbios cesaron inmediatamente. ¿La pasión está en la mente o en el corazón?

Ustedes que leen estas confesiones ya notaron que soy un idiota, pero no un idiota como el príncipe epiléptico Myshkin, de Fiódor. Antiguamente, antes del tratamiento con fenobarbital, ácido valproico, lamotrigina, topiramato y carbamazepina, había un epiléptico en cada familia —mi hermano usó esas medicinas y quedó bien, quiero decir, en general. Pero repito, ustedes que están leyendo estas confesiones ya percibieron que soy un idiota, pretencioso y exhibicionista.

Como les decía, me volví a enamorar. No era una burguesa millonaria como la otra, ¿la recuerdan? Era más bonita, quizá por ser más joven, y la juventud tiene una frescura, una lozanía, un brillo, un vigor... Qué frase tan pseudopoética, qué palabras tan idiotas, frescura, lozanía, vigor... Es tan simple decir que era linda...

Se llamaba Margarida, pero me pedía que la llamara Margô. Y pedía que lo escribiera Margaux. Le conté que ese nombre era de un lugar de Alsacia, donde producían el vino Château Margaux, por cierto, muy bueno, y le dio un ataque de histeria (el primero) gritando, mi nombre es Margaux con a, u, x repetía a, u, x, hasta que me arrodillé a sus pies diciendo Margaux, Margaux, Margaux, letra por letra, y hasta entonces se sosegó.

Margaux era alta, de piernas largas y delgadas, brazos largos, cuello largo, dedos largos, toda ella larga. Pero sus pechos eran bien redonditos y pequeñitos, y yo jugaba a metérmelos enteritos a la boca, uno por uno, claro. Mi boca no es grande, importante mencionarlo.

Margaux tuvo otro ataque histérico un día en que le dije que me parecía más bonito un árbol de mango que un rosal. Describí la belleza del mango, un árbol frondoso de hojas abundantes, alto, de tallo grueso y sólido con nidos de pajaritos y lo comparé con la fealdad de un rosal lleno de espinas. Margaux gritó, nidos de pajaritos, qué cosa más idiota. El mango es majestuoso, le dije. ¿Y la flor?, replicó Margaux, ¿el mango tiene flor? ¿Existe algo más bonito que una flor? Sí existe: una fruta, respondí. Estás loco, gritó Margaux, agrediéndome con golpes y patadas.

Todo cansa, todo nos causa tedio, la belleza también. No fueron las crisis de Margaux las que me cansaron, fue su belleza. Los rasgos que adoraba en ella —las piernas largas y delgadas, su figura longilínea, sus pechitos pequeños, todo eso me causaba una sensación de (iba a decir *déjà-vu*, pero esa expresión es tan común que me da náuseas cuando la oigo), sensación de banalidad.

Pero antes de que eso sucediera, nos quedamos sin tema de conversación. Antes éramos capaces de conversar horas sobre asuntos y temas muy variados. Después, durante una comida entera nos quedábamos callados sin intercambiar una sola palabra.

Y de reír. También dejamos de reírnos. De decir sonseras sin gracia, pero que nos hacían reír mucho. Ese es un síntoma serio, que uno deje de reír con su compañero o compañera.

Entonces, un día vi a una enana en la calle. No una de esas enanas de piernitas chuecas, tórax largo y cabeza grande. Era una enana perfecta, en realidad ni siquiera debería ser llamada enana, era una mujer pequeñita, pero muy proporcionada. Me enamoré de ella. Yo, a quien le horrorizaban los enanos, que ya maté a dos o tres de ellos, me enamoré de esa enanita que no era enanoide.

Llovía mucho el día que la conocí. Estaba parada frente a un charco de agua, sin valor para cruzar la calle. La cargué y la llevé a la otra avenida. Debía pesar máximo veinte kilos y me miró sorprendida.

Me llamo José, le dije.

Yo me llamo Ana, dijo ella, después de dudar un poco.

Una enana llamada Ana. ¿Por qué no? Y no era enana, era pequeñita.

Ana y yo jugábamos mucho. Le gustaba saltar a mi espalda y me pedía que la cargara, sin importar dónde estuviéramos, podía ser la casa o la calle. La gente no decía nada, solo veía con sorpresa nuestros juegos.

Pero un día uno de los presentes, después de ver las volteretas que Ana daba en mi espalda, me preguntó, ¿esa enanita trabaja en el circo?

No es una enanita, le contesté molesto.

Claro que es una enanita, basta con verla para darse cuenta.

Miré a Ana.

¡Era una enanita! Piernitas cortas y arqueadas, cabeza grande.

Me eché a correr. Siempre fui un cobarde.

Y en la primera esquina, ¿a quién me encuentro? A Margô, Margaux, la misma.

Otra sorpresa, Margó era bajita, no tenía cuello y sus brazos eran rollizos.

¿Qué diablos me estaba pasando?

Poema de la vida

Miro fascinado a las mujeres que caminan por las calles, me imagino la estructura de los tejidos orgánicos entre sus piernas, la pepa con labios pequeños y grandes, y entre los pequeños la protuberancia carnosa y eréctil conocida como clítoris.

Y pienso también en los pelos, o pendejos, muchas se los rasuran un poco, otras se los dejan abundantes, ocultando la entrada al canal.

No existen dos iguales. ¿Cómo las llamaré?

¿Vagina?

¿Vulva? (Horrible nombre.)

Prefiero panocha.* Me recuerda la *boceta (o Caja) de Pandora*, que encierra (según la mitología griega) todos los males del mundo.

Qué importan los males que la caja pueda causar: obsesiones, manías, vicios, castigos malthusianos y otras cosas maléficas. No existen dos idénticas, su carácter único, su singularidad la vuelve fascinante —y al mismo tiempo atemorizante.

Necesito mirar y oler y tocar y sentir el sabor de la panocha en la parte externa e interna, necesito chupar el clítoris, necesito ese placer paradisiaco.

Soy un hombre feo, pero tengo dinero, eso es lo que importa; por eso, siendo adinerado, pago lo que sea necesario para contemplar las panochas de las mujeres que me parecen atractivas.

Los precios varían, algunas cobran una verdadera fortuna, pero yo pago.

Soy una persona que gasta poco, además de los placeres contemplativos solo gasto en restaurantes.

Hasta hoy ninguna mujer se ha resistido a mis propuestas financieras.

A las mujeres les gusta el dinero, les encanta comprar. Siempre les pregunto: «¿cuántos pares de zapatos tienes?».

La que menos tenía, tenía ciento setenta pares de zapatos.

*   En portugués la palabra es *boceta*, que también significa «caja ovalada».

Una de ellas tenía mil pares, repito, mil pares de zapatos.

No le creí, y ella me dijo, besando una medallita que pendía de una cadena de oro en su cuello, «lo juro, juro por todo lo más sagrado, que tengo mil pares de zapatos».

—Entonces te regalaré otro par, si me enseñas la panocha. Solo eso, quiero contemplar tu panocha, mi Scheherazade de los zapatos.

Y me enseñó la panocha.

—¿Puedo olerla?

—Sí.

—¿Puedo lamerla?

—Sí.

Era un néctar, digno de los dioses del Olimpo.

El ciclista

No tengo padre, solo tengo madre. Más bien, tenía padre pero abandonó a mi madre cuando yo tenía seis años y fue ella quien me crio. Eso no importa tanto, en la escuela primaria donde estudié la mayor parte de los niños eran criados por sus madres, los padres también habían desaparecido. Un día encontré un retrato de mi padre en el cajón de mi madre. Las mujeres son increíbles, él le pegó, le puso los cuernos, la dejó con un hijo pequeño, y mi madre guardaba su retrato. Tomé el retrato, lo rompí en mil pedacitos, lo tiré en el escusado, oriné encima de él y jalé la cadena. Ni siquiera recuerdo su cara, ni en el retrato ni antes.

Cuando terminé la primaria, conseguí un empleo para ayudar a mi madre. Hacía entregas en bicicleta de productos de belleza de una empresa que no tenía tienda, solo se anunciaba en internet. El nombre era Slim Beauty, creo que así se escribe, es inglés, creo que significa belleza y delgadez. Pero cuando tocaba el timbre de las casas para entregar los paquetes, las mujeres que abrían la puerta estaban cada vez más gordas.

Mi patrón era un tipo estupendo, más delgado que yo, calvo, nariz chueca, me llevó a escoger la bicicleta. Escogí una con llantas gruesas, una bicicleta pesada, me gustaba hacer ejercicio. Mi patrón, el señor Zeca, me dejaba llevarme la bicicleta a casa.

Andar en bicicleta por la ciudad te da una buena idea del mundo. Las personas son infelices, las calles están estropeadas y huelen mal, todo mundo tiene prisa, los autobuses están siempre llenos de gente fea y triste. Pero eso no es lo peor. Lo peor es que las personas malas, las que golpean a sus hijos, las que golpean a sus mujeres, orinan en los rincones de las calles. Andando en bicicleta veo todo eso y llego a casa preocupado, y mi madre me pregunta que pasó, estás triste, y yo le contesto nada, no es nada. Pero es todo, es no poder ayudar a nadie, hoy mismo vi cómo dos muchachos asaltaban a una viejita y no hice nada, me quedé viendo a lo lejos, como si no fuera asunto mío. ¿Será que voy a ser igual a mi padre, un cobarde hijo de puta que no tuvo el valor de enfrentar el trabajal de criar una familia y huyó? ¿Será eso? ¿Voy a ser una mierda como él?

Esa noche no dormí. Al día siguiente, después de hacer la entrega de la última encomienda para una señora gorda —esas gordas siempre dan propina—, iba de vuelta a casa cuando vi a un hombre barbudo pegándole a un muchachito. Lo abofeteaba con tanta fuerza que el ruido me llamó la atención. Creo que un bofetón, dado con esa fuerza, es peor que un golpe porque es algo, además de doloroso, humillante, un muchachito que crece a bofetones de adulto va a ser un pobre diablo. Me di la vuelta, pedaleé con fuerza y, controlando el manubrio con mano firme, embestí al hijo de puta, justo entre las piernas, y cayó en el piso gimiendo, e incluso pasé por encima de su cara.

¿Cómo conseguí hacer eso? Hago cosas fantásticas con una bicicleta. Ando en ella todo el día, puedo bajar escaleras y hasta subir algunos escalones. Las llantas gruesas me ayudaron la semana pasada a romper una barda de madera. Por eso romperle la crisma al canalla que abofeteaba al niño no fue tan difícil.

Otro día, después de haber hecho otra entrega, la suerte me sonrió, como dice mi madre que ve muchas telenovelas, ese modo de hablar solo puede ser de telenovelas, la suerte me sonrió. Encontré en otra calle a los dos muchachos que habían asaltado a la viejita. Pedaleando más rápido pasé muy cerca de uno de ellos y le di un golpe en la nuca. El hijo de puta cayó de bruces en el piso. Después de un frenazo, giré y arremetí encima del otro dándole un golpe violento en la barriga con el manubrio.

Hice todo eso equilibrándome en las dos ruedas, como uno de esos tipos que trabajan en el circo. A decir verdad, mi deseo secreto, todos tenemos un deseo secreto, mi deseo secreto es trabajar en un circo pedaleando la bicicleta dentro del Globo de la Muerte. Sí, sé que eso se hace con una motocicleta, pero creo que puedo hacer lo mismo en mi bicicleta.

La viejita ni vio que la salvé de esos dos infames —quien les llama así también es mi madre, lo aprendió cuando trabajaba en la casa de una señora portuguesa. Mi madre me explicó que infame es una persona capaz de los actos más abyectos y de todo lo indigno y violento. La viejita siguió caminando por la calle con su pasito silencioso, agarrando su bolsa con las dos manos.

No sé qué me pasó. ¿Una crisis de megalomanía? Así dijo mi patrón después de afirmar que se convertiría en el mayor fabricante de productos de belleza de Brasil, y de que yo le preguntara cuánto tardaría eso en suceder, y él me respondiera, olvídalo, hijo, no creas nada de eso, es una crisis de megalomanía, y cuando le pregunté qué era megalomanía, me dijo que era manía de grandeza, cosas de locos.

¿Me estoy volviendo loco? Todo el día me la paso buscando en mi bicicleta alguna persona a la cual castigar. Los malos deben ser castigados, y no lo digo como un sacerdote hablando en la iglesia, porque nunca voy a la iglesia, ni lo digo como si fuera un policía, ni lo digo porque mi padre abandonó a la familia cuando yo tenía seis años, ni lo digo porque mi madre no tenga dientes y yo vaya por el mismo camino, lo digo porque odio a la gente mala. Y sé cuándo una persona es mala con solo verle la cara.

Hoy en la nochecita pasé junto a un hombre que cargaba una bolsa y por su perfil advertí que era malo. Giré para ver su cara de frente. Sí, era malo, muy malo. Avancé con la bicicleta, di vuelta y me detuve frente a él. Nos quedamos viendo el uno al otro, él algo sorprendido por ese muchacho que lo miraba fijamente. Entonces comencé a pedalear furiosamente aventándole la bicicleta encima, el tipo metió la mano en la bolsa, sacó una pistola, pero en ese momento le golpeé los huevos con las llantas y enseguida le di en la barriga con el manubrio. Cayó desmayado. Salté de la bicicleta y tomé la pistola, que estaba en el piso. Solté dos tiros al aire. Como no tengo teléfono celular pensé que era una buena manera de llamar a la policía. Poco después llegó una patrulla y un reportero de prensa. Expliqué que el tipo andaba con una pistola en la mano y que decidí hacer algo pues ciertamente era un bandido. Claro que dije una pequeña mentira, lo de la pistola en la mano, pero no podía decirles que solo con verles la cara sabía cuándo las personas eran malas.

El sujeto era un bandido buscado por la policía y el periódico publicó una foto en la que yo aparecía trepado en mi bicicleta y abajo, con letras: «El joven héroe».

No me interesa ser el joven héroe. Me interesa castigar a las malas personas, eso es lo que pretendo seguir haciendo. A menos que me inviten al circo a hacer el acto del Globo de la Muerte en mi bicicleta.

Sentir y entender

El amor no es para ser entendido es para ser sentido.
La poesía no es para ser entendida es para ser sentida.
El miedo no es para ser entendido es para ser sentido.
El dolor no es para ser entendido es para ser sentido.
El odio no es para ser entendido es para ser sentido.
La muerte no es para ser entendida es para ser sentida.

El acechador

Yo seguía a las mujeres por la calle, unas bonitas de cara, otras bonitas de cuerpo, otras ni una cosa ni la otra, pero todas tenían algo que me atraía, no sé qué era, pero algo sí sabía, me gustaba verlas moverse.

Lograba evitar que las mujeres a las que acechaba lo notaran. Aprendí a hacerlo leyendo el libro *Manual del acechador*, de autor anónimo.

«Acechar», decía el *Manual*, «es observar sin ser visto, escrutando, analizando, estudiando.»

El *Manual* indicaba una serie de reglas que debían ser obedecidas. Las principales: mantenga siempre entre usted y la Acechada una distancia que permita que otras personas se interpongan; la Acechada no debe tardar mucho, dos horas como máximo; no saque fotos ni haga anotaciones de ningún tipo durante el Acecho.

Hoy seguí a una mujer que debía tener unos treinta años. Dicen que un tal Balzac escribió un libro con el título de *La mujer de treinta años* o algo así, no sé porque no leo ese tipo de cosas, en el que elogia a las mujeres de esa edad, también dicen eso, pues como mencioné no leo esas cosas de mediados del siglo XIX cuando las mujeres solo mostraban el rostro y las manos, el resto quedaba escondido por los trajes que usaban. Esa mujer que yo acechaba llevaba una falda mostrando las piernas un poco por encima de las rodillas, dos centímetros para ser preciso, y una blusa que dejaba sus brazos enteramente desnudos. Solo acecho a las mujeres con falda, odio a las mujeres de pantalones, siempre los abominables *jeans*, me dan ganas de patearles el trasero —disculpen este desahogo grosero, pero cuando pienso en mujeres de pantalones quedo en un estado de nervios incontrolable y, si no tomé la medicina, comienzo a dar golpes en las paredes.

Me gusta ver las piernas y los brazos de las Acechadas, las piernas y los brazos definen a una mujer, no el rostro, como dicen algunos idiotas, el rostro de la mujer, sea cual sea, está siempre disfrazado, enmascarado. Además de los llamados productos de belleza, existe el bótox (una clase de toxina botulínica purificada que se inyectan sobre la piel del rostro para provocar la liberación de acetilcolina —neurotransmisor para la contracción muscular—, lo que produce la suavización de las líneas y arrugas de expresión) y las así llamadas cirugías plásticas. Un médico especialista colocó el siguiente anuncio en el periódico: «La cirugía plástica moderna representa el encuentro del arte y la ciencia, del sueño y la realidad, pero, además de todo, es una especialidad médica que hace posible la rehabilitación funcional y estética del ser humano». ¿Qué diablos es eso de rehabilitación estética y funcional?

Desafortunadamente mi Acechada entró en uno de esos locales donde hacen manicure, pedicure, cortes de pelo... las mujeres no salen de esos lugares.

Volví cabizbajo a casa. Mi casa es así: dormitorio y sala; en el dormitorio tengo una cama y un buró. En la sala, varios estantes llenos de libros sobre viajes. Solo leo libros ele viaje; novelas, cuentos, todo lo demás me parece una porquería, lectura para idiotas. Pero no piensen que se trata de libros de viajes en el tiempo. Leí *La máquina del tiempo*, de un tal No-se-qué Wells por error, y otra porquería llamada *Línea del tiempo*, o algo así. Felizmente olvidé por completo el nombre del autor. Tiré los libros a la basura, cosa que detesto hacer.

Me gustan los viajes verdaderos, pueden ser a caballo, a pie, en tren, en motocicleta, en automóvil, cualquier medio de transporte, menos en platillo volador, claro. En mi buró tengo el libro que estoy leyendo, *En la Patagonia*, de Bruce Chatwin. Un libro que acabo de leer es *El viejo Expreso de la Patagonia*, de Paul Theroux, pero cuidado, Theroux también escribe novelas; no sé qué se le metió en la cabeza. Esta semana leí dos libros más, *Tristes trópicos*, de Lévi-Strauss, que es bueno, pero con demasiada filosofía y antropología, y *En el imperio de Gengis Kan*, de Stanley Stewart. Vale la pena leerlo.

Voy a tomar mi medicina. No sé para qué sirve, no he leído el instructivo. Siempre que abro la caja saco el instructivo y lo rompo en mil pedazos que tiro al fregadero, les echo alcohol y les prendo fuego. Tomo una pastilla al día. Es una pastilla grande, una vez intenté tragármela sin agua, me atraganté y casi muero asfixiado, comencé a dar tumbos por todas partes y a darme golpes en el pecho hasta que conseguí que la condenada bajara por el esófago. Le conté la historia al médico, que dice que el esófago tiene cerca de 2.5 cm de diámetro, o sea, que esa desgraciada pastilla debía ser más grande que eso.

Si camino quince o veinte minutos por la calle encuentro lo que estoy buscando. Hoy ocurrió eso exactamente dieciséis minutos después de vagar por la avenida. Sé que fueron dieciséis porque miré mi reloj, o más bien, mis relojes de bolsillo y de pulso. Cada uno funciona con una minúscula batería que cuesta una bobada, además de que es fácil de instalar, la última que compré la instalaron en un puesto ambulante.

Seguí a la Acechada. Desafortunadamente había muchas vitrinas en la avenida, y una mujer no puede pasar frente a una vitrina sin asomarse, y si es de zapatos menos, se queda un tiempo enorme frente a ella. La Acechada inmóvil pierde gracia, aunque lleve falda. Lo que es bonito es la Acechada en movimiento.

Eso me puso nervioso. Ando muy nervioso últimamente. Fui al médico. No le conté de las Acechadas, no me entendería. Me preguntó a qué atribuía mi nerviosismo, le respondí que no sabía. Después de un ligero tartamudeo preguntó por mi vida sexual. Guardé silencio.

El doctor prosiguió: Podría darle decenas y decenas de razones sobre la importancia del sexo, desde la quema de calorías, ¿sabía usted que en veinte minutos de sexo se queman casi cien calorías?

Le pregunté si le parecía gordo; me interrumpió diciendo: Déjeme continuar, la actividad sexual combate enfermedades aumentando la producción de inmunoglobulina A, que estimula el sistema inmunológico, disminuye el riesgo de cáncer y los males cardiacos, alerta nuestros sentidos, fortalece los músculos, disminuye los niveles de colesterol, evita las caries, beneficia la mente liberando adrenalina.

Fue mi oportunidad para interrumpir la conversación. Le pregunté, ¿tener sexo, con quién? Soy soltero, no tengo novia.

Usted es un hombre bien parecido, aún joven, no debe ser difícil...

Nos quedamos callados.

Doctor, le dije, vivo en un departamento de una sola habitación. Mi baño no tiene tina, a las mujeres les gusta bañarse en tina. Mi pensión de invalidez es mínima... A las mujeres les gusta el dinero, usted sabe de eso.

Sí, lo sé. Soy su médico hace casi un año. Y durante ese tiempo pude comprobar que usted sufre de un grave padecimiento psicológico.

Doctor, usted nunca me había dicho nada de eso.

Las medicinas que le doy son para eso. Está en el instructivo.

No leo los instructivos. ¿Cuál es el padecimiento?

Misoginia psicótica. Usted odia a las mujeres. Inconscientemente le gustaría matar a una mujer, incluso hasta algo más.

Me levanté de la silla. Di un golpe en la pared.

Doctor, le grité, usted es una bestia.

Salí del consultorio azotando la puerta.

Anochecía. Fui caminando por las calles, que al poco tiempo se oscurecieron, murmurando necesito Acechar, necesito Acechar. Ciertamente caminé un largo rato, pues las calles quedaron totalmente oscuras y entonces surgió frente a mí una mujer en *jeans*. ¡En *jeans*!

Fue cuando comprobé que el doctor tenía razón: sí, odiaba a las mujeres; sí, matar a una mujer me haría sentir feliz.

Me acerqué a la mujer de los *jeans*.

El doctor tenía razón, tenía razón.

Devaneo

Todos tenemos un sueño. Unos queremos viajar, otros comprar una casa, un automóvil, casarnos y tener hijos. Ah, me gustaría tener un sueño sencillo como esos, pero desafortunadamente mi sueño es más complicado.

Comenzó en la adolescencia. Pero no sé por qué empecé a soñar con eso. ¿Será porque soy huérfano? ¿Será porque soy tartamudo? Pero fui tartamudo por poco tiempo, un año, dos, quizá ni eso. Hoy soy capaz de recitar *Las Luisíadas* completas sin tartamudear, o sea, si supiera *Las Luisíadas* de memoria y tuviera un ejemplar del libro en mi casa.

Me crio una tía, que era muy buena y muy jorobada. Cuando la Jorobadita murió, me quedé en la casa, que tenía un jardín con un árbol de mango grande y bonito, el único problema era que no daba mangos. No sé cuál era la razón, creo que es raro que un árbol frutal de gran tamaño, que creció al aire libre, sea estéril.

En fin, crecí con ese deseo, que después cuento cuál es, y sabía que me costaría mucho dinero, que no tenía. Eso me hacía sentir triste y frustrado.

Pero un día, como ya dije, la Jorobadita murió y heredé su casa.

Entonces tuve una idea: vendería la casa en cuanto se resolvieran los problemas jurídicos referentes a la herencia. Obtendría un buen precio. Es verdad que tendría que ser un poco deshonesto al no mencionar la esterilidad del mango. Eso me hizo sentir un poco infeliz, detesto hacer cosas ilegales. Pero el mango daba una sombra enorme y refrescante en los días de calor, y en esta ciudad hace calor todos los días.

Para ganar tiempo, puse un anuncio en el periódico solicitando ayuda para mi objetivo. Pedí que me respondieran a un correo postal.

Solo llegaron tres respuestas. Una decía, «usted, payaso, lo que pide no es nada gracioso»; otra tenía apenas una palabra, «cretino». Pero, afortunadamente, la tercera decía: «Creo que puedo ayudarlo». Y pedía que le enviara un mensaje para concertar una cita. Él, al igual que yo, quería permanecer anónimo. Usaba el pseudónimo de Cono, muy adecuado, por cierto. El mío era Soñador.

Se entiende que yo no podría mantener el anonimato por mucho tiempo. Teníamos que encontrarnos cara a cara para que yo lograra mi objetivo.

No sé si ya dije que soy burócrata en una empresa constructora. Es un trabajo muy monótono, lleno fichas, archivo fichas, lleno fichas, archivo fichas, lleno fichas, archivo fichas, ocho horas diarias. Tengo una hora para comer. Cuando mi tía, la Jorobadita, estaba viva —la llamo así para no confundirla con mi otra tía, que antes de morir era conocida como la Gorda—, como decía, cuando estaba viva, la Jorobadita me preparaba comida para llevar al trabajo. Estaba muy buena y yo me comía todo.

Perdí el apetito cuando dejé de tener la comida de la Jorobadita. A la hora de la comida no conseguía probar siquiera las papas fritas de una de esas fondas repartidas por los barrios, especialistas en vender deliciosas porquerías engordadoras. La Jorobadita decía que fue el vicio de comer las drogas de esas fondas lo que mató a la Gorda de un ataque cardiaco —después de cebarla como hacen con los cerdos antes de matarlos para el consumo.

Le escribí a Cono: «Estoy listo para cerrar el trato».

Cono pidió que nos reuniéramos en un bar. «Llevo un sombrero panamá.»

La Jorobadita, que era muy vieja —aunque no creo que llegara a los cien años, unos noventa sí tenía— solía contarme que, cuando era joven, los hombres usaban sombrero de paja o panamá y trajes de lino blanco. Y decía que las mujeres también usaban sombrero, ella tenía varios. La Jorobadita sabía todo sobre el sombrero panamá. Me contó que el panamá legítimo era fabricado en Ecuador con la paja de una planta que solo existía en ese país y que fue por la cercanía con ese país que empezó a llamarse sombrero panamá cuando el presidente estadounidense Theodore Roosevelt visitó el Canal de Panamá usando un sombrero de paja ecuatoriano. La Jorobadita leía gran cantidad de almanaques y aprendía muchas cosas curiosas.

Por eso yo sabía lo que era un sombrero panamá.

Cono estaba allí, con el sombrero encajado en la cabeza y lentes oscuros —pese a que era de noche. Al ver que me dirigía hacia él, hizo un gesto para que me sentara.

—¿Trae el dinero? ¿Plata fresca?

Le di el fajo.

—Voy al baño —dijo.

Cualquiera habría pensado que iba a fugarse con el dinero, pero yo confío en las personas y sabía que iba a encerrarse en el baño para contarlo.

Cono volvió pronto.

—Vamos —dijo.

Subimos a un viejo jeep que él llevaba. Nos detuvimos en la puerta de un edificio antiguo, sin portero. Cono tenía llave de la portería.

Subimos a un ascensor, también viejo, todo allí era viejo, las paredes estaban descascaradas, el piso tenía como tapete un linóleo agujerado, y la puerta del departamento al que entramos estaba llena de polilla.

—Van a demoler el edificio —dijo Cono—, van a construir aquí un rascacielos. Dentro de un tiempo la ciudad solo va a tener rascacielos, ya verás.

Era una sala y una habitación. Fuimos a la habitación.

—¿Estás viendo?

—Sí.

—¿Qué dices? ¿Sirve?

—Sí.

—Después voy a tener que desaparecer con eso. ¿Te das cuenta del trabajal que va a ser?

—¿No había unos más rellenos?

—¿Más rellenos? Imposible. Tengo una idea. Vamos a sentar a la mujer. Ayúdame.

Sentamos a la mujer con la espalda apoyada en la cabecera de la cama.

En esa posición, sus senos de silicón realmente aumentaron de tamaño.

Tomé la aguja gruesa y larga que llevaba y perforé un pecho. Volví a perforar. Y perforé el otro. Y lo perforé nuevamente.

Pensé que los senos iban a reventar peor que un balón, pero no sucedió eso. Ni siquiera se vaciaron.

—¿Desapareces con ella? —le pregunté con la voz embargada, a sus espaldas. Estaba llorando y no quería que lo percibiera.

—Tú déjamelo a mí —dijo Cono.

Salí. Tardé una eternidad en encontrar un taxi. Había vendido mi casa por culpa de ese sueño. No se debe soñar despierto.

El asesino de corredores

1. Las personas caminan por la ciudad y no ven nada. ¿Ven a los mendigos? No. ¿Ven los baches en las avenidas? No. ¿Las personas leen libros? No, ven telenovelas. En resumen: las personas son todas unas cretinas.

¿Ven a los políticos ladronazos? Claro que no, esos canallas por el cargo que ejercen sea en el Legislativo, el Judicial o el Ejecutivo, solo viajan en automóviles nuevos de lujo que les dan cada año. Sé que hay imbéciles que no saben lo que es un ladronazo. Aprenda usted, pendejo: sustantivo masculino. Ladrón grande; ladronzote (ese aumentativo de ladrón es aún más raro). No existe sustantivo femenino para ladronazo. Ellas también son ladronas, pero en mucho menor número.

Como les decía, esas personas no ven nada, ni siquiera el hecho de estar rodeadas por más y más gente, multitudes que a veces hacen difícil el acto de caminar por las avenidas de modo que uno tiene que bajarse de la acera. Las personas tampoco ven la procesión contaminante de autos que circula por las calles, cualquier don nadie tiene un auto, pagadero en 94 mensualidades. Hoy vi a un pobre diablo que para huir de la escoria que llenaba las avenidas se bajó de la acera y acabó atropellado; como suele suceder, nadie se detuvo a socorrerlo, era un acontecimiento insignificante y, de alguna forma, habitual.

Pero yo, cuando deambulo por las calles, veo todo. Y veo lo peor de todo: la destrucción de la ciudad. No hay lugar público en donde no se esté demoliendo un predio para dar paso a un rascacielos, o donde no se esté cavando un hoyo en el que va a erigirse ese monstruo, o aún peor, un lugar donde esa cosa hedionda ya fue construida. ¿Rascacielos? ¿Dije rascacielos? El nombre correcto es rascainfiernos.

Necesitaba hacer algo. Pasé por la puerta de un adefesio de esos que acababa de construirse y vi, frente a un pequeño cobertizo, un cartel que decía: AQUÍ. CORREDOR AUTORIZADO. Entonces tuve una idea genial.

2. Me quedé un poco decepcionado al no encontrar la noticia en los periódicos. Y después de haber procedido a revisarlo por segunda vez, tampoco encontré nada. Pero, a la tercera, se publicó una pequeña noticia en las páginas interiores: *Corredor de inmuebles asesinado. Un corredor de inmuebles fue asesinado con refinamiento de crueldad. Lo decapitaron y le cortaron los dedos de la mano.*

¿Una pequeña noticia? Qué absurdo, ¿yo quería provocar un choque emocional y sale esa porquería de noticia? Entonces tuve otra idea brillante.

La noticia del periódico apareció en la primera página: *Corredor de inmuebles asesinado. Le cortaron la cabeza y los dedos. El asesino dejó un recado: Voy a asesinar a un corredor de inmuebles por día.*

3. Al que maté después fue de una manera todavía más elaborada. Escribí con la punta de un cuchillo en su pecho: *¿No se los dije?*

Los periódicos, que adoran las tragedias, escándalos, todo lo que pueda satisfacer la curiosidad malsana de los imbéciles, publicaron una foto con gran bulla en la primera página, junto a entrevistas de policías, psicólogos y profesores y algunos ciudadanos escogidos al azar.

Policía: Vamos a descubrir pronto quién es ese asesino y meterlo a la cárcel.

Psicoanalista: Ciertamente es una persona enferma, que debe de haber tenido, o todavía tiene, problemas de relación con su padre, más probablemente con su madre, que debe de haberlo rechazado. Hay fuertes indicios de que ese individuo sufre lo que llamamos narcisismo primario y complejo de castración.

Ciudadano: Si yo fuera corredor de inmuebles, no saldría de casa.

4. El único sujeto que no dijo sandeces fue el policía. O más bien, el único sujeto que dijo sandeces fue el psicoanalista. Esos tipos siempre aluden a eso, a la relación con los padres, es la influencia del doctor Freud ese. Sí, mi madre en cierta forma me rechazó, al morir durante el parto. Eso significa que ese niño cuando crezca va a matar corredores de inmuebles. Mi padre murió enseguida y ni me acuerdo de él. ¡Ah!, ¿no recuerda a su padre? Eso significa que ese niño cuando crezca va a matar a corredores de inmuebles. Bola de estúpidos.

5. Resumiendo esta historia que tuvo un final inesperado: maté a cinco corredores más. En el tercero, el asunto apareció en las primeras páginas. En el cuarto, apareció en una columna de la página cinco. Después del quinto corredor de inmuebles que maté... después del quinto... después del quinto... ¿Qué se oye? ¿Estoy rechinando los dientes? Sí, lo confieso, estoy rechinando los dientes, comencé a rechinar los

dientes después de leer la noticia: *El asesinato de los corredores de inmue-*
bles tuvo un efecto sorprendente: fortaleció el mercado inmobiliario que estaba
en crisis. Las ventas de los departamentos en todos los barrios de la ciudad
aumentaron cerca de un veinticinco por ciento.

No leí el resto. Tomé el cuchillo, el cuchillo que me ayudó a matar a los malditos corredores, y me quedé viendo la imagen de mi
rostro reflejada en su lámina. Entonces tuve una idea, una idea fantástica que me llenó de regocijo el corazón. Pero todavía no puedo con-
társelas.

Escribir

El diccionario dice que escribir es representar o expresar, relatar, transmitir por medio de la lengua escrita, componer, redactar, desarrollar la obra literaria: cuento, novela, libro, etcétera.

Eso es lo que dice el diccionario. Sin embargo, escribir es algo más que eso, es urdir, tejer, zurcir palabras, no importa si es una receta médica o una pieza de ficción. La diferencia es que la ficción consume cuerpo y alma. La poesía también podría incluirse aquí, si los poetas no tuvieran pacto con el diablo.

El narrador mientras mejor es, peor le va, sufre más, después de algún tiempo no soporta el ahogo. Los más sensatos, si es que podemos llamar sensatos a esos individuos —ya dije antes que todos los escritores están locos—, los que conservan algún juicio, que son pocos, desisten en el auge de su carrera, dicen BASTA, para desesperación de sus admiradores.

Los demás, cada vez más desesperados por esa insana actividad, se tiran a las drogas o se suicidan.

¿Y yo qué voy a hacer?

Este debía ser el tema de un poema, pero no tengo pacto con el diablo.

La fiesta

¿Existe algo más aburrido que una fiesta? La fiesta a la que me refiero no era de aniversario, ni una boda o alguna conmemoración o ceremonia solemne en que se celebra alguna cosa.

¿Quiénes son las personas que frecuentan ese tipo de fiesta? Parientes de... ¿cómo llamaré a la figura que ofrece esa reunión recreativa? ¿Fiestero? En este caso era una fiestera que tuvo un golpe de fortuna —nadie sabe cómo lo consiguió, ella era y sigue siendo, pese a todas las cirugías plásticas que se hizo, una bruja, después enviudó y le gusta exhibir sus joyas, además de su departamento de lujo.

A fin de cuentas, ¿qué clase de personas frecuentan esas fiestas? Creo que principalmente los *boca-livristas* (término que resulta del sustantivo *boca-livre*, evento o lugar en donde se puede comer y beber gratis). La fiesta era en la mansión de esa viuda muy rica que vivía sola y únicamente tenía una hija, con la que no se llevaba bien. En la mansión se servía la mejor comida, la mejor bebida y, además de todo, los invitados que acudían recibían un regalo.

A todos les gusta comer gratis, la comida más rica, las bebidas más sabrosas, los postres más deliciosos.

A mí no me gusta comer, no me gusta beber, no me gustan los postres. Entonces, ¿qué fui a hacer a esa fiesta? En un momento les cuento.

Pero, volviendo a mi pregunta: ¿quiénes son esas personas que frecuentan esas fiestas? Las personas son siempre interesantes. Me fascinan las personas, me gusta imaginar lo que hacen, lo que sienten, sus angustias, sus ambiciones. Muchas no estaban allí por lo gratuito. Hay a quien no le gusta quedarse en casa, personas a las que no les gusta leer, ver películas, ver televisión, que viven solas y sufren con la soledad. A otras les gusta tener una oportunidad de lucirse, como las mujeres —ya van a decir que soy un misógino— a quienes les gusta mostrar sus joyas, sus accesorios, sus vestidos nuevos.

En la fiesta, desde luego me atrajo una mujer bonita, pero tenía el rostro cargado de sombras. Todavía nadie parecía percibirlo. Tuve ganas de abordarla, pero tenía que centrarme en mi objetivo. Otra figura extraña era una mujer jorobada, con el cuerpo curvado hacia el frente, contraído, como si el tórax hubiera sido acortado. Esa era más fácil. Me paré a su lado y la contemplé, para que se diera cuenta. Era una persona agradable.

—¿No estará usted pensando que soy jorobada, verdad?

—No sé.

—La verdad no debía haber venido a una fiesta. Tuve que insistirle mucho a mi marido, ese alto de allá, calvo. Él me decía: No puedes ir a una fiesta en ese estado, pero yo le insistí, y Gabriel —así se llama mi marido— terminó aceptando. ¿No va usted a preguntarme, y la joroba?

—¿Y la joroba?

—Me hice una cirugía plástica en la barriga y estoy llena de puntadas. Esa es la razón. Gabriel, Gabriel, ven a conocer a este muchacho, ¿cómo te llamas?

—José.

—Ven a conocer a José.

Perdí quince minutos conversando con Gabriel y Heloisa, así se llamaba la jorobadita, quiero decir la apuntillada.

Primero que nada, debo decir que soy un colado. Me es fácil entrar a las fiestas sin invitación. Soy elegante, uso ropa cara, mi reloj es un Patek Philippe (una falsificación perfecta), sé conversar sobre cualquier asunto y, lo más importante, a las mujeres les parezco guapo. Cuando a una mujer le parece guapo un hombre, le atribuye todas las buenas cualidades que debe tener un hombre perfecto, en especial, dinero. Las mujeres no quieren saber nada de hombres pobres. No piensen que es un pensamiento misógino, no desprecio a las mujeres ni siento aversión por ellas, pero tengo que ser realista y ver las cosas como son.

Me colé en esa fiesta dispuesto a seducir a la dueña de la casa. No sentía la menor atracción por ella, al contrario. El hecho de sentir por la mujer que quiero seducir una cierta ojeriza me facilita el trabajo, soy más paciente, más frío, planeo mejor la estrategia.

La viuda, conocida como Mimi (su nombre verdadero era Raimunda, pero a ella le parecía feo), frecuentaba muchos sitios en internet, lo que facilitó la investigación previa que realicé sobre ella. No había ninguna mención sobre su currículo escolar, lo que significaba que, cuando mucho, tendría terminada la primaria. Se mencionaban principalmente sus viajes y sus propiedades en París, Nueva York y Ámsterdam.

En determinado momento conseguí sentarme junto a Mimi. Le conté que me gustaba Ámsterdam.

—A mí también —me dijo—. Nunca he fumado una marihuana tan buena como la que fumo allá. Tengo un departamento sobre el canal, justo en el centro. Lindo.

—¿En el Barrio Rojo? —le pregunté.

Me dijo que eso era «una cosa para turistas».

Decidí hablar sobre el Barrio Rojo. Para eso existe internet.

—Desde el siglo catorce el puerto interior de Ámsterdam se transformó lentamente en un área de *sex shops,* burdeles, bares gay, *cafés, peep shows* y prostitutas en vitrina. Las luces rojas fluorescentes son una marca de esa área, donde se localizan los Distritos Rojos. No hay nada igual en el mundo. Los Distritos Rojos tienen una reconocida importancia cultural.

—¿Distritos? Pensé que solo era uno.

—Son tres distritos del Barrio Rojo —le dije—. Normalmente los turistas visitan el De Wallen, en el centro, el mayor y más conocido. Es donde la policía garantiza la seguridad de los visitantes. Tengo un libro, que puedo prestarle, *Importancia histórica* y *cultural de los Distritos del Barrio Rojo de Ámsterdam.*

—¿Cuál es su profesión?

—No tengo profesión —respondí.

—¿Cómo que no tiene profesión?

—Soy millonario. Un millonario no necesita tener profesión.

—¿Cómo se llama?

—José.

—Yo me llamo Mimi.

—Mimi, perdone si estoy siendo indiscreto pero pienso que es usted —repito, disculpe mi descortesía—, pero creo que es usted una mujer encantadora.

—Muchas gracias.

—Soy una persona sensible al encanto femenino, y usted, al ser tan encantadora...

—Vamos, termine su frase.

—Yo, yo...

—Vamos, no sea tímido.

—Me dan ganas de besarla.

Intentó sonreírme seductoramente.

—Me gustaría que me besara.

—Qué pena que no estemos solos, sin la compañía de tanta gente —le dije.

—Puedo arreglar eso —susurró. Sin duda estaba loca por tener una experiencia sexual: fea como era, debía satisfacerse con un vibrador—. Voy a darle una copia de la llave de la puerta de entrada. Vuelva en tres horas, voy a inventar que me siento mal y a terminar la fiesta más temprano. No se preocupe por los empleados, se alojan todos en un edificio al fondo, aislado de la casa principal.

Quince minutos más tarde, con la llave que Mimi puso disimuladamente en mi bolsillo, me retiré de la fiesta.

Esperé con calma que transcurrieran las tres horas.

Cuando llegué a la mansión, todo estaba a oscuras. Pero en cuanto abrí la puerta Mimi me recibió en camisón, y me llevó inmediatamente al dormitorio.

En la habitación se desnudó y se acostó en la cama. Me incliné sobre ella y, con la mano derecha sobre su mentón y la izquierda en su cabeza, hice una tracción que le causó una lesión en la médula espinal. Su muerte fue instantánea. No debió haber sentido ningún dolor.

Revolví los armarios y puse en una bolsa que llevaba las innumerables joyas que encontré. No había dinero, si acaso talonarios de cheques.

Dejé todo revuelto. Tenía mis razones para hacerlo. Antes de salir, abrí una de las ventanas que daba hacia un jardín. También tenía mis razones para hacer eso.

Salí tranquilamente y, tres calles adelante, me subí al auto y me fui a casa de Lucy.

Ella me esperaba, ansiosa.

—¿Salió todo bien? ¿Mataste a la bruja?

—Sí.

Tomé la bolsa con las joyas y se la puse enfrente.

—Aquí están sus joyas. Tuve que fingir que el asesino era un ladrón.

—Después desaparecemos esa mierda, la tiramos a la basura. Qué bueno que mataste a la bruja. Vámonos a la cama. José, mi amor, estoy muy excitada.

Nos fuimos a la cama. ¿No dije que las personas son extrañas? Mato a la mamá de Lucy y ella queda toda excitada.

—*Calle del pecado* no vendió nada.

—¿Cómo que no vendió nada?

—Fracasó.

—Yo leí en el periódico que era uno de los más vendidos.

—Pagamos para que saliera esa nota. Pero de nada sirvió.

—Puta madre.

—Nuestra bodega está abarrotada de ejemplares de *Calle del pecado*. Tienes que escribir una novela autobiográfica que cuente la historia de alguien de tu familia con una enfermedad grave, una enfermedad que haga sufrir mucho a la persona, algo maligno que no sea mortal. ¿Entiendes? Eso es lo que los lectores quieren ahora, una historia que tenga veracidad. Nadie quiere ya leer ficción. La ficción se acabó. Eso es lo que vende. ¿Hay alguien así en tu familia?

—Sí.

—¿Alguien cercano, una persona muy querida?

—Sí.

—¿Puedes decirme quién es?

—No, no, por ahora es un secreto.

—No hay problema. Manos a la obra.

En realidad yo no tenía ningún pariente enfermo de gravedad ni nada parecido. Soy huérfano, nunca conocí a mis padres. No tengo hermanos. La tía que me crio ya murió. Soy soltero y no vivo con las mujeres con las que cojo. Vivir con alguien acaba con el amor, el respeto, el deseo. La frase de mi editor «nuestra bodega está abarrotada de ejemplares de *Calle del pecado*» no salía de mi mente. ¿Qué podía inventar ahora en mi libro? ¿Una madre paralítica y débil mental? ¿Un hijo autista o con síndrome de Down? Ya se han escrito varios libros sobre eso. ¿Un padre loco, amarrado con una camisa de fuerza, preso en el sótano de la casa, comiendo papilla de maíz tres veces al día? ¿Un hijo que nace sin piernas y sin brazos?

Pensé que esta última era la mejor idea, que podría desarrollarse así:

Mi hijo nació sin brazos y sin piernas. Su madre quedó tan deprimida que se mató, cortándose las muñecas dentro de la bañera. No, no, cortarse las muñecas no tiene dramatismo. ¿Dándose un tiro en la cabeza? ¿Cómo, cómo? ¡Puta madre!

Recordé que tenía en el estante un libro del sociólogo Durkheim con el título de *El suicidio*. Me costó mucho trabajo encontrarlo, mis libreros son un desastre, son como los libreros y los cajones de todo escritor. Finalmente lo encontré.

Para Durkheim, la tasa de suicidio es mayor entre los solteros, viudos y divorciados que entre los casados; la mayoría de las veces, el individuo portador de la «idea del suicidio» casi nunca sobrevive; es mayor entre las personas sin hijos; es mayor entre protestantes que entre católicos y judíos.

Esa mierda no me interesaba. Pero leí el libro hasta el final, pasé la noche leyendo, la frase de mi editor «nuestra bodega está abarrotada de ejemplares de *Calle del pecado*» me había quitado el sueño completamente.

Al final del libro Durkheim enlista los diferentes tipos de suicidio:

Suicidio egoísta: el individuo se mata para dejar de sufrir, como, por ejemplo, al término de una relación con otro individuo.

Suicidio altruista: algunos sociólogos contemporáneos han usado este análisis para explicar a los kamikaze y los hombres-bomba.

Suicidio anómico: cuando las normas sociales y leyes que gobiernan la ciudad no corresponden a los objetivos de vida del individuo. Toda vez que el individuo no se identifica con las normas de la sociedad, el suicidio pasa a ser una alternativa de escape.

La claridad del día entraba por mi ventana cuando terminé de leer el libro. ¡Puta madre! Una pérdida de tiempo. La mierda de Durkheim no me dio ninguna idea interesante para poder matar a mi mujer. Me enojé tanto que tiré el libro al piso y lo pateé varias veces.

Mi mujer del libro tenía que matarse al descubrir que su hijo, nuestro hijo, no tenía piernas ni brazos.

Entonces se me ocurrió algo: ¿qué tal rociándose el cuerpo con gasolina y prendiendo un cerillo? No era mala idea.

Mi mujer estaba tan desesperada que roció con gasolina la bata que usaba —se pasaba el día en bata, vagando por la casa—, buscó una caja de cerillos pero no la encontró, luego fue hasta la estufa, que enciende automáticamente, y puso el brazo en la llama. El fuego fue incendiando la bata poco a poco, y mi mujer, desesperada, salió corriendo de la casa, gritando como loca, hasta caer muerta en la calle.

Claro, voy a revisar este texto. Escribir es corregir, corregir, corregir. Cada revisión que uno hace mejora el texto.

Puta madre, eso hice con *Calle del pecado*, ¿cómo pudo fracasar el maldito libro?

Discúlpenme si estoy diciendo muchas groserías. Siempre las digo al hablar y peor aún, siempre escribí en mis libros las palabrotas más obscenas. Quien crea que padezco el síndrome de Tourette que se joda, que se vaya a la mierda.

Me quedé furioso, estancado mental y psicológicamente. Desde antes ya no dormía bien, angustiado con la revelación de que la que consideraba mi mejor novela, *Calle del pecado*, había fracasado. Y ahora, con este bloqueo que estaba sufriendo, mi agonía, mi sufrimiento aumentaban.

Entonces tuve otra idea. Esa era buena. Yo, el escritor, cuento en el libro que estoy sufriendo de las facultades mentales, que estoy loco, mierda, y decido matarme.

Soy un escritor, el libro así comienza, y siento que estoy enloqueciendo. El único sentimiento que abrigo en mi corazón y mi mente es el odio. Odio a todos, me odio a mí mismo, tengo ganas de salir a matar personas y después matarme prendiendo fuego a mi ropa.

El principio del libro va a ser así. Claro que será corregido. Escribir es corregir, corregir, corregir. Cada revisión que se hace mejora el texto. Creo que ya dije eso. ¿O no lo dije? Jódanse si lo dije y jódanse si no lo dije.

Siempre ensayo frente al espejo lo que voy a escribir. En *Calle del pecado*, para la escena en que el personaje principal intenta suicidarse saltando desde una ventana, me trepé al armario y salté a la duela del cuarto para tener una idea de la sensación de la caída. Me rompí varios huesos de los pies —el pie tiene un montón de huesos— pero escribí una escena memorable.

Entonces, ensayé prenderle fuego a la ropa. Rocié bastante gasolina en mi ropa, necesitaba sentir el olor del propio cuerpo cubierto de gasolina. Tomé un cerillo y lo encendí —claro que no iba a acercar el cerillo encendido a mi cuerpo. Pero no sé qué pasó porque sí lo acerqué y me convertí en una antorcha.

En el hospital, recibí la visita de mi editor.

—Los médicos dicen que te salvaste de milagro. Las personas que sufren quemaduras como las tuyas mueren siempre. Todos los periódicos destacaron el acontecimiento. Hasta en el exterior lo publicaron. Te estoy guardando todos los recortes. La televisión también dio la noticia en todos los noticieros durante varios días. Está en YouTube, en Facebook, en todas partes.

—Jódase —conseguí decirle entre los vendajes que me envolvían el rostro.

—Ahora, la mejor noticia de todas. *Calle del pecado* se convirtió en un *best seller*. Ya lo reimprimimos dos veces.

Miré a mi editor, tenía cara de ser un hijo de puta, todos los editores son unos hijos de puta.

—Váyase a la mierda —le dije.

Cerré los ojos. Escuché el ruido del hijo de puta saliendo del cuarto.

A la hora de la muerte

No importa si es el fin de todo o el principio de algo. ¿Quién está a la espera, el cielo —lugar de buenaventura, de felicidad completa a la que van las almas de los justos— o el infierno, ese lugar subterráneo, habitado por los demonios?

Me miró, escupió sangre y dijo:

Eeaainaadaa.

Vomitaba sangre.

Habla despacio, le pedí.

Lo repitió, lentamente. Esta vez, incluso con los borbotones, entendí:

Vete a la mierda.

Mariposas

—Estoy pensando en escribir un libro para maduronas solitarias.

—¿Qué? ¿Estás loco? A las maduronas solitarias les gusta ir al *tour* de teatro. ¿Sabes por qué?

—No tengo la menor idea.

—Primero, porque tienen oportunidad de salir de casa. Un vehículo las recoge, las lleva al teatro y las regresa. Salen de casa, ¿entiendes? Toda mujer madura quiere salir de casa por la noche; si lee no sale de casa, se queda en camisón, piyama o lo que sea, cabeceando con el libro en el pecho. Pero para ir al teatro se arregla, va al peluquero, se hace manicure, ¿entiendes?

—Entonces ¿para quién voy a escribir mi nuevo libro? ¿Qué tipo de libro? ¿Autoayuda? ¿Erótico?

—Tú no sabes escribir ni uno ni otro. Ya escribiste un libro de autoayuda, ¿recuerdas? Ayudabas al lector a aprender a pescar y a andar en bicicleta. ¿Recuerdas? No sé cómo publiqué eso. ¿Y el libro erótico? El personaje principal le cose con hilo y aguja los labios vaginales a la mujer que ama. Las personas quieren otra clase de pornografía, una que las excite no que las aterrorice. Además de que el Marqués de Sade ya había escrito exactamente eso. La crítica te acusó de plagio.

—Yo no había leído al Marqués de Sade, lo juro, pensé que era una idea original.

—Creo que deberías cambiar de profesión.

—No sé hacer otra cosa.

—No sabes hacer un carajo.

Esa fue, en resumen, la conversación que tuve con mi editor, antes de dejar de escribir. El dinero de la venta de la casa de mi tía —murió y fui su único heredero— que deposité en el banco se estaba acabando, tenía que encontrar una forma de conseguir más.

Quien resolvió mi problema fue una madurona solitaria.

Vivíamos en el mismo edificio, yo en el tercer piso, ella en el cuarto. Siempre nos topábamos en el ascensor, y yo la saludaba con gentileza. Ella invariablemente asumía una actitud seductora.

Un día, después de decirme que se llamaba Ariadne, me preguntó:

—¿Cómo te llamas?

—Dionísio —respondí, con una sonrisa irónica, esperando que percibiera que estaba jugando, pero no fue así.

¿Cómo puedo describirla? Gordita, pelo pintado, lentes de contacto («las gafas afean», me diría en otra ocasión), viuda.

—Ariadne es un personaje importante de la mitología griega —le dije.

—¿De verdad? Me gustaría saber más de ella. ¿Me cuenta usted?

—No me trate con tanta formalidad, por favor...

—¿Me cuentas?

—Claro, sé todo de ella.

En realidad no sabía nada, a no ser que era un personaje de la mitología griega.

—Te invito a tomar un café. Mi casa queda en el piso de arriba. Mañana, en la tarde, a las cinco, ¿está bien?

—Será un placer —respondí.

Ese día, en casa, consulté una de mis enciclopedias. No sé si ya dije que tengo muchas enciclopedias y diccionarios. Tengo diccionarios antiguos y modernos, tengo el Moraes, de 1789, tengo incluso un Bluteau, de 1728, ¿pueden creerlo? En realidad bajé el Moraes y el Bluteau de internet, no tenía dinero para comprarlos. Me preguntarán por qué, si puedo usar internet, consulto enciclopedias. Muy simple: me gusta leer las palabras impresas en papel.

Pero volvamos a Ariadne, la griega. Leí todo lo que había sobre ella y adorné las partes más importantes, cosa fácil, tengo una excelente memoria.

A las cinco en punto toqué el timbre de Ariadne. Abrió la puerta y me recibió con un beso. Estaba toda perfumada y maquillada, apretada por un cinturón que afinaba su cintura.

Me llevó a una mesa con mantel bordado, sobre la cual había tazas de porcelana y cubiertos de plata.

—Pensé que en lugar de café podríamos tomar un té con galletas. Siéntese, por favor.

Durante el té me contó que el juego de cubiertos de plata era un regalo de bodas.

—Mi marido murió pero, felizmente, me dejó en buena situación económica. Ahora, cuénteme de mi tocaya.

—Ariadne, como ya dije antes, es un personaje importante de la mitología griega relacionado con otras figuras mitológicas como Teseo, quien fue enviado a Creta para ser sacrificado al Minotauro que vivía en el laberinto construido por Dédalo. Teseo decide enfrentar al monstruo y acude al Oráculo de Delfos para saber cómo salir victorioso. El Oráculo le dice que tendrá que ser ayudado por el amor para vencer al Minotauro. Resumiendo: Ariadne le da a Teseo una espada y un carrete de hilo, conocido como el Hilo de Ariadne, para que él, sujetando uno de los extremos, pueda encontrar el camino de vuelta al laberinto. Teseo sale victorioso.

—Qué interesante —dijo Ariadne.

—Teseo, Oráculo de Delfos, Dédalo, Minotauro, cada uno de ellos ha sido objeto de extensos estudios. Pero todavía no he llegado a la parte más interesante. Es cuando Ariadne se encuentra con Dionísio, después de ser abandonada por Teseo.

—¿Dionísio?, qué coincidencia.

—Existen varias versiones sobre la relación de Ariadne y Dionísio. La que más me gusta es en la que Dionísio encuentra a Ariadne desesperada y busca consolarla casándose con ella. Tienen varios hijos y viven felices.

—¿Todo eso es cierto o lo inventaste?

—Es todo cierto. Solo inventé mi nombre. No es Dionísio, es José.

—José. Me gusta ese nombre.

No sé por qué perdí mi tiempo en esa conversación.

Ariadne comenzó a invitarme a tomar té varias veces a la semana. Después me preguntó por qué no salíamos a cenar a un restaurante nuevo. Decidí ser franco con ella.

—Ariadne, estoy en la ruina. El dinero que tenía en el banco se acabó, no tengo trabajo, no sé hacer nada más que escribir y lo que escribo nadie lo quiere editar. Tendré que vender mi departamento.

—¿Cómo? —exclamó—. ¿Ya no vamos a ser vecinos?

—Desgraciadamente, no.

—Yo puedo resolver eso, José. Tengo mucho dinero.

Protesté, no podía aceptar su dinero, un hombre de carácter no haría algo así jamás. Pasamos horas discutiendo y, al final, el punto de vista de Ariadne prevaleció.

Al día siguiente depositó una suma elevada en mi cuenta bancaria. Entonces comencé a llevarla a los mejores restaurantes. Pronto ese dinero se terminó y Ariadne comenzó a depositarme regularmente en mi cuenta.

Al poco tiempo fui a la farmacia. Esperé un momento a que el mostrador estuviera vacío y le pedí en voz baja al encargado que me recomendara un medicamento... Por mi aire sigiloso él percibió lo que yo quería y me dijo que existían varios medicamentos para la disfunción eréctil —estoy repitiendo sus palabras. Pedí el más caro. Desde niño tengo la noción idiota de que lo más caro es lo mejor.

Llevé el medicamento a casa —eran grageas—, leí atentamente las instrucciones y seguí las recomendaciones. Después llamé a Adriana y le pedí que pasara a mi casa.

Ariadne entró, se sentó en el sofá de la sala. Estaba toda maquillada y perfumada. Me senté junto a ella. Mi pene estaba marchito. Pensé, ¿qué mierda de medicina es esta? Entonces Ariadne me tocó y aconteció un milagro: mi pene se endureció. De inmediato me desnudé, sacudí el pene duro frente a su rostro, le levanté la falda, le quité los calzones y enfilé mi pene en su vagina, apresuradamente, con miedo a que el efecto tuviera poca duración. Ariadne gemía, gritaba: «¡Ay, Dios mío, necesitaba esto!». Felizmente tuvo un orgasmo acompañado de gemidos lacerantes. Yo me abstuve. Nos quedamos totalmente desnudos.

—José, te amo, te amo.

Entonces, por puro exhibicionismo, me cogí a Ariadne nuevamente.

Estoy contando lo que sucedió en los últimos cuatro meses. Ariadne me llenó de regalos, hasta un Rolex me dio. Un día pensé, estoy actuando como un gigoló. Busqué en el diccionario la definición de gigoló: Persona que seduce y se relaciona con otra persona por intereses económicos. Hombre mantenido por una prostituta o amante. Sinónimos: proxeneta, padrote, chulo.

Esos diccionarios son una mierda. Busqué la definición de proxeneta: padrote, chulo, hombre que explota prostitutas. Definición de padrote: hombre que explota prostitutas. Ariadne no era una prostituta, entonces yo no era nada de eso. ¿Qué era? Un hombre honesto mantenido provisionalmente por una mujer. No había nada de vergonzoso en eso.

Empecé a llevar una vida de lujo. Con Ariadne comía todos los días, sin aburrirme, caviar Beluga, bebía champaña Cristal, comía en los mejores restaurantes de la ciudad y confieso que ambos, Ariadne y yo, engordamos un poquito, a ella le salió una barriguita, pero la bendita gragea seguía haciendo efecto.

Vivimos así casi un año. Entonces sucedió algo catastrófico. Ariadne sufrió un ataque cardiaco fulminante. Yo sabía que podía ser enterrada en la misma sepultura que su marido y me encargué de todo. Solo yo estuve presente en el entierro, fue cuando me di cuenta de que no teníamos amigos ni parientes.

Al volver a casa hice otro descubrimiento angustiante. Ariadne estaba en la ruina, debía dinero al banco y su departamento estaba hipotecado, había vendido todas sus joyas —recuerdo haberle preguntado por las joyas y que ella me respondió que exhibir las joyas era algo burgués—, todo para que siguiéramos esa vida fastuosa.

Afortunadamente yo tenía algo de dinero guardado. Solo gastábamos su dinero.

Pobre Ariadne, pensé, esas maduronas solitarias son más vulnerables que una mariposa.

Y pensé también, qué frase más idiota, soy un escritor de mierda.

Ecmenésico,
anotó medicinas,
horarios,
en la agenda
sujeta en el lomo por una liga;
los recuerdos antiguos,
los más antiguos,
muy antiguos,
no los olvidaba nunca;
no sabía qué había comido hoy,
pero la comida con su novia,
sesenta años atrás,
la recordaba fácilmente,
el menú,
la ropa
que ella usaba,
la ropa
que él usaba,
los dos desnudos abrazados
en el departamento de soltero,
los dos desnudos abrazados
en el departamento de soltero,
los dos desnudos abrazados
en el departamento de soltero,
los dos desnudos abrazados
en el departamento de soltero,
los dos desnudos abrazados
en el departamento de soltero,
los dos desnudos abrazados
en el departamento de soltero,
los dos desnudos abrazados

en el departamento de soltero,
los dos desnudos abrazados
en el departamento de soltero,
los dos desnudos abrazados
en el departamento de soltero,
los dos desnudos abrazados
en el departamento de soltero,
los dos desnudos abrazados

João y Maria

—João, ¿hace cuánto tiempo que estamos casados?

—Siete años, Maria. No, no, seis. Espera, tal vez siete. Seis o siete.

—Ocho.

—¿Ocho?

—Ocho. Estamos casados hace ocho años y no sabes quién soy, no me conoces.

—¿Cómo que no sé quién eres?

—No sabes nada de mí, de las cosas que me gustan, de la música, los libros, que bicho me da miedo...

—¿Y tú sabes qué bicho me da miedo?

—La cucaracha. Le tienes miedo a las cucarachas.

—No es miedo, es asco.

—¿Y por eso sales corriendo cuando ves una?

—¿A dónde quieres llegar con esta conversación, Maria?

—Solo quiero recordarte que no me conoces, no sabes quién soy después de ocho años de casados. Apuesto a que ni siquiera te has dado cuenta de que cuando vamos a un restaurante nos quedamos sin decir una palabra todo el tiempo. Pero tú hablas sin parar con el camarero, pidiendo, reclamando. A ver, dime qué bicho me da miedo.

—¿El alacrán?

—Nunca en mi vida he visto un alacrán, ¿cómo voy a tenerle miedo a algo que no conozco?

—¿Es un bicho que muerde?

—João, no voy a decírtelo. No escuchas lo que te digo. ¿Cuál es mi autor preferido?

—¿Autor de qué?

—Libros.

—¿Y tú sabes cuál es mi autor de libros preferido?

—João, a ti no te gusta leer. Creo que nunca en tu vida has leído un libro.

—No se aprende a vivir leyendo, Maria.

—¿Cómo se aprende a vivir?

—Viviendo.

—João, eso ya lo dijo y escribió tanta gente, hace tanto tiempo, que se volvió un lugar común. Otra cosa: ¿qué comida me gusta?

—¿Comida? ¿Comida? Feijoada.

—Odio la feijoada. A quien le gusta la feijoada es a ti. La cocinera solo prepara lo que a ti te gusta, de acuerdo con tus instrucciones. Ni cuenta te das de que prácticamente no como nada en la comida y la cena. ¿Sabes qué hago? Salgo a la calle y como en la cafetería un sándwich y tomo una taza de café con leche.

—¿Y por qué no me lo reclamaste?

—Te dije más de mil veces que no me gustaba la feijoada, que no me gustaba la buchada, me da asco ese platillo hecho de vísceras de chivo.

—Puede ser también de carnero o de borrego.

—Te dije miles de veces que no me gustaba el codillo de cerdo.

—Es una exquisitez alemana, se llama Eisbein.

—Toda la semana esa cosa...

—Solo un día a la semana. La cocinera solo prepara Eisbein los jueves. Pero Maria, ¿cuál es el objeto de esta extraña conversación?

—Ya te lo dije antes.

—¿Me dijiste qué?

—Que me quiero separar de ti.

—¿Me dijiste eso? ¿Cuándo?

—Varias veces.

—No me acuerdo. Maria, estoy atrasado, tengo una cita con un cliente. Después hablamos de eso.

—¿Sobre qué hablamos más tarde?

—Sobre la comida y esas cosas que mencionaste...

—Es el divorcio.

—Sí, sí, Eisbein, feijoada, divorcio, de todo eso, más tarde. Ahora tengo que irme.

João le da un beso a Maria y sale.

Maria se sienta en un sillón. Después de un rato, se levanta, va hasta el refrigerador y toma una lata de Coca-Cola. Mientras bebe la Coca-Cola, Maria eructa y suspira un poco.

El aprendizaje

En el periódico leí: «Aprenda a escribir, inscríbase en nuestro programa intensivo. Aprendizaje individual. Curso La montaña mágica».

Consulté mi agenda de bolsillo. Allí estaba el curso de La montaña mágica.

Ya fui a todos esos cursos, La montaña mágica, Machado de Assis, Malba Tahan, Maquiavelo, Marcel Proust, Malinowski, por mencionar apenas los que empiezan con M. Los profesores, todos ellos, comenzaban su programa hablando del nombre del curso. De *La montaña mágica* solo recuerdo que era un libro de Thomas Mann y que en alemán era *Der Zauberberg*. En el curso Machado de Assis, el profesor pasó una semana hablando de ese escritor. Solo recuerdo que era mulato y casado con una portuguesa. Del curso Malba Tahan memoricé el nombre completo del autor, Ali Yezid Ibn-Abul Izz-Eddin Ibn-Salin Hank Malba Tahan, que el autor brasileño Júlio César de Mello e Souza usó como seudónimo. Ah, sí, Malba Tahan era persa y vivió en Bagdad. De Maquiavelo solo sé que escribió un libro titulado *El príncipe*. En cuanto al de Marcel Proust, el profesor nos mandó a los alumnos a leer únicamente a finales del curso. Y de ese Malinowski no recuerdo nada, creo que era ruso, no sé si está vivo o muerto. Pero creo que esos tipos ya están todos muertos.

Los cursos eran caros, el más corto duraba seis meses, las clases eran diarias. Todos otorgaban diplomas. Tengo veinte diplomas y no consigo escribir una novela. ¿Novela? No logro escribir ni siquiera un cuento.

Mientras tanto, mi vecina acaba de publicar su tercer libro. Sé que ella paga la edición, yo también la pagaría si consiguiera escribir algo.

Odio a mi vecina. Es más joven que yo, bonita, alta, tiene un montón de novios. Pensé en conseguirme una especie de gigoló, dicen que hay muchos en esta ciudad, pero me da vergüenza. Olvidé decir que soy una mujer pequeñita de cabeza grande. Aumento mi estatura con zapatos de tacón alto, pero la cabeza no hay modo de achicarla. Consulté a los mejores cirujanos de la ciudad y todos dijeron que era imposible disminuir el diámetro del cráneo.

Creo que no he dicho el nombre de mi vecina: Clara. Su tez no es clara, debe tener sangre negra. Yo soy rubia y tengo ojos azules, pero soy muy pecosa. Fui al médico. Me hizo un examen histopatológico de las máculas hipocrómicas —tengo todo aquí anotado— y concluyó que sufro de una atrofia de la epidermis, además de una leve inflamación perivascular en la dermis superior. No tengo la menor idea de qué significa toda esa palabrería, pero creo que quiso decir que las pecas no tienen solución, al igual que la dimensión del cráneo. Evito mirar mi rostro en el espejo.

Los suplementos literarios de los periódicos anunciaban con gran ostentación el último libro de Clara —su nombre literario o verdadero era Clara Bela —titulado *Deseos secretos*—, que sería lanzado ese año. Además de pertenecer a un grupo al que seducía ofreciendo comidas lujosas con vinos y patés franceses, Clara Bela tenía dinero, pagaba para que le escribieran las reseñas de sus libros. Y el rencor que sentía por ella aumentaba cada vez más.

En cierta ocasión, estaba vigilando por la ventana, como siempre, la casa de mi enemiga y vi que salía acompañada, muy elegante, debía ir a una fiesta. Más tarde, salieron sus dos empleadas. Entonces tuve una brillante idea. Subrepticiamente llegué hasta la casa de Clara Bela, rompí el vidrio de la ventana y entré en su sala. Llevaba conmigo una lata grande del líquido inflamable que se usa en los encendedores. Anduve por la casa y encontré la biblioteca, con las paredes cubiertas por estantes repletos de libros. Sobre la mesa, junto a la computadora, un fajo de papeles donde se podía leer en la primera hoja, *Deseos secretos,* de Clara Bela. Humedecí los papeles, los libros, los tapetes de la sala y, finalmente, cuando encontré la computadora portátil la puse al lado de la computadora de escritorio, apilé todos los disquets y USB, regué todo con el combustible y encendí un cerillo. Un resplandor estalló sobre la mesa, como si un sol rutilante hubiera surgido allí.

Conforme me acercaba a la ventana de la planta baja por donde había entrado a la casa, iba creando fogatas por todos lados.

De vuelta a mi ventana, jubilosa, con el alma y el corazón alegres, contemplé la casa de Clara Bela incendiándose, centelleante, una cosa hermosa. *Los deseos secretos* estaban ahora más que ocultos, se habían vuelto cenizas.

Al ir hacia mi dormitorio, pasé frente a un espejo. Mis pecas habían desaparecido y mi cabeza era más pequeña. Dios existe.

Floripes

—¿No crees —dice Floripes— que deberíamos comprometernos? Somos novios hace más de dos años, ya voy a cumplir treinta años...

Para cambiar de tema, pregunto:

—¿Cuál era la historia de tu nombre?

—Ya te la conté varias veces.

—Pero me gusta oírla.

Sé que a Floripes le encanta contar las leyendas referentes a su nombre.

—Muy bien, muy bien. Floripes era una morisca encantadora que deambulaba de noche por la villa de Olhão. Los pescadores pensaban que, seducidos por su hechizo, morirían al intentar atravesar el mar. Pero eso es tan solo un resumen de una larga historia sobre la hermosa mujer vestida de blanco que, durante la noche, aparecía en la puerta de Moinho do Sobrado. ¿Quieres seguir oyendo?

—Una parte, por lo menos.

No quería volver al asunto del compromiso.

—Llevaba un velo sobre el rostro y una flor en los cabellos rubios —prosiguió Floripes—. Tan solo una persona, una única persona que se llamaba Julião, había hablado con ella. «Soy la desdichada Floripes», le dijo ella, con una expresión tan triste en el rostro, «una morisca encantada. Cuando mi raza fue expulsada de la provincia, mi padre se vio obligado a partir, sin poder prevenirme. Yo tenía un novio, que también huyó, y me quedé sola, esperando en todo momento a que mi padre me viniera a buscar. Una noche en que esperaba, vi a lo lejos la luz de una embarcación. La noche era de tormenta y el barco encalló en las rocas. No era mi padre quien venía ahí: era mi novio que fue engullido por las olas. Al saber mi padre de este funesto acontecimiento y viendo que no le era posible venir a buscarme, hizo uso de la magia y me dejó aquí. Solo existe una manera de salvarme.»

Floripes hizo una pausa.

—Mi amor —me dijo ella—, voy a resumir la historia, tenemos cosas más importantes de qué hablar.

La cosa más importante de la que quería hablar era el compromiso. Sentí que sudaba frío.

—Resumiendo la historia, la única manera de salvar a la morisca encantada era que un hombre le diera un abrazo a la orilla de un río y luego la hiriera en el brazo izquierdo. Después, él tenía que acompañarla hasta África y casarse con ella allí. Pero Julião tenía que casarse con otra mujer y se rehusó a hacer lo que Floripes le pedía. Y así, Floripes siguió encantada, vagando durante la noche y espantando a los pescadores de Olhão. Y ya basta.

Yo sabía lo que vendría enseguida.

—¿Entonces, cuándo nos comprometemos? —preguntó Floripes.

Sé que Floripes está loca por casarse debido a su edad. Dice que va a cumplir treinta, pero la verdad es que va a cumplir cuarenta años.

—No sé, querida, estoy esperando un ascenso.

—Estás esperando ese ascenso hace mas de un año —respondió Floripes, sin ocultar su irritación—. Y sabes que yo tengo recursos, mi padre, cuando murió, me dejó muchos bienes.

Mi error fue haber tenido, cómo decirlo, intimidad con Floripes cuando la conocí. Pero mi deseo pronto perdió fuerza, expiró. Y cuando quiere acostarse conmigo pongo un pretexto, le digo que esperemos a la boda, que es más correcto hacerlo así. En realidad, sé que volveré a perder la erección y que no podré darle la misma explicación que di antes, que no me siento bien.

—Podemos pasar nuestra luna de miel en Olhão —me dijo Floripes—, es una ciudad linda, queda en Algarve, una región al sur de Portugal que tiene el mejor clima de Europa.

En este momento estoy en mi departamento de dos habitaciones, en Copacabana. ¿Puede haber algo peor que vivir en un departamento de dos habitaciones en la avenida Nossa Senhora de Copacabana? Cuando llego de trabajar, me gusta caminar por la calle, pero en Copacabana eso es imposible. Las calles están llenas el día entero, gente haciendo compras, sujetos vendiendo baratijas, mendigos pidiendo limosna, viejos y viejas, gente de todas edades mirando las vitrinas llenas de porquerías, mientras los autos y los autobuses y los camiones que transitan por la avenida hacen un barullo infernal y llenan nuestros pulmones de gases cancerígenos. Lo del ascenso lo inventé, no me van a ascender. Floripes cree que soy burócrata pero soy mensajero. Voy a tener que casarme con Floripes.

Pero leí, no sé dónde, que existe el llamado «matrimonio blanco o célibe, sin relaciones sexuales». Voy a proponérselo a Floripes. ¿Cómo irá a reaccionar?

Ay, Dios mío, no sé qué hacer.

Sin tesón

Déjate de rollos, dice ella,
no me interesan.
Europa está en decadencia, insisto,
los criollos allá en África
recuerdan a los opresores
y matan a los hipopótamos;
en Escandinavia nacen
más y más rubias insulsas;
y los privilegiados del mundo
comen continuamente,
opíparamente, un rico banquete
interminable, y a veces
se recuestan en sus sillones
y eructan discretamente.
Ya te dije que no me interesa,
repite ella.
Yo insisto: además de eso, no te olvides,
que el Producto Interno Bruto
aumentó en esta época del año
mucho menos de lo que previeron
los economistas,
aunque subsista
una incierta euforia
de los tecnócratas optimistas,
en cuanto a un mejor desempeño
del sector agrícola.
Ya te dije,
grita ella,
quiero saber si
todavía me amas,
anda,

di: yo te amo.
Pero no lo dije
y ella comenzó a llorar,
en silencio, solo las lágrimas resbalando,
y no hay nada,
no hay nada
más conmovedor que una mujer llorando callada,
y yo le dije:
te amo.
El amor es una cosa,
la compasión es otra,
ambas duran poco.

Mascotas

¿Qué animal te gustaría tener?, me preguntó Nina.

El que más me gusta es el caballo y, entre los caballos, quisiera tener un criollo, aunque podría ser de cualquier raza. Pampa, mangalarga, campolina, appaloosa, lusitano (muy elegantes), cuarto de milla, árabe (si fuera rico), cualquiera de esos, pero el que quisiera tener es un criollo, la raza de caballo que montaba en el ejército. Aunque eso no se lo dije a Nina.

Los sentidos del caballo son superiores a los del ser humano. El tamaño del ojo es de 5×6.5 cm, uno de los más grandes entre los mamíferos existentes, lo que indica que depende básicamente de la visión para obtener informaciones sobre el ambiente que lo rodea. Ningún otro mamífero tiene ojos tan grandes en proporción con su tamaño y además por encima de la cabeza, uno en cada lado, lo que le permite tener una visión independiente en cada ojo, o sea, el caballo puede mirar en diferentes direcciones al mismo tiempo. Tienen un gran sentido del equilibrio y un sutil sentido del tacto, son capaces de sentir una mosca posarse en cualquier parte del cuerpo. Son inteligentes, aptos para resolver desafíos cognitivos e incluso contar, si la cantidad llegara hasta cuatro. Todo esto lo aprendí en el ejército.

Pero no le mencioné nada de eso a Nina. Asumí un aire pensativo.

El segundo animal de mi preferencia es el perro. Pero detesto los pomerania, chihuahua, schnauzer, spitz, pequinés, etcétera. Me gustan los perros grandes. Pero tampoco le dije eso a Nina.

(Entre paréntesis: lo único que me incomoda de no tener dinero es no poseer una caballeriza para mi caballo y un departamento mayor para mi perro. Vivo en un estudio.)

Entonces, volvió a preguntar Nina, ¿qué animal te gustaría tener?

No iba a hablarle del caballo y del perro a esa bella y recatada joven.

Tú dime primero, Nina, ¿qué animal te gustaría tener?

Yo ya tengo uno, respondió.

Cuál es.

Una lagartija, respondió, me encantan las lagartijas. ¿Te gustan las lagartijas?

¿Qué podía responderle a una muchacha que pregunta si me gusta su mascota?

¿Quieres venir a la casa a ver a mi lagartija?

Sí, me encantaría, respondí.

Deberías verla caminando por las paredes de mi cuarto.

Debe ser algo lindo, respondí.

El sábado, cuando llegué a casa de Nina me dijo: mis padres salieron de viaje y estamos solos. Vamos a mi habitación.

Las luces de su habitación estaban apagadas.

Le tengo mucho miedo a la oscuridad, ¿puedo abrazarte?, me preguntó Nina, estrechándome. Esta es mi cama, acuéstate aquí conmigo.

Nina se desvistió y luego me desvistió a mí. Soy un caballero y no diré nada sobre eso.

Ah, y claro, la lagartija. Creo que me tuvo miedo y no apareció cuando encendimos las luces de la habitación.

Sueños

Yo era un *saci pererê*,* había perdido una pierna en una lucha de capoeira, me gustaba fumar pipa, usaba un gorrito rojo como el de un trasgo, ese ser encantado de la tierra de doña Julieta, la portuguesa de Trás-os-Montes que me hacía arroz con leche. Algunos pensaban que yo era un ser maléfico, otros, un travieso. En realidad, era las dos cosas. Decían que yo era un negrito, pero ese era apenas uno de mis disfraces. Yo era una mezcla de razas. Africano, portugués, italiano, petronio —dicen que el Petronio que escribió el libro aquel contando sus hazañas homosexuales era mi antepasado; pero no lo creo, los *sacis* no tenemos homosexuales en la familia. Al decir eso, se escuchó una ola de protestas. ¡Ah!, esos homosexuales están en todas partes, son cada vez más numerosos.

En ese momento me desperté.

Últimamente he tenido sueños más raros. Soñé que era un enano verde, que era un gigante, que era una lombriz, que era una uña encarnada con micosis, que era una bolsa de palomitas de maíz.

Se lo conté a mi analista. Ella cruzó las piernas. Se llama Eunice. Se la pasa cruzando las piernas y usa faldas cada vez más cortas. Las piernas de la doctora Eunice son muy bonitas.

—¿Una bolsa de palomitas?

—Bueno, para ser exacto, no era una bolsa de palomitas, yo era las palomitas dentro de la bolsa.

—Cuente otro sueño —me pidió la doctora Eunice cruzando las piernas.

—Soñé que... Lo olvide... Si ese era un sueño imposible, este es más que imposible.

—Usted dijo que lo olvidó y después agregó que era un sueño más que imposible.

* Entidad fantástica del folclor brasileño. Niño negro con una sola pierna, con pipa y gorro rojo, y que hace travesuras a la gente.

528

—Solo me acuerdo de que era un sueño imposible.

—Hay una frase de Goethe que siempre recuerdo al hablar de sueños: *Me gustan aquellos que sueñan lo imposible* —dijo la doctora Eunice.

—Sueño que... que yo...

La doctora Eunice cruzó las piernas, esperando.

—Que yo...

—Vamos, dígalo.

—No me atrevo.

—Usted se atreve a contar que sueña que es una lombriz, una bolsa de palomitas...

—No —interrumpí a la doctora—, las palomitas dentro de la bolsa.

—Un enano, una uña encarnada con micosis, ¿existe algo más imposible que eso?

—Existe, pero no, no, no lo puedo contar.

—El analizado debe tener valor para contarle todo al analista. En psicoanálisis, el terapeuta, que en este caso soy yo, conduce la interpretación de los significados inconscientes presentes en el habla, en los sueños y en las acciones del analizado. En 1899, hace más de cien años, por lo tanto, Freud escribió un libro titulado *La interpretación de los sueños*, en el que aborda los mecanismos psicológicos de los «sueños».

La doctora Eunice cruzó las piernas nuevamente. Tenía bonitas rodillas. No eran gruesas, eran como me gustan, delgadas y bien torneadas, y tenía brazos finos y pechos pequeños —caray, no debo estar pensando esas cosas, ella es mi analista, es una científica, una persona seria.

Entonces me armé de valor.

—Sueño que estoy en la cama con usted.

La doctora Eunice cruzó y descruzó las piernas.

—¿Durmiendo?

—No.

—¿Haciendo qué?

Me quedé callado, mirando al suelo. Quería mirarle las piernas, pero no me atreví.

—¿Haciendo qué? —repitió la doctora Eunice.

—Sexo —murmuré.

—¿Cómo? Hay muchas maneras de tener sexo.

La doctora Eunice cruzó y descruzó las piernas.

—Comienza así...

—Continúe.

—Estamos desnudos en la cama... Y yo estoy...

—Continúe.

—Y yo... yo le estoy lamiendo a la señora... el cuerpo entero..., y dedico más tiempo...

—Dedica más tiempo... Continúe.

La doctora Eunice cruzó y descruzó las piernas.

—A lamer sus partes íntimas...

—¿Qué partes íntimas?

Volví a mirar el piso.

—Vamos. Diga los nombres. No voy a sorprenderme. Nosotros, los analistas, por si no lo sabe, no nos sorprendemos nunca con lo que escuchamos de nuestros analizados. Nunca.

La doctora Eunice cruzó y descruzó las piernas.

—La vagina y el ano...

—¿Usted siente placer al hacer eso...?

—Nunca lo he hecho, lo quiero hacer con usted.

La doctora Eunice, para mi asombro, se sentó en el sofá donde yo estaba y se quitó la ropa. La desnudez de la doctora Eunice tenía la belleza de una puesta de sol.

—Yo también deseé siempre que me hicieran eso —dijo.

Me asusté, me puse nervioso con esa declaración de la doctora Eunice. Pero luego me recuperé.

La doctora Eunice y yo hicimos eso y muchas otras cosas.

Perdí a la analista.

Todo en orden, ya no necesitaba analizarme. Dejé de soñar con el *saci pererê*, con la uña encarnada, dejé de ser una lombriz.

Pero seguía soñando con la doctora Eunice.

Fábula

Todo mundo sabe cómo se define la palabra *fábula*: una historia corta donde se da una lección o un precepto moral. Recuerdo que cuando era niño alguien afirmaba que esa lectura sería importante para mi educación, dándome a leer las *Fábulas* de Esopo, una colección de narraciones atribuidas a un esclavo contador de historias que vivió en la antigua Grecia, en los años 620-560 a.C.

Como ya dijo un especialista, la fábula es un cuento de moral popular, una lección de inteligencia, de justicia, de sagacidad, traída hasta nosotros desde la más remota antigüedad.

Ya de adulto, una noche estaba acostado en mi cuarto leyendo, cuando noté un cuerpo extraño acostándose en mi cama. Era un insecto oscuro, de unos sesenta milímetros de largo. Me gustan todos los animales, pero es evidente que tengo preferencias; además de mis favoritos, los caballos y los perros de porte grande, me gustan mucho los sapos y las lagartijas. Noté que mi visitante era una cigarra. Durante el verano las oía cantar en la plaza cercana a mi casa.

Para no asustarla, apagué la luz de la cabecera. Duermo sin moverme mucho. La cigarra también. Fue una noche tranquila.

Por la mañana, al despertar, la cigarra estaba quieta, seguramente se sentía rara en ese ambiente. Me vestí apresuradamente, la cogí, la llevé a la plaza y la puse en un árbol.

Quise saber más sobre mi visitante. El sonido agudo emitido por el macho es un intento por seducir a la hembra para el apareamiento, es una súplica de amor que conmueve al corazón de quien lo escucha.

Entonces recordé la fábula de Esopo, «La hormiga y la cigarra».

¿Cuál es la lección, el precepto moral de esta fábula? ¿Que cantar es un crimen que merece ser castigado? ¿Que la alegría es un mal que debe combatirse? ¿Que el deseo y el amor deben ser execrados?

Todo animal, en cierta forma, tiene una actividad depredadora mayor o menor, claro que nadie llega a ser tan destructivo como el ser humano. Pero entre la hormiga y la cigarra, ¿quién es peor? ¿Unas cuantas cigarras, cuyas larvas al alimentarse de la savia de las plantas causan daños al árbol, o los millones de hormigas que, organizadas en verdaderos ejércitos apocalípticos, escondidas en agujeros, salen de manera subrepticia sin ninguna clase de deseo o amor a no ser por el de robar furtivamente plantaciones enteras para almacenarlas en sus subterráneos?

¿Las *Fábulas* de Esopo son una lección de astucia, de inteligencia, de sagacidad, una lección moral?

Pueden tirar esa mierda a la basura. Yo ya tiré mi ejemplar.

Premonición

Todo mundo ha oído hablar sobre la premonición o ha visto uno o dos películas sobre el asunto —yo vi una en la que el personaje principal es un augur, un sacerdote de la antigua Roma que hacía presagios, preveía el futuro a partir del canto y del vuelo de las aves. Intuición, presentimiento, presagio, augurio, todo es lo mismo, o sea, una mierda, pura superstición.

Yo pretendía, quiero decir, me cogía, a una muchacha llamada Madeleine. El día en que la conocí yo estaba en la parada del autobús y ella pasó en su auto y me preguntó, «¿quieres un aventón?» y yo acepté. El autobús hacia la ciudad tarda en pasar. Ya en el auto me presenté, «me llamo José», y ella respondió, «yo Madeleine».

Bromeé con ella, «¿eres la Madeleine de Proust?». No entendió el chiste. No me gustan las mujeres tontas, pero perdoné su ignorancia, nadie lee a Proust y, a decir verdad, es muy aburrido.

—¿No me vas a explicar esa historia de Madeleine de... de... cómo se llama?

—Proust. Es un escritor que en uno de sus libros, *En busca del tiempo perdido*, en idioma original *À la recherche du temps perdu* —confieso que soy un poco exhibicionista, soy bibliotecario y cuando el asunto es un libro me gusta ostentar mis conocimientos, pero creo que todo mundo es igual—. Como te decía, en ese libro Proust habla del placer que invadió sus sentidos al comer unos panecillos que él llama *petites madeleines*. En cuanto los comió, inmediatamente las vicisitudes de la vida dejaron de incomodarlo, lo dominó una nueva sensación, como si el amor lo hubiera llenado de una esencia preciosa, y dejó de sentirse mediocre, mortal. ¿De dónde venía esa alegría tan poderosa, qué significaba, cómo definirla?

—Qué historia tan bonita —dijo Madeleine junto a mí. (Claro que no le conté el desenlace de la historia, eso queda para después.)

Así fue como comenzó nuestro romance. En poco tiempo Madeleine estaba loca por mí, pero yo sabía que mi interés por ella iba a durar poco. Eso no tiene nada que ver con la premonición, yo sabía lo que iba a suceder porque siempre, después de cogerme algunas veces a una mujer, pierdo el interés en ella.

Ese es el karma de las Madeleines. Para Proust, todos lo saben, después de que el francés se comió la segunda, el placer fue menor, y después de comer la tercera, aún menor. Era momento de parar, pensó, la poción perdió su magia. Y así con las mujeres, después de que te las cogiste varias veces, el acostón pierde el encanto.

Mi Madeleine es muy bonita, es rubia, tiene ojos azules y un cuerpo perfecto. Yo quería dejarla, pero no lo conseguía, no por ser bonita sino debido al viaje diario a la ciudad que hacía en su auto.

Entonces, ella me preguntó:

—¿Ya no te gusto?

—¿Por que me preguntas eso?

—Hace más de un mes que nosotros... que nosotros...

—Mi amorcito, la culpa no es tuya, tú eres la mujer más atractiva del mundo, el problema es que yo no estoy bien... Quizás una enfermedad... no sé...

—¿Ya fuiste al médico?

—Claro.

—¿Y qué dijo?

—¿Qué dijo? —repetí su frase.

—Sí. ¿Qué fue lo que dijo?

En un arrebato, decidí confesarle todo.

—Así soy yo, pierdo el interés después de algún tiempo y no consigo hacer el amor con la misma mujer...

—¿Ya no consigues hacer el amor conmigo?

—No. Perdóname.

Fue en ese momento que tuve la premonición. Estábamos atravesando un puente en dirección a la ciudad y vi, como un augur romano, que ella iba a estrellarse contra el muro y precipitar el carro al mar.

Oí el estruendo del violento impacto.

Los pobres y los ricos

Bola 7 tocó a la puerta de mi casa, qué digo mi casa, mi barraca, ni siquiera es mi barraca, alquilo esa porquería, queda en lo alto del monte y veo allá abajo las casas de los ricachones todas iluminadas, los muy putos dan fiestas todos los días, el dinero les sobra, todo mundo odia a los ricos, yo arrojo piedras a las casas de esos hijos de puta, pero las piedras no llegan hasta allá, yo soy raquítico, siempre comí mal, no tuve pecho de madre que mamar y en el albergue solo tomaba la mitad de una especie de sopa de pasta, y el Bola 7 tocó en la puerta de la barraca y entró todo encorvado, cargando un paquete y dijo, tartamudeando, antiguamente tenía el apodo de Tartas, pero después de matar a tres que lo llamaron Tartas, nadie más tuvo valor para decirle Tartas al Bola 7, pero si lo llamaban Bola 7 no se molestaba, es un genio en la mesa de billar, yo también juego, pero soy malísimo, me pongo nervioso cuando veo las bolas en la mesa, la bola blanca, temo olvidar el valor de ellas y me repito todo el tiempo para mí mismo roja un punto, amarilla dos puntos, verde tres, café cuatro, azul cinco, rosa seis y la negra siete, el Bola 7 era negro azabache, igual a la bola siete de la mesa, pero me pongo nervioso y comienzo a hacer tonterías con la bola blanca y meto la bola errada en la tronera y me castigan y me pierdo en copas, y el Bola 7 me dijo, abriendo el paquete que cargaba, te voy a dejar esta joya, aquí los hombres no son de fiar, tú tienes un historial limpio, vengo a buscarla cuando la cosa esté limpia y me mostró una especie de carabina, yo nunca había visto nada igual, y el Bola 7 dijo, este es un fusil ganan, o fusil garnan, algo así, y esto de aquí encima es una lente telescópica, con ella ves a lo lejos, esconde bien este material, debo volver aquí en una semana, y el Bola 7 envolvió el fusil junto con la lente que veía lejos y él mismo escondió el paquete en el armario, pero antes me dijo, tiene una bala para ser disparada, pero está asegurada, ¿ves esto de aquí?, esto traba y destraba el fusil, así lo traba, así lo destraba, voy a trabarlo, ¿viste?, ya está trabado, y salió después de espiar la calle, y no había pasado mucho tiempo, creo que dos o tres días, cuando me dijeron que la policía había matado al Bola 7, y entonces, por la noche, abrí el armario y saqué el fusil de su envoltura y vi por la lente la casa toda iluminada de un rico hijo de puta y me asusté, veía la cara de las personas, la ropa de las mujeres, a los meseros sirviendo todo tipo de bebidas, unas claras, otras oscuras, en todo tipo de vasos, unos largos, otros redondos, otros pequeños, y los ricos reían, el rico ríe todo el tiempo, entonces pensé, voy a matar a un hijo de puta de esos, lo mejor sería al dueño de la casa, entonces escogí a un gordo, el tipo es gordo porque come mucho, así como yo soy flaco porque paso hambre, entonces, según me enseñó el Bola 7, destrabé el arma y miré al gordo y apreté el gatillo y disparé y el gordo cayó en el piso y todos los ricos comenzaron a correr de un lado para otro, no sabían por dónde había atacado la muerte y yo me quedé en la oscuridad viendo a través de la lente, siempre pensé que la felicidad no existía, pero la felicidad existe, me sentía feliz.

Niños y viejos

No me gustaban los niños. Me molestaba tan solo mirarlos. Creo que nunca me casé por eso, para no tener hijos; todas las mujeres quieren tener hijos, y yo no iba a escapar a esa obsesión femenina, el bebecito, ese pequeño animal que solo sabe llorar, mamar y cagar, como dijo Freud.

Me conseguí un perro, un perro grande, no hay hijo que se compare con un perro. El perro te ama toda la vida y el hijo te odia toda la vida. Creo que Freud también dijo eso.

Antes de jubilarme yo era contador —vivía de bruces sobre libros de contabilidad y, debo agregar, no veía las cosas de cerca, pero las veía de lejos, eso tiene un nombre que me dijo el oculista, pero lo olvidé. Como iba diciendo, yo era contador y me inclinaba cada vez más para ver aquella infinidad de números y sentía dolores horribles en la espalda, mi columna vertebral debido a mi postura, estaba, estaba, cómo lo diré... estragada, eso mismo, estragada. Mi profesión hizo de mí un lisiado.

Todas las noches tenía la misma pesadilla, que me ahogaba en números, me quedaba sin aire y moría sufriendo horrores. Me acostaba y tardaba un tiempo enorme en encontrar una posición que me facilitara conciliar el sueño. A veces sobre el lado izquierdo, a veces sobre el derecho, a veces boca arriba, pasaba un tiempo enorme agitándome en la cama hasta que me dormía y sufría la pesadilla: números que parecían paralelepípedos iban cubriendo mi cabeza, no conseguía respirar y moría. Despertaba en pánico. Toda la noche.

Mi perro se llamaba Sigmund —claro, ¿qué otro nombre podía tener?—, era un callejero muy inteligente, todos los perros callejeros son muy inteligentes, algunos perros de raza son sabidamente burros, pero no voy a delatar a los pobrecitos. Escribí delatar, una palabra ligada,*

---

* En portugués la palabra es *dedurar*, que proviene de un sustantivo compuesto *dedo-duro*: delator.

¿no debería tener un guion intermedio? —necesito comprar un diccionario, necesito comprar un montón de cosas, pero una computadora no compro, todos me preguntan, fingiendo sorpresa, «¿no tienes computadora?», respondo «no» lo más secamente posible, pero necesito un diccionario, pero como decía, Sigmund murió de diecisiete años. Voy a contar algo: no lloré cuando murió mi madre ni cuando murió mi padre, pero cuando Sigmund murió lloré toda la noche.

Al día siguiente no supe qué decidir. Si llevaba a Sigmund a que lo incineraran en el Crematorio de Perros o si lo enterraba en el Cementerio de Perros de Marambaia. Opté por enterrarlo.

El Cementerio de Marambaia quedaba un poco lejos para quien vivía, como yo, en la zona sur de la ciudad. Marambaia es un barrio del municipio de São Gonçalo y el primer lugar en Brasil en tener un cementerio específico para perros. Me gustó el cementerio, pero la ciudad me decepcionó, calles con baches, llenas de basura, muchas iglesias de diferentes estilos y muchos moteles para encuentros eróticos a la orilla de la carretera que da acceso a la ciudad. Volví a casa pensando que debía haber cremado a mi querido Sigmund y guardado sus cenizas en una urna de plata con su nombre en relieve.

Soy jubilado. Creo que ya hablé de eso. El médico me dijo que debía caminar diariamente algunas horas, que era importante para mi salud. Comencé a caminar por las calles de mi barrio y sucedió algo extraordinario, anormal, espantoso, ofensivo incluso. No sé cómo contarlo.

En la calle había siempre un montón de niños, unos en sus carriolas, otros caminando acompañados de sus nanas, otros con las abuelas, algunos, pocos, con sus madres, y esos niños eran muy bonitos, principalmente las niñas de tres a cinco años, con sus vestiditos largos hasta los tobillos. Yo las miraba encantado, me detenía para verlas correr dando saltitos, las niñas de esa edad corren siempre dando saltitos, hasta cuando van de la mano de quien las acompaña.

¿Qué me estaba sucediendo? ¿Una crisis psicótica, como diría Freud? Estaba pasmado, asombrado, embrutecido por todo aquello que sentía. Al suceder ese fenómeno, no sé qué otro nombre darle a esto, yo, que veía a todos los niños con repugnancia, súbitamente comenzaba a verlos como seres encantadores... Espero que nadie con una mente enferma imagine que mi encanto por los niños tiene que ver algo con la pedofilia. Siento el mayor desprecio por los pedófilos. Creo que todos deberían ser castrados o encarcelados.

Fui al médico. Le conté lo que estaba pasando. Mi médico nunca tenía prisa. Siempre oía con atención todas mis dolencias y trataba de entenderlas, sus razones, sus soluciones.

—¿Son bonitos todos los niños? —me preguntó.

—No, no todos. Algunos son feítos. Unos son más bonitos que otros y unos son más feos que otros.

—Puedes estar tranquilo —me dijo el médico—. Tu capacidad para percibir, analizar, evaluar no está afectada. Y nuestros criterios cambian con el tiempo, a veces nos gusta un escritor y en determinado momento no nos gusta más, o un actor, o un tipo de música, o una mujer. Así es el ser humano. Tengo un paciente que estaba enamorado de una mujer y ahora no soporta ni oír su voz. La pasión se acabó.

—¿Debo tomar alguna medicina?

—No. Sigue caminando.

Seguí las instrucciones del médico. Pero caminar por la calle, cosa que nunca hacía en mis tiempos de contador, siempre me deparaba sorpresas.

Un día, al caer la tarde, noté que había una niña llorando en una esquina.

—¿Estás sola? —le pregunté.

Hizo un gesto afirmativo con la cabeza.

Tomé su manita. Pensé en llevarla a la comisaría más cercana. Ellos sabrían cómo encontrar a su familia.

En cuanto la tomé de la mano, la niña dejó de llorar.

—¿Cómo te llamas?

Maria —dijo ella.

—¿Cuántos años tienes?

—Cuatro.

No sé qué me hizo tomar esa decisión, pero en vez de llevar a la niña a la comisaría la llevé a mi casa. En el camino compré un montón de golosinas, dulces, chocolates, bizcochos.

Al llegar, le pregunté si tenía hambre. Contestó que sí. Comió los dulces con desesperación, estaba hambrienta. Después dijo que tenía sueño. Le preparé una camita en el sofá de la sala. Se durmió enseguida.

Pasé la noche dormitando en el sillón junto al sofá con una luz prendida. Maria tardó en despertarse, creo que eran las ocho de la mañana. Le di leche y galletas. Mientras comía, platicamos. Supuse que la habían abandonado. No tenía madre y vivía con una mujer a la que llamaba «titia».

—¿Quieres quedarte a vivir conmigo?

—Sí.

Ese mismo día le compré ropa. Tenía que tomar innumerables providencias. Diría que era mi nieta, conseguiría un acta de nacimiento y la inscribiría en una escuela.

Le platiqué eso a mi médico. Me apoyó. Le llevé a Maria para que la examinara, y dijo que estaba bien, apenas presentaba algunos signos de desnutrición.

Sé que esto que estoy contando parece una invención. No lo es. Pronto Maria entró en la escuela. Decía que me quería mucho. Yo le respondía que yo la quería mucho a ella.

Olvidé contar algo. Maria no era bonita. Pero tampoco era fea. No hay niña de cuatro años que sea fea.

Bueno, me voy a acostar. La pesadilla me está esperando.

Que se joda

Yo vivía estresado, preocupado por todo, si perdía una de esas plumas Bic, me ponía ansioso, afligido, volvía a casa a buscarla y si no la encontraba, me sentía infeliz. Cuando perdí un libro, que además no era gran cosa, una biografía de Safo —Safo es buena, la biografía es la que estaba mal escrita— me deprimí tres días.

Me pasó igual cuando perdí mis sandalias hawaianas.

Me pasó incluso cuando perdí una camisa vieja y rasgada.

Ese estado mental terminó provocando efectos colaterales: úlcera en el estómago, dolores de cabeza, bursitis y, lo peor —no sé ni cómo decirlo—, impotencia sexual.

—¿Qué te está pasando? —me preguntó mi novia, después de que no conseguí, por tercera vez, tener una erección pese a los esfuerzos de la bella joven (sí, era bonita, tenía un cuerpo perfecto).

Consulté a un médico especialista.

—¿Qué me está pasando, doctor? Tengo apenas cuarenta años, ¿ya soy impotente?

—Querido mío —me dijo el médico—, voy a darle una información confidencial. Casi todos mis pacientes que sufren de *impotentia coeundi*...

Lo interrumpí.

—¿Qué es eso?

—Disfunción eréctil. Pero como le decía, la mayoría de mis pacientes impotentes tienen cerca de cuarenta años. Existen varias teorías para esa...

Lo interrumpí de nuevo.

—¿Qué puedo hacer para acabar con eso?

—Busque a un psicoanalista. Mientras tanto, tome una de estas pastillas —dijo, escribiendo una receta.

Compré la medicina que me recetó y le llamé a Helena —así se llama mi novia—, para que nos viéramos en mi casa por la noche.

Tomé la pastilla y pasé toda la tarde yendo de un lado para otro. Cada tanto palpaba mi pene, pero estaba marchito, parecía haber disminuido de tamaño. Ya dije que soy un tipo preocupado, que vivo aprensivo, temeroso de que pase algo negativo y con razón, hasta hoy no encuentro mi pluma Bic.

Helena llegó hermosa, me abrazó, me besó, me dijo cariñosamente que moría por verme.

Nos fuimos a la cama. Oh, dios mío, no puedo recordar sin una enorme angustia lo que sucedió: no conseguí que mi pene estuviera erecto, pese a los esfuerzos de Helena.

Ella salió de la cama y se vistió en silencio. Yo también estuve callado, inerte, bajo las sábanas, con ganas de cubrirme la cabeza o saltar por la ventana. No sé qué pasaba por su cabeza, su rostro estaba triste, quizá pensaba que era culpa de ella, eso pasa mucho, al hombre no se le para y la mujer se siente responsable; o a lo mejor yo le daba lástima, cuarenta años, un bello departamento e impotente.

Fui al psicoanalista lacaniano recomendado por el médico que me recetó las pastillas inútiles.

Era un hombre calvo, con lentes, orejas grandes, quizá no eran tan grandes, la calvicie me daba esa impresión, dedos cortos y una prominente manzana.

Escuchó mi historia en silencio, con aire pensativo.

—Las presiones sociales... ambientales... perspectivas...

Hablaba todo entrecortado.

—Siga —agregó.

—Ya le conté todo —dije.

—Familia... padre... madre...

—No tengo familia.

—Explique eso...

—Mis padres murieron cuando yo era niño, y fui criado por una tía...

—Ah —dijo él, como si hubiera descubierto la pólvora. Y agregó—: Se terminó la sesión, pero la próxima puede ser más larga.

Le pregunté si podía pagar con cheque o tarjeta de crédito.

—Como le dije al concertar la cita, solo acepto dinero en efectivo.

Le pagué y no volví.

Me fui a casa pensando que el único que me podía curar era yo mismo. Descubrí que me gustaba estar preocupado, creo que eso les pasa a todos los estresados. Necesitaba librarme de eso.

Tomé una pluma fuente de buena marca y la dejé en el mostrador del banco. Llegué a casa y me dije: ¿Y ahora vas a sufrir?

Pero no sufrí.

Durante un mes perdí cosas intencionalmente y no sufrí. Hasta que un día perdí, sin querer, un reloj de pulso. Entonces, el sufrimiento comenzó a roerme por dentro, pero dije, no, en realidad grité: «¡Que se joda el reloj de pulso!».

Sentí una tranquilidad, una armonía interior que me dejó feliz. Descubrí unas palabras mágicas.

Luego fui a un joyero y le pedí que me hiciera una pequeña placa de oro con las palabras «Que se joda». Me puse en el cuello la plaquita con cadena de oro. No me la quito ni para bañarme. Ni para hacer el amor con mi adorada Helena.

«Querido, eres una fiera, estoy toda rozada.»

A la mujer le gusta sentir, no solo en el alma, también en el cuerpo, las marcas y cicatrices del amor.

Ayer perdí mi auto. No estaba asegurado. Fui al bar, pedí cerveza, elevé el tarro, dije «que se joda» y tomé un trago. La cerveza estaba deliciosa.

Sé que hay gente que no va a creer esta historia que estoy contando. Que se joda.

Contenido

Ella y otras mujeres
2006

Axilas y otras historias indecorosas
2011

Amalgama
2013